法国文学的
理性批判精神

（增订本）

艾 珉 著

图书在版编目（CIP）数据

法国文学的理性批判精神／艾珉著.—增订本.—北京：人民文学出版社，2016
ISBN 978-7-02-011843-4

Ⅰ.①法… Ⅱ.①艾… Ⅲ.①文学评论-法国-文集 Ⅳ.①I565.064-53

中国版本图书馆CIP数据核字(2016)第153245号

责任编辑　仝保民
装帧设计　陶　雷
责任印刷　芃　屹

出版发行　人民文学出版社
社　　址　北京市朝内大街166号
邮政编码　100705
网　　址　http://www.rw-cn.com

印　　刷　北京天正元印务有限公司
经　　销　全国新华书店等

字　　数　460千字
开　　本　710毫米×1000毫米　1/16
印　　张　34.25
印　　数　1—5000
版　　次　2016年12月北京第1版
印　　次　2016年12月第1次印刷

书　　号　978-7-02-011843-4
定　　价　78.00元

如有印装质量问题,请与本社图书销售中心调换。电话:010-65233595

作者像

增订版说明

一个八旬老人,既不需要评职称,也不需要考学位,仅仅为了给有志于外国文学教学或研究的师范院校青年提供一些有关法国文学的评介资料,便出版一本评论集(增订版)。原因很简单:这类毫无消遣性,并非"畅销书"的论著,不可能再对出版社产生吸引力。这样一来,真想做学问的青年们购买参考性读物自然更加困难。既然教书,当然要谈经典作家和经典作品,少不了要读些这方面的评介文章。而今不仅名著印得少,研究文学的刊物也大大缩减。若非"评职称"、"考学位"之类需要,几乎无人考虑这方面的问题。

法国是文学大国,在外国文学的翻译介绍中,一直占据重要位置。改革开放以来,我在工作之余除在报刊上发表有关法国文学的文章、书评外,还为不少优秀的法国文学译本撰写了序文或前言,包括为人民文学出版社的《巴尔扎克全集》《巴尔扎克选集》《福楼拜小说全集》《福楼拜文集》《萨特文集》撰写"总序",目的无非是为开拓人们的视野和扩充知识面尽一点绵薄之力。一九九一年,北大出版社曾出版我的一本论文集《法国文学的理性批判精神》。二十多年过去了,我所关注和介绍的文学现象和思想观念自然增加了许多。这段时期,我结合我国国情,着重研究了法国"转轨时期"的诸多社会矛盾和文学作品。为此还出版了有关巴尔扎克的专著《巴尔扎克——一个伟大的寻梦者》。

我一向将青年视为国家的希望,因此,负责培养青年学子的师范院校外国文学教师一直是我心目中潜在的读者。我写作时会时刻考虑他们的需要,他们思考的角度和承受力。囿于专业范围的限制,他们不可能掌握多种外语，除英语外的各语种文学，一般需要通过翻译作品和中文论著来了解。因而我可以利用自己的优势多做这方面的工作，在传播外国文化、介绍多种价值观、扩大国际视野、增强对事物的判断力方面，给他们提供一定的便利。

　　我不是专业研究人员，不敢以学术水平自诩，聊可自慰的是，本人不到心之所感如鲠在喉不吐不快时，绝不提笔做文章。因此文章不论好坏，毕竟是自己想说的话。但也正因为是个人的一孔之见，难免有偏颇失当之处，所以我恳请拨冗阅读此书的朋友，务必以批判分析的眼光对待我的论点，发现谬误，望不吝赐教。我不指望旁人认同我所有的观点，只求让他人从我的论述或评介中查阅到自己需要的资料或线索——这就是我所追求的"参考价值"。

艾　珉

二〇一六年八月

序[*]

　　文学也真怪,它作为对象,往往会摆脱被动的地位,反过来撩拨一下主体的情感,有时竟使主体狼狈到像一个被猎物反咬一口的可怜猎人。小说家在创作过程中不得不跟他的人物苦乐相随,歌哭与共,这个众所周知的现象不消说了;批评家再怎样自以为客观而公允,他在冷峻的褒贬或扬抑中,都难免流露出欲盖弥彰的好恶,即使被诟为"偏激"也在所不惜。看来,与经不起主观干扰的科学工作相比,"笔端常带感情"大概是文学工作的一个近乎规律性的特征吧。不过,也有三种例外——

　　那就是文学史家、教授和编辑的工作。这三种工作者同样以文学为对象,在各自的本行中却严格按照文学史的客观需要,来阐述、来讲解、来编印公认值得一提、一讲、一出的人或书。品藻古今之间,力求持平、稳妥而又具有最大说服力,尽可能避免其实难以避免的个人好恶——乍看之下,似乎对所有对象一视同仁,无所不爱;同时也可以说,他们冷静得一无所爱。难道他们的工作竟不需要热情了吗?当然不是,没有热情是任何工作也做不成的。看来只能说,与其他方式的文学工作相比,让自己的热情服从于本职工作所需要的科学性,虽然前者并不必然与后者相对立,才是这三种工作的一个近乎规律性的特征。

　　本书作者就是上述三种工作者之一,她长期在人民文学出版社从

---

[*] 本文系一九九〇年绿原为艾珉的论文集《法国文学的理性批判精神》(北京大学出版社 1991 年版)一书所写的序文。出于对绿原先生的尊重与怀念,此次出版该书增订本时,决定保留原序,且不作任何补充修改。

事法国文学的编辑业务。十余年来,按照文学史的客观需要,她组译和编发了一系列法国名著,成绩斐然可观,尤以卷帙浩繁的《巴尔扎克全集》中译本的问世值得称道。同时,作为法国文学研究者,她还写了不少有关书稿的评论文章,从另一方面为她的编辑业务增加了广度和深度。将这些文章加以删汰,去粗存精,保留她认为足以反映个人研究成果的一部分,便是这本文集的缘起。

浏览一下也不难看出,上述两种特征所体现的优势在本集中交相辉映,形成了一种罕见的耐人寻味的批评风格。一方面,和一般文学工作者一样,作者对于自己所评的对象,无不倾注了发自深切理解的热情,又无不显示了从热情油然而生的是非感和倾向性,以及一些经过艰苦探索得来、不愿轻易放弃或隐瞒的独到见解。这就使她的手笔迥然不同于四平八稳、三句不离教训口吻的"前言、后记"之类,而视阅读为精神体操的读者才会从心灵深处同它直接相呼应——即使未必同意其中某些观点,你也会为她在这些观点中所表现的执著精神所动。然而,另一方面,作为文学编辑,作者仍然自觉地坚持从文学史的客观需要出发——说来说去的"文学史的客观需要"又是什么呢?想必是指不仅应当着眼于文学的文本(text),同时更要注意到它的上下文(contexte)。这就是说,文学史应当帮助读者不仅知道个别的什么人写了个别的什么诗篇、小说或剧本,更要知道这些作品是在什么背景之下、为什么力量所驱使而写成的,它们和传统是顺向的还是逆向的,是受古人或同代人的影响还是独来独往的创新者,以及它们在一个国家或一个时代的整体成就中各自占有什么样的地位;进一步还应当帮助读者从这些个别的文学现象引证出一个国家或一个时代的文学性格,反过来再根据这个总体性格重新检验原来未必熟识的个别现象,从而构成一个完整的有血有肉而又有声有色的文学观。能够由此及彼、由表及里地解答这些问题,正是文学史的客观需要。符合这种客观需要的文学评论,势必是一种严谨的经得起辩难的科学研究,绝非时下一些凭借主观随意性反映复杂现实的"文学评论"所可比拟。——本书作者正是试图这样开展她的法国文学研究的。她的这本文集不但"笔端常带感情",而且正是试图从文学史的全方位出发,引导读者更广泛地探讨法国文学,在探讨过程中更深刻地认识法国文学以及人类生活本身的丰富多样性。

法国文学在我国据说拥有最多的爱好者,他们大致都会知道,它作为罗马文化的后裔,在中世纪既有过视爱情如生命的行吟诗人,又有过歌颂视死如归、敢向上帝扔铁手套的勇士的《罗兰之歌》;从文艺复兴经启蒙运动直到十九世纪前夕,先后在散文、诗歌、戏剧等领域出现了一系列灿烂的明星,他们永恒的光辉从悠远的天边一直照射到今天,如维庸、拉伯雷、蒙田、莫里哀、帕斯卡尔、狄德罗、卢梭等;到十九世纪,在散文、诗歌之外再加上批评,更有数不胜数的名流和显学,使它至少在欧洲文坛执牛耳而无愧;而在二十世纪,它更是西方文学各种新奇玩意儿的实验室,哪一种先锋派不是先在这里酝酿成熟而后问世的呢?但是,所有这些斑驳陆离的现象,在不少人充其量不过是知其然而不知其所以然,——到了本书作者眼中,却逐渐呈现出一个合乎规律的过程,即"文艺复兴以来贯穿其文学主流中的理性批判精神"的传统。她在后面一篇文章中,排除了仅仅认为法国人"幽默、机智、浮华、浪漫"的浅见,提纲挈领地指出,不满现状几乎是法国人固有的思维方式,不断地反传统几乎成为法国文学的传统,这个传统正是以批判为灵魂:从文艺复兴到十九世纪是理性批判占主流,从十九世纪末到二十世纪则转向非理性批判,而从整个文学史来看,理性批判才是法国文学最富有活力、最有生命力的精华所在;这种理性批判精神以人本主义为基础:在文艺复兴时期反对过神权,在十八世纪启蒙运动时期反对过君权,而从上世纪初到本世纪末则反对进一步使人异化的资本主义社会;四百年来,从拉伯雷到萨特,法国作家一直是以人的价值与尊严是否得到承认、人的聪明才智是否得到发挥为尺度,来衡量任何社会制度是否合乎理性,并以此作为自己文学创作的基本主题。——紧接着这番高屋建瓴的宏观观察,作者还有一段更其精彩的议论:

从文艺复兴到二十世纪，人的形象在文学作品中愈缩愈小：文艺复兴时期是顶天立地的'巨人'；启蒙时代是叱咤风云的大写的'人'；十九世纪前期，在司汤达、巴尔扎克、雨果等作家笔下，大都是精力旺盛、雄心勃勃的出类拔萃的人；十九世纪中期的福楼拜则主要描写平庸的人；十九世纪后期，从自然主义流派开始，更多的是描写病态、丑恶甚至动物性的人……两次世界大战更将人们抛入无法主宰自身命运的迷惘和惶恐之中。……文学作品中'人'的贬值，恰是资本主义社会中人的异化感和屈辱感的反映，对某些作家说来，不失为一种抗议的手段。……但消极悲观从来不能成为法兰西性格的主流，所以在第一次世界大战前后的精神危机中，出现了罗曼·罗兰的《约翰·克利斯朵夫》《哥拉·布勒尼翁》《母与子》（又译《欣悦的灵魂》）……在第二次世界大战前后的精神危机中，出现了萨特的《恶心》《苍蝇》和《魔鬼与上帝》……罗曼·罗兰在作品中召唤人们以坚毅乐观、自强不息的个人奋斗精神与逆境搏斗；萨特则运用无神论存在主义的'自由选择'论，召唤人们以自己的行动去确立自身的价值。……他们都希望提倡一种较积极的人生观，吸引人们通过自己的努力在令人窒息的环境中打开一条出路，尽可能在社会的污泥浊水中保持人格的尊严和独立，以期做一个无愧于'人'的称号的人。

迄今为止，还很难见到什么评论，这样大处着墨地满足了前文所说的文学史的客观需要，如此入木三分地说明了法国文学的本质性格和本质力量。这里所以不厌其烦，将这段议论照抄下来，正是因为从中不仅见出作者对于法国文学的热情和造诣，更觉得这个关于"人"的贬值及其自强不息的观点，似乎超出法国文学而涵盖了整个西方文学，为我们曾经争论不休的一些问题提供了重新探讨的角度和途径。按说集中这篇《法国文学的理性批判精神》，本来就是本集的一篇堂堂正正的序言，又何须由我多事而饶舌呢，如果不是我另外还有几句题外话想说。

多年来在出版界流行一个说法：我们是编辑，编辑不是作家，把书编好出好就够了，用不着写什么文章，对书稿说三道四。这番话如果针对某些不安心编辑工作者而发，也许不无意义；但如果满足于按行情定选题，向名人组稿件，稿件到手则忙于"圈圈点点，镶牙补眼"，做到（甚或做不到）"通顺"二字就发排大吉——那么，这个说法便无异于企图掩饰自己的业务意识的浅陋，何况有些人连自己编的书稿是不是真正读懂了，也还说不准呢。法国的狄德罗就是编辑，中国的纪晓岚也是编辑，那些位大方之家且不去高攀了；单看本书作者作为文学编辑，恰好同这个说法相反，她不仅在选题方面力求从文学史本身来满足读者尚不自觉的需要，在组译方面力求形神兼备地对得起原著，更重要的是，书稿成熟只算完成了她的编辑业务的一半；她在发稿以后更关心如何帮助读者深入地理解原著，如何扩大原著在读书界的积极影响，以及如何缩短我国文化积累的应有目标和实际进程之间的差距——甚至可以说，发稿以后的评介工作（不论是自己动手写还是组织别人写）才是她的编辑业务的重点所在。足见，这本文集还可以告诉人们：在本来的意义上，应当怎样才算得上一个胜任的文学编辑。不过，环顾今天的出版界，又不能不叹息：这样胜任的文学编辑人才越来越稀有了，倒是那种随波逐流、急功近利、惟短期行为是务的编辑作风大行其道，这也是无可奈何的事。

近又传闻，出版界隐约有了一点转机，但好书还远没有脱离难出、难买的窘境。这本文集编竣，原稿在作者的抽屉里躺了许久，终于由她的母校出版社慨然出版，毕竟令人欣慰。我平日喜欢读她编的法国作品，又喜欢读她为它们写的文章，她愿意我为这本文集说几句话，我是义不容辞的。忍不住把一些不必说的话说了一通，无非属望读者面对过眼云烟似的出版物，幸勿为各种迷彩所惑，以致错过这本好书，一个将从心灵深处与你相呼应、却无意为你装门面的朋友。

绿　原

一九九〇年九月二十三日于北京

目　次

法国文学的理性批判精神 …………………………………… (1)

法国短篇小说巡礼 ……………………………………………… (7)

一部百科全书式的小说
　　——漫谈《巨人传》的思想与艺术 ……………………… (26)

法兰西喜剧之父——莫里哀 ………………………………… (47)

伏尔泰和他的哲理小说 ……………………………………… (53)

狄德罗美学思想浅析 ………………………………………… (59)

博马舍喜剧二种 ……………………………………………… (83)

文学领域的普罗米修斯——巴尔扎克
　　——"他用剑未能完成的事业,我要用笔来完成。"…… (89)

《巴尔扎克全集》中文版序 …………………………………… (98)

《高老头》——《人间喜剧》的序幕
　　——纷繁而集中,丰富而凝练 ………………………… (138)

资产阶级的胜利进行曲和贵族阶级的挽歌
　　——读《欧也妮·葛朗台》和《古物陈列室》………… (151)

《幻灭》——一代青年的悲剧 ……………………………… (164)

强中更有强中手
　　——《搅水女人》中的遗产之争 ……………………… (183)

十九世纪的摩登强盗
　　——读《人间喜剧》中的《十三人故事》 ………… (187)
传统商人的陷阱,银行家的乐园
　　——《赛查·皮罗托盛衰记》和《纽沁根银行》 …… (194)
《驴皮记》——一部貌似荒诞的现实主义小说 ………… (200)
金钱——占据《人间喜剧》舞台中心的无名主人公 … (211)
巴尔扎克面对转型期的法国 ……………………………… (224)
莫洛亚的《巴尔扎克传》 ………………………………… (286)
《红与黑》的魅力 ………………………………………… (294)
从《塔曼戈》看梅里美的艺术特色 ……………………… (306)
精致的战地速写——《夺堡记》 ………………………… (314)
生气勃勃的理论著作
　　——读《雨果论文学》 …………………………… (318)
谈雨果的《巴黎圣母院》 ………………………………… (323)
关于雨果的《九三年》 …………………………………… (327)
乔治·桑的《田园三部曲》前言 ………………………… (331)
活泼潇洒,独具一格
　　——读《缪塞戏剧选》 …………………………… (337)
《莫班小姐》译者序 ……………………………………… (340)
《福楼拜文集》总序 ……………………………………… (360)
法国文坛上的一颗流星
　　——莫泊桑和他的《一生》《漂亮朋友》 ………… (386)
《冰岛渔夫、菊子夫人》译者序 ………………………… (405)
奔向光明的激流
　　——读罗曼·罗兰的《母与子》 ………………… (415)
读罗曼·罗兰的《名人传》 ……………………………… (420)
盖棺且莫论定
　　——关于萨特之我见 …………………………… (431)

萨特是一个不容忽视的社会存在 …………………… (432)
　　萨特的存在主义的来源及其基本命题 ………………… (434)
　　萨特的思想历程及其在作品中的表现 ………………… (439)
《萨特文集》总序 ………………………………………… (445)

附　录

法国文学在中国
　　——人民文学出版社法国文学图书出版回顾 ………… (465)
浅谈《巴尔扎克全集》的翻译 ……………………………… (485)
切勿损害大师形象
　　——漫谈文学翻译 ……………………………………… (492)
编辑手记 …………………………………………………… (494)
蒋路是我的领路人 ………………………………………… (499)
追思绿原 …………………………………………………… (511)
朱光潜先生和我的师生情谊 ……………………………… (517)
追忆吴达元先生 …………………………………………… (529)

法国文学的理性批判精神[*]

我之喜爱文学，最初不过是好奇心使然。文学作品展示了许许多多我还不熟悉的生活，让我看到了个人视野之外的偌大世界。待年龄稍长，多了些阅历，便体会到文学原是本民族的心灵之窗，大凡有传世价值的作品，都是在特定历史条件下，写出了当代民族之魂的作品。我喜欢透过文学作品探究一个民族的气质，触摸一个时代的脉搏。我喜爱俄罗斯文学中沉郁的热情、韧性的力量和辽阔舒缓的韵致；欣赏德国文学中丰富的想象力和永恒执著的追求，赞叹美国文学中新大陆的开拓者那种明快大胆、一往无前的创业精神，那么法国文学的独特魅力是什么？是法国式的幽默机智？是人物塑造的鲜明生动？是法国人的善说故事、情节引人入胜？……这些可能都是它的特色，但我以为真正使之形成强大磁场的，首先是文艺复兴以来贯穿其文学主流中的理性批判精神。

许多人认为法国人浮华、浪漫、放荡不羁。的确，较之俄国人的深沉、英国人的持重、德国人的执著，高卢人的后裔似乎显得轻佻、浮夸、缺乏分寸感。但是，他们深刻的睿智使人惊讶，敏锐的眼光令人叫绝。这个天性快活，时刻不忘寻欢作乐的民族，表面上玩世不恭、嘲笑一切，其实具有健全的理智，遇事都有清醒的思考与分析；他们貌似轻浮，却能在大灾大难面前保持潇洒的风度，以轻松的笑谈来冲淡痛苦。

---

[*] 本篇原系为《法国文学的理性批判精神》一书撰写的专题文章，曾被文化部文学艺术研究所的《外国文学研究》采用，后收入《法国文学理性批判精神》（北京大学出版社1991年4月版）。

拉伯雷的《巨人传》、罗曼·罗兰的《哥拉·布勒尼翁》，对高卢人这种别具特色的性格作了生动形象的概括，谁若不了解法国人隐藏在荒唐面具下的严肃，浮夸外表下的深刻，玩世态度掩盖下的顽强意志及非凡的勇气，谁就无法理解法国文学。

法国人思想活跃，不安于现状，不断地反传统，几乎成了法国文学的传统。一个作家或艺术家，如果墨守成规，不能在某个方面超越前人或在艺术上另辟蹊径，就不会被认为是一位大作家或大艺术家，由此不难理解为什么近现代西方各种文学思潮、文学流派多是由法国发轫，然后推及欧美两洲。由此也不难理解，法国诸多文学思潮、文学流派，尽管创作思想、创作方法千差万别，却大都以批判为灵魂。不仅现实主义艺术如此，浪漫主义乃至象征主义、超现实主义和二十世纪的荒诞派戏剧，也无不具有批判的内涵，只是批判的角度、性质各各不同，有理性主义的批判，也有非理性主义的批判。从文艺复兴到十九世纪，占主流地位的，是理性主义的批判，从十九世纪末到二十世纪，逐渐转向非理性主义的批判。无论来自何种角度的批判，总之是出于对现状的不满。不满现状几乎是法国人固有的思维方式。在法国文学中可以找到歌颂理想或歌颂历史的作品，却很难找到一部歌颂现实的作品，现实永远只配受批判。但这不等于说法国人蔑视自己的国家、民族。实际上法国人很为自己这个民族骄傲，为他们丰富多采的文化艺术骄傲，为拿破仑的丰功伟绩骄傲，为他们的时装、香水、奶酪、葡萄酒……骄傲，然而任何伟大的人和事，都无一例外要受到当代人的猛烈批判。不过非理性主义的批判往往令人陷于悲观颓废，理性主义的批判则极力唤起人们的自信心和历史主动性。所以我以为理性的批判始终是法国文学中最富活力、最有影响、冲击力最大、生命力也最强的部分。

法国人心目中的理性，究其实仍是文艺复兴时期人文主义者们提出的人本主义。如果说东方文化的基础是人伦观念，西方近代文化的基础则是人本观念。这一观念原是针对中世纪的神本观念提出的，恰是统治欧洲达千年之久的基督教文化的逆反效应。西方的封建统治阶级为迫使人民安于受奴役、受压迫的命运,利用基督教的原罪说来束缚人的灵魂,让人们相信自己生来是为了赎罪,只有通过现世的忏悔、苦修和受难,求得上帝的宽恕,死后才能升入天堂,获得永生的幸福。神的统治窒息了人的自我意识,把天地万物中最富创造力的生灵,变成消极无为,听凭命运摆布的可怜虫。直到十四、十五世纪,随着古希腊、罗马文化的被发掘,新兴市民阶层的先进知识分子在复兴古代文化的口号下,提出了人为万物之本的新观念,才奠定了近代资产阶级文化的思想基础。

文艺复兴是欧洲市民阶级第一次伟大的思想解放运动,那些被称作人文主义者的先进思想家,以新兴阶级的青春锐气,大胆地以人来对抗神,以肯定现世幸福来对抗苦行主义、禁欲主义及基督教关于来世的许诺;以歌颂人的智慧、鼓吹追求知识、发展科学文化来对抗蒙昧主义和宗教神秘主义。欧洲的文艺复兴运动从意大利开始,继而传到德国、法国、英国。法国文艺复兴运动于十六世纪形成高潮,其主要代表人物拉伯雷以其五卷本长篇讽刺小说《巨人传》综合了整个人文主义思潮的主要内容。拉伯雷以民间喜闻乐见的巨人形象来体现人的力量、尊严与价值,体现足以与神相抗衡的人的理想形象。从此,人的尊严与价值能否得到承认、人的聪明才智能否充分发挥,便成为衡量社会制度是否合乎理性的尺度和标准,同时也成为近代法国文学的基本命题。四百年来,从拉伯雷到萨特,从十六世纪的人文主义到二十世纪的无神论存在主义,都没有离开这个基本命题。围绕这一命题,法国资产阶级的思想家和文学家充分显示了高卢民族清晰的思辨能力,鞭辟入里的批判精神和犀利、俏皮的讽刺才能。

如果说文艺复兴时期只是人的意识的初步觉醒,矛头仅仅指向教会,而没有明确的反封建纲领。那么,十八世纪的启蒙运动则是市民阶级对封建社会上层建筑的全面宣战。伏尔泰就是法国启蒙运动的领袖和代表人物。启蒙运动的领袖们和文艺复兴时期的巨人们一样,都是一些知识渊博、才华出众的人。他们高举理性的旗帜，对中世纪的一切观念形态展开了全面的清算和批判。这时的法国市民阶级已经形成一支不小的阶级队伍，具有相当强大的经济实力。他们不再像十七世纪太阳王时代那样，需要在王权庇护下谋求自身的发展，而是希望与贵族阶级分庭抗礼了。于是启蒙时代的思想家们提出了"天赋人权"的口号，明确地将矛头指向君主专制制度和贵族、僧侣的特权。由于法国封建社会的一切世俗权力都以神权为支柱，市民阶级的思想解放运动必然以对宗教的批判为中心内容。所谓理性即反对一切宗教偏见和迷信，把认识世界和主宰世界的能力与权力归还给人自身。从文艺复兴到启蒙时代，教士一直是法国文学嘲弄的对象，天主教教义的荒谬和教会的黑暗、腐败被揭露得痛快淋漓。

　　法国大革命以后，资产阶级和封建贵族之间复辟与反复辟的斗争延续了约半个世纪。这一过渡阶段错综复杂的阶级矛盾、阶级斗争，反映在文学上则是围绕人的命运这一主题的多元化矛盾。一方面，资产阶级的价值观与封建的等级门阀观念仍然存在尖锐的冲突；另一方面，随着资产阶级上升为统治阶级，金钱取代神权和君权成为主宰一切的力量，在推翻封建制度的漫长过程中形成的一整套非常革命的观念，与革命后建立的新制度形成了尖锐的对立。正当人们试图向新制度索取理性王国曾许诺的一切权利时，却发现无比高贵、尊严的人正在沦为商品；所谓"自由、平等、博爱"，在实践中只能是人与人之间的竞争角逐。幻想破灭了，人们发现自己孤立无援地置身于一个以金钱为杠杆的动荡不安的社会。宗法制的从属关系瓦解了，人们只能凭借个人力量在这浊浪滚滚的社会中挣扎、拼搏。民族史诗消亡了，代之而起的是个人的史诗，每一个被排斥在既得利益集团之外的人都对这个非正义、非人道的社会产生了强烈不满。整个十九世纪文学，基本上都是描写这种与社会对立的个人。法国文学史上因而出现了丰富无比的人物画廊，塑造出无数有高度艺术价值的个性。

　　理性王国破产了，而作为理性尺度和心理基础的人本观念依然存在。十九世纪的作家们正是从这一观念出发,围绕形形色色的个人命运,对现存秩序展开了猛烈的、多角度的批判。于是我们从巴尔扎克等前期作家的作品中看到了资本原始积累时期的血腥暴行、资本主义社会人与人之间冷酷无情的现金交易关系、竞争的残酷、金钱的败坏人心、法律的不公、政客的卑鄙、文化的堕落、天才的被毁灭、恶棍们的胜利;……于是我们从左拉等后期作家的作品中看到了资本主义生产的繁荣如何掩盖着资产阶级上层社会的腐朽堕落和劳动者非人的生活处境;……总之,资产阶级赖以反封建的思想武器,现在完全可以用来否定它自身。资产阶级愈是接近它的全面胜利,资本主义秩序愈是巩固,人们感到距离人的理想愈遥远,人愈来愈失去自己的本质,变成了物的奴隶、机器的附属品。从文艺复兴到二十世纪,人的形象在文学作品中愈缩愈小:文艺复兴时期是顶天立地的巨人;启蒙时代是叱咤风云的大写的人;十九世纪前期,在司汤达、巴尔扎克、雨果等作家笔下,大都是精力旺盛、雄心勃勃的出类拔萃的人;十九世纪中期的福楼拜则主要描写平庸的人;十九世纪后期,从自然主义流派开始,更多的是描写病态、丑恶甚至动物性的人。愈走向世纪末,人的形象愈委琐、渺小,两次世界大战更将人抛入无法主宰自身命运的迷惘和惶恐之中。正是在这样的背景下,非理性的悲观主义哲学产生了广泛的社会影响,文学上则是颓靡之风盛行。人们既厌恶自己的处境,也厌恶人本身。理性主义似乎走进了死胡同,人本主义似乎悲剧性地走向了自己的反面。

然而实际上,文学作品中人的贬值,恰是人的异化感和屈辱感的反映,对某些作家说来,不失为一种抗议的手段。惟其追求崇高,才痛感其丑恶、渺小;惟其向往有所作为,才痛感自身的无能为力。但消极悲观从来不能成为法兰西性格的主流,所以在第一次世界大战前后的精神危机中,出现了罗曼·罗兰的《名人传》《约翰·克利斯朵夫》《哥拉·布勒尼翁》《母与子》(又译《欣悦的灵魂》)及一系列以法国大革命为题材的戏剧;在第二次世界大战前后的精神危机中,出现了萨特的《恶心》《苍蝇》和《魔鬼与上帝》……罗曼·罗兰在作品中召唤人们以坚毅乐观、自强不息的个人奋斗精神与逆境搏斗；萨特则运用无神论存在主义的自由选择论，召唤人们以自己的行动去确立自身的价值。无论这两位大作家的哲学思想和具体论点有多大差异，本质上都和文艺复兴时期的人本观念一脉相承。他们都希望提倡一种较积极的人生观，吸引人们通过自己的努力在令人窒息的环境中打开一条出路，尽可能在社会的污泥浊水中保持人格的尊严和独立，以期做一个无愧于人的称号的人。

无可否认，基于人本观念的理性批判精神，在法国历史上起过非常革命的作用，没有人的思想解放，就没有现代生产力的解放；没有人的自我意识的觉醒，就没有一七八九年的法国大革命。而且时至今日，个人的尊严和价值观仍是西方社会促进生产力发展的一种极活跃的精神因素。在西方人的观念中，工作上的责任心是自尊心的表现，一个人的创造性是他价值的体现，而现代科技的飞跃则有赖于每个人的潜能及价值的充分发挥。作为一种观念形态，以个人的尊严与价值为主要内涵的人本主义，与自我中心主义、利己主义绝非等同的概念。自我中心主义、利己主义被认为与群体利益不能相容；人的尊严与价值则被视为人的基本权利。社会公共道德要求人们尊重和承认他人的人格与价值，也要求他人尊重和承认自己。而在社会生活中想要实现这一原则谈何容易，矛盾斗争是不言而喻的。没有这层出不穷的矛盾斗争，就很难想象数百年来西方社会历史的变化发展，也无从理解近现代西方文学艺术的灵魂。

一九九〇年四月

法国短篇小说巡礼*

随着现代生活节奏加快,短篇小说这种文学体裁日益受到读者欢迎,也日益引起作家们的重视。虽然和长篇小说相比,短篇小说因容量的限制,难以反映历史长河波澜壮阔的画面和社会生活错综复杂的矛盾,也难以塑造充实完整的人物形象。但这种文学体裁却自有其精细微妙的手段,可以通过截取生活的某一断面,反映时代、社会的主要特征,提出某个意味深长的命题,即所谓"借一班略知全貌,以一目尽传精神"[①]。一篇好的短篇小说,思想深度可以不亚于长篇,而由于篇幅短小则要求构思更巧妙,内容更集中,语言也更精练。

法国文学史上,短篇小说的地位不如美国短篇小说的地位显著,真正以短篇小说闻名于史的作家为数并不很多,但几乎所有的大作家都写过一些精彩的短篇,足以构成法国短篇小说的独特体系。本书汇集了法国三十位名作家的四十七篇短篇杰作,从中可以看出短篇小说这一艺术形式在法国的发展脉络和不同时代、不同作家的艺术特点。从十六世纪玛格丽特·德·纳瓦尔的《七日谈》开始,下线展至第二次世界大战时的萨特。至于战后的作品,则已选入《法国当代短篇小说选》[②],不包括在这个选本的范围之内。

短篇小说浩如烟海,优秀作品的数量也很可观,要编出一套理想的

---

* 本文原系《法国短篇小说选》(艾珉编选)编选者序,人民文学出版社,1989年版。
① 鲁迅:《〈近代世界短篇小说集〉小引》,《鲁迅全集》第4卷第104页,人民文学出版社,1957年版。
② 《法国当代短篇小说选》,金志平编选,人民文学出版社,1981年版。

的选本几乎是难以想象的。本书编选者不敢妄想满足各种视角的需要，只求突出各个时代不同流派作家的特色，使这一选本在某种程度上成为法国小说大师们艺术风格的巡礼，让那些工作、学习繁忙的读者耗时不多而能对法国短篇小说艺术获得一个概略的印象。

  法国短篇小说源于中世纪的韵文小故事，到十六世纪文艺复兴时期才初具雏形。当时的短篇小说其实就是故事，单纯叙事，没有任何写景、抒情的成分。法王弗朗索瓦一世之姊玛格丽特·德·纳瓦尔①是法国文学史上第一个短篇小说家。她的短篇故事集《七日谈》从内容到形式都模仿薄伽丘的《十日谈》。只是远不及《十日谈》那么辛辣锋利。玛格丽特代表人文主义者中温和派的立场。她的小说强调关心人、爱护人，提倡爱和宽容，谴责中世纪的野蛮和残暴，赞扬人类为谋求自身幸福所进行的斗争。《贞洁的少女》是《七日谈》中较典型的一篇，描写一个出身微贱但却懂得自尊自爱的少女如何在爵爷面前保持自己人格上的独立，终于赢得了爵爷的敬重，并为自己求得了幸福。

  与玛格丽特同时代，且担任过其秘书的德佩里埃也是一位短篇小说家，他的短篇故事集《新的娱乐和愉快的谈话》在他死后十五年才出版，他对宫廷贵族的批判揭露比玛格丽特泼辣大胆，作品所宣扬的生活哲学更具有文艺复兴时期反禁欲主义的特色，艺术风格也与法国文艺复兴时期的代表人物拉伯雷较为接近，只因资料缺乏，在本书中未能入选。

  十七世纪是古典主义时代。在太阳王路易十四的庇护下，戏剧事业空前繁荣，小说相对说来不那么引人注目。市民文学中小说固然占了相当大比重，但短篇小说基本上没有跳出滑稽小故事的框架。当时真正称得上对小说艺术有所建树的，当推拉法耶特夫人②。她的小说

---

① 玛格丽特·德·纳瓦尔(1492—1549)，法国小说家，法王弗朗索瓦一世之姊，法国人文主义早期代表人物之一。
② 拉法耶特夫人(1634—1693)，法国小说家，法国十七世纪贵族文学代表人物之一。

在心理刻画上显示了自己独创的风格,被认为是法国心理小说的前驱。她重视人物的内心冲突和感情风暴,而漠视对景物、衣着及一切外在事物的描绘,这一手法受到十九世纪作家司汤达的赞赏,后来在他笔下得到充分的发挥。拉法耶特夫人的代表作是中篇小说《克莱芙王妃》。本书所选《蒙庞西埃王妃》是她的优秀短篇,写得细腻真切、哀婉动人。小说以十六世纪查理九世时代为背景,描写一位美貌绝伦的王妃如何因理智向感情让步而招致不幸:她断送了最忠诚的朋友,失去了丈夫的敬重,而她所倾心相爱的情人又对她变了心,一连串的打击终于夺去了她年轻的生命。作者虽意在告诫女性节操自守,实则从另一侧面暴露了贵族社会婚姻的不幸。

十八世纪启蒙时代是思考的时代,文学上也处处体现了这一特色。启蒙时代的文学家同时也都是哲学家和思想家。伏尔泰[①]的哲理小说是他在文学体裁上的一大创造,也是他的作品中最富生命力的一部分。虽然他的主要创作活动是悲剧和史诗,而真正传之久远的却是被他自己称作"游戏之作"的哲理小说。这些作品充满睿智,文笔犀利,充分体现了法兰西民族的批判精神和机智、俏皮、揶揄、嘲讽等性格特点。表面看去似乎荒诞无稽,纯属虚构,实际上是现实生活的提炼和浓缩,意在揭示现实的本质,启发人们进行深入的思考。《如此世界》又名《巴布克所见的幻象》,是伏尔泰的第一篇哲理小说。小说以神话的形式,高度凝练地阐述了作者对法国社会的观察和分析,其结论是:"虽然不是一切皆善,也不是一切皆恶,还得让世界如此这般下去。"

启蒙时代另一思想家狄德罗[②]的小说同样具有浓厚的哲理性,但不像伏尔泰那样借助奇幻的色彩和想入非非的虚构,而是以现实的人,现实的事,提出现实生活中令人困惑或苦恼的问题。狄德罗习惯

[①] 伏尔泰(1694—1778),原名弗朗索瓦·玛丽·阿鲁埃,十八世纪法国启蒙运动领袖人物之一,既是哲学家、历史学家、政治家,又是戏剧诗人,史诗诗人和小说家。

[②] 狄德罗(1713—1784),十八世纪法国启蒙运动代表人物之一,著名的《百科全书》的组织者和主编,他是哲学家、美学理论家和小说家。

于采取对话和辩论的形式,运用妙趣横生的语言探讨种种社会问题。他的小说不仅具有十八世纪哲理小说那种叙事生动、说理明晰、对话机智俏皮等一般特点,且在形象塑造和情景描绘上有所突破。特别是中篇小说《拉摩的侄儿》,标志着一种多角度的认识方法和思维方式进入文学领域。《这不是故事》被认为是法国现实主义短篇艺术的发轫之作,从中可以看出狄德罗小说艺术的一般特点。狄德罗的小说基本上都属于问题小说性质,但他往往只提出问题,而不试图代替读者回答问题。

除伏尔泰和狄德罗外,十八世纪还有相当一批知名的小说家,如勒萨日、马利伏、普雷沃、卢梭、贝纳丹·德·圣皮埃尔等,都对小说艺术做出了重要贡献。特别是卢梭和圣皮埃尔,在一向以叙事为主的小说中,大量增加了自然景物的描绘和诗意的抒情成分,使小说艺术面目一新,对后来的浪漫主义文学产生了很大影响。但这些作家仅从事长篇小说和中篇小说的创作,未见有出色的短篇,因而未能入选。

十九世纪是法国文学高度繁荣的时期,各类文学体裁从内容到形式都有极大的丰富和发展。小说逐渐脱离故事的范畴,融入了诗歌、戏剧、绘画、雕塑等多种艺术的特点,增添了情景描绘、性格塑造、感情抒发、哲理探讨等多种表现手法。从此叙事已不是小说的唯一特征,情节也不是吸引读者的唯一手段,短篇小说和中篇小说的界限也愈来愈难划分了。

十九世纪前期的浪漫派作家强调激情在作品中的地位,热中于表现炽烈的感情、非凡的性格、孤独的灵魂和复杂的内心世界,夏多布里昂[①]的中篇小说《阿达拉》和《勒内》被认为是法国浪漫主义的开山之作,书中美洲原始森林的奇异风光和忧郁伤感的情调,对当时的读者产生了极大的吸引力。《阿邦赛拉琪末代王孙的艳遇》和《阿达拉》

---

① 夏多布里昂(1768—1848),十九世纪法国贵族浪漫主义文学代表作家。

《勒内》一样选自他的名著《基督教真谛》，其构思及技巧也决不在《阿达拉》《勒内》之下，可以说是他最优秀的短篇。夏多布里昂笔下的主人公无一例外将信仰置于爱情之上。意在颂扬宗教信仰的巨大威力。夏多布里昂的散文如诗，和谐优美、音韵悠扬，虽词藻过于华丽、雕琢，仍不失为法国文学史上令人瞩目的抒情篇章。

维尼①与夏多布里昂同属贵族浪漫主义的代表人物，而其艺术风格迥然不同。夏多布里昂文风夸张浮艳，维尼则用笔严谨，且颇富哲理。他意识到旧制度的覆灭无可挽回，作品中充满绝望情绪和阴郁的孤独感。他歌颂"高度坚忍的傲骨"，主张"默默地忍受痛苦而死去"。《洛蕾特或火漆印的故事》选自他著名的短篇集《军人的荣誉与屈辱》，主题是揭露督政府时期虚假的言论自由。小说由于着意铺陈了男女主人公天真无邪的心灵和纯洁动人的爱情而产生了惊心动魄的悲剧效果。

与夏多布里昂、维尼等贵族作家不同，具有民主倾向的雨果和乔治·桑的作品极少悲观情调，而是充满积极的理想色彩。雨果②以人道主义为尺度批判社会的不公，呼吁正义、善良和人与人之间的理解。他对社会问题极为关注，对人民的苦难寄予无限同情。雨果是十九世纪法国浪漫主义运动的领袖，创作生涯达六十余年之久，在诗歌、戏剧、小说、政论诸方面都有很高成就，但小说方面仅以长篇见长，短篇小说无出色成果。本书所选《克洛德·格》是他在三十年代根据真人真事写成的一篇社会小说，后来成为长篇名著《悲惨世界》构思的基础。乔治·桑③的思想深受空想社会主义影响，作品中渗透着对劳动者的尊敬和对等级观念的蔑视。她的创作同样以长篇小说为主，短篇小说为数寥寥，但《侯爵夫人》堪称浪漫派的短篇杰作。这篇充满浪漫

---

① 维尼(1797–1863)，十九世纪法国贵族浪漫主义文学作家。
② 雨果(1802–1885)，十九世纪法国浪漫主义文学的领袖，法国声望极高的诗人、戏剧家和小说家。
③ 乔治·桑(1804–1876)，十九世纪法国享有盛誉的浪漫派女作家。

情调的爱情故事,无论艺术风格或思想内容都充分体现了乔治·桑的个人特点:冲动的热情,细腻的感受,流畅的文笔和几乎贯穿在她所有作品中的平等观念。

相对而言,缪塞①在短篇小说上比雨果、乔治·桑技高一筹。他首先是一位才华横溢的诗人、剧作家,小说数量不多,却能以质取胜。《咪咪潘松》成功地勾画了巴黎小女工的形象(小说的副题就是"巴黎小女工的素描")。这一巴黎特殊阶层人物在十九世纪文学中经常出现,缪塞笔下的潘松是写得最鲜明、生动的一个。作者以同情和理解的态度,既描写了她们的荒唐不羁,同时也刻画出她们善良的本性和高尚的品格。缪塞是浪漫派中最有个性的一位作家,他的小说和他的戏剧一样,写得活泼潇洒,别具一格。轻松却不流于轻浮,俏皮而不失认真、严肃。

奈瓦尔②属于浪漫派中具有唯美倾向的作家,作品以诗歌、散文为主,也写小说。《西尔薇》是他最富魅力的作品之一。这篇抒情散文式的小说描述了作者故乡瓦卢瓦的自然景色和作者少年时代的恋情,全篇充满奈瓦尔所特有的那种梦幻色彩,似梦非梦,似现实又似超现实,对后来的象征派诗歌及超现实主义文学曾产生重要影响。

总之,法国浪漫派作家在丰富短篇小说艺术上,都各自做出了一定贡献。但一般说来,浪漫派作家在诗歌方面的成就高于小说,小说领域内短篇的成就又远不及长篇。浪漫主义时期真正在小说创作上取得巨大成就的,是被后人称作批判现实主义作家的巴尔扎克③、司汤达④和梅里美⑤。这三位作家都曾是浪漫主义运动的参与者,而在创

---

① 缪塞(1810 – 1857),法国浪漫派中卓有才具的诗人、剧作家和小说家。
② 奈瓦尔(1808 – 1855),原名杰拉尔·拉布吕尼,浪漫派中具有唯美倾向的诗人、散文家、小说家和童话作家,也有人认为他是象征主义和超现实主义的前驱。
③ 巴尔扎克(1799 – 1850),十九世纪最伟大的批判现实主义作家,著名的系列小说《人间喜剧》的作者。
④ 司汤达(1783 – 1842),原名亨利·贝尔,十九世纪法国卓越的批判现实主义作家,著名的长篇小说《红与黑》的作者。
⑤ 梅里美(1803 – 1870),十九世纪有独特艺术成就的法国小说家。

作实践中却和浪漫派分道扬镳。

巴尔扎克和司汤达是站在历史哲学的高度,同步反映时代进程的伟大典范。他们的创作同样以长篇为主,但不乏中短篇杰作。巴尔扎克实际上是十九世纪上半期最多产的中短篇小说家。他的《人间喜剧》至少有三分之一的篇目属中短篇小说类型。司汤达的中短篇作品主要是以意大利为题材的一组小说,被后人结集出版,题名《意大利轶事》。巴尔扎克和司汤达的创作思想、创作方法有许多相通之处。他们同属观察力、思考力极强的作家,对法国从封建社会向资本主义过渡的伟大历史转折有着敏锐而深刻的判断;他们同样重视典型化的方法,善于通过塑造典型以更集中、更概括、更强烈、更鲜明地反映社会的本质面貌。但在思维方式、艺术手法上,他们又各有特色。巴尔扎克更倾向于对社会整体和人性的研究,司汤达更关注现实政治斗争;巴尔扎克善于在纷纭复杂的现实关系中展示人物思想性格的形成和发展,司汤达则以刻画内心世界作为塑造人物的主要手段。因而巴尔扎克作品中似乎必不可少的种种琐细的描写,在司汤达的作品中是完全见不到的。他像拉法耶特夫人一样,省略了一切外在的事物,诸如街道、房屋、服饰、自然景色……等等,而把笔力全部用于表现人物的内心冲突。

短篇小说《法尼娜·法尼尼》是《意大利轶事》中流传最广的名篇,无论思想内容或艺术手法都很能反映司汤达的特点。小说以意大利烧炭党人反抗奥地利的统治、争取民族独立的斗争为背景,将主人公置于尖锐的矛盾冲突之中:一方是完美的爱情和巨大的财富,另一方是需要以生命为代价的正义事业。在短短的篇幅内,意大利人炽烈的情感和奔放的性格,席卷欧洲的民族解放斗争风暴,爱国志士在生死考验面前做出的英勇抉择,都在作家雄健的笔锋下得到深刻、强烈和惊心动魄的表现。

至于巴尔扎克的作品,由于太丰富、太复杂,倒很难选出真正的代表性名篇。本书所选三篇作品,仅能反映作者几个不同的思想侧面和几种不同的艺术手法。《玄妙的杰作》是一篇充满辩证法的哲理小说，颇能显示作家深邃的思想和凝重的风格。小说描写一位画家怀着狂热的信念，探索一种使绘画传达出人物的生命运动和思想感情的艺术。当他在理智的限度内运用他的技艺时，他创造出无与伦比的杰作，而一旦把他的理论推向极端，把色彩的作用夸大和绝对化以后，却陷入可悲的荒谬境地。他毁坏了本来可能成功的艺术，最后也毁灭了自己。《红房子旅馆》属社会哲理研究，着意揭露拜金主义对人心的腐蚀和资本原始积累中罪恶的普遍性，突出地表现了作家的心理分析才能。《无神论者望弥撒》中塑造的挑水夫布尔雅，是《人间喜剧》中最动人的形象之一，这位穷苦的奥弗涅人，以他二十二年辛苦劳作的积蓄，供一个萍水相逢的大学生求学而不贪图任何回报。在作者看来，惟有宗教对心灵的净化作用，才能使人达到这样高尚纯洁的精神境界。

巴尔扎克和司汤达是举世公认的现实主义大师，但又都生活在大革命以后那个充满英雄梦想和浪漫激情的时代，所以他们的现实主义艺术也都染有浓厚的浪漫主义色彩。激情在他们的作品中占有举足轻重的地位。他们笔下的主人公大都具有强烈的感情和非凡的个性，或者赋有某种出类拔萃的品格和才能。这些人物对待生活是一种积极的、进取的态度，时时刻刻有所期待、有所追求，因而对周围的现实也总是有所不满、有所批判。这两位作家本人也一样，他们并不是消极地谱写现实，而是怀着各自的信念，热切地盼望出现一个容许个人才智得到充分发展的"理想"社会，并深信自己在当代历史中应当扮演一个重要的角色。所以他们热情地投入现实生活，密切注视历史的进程，猛烈抨击一切不合理的社会现实，努力探索比较合理的未来。

梅里美的情况有所不同，他是一位纯粹的艺术家，一位考古学者。他不像巴尔扎克和司汤达那样热情关注现实生活，也没有高瞻远瞩的社会理想。他无意于对社会进行整体的观察，也无意于探讨当代生活中的本质矛盾。他的雅趣引导他从古代废墟或各地风土人情中发掘题材，而对现实矛盾则常常显得超然物外。虽然他也写过一定数量有批判揭露意义的作品，但就反映现实的深度和广度而言，他无法与前述两位大师相提并论。但梅里美是十九世纪前期唯一以中短篇小说闻名于世的作家，曾为法国中短篇小说艺术做出卓越的贡献。他的中篇小说《卡门》《高龙巴》，短篇小说《马特奥·法尔科纳》《塔曼戈》和《伊尔的美神》等，都是在全世界脍炙人口的作品。梅里美是一位具有特殊魅力的作家，他的风格严谨典雅而不矫揉造作，文笔优美、细腻且清新洗练。虽然他处在浪漫主义文学浪潮之中，却丝毫没有沾染浪漫派夸张、华丽的文风，他厌恶浪漫派的感情泛滥，主张以冷静、客观的叙述代替一切，他要求作品只陈述事实，不带丝毫感情色彩。这种艺术手法不仅与酷爱展示个人情感的雨果、乔治·桑截然不同；与充满激情的巴尔扎克、司汤达也大异其趣。巴尔扎克喜欢在作品中发议论、抒情怀，司汤达的作品字里行间都渗透着作者本人的热情与爱憎。而梅里美的艺术功力，却能以不动感情的叙述，达到震撼读者心灵的效果。如《塔曼戈》中，作者自始至终不发议论，也无一声感叹，仅用客观叙述的态度将资本主义原始积累时期惨无人道的奴隶买卖展陈在读者面前，其效果之强烈，比一席控诉更令人震惊。《马特奥·法尔科纳》和《伊尔的美神》，同样也显示了这一特点。这种艺术方法后来在福楼拜笔下得到了进一步的发展。所以就狭义的现实主义艺术而言，梅里美的现实主义似乎比巴尔扎克和司汤达更加纯粹。但梅里美毕竟也生活在浪漫主义时代，不可能完全摆脱浪漫主义的影响。表现在题材选择上，他偏爱异国情调和惊心动魄的非常事件，偏爱与文明社会相对立的原始的强悍性格。从这方面看，他的艺术情趣与浪漫派还是有相通之处的。

真正彻底摆脱浪漫主义影响，并对现实主义艺术有所突破的，是十九世纪中叶的福楼拜[①]。福楼拜的童年在浪漫主义风靡法国时度

[①] 福楼拜(1821—1880)，十九世纪法国继巴尔扎克、司汤达之后的第三位杰出的现实主义小说家，"客观性艺术"的创导者。

过,雨果曾是他心目中的偶像。而待他从事写作时,社会状况已发生很大变化,惊心动魄的英雄年代过去了,一八四八年的革命风暴也已平息,随之而来的是一个相对稳定的平庸时代。浪漫主义的激情一去不复返,剩下的只是鄙俗可厌的现实。福楼拜不能再步前人的后尘,他必须另辟蹊径。这时在法国兴起的实证科学对他起了决定性的影响,他于是改弦更张,提出"小说是生活的科学形式",要求小说家从作品中完全删去自我,"以纯客观的态度描绘一切、解剖一切。"如果说梅里美的冷静、客观之中还透出浪漫主义的猎奇心理,那么福楼拜这种"客观性艺术"可说是真正做到了"深深地藏匿自己",让读者完全忘记作者的存在。他从不追求任何浪漫奇想,不描写任何非常事件,不刻画任何出类拔萃的人物;他所描述的,是最平庸的人和最平淡无奇的生活。然而这些琐细无聊的生活经过他的艺术处理居然能够变得富于韵味。短篇小说《纯朴的心》就是这样一篇充分反映福楼拜艺术特色的作品。小说故事结构简单,几乎是平铺直叙,没有什么重大的波澜起伏,然而作家高超的白描技巧竟使无数读者为这个女佣平凡的一生感动得凄然泪下。

福楼拜和梅里美一样是个苛求的艺术家,他认为艺术家的天职就是为他所要表达的内容寻求最美好的艺术外壳。他厌恶夸张和形容词的堆砌,他所追求的美以准确简练、朴实无华为最大特色。他的作品无论篇幅大小都像是一气呵成,自然流畅,文字锤炼到几乎不能增减一字的程度。但是没有理由认为福楼拜仅仅是个追求形式美的作家,他的"客观性"艺术并不意味满足于描摹事物的粗糙表象。相反,他和十九世纪前期的现实主义大师们一样强调对现实的观察、理解和分析,并认为"透彻地理解现实,通过典型化的手段忠实地反映现实"是小说家应当遵循的一条基本原则。这一观点决定了他成为巴尔扎克和司汤达的后继者。虽然他排除了激情,虽然他遁世隐居,视野受到很大局限,不可能写出如他前辈那样气魄宏伟的作品,但在他所谱写的生活领域内,他的观察是深刻的,艺术是相当完美的。

福楼拜所创导的这种"客观性艺术",后来被自然主义作家推向极端。自然科学的概念和方法被大量引入文学,描写也愈来愈追求精确和琐细。因而法国文学史上一般把福楼拜视为浪漫主义时期和自然主义时期之间承上启下的人物。法国当代某些评论家甚至因他那种客观、冷漠的风格而称他为现代派小说的前驱。

和十九世纪前期的作家相比,十九世纪后期的作家对短篇小说给予了更多的重视。围绕在左拉周围、当时被称为"梅塘集团"的一批作家都写了相当数量的中短篇小说,其中成就最高,影响最大的,当然是被誉为"短篇小说之王"的莫泊桑。

莫泊桑①是福楼拜的弟子,曾在福楼拜的悉心指导下接受了多年严格的写作训练。一八八〇年,他的短篇小说《羊脂球》在著名的《梅塘夜话》小说集②中发表,在法国引起了爆炸性的反响。这篇小说以其巧妙的构思、圆熟的技巧,以及对现实的深刻剖析受到人们的交口称赞。从此他一发不可收,短短十年之内就发表了三百多篇短篇小说、六部长篇小说、三部游记和一部诗集。虽然他的长篇小说也有相当高的成就,但使他在十九世纪世界文坛上放出异彩的却是短篇小说。短篇小说这种体裁在法国历来不十分受重视,直到莫泊桑笔下才充分施展其魅力,显示出巨大的容量,承担起描绘社会风貌的重任。莫泊桑具有一种非凡的捕捉生活的本领,善于从一般人视而不见的凡人小事中发掘题材,他不像十九世纪前期的作家那样醉心于刻画超群出众、叱咤风云的人物,他不写英雄,不写激情,而是写日常的人情世态和微不足道的芸芸众生:农民、铁匠、船工、修椅垫的女人、穷公务员、流浪汉、乞丐、妓女、俗不可耐的小市民……都是他着意观察和研

---

① 莫泊桑(1850-1893),十九世纪末叶法国卓越的小说家,尤以短篇小说的巨大成就闻名于世。
② 一八八〇年,以左拉为首的六个文人在巴黎近郊左拉的梅塘别墅聚会,以普法战争为题材各讲一个故事。这六篇故事结集出版,书名便叫《梅塘夜话》。

究的对象。

莫泊桑的生活经历不算丰富,他所经历过的唯一重大历史事件就是普法战争,这段经历给他提供了一系列爱国短篇的素材,其中最著名的便是前面提到的《羊脂球》。此外,《两个朋友》《一场决斗》《米隆老爹》《索瓦热老婆婆》《菲菲小姐》等也都是很有特色的作品。莫泊桑即使写爱国行为也从不吟唱激昂慷慨的英雄赞歌。《两个朋友》中的主人公是两个普普通通、安分守己的小市民,他们不是英雄,也没有做过英雄的梦,但在严峻的生死考验面前,在卖国与死亡之间,他们默默地选择了死亡。小说自始至终采用冷静客观的白描手法,用笔十分节省。从受审到牺牲,总共不过数百字,且无一字用于渲染气氛,作者的描述也丝毫不带感情色彩,但却产生了非同寻常的悲壮动人的效果。莫泊桑曾在巴黎当过七年小职员,因而这个阶层的生活、思想、性格和弱点也在他笔下得到了充分的表现。《我的叔叔于勒》《伞》《一家人》《项链》等都是其中最有代表性的作品。《项链》是莫泊桑的作品中流传最广的一篇,几乎世界各国都已将它选入教材,这篇以小资产阶级的虚荣与不幸为题材的小说,达到了内容与形式高度完美的结合,代表了莫泊桑短篇艺术的高峰,不仅给读者留下凄婉的韵味,而且引起无限的思索。莫泊桑常常怀着真挚的同情,描写形形色色小人物的苦难与被侮辱被损害者的悲惨处境,为读者绘出一幕幕惨淡的人生。(如《港口》《衣橱》《流浪汉》《瞎子》)莫泊桑有时也是一位快乐风趣的讲故事能手,怀着善意讲述乡下人的狡黠和天真。(如《一个诺曼底人》《萨博的忏悔》)莫泊桑又是诗人,小说中也会出现具有诗情画意、富于浪漫色彩的篇章。《月光》就是一篇清新别致,如散文诗般的作品,坦率、真诚地讴歌了如大自然一样美好的爱情。

莫泊桑在艺术上师承福楼拜,艺术理论上似无明显的创新。他超过前人的地方,主要在于通过短篇小说的大量实践,已深得这一文学体裁的奥妙,运用起来得心应手。他的短篇小说之所以获得成功,除构思巧妙、剪裁得体外,很大程度上应归功于语言的功力。他的语言好似一泓清水,清新流畅、朴素自然,优美而不流于纤弱,精确洗练而不乏幽默机智,可以说在修辞上达到了炉火纯青的程度。这一点正是使他的同代和后代作家最为折服的。

除莫泊桑外,左拉和都德在短篇小说方面也取得了较大成就。左拉[①]是著名的多产作家,除二十余部长篇小说外,中短篇小说的数量几乎相当于莫泊桑中短篇小说的一半。作为自然主义的创导者,左拉主张以科学实验的方法从事文学创作,按生理学、遗传学的规律剖析人类。而他最成功的作品却往往不曾严格遵循自己制定的那套法则。他的优秀短篇小说《磨坊之役》于一八八〇年和莫泊桑的《羊脂球》同时在《梅塘夜话》小说集中发表。小说热情讴歌法国人民在普法战争中英勇抗敌的牺牲精神,写得悲壮慷慨,可歌可泣,具有强烈的艺术感染力。另一短篇杰作《陪衬人》以讽刺夸张的风格揭露将人的价值商品化的资本主义社会,写得锋利泼辣、耐人寻味,这两篇小说都已成为世界名篇,却很难从中找到自然主义理论的痕迹,倒是某些刻意追求科学性的小说,未能达到这样的艺术效果。

都德[②]是著名的"五人聚餐会"的成员(其他四位成员是:福楼拜、左拉、爱德蒙·德·龚古尔和屠格涅夫),也是梅塘集团中一位别具特色的小说家。他天性和善、宽容,对现实的批判剖析不像其他作家那么严峻。他的作品文笔流畅、趣味盎然、幽默诙谐,而且充满诗意。他的短篇小说集《磨坊文札》和《月曜日故事集》一直被认为是法国短篇小说中的精品。《磨坊文札》描绘普罗旺斯半宗法式社会和田园牧歌式的生活,充满诗情画意和纯朴自然的人情美(如《繁星》)。《月曜日故事集》中写得最成功的是两类题材:一是描述小人物,特别是文人、艺术家的辛酸和凄苦(如《毕西沃的公事包》);二是反映普法战争的爱国短篇(如《最后一课》《柏林之围》《打完这盘台球》等)。《最后一

[①] 左拉(1840–1902),十九世纪后期的著名法国小说家,自然主义流派的领袖。著名的长篇系列小说《卢贡·马卡尔一家》的作者。
[②] 都德(1840–1897),十九世纪后期一位别具特色的小说家。

课》是都德作品中流传最广的一篇,和莫泊桑的《项链》一样,早已编入世界各国的语文教材。都德的作品带有浓厚的抒情色彩,读来亲切感人,和自然主义所创导的原则其实相去甚远。"梅塘集团"号称自然主义作家集团,实际上这批作家的共同点仅仅在于反对浪漫主义的夸张文风和感情泛滥,真正支配他们的创作的,仍是各自的个性和实际生活体验,而不是某种统一的理论或法则。

梅塘集团另一个较重要的作家是后来转向象征主义的于斯曼①。《背包在肩》亦为《梅塘夜话》小说集中的一篇,小说以惊人的坦率描写了他本人短暂的行伍生活,虽不及《羊脂球》和《磨坊之役》引起的反响强烈,却颇能体现自然主义"绝对真实"的艺术特点。他的作品颇多涉及饮食男女和官能感受,描写精细,活泼生动,形象逼真,而在审美价值上,较之莫泊桑、左拉的作品则略显逊色了。

除上述以左拉为首的作家群,十九世纪后期还有一位值得一提的短篇小说家——克拉代尔②。他在六十年代作为描写农民生活的短篇小说家登上文坛,后来成为巴黎公社文学的代表作家之一。他虽未直接参加公社的斗争,却衷心同情革命,后来以公社为题材写了一部长篇小说(《艾赫拉依》)和许多短篇小说。《复仇》歌颂了在拉雪兹神甫公墓浴血奋战、英勇捐躯的公社战士,在巴黎公社文学中颇具代表性。

十九世纪末叶,自然主义已走向没落。当文学对现实的描绘已经精确琐细到无以复加的地步时,人们很自然地转而追求一种抽象的、超现实的艺术。何况现实生活是如此平庸,愈来愈令人难以忍受,因此象征主义和唯美派诗歌的兴起便势在必然了。但在十九、二十世纪之交,有一位独树一帜的大作家脱颖而出,超脱于自然主义、象征主义等流派之外,这便是以渊博的学识、精细的鉴赏力,以及温雅高贵、幽

---

① 于斯曼(1848—1907),十九世纪末的法国小说家和艺术批评家。
② 克拉代尔(1835—1892),十九世纪的法国工人作家。

默含蓄的文体蜚声文坛的法朗士①。

  法朗士是一位蛰居象牙之塔的学者，对社会现实持悲观怀疑和逃避的态度，他的早期创作大都从历史传说或神话故事中发掘题材，短篇小说则多系模拟中世纪的民间传说或文艺复兴时期的滑稽故事。九十年代发生的德雷福斯冤案②激起了他的义愤，他和左拉站在一起，为德雷福斯伸张正义，与法国司法当局进行了历时十余年的斗争。这场斗争把法朗士推向进步阵营，对他的创作产生了巨大影响。《克兰比尔》便是他取材于现代生活的第一篇作品。法朗士以其冷静的批判眼光、清晰的思辨逻辑、温雅的嘲讽笔调和机智俏皮的语言，娓娓动人地叙述了一个菜贩的不幸遭遇，巧妙地指控了司法机构的蛮横、不公，进而揭露出整个资本主义社会比监狱更加冷酷。最后小贩走投无路，故意"寻衅"以求再度入狱，这一结尾进一步深化了主题，给读者留下了更多的思考余地。《克兰比尔》是德雷福斯案件的直接反响。虽然只是一个短篇，当时在法国却家喻户晓，影响极大。

  进入二十世纪以后，法国小说开始出现内向化的趋势。人们似乎渐渐厌倦了对外部物质世界和外部行动的描写，也厌倦了象征派末流那种远离现实、内容贫乏、讲求形式的倾向，于是转而培育"自我"，愈来愈多地关注内心生活的历程。纪德③的作品处处反映内心的矛盾和种种无结果的探索。普鲁斯特④为之献出毕生心力的鸿篇巨制《追忆逝水年华》纯粹是主人公个人意识活动的一系列追忆（即所谓"意识流"）。叙事已不再是小说的固有特点，情节愈来愈退居次要地位。法国传统小说本以情节紧凑、故事性强和富于戏剧性著称，二十世纪的

---

① 法朗士(1844 – 1924)，法国作家，文艺评论家。
② 一八九四年，法国政府给无辜的犹太军官德雷福斯定了卖国罪，激起法国各阶层人民的义愤，左拉发表著名的《我控诉》，愤怒声讨法国司法当局的沙文主义行径，经过十余年的斗争，这一案件到一九〇六年终于得以平反昭雪。
③ 纪德(1869 – 1951)，现代法国著名作家，一九四七年诺贝尔文学奖获得者。
④ 普鲁斯特(1871 – 1922)，法国作家，意识流的首创者。

小说结构却愈来愈松散,戏剧冲突几乎从小说中消失,而主观感受和纯意识活动则上升到非常突出的地位。这一特色并未为现代派作家所独占,也不能与哲学上的非理性主义完全等同。如罗曼·罗兰、罗杰-马丁·杜伽尔等典型的现实主义作家,作品中也都强调对人物深层意识的挖掘。罗曼·罗兰曾明确宣称,他是他笔下那些人物的"思想的记录者"。从莫里亚克①的短篇小说《身分》,也可以清楚地看到传统现实主义艺术与现代艺术的交叉。小说通过一个在传统观念压抑下被扭曲的灵魂,完整地描述了一出有着深刻社会根源的家庭悲剧。莫里亚克善于描绘人物内心的烈火和对种种旧意识的强烈抗议。贝尔纳诺斯②的《达尔让夫人》与莫里亚克的小说有异曲同工之妙。这篇作品通过一个临终女人的自白,把爱情绝望所产生的复仇意识表现得淋漓尽致。萨特③的《墙》,则把因犯临刑前下意识的恐惧心理和克服恐惧心理的过程刻画得具体而微。这些都体现了现代小说内向化的特点。

随着情节的淡化,短篇小说和抒情散文、随笔的界限日渐模糊。纪德的《浪子回家》没有具体情节,只让读者看到一颗跃动着的向往自由的心。这篇小说根据《圣经》故事改编,而寓意完全不同。《圣经》中的浪子的确是迷途知返,改邪归正;纪德的浪子在承认自己失败的同时,却寄希望于第二代浪子,希望他的弟弟能追寻到他所未能追寻到的东西,从此永不回头。至此,短篇小说和作为其源头的"故事"似乎已脱离关系,倒是与诗更接近了。有人认为情节淡化会降低小说的魅力,其实不尽然。纪德那种明净的风格、细腻的感受和深邃的寓意,往往比离奇曲折的情节更能触动读者的心弦。

应当承认二十世纪前期的短篇小说艺术并没有止步不前。除了

---

① 莫里亚克(1885-1970),现代法国著名小说家。
② 贝尔纳诺斯(1888-1948),现代法国小说家。
③ 萨特(1905-1980),二十世纪享有极高声誉的哲学家、戏剧家和小说家。

自我意识的挖掘走向深入外,写作技巧也有所丰富发展。巴比塞①的《十字勋章》显然采用了黑色幽默的某些手法,使他所披露的暴行更加触目惊心。科莱特②的《牵牛花》吸收了现代幽默画的特点,充满轻松而无恶意的嘲弄。尤瑟纳尔③的东方故事,借用神话或异域传说来表述人生哲理或感情体验,将最纯粹的古典风格和超现实的意境结合在一起。

莫洛亚和埃梅是二十世纪最值得注意的短篇小说家。莫洛亚从事多方面文学创作,尤以传纪文学闻名于世。而法国有的评论家竟称他为"莫泊桑之后第一人",可见其短篇小说成就之高。他的短篇小说题材广泛,风格多样:时而写实,时而荒诞,时而幽默含蓄,时而充满浪漫色彩,既能多角度地反映生活,艺术上又总能给人以新鲜感。特别是他的短篇小说结尾,新颖别致,往往出人意料,与美国著名的"欧·亨利式的结尾"④相比毫不逊色。不过他的短篇小说绝大部分发表在战后,《法国当代短篇小说选》中已经介绍了这位作家,故本书中不再入选。

埃梅⑤是本世纪最有独创性的作家之一。他生前没有引起足够重视,死后却声誉日隆,被认为是最受青年欢迎的十位现代作家之一。他的文笔洒脱,想象力极为丰富,往往以怪诞离奇的故事,讽喻现实生活的荒谬,表面上是无稽之谈,实际上给人以强烈的现实感。如《生存卡》的构思,实际上来自第二次世界大战期间纳粹占领下实行的配给制。由此作者臆想出一种表示"定量生存"的生存卡,用以表现对人民生存权利的剥夺。尤为深刻的是,作者描写穷人迫于生计,纷纷出卖

---

① 巴比塞(1873—1935),现代法国小说家,第一次世界大战期间曾在前线作战。
② 科莱特(1873—1954),现代法国知名女作家,创作生涯长达五十年。
③ 尤瑟纳尔(1903—1987),原名玛格丽特·德·克莱昂古,现代法国著名女作家。
④ 欧·亨利(1862—1910),美国著名短篇小说家,他的作品构思巧妙,文笔细腻,特别是他那似乎出人意料,实为情理之中的逆转结局,博得读者和批评界的一致赞扬,被称为"欧·亨利式的结尾"。
⑤ 埃梅(1902—1967),现代法国杰出的小说家、剧作家和小品文作家。

自己的生存卡,因为与其在饥饿中挣扎,不如少活几天,以换得另几日的温饱;而阔人们却贪得无厌,趁机大量购买生存卡,过着比别人多出几倍甚至数十倍、数百倍的生活。有个大富翁,在六月三十日至七月一日的转瞬过渡之间,竟然享用了一千九百六十七张生存卡,多生活了五年四个月,而这数字还算是小的。这种夸张、荒诞的描写,深刻地揭露了社会的贫富悬殊和人吃人制度的实质。又如《铜像》,叙述人们为纪念一位卓有成就的发明家,给他树立了铜像。殊不知他并没有死,而是过着被人遗忘的凄苦生活,最后沦为乞丐。当他试图向人们证明自己就是铜像所代表的那个人时,竟被投入监牢。作者就这样把活着的发明家和他死后的铜像安排在一起,生动地对比了奉献者生前的凄苦和死后的殊荣,读来令人拍案叫绝。

抵抗运动时期的短篇小说,最著名的是维尔高尔①的《海的沉默》。这篇小说深沉含蓄的风格,较之直露的描写更能反映敌占区人民的处境、心情及与占领者之间复杂的关系,因而在敌占区流传很广,影响极大,且在战后搬上了银幕。此外,阿拉贡和特丽奥莱也写了不少爱国短篇小说。阿拉贡②唯一的短篇集《法国人的屈辱与伟大》,歌颂了抗敌战士的英勇机智和献身精神,揭露、鞭笞了叛国者卑劣的灵魂。

二十世纪前期最重大的历史事件是两次世界大战。这两次突如其来的战争灾难使人们产生一种悲观、迷惘和无法主宰自身命运的焦虑感,因而二十世纪前期的小说中除抵抗运动文学外,再也看不到十九世纪前期那种浪漫主义激情和十九世纪后期那种科学的冷静,而主要是让人看到心灵的躁动不安。如果说,十九世纪文学的基本主题是个人与社会环境的冲突,个人为实现自身价值而与命运进行的搏斗,那么二十世纪文学则在很大程度上反映了人们在生活中的失落感和

---

① 维尔高尔(1902–1991)原名冉·布律勒,现代法国小说家和随笔作家。
② 阿拉贡(1897–1982),现代法国著名诗人、小说家。

带有极大盲目性的自我寻觅。世界变得这样难以理喻,个人又是这样无能为力,人的称号曾经多么令人自豪,而今却变得如蠕虫一般渺小。然而总有人不甘沉沦,总有人想为自己觅得一条出路。如果不能理解世界,至少要设法理解自己;如果无法支配世界,那么就设法塑造自己。于是就有了纪德对自由的那种模糊的、充满彷徨情绪的追求;于是就有了萨特为获得自我本质所作的努力。也许,这就是二十世纪小说内向化的一个重要原因。战后存在主义学说的风靡一时和荒诞派艺术的兴起,与这种心态也不无关系。法国短篇小说嗣后又有不少变化发展,新小说派作家对小说技巧进行了许多大胆的探索,七、八十年代以来,又产生了现实主义回归现象……但这些已不是本文所要介绍的内容了。

　　这部短篇小说选,时间跨越五个世纪,以法国文学的丰富多彩,要想靠一个选本尽收精华是不可能的。再加编选者学力的限制和搜集资料上的困难,遗漏或不当之处在所难免,衷心希望得到读者和专家们的批评教正。

一九八四年十二月

一部百科全书式的小说
——漫谈《巨人传》的思想与艺术*

拉伯雷的长篇小说《巨人传》,可说是法国文学史上的一大奇书。从表面看,似乎是连篇的疯话,满纸的秽语,层出不穷的市井笑料……

但是,请注意作者为《巨人传》撰写的前言:"读了我杜撰的这些令人捧腹的标题……如不深入了解,通常是会被人当作玩笑和开心话看待的。"其实"本书内容所论,并不像封面标题所示,一味胡说八道……必须在乍一听仿佛寻开心的话里,进一步探索其更高深的意义。"他奉劝读者"把我这脂厚味深的好书加以仔细咀嚼、赏玩、钻研,然后,通过反复诵读,再三思索,嚼开它的骨头,吮吸里面富有营养的精髓……"。

这段话确实不是作者故弄玄虚。此书乍看虽然荒诞不经,其实内涵极为丰富,涉及当时宗教、法律、政治、经济、教育、自然科学等各个领域的问题,通俗生动而全面地表现了人文主义者的革新思想,可以说是文艺复兴时期法国人文主义思潮的百科全书,又是十六世纪法国封建社会的缩影。这样一部巨著,如果离开产生它的历史条件,几乎不可能理解它的内涵和深意;同样,如果离开产生它的民族土壤,也无法鉴赏它的艺术价值。高卢人(法国人视高卢人为自己的祖先)天性乐观,机智俏皮,表面上玩世不恭,其实有着极健全的理智。《巨人传》

---

* 本文原载《外国文学研究集刊》第 7 辑(1983),中国社会科学院外国文学研究所编。用作《巨人传》插图本(鲍文蔚译)序文时,曾稍作修改,标题改为《〈巨人传〉的思想与艺术》,人民文学出版社,2004 年版。

一书,鲜明地表现了这种特殊的民族气质,在一连串轻松风趣,甚至粗鄙俚俗的笑谈中,显示了一种深刻和严肃的思考。拉伯雷既是时代精神的天才表现者,又是最富高卢民族性格特征的艺术大师,高卢人那种旷达乐观而又充满睿智的性格,在拉伯雷的艺术中得到了完满的体现。

拉伯雷不仅是法国近代文学的奠基人,也是整个法兰西民族文化的伟大建树者之一。他和荷马、但丁、莎士比亚一样,属于文学上的母体天才,曾经启发和哺育了后代的许多大作家[①],他所创造的庞大固埃主义"[②]也成为法兰西民族别具特色的一种文化观念。法国人因他们早在十六世纪就出现了拉伯雷这样的大师而骄傲,而且至今以法兰西民族的庞大固埃主义自豪。

《巨人传》——在文艺复兴的热潮中产生

拉伯雷(1493–1553)生活的年代,正处于法国从中世纪向近代社会过渡的重大历史转折时期。从中世纪的农民、手工业者中脱胎而出的新兴市民阶级,正以其蓬勃的朝气、胆大妄为的冒险精神,开创着自己的未来。

在漫长而黑暗的中世纪,基督教的原罪说把人禁锢在忏悔和祈祷中,使之甘心受奴役压迫,只求以现世的痛苦换取来世的幸福。神的统治窒息了人的自我意识和历史主动性,把天地万物中最富创造力的生灵,变成消极无为,听凭命运摆布的可怜虫。

随着技术的进步、生产方式和交换形式的悄悄演变,人类日益意识到自己创造财富的能力和享受生活的可能,中世纪的神学世界观开

[①] 莫里哀、拉封丹、勒萨日、狄德罗、博马舍、巴尔扎克……都曾从《巨人传》中吸取营养,巴尔扎克还曾模仿拉伯雷的风格写了一部《都兰趣话》。

[②] "庞大固埃主义"一般被解释为明哲达观、乐享人生的生活态度,而拉伯雷的本意是提倡乐观向上的积极进取精神,鼓吹人类在物质和精神上的双重追求。

始在一些先进知识分子的思想上发生动摇了。这时,"拜占廷灭亡时抢救出来的手抄本,罗马废墟中发掘出来的古代雕像,在惊讶的西方面前展示了一个新世界——希腊的古代;在它的光辉形象面前,中世纪的幽灵消逝了;"①意大利、法国、德国、英国、西班牙相继出现了前所未有的艺术繁荣,这就是欧洲历史上著名的文艺复兴。

古代文化的"复兴",其实意味着开创未来世界的文明,意味着一次为新的生产方式鸣锣开道的思想文化革命。当时的人文主义者,以新兴阶级的青春锐气和乐观精神,对统治欧洲达千年之久的神学理论提出了大胆的挑战。他们高举人文主义(又称人道主义)的旗帜,主张人为万物之本,以人权对抗神权;他们肯定现世生活,歌颂世俗的享受,反对禁欲主义和苦行主义;他们鼓吹个性解放、意志自由,提倡人与人之间的平等,反对宗教迫害和封建等级制度;他们歌颂人的智慧,崇尚冒险精神,提倡追求知识、探索自然、发展科学,反对蒙昧主义和宗教神秘主义。

这种以人的解放为中心的人文主义思潮,是十六世纪新兴生产力的产物,体现着社会发展的新方向,在当时无疑具有深刻的革命意义。人,是生产力中最活跃的因素,要使生产力摆脱落后的封建生产关系的束缚,首先要解放人,要把人从神的统治下解放出来,从中世纪的愚昧状态中解放出来,使人意识到自身的价值、自身的力量,从而在争取新时代到来的斗争中发挥最大的能动作用。

正如恩格斯所说,"这是一次人类从来没有经历过的最伟大的、进步的变革,是一个需要巨人而且产生了巨人——在思维能力、热情和性格方面,在多才多艺和学识渊博方面的巨人的时代。"②当时那些"给现代资产阶级统治打下基础的人物",正是一些有多方面才能的知识巨人,拉伯雷便是这些巨人中的一个。他学识渊博,多才多艺:精通四五种语言,通晓哲学、神学、法学、数学、建筑学、植物学、音乐、绘

---

① 恩格斯:《自然辩证法》,《马克思恩格斯选集》第3卷第444-445页。
② 恩格斯:《自然辩证法》,《马克思恩格斯选集》第3卷第445页。

画……等多种学科的知识,真正是上知天文,下知地理,而且是声名卓著的一代名医。

拉伯雷出生于法国都兰地区希农镇一个律师的家庭,在希农附近风景如画的乡间度过了童年和少年时光。他先在本笃会修道院受教育,一五二〇年进方济各会当修士。由于他潜心研究古希腊、罗马文化,受到院方的干涉和迫害,便逃到较开明的本笃会主教身边,担任主教的私人秘书,同时在普瓦蒂埃大学进修法学。一五二八年,他辞去职务到法国各地游学考察,后到巴黎求学,广泛涉猎人文及自然科学。一五三一年,他在蒙佩里埃大学医学院考得医学士证书,随即去里昂行医。他是法国最早从事解剖学研究的医生之一,曾著、译多种医学论著,并于一五三七年获医学博士学位。医生的职业便于他广泛接触社会各阶层人民,使他对民间疾苦、社会弊端有了深切的感受。他曾担任红衣主教杜贝莱的私人医生,两次随主教出访意大利;还曾陪同法王弗朗索瓦一世会见西班牙国王,可见与上层社会的联系也颇为密切。渊博的知识,加上丰富的生活阅历,为《巨人传》的写作打下了坚实的基础。

拉伯雷曾经声言,他写《巨人传》是为病人提供笑料,用"笑"来帮助人们恢复健康。其实,他所说的病人,是那遍地疮痍的社会;推动他写作的,是当时的人文主义思潮。

拉伯雷出生时,法国刚刚进入文艺复兴的酝酿阶段,到三十年代,运动已经达到高潮。拉伯雷所在的里昂城,是法国文艺复兴运动的中心之一,他在这里结识了不少知名的人文主义学者,与荷兰人文主义的代表人物埃拉斯慕斯①也建立了亲密的通信联系。他受埃拉斯慕斯的《狂人颂》启发,早在脑中酝酿着一部百科全书式的人文主义著作,只是还需要为表达这些思想找一个恰当的艺术形式。某天他无意间在里昂街头发现一本讲述巨人故事的通俗小册子,极受市民欢迎,拉

---

① 埃拉斯慕斯(约1469–1536),荷兰人文主义学者,体现人文主义精神的名著《狂人颂》即其代表作。

伯雷豁然开朗：巨人，这正是他所需要的艺术形象，是最适于表现人文主义理想，同时又是法国人民所喜闻乐见的艺术形象。

《巨人传》共分五部，第一、二部通过叙述卡冈都亚和庞大固埃的出生、所受的教育及其丰功伟绩，阐明人文主义学说的种种主张；后三部以庞大固埃与巴汝奇等伙伴为研究婚姻难题寻访神瓶而周游列国为线索，展示中世纪广阔的社会画面，揭露和抨击种种社会弊病。

一五三二年，《庞大固埃勋业记》（后列为全书的第二部）率先面世，立即产生轰动效应，据传两个月的销量就超过了九年间《圣经》的销售总量。一五三四年，《庞大固埃之父卡冈都亚骇人听闻的传记》出版，反应更加强烈。这两部作品发表在文艺复兴的高潮之中，加之未署作者真名，所以言词无所顾忌，真是明快大胆、痛快淋漓，嬉笑怒骂皆入木三分。然而可以想见，在受到广大市民欢迎的同时，必定招来教会和司法当局的仇恨。不久，巴黎法院就将这两部小说判为禁书。

一五三五年，法王弗朗索瓦一世改变了对新教的宽容政策，开始压制攻击教会的言论。人文主义者为此受到迫害，文艺复兴运动大受挫折。拉伯雷只得埋头医学，暂避风险。十年后，他争取到国王的恩准，得以出版第三部（1546）和第四部（1548—1552）。尽管这两部大量运用隐喻手法，笔锋比较收敛，仍被法院定为禁书，出版商也被判处火刑。所幸拉伯雷当时已移居国外，才幸免于难。第五部并未完稿，作者去世后，由他人根据其遗稿整理出版（1564）。所以真正代表拉伯雷风格的，是《巨人传》的前两部。这两部实际上已概括了当时人文主义思潮的主要内容，后三部则是前两部的演绎和补充。

巨人——人的理想

关于人的理想，关于人的尊严、价值和力量，是人文主义者关注的中心问题。所有的人文主义学者都以极大的注意力唤醒人类的尊严感。人这个词，在中世纪是个卑贱的字眼，在某些时候被看作邪恶的字眼,在文艺复兴时期却是含有真正革命意味的高贵的字眼。但丁①曾说:"人的高贵就其许许多多成果而言,超过了天使的高贵。"彼特拉克②曾表示"属于人的那种光荣就是我所祈求的一切"。米开朗琪罗③宣称"人应为世界万物的尺度",达·芬奇④满怀热情地预言"人类的奇迹",莎士比亚惊叹"人是多么了不起的一件作品!论行动多么像天使!论了解多么像天神!"而拉伯雷则以巨人形象表现人的惊人智慧和力量。

在法国民间流传已久的巨人故事,本是农村庆典的产物。卡冈都亚是传说中的英雄巨人,庞大固埃却是一个趁人熟睡时将盐洒进人的咽喉,使人干渴难忍的小鬼。拉伯雷借用卡冈都亚和庞大固埃的名字,让他们在书中成为全知全能、具有大智大勇的巨人国王。他在巨人身上寄托了人文主义对人的理想——即在身心两方面都获得彻底解放的、在体力和智力上都达到高度发展水平的、充满活力和创造精神的人。

拉伯雷的巨人非但体魄健全、力大无穷,而且博古通今,聪明绝顶。但是他的巨人既无帝王的威严,又无天神的气概,倒是更接近农村节庆中出现的那些乡土味十足的巨人。《巨人传》中的三代巨人国王,言行举止和高卢的百姓没什么两样,全都是能吃能喝的头等快活朋友,真诚坦率的豪爽汉子,有着健康、自然的感官上的欲望。可见作者要表现的,决不是天神,而是凡人,他们没有丝毫的仙风道骨,却有着人间的一切俗念,但这又确是一些取代神来主宰世界的非凡的、强有力的人。

卡冈都亚一出生,就不像旁的婴儿那样呱呱坠地,而是高喊着"喝呀,喝呀,喝呀!"嗓门之大,把他父亲大肚量吓了一跳,于是给他取名

---

① 但丁(1265–1321),意大利著名诗人,《神曲》的作者。
② 彼特拉克(1304–1374),意大利抒情诗人。
③ 米开朗琪罗(1475–1564),意大利著名画家、雕刻家、建筑师和诗人。
④ 达·芬奇(1452–1519),佛罗伦萨画派的著名画家,雕刻家和建筑师。

"卡冈都亚"("好大嗓门!"之意)。这一细节乍看没多大意思,但与全书内容及结尾处神瓶谕示的喝字联系起来,便能理解到这喝字的高度概括意义:它象征性地提出了人们对生活的渴求,包括对物质生活和精神生活的双重渴求,以及探索自然、开创未来的强烈渴望,从而点明了全书的主题。法国著名作家法朗士对神瓶谕示的喝字,有这样一段解释:"请你们畅饮,请你们到知识的源泉那里……研究人类和宇宙,理解物质世界和精神世界的规律……畅饮知识,畅饮真理,畅饮爱情。"应当说,这段精辟的解释准确地概括了《巨人传》作者的主导思想。

统观全书,这些威力无穷、智慧无边的巨人究竟干了些什么改天换地的事?立下了多少丰功伟绩?谁也说不清。正如十六世纪那个生气勃勃的新兴阶级,意识到自己身上蕴藏着无穷的精力,意识到自己将要做出一番事业,却还没有来得及充分施展一样。所以巨人形象的意义,主要不在于已经完成了多少勋业,而在于体现了一种巨大的活力,一种热烈的,迫不及待的追求,一种向自然和社会进军的勇气,一种征服自然和主宰人世的信念和雄心。这也就是人文主义思潮的最大特色,用本书首尾呼应的喝字来概括,可以说是既形象而又富于哲理性。

巨人既对生活有如此热烈的追求,就不能不时时处处与中世纪的神学世界观相对抗,巨人形象本身,就是对经院哲学神学体系的否定:巨人是神的对立物,巨人的全部生活和行动,都是对中世纪的禁欲主义、蒙昧主义和宗教神秘主义的批判。所以巨人不仅体现了人文主义对人的理想,也综合了整个人文主义思潮的主要内容。

物质生活的欲求是人类天然合理的欲求
——对中世纪禁欲主义的批判

拉伯雷是文学领域的漫画家,他用夸张的手法,绘声绘色地描述了巨人强大的生命力和惊人的物质需要:卡冈都亚当婴儿时,要喝一万七千九百零一十三头奶牛的奶;庞大固埃在摇篮里,曾迫不及待地撕开一头奶牛,拿起牛腿连皮带骨地吃进肚里,还挣扎着背负摇篮(当时人们把他捆在摇篮里)立起身来,走到宴会席上讨吃喝,……这里,细节的真实是不存在的,重要的是理直气壮地讨吃喝,理直气壮地满足胃的需要。和经院哲学鼓吹的节食禁欲主张相反,拉伯雷笔下的好人没一个不是吃肉的英雄,饮酒的好汉。他赞颂"庞大固埃式的乐天君子,生活得神清气和,四体舒泰,心情欢畅,每日里大碗喝酒,大块吃肉……"因了这些描写,颇有些人攻击拉伯雷是酒徒,其实他身为医生,深知养生之道,饮食极有节制;《巨人传》中,人文主义者巴诺克拉忒教育卡冈都亚时,也安排得他"起居定时,饮食有度,不虚度一刻工夫"。可见作者的歌颂吃喝,自有他的一番用意。

在人文主义者看来,肉体的需要,即物质生活的需要,是人类的第一需要,是人类天然合理的欲求,也是一切行为的动因和精神生产的前提。卡冈都亚甚至对庞大固埃说:"守斋的隐修士,连写出的东西都和他们的身体同样乏味、干瘪、腐朽,当肉身毫无生气的时候,智力很难清晰、明朗。"(当然,他同时认为吃得太多也会神志不清)《巨人传》第四部中,描写了一位"世界第一艺术大师"卡斯台尔("胃"的意思),这位卡斯台尔大师享有绝对权威,谁想对抗卡斯台尔,马上会受到后果严重的惩罚,因而所有的人无不对他俯首帖耳。他发明铸造铁器,耕种土地,以生产粮食;创造并炼制武器,为了保卫粮食;发明水磨、风磨、手推磨……来碾磨粮食;发明数学和各种科学技术,为了多打粮食和贮存粮食;发明大小舟楫、车辆,为了运送粮食;还有其他形形色色精妙的发明创造,城市、碉堡的建立,乃至战争的发生……全都在卡斯台尔的指挥下进行。也就是说,正是胃的需要,推动了生产和科学技术的发展,决定着历史的面貌;忽视或压抑这一需要,便会阻碍生产的发展,造成社会的停滞。因此巨人和他的朋友们谈起自己的饮食男女之大欲,全都毫无顾忌,诚实坦率得近乎天真,而对一班成天教导人们

眼睛望着来世,自己却对现世享受毫不放松的道貌岸然的伪君子,则表示深恶痛绝:

> 诸位和我,都属情有可原,比那班伪君子、假善人、虚道学、装正经、好色教士、酒肉和尚、秽行真人……专事伪装,用假面具欺骗世人要规矩得多了。……他在人群面前弄虚作假,表示他们镇日价在静坐礼拜,斋戒苦修,而将饮食男女之大欲,限制在维持身体的最低需要之内,而实际却在纵情酒色,上帝才知道到何等程度。"貌似苦行僧,实是酒肉客。"——这句话应用彩色花体字写在他们的红嘴巴、大肚子上。

很明显,拉伯雷在《巨人传》中有意夸大和歌颂人类的物质欲望,恰是对长期压抑着人们的禁欲主义和"原罪说"的挑战和抗议;即使有些地方失于鄙俗,也应历史地加以分析。车尔尼雪夫斯基说得好:"热情达到反常的发展,只是沉溺于热情的人的反常的情况之结果,只有在引起这种或那种热情的自然而又实在很适当的要求长久得不到应有的满足、得不到正常而决非过分的满足的时候,才会发生这种情形。"①

要成为知识的无底深渊
——拉伯雷的教育理想及对蒙昧主义的批判

前面已经谈到,卡冈都亚的"喝呀!",既包含对物质生活的渴求,也包含对知识对真理的渴求。在全书结尾,神瓶大殿的祭司巴布解释神谕时说道:"喝,才是人类的本能。不过,我所说的不是简单的、单纯的喝,因为任何动物都会喝,我说的是喝爽口的美酒,朋友们,请你们记住,酒能使人清醒……希腊文的'酒'字,和拉丁文的'力量'、'能

---

① 车尔尼雪夫斯基:《艺术与现实的审美关系》中译本第41页,人民文学出版社,1979年版。

耐'近似,因为它能使人的灵魂充满真理、知识和学问。"

《巨人传》中的巨人,不仅在肉体上表现出巨大的活力,而且在猎取知识上也显示了宏大的气魄。卡冈都亚给庞大固埃的训子家书,集中表述了拉伯雷的教育理想。在《巨人传》的满纸笑谈之中,惟有这封家书从头至尾以严肃的口吻写出,其要旨是教育儿子珍惜青春岁月,发奋求学,掌握多种语言,钻研各科知识,无论天文地理、江河湖海、森林矿藏、鸟兽虫鱼,都应抱着好奇心去探讨,还应研究医学,熟悉人体这个小小的宇宙……总之,要探索整个大自然,成为知识的无底深渊,同时要"走出书斋,学习诸般武艺,以便保卫家园……"。卡冈都亚还告诫儿子:"智慧不入卑劣的灵魂。"因而应修养德性,努力造福于人民……

总之,拉伯雷所倡导的,是一种全面的综合教育。书中的人文主义教育家巴诺克拉忒对卡冈都亚进行的,就是这种全面的、理想的教育:他非但要求卡冈都亚学习书本知识,还引导他观察天象、收集标本,到各行各业手工艺人那里参观、学习;非但学习天文、几何、医学、语文、音乐、雕刻、绘画等各门学科,还每日进行体育锻炼和军事训练,晴天出外耍枪、打猎、游泳、登山、攀索、爬杆……雨天便在家锯木劈柴……

与人文主义的教育相对照的,是烦琐无聊、脱离实际的经院教育,于是神学院的大博士们很自然地成为拉伯雷揶揄和嘲笑的对象。他描写卡冈都亚早年在神学大博士指导下读书,花了几十年时间,把各类文法历书、诸家疏注读得倒背如流,却愈读愈蠢,变得"目滞神昏、口嗫舌钝",到得人前,便"帽子护着脸,鼻涕眼泪一齐流,没有人能逼出他一句话来,"他父亲大肚量见了,差点气个半死,这才明白这班家伙"肚里除了冬烘,别无学问,除了谬论,别无见识"。于是改聘人文学者担任卡冈都亚的老师。

在《巨人传》中,作者时时处处以嘲弄挖苦巴黎神学院的神学家、法学家为乐,他讽刺他们的繁琐考证和拙劣疏注好比给珍贵典籍添上了"狗屎镶边";讥笑他们哼哼唧唧、胡搅蛮缠的大道理从来不解决半个实际问题;指责他们以反科学的无知妄说欺骗和毒害民众……他故意描写卡冈都亚离奇地从母亲耳朵里出生,且正色"告诫"读者:"一个明智的正人君子,对别人告诉他的,特别是写在书上的东西,应该深信不疑,才是正理。"何况"天主是无所不能的,如果他高兴,从今往后女人从耳朵里生孩子是完全可能的"。寥寥数语,就以反讽手法揭穿了蒙昧主义的虚妄荒谬。他揶揄地描写因卡冈都亚摘下巴黎圣母院的大钟做马铃铛,吓得神学院那班冬烘先生惊惶失措,以为大难临头,经过反复讨论,辨明利害,才运用"三段论法"做出决定:派一位年高德劭的博士去向卡冈都亚讨还大钟。而这位博士同样说话颠三倒四、言不及义,且只是冲着香肠、好酒、呢料和鹅绒褥才肯承担这一使命;后来又因这些东西没有完全到手而大闹纠纷,把神学院里为非作歹、营私舞弊、伤风败俗的丑事抖落了出来……

总之,拉伯雷认为,如不粉碎蒙昧主义的经院教育,人们就不能摆脱愚钝麻木的状态,社会就难以向前发展;经院教育所培养的,往往是一些昏庸贪婪的蠢物,只有人文主义的教育,才能启发人的智慧,完善人的身心,使人的体力智力得到全面、充分的合乎理性的发展。

"个性"解放的乐园
——德廉美修道院及对神权的批判

在文艺复兴时期,人文主义者对生活、对知识的渴望,必然和个性解放的要求联系在一起。个性解放,按当时的理解就是人性的解放,其具体内容就是摆脱神的统治,摆脱宗教信条的束缚,把人从忏悔祈祷、期待来世的消极状态下解放出来,赋予人以积极生活的权利,让人充分享有意志的自由、行动的自由。这一自由的信条,在德廉美修道院的院规中得到了鲜明的体现。

德廉美修道院是卡冈都亚为酬谢杀敌有功的约翰修士创建的一

座新型修道院。按照修士的愿望,这座修道院处处与别的修道院反其道而行之:其他修道院垣宇森严,德廉美修道院却不筑围墙;其他修道院里,男女修士一旦出家便终身禁闭在院里,德廉美修道院却来去自由,允许修士光明正大地结婚、自由自在地享受世俗生活;别的修道院院规严格,死气沉沉,德廉美修道院却没有任何繁琐章程和虚伪造作的宗教礼仪,唯一的院规是"做你愿意做的事"。

德廉美修道院的著名院规概括了人文主义者崇尚自然信仰的宗教观和追求个性解放的强烈愿望。拉伯雷深信人的天性善良,只要顺应人的自然本性,必能道德高尚、才智卓越;反之,若定出种种清规戒律,压抑人的天性,使人失去追求德性的高贵热情,便会恶念丛生。德廉美修道院由于一切顺应人的本性,因而无论男女都是多才多艺、品格高尚,"男的勇武知礼,马上步艺一般矫健,女的心灵手巧,针黹女红样样精通"。对人类充满乐观信念的拉伯雷,当然不曾预见到德廉美修道院的院规在实践中会演绎成尔虞我诈的自由和弱肉强食的自由,但在十六世纪的文艺复兴运动中,这些市民阶级的先锋人物提出"意志自由"和"个性解放"的口号,毕竟具有十分革命的批判的意义,这批判的对象便是神权,便是宗教。

从文艺复兴直至资产阶级革命,对宗教的批判始终是资产阶级文学的一个中心题材,因为,"对宗教的批判是其他一切批判的前提"[①],"反宗教的斗争间接地也就是反对以宗教为精神慰藉的那个世界的斗争"[②]。不过,在十六世纪的条件下,想要彻底否定宗教是不可能的,路德[③]的宗教改革,不过是以破除"对权威的信仰",来恢复"信仰的权威"(即否定教会的权力,恢复对上帝的信仰)[④];加尔文[⑤]的"先定论"实际上是以对神的抽象依赖,来摆脱神权(即教权)对人的具体控制。

[①] 马克思:《〈黑格尔法哲学批判〉导言》,《马克思恩格斯选集》第1卷第1页。
[②] 马克思:《〈黑格尔法哲学批判〉导言》,《马克思恩格斯选集》第1卷第1页。
[③] 马丁·路德(1483—1546),德国宗教改革家。
[④] 马克思:《〈黑格尔法哲学批判〉导言》,《马克思恩格斯选集》第1卷第9页。
[⑤] 加尔文(1509—1564),法国宗教改革家。

当时的人文主义者,绝大部分都是信奉新教的,拉伯雷的宗教观,同样属于新教的体系,只因他同时主张宗教宽容,反对教派斗争,不赞同加尔文教派的褊执狭隘,才与新教保持一定距离。

《巨人传》中的约翰修士,是一位高卢式的马丁·路德,作者在他身上寄寓了自己的宗教改革观。约翰修士头脑健全,有胆有识:他从不禁欲,一个人能顶四个人吃喝,还亲昵地把酒壶称作他的"小经本";别的僧侣只知诵经唱歌,他却在诵经时从事生产劳作;敌人入侵时,修道院受到袭击,所有的僧侣都"吓得如破钟似的乱抖",只知"以唱颂歌、做祷告来祈求和平"。约翰修士见了大骂:"你们唱的什么狗屁歌儿,老天,还不如唱'再见吧,篮子、葡萄都完蛋了。'"说着脱下长袍,抡起一支长柄棠木十字架,冲出去把敌人打得落花流水。

约翰修士痛恨忏悔、礼拜之类虚伪造作的宗教礼仪。他把教士称作"粪污容纳器",因教士专听人忏悔罪过,等于专吃世人的粪污。他见一伙香客去朝山进香,便告诫他们:"当你们在朝圣途中仆仆风尘的时候,他们(指教士)却在家玩着你们的老婆……"他因一班神学大师见人到了死亡边缘,不一迳上前救援,却先劝人忏悔,便说:"我如有一天见到他们掉在河里,行将淹死的时候,我决不伸手去拉,而必先发挥一番弃绝世俗、远避尘凡的大道理,等他们淹死之后才捞他们起来。"他听说卡冈都亚入睡困难,便告诉他:"我向来总是睡不安稳,除非在听讲经或祈祷的时候,我们两个来背诵《诗篇》的七章,看你过一会儿睡得着睡不着。"果然,念到第二章第一句,两人便鼾鼾入睡了……。如此等等笔墨不多的几段描写,活脱脱勾画出一个挣脱了一切旧教规的束缚,只承认自然信仰的宗教改革家的形象。拉伯雷通过这个人物,轻松俏皮地化庄严为滑稽,使宗教的神圣肃穆之气荡然无存。用这种手法贬责宗教仪式,看上去似乎有些浅薄,可是对于富有幽默感的法国读者来说,这种轻松的方式,也许比十卷精装的理论著作还更能奏效。

拉伯雷反对繁琐的宗教仪式,主要由于这些礼仪必然需要设大量神职人员,形成庞大的教权机构,渐渐地这些"上帝的代表"便取代上帝成为拥有无限权力的统治者,飞扬跋扈地在人间奴役和剥削上帝的子民。《巨人传》第四部中,作者辛辣地嘲笑"教皇派"把"地上的上帝"(即教皇)看得高于一切,以为舔舔教皇的脚后跟便如上天堂般幸福,而"天上的上帝"却早已被他们忘到九霄云外。他揭露教皇《敕令》巧妙地使黄金从法国流入罗马,讥诮地指出"世上绝找不出一本书有如此聚财的力量",可见"天堂的钥匙已经交给《敕令》的仁慈主宰了"。第五部的"钟鸣岛"中,他把罗马教廷形容为"除了笼子(指教堂)就是鸟儿(指教士)的地方",这些鸟儿"既不耕田也不种地,一天到晚只会嬉戏、啁啾和唱歌(指诵经唱诗),"而"丰富的粮食、美味的食品都从世界各地运来",于是作者嘲讽地赞扬那些"为死人唱歌"(即做弥撒)的发明者,竟能想出如此妙法,使教士们得到"世人所希望而又很少人能获得的东西",那就是"今生和来世同样过着天堂的生活"。

拉伯雷分析教士为何多得泛滥成灾,认为主要是因为当了教士则可不劳动而生活有保障,于是那些因实行长子继承权失去财产,而又不会工作或不愿工作的子弟便纷纷投入教门。这些家伙"过去瘦得像喜鹊",当了教士便"吃得像山老鼠一般肥壮";对于这些吸民脂膏,还要欺世盗名的寄生虫,拉伯雷恨不能把他们从地球上扫除干净,只好让庞大固埃在书中郑重宣布:"凡我权力号令所到之处,我将命人将福音圣书一字不增、一字不减、一字不易地加以传布宣扬,反之,胆敢用人为的制度、卑污的造作流毒人世的一切伪法师或假先知,则将从我的左右赶尽杀绝……"

可见,拉伯雷的宗教观虽未否定上帝的存在,却已彻底否定上帝在地上的权力;人文主义者把创造世界的荣誉留给上帝,同时把支配世界的权力夺过来交给自己。这就是他们要求人性解放(即个性解放)和意志自由的目的,也是其革命意义之所在,正如马克思所说:"对宗教的批判最后归结为人是'人的最高本质'这样一个学说,从而也归结为这样一条绝对命令：必须推翻那些使人成为受屈辱、被奴役、被遗弃和被蔑视的东西的一切关系……"①

"哲学家国王"的理想和拉伯雷的价值观

拉伯雷的政治思想体系，同样贯穿着以人为本的思想，人，是一切问题的出发点和归宿。他心目中的人，并非抽象的人，而是以市民阶级为主体的受压迫、受奴役的平民大众。他把欺压百姓的层层官吏和税务人员喻为"掌管葡萄压榨机的妖魔"，把百姓榨得一点汁水不剩，"连葡萄皮和葡萄核里的油水都榨光"。他抨击那些专横暴虐、"以一己私利代替理性"的国王，为了实现其侵略野心，不惜置万民于水深火热之中。拉伯雷认为国君的伟大与否，取决于其国策能否体现民众的意愿和利益，取决于能否"根据百姓的意愿来颁布法令、建立宗教，使每个人享受到自己的权利"。他寄希望于哲学家国王："只要国君研究哲理，哲学家治理国家"，自然"国泰民安"。乌托邦国的三代巨人国王，个个温良敦厚，平易近人，具有平民的气质与特点：他们使用老百姓的语言，和百姓们一起大嚼猪血灌肠；同时又聪明博学、通情达理，待人宽厚公正，懂得体恤民众。霹雳火入侵时，大肚量能意识到"是我的子民，以他们的劳动，他们的血汗养活了我、我的孩子和我的全家……"因此他虽已到花甲之年，仍决心拿起武器，保护他的臣民；卡冈都亚领兵御敌，有勇有谋，调度有方，得胜后对内论功行赏，对外安抚与惩戒相结合，俨然是一位执法有度的明君。

值得注意的是，拉伯雷的巨人国王与周围的人完全是平等的朋友关系，丝毫没有封建时代的尊卑界限。这一描写，鲜明地反映了作者对人的价值及人与人之间关系的新见解。从整部《巨人传》，可以看出拉伯雷对皇族贵胄并无好感，倒是对直接从事生产劳动的平民满怀敬

---

① 马克思：《〈黑格尔法哲学批判〉导言》，《马克思恩格斯选集》第1卷第9页。

意;在作者心目中,人的价值并不取决于他的身分、地位,而取决于他对社会的贡献。一切从事生产(包括物质生产和精神生产)的人们,都是社会财富的创造者,应该受到社会的尊重;反之,一切不事生产的人则是社会的蠹虫,理当遭到世人的唾弃。所以约翰修士论及教士为何遭人嫌恶时,便讲出如下一番道理:

> 你如懂得猴子为何成天受人嘲骂和欺侮,你就会懂得教士为何受大家,不论老幼的一致嫌弃。猴子既不像狗会守门,又不像牛会耕田,又不像羊会产奶生毛,又不像马会驮货,它就只会随地拉屎,到处惹祸……同样,一个教士,既不像农夫耕田种地,又不像战士卫国保家,又不像医生治病救人,又不像优良的福音教士和教书先生广布福音、教导世人,又不像商人流通货物和各种生活必需品,为社会人群服务,就是如此,他才到处受人嘲笑和憎厌。

关于这一思想,《巨人传》中还有一段绝妙的插曲:

> 庞大固埃和石甲巨人作战时,一块石片把他的老师哀庀斯忒蒙的头割掉了。巴汝奇施行外科手术,把死者的头和脖子缝接妥帖,使他起死回生。哀庀斯忒蒙醒来,埋怨巴汝奇不该这么快把他召回阳世,因他刚才在阴间见到许多新鲜事情,正想大开眼界。原来地府里的情景全不像教士们宣传的那么可怕,只是过去的帝王将相、达官贵人如今都须靠双手谋生,成了庄稼汉、牧人、手艺匠、船夫、小贩……;亚历山大补袜子,汉尼拔卖鸡蛋,恺撒、庞培当油漆匠,尼禄沿街拉胡琴,教皇们有的卖糕点,有的在公厕卖手纸,高利贷者爬在泥里水里捡废铁,一百斤废铁也换不来一片面包,半个月也吃不上一片面包皮;……倒是往日的哲学家和穷人,到了阴间变得富贵荣华、吃穿不愁。

庞大固埃一行听了哀庀斯忒蒙这番见闻,便想到要让战败的阿奈须王学点本领,"好让他日后到了阴间有一门熟练的手艺"。于是巴汝奇便教他学叫卖青酱油,并说:"世上的贤王圣君顽劣如牛,从来不干好事,专会迫害人民,互相攻伐,害得世人不能安生,他们却把这等伤天害理的玩意看作赏心乐事,如今我要他学件行业,当一名叫卖青酱油的小贩。"

这段故事生动地说明,刚刚从农民、手工业者中分化出来的资产阶级,还不曾脱离生产劳动,而且完全能意识到自己所从事的工、商、农业对国家经济生活的重大影响,拉伯雷于是理所当然地把这些社会财富的创造者看成真正的社会支柱、国家的主体,死后非但不应在地狱受刑,反该受到报偿;而一切不事生产的帝王将相、僧侣贵族及高利贷者,则应罚他们死后学会靠双手谋生。因此拉伯雷在《巨人传》中劝诫人们:"千万别像贵族老爷那样靠入息过活,啥事不干。"

拉伯雷的艺术

作为法国新兴资产阶级的代表人物,拉伯雷的艺术也充满了这个阶级的青春朝气。他的文风自由洒脱,无拘无束,如长江大河般一泻千里,颇有横扫旧传统、开发新宇宙的气势。虽然就长篇小说的艺术形式而言,《巨人传》不过是初具雏形,结构还比较松散,但重要的是,拉伯雷第一个突破了民间故事和史诗的格局,为长篇小说这一新的艺术形式奠定了基础,而且率先为塑造近代小说中的个性化人物做出了贡献。

小说后三部的中心人物巴汝奇,是法国文学中的第一个市民典型,体现出一种解放了的个性。如果说巨人代表理想,巴汝奇便是现实。在这个人物身上,既有闯荡江湖的流浪汉习性,又具备早期市民阶级的基本特征:他聪明能干、机智狡猾,同时也自私、爱钱、爱享受;他不承认任何传统道德、社会礼法,敢于肆无忌惮地"亵渎神圣";他满肚子刁钻古怪的主意,捣鬼骗人时胆大包天,遇到危险却胆小如鼠;他不讲什么仁慈博爱、勿抗恶,而是有仇必报,且手段毒辣。他受到一个既贪婪又爱吹牛的羊商的侮辱,便用高价买下商人的头羊扔进海里,结果整个羊群都跟着跳进大海,羊商也绝望地投海自尽。

在《巨人传》中,几乎所有的人物都带有理想的色彩。惟独巴汝奇是个完全现实的人,具有从现实生活中概括出来的真实个性,具有真实的长处和弱点。这是一个行将在资本主义竞争中大显身手的角色,是费加罗、弗隆丹等典型①的前身。尽管和十九世纪的人物塑造相比,巴汝奇的形象还不够丰满完整,有时候前后性格不够统一,但这毕竟是法国近代文学中第一个现实主义的个性。单单这一贡献,就足以使拉伯雷在文学史上取得一席不容忽视的地位了,何况还有他那出神入化的讽刺艺术和富有魅力的高卢语言。

拉伯雷是法国文学中讽刺艺术的一代宗师,漫画式的艺术夸张是他的最大艺术特色。从细节看,他的描绘似乎距离真实很远,从整体看,却恰恰突出了现实生活的本质特征。他描写司法的腐败,只说某案"积下的案卷四条大驴也驮不动","集中法、英、德各国法学专家开会讨论了四十六个星期仍毫无结果",某案"搁在法院,……要在今年大除夕出了月亮(而除夕夜是不会出月亮的)才下判决。"寥寥数语就把法院的文牍主义、拖拉作风以及法官的昏庸勾画了出来。他将法官描写成满爪鲜血的"穿皮袍的猫",谁落到他们手里就得先猜"谜",猜不出便不分善恶,一律绞死、烧死,再不就五马分尸,斩首示众,……巴汝奇拿出钱袋,一切问题迎刃而解,原来谜底就是个"钱"字。他描写卡冈都亚在神学博士指导下读书,方块字母读了五年零三个月,文法礼法之类读了十三年六个月两星期,《文义解说方式》之类花了十八年十一个多月,历书又读了十六年两个月……这种漫画化的手法,一望而知是夸张的,但读者却由此对经院教育的繁琐、无聊、不切实际、浪费青春……产生了强烈的印象。

拉伯雷是法力无边的"笑"的巫师,他挥舞着他那神奇的讽刺艺术

---

① 费加罗,法国剧作家博马舍(1732—1799)的名剧《塞维勒的理发师》及《费加罗的婚姻》中的主人公;弗隆丹,法国作家萨勒日(1668—1747)的名剧《杜卡莱先生》中的骑士跟班。二者均为聪明机智、诡计多端的仆人典型。

的魔杖,支配着他的读者不由自主地忽而微笑,忽而捧腹。这位大师的想象力和表达力是十分惊人的,《巨人传》中的大小故事,少说也有百八十个,却从不给人以老调重弹之感。同是讽刺漫画,风格、构图和表现手法却变化无穷:时而诙谐调侃,时而幽默含蓄,时而辛辣犀利,时而冷嘲热讽……例如"治消瘦病不用任何药品,只需叫他们做三个月的修士就行了",这戏谑是多么诙谐;又如"卡斯特罗修士会的会衣,不论放在何处,马上产生惊人效果,不论人畜都立即交配起来",这嘲骂是何等辛辣;作者自称曾走进庞大固埃的喉咙,发现里面人口稠密,生活富裕,于是一住就是六个月,出来后告诉国王:"王爷,我吃你吃的,喝你喝的,凡经过你喉头输入的山珍海味,我都收一道关税。"这样的讽喻又是多么含蓄;他描写巴汝奇攻击教皇《敕令》,举出了一连串《敕令》使人倒霉的例子,教皇派听了连连惊呼"奇迹!"于是将巴汝奇等视为"真正的信徒",摆出珍馐美馔把他们着实款待了一阵,……这样的艺术处理又怎能不令人忍俊不禁。还有掷骰子法官的故事,构思更是别出心裁:当那掷骰子法官讲出判案之所以要拖延时间,是由于"时间可以使一切事物成熟,等病快要治好时叫来的医生最走运,等当事人钱袋空了时再调解最适时";把宣判拖延下来,"等那些法警、执达吏、诉讼代理人、检察官、律师、推事、录事、公证人、书记官、裁判官……把诉讼人的钱袋吸空了,"那时诉讼人只求案件早日了结,"不拘怎样判决他都不难接受了"……写到这里,法庭的腐朽荒唐似乎已经揭露无余……谁知拉伯雷笔锋一转,说庞大固埃听了法官这一席话,便原谅了法官的错误,认为此人单纯诚恳,应保留他的职务。巴汝奇想不通,庞大固埃便道:这法官不太相信自己的学问和才干,同时深知法律、敕令、条例、法典的自相矛盾,才谦虚地把自己交托给公正的天主(即靠骰子碰运气),和那些贪赃枉法、明显断案不公的法庭相比,这掷骰子的办法怎见得就比那些沾满血腥的手和包藏祸心的判断更不公平呢?这样一来,法庭的黑暗暴露得更加深透,主题也发挥得更加淋漓尽致了。

一部百科全书式的小说

拉伯雷讽刺艺术的成功，在很大程度上得益于作家语言上的功力。他的《巨人传》全部采用活的民间语言，既生动，又明快，具有极强的表现力，真正是活泼风趣，妙语连珠。拉伯雷学识渊博，精通古籍，而其作品却全无书生学究的陈词滥调，与贵族沙龙里那种典雅、造作的语言更是相去十万八千里。拉伯雷认为："我们讲话，要讲普通人的话……我们要避开怪僻生硬的字眼，犹如舵工行船，必须避开海里的礁石。"他明确要求自己为那些活跃在城镇集市的织工、瓦匠写作，为茶坊酒肆里的店东、厨师写作；他用他们所熟悉的语言，讲述他们所能理解的故事；他善于用他们日常生活中常见的事物，给自己所阐释的思想做出形象的譬喻，他把教士比作"成日只知啁啾的鸟儿"，把法律比作"蜘蛛网"——"小苍蝇、小蝴蝶全跑不了，大个儿的牛虻却能破网而出。"……在长达八十万言的《巨人传》中，也许找不出八千字在讲严肃深刻的大道理。然而谁也不曾像他那样善于把高深的人文主义学说，变成那个识字不多、趣味不高的市民阶层自己的见解，明确地表达出这个阶层尚处在朦胧的自发状态的感情和愿望，从而引起他们强烈的共鸣，使之发出会心的大笑，鼓舞他们更加理直气壮地追求现世的财富和生的欢乐，更加兴致勃勃地去探索大自然的奥秘。从这个意义上说，拉伯雷真可以说是市民阶级《福音书》的传播者。

《巨人传》是拉伯雷在法国文学史上树立的一块丰碑。这部作品的深远意义，远非一般涵义的"名著"所能概括。如前所述，这是一部百科全书式的小说，是整整一个时代的精神体现，它以最恰当的民族艺术形式，成功地传播了为新的社会制度鸣锣开道的人文主义学说，表现了新兴资产阶级意识最初的觉醒，启发和鼓舞了这个阶级的历史主动性。虽然，不唤起这种历史主动性，历史也会循着客观规律朝前发展，但会缓慢得多，中世纪的黑暗统治很可能还要延长数百年甚至上千年，法国大革命就不一定能在二百年后（1789年）发生。整个欧洲的历史向世界表明，一些在中国文化鼎盛的唐代还处于蛮荒状态的国家,在十五、十六世纪以后出现了历史的飞跃:资产阶级以惊人的速度在封建社会的胚胎内孕育成熟,进而取得了自己的全面统治,接着又"在不到一百年的阶级统治中",创造出"比过去一切世代创造的全部生产力还要多,还要大"[①]的生产力,成为世界上科学文化高度发达的国家,而将东方的文化古国远远抛在自己的背后。应当承认,在欧洲资本主义的发展史中,致力于为新制度的诞生扫清思想障碍的人文主义者们,是有着不可磨灭的历史功绩的。

拉伯雷的时代距今已有四百余年了。四百余年的历史证明,《巨人传》这部作品是经得起时间考验的,它以其深刻的现实主义内容和独创的艺术形式获得了不朽的生命力。也许以今日人类思想的发展水平和艺术发展水平来衡量,拉伯雷的思想艺术已显得相当原始;但有谁能否认,拉伯雷为他那个时代最先进的阶级的最进步的事业,以他的艺术做出了巨大的贡献? 我们又有什么理由从今天的历史条件出发,对他提出这样那样的苛求呢?

一九八二年六月
二〇〇二年十月修订

[①] 马克思和恩格斯:《共产党宣言》,《马克思恩格斯选集》第1卷第256页。

法兰西喜剧之父——莫里哀*

莫里哀是法国人引以自豪的名字。他是法兰西喜剧之父,也是西方文化史上喜剧艺术的世界级大师。他将法国民间闹剧改造成具有深刻社会内容的风俗喜剧和性格喜剧;他对社会矛盾和人性弱点的深入挖掘,使喜剧艺术大大超越了娱乐功能,上升到哲理批判的高度;他塑造的许多典型都具有不朽的生命力,诸如答尔丢夫、阿巴公等,甚至已经进入法国和欧洲一些国家的辞典,分别成为"伪君子"、"悭吝人"的同义语。莫里哀的艺术影响深远,不仅后世欧洲许多第一流喜剧家(如谢里丹、哥尔多尼等)都师法莫里哀,许多并非喜剧家的文学大师(如歌德、巴尔扎克等)也都从莫里哀的喜剧中吸取营养。

莫里哀(1622–1673)原名冉·巴蒂斯特·波克兰,莫里哀是他的艺名。波克兰家世代经商,莫里哀的父亲于一六三一年成为王室内廷陈设商,领王室内廷供奉衔,可想而知家境富裕。冉·巴蒂斯特是家中的长子,是父亲希望之所寄,十五岁时父亲就为他办理了内廷供奉职务的世袭权,前程有了可靠的保障。冉·巴蒂斯特从小受到良好教育,很早就被送进著名的贵族子弟学校读书。他对人文科学具有广泛兴趣,尤其热中于哲学。传说他深受伽桑狄①的感觉论影响,还翻译过卢克莱修②的《物性论》。这可能是使他养成观察习惯和批判精神的重

---

* 本文原系人民文学出版社"世界文库"丛书版《莫里哀喜剧选》前言,2001年。
① 伽桑狄(1592–1655),法国数学家和哲学家,他否定了笛卡儿的天赋观念论,强调感觉是认识的主要来源。
② 卢克莱修(前93–约前50),拉丁诗人和哲学家,曾以长诗《物性论》表述古希腊哲学家伊壁鸠鲁的原子论,试图证明灵魂由物质派生,与肉体同生共死,以消除人们对宗教的恐惧感。

要原因。一六四〇年,他父亲为他在奥尔良购得法学士学位及律师职务,同时让他在巴黎大学攻读法律,希望他不仅继承父业,还能成为最高法院行走。但父亲这一切苦心全部落空,因为二十岁的冉·巴蒂斯特迷上了戏剧。一六四三年,他宣布放弃世袭权利,加入艺人的行列,和贝亚尔兄妹一起创办了光耀剧团。莫里哀是他从一六四四年开始使用的艺名。由于缺乏经验,剧团惨淡经营,负债累累。勉强维持到一六四五年,债主的一纸诉状把莫里哀送进了监狱。父亲花钱把他赎出来,而"浪子"仍然不肯回头,他和剧团的友人一起离开巴黎,去外省闯天下。

整整十三年,莫里哀和他的剧团在外省辗转巡回,历尽艰辛,几乎走遍法国所有的大小城镇。正是在为剧团的生存而苦苦挣扎的过程中,莫里哀丰富了阅历,研究了世态人情,积累了大量生活素材。随着思想的成熟,莫里哀的编剧水平日益提高,演技也日臻精湛。《冒失鬼》(1655)和《情怨》(1656)的演出,在外省引起轰动,光耀剧团声名大振。一六五八年,莫里哀率团返回巴黎,在卢浮宫路易十四御前演出了喜剧《多情的医生》,大获成功。路易十四下令将光耀剧团留在巴黎,并将小波旁宫剧场拨给它和意大利喜剧团轮流使用,莫里哀终于在巴黎站稳了脚跟。

此后十余年间,莫里哀的佳作源源不断,平均每年都有两部新剧上演。莫里哀的喜剧刻画社会风俗、针砭时弊,分析人性的弱点和误区,鞭笞一切保守落后的封建意识和社会上的种种丑恶现象。他的喜剧受到观众的热烈欢迎,却也触怒了许多当朝贵人和旧观念的维护者,因而与他的成功相伴随的是无止无休的烦恼和斗争。一六五九年上演《可笑的女才子》,由于刺痛了矫揉造作、附庸风雅的贵族老爷和贵妇人,被宣布禁演,后争取到路易十四的支持,才解除禁令。一六六二年的《太太学堂》,由于批判了封建社会对女性的压迫、束缚及愚昧化教育,呼吁了爱情、婚姻的自由,竟引起一场轩然大波。顽固保守的贵族和教会人士攻击《太太学堂》轻佻、下流、淫秽、亵渎宗教;而池座观众和布瓦洛等有识之士则给予此剧极高的评价。布瓦洛热情赞扬莫里哀的艺术才能,称赞《太太学堂》在欢笑中说出真理,在滑稽的对话中包含了深刻的教诲。为回答敌人的恶意攻评,莫里哀于一六六三年接连写了两部反批评的喜剧:《关于〈太太学堂〉的批评》及《凡尔赛宫即兴》,从这两部喜剧开始,"侯爵"成为被取笑的丑角。与《太太学堂》的题材相类似的作品还有许多,如《斯卡纳赖尔》(1660)、《丈夫学堂》(1661)、《逼婚》(1664)等,惟《太太学堂》因将主题升华到社会问题的高度,反响格外强烈。《太太学堂》的风波刚刚平息,一场更大的风暴又接踵而至。这就是《伪君子》一剧所引发的一场长达六年之久的斗争。

《伪君子》(1664-1669)是莫里哀喜剧艺术的最高成果,是世界戏剧史上的经典之作。莫里哀将批判矛头直指天主教的精神统治,他揭露假虔徒的伪善和欺骗手段,嘲讽上当受骗者的糊涂昏庸。当时法国天主教会的核心组织"圣会"(又名"信士帮"),实际上是个披着宗教外衣的特务组织,其任务是刺探、监视人们的思想言论,迫害所谓的"异端分子"和"自由思想者"。这些伪信士以虚假的虔敬苦修和道德说教蛊惑人心,实则男盗女娼、无恶不作。答尔丢夫就是这类假圣人的集中概括。因而《伪君子》前三幕于一六六四年在凡尔赛宫试演时,大大触怒了圣会组织和支持圣会的贵人们。他们在王太后支持下,到路易十四面前告御状,攻击莫里哀反宗教。《伪君子》被宣布禁演。莫里哀提出抗议,向路易十四递交了第一份"陈情表",未能奏效。莫里哀不肯善罢甘休,不允许他公演,他便到私人府第演出。一六六六年,王太后去世,"信士帮"失去一个大靠山。次年,莫里哀对剧本作了精心修改,将披黑袈裟的答尔丢夫改为穿世俗服装的答尔丢夫,剧名改为《骗子》,一切可能授人以柄的地方都作了删节或改动。但演出第二天,又接到巴黎最高法院的通知:继续禁演。莫里哀为此向路易十四呈交了第二份"陈情表"。然而所有的反动势力这时都联合起来反对莫里哀,巴黎大主教亲自出面,命人张贴榜文,宣布无论在公开或私人场合,都严禁阅读或听人朗读此剧,否则取消其教籍。迫于情势,国王不便表态。莫里哀气得大病一场,剧院停演了七星期。直到一六六九年,教皇颁布"教会和平"诏书,放宽宗教政策,《伪君子》才得以正式开禁。莫里哀于是取消以往所作的改动,仅保留了答尔丢夫的世俗身分。全剧以答尔丢夫的可耻失败收场,同时歌颂了国王的英明伟大。不言而喻,演出非常成功,剧场盛况空前。从此《伪君子》成为莫里哀喜剧中最受欢迎的剧目,三百多年来,在世界各地常演常新,长盛不衰。答尔丢夫也早已跨越国界,成为全人类的伪君子典型。

在为《伪君子》的公演而奋力拼搏的过程中,莫里哀对封建贵族阶级的认识进一步深化,一六六五年,他借用传说中西班牙大贵人唐璜的形象,创作了以揭露贵族阶级的荒淫无耻、道德败坏为主旨的五幕喜剧《唐璜》,指出在贵人们高贵优雅、风流倜傥的外表下,掩藏着何等自私、邪恶和堕落的本性。这部戏只演出了十五场又被勒令停演。紧接着他又创作了鞭挞贵族社会世态人情的《恨世者》(1666),剧中塑造了一个高尚正直,因而在贵族社会显得滑稽可笑的愤世嫉俗者的典型,通过这个人物,莫里哀得以尽情抨击贵族社会的庸俗无聊、自私自利、吹牛拍马、口是心非、欺世盗名、争名逐利等恶劣风习。

富有的市民阶层是莫里哀最熟悉的社会层面,对资产者的研究剖析是莫里哀喜剧中最有深度,也最富喜剧效果的部分。如《悭吝人》(1668)中对贪婪吝刻成性的高利贷者的讽刺批判,《乔治·唐丹》(1668)、《贵人迷》(1670)中对浅薄虚荣、攀附权贵的资产者的揶揄嘲笑,都达到了深刻的思想性和喜剧艺术的完美结合。《悭吝人》是古典主义喜剧的经典作品之一,莫里哀高人一筹之处在于,他不仅以典型化的手法,入木三分地刻画了利欲熏心的吝啬鬼的心理特征,还率先指出了拜金主义对人性的异化作用,指出对金钱的狂热追求如何破坏了亲情,毒化了人与人的关系:儿子借高利贷,拿父亲的寿命做抵押;父亲放高利贷,拿到的抵押品竟是自己的寿命。就这样,他的喜剧在表现人类可笑、可恶之处的同时,又让人感到可悲亦可叹。莫里哀艺术的伟大震慑力,正来自以喜剧的形式,表现了社会生活中的悲剧内容。歌德曾精辟地指出:莫里哀的喜剧"已跨至悲剧边缘",他的《悭吝人》"带有高度悲剧性"。①

事实上莫里哀的喜剧几乎全都含有悲剧因素:《乔治·唐丹》中的唐丹先生,出于虚荣与贵族联姻,结果成了破落贵族索丹维尔男爵家的"肥田粪",他替贵族还债,供他们挥霍,还得受他们的奚落、欺骗和侮辱;《贵人迷》中的茹尔丹先生鬼迷心窍,梦想跻身贵族行列,为模仿贵人的生活方式,不惜挥金如土,结果成为欺诈、捉弄的对象;《恨世者》中的阿尔赛斯特更是一个不折不扣的悲剧人物,他在与社会环境的搏斗中孤立无援,最后只好逃避现实,远走他乡;同样,纨绔子弟唐璜的爱情历险也不知造成了多少人间悲剧,《唐璜》的最后一幕"石像赴宴",将亦悲亦喜的效果同时推向高潮,既惊心动魄,又大快人心。

值得注意的是,莫里哀喜剧中最光彩夺目的人物常常是下等人、仆人,他们代表着聪明才智和人类的良知,常直言不讳地道出事物的本质和真相。如《伪君子》中的桃丽娜、《屈打成医》(1666)中的樵夫斯卡纳赖尔、《司卡潘的诡计》(1671)中的司卡潘……等。尤其是足智多谋的司卡潘,正是法国民众最喜爱的一类民间英雄。这种人物是喜剧中最活跃的因素,往往成为那些束手无策的主人们的高参和救星。

作为喜剧家,莫里哀的性格和人们的想象完全相反,他的艺术逗乐了所有的观众,而他本人却沉郁而内向。或许是由于他对人情世态看得太透,或许是由于他对社会的悲剧感受太深,他在日常生活中几乎是不苟言笑的。他最初的愿望是成为悲剧演员,最后却选择了喜剧,因为喜剧的战斗性更强,对现实的批判更犀利、更明快。莫里哀喜剧的批判精神,使它的作者成为教会和一切保守势力的眼中钉。为了

---

① 见爱克曼:《歌德谈话录》(1825年5月12日)。歌德的这一评论打破了悲剧、喜剧的传统界限,纠正了把喜剧混同于闹剧的浅见,对正确理解莫里哀式的深刻喜剧有很大帮助。

与敌人周旋,莫里哀不得不寻求路易十四的庇护,这是他在作品中常给国王唱颂歌,以致大大削弱喜剧尾场的艺术性的根本原因。

莫里哀劳碌一生,给人类留下了三十余部剧作。他是剧团的编剧、导演和主要演员,又是调度一切的行政首脑,加之不得不随时应付来自四面八方的明枪暗箭,其紧张和劳累可想而知。一六七三年二月,他带病演出新剧《无病呻吟》(又译《没病找病》),勉强演完终场便晕倒在地,送回家中,病情急剧恶化,咳破血管,不治而亡,终年五十一岁。

莫里哀去世的噩耗震动了全巴黎,人们一致为天才的殒落感到悲痛和惋惜。而一直仇恨他的巴黎大主教却借口他死前未能忏悔,不准他葬入教堂公墓,后经路易十四干预,才允许将他葬在公墓围墙外埋葬自杀者的地方。教会的排斥打击丝毫无损于莫里哀的伟大,传说莫里哀去世后,路易十四曾问布瓦洛:在他统治期间,谁在文学上为他带来最大的光荣?布瓦洛回答:"陛下,是莫里哀。"

虽然莫里哀直到去世尚未成为法兰西学院①的院士,但法兰西学院的大厅里却立有他的一尊石像,底座上的题词是:"他的光荣什么也不少,我们的光荣却少了他。"

应该说,这句题词丝毫没有夸张之处。

一九九九年十一月三十日

---

① 法兰西学院于一六三五年成立,其院士被称为"不朽者"。院士名额限四十,死去一人再补选一人。

伏尔泰和他的哲理小说[*]

任何重大的社会变动,都需要若干时日的舆论准备。西欧国家从神权统治的中世纪转型为现代发达国家,至少挣扎了三百多年。以法国为例,从十六世纪的文艺复兴到十八世纪的法国大革命,直至一八七〇年路易·波拿巴的帝制被推翻和建立第三共和国,已将近四个世纪。

如果说作为欧洲第一次思想解放运动的文艺复兴时期,只是人的意识的初步觉醒,矛头仅仅指向教会的"神权"统治,而没有明确的反封建专制纲领;那么,第二次思想解放运动——十八世纪的启蒙运动,则是市民阶级对封建时代整个上层建筑的全面宣战。

启蒙运动的领袖们和文艺复兴时期的巨人们一样,都是一些知识渊博、才华出众的人。他们高举理性的旗帜,对中世纪的一切观念形态展开了全面的清算和批判。这时的法国市民阶级已经形成一支不小的阶级队伍,具有相当强大的经济实力。他们不再像十七世纪太阳王时代那样,需要在王权庇护下谋求自身的发展,而是希望与贵族阶级分庭抗礼了。于是启蒙时代的思想家们提出了"天赋人权"的口号,明确地将矛头指向君主专制制度和贵族、僧侣的特权。由于法国封建社会的一切世俗权力都以神权为支柱,市民阶级的思想解放运动必然以对宗教的批判为中心内容。所谓理性,即反对一切宗教偏见和迷信,把认识世界和主宰世界的能力与权力归还给人自身。从文艺复兴

---

[*] 本文原系为伏尔泰哲理小说撰写的评论。

到启蒙时代,教士一直是法国文学嘲弄的对象,天主教教义的荒谬和教会的黑暗、腐败被揭露得痛快淋漓。

伏尔泰[①]是法国启蒙运动的代表性人物和旗手。他是哲学家、历史学家、剧作家、史诗诗人、杂文作家和小说家。他雄辩的天才和尖锐俏皮的讽刺才能,为他赢得了过人的声誉和广泛的影响。伏尔泰出身于富裕的市民阶级,其才华早已得到周遭人们的承认,却一再受到权贵们的凌辱与伤害。贵族命仆役殴打他,还两度将他投入巴士底监狱,后又将他放逐国外,终于将他逼成永不妥协的对立面。伏尔泰并非一开始就是主张砸烂旧世界的激进革命领袖,却曾对法国历史作出卓越贡献:一是率先从英国引进了洛克以感觉和经验为基础的唯物主义认识论和牛顿的最新物理学研究成果,试图在法国破除宗教迷信和宗教偏见,使世界上先进的科学研究成果逐步颠覆统治欧洲达千年之久的神学世界观;二是提出了反对宗教迫害的"政教分离"主张,为恢复宗教的正常机能、革除教会作为政治统治工具的邪恶作用开辟道路。伏尔泰是自然神论者,法国的自然权利说(即人权说)创始人,他反对让信仰或舆论操纵人类社会,主张从宗教中排除一切政治权力。

他也曾对"开明君主"的出现寄予幻想,希望这种权力能帮助思想超前的"明君"推动时代的变革。但他与德意志的腓特烈二世合作不过三年便彻底决裂,从此埋葬一切幻想,与教会和专制政体展开了长时间不懈的拼搏。特别是晚年在瑞士边境的菲尔奈定居后,他进行了大量政治和社会斗争,撰写了无数化名文章和小册子,无情揭露并猛烈抨击教会的的宗教迫害、专制政权的草菅人命等黑暗现象。一七六二年的"卡拉事件",更把他的声誉推向顶峰。伏尔泰收容了无辜的卡拉一家,并为此惨无人道的冤案作了有力的控诉,激起了整个欧洲社会的愤怒和同情。政府不得不在卡拉死后宣布他无罪。再加伏尔泰

---

① 伏尔泰(1694—1778),原名弗朗索瓦·玛丽·阿鲁埃,十八世纪法国启蒙运动领袖人物之一,既是哲学家、历史学家、政治家,又是戏剧诗人,史诗诗人和小说家。

在其他几件宗教迫害案件中强有力的斗争,进一步提高了他的威望,菲尔奈成为当时欧洲舆论的中心,人们尊称伏尔泰为"菲尔奈教长"。

一七七八年伏尔泰去世前曾返回巴黎,受到自发涌向街头的巴黎市民的热烈欢迎。一时间万人空巷,盛况空前,足以证明这位学者在人民心中的地位。

十八世纪启蒙时代是思考的时代,文学上也处处体现了这一特色。启蒙时代的文学家同时也都是哲学家和思想家。伏尔泰的哲理小说是他在文学体裁上的一大创造,也是他的文学作品中最富生命力的一部分。虽然他的主要创作活动是悲剧和史诗,而真正传之久远的却是被他自己称作"游戏之作"的哲理小说。这些作品充满睿智,文笔犀利,充分体现了法兰西民族的批判精神和机智、俏皮、揶揄、嘲讽等性格特点。表面看去似乎荒诞无稽,纯属虚构,实际上是现实生活的提炼和浓缩,意在揭示现实的本质,启发人们进行深入的思考。特别是伏尔泰式的警句、充满喜剧感和讽刺意味的叙事方式,确实比一般的形象文学更能体现"法兰西精神"。

《如此世界》(1746)又名《巴蒲克所见的幻象》,是伏尔泰的第一篇哲理小说:掌管天下万国的神灵依多里埃委派巴蒲克去考察柏塞波里斯城,以便决定对该城是加以惩罚,还是彻底毁灭。巴蒲克眼见这里社会风气恶浊,人与人之间尔虞我诈,觉得这批蛀虫活该在大毁灭中殒命。然而他又看见许多慷慨仁爱、豪侠仗义的高尚行为,不禁感叹人类的复杂和多面。于是他用最名贵的金属和最粗劣的石头、泥土混合起来,塑成一个小小的人像,作为向神灵的汇报:"您是否因这美丽的人像不是纯金打造的或钻石雕塑的就把它毁灭呢?"小说就这样以神话的形式,高度凝练地阐述了作者对法国社会的观察和分析。最后的结论是:"虽然不是一切皆善,也不是一切皆恶,还得让世界如此这般下去。"

中篇小说《查第格》(1747)通过主人公查第格的坎坷经历和苦难遭遇,一方面暴露和嘲讽现实的黑暗与不公,同时也提出了他哲学家国王的政治理想。问题不在于现实生活中是否存在查第格这样智勇双全、聪明睿智而又仁爱善良、胸怀博大、广得民心的明君,而是作者试图通过一个虚构的故事,阐明世事万物所包含的深刻哲理:世事复杂,变化多端,善恶相生相克。不要幻想一切皆善,更不要期望万事顺遂。正人君子只应将一切苦难和不幸视为对自己的磨练。有所作为的人就是在种种不同的磨练中逐步成长起来的。

《老实人》(1759)和《天真汉》(1767)是伏尔泰最著名的两部中篇哲理小说。前者以十七世纪德国唯心主义哲学家莱布尼茨的"一切皆善"论为靶,无情批判和嘲笑了这种为神权与王权辩护的哲学,揭露了德、英、法、西班牙……等国遍地疮痍的惨状:"百姓们一无所有,神甫们应有尽有"。一个深信"一切皆善"的老实人,通过自身的亲身经历,终于认识到:走遍全欧也很难见到公平、正义的影子。好人并非没有,只是同样遭遇种种不幸,结局往往惨不能睹。伏尔泰通过虚构的"黄金国"表述了自己的理想:这里的人们视黄金钻石为石头、粪土;国王明哲质朴,通情达理;百姓们虽信奉宗教,敬爱上帝,却从不祈祷,也没有教士,更谈不上教派斗争、弄权窃柄,把持不同意见者活活烧死之类疯狂举动。作者通过老实人的经历,证明任何权势地位、荣华富贵都可能顷刻间烟消云散,化为灰烬。惟有脚踏实地的劳作,才能毫无愧疚地求得生存的权利。

《天真汉》显然以未开化地区的休隆人与"文明"的法国人相对照,证明教权与王权的治理,早已使法国人的头脑异化,思维与行为畸变,令自然人天真汉惊异莫名。他"每天都发觉,那本书(指《圣经》)不叫人做的事,大家做了不知多少;叫人做的,大家倒一件没做"。他终于意识到:那些被法国人称作"野蛮人"的,其实是些粗鲁的好人,充斥"文明社会"的却往往是些文明的恶棍。自然人只知凭良知作判断,按一般(自然)规律行事,绝不服从任何个人意旨或权势。他认为教皇不过是个主教,和别的主教并无二致,怎能不经任何法律手续,任意剥夺他人的自由,甚至将他无限期地监禁在地牢。天真汉对宗教教派嗤之以鼻,认为"一切宗派都是错误的结晶",为宗派的无聊争执而受迫害是一种痴愚,为此迫害他人的更是魔鬼行径。

和《老实人》一样,《天真汉》中揭露了大量教士(尤其当权得势的耶稣会士)的种种无耻恶行。愈是位高权重者,其罪恶行径愈是不胜枚举。他们满嘴仁义道德,满肚子男盗女娼。表面上在"办公室"里忙"公事",其实都在和某太太、某夫人"密谈"。忙于为挽救天真汉而失身的圣依佛小姐,就这样牺牲了她年轻的生命。

他写的《小大人》《梅依》《白与黑》等短篇哲理小说,同样从哲理探讨的角度,无情揭露和嘲讽了当时的法国社会现实,启发人们以挑战态度对待当时占据绝对统治地位的教权与王权,创建一个更为人道、更为合理的人类社会。

不言而喻,启蒙运动对法国的历史进程起了至关重要的作用。如无人提出自由、平等、"天赋人权"、政教分离等政治主张,没有人的解放和神权、君权的溃败,法国社会就不会革新,不会向现代社会转变。自从"政教分离",宗教的精华部分保留下来了,但不再能像中世纪那样作为统治工具存在。宗教束缚放松了,异教裁判所没有了,说大地不是方的也不至于被吊死了。能够承认我们居住的大地是个星球,赋予它"地球"这个名字,这就是了不起的时代进步。总之,没有文艺复兴、启蒙时代这两大思想解放运动,法国不可能走上现代化的轨道。不可能有生产力的解放和历史的大飞跃。

细读法国历代思想家、文学家的传世之作,可以发现一个重要的共同点,即大胆怀疑的精神。从蒙田开始,这种精神哺育着一代又一代法国人,形成了这个民族带普遍性的思维方式。经历了文艺复兴和启蒙时代两大思想解放运动,法国人不再接受任何思想教条的束缚。在他们心目中,一切都可以质疑,一切都可以争论,一切都可以嘲笑……谁都不在乎是否和谁谁"保持一致",谁也不担心被视为"另类"。相反,他们惟恐自己被淹没在"大多数"之中,总是想方设法表现自己的独特个性、独特见解,人人都想有所发现,有所创新。在法国人的观念中,创新精神是与人的本质联系在一起的。一个人若不能有所创造(无论是大的创造还是小的突破),就谈不上人的尊严与生存价值,这个人就等于不存在,就等于"虚无"。

我们甚至可以说,不断地反传统,几乎成了法国的文化传统。不能否认这种求新意识在有些人身上会演化为标新立异、哗众取宠,但毕竟起到了启动思考,发掘人的潜力,弘扬创造精神,推动社会进步的作用。

应该承认,没有"人"的思想解放,就没有现代生产力的解放,没有人的"自我意识"的觉醒,就无法解释近二三百年来欧洲历史的飞跃发展。时至今日,个人的尊严感和价值理念,仍是西方社会促进生产力发展的一种活跃的精神因素。在他们的观念中,工作上的责任心是自尊心的体现,一个人的创造性是他自身价值的体现,而现代科技的进步,则有赖于每个人的潜能及价值的充分发挥。

二〇〇〇年九月

狄德罗美学思想浅析[*]

在十八世纪法国的启蒙思想家中,狄德罗(1713—1784)称得上是一颗耀眼的巨星。虽然,论当时的社会声望,他不如伏尔泰;论后来对一七八九年法国大革命的直接影响,看上去又不如卢梭[①];但法国启蒙思潮得以形成声势浩大的思想文化运动,狄德罗却起了举足轻重的组织、推动作用;而且就理论上的建树和思想高度而言,狄德罗也是同时代的思想家中最为杰出的:他的哲学思想代表了十八世纪法国唯物主义的最高水平;他的美学论著,特别是有关戏剧和绘画的论著,精辟地阐释了文艺与现实的关系及现实主义艺术的若干规律性问题,对近代欧洲文化曾产生深远的影响,直到今天仍有不少见解值得借鉴。

恰如恩格斯所指出的,"在法国为行将到来的革命启发过人们头脑的那些伟大人物,本身都是非常革命的,他们不承认任何外界的权威,不管这种权威是什么样的。宗教、自然观、社会、国家制度,一切都受到了最无情的批判;一切都必须在理性的法庭面前为自己的存在作辩护或者放弃存在的权利。思维着的悟性成了衡量一切的唯一尺度。"[②]

法国启蒙思想家们对旧制度、旧观念的"理性"批判,集中反映在著名的《百科全书》的编撰上。《百科全书》全名《各门科学、艺术和技

---

[*] 本文原系为"外国文艺理论丛书"中《狄德罗美学论文选》所写的序文,人民文学出版社,1984年版。
[①] 卢梭(1712—1778),十八世纪的欧洲思想家。
[②] 恩格斯:《反杜林论》,《马克思恩格斯选集》中译本第3卷第56页。

艺的根据理性制订的词典》,内容涉及宗教、哲学、历史、政治、经济、法律、文学、艺术及科学观等一切有关上层建筑的问题。法国启蒙思想家把他们的新理念大胆地运用于所有的知识领域,在社会上造成了巨大的影响。围绕《百科全书》的出版,形成了启蒙运动的高潮。当时几乎所有先进的思想家和各个知识领域的精英——如伏尔泰、孟德斯鸠、卢梭、达朗贝、孔狄亚克、爱尔维修、霍尔巴赫等,都投入了这项工作,人们称他们为"百科全书派",其领袖、主编和组织者就是狄德罗。

一

狄德罗原是法国朗格城一个制刀匠的儿子,家境相当富裕,只因他拒绝了父母为他选定的神职道路,被父母断绝了经济来源。他不得不搬进巴黎拉丁区的阁楼,依靠卖文为生,这时他刚刚二十岁。经过十余年的刻苦努力,他成为一位知识渊博的学者和坚定的唯物主义思想家。一七四六年,他在卢梭、孔狄亚克①等友人的支持下,开始酝酿并着手进行《百科全书》的组织工作。

狄德罗毕生为自己的信念进行不屈不挠的战斗。一七四六年,他的第一部哲学著作《哲学思想录》问世,书中公然散布对上帝的怀疑,指责"上帝"的凶残。这部离经叛道的作品当然被官方视若洪水猛兽,立即被判销毁。作为回答,狄德罗又写了一篇《哲学思想录增补》,更加果断地运用"理性"的武器,对《圣经》中种种荒诞不经的说法展开了猛烈的批判,甚至明确指出宗教宣传是"用最可疑不过的事情,来证明最不可信的东西"。这篇文章当然未能出版。一年以后,狄德罗写成《怀疑论者的漫步》(1747),以各种不同观点人物之间展开论战的形式,探讨了宗教问题及物质与精神、存在与意识等哲学上的根本问题,其中无神论者的论据最为有力。此书由于一个教徒的告密,尚未

---

① 孔狄亚克(1715 – 1780),法国哲学家、心理学家、逻辑学家、经济学家和在法兰西宣传洛克思想的主要人物。

出版便被没收。到一七四九年,狄德罗又写出著名的《论盲人书简》,这时他已完全摆脱自然神论的影响,完成了从怀疑论向无神论的过渡。他同样从洛克①的感觉论出发,却尖锐地批驳了贝克莱的主观唯心主义认识论,论证了世界的物质性,并从根本上否定了上帝的存在。由于这部作品,狄德罗被投入监狱。

一连串的打击和迫害,丝毫未能挫伤他的乐观气质和斗争勇气。狄德罗出狱后,立即以更饱满的热情投入了《百科全书》的编撰工作。一七五一年,《百科全书》第一卷出版,到一七七二年,三十七卷全部出齐。整个出版过程持续了二十一年之久。为了这部浩瀚的巨著,狄德罗献出了一生中的大部分精力。且不说那工程浩大的编纂工作和他本人撰写的近千条专题,单是组织工作的纷繁复杂和随之出现的无数阻挠、障碍及内外压力,就足以使人心力交瘁了。可是狄德罗在重重困难面前,始终以惊人的毅力和巨大的热情坚持工作,保证了《百科全书》的顺利出版。

除了《百科全书》这一不朽的历史功绩,狄德罗还在哲学、美学等科学领域及小说、戏剧的艺术实践方面进行了种种大胆的探索,提出了许多有价值的创见;写出了一系列重要作品。

在哲学方面,他充分利用十八世纪自然科学的新成果,总结和发展了过去和当代的唯物主义理论,写出了《对自然的解释》(1754)、《达朗贝和狄德罗的谈话》《达朗贝之梦》(1769)、《关于物质和运动的哲学原理》(1770)等重要著作。狄德罗的深刻之处在于,他不仅肯定客观物质世界的存在和物质的第一性,而且看到了客观事物的相互联系和物质世界的质的多样性,这就为承认事物的差异、矛盾和正确处理一般与个别、普遍与特殊的关系问题创造了前提。狄德罗还提出物质与运动不可分的原理,指出了运动的绝对性和静止的相对性。他虽然未能认识到物质运动的根源在于物质内部的矛盾,却已经从物质运

---

① 洛克(1632—1704),英国哲学家,他的感觉论既可为唯心论所用,又可为唯物论所用,列宁曾意味深长地说:"狄德罗和贝克莱都脱胎于洛克。"

动说出发，否定了神学世界观和承认所谓"第一推动力"的自然神论。这样，狄德罗就超越了伏尔泰、卢梭等人的观点，成为一个彻底的无神论者。在认识论上，狄德罗不仅从唯物主义出发，肯定了认识来源于感觉，同时还提出认识不能停留在感觉阶段，而应在经验的基础上，经过思考，再回到现实中加以验证，这就是他的著名的三种认识方法：观察、思考和实验。狄德罗的这一思想，显然已经非常接近现代唯物主义的看法。

但是狄德罗毕竟没有达到历史唯物主义的高度。尽管他在自然观上是个彻底的唯物论者，在社会观方面却未能完全脱离唯心史观的窠臼。他和其他启蒙思想家一样，认为以往一切不合理的社会制度都是某些谬误的观念造成的。而今"理性"的阳光已经照射出来，历史的真理已被发现，只要运用"理性"启迪人们的头脑，照亮人们的心灵，清除一切迷信和偏见，历史的错误便会被纠正，社会秩序将重新安排，人类便可进入自由、平等、博爱的理性王国。

狄德罗为人热情、健谈、善辩，他善于运用对话、辩论等形式深入浅出地阐述哲理，也很重视运用文学形式来进行思想传播。狄德罗是一位相当优秀的小说家，他的长篇小说《定命论者雅克和他的主人》《修女》和中篇哲理小说《拉摩的侄儿》，是十八世纪小说的可喜成果，在文学史上占有相当重要的地位。狄德罗的小说不仅具有十八世纪哲理小说那种叙事生动，说理明晰，对话机智俏皮等一般特点，而且在形象塑造和环境刻画上有了重要的突破。特别是《拉摩的侄儿》，标志着一种新的认识方法和思想方法进入了文学领域，把文学反映现实的深度大大推进了一步。在过去的文学作品中，人物形象往往都简单化了：非美即丑，非善即恶，而美丑善恶都仿佛是人们与生俱来的固有品质。狄德罗在这部对话体小说里，把人的个性描写成一个多面体，具有好几种属性。作者深刻地揭示了这些不同属性相互矛盾、相互依存的关系，同时剖析了产生这种复杂性格的社会根源。拉摩的侄儿是个无赖，但不是天生的无赖。他相当有才能，本来可以成为一名优秀的音乐家,可是社会使他堕落成无赖和骗子。然而这个骗子并不比社会上的一些"正人君子"坏,反倒比他们坦率诚实。此人承认自己卑鄙,而且用嘲讽的态度看待自己的卑鄙。他对现实关系有透彻的理解,以致认为自己完全有理由鄙视一切用作装饰的道德原则,这些原则是达官贵人们常常挂在嘴上,却从来不打算兑现的。拉摩的侄儿是这个畸形社会所产生的畸形儿,狄德罗对这个人物与其说进行了道德的批判,不如说是进行了现象的分析,他分析了产生这种卑贱意识的环境、土壤,也分析了这种意识的心理演变。这部作品既是小说,又是哲学,能同时引起歌德这样的文学家和黑格尔这样的哲学家的强烈兴趣。歌德亲自将此书译成德文,黑格尔则在此书启发下形成了他的《精神现象学》中的若干思想。《拉摩的侄儿》也是马克思和恩格斯最喜爱的小说之一。马克思称它为"无与伦比的作品",恩格斯称之为"辩证法的杰作"。狄德罗的小说无论在内容或形式上,都作了若干重要的开掘,对后来现实主义小说艺术的发展无疑也有所启迪。

狄德罗曾以极大的热情致力于戏剧的改革。他试图摆脱古典主义戏剧的束缚,创立名为"严肃戏剧"(或"正剧")的新剧种。他创作的剧本《私生子》和《家长》虽然不十分成功,可是他为这两个剧本写的两篇专论——《关于〈私生子〉的谈话》(1757)和《论戏剧诗》(1758),却成为法国戏剧史上的一个转折点。从此法国戏剧逐渐扭转方向,从为宫廷趣味服务转移到为市民生活服务的道路上来。后来在欧洲广泛兴起和发展的现代话剧,基本上属于狄德罗所提倡的这一新剧种。

除小说、戏剧外,狄德罗对绘画、雕刻、音乐等各门艺术都有广泛的兴趣和精深的研究。他的《画论》(1766)和一七五九至一七八一年间为两年一度的巴黎绘画、雕塑展览所写的《沙龙随笔》,是造型艺术①的重要理论文献。他在这一艺术领域的最大贡献,在于批评和抵制了为宫廷趣味服务的奢靡荒淫的画风,提倡了表现平民生活的健康

---

① 这里造型艺术指包括绘画、雕刻、雕塑在内的各种造型艺术,而不只是雕塑。

质朴的艺术。

狄德罗关于"美"的专门著述不多,只有一篇题为《关于美的根源及其本质的哲学探讨》(又名《论美》)的长文,发表在《百科全书》的第二卷。实际上他的大部分美学观点都散见于其他著作之中,虽然个别观点前后不无矛盾,但主导思想已形成体系,且内容相当丰富、完整。本文不可能对狄德罗的美学思想作面面俱到的评述,只能择要作浅近的介绍。

二

狄德罗的美学,是他的唯物主义哲学的组成部分。唯物主义的认识论,是他的现实主义文艺理论体系的哲学基础。

1."美在关系"说

关于美的一般概念,狄德罗在《关于美的根源及其本质的哲学探讨》中提出了一个十分新颖的观点——"美在关系":我把凡是本身含有某种因素,能够在我的悟性中唤起"关系"这个概念的,叫做外在于我的美;凡是唤起这个概念的一切,我称之为关系到我的美。[①]

所谓"外在于我的美",又称"真实的美",指可以唤起美感的客观存在。所谓"关系到我的美",又称"见到的美",指已经唤起美感的事物。这里,哲学家首先肯定了美不是人的主观臆想,而是客观存在;继而说明了人们的美感是人的意识对客观美的反映。

上述论断中,至关重要却又相当费解的,是"关系"这个词。狄德罗用"关系"一词来概括形成美感的一切主客观条件。实际上阐明了没有什么抽象的、绝对的美,只有与一定的条件相联系的具体的美。这里,作家援引了高乃依的《贺拉斯》中的一句著名台词:"让他

[①] 狄德罗:《关于美的根源及其本质的哲学探讨》,见《狄德罗美学论文选》,1984年版。

死！"——孤立地看这句话，是既不美，也不丑。如果说明这是某人被问及另一人应如何参加战斗时的答复，这句话便开始有些意思。如果进而说明这场战斗关系到祖国的荣誉，而参加战斗者正是答话的老人的儿子，是他剩下的最后一个儿子，对立面则是杀死他另外两个儿子的三个敌人，加之老人的这句话是回答自己女儿的提问，随着关系的一步步明确，"让他死！"这句原先既不美也不丑的回答就变得愈来愈美，最后成为卓绝的了。因而狄德罗得出结论："美总是随着关系而产生，而增长，而变化，而衰退，而消失。"正是对"关系"的感觉，造成了美的观念。关系是什么？狄德罗解释："尽管从感觉上说，关系只存在于我们的悟性里，但它的基础则在客观事物之中。"因此，所谓关系，是存在于事物本身的真实的关系，只是需要人们的悟性借助感官去觉察罢了。

历来文艺理论家大都从自己的主观感受出发来论述什么是美，结果对美的内容或概念规定得愈具体，在理论上就愈站不住脚。狄德罗的"美在关系"说，把美的观念归结为一种认识活动，从而为美学研究奠定了唯物主义认识论的基础。虽然"关系"一词定义不甚明确，能否成为美的科学概念还大有讨论的余地，但作家赋予这个词的涵义极为丰富，且很有发挥的余地。

首先，"关系"表示事物内在的和外在的多方面联系，这就打破了观察事物时孤立的、静止的观点。另一方面，"关系"表明一切对美的判断都是受一定条件（包括历史条件、社会条件和个人的主观条件）限制的，因此不同时代、不同地域、不同的人，甚至同一个人在自己的不同发展阶段、不同境遇下，对美都会做出不同的判断。这样，"关系"一说就为研究美的历史内容和社会内容打开了大门。

2. 艺术、自然、真实

"美在关系"说不管一开始显得多么不具体，却是狄德罗美学思想的核心，他在解决艺术、自然、真实、艺术美与现实美等现实主义理论问题时，总是把对"关系"的思考放在首位。

狄德罗继承了传统的"摹仿"说,认为艺术是对自然的摹仿,真实与否便是衡量艺术美的首要标准。

  艺术中的美和哲学中的真理有着共同的基础。真理是什么?就是我们的判断符合事物的实际。摹仿的美是什么?就是形象与实体相吻合。①

这句话意思很清楚,美必须真实,真实就是如实反映自然。怎样才算如实反映?是否任何对自然的描摹都是如实反映?狄德罗显然认为不尽然。在他看来,关键是要正确反映万物的关系:"只有建立在自然万物的关系上的美才是持久的美。"②也就是说,如不能正确反映自然万物的关系,便不能达到真实,也谈不上美。因而狄德罗不能容忍艺术表现荒谬不合理的东西:"有什么必要把不值得一写的东西写成诗呢?有什么必要把不值得歌唱的东西谱成歌曲呢?……使哲学、诗歌、音乐、绘画和舞蹈表现荒谬不合理的题材,不就等于糟蹋这些艺术吗?"③可见在狄德罗心目中,艺术摹仿自然绝不是杂乱无章、毫无选择的简单抄袭,而需表现出事物的本质联系和普遍规律,这就是他所强调的"事物的普遍秩序应该永远是诗歌理性的基础"④,"寓于作品中的教训必须强有力而带普遍性"⑤。

如此说来,艺术摹仿的前提应是认识世界;艺术摹仿的目的,则是说明世界;艺术所摹仿的自然,应是被理性照亮的自然,惟有理性,才能使摹仿达到真实的境界。

既然艺术的使命是揭示事物的普遍秩序,艺术的真实必然不同于历史(或生活)的真实。历史叙述已经发生的事,艺术却描摹必然发生或可能发生的事,前者属"事实的真实",后者属"情理的真实",也就

---

① 狄德罗:《关于〈私生子〉的谈话》,见《狄德罗美学论文选》,1984年版。
② 同上。
③ 同上。
④ 同上。
⑤ 同上。

是狄德罗所谓的"逼真"。

> 在自然界中我们往往不能发觉事件之间的联系……而诗人却要在他的作品的整个结构中贯穿一个明显而容易觉察的联系。所以比起历史学家来,他的真实性虽少些,而逼真性却多些。①

从这句话可以看出,艺术的真实之所以不能拘泥于自然的真实,是由于艺术需要把不易觉察的事物之间的联系变得显而易见,把不易理解的生活现象变得易于理解。因此艺术所反映的自然应比现实的自然更集中、更明确、更带普遍性。艺术美之不同于现实美,区别就在此。这一点,狄德罗在《演员奇谈》《沙龙随笔》等晚期著作中谈得尤其明确:

> ……戏剧里所谓真是什么意思,指的是不是按照事物的本来面目表现它们?绝对不是。要这么理解,真就成了普通常见的。那么舞台上的真到底是什么东西呢?这里指的是剧中人的行动、言词、面容、声音、动作、姿态与诗人想象中的理想范本保持一致……②

所谓"理想典范",实际上已接近于我们今天所说的典型。它来自日常所见,却远比生活中的形象更鲜明、突出和丰满。狄德罗举伪君子和悭吝人为例,说明戏剧中的"标准伪君子"和"标准悭吝人"是根据世上所有悭吝人和伪君子创造出来的,"这要显示他们最普遍最显著的特点,而不是其中某一个人的精确肖像"③。在《沙龙随笔》中,狄德罗谈到雕塑时也曾提到:"雕塑需要比真人更伟大、更动人、更富独创性。"当艺术家根据许多模特儿反复修改他的作品以后,"这形象便不复是自然的了"。总之,艺术既要摹仿自然又要超越自然,艺术美应当高于现实美。

---

① 狄德罗:《论戏剧诗》,见《狄德罗美学论文选》,1984年版。
② 同上。
③ 同上。

关于美与自然、真实的关系问题,前人已经探讨过很多,但衡量真实与否时,把反映客观事物的相互关系提到首要地位的,狄德罗却是第一人。尤其重要的是,他把人们的社会处境、人与人之间的社会关系视为现实生活的主要内容,从中看到了无比丰富的创作源泉和取之不尽的题材、情节和形象。无论是小说、戏剧或绘画,甚至包括音乐,他都主张把人们的社会处境和相互关系作为描摹的主要对象。

　　更加值得注意的是,狄德罗对事物多方面关系及其普遍秩序的理解,不仅包含事物的共性,而且十分强调差异和矛盾:"每一阶层的公民都有它的特性和表情","各行各业都有一定的习惯"①。"没有两张叶子是同样绿的;没有两个人的动作和体态是完全一样的。"②所以狄德罗要求艺术在一般中表现个别,在个别中体现一般。如《波旁的两朋友》中谈到一幅理想化的头像,哲学家认为它很完美,可是不真实。如果在头像上添加某种瑕疵或具体特征,这画像便真实了。在这儿,他引用朋友卡尧的一句话:"只要在我的鞋上添一点尘土,人家就会说我是刚从乡下回来的,而不会说我是从包厢里出来的。"③由此可见,狄德罗所要求的艺术真实,不只是反映事物的普遍秩序,同时也需反映个别事物的具体特点。客观世界是丰富多彩的,艺术如果不能反映客观事物的千差万别,也就无真实性可言了。

　　古典主义理论也提倡"自然"和"理性",表面上与狄德罗的提法颇有类似之处,实际上涵义完全不同。古典主义所谓的"理性",指的是明理得体,狄德罗的"理性"却要求对事物作深入的观察和思考;古典主义崇奉的"自然",主要指抽象的、"永恒不变"的"普遍人性",狄德罗固然也使用"人类本性"的概念,却更多地注意到不同时代、不同情境下人与人的差异;对古典主义说来,"真实"意味着"合理",即符合贵族风尚之常理,对狄德罗说来,真实却意味着展示现实生活的丰

---

① 狄德罗:《画论》,见《狄德罗美学论文选》,1984年版。
② 同上。
③ 狄德罗:《波旁的两朋友》,见《狄德罗美学论文选》,1984年版。

富性、复杂性，表现出多方面的差异、矛盾和对立：各种社会处境之间，难道不和人类个性之间一样具有矛盾对比么？诗人难道不能把这些社会处境对立起来么？

所以，同样是提倡反映自然，古典主义要求的是按宫廷趣味改造过的彬彬有礼的自然，狄德罗却宁愿自然粗犷有力、动荡不宁、充满了矛盾斗争："诗人需要的是什么？是未经雕琢的自然，还是加工过的自然；是平静的自然，还是动荡的自然？"①作者的回答是：

> 诗需要的是巨大的、野蛮的、粗犷的气魄。正是国内自相残杀的战争或对宗教的狂热使人们揭竿而起、血流遍地的时候，阿波罗头上的桂冠才生气勃勃、碧绿青翠。它需要以血滋润。在和平时期，在安闲时期，它就要萎谢了。……
>
> 什么时代产生诗人？那是在经历了大灾难和大忧患以后，当困乏的人民开始喘息的时候。……②

狄德罗的上述观点，可以说是文学中"冲突论"的先导，对于引导作家、批评家扩大视野，从矛盾冲突和变化发展中观察生活，并深入地研究和剖析社会生活，尤其具有深远的意义。十九世纪的现实主义艺术在揭示社会矛盾上能达到那样的深度和广度，不能不从中看到狄德罗美学理论的积极影响。

3. 虚构与想象

既然艺术真实不同于历史真实，艺术美应高于现实美，那么艺术摹仿中就必须容许诗人、艺术家有所创造。狄德罗认为悲剧诗人"可以凭个人想象在历史以外加上他认为可以提高兴趣的东西"；喜剧则"可以完全出于诗人的创造"。③

---

① 狄德罗：《论戏剧诗》，见《狄德罗美学论文选》，1984 年版。
② 同上。
③ 同上。

"自然有时候是枯燥的,可是艺术永远不应当枯燥。"①所以诗人为了感动人或提高人的兴趣,理所当然要想象出一些事件、杜撰一些言词,"给历史添枝加叶"。狄德罗甚至不反对艺术作品中出现一些奇异的事件和某些"出奇、惹眼的东西",因为有时候"在事物的自然秩序里也有一连串的异常事件",但"重要的一点是做到奇异而不失为逼真"。要"使奇异之处恰如其分,使幻象有基础"。狄德罗认为,只要在自然秩序允许的范围内把某些奇异的事件组合起来,使它们显得合情合理,就能产生逼真的幻象②。上述论点说明,自然的真实仍是艺术真实的基础,任何虚构都不能离开自然秩序的一般规律,诗人只能"在事物的一般秩序的罕见情况中,取得他行动的范本"。

在艺术创造问题上,狄德罗赋予想象以重大意义。他认为想象是一种素质,"没有它,人既不能成为诗人,也不能成为哲学家、有思想的人、有理性的生物,甚至不能算是一个人。"想象是什么?"想象是人们追忆形象的机能"③;狄德罗这样解释:

> 在什么时候才停止应用记忆而开始运用想象呢?那是当你以一个接一个的问题迫使他想象的时候;也就是说由抽象的、一般的声音转化为比较不抽象的、比较不一般的声音,一直到他获得某种明显的形象表现,也就是到达理智的最后一个阶段,即理智休息的阶段。到这时候……他就成了画家或者诗人。

显而易见,狄德罗所说的想象,正是我们通常所说的形象思维。哲学家进而阐明:

> 只有在他的认识循着它原来由事物转移到心灵的同一条道路,再由心灵转移到事物的时候,他才获得悟解。④

---

① 狄德罗:《思想散记》。
② 同上。
③ 狄德罗所说的"幻象",指艺术作品中貌似真实,实属虚构的成分,也就是我们通常说的"艺术真实"。
④ 狄德罗:《论戏剧诗》,见《狄德罗美学论文选》,1984年版。

以上两段引文表明，狄德罗把想象视为人类认识活动的继续，且是认识发展的高级阶段的继续，而不是非理性的主观心理活动。所以理性认识，或抽象思维，并不是与想象不相容的东西，而是想象的基础和起点。当认识经过具体达到抽象，从感性上升到理性以后，想象力追忆形象的机能就会发生作用，抽象的理性概念会转化为鲜明生动的形象，这时艺术作品就产生了。

狄德罗把艺术家的想象和哲学家的推理相提并论：

> 把一系列必然相联的形象按照它们在自然中的先后顺序加以追忆，这叫做根据事实进行推理。如已知某一现象，而把一系列的形象按照它们在自然中必然会先后相联的顺序加以追忆，这就叫做根据假设进行推理，或者叫做想象。①

可见在狄德罗心目中，想象属于高级思维活动范畴。它相当于哲学家的推理，只不过是用形象的方式进行推理。它以感性认识为基础，经过抽象思维，转化为更深刻、更完美的感性形象。想象力发挥作用的过程，也就是艺术创作的过程。

4. 美的教育作用和真善美的统一

艺术借助想象的作用，可以使理性批判转化为生动感人的艺术形象，因此人们从艺术中所接受的印象往往比从一般著作中所获得的更加深刻和强烈。狄德罗对艺术的这一特点感受至深，并对艺术的教化作用有极高的估量："倘使一切摹仿性艺术都树立起一个共同的目标，倘使有一天它们帮助法律引导我们热爱道德而憎恨罪恶，人们将会得到多大的好处！"②

狄德罗力图使各种形式的艺术都成为启发心灵、传播理性的工具："任何一个民族总有些偏见有待摒弃，有些恶习需要谴责，有些可笑的事物有待贬斥"，因而任何一个民族都需要适合于他们的戏剧来

---

① 狄德罗：《论戏剧诗》，见《狄德罗美学论文选》，1984年版。
② 同上。

作为"移风易俗的手段"[①]。在《画论》中也谈到,"使德行显得可爱,恶行显得可憎,荒唐事显得触目,这就是一切手持笔杆、画笔或雕刻刀的正派人的宗旨。"

狄德罗是真善美统一论者。在《拉摩的侄儿》中,他把这三者称作"三位一体的自然王国"。这里的"真",指的是真理;"善"是指道德;"在真或善之上加上某种罕见的、令人注目的情景,真就变成美了,善也就变成美了"[②]。可见狄德罗把真和善看成艺术的内容,把美看成真和善的表现形式。作品的价值,首先是由真和善决定的,"没有伟大的思想,就创造不出有价值的作品"。"任何雕刻和绘画都应该是一句伟大格言的体现,都应该是对观赏者所上的生动的一课。[③] 但是,教育人,取悦于人,"这一切都要做得毫不牵强。假使别人发现了他的目的,他就算没有达到目的,那时他就不是在对话而是在说教了"[④]。由此可见,狄德罗并不因强调教育的目的而忽视艺术,只是反对"忘掉了自然而苦心经营艺术的手段"。他承认艺术家可以也应该为技术做出若干牺牲,但是"如果损及表情,损及主题效果,那就万万不可"[⑤]。狄德罗痛恨矫揉造作,提倡质朴、自然,尤其反对从形式美出发制订的种种清规戒律,认为那都是扼杀天才的绞索,常常使作家们"费了很大气力却写不出像样的东西"[⑥]。

与真、善、美统一论相联系,狄德罗对作家、批评家的自我修养给予了高度重视。他认为诗人、艺术家作为"人类的教导者,人生痛苦的慰藉者,罪恶的惩罚者,德行的酬谢者",首先必须把握住真、善、美的理想。"真理和美德是艺术的两个朋友。你想当作家吗?你想当批评

---

① 狄德罗:《论戏剧诗》,见《狄德罗美学论文选》,1984 年版。
② 狄德罗:《画论》,见《狄德罗美学论文选》,1984 年版。
③ 狄德罗:《思想散记》。
④ 狄德罗:《论戏剧诗》,见《狄德罗美学论文选》,1984 年版。
⑤ 狄德罗:《画论》,见《狄德罗美学论文选》,1984 年版。
⑥ 狄德罗:《论戏剧诗》,见《狄德罗美学论文选》,1984 年版。

家吗？那就请首先做一个有德行的人。"①他告诫人们："不要以为学习为人之道而付出的劳动和光阴对于一个作家来说是白费的。"②这就如同乐器必须先调好音，才能发出正确的和声。狄德罗赞扬古代的作家和批评家都从潜心自学开始，他们总是在学完各派哲学以后才从事文艺事业。总是把作品留在身边很久，经过长时间的修改润饰后才公之于世。而现在的作家"太急于露脸了"，"我们执笔的时候，可能学识既不丰富，道德方面的修养也不足"。③

按照狄德罗的意见，如果缺乏知识，就无从掌握真理；如果道德败坏，趣味也必会堕落。所以一个人必须先刻苦读书，修养德行，经过深入钻研历史、哲学、伦理学、自然科学及艺术等各门学科，最后达到"掌握真、善、美的理想"。这时他才能成为"一个善良的人，有学问的人，有高尚趣味的人，伟大的作家和卓越的批评家"。④

然而事实上，仅仅掌握真理和美德是不足以使一个人成为伟大的作家或艺术家的。这里面还有个艺术才能的问题，只有同时掌握了丰富的艺术表达力，才能实现狄德罗所说的真、善、美的统一。关于这个问题，作者也有不少论述。其中比较重要的，一是师法自然和向古代学习的问题；二是激情和理智的关系问题。

狄德罗把师法自然视为培养艺术才能的根本途径。他力劝画院的学生离开卢浮宫里那个"贩卖矫揉造作风格的铺子"，到教堂、街道、公园、市场以及乡村小酒店去，细心地观察真实人物的真实动作。他认为真正的着色大师之所以很少出现，其原因在于学生长期依样画葫芦地照抄老师的画作，却不去观察自然。但是狄德罗并不因提倡师法自然而低估学习古代艺术的必要性。他认为如果不注意向古代学习，他的作品就"可能显得小器，贫乏，委琐"；……而谁若为了古代而忽视

---

① 狄德罗：《论戏剧诗》，见《狄德罗美学论文选》，1984年版。
② 同上。
③ 同上。
④ 同上。

自然,"作品就可能显得冷漠,缺乏生气,不能表现任何一种人们只能在自然中看到的隐秘的真相"①。在艺术表达的问题上,狄德罗赋予激情以伟大的意义。虽然他认为艺术应有理性作基础,但"如果没有热情,人们就缺乏真正的思想","激情表现得越强烈,剧本的趣味就越浓",②而"没有感情这个因素,任何风格都不可能打动人心"③。他在《画论》中谈到:"表达要求画家有丰富的想象,炽烈的激情,以及召唤幽灵,使它活跃起来、长大起来的本领。"总之,狄德罗对艺术的要求是:"……判断和激情、热情和智慧、如醉如狂和沉着冷静等等的恰到好处的配合……"④

从上述论点也可以看出,狄德罗并不完全是一个冷静的"现实主义者",而是兼具相当浓重的浪漫气质。他的理论之所以对十九世纪的浪漫主义运动也产生了影响,并不是没有原因的。

5. 市民剧的创立及其他

除去美的一般理论,狄德罗对各类艺术的特殊规律也作了广泛的探讨,其中有关戏剧的理论,影响尤为深远。

狄德罗在戏剧领域的贡献,主要是创立了以现实生活为题材的"市民剧"(狄德罗本人称之为严肃剧或正剧),从而为资产阶级占领戏剧舞台开辟了道路。

法国自十七世纪以来,古典主义戏剧一直占据统治地位,包括一些启蒙思想家(例如伏尔泰),也把古典主义法则视为亘古不变的定律。狄德罗虽然对古典主义作家有相当高的评价,却深感古典主义关于悲剧、喜剧的划分及其种种清规戒律阻碍了戏剧为现实生活服务。狄德罗认为,"不论什么样的作品,都应该表现时代精神。"⑤在他心目

---

① 狄德罗:《画论》,见《狄德罗美学论文选》,1984年版。
② 同上。
③ 同上。
④ 同上。
⑤ 同上。

中,市民阶级的社会处境和奋斗生涯,他们的感情欲望和道德面貌,正是十八世纪时代精神的体现,而这一切却完全被排斥在戏剧舞台之外。按照古典主义的规定,悲剧用来表现崇高,出场人物应是英雄伟人、帝王将相;喜剧用以讽喻世态人情,嘲笑的对象往往是第三等级。结果市民在戏剧中便成为受揶揄的对象。

为了使戏剧踏上为普通市民服务的轨道,狄德罗提出在悲剧和喜剧之间,应该有个中间状态的剧种,其论据是:"一切精神事物都有中间和两极之分","人不至于永远不是痛苦便是快乐"①。因此需要一个中间剧种来反映生活中最普遍的状态。这剧种可以有悲剧的因素,也可以有喜剧的因素,有时则兼有这两种因素。总之,生活的色彩有多丰富,戏剧的色彩就可以有多丰富。狄德罗说:"这类戏剧如果成立,就没有什么社会情境和重要的生活情节不能归到戏剧体系的这部分或那部分了。"②

狄德罗不能容忍按照贵族的趣味来划分悲、喜剧,他针锋相对地提出:"喜剧和悲剧在任何等级里都会产生";喜剧可以"描写人的美德和责任",悲剧也可"以家庭的不幸事件为对象"。他提出戏剧应重视家庭生活的题材,意味着要以符合资产阶级愿望的市民剧与迎合贵族趣味的古典剧相对抗。他在自己创作的两个剧本——《私生子》和《家长》中试图树立资产阶级的正面形象,意在与古典悲剧中的帝王将相、王公贵族的形象相对抗。

出于上述目的,狄德罗从他的美在关系说引申出著名的情境说,提出社会情境是比人物性格更加丰富、更加广阔的创作源泉,从今以后,对情境的刻画应该成为戏剧的主要对象,性格只能是次要的。"作为作品基础的应该是人物的社会地位、其义务、其顺境与逆境等。"③

---

① 狄德罗:《关于〈私生子〉的谈话》,见《狄德罗美学论文选》,1984年版。
② 同上。
③ 本段引号内文字全部引自狄德罗的《画论》。参阅《狄德罗美学论文选》,1984年版。

而性格却要"根据情境来决定",性格的描写不能离开情境的描写。这样就为社会生活进入舞台艺术领域提供了论据。

与情境说相联系的,是他的对比说。狄德罗反对在戏剧中安排人物性格的正反对照,而主张写出人物性格的千差万别。因为现实生活中,性格只是"各有不同",并不是"截然对立"。他认为"真正的对比是人物性格和情境之间的对比,是不同的利害之间的对比"[①]。这里所说的对比,实际上就是矛盾冲突:"情境要有力地激动人心,并使之与人物的性格发生冲突,同时使人物的利害互相冲突"[②]。在这里,后来成为十九世纪文学主题的"个人与环境的冲突",已经初见端倪了。

除内容题材的改革外,狄德罗还探讨了大量戏剧形式和技巧方面的问题,从情节布局直到服装、布景、舞台调度,都提出了一整套富有独创性的意见。这些意见大部分都为后来的现代话剧所采纳。尤其值得重视的是,他提出在新剧种中以散文代替韵文,以求与现实生活更加接近,这一原则的运用,带来戏剧形式的一大革新。

狄德罗关于严肃剧种的理论,对欧洲戏剧的发展产生了广泛而深远的影响。与狄德罗相呼应,莱辛在德国也掀起了市民剧运动,他们的理论对欧洲戏剧起了扭转方向的作用,为现代话剧的兴起和发展奠定了理论基础。

狄德罗在戏剧研究方面的另一内容,是当时理论家们很少过问的表演艺术。他晚年撰写的长篇对话体论文《演员奇谈》,就是专门讨论这个问题的。论文的主题是:演员究竟应该凭理智表演,还是凭感情。狄德罗的结论是:伟大的演员"绝不是凭感情,而是用头脑去完成一切"。他认为演员应该有"很高的判断力",在剧中应当是一个"冷静的、安定的旁观者"。他们可以把剧中人的感情表演得淋漓尽致,自己却保持头脑冷静,丝毫不动感情。狄德罗认为好动感情的演员总是演得好坏无常;只有凭理智表演的演员,才能够如镜子一般,以同样的精

---

① 狄德罗:《论戏剧诗》,见《狄德罗美学论文选》,1984年版。
② 同上。

确度、同样的强度和同样的真实性,把同样的事物反映出来。

这篇论文的主要论点,与狄德罗其他美学论著一样是从唯物主义认识论出发的,他要求演员首先要认识生活、了解人心、深入钻研和反复揣摩诗人所塑造的伟大典型。然后凭着思索、想象和记忆,准确地、合乎分寸地再现心目中的理想范本。但是狄德罗在这篇文章中过分贬低感情,把理智与感情完全对立起来,甚至认为演员只需模仿理想范本的外在标志,感情上应当完全无动于衷,这却和他一贯的思想颇不一致,而且这种极端的提法究竟是否符合实际,也一直是个引起争议的问题。

6. 关于绘画艺术

作为文艺批评家,狄德罗在世界美术史上也占有一席重要的地位。他的《画论》一文以行家的眼光总结了造型艺术的一系列基本规律。使真正的画家也不能不为之折服;他的《沙龙随笔》被认为真正开创了法国的美术批评,至今仍是法国人心目中艺术批评的典范。狄德罗既是以画家的眼光,又是以文学家和戏剧家的眼光来鉴赏绘画,他善于从画面的每一个细节发掘诗意,有时他想象到的,比画家本人企图表达的还要多。

狄德罗在造型艺术方面的根本观点,仍是他的"美在关系"说,但提法已具体化为正确表现事物的"内在联系"或"因果关系"。狄德罗认为,在自然界,一切都相互关联:自然界中任何一个条件的改变都会影响到景物面貌的改变;人体"任何一个器官的变化都会牵动其他器官也发生变化",甚至皮肤的色泽也会"随着心灵轻盈活跃的起伏而变幻无穷"。因此,他要求画家在任何时候都应注意到事物的"整体和全面",表现出"所画对象的某一部分与人们看不见的部分之间的适当对应";他不赞成在人体素描上把匀称和比例的概念绝对化,因为"人的年龄和身分通过各种方式在破坏这些比例",一个人的形体,"必然具备他所从事的行业的特征",他的举止和表情,必然受他的生活状况和境遇的支配。所以一个形象刻画得是否卓越,不在于能否从中发现

"极端精确的比例",而在于从中看出"一整套互相关联的必然的畸形之处"。同样,大自然的丰富多采和变幻无穷,也要求画家十分注意色彩的变化以及"阴影和光线的真实有力的紧密配合",①包括考虑到光源的距离,周围物体对光线的吸收和反射,物体远近的层次等等。

  和他的戏剧理论一样,狄德罗在绘画艺术中最重视的"关系",是人们的社会关系,他之所以特别推崇格勒兹②,是因为格勒兹的社会风俗画生动地表现了人们的日常生活、人情风俗,精确地描绘出了画中人的身分、地位、个性、心情以及彼此间的关系,具有浓郁的生活气息。而红极一时的宫廷首席画师布歇③则一再受到他的严厉批评。虽然他承认布歇技巧圆熟、笔触细腻,所绘风景青翠欲滴,但认为其整个画面虚假、造作,毫无生活气息,"谁也不知道他那些穿扮华丽的牧羊女在干些什么。……她们那种搔首弄姿、装腔作势的模样完全是从当时的交际花、妓女身上借来的。"

  狄德罗努力引导绘画面向社会生活,甚至对静物画和风景画也不例外。沙尔丹④之所以极受狄德罗喜爱,重要原因之一是这位画家甚至在静物画里也表现了他的社会倾向,他所画的静物,不是雕金镂银的餐具和精美的珍馐,而是中、下等人家常见的普通食品和简朴用具,这些平淡无奇的东西,经过艺术家的处理竟能构成富有魅力的艺术天地,体现出一种朴实的生活情趣和健康的感情,从而使这些无生命的东西也变得亲切、活跃而富有生命力。狄德罗同样希望在风景画中看到与人类生活的联系。在他眼中,一幅加进了某些生活迹象的风景画,比单纯的景物画在意境上要高得多。卢泰布格⑤在技巧方面并不比凡尔奈⑥逊色,但狄德罗认为后者的作品比前者有意义。卢泰布格

---

① 狄德罗:《论戏剧诗》,见《狄德罗美学论文选》,1984年版。
② 格勒兹(1725-1805),法国风俗画家。
③ 布歇(1703-1770),法国画家,路易十五时代的宫廷首席画师。
④ 沙尔丹(1699-1779),法国画家,以画静物、人像著称。
⑤ 卢泰布格(1740-1812),法国风景画家。
⑥ 凡尔奈(1714-1789),法国风景画家,擅长画海景。

只知在风景中添上牧人和牲畜,凡尔奈却能用几个人物和牲畜表现出若干生活细节或故事。可是与普桑①相比,狄德罗认为凡尔奈又相形见绌了。因为普桑的风景画甚至能把人们的处境提到哲理的高度来反映。狄德罗分析了普桑的一幅以《蛇》为题的画,指出画面上的各个细节都由一种统一的思想将它们联系起来,人们可以给这幅画题上"恐惧"这样的标题,正如普桑的另一幅名画《阿卡迪亚》可以题为"怜悯"。作家认为:"如果一个人想成为风景画家,就必须学会想象出这样的场面。田园景色加上这样的虚构想象,就会和真的历史事实一样有意思,甚至还更有意思。人们在其中除了看到自然的美景以外,还看到了生活中最甜蜜,或者最可怖的事物。"②从以上论点也可以见出,狄德罗的审美趣味固然以现实主义为基础,却也不乏浪漫主义的成分。这一点在他的《沙龙随笔》中表现得尤为明显。

狄德罗不能容忍毫无意义或令人捉摸不出意义的绘画:"如果一个画家拿出来的是叫人猜不透的象征或字谜,我便要掉头不顾。"③他更不能容忍以布歇为代表的洛可可艺术。对于布歇、博杜安④等人描绘的低级趣味场面、浓妆艳抹的肉体和荒淫放荡的行为,哲学家屡屡表示深恶痛绝。他这样告诫艺术家们:"如果你们希望你们的作品能传诸久远,我劝你们一定要坚持选择正派的主题。一切向人们宣扬堕落的作品都是注定要短命的……一幅画,一座雕塑,不管如何完美,怎能抵销对一个纯洁心灵的腐蚀呢?"⑤

在为宫廷趣味服务的洛可可艺术充斥法国画坛的十八世纪,狄德罗勇敢无畏的批评起到了扭转风气的作用,对后一世纪绘画的发展也产生了积极的影响。

---

① 普桑(1594－1665),法国古典画派大师。
② 狄德罗:《一七六七年沙龙随笔》,见《狄德罗美学论文选》,1984年版。
③ 狄德罗:《画论》,见《狄德罗美学论文选》,1984年版。
④ 博杜安(1723－1769),法国画家,布歇的学生和女婿。
⑤ 狄德罗:《一七六七年沙龙随笔》,见《狄德罗美学论文选》,1984年版。

结　语

综观狄德罗的美学体系,可以看出他在文艺观上远比同时代的思想家深刻、系统且富有远见。伏尔泰过分恪守古典主义法则,观点偏于保守;卢梭全盘否定文学艺术,态度流于偏激。狄德罗从唯物主义的认识论出发,充分肯定了文艺的认识作用和移风易俗的作用,并积极引导各种形式的艺术面向现实生活,揭示社会生活的本质,充当传播理性的工具。

作为资产阶级上升时期的先进思想家,狄德罗的整个世界观都体现了新兴资产阶级乐观向上的积极进取精神。这个阶级日益意识到自己力量的壮大,对前途充满胜利的信心。相信世界是可知的,相信世界可以得到改善,这就是狄德罗全部美学思想的出发点。他和其他启蒙思想家一起,勇敢地承担了解释说明世界的任务,而且从理论上解决了以艺术形式诠释社会的一系列问题,也就是现实主义文艺的基本理论问题。

狄德罗的美学理论引导作家、艺术家和批评家积极地认识世界,正确地反映世界,并努力通过自己的作品改善世界;他强调美的社会内容,积极推动作家艺术家从社会生活中挖掘重大题材,关心和表现生活中的矛盾冲突和时代的风貌;在探讨艺术与自然、真实与虚构、形象思维与抽象思维、激情与理性等理论问题时,他始终坚持唯物主义认识论,而且其中不乏辩证的因素:他既强调反映现实又不忽略理想,既推崇理性又重视激情,他在任何时候都把思想内容放在第一位,但又绝不是忽视形式、技巧;他重视文艺的社会效果和教化作用,提倡健康朴实的艺术,反对淫靡堕落的倾向;为了使艺术表现真理和美德,狄德罗还强调了作家、艺术家的知识修养和道德修养。

从狄德罗的各项艺术主张也可看出,这是一位具有明确的社会意识的思想家,他的全部艺术活动都围绕着一个目的,即设法战胜古典主义及一切宫廷艺术的影响,使文艺从为贵族趣味服务转移到为广大市民服务的轨道上来。这是狄德罗的不可磨灭的历史功绩,是他的美学理论的战斗性和实践性的表现,然而同时也决定了他关于美的一切观念都和市民阶级的利益和情趣联系在一起。

狄德罗所关注的社会生活,主要是当时处于社会下层的市民生活;他所谈到的"矛盾、冲突"和"重大题材",大都局限于市民生活的范围;他所崇尚的真理和美德,难免受到市民阶层狭隘观念的束缚。他乐于从市民阶层的平庸生活中发掘诗意,并努力将这一切提到伟大史诗的高度。然而他所对象化了的美却始终未能具备他所追求的"巨大的、粗犷的气魄"。

问题在于,狄德罗尽管将日益发展壮大的中产阶级视为未来社会的中坚力量,且以他特有的热情而夸张的语言美化他们的生活题材,然而他所能把握的情境冲突和人与人之间的利害冲突,没能紧密地与社会的变革交织在一起,因而难以站在历史的高度来处理这些题材。这并不是哲学家在理论上没有达到,而是现实的生活体验尚未跟上。狄德罗和其他启蒙思想家一样,虔诚地相信"理性"可以改善世界,而且和伏尔泰同样寄希望于"开明君主",认为哲学家的理性一旦与君主的权力相结合,便可以迅速改变社会的面貌。因而他虽然意识到了美的社会内容,却没能观察和预感到革命的到来。狄德罗去世后五年,轰轰烈烈的法国大革命就爆发了,而从哲学家的著作中,却看不出社会大变革前夕的动荡不宁,看不出对革命的召唤,看不出历史的发展在社会生活和每个人的家庭生活中引起的琐细或者重大的变化,他没有意识到日常的社会生活必须和伟大的历史进程紧密联系在一起,才能获得诗所需要的宏大气魄和粗犷有力的风格。

但是,建立在唯物主义认识论基础上的狄德罗美学体系毕竟代表了近代资产阶级文艺理论中最先进、最健康、最有积极意义的一派观点,它充分体现了新兴资产阶级认识世界和改造世界的信心,丝毫没有悲观、厌世等颓废倾向。它对现实主义艺术法则的阐述,包含了许多值得我们借鉴的科学的、辩证的见解。

狄德罗属于那种思想领域的开拓者,他勤于思索,不断开垦,虽然有时候因思想过于活跃而显得不够审慎,有时因认识上的局限而未能达到更高的境界,但是他始终怀着对真理的热情不断追求,辛勤地把自己心目中的真理传播给大众。他很少想到身后的荣名,几乎不曾梦想过自己的作品能够传世。"只事耕耘,不问收获;宁愿磨损,不愿锈烂,"这就是他的座右铭。他到了晚年还在惋惜生命已临近终点,自身的精力却还不曾用掉一半。但他自豪地对自己说:"人家丝毫没有盗窃我的生命,我把生命贡献出去了。"和人类历史上所有为新社会开辟道路的前驱者一样,狄德罗毕生致力于清扫旧制度的积垢,却不曾看到新社会的到来。但是他的历史功绩和为真理献身的勇气,却永远铭刻在人们的记忆之中。他没能进入法兰西学院的"不朽者"[①]行列,但多少"不朽者"都被人们遗忘了,狄德罗却没有被遗忘。他在二百多年前写的作品,至今并不令人感到陈腐,相反仍能给人以启迪或亲切的印象。如果说,人类的某些思想成果确实能跨越时间和空间,历数百年而生命不衰,那么,狄德罗的美学思想理当列为这些珍贵成果中的一项。

一九八四年一月
二〇〇六年三月修订

[①] "法兰西学院"的院士被称为"不朽者"。

博马舍喜剧二种[*]

一位业余作家,仅凭两部剧作便在文学史上享有不朽的声名,这样的天才为数是不多的,博马舍就是其中之一。他的喜剧《塞维勒的理发师》(1775)和《费加罗的婚礼》(1778)是法国启蒙运动时期戏剧领域的最佳成果,特别是他所塑造的第三等级代表人物费加罗的形象,已作为世界文学中的著名典型而遐尔闻名。

博马舍原名奥古斯特·卡隆(1732—1799),出身于巴黎的一个钟表匠家庭。他精力充沛、聪明过人,虽然没有受过正规教育,但自幼酷爱读书,博闻强记,知识相当丰富。他十三岁辍学,随父亲学钟表制造手艺,二十岁时发明了一种重要的钟表零件,获得法国科学院的认可和表彰,随即被聘为王室钟表师。不久,他演奏竖琴和横笛的才能受到公主们的赏识,又被聘为公主们的音乐教师。与此同时,他利用和宫廷的往来关系,与著名金融家帕里斯·杜维尔奈合伙经商,很快在金融界、企业界崭露头角,成为富翁。一七六一年,他花巨款购得王室书记官职位,并改用贵族姓氏博马舍。

虽说无论在宫廷还是在资产阶级圈内,精明能干、多才多艺的博马舍都显得颇为春风得意,但封建社会无情的等级观念,仍然时刻提醒他:自己在贵人们眼中只不过是个出身微贱的仆人。一次,一位廷臣当众耻笑他的钟表匠出身;又一次,肖纳公爵为情妇向他寻衅,并用"空白拘票"将他关进监狱;……凡此种种,使博马舍对贵族社会和封

---

[*] 本文原载《博览群书》1985年第1期。收入本集时曾稍作补充修改。

建等级制度的反感日益加深。一七七〇年,他的合伙人杜维尔奈去世,其继承人拉布拉什伯爵拒不承认死者对博马舍的债务,反制造谣言,控告他伪造证件。这场官司弄得博马舍几乎倾家荡产、身败名裂。但他不肯服输,决心诉诸舆论。一七七三和一七七四年,他连续发表四篇《备忘录》,公布了诉讼的全过程,对司法当局的黑暗腐败作了彻底揭露。这四篇《备忘录》显示了他的文学才能,他刻画性格,描写场景,写得辛辣幽默,生动有趣,博得伏尔泰的激赏。伏尔泰称赞他的《备忘录》"比任何一部喜剧都有趣,比任何一部悲剧更动人"。《备忘录》不仅在巴黎而且在外省乃至欧洲引起了轰动,博马舍终于在舆论支持下取得了胜利。

博马舍的思想与文艺复兴时期以来的人文主义思潮一脉相承,他热爱拉伯雷的著作,深深敬仰拉伯雷挑战中世纪传统观念及经院哲学的勇气和战斗精神。十八世纪的启蒙运动,特别是天赋人权的观念,同样对他产生了深刻影响。他毕生都在以行动来捍卫人格的尊严与独立,且以自己的成就证明第三等级的平民在聪明才智上大大优越于贵族阶级的大人先生。博马舍自称是伏尔泰和狄德罗的学生,盛赞《百科全书》是一部大无畏的不朽巨著①。在文学上,他是最先响应狄德罗的市民剧理论的人。一七六七年,他依据狄德罗的理论创作了正剧《欧也妮》,并在该剧序文《论正剧》中旗帜鲜明地支持了狄德罗所创立的这一介乎英雄悲剧和快乐喜剧之间的新剧种。一七七〇年,他写了第二部正剧《两朋友》。这两部正剧均以批判贵族阶级的腐化堕落、歌颂市民阶级的美德为主旨,但因剧情和人物缺乏深厚的生活基础,台词充斥过多的说教,艺术上未获成功。不过,一七七〇至一七七四年间博马舍和司法当局的较量大大磨砺了他的思想,锻炼了他的写作能力,同时也给他的创作带来了新的生机,其直接成果便是《塞维勒的理发师》和《费加罗的婚礼》的面世。

---

① 巴尔扎克:《〈人间喜剧〉前言》。

《塞维勒的理发师》又名《防不胜防》，最初是歌剧，于一七七二年改写成五幕喜剧，剧情显然脱胎于莫里哀的《太太学堂》，而贯穿全剧的则是启蒙时代的平等意识和人权思想。女主人公罗丝娜已不同于《太太学堂》中幼稚无知的阿涅丝，而是一个向往自由、不甘心受奴役、自觉地为婚姻自主权而斗争的女性。尤其是剧中的主导人物费加罗，完全是一个已开始觉醒的、充满活力的法国第三等级的代表。他聪明机智、乐观自信，是巴汝奇、司卡潘一类平民形象的丰富和发展。为了生存，他从事过不知多少行业：贵族老爷的跟班、养马场的兽医、写喜剧办刊物的文人、赌场老板、走街串巷的江湖郎中和理发师……在为生存而奋斗的过程中，他尝尽了人生的酸甜苦辣，增长了知识和才干，也洞察了世态人情，从而对社会有了深刻的剖析与批判。博马舍将自己的生活感受融入费加罗的感受之中，凝成了无数犀利俏皮、精妙绝伦的台词与对白，诸如"我忙于欢笑，怕的是有时逼得我不得不哭"；"我相信只要大人物不来伤害我们，就等于对我们施恩了"；当阿勒玛维华伯爵说他懒惰、荒唐时，他针锋相对地回答："照你们对仆人要求的品德，大人，您见过多少主人配当仆役的？"。剧中巴齐勒关于造谣的一段著名台词，总结了饱受造谣中伤之苦的博马舍的痛苦经历，已成为后人经常引用的文学典故。《塞维勒的理发师》原定于一七七三年二月上演，因博马舍得罪了肖纳公爵，被捕入狱，演出搁浅。一七七四年，剧团重新开始排练，适逢博马舍的第四篇《备忘录》发表，当局视他若洪水猛兽，其剧作当然也被宣布禁演。直到一七七五年路易十五去世后，《塞》剧才在法兰西喜剧院演出，且大获成功。博马舍明白，《塞》剧的胜利，首先是费加罗的胜利。于是他决心创作费加罗系列，让费加罗在舞台上继续亮相。

一七七八年，他写出了直接抨击封建主特权的五幕喜剧《费加罗的婚礼》。在这部喜剧里，阿勒玛维华伯爵成为荒淫腐朽的大封建主的代表，试图恢复他原已声明放弃的领主初夜权。为了抵制这种侮辱人的特权，捍卫人的尊严，费加罗和他的未婚妻苏珊娜表现出卓越的智慧和大无畏的勇气。伯爵夫人为了自身的利益,和他们结成统一战线;原来和他们作对的霸尔多洛、马尔斯琳、安东尼奥、巴齐勒等人,最后也被争取到他们一边。全剧以费加罗的胜利和伯爵的惨败告终。《费加罗的婚礼》又名《狂欢的一日》,突出了平民战胜贵族、老爷输给仆人的主题。

比起《塞维勒的理发师》,《费加罗的婚礼》显然具有更加鲜明的革命色彩,颇能反映法国大革命前夕那种山雨欲来风满楼的氛围。第五幕中费加罗的一段独白,正是平民阶层的不平之鸣,也是对封建社会的全面指控。在他眼里,贵族根本没什么了不起,他们只不过"在走出娘胎时使过些力气",凭什么生下来便拥有一切,凭什么配有这么多享受?而他自己"单为生活而不得不施展的学问和手腕,就比一百年来用以统治全西班牙的还要多"。他学化学、学制药、学外科,结果只当上兽医;他写喜剧,因批评了土耳其王爷,剧本便被焚毁;他写了一篇论货币的文章,竟被关进巴士底狱;他办刊物,不久就在同行的倾轧中被取缔……他形容所谓的出版自由:"只要不谈当局,不谈宗教,不谈政治,不谈道德,不谈当权人物,不谈有声望的团体,不谈歌剧院,不谈任何一个有点小小地位的人,经过两三位检查员的检查,我可以自由付印一切作品……"他点评政治:指出政治和阴谋"像孪生姐妹","收钱、拿钱、要钱",就是"当政客的秘诀";他指责司法"对大人物宽容,对小人物严厉",他描写执掌印绶的大法官昏庸无能、贪赃枉法,只能充当费加罗们嘲笑的对象。

不言而喻,这样一部长人民志气、灭贵族威风的剧作,当时要搬上舞台几乎是不可能的,但博马舍在障碍面前从不退缩,为冲破禁令、取得上演的权利,他整整斗争了六年。他去各个沙龙朗读剧本,在街头巷尾传播剧中的歌曲,动员起各种舆论手段,引起人们对《费加罗的婚礼》的强烈兴趣,乃至此剧的被禁,被公众视为当局箝制言论自由的一大罪证。一七八四年四月,专制王朝迫于舆论压力,不得不允许该剧在法兰西喜剧院演出。此剧的首演盛况空前,成为当时社会生活中的一件大事。

博马舍的两部喜剧不仅征服了法国,也迅速地征服了欧洲,转眼之间就被译成好几国文字,在欧洲各大城市上演。一七八六年,奥地利音乐大师莫扎特将《费加罗的婚礼》改编为歌剧,一八一六年,意大利著名音乐家罗西尼又将《塞维勒的理发师》改编成歌剧,成功的音乐更使两部喜剧广为流传,变得家喻户晓。博马舍于是成为继莫里哀之后声望最高的法国喜剧家。

《费加罗的婚礼》改编为歌剧之后,博马舍还写过一部歌剧:《达拉尔》(1787),但影响不大。应当说,《塞维勒的理发师》和《费加罗的婚礼》的成功。首先是由于人物形象塑造得成功,同时也在于作者准确地把握住了时代的脉搏,以受群众喜爱的艺术形象表达了人民的心声。费加罗是法国平民的代表,作者在他身上集中了法兰西民族最典型的性格特征。这个天性快活、时刻不忘寻欢作乐的民族,表面上玩世不恭、嘲笑一切,其实具有健全的理智,遇事都有清醒的思考与分析;他们貌似轻浮,可他们深刻的睿智使人惊讶,敏锐的眼光令人叫绝,而且往往能在灾难面前保持潇洒的风度,以轻松的笑谈来冲淡痛苦。这种荒唐面具下的严肃,浮夸外表下的深刻,玩世态度掩盖下的顽强意志及非凡的勇气,正是自拉伯雷以降的法国文学大师们对高卢民族特性的共同概括。博马舍将这些特性熔铸为费加罗这样一个鲜活生动的艺术形象,当然立时获得人民的认同和热爱。何况博马舍自己就是一位现实生活中的费加罗,他出身于第三等级,受过苦,坐过监,也发过财,生活中好几次大起大落;但他从不气馁、从不服输,从不屈服于社会安排给他的命运,如同他本人所说,他的一生是"斗争的一生"。因而他和法国大革命前迫切要求变革的人民群众声气相通,他笔下的费加罗于是成为人民的代言人,费加罗在舞台上讲的,正是台下观众心中所想的。博马舍极善于运用戏剧语言,犀利明快的精彩对话在剧中比比皆是,加之情节紧凑,高潮迭起,使观众在全剧过程中一直保持情绪高昂。然而法国大革命以后,博马舍的经历十分坎坷:住宅几度被查抄,本人及家人被捕入狱,财产被没收,……他越来越跟不上小资产阶级革命派的激进主张,逐渐对革命产生了距离感,他的费加罗也随之失去了锐气。一七九二年,费加罗三部曲的第三部《有罪的母亲》出台,阿勒玛维华伯爵成了一位道德高尚的人,宽容地对待他不贞的妻子,费加罗不再是反封建的斗士,而成为伯爵的忠仆。至此,费加罗已完全丧失往日的魅力,博马舍的创作生命也告终结了。但是,《费加罗的婚礼》和《塞维勒的理发师》的生命永远不会终结。这两部喜剧,特别是根据它们改编的歌剧却常演常新,并给它们的作者带来不朽的声名。

一九九九年十二月

文学领域的普罗米修斯——巴尔扎克*
——"他用剑未能完成的事业,我要用笔来完成。"

在十九世纪一位法国作家的卧室里,放着一尊小小的拿破仑塑像,塑像的剑鞘上刻着这样一行字:"他用剑未能完成的事业,我要用笔来完成。"署名是:奥诺雷·德·巴尔扎克(Honoré de Balzac)。

巴尔扎克的这句豪言壮语没有落空。他以二十年的辛勤工作,创造了《人间喜剧》这一小说史上的奇迹。他将九十余部篇幅不等的小说联成一体,构成了一幅完整的、包罗万象的社会风俗画,他使两三千个人物在纸上活跃起来,有声有色地演出了一七八九年法国大革命以后直到一八四八年资产阶级取得最后胜利的这一整段历史。按他自己的说法,这是"许多历史家所忽略了的……风俗史"[1]。巴尔扎克大胆地突破了传统的艺术领域和艺术方法,几乎无限度地扩大了文学的题材,让社会生活中一切仿佛与文学的诗情画意格格不入的东西,都肆无忌惮地闯入了小说。有人不无夸张地说:社会多么复杂,《人间喜剧》的内容就有多复杂;生活多么丰富,《人间喜剧》的场景就有多丰富。恩格斯曾经说,他从巴尔扎克所提供的这部"卓越的现实主义历史"里,"甚至在经济细节方面所学到的东西,也要比从当时所有职业的历史学家、经济学家和统计学家那里学到的全部东西还要多"[2]。

---

* 本文原载《博览群书》1985 年第 1 期。收入本集时曾稍作补充修改。

[1] 巴尔扎克:《〈人间喜剧〉前言》。

[2] 恩格斯:《致玛·哈克奈斯》(1888 年 4 月初),《马克思恩格斯选集》第 4 卷 463 页。

所有优秀的作家都力图在作品中表现自己的时代,巴尔扎克的愿望却是完整地再现他的时代。他不满足于描绘某一社会侧面,塑造某几个人物典型,而是要完成一套"描写十九世纪法国的作品"①。同步地反映自己的时代已属不易了,何况还要"完整"！为此,巴尔扎克要求自己像生物学家布丰②研究自然界一样,把整个人类社会作为自己的研究对象。他将人类划分成种种不同类别,不仅从各个不同角度写出当代社会风貌,还试图进一步分析种种社会现象的本质和根源,探究人类社会的内在法则。在巴尔扎克之前,还没有一个作家有如此宏大的气魄,敢于给自己提出这样艰巨的任务,也没有一个人有这等超人的观察力和概括力来完成这样的任务。

"我是粉碎障碍的专家"

巴尔扎克所走过的道路并不平坦。他在学校里被认为是天资鲁钝的学生,他的父母也不相信他有文学才能,但他不顾一切人的反对,断然拒绝了家庭为他在司法界安排的前程,选择了毫无生活保障的文学道路。这条路有多远？一开始他并不知道。但在进入《人间喜剧》的创作之前,他整整挣扎了十年。他曾经住在贫困的巴黎圣安东郊区的六层阁楼,常常只靠清水、面包度日,用于照明的费用,比用来维持生命的费用还要多。他诙谐地写信告诉妹妹:"你那注定应享有伟大荣誉的哥哥,饮食起居着实像一位伟人。这就是说:他都快饿死了。"③

为了向父母证明自己的天才,巴尔扎克几乎足不出户地奋战了一年多。然而他煞费苦心写出的处女作——诗剧《克伦威尔》,却令人大失所望。有人好心地劝戒:"此人干什么都行,就是不要搞文学。"④巴

---

① 巴尔扎克:《〈人间喜剧〉前言》。
② 布丰(1707 – 1788),法国博物学家,进化论思想的先驱,《自然史》的作者。
③ 同上。
④ 波德莱尔(1821 – 1867):《一八四六年的沙龙》。

尔扎克本人却不因失败而灰心丧气,他一旦选定了目标,便不顾一切地朝这个目标奔去。他的手杖柄上用土耳其文刻着一句苏丹王的箴言:"我是粉碎障碍的专家"。这句箴言正好是巴尔扎克性格的写照。

巴尔扎克一踏入社会就发现自己被物质需要剥夺了自由。他不得不屈从书商的要求,与人合作写些趣味低劣的通俗作品糊口。这些作品他从不用自己的名字发表,直到后来也不愿承认这部分作品出自他的手笔。他深感没有一定的生活保障就很难从事严肃的艺术创造,于是在友人的鼓励下,暂时弃文经商。他尝试过出版事业,办过印刷厂、铸字厂,研究过造纸技术,每次都以失败告终。他尝够了经商、破产、倒闭、清理、负债等种种痛苦,亲身领略过期票的追逼和高利贷者的盘剥……在他同时代的作家中,没有一个人对金钱的迫害、物质的统治有过他那样直接的、深刻的感受,在生活的积累上,谁也不像他那么富有;他正像自己曾经描写过的某些天才人物那样,在巴黎这个炼狱里"生活过、搏斗过、感受过"。他不仅是《人间喜剧》的作者,也是这个巨型舞台上的演员。波德莱尔曾把他称作《人间喜剧》众多人物中"最奇特、最有趣、最浪漫,也是最富有诗意的一个"[①]。他在《人间喜剧》中所描写的,不仅是他的观察,也包括他的体验与感受,正是这些切身的体验与感受,构成了《人间喜剧》中最精彩的篇章。

"先成为深刻的哲学家,再写喜剧。"

巴尔扎克在《幻灭》中描写未来的大作家德·阿泰兹时,说过这样一句话:"他要像莫里哀那样,先成为深刻的哲学家,再写喜剧。"这句名言,可以视为作者本人的座右铭。

在巴尔扎克身上,很早就有一种把握一切、认识一切、解说一切的强烈愿望。他不仅仅是小说家,而且是个兼有哲学家头脑和历史家眼

[①] 巴尔扎克:《〈人间喜剧〉前言》。

光的社会学家。他对法国当代社会的研究,超过了一般社会学研究的水平。他的作品超越了个人生活感受和个人情感的抒发,而融入了对社会的总体分析。

《驴皮记》的主人公拉法埃尔曾经说:"我感到自己有某种思想要表达,有某种体系要建立,有某种学说要阐释。"这也正是巴尔扎克写作《人间喜剧》时的心情。为了达到他所企望的高度,他曾如饥似渴地阅读古往今来的大量哲学、社会科学著作和自然科学著作,不断地进行比较、分析和概括。他深入到社会生活的各个角落,搜寻人们内心的秘密,像哲学家和科学家那样细致地观察当代社会的政治经济结构、权力和财富的分配、法律的奥秘、宗教的效用……,精细地剖析人们的感情、欲望、各种行为的动因,耐心地探究各种社会现象的内在联系……终于在这个纷乱的、骚动的社会中,发现了一条非人力所能控制的规律,这就是资产阶级的日益得势和贵族社会的解体、灭亡。这样一个历史的总趋向,就是当时支配全部社会生活的本质力量。社会上的一切冲突、争斗、动乱、犯罪,发生在家庭和个人生活中的种种悲喜剧,都和这个特定的历史进程紧紧联系在一起。由于对社会形成了这一总体认识,巴尔扎克得以从种种分散的、个别的、偶然的现象中,把握住了具有本质意义的历史内容,从而成功地描绘出法国从封建社会过渡到资本主义社会这一重大历史转折在社会生活中引起的巨大变化,以及对人们命运和心灵产生的深刻影响。这样,巴尔扎克的作品就不仅在广度上,而且在深度上大大超过了同时代的作家,并因此博得马克思和恩格斯的高度赞扬。

"法国社会是历史家,我只能充当它的秘书。"

巴尔扎克生活在法国从封建社会向资本主义社会过渡的历史转折时期,亲身经历了拿破仑帝国、波旁复辟王朝、七月王朝等重要历史阶段,目睹了一八三〇年和一八四八年革命等重大历史事件。新旧交替时期种种错综复杂的矛盾冲突、急剧而持续的社会动荡,带来了社会思潮的空前活跃,促进了十九世纪法国文学的繁荣和发展,同时也对巴尔扎克的创作产生了决定性的影响。他置身于十九世纪光怪陆离的巴黎社会,接触到五花八门的思潮和学说,使他的思想呈现出十分复杂的状态。他那无所不包的大脑是一个多维化的广阔空间,填满了各种相互矛盾的学说和理论。在他的作品中,大量的真知灼见与奇谈怪论沓然并存,精辟的分析与荒唐的结论相互映衬。他相信世界的物质性,却又深受神秘主义学说的吸引;他是个无神论者,却热心地宣传宗教;他充分肯定资本主义对社会繁荣的促进作用,在政治上却是保王党……他的思想体现了现代科学与神学、唯物主义与唯心主义的矛盾冲突,以及人们试图探明物质与精神的关系所作的艰苦努力……

但重要的是,巴尔扎克作为作家,一直把深入地认识和忠实地再现客观世界看成自己的天职。"法国社会是历史家,我只能充当它的秘书。"①这句谦逊的自白,确切地表明了巴尔扎克的现实主义创作态度。虽然巴尔扎克作为当时浪漫主义文学运动的参加者,自身又具有浓重的浪漫气质,他的作品中也不乏浪漫主义的篇章,但不管他采用何等浪漫的甚至荒诞的表现手法,却始终扎根于现实生活的土壤,着眼于反映现实生活的本质,所以普列汉诺夫说,巴尔扎克是"最深刻意义上的现实主义者"。巴尔扎克从大量的生活感受出发,达到了对当代社会本质及历史发展趋向的清晰认识。他尊重历史,尊重生活。哪怕生活的逻辑使他得出与自己的信念和愿望相反的结论。正如恩格斯所指出的,尽管他的伟大作品是"对上流社会必然崩溃的一曲无尽的挽歌,"②但当他让那些贵族男女行动时,"他的嘲笑是空前尖刻的,他的讽刺是空前辛辣的,而他经常毫不掩饰地加以赞赏的人物,却正

---

① 恩格斯:《致玛·哈克奈斯》(1888年4月初),《马克思恩格斯选集》第4卷第463页。
② 同上。

是他政治上的死对头。"①这一切,被恩格斯归结为"现实主义最伟大的胜利之一"②。也正因为此,巴尔扎克这个自称在"王权"和"宗教"这两种"永恒真理"照耀下写作的保王党人,竟出乎自己意料,常常以他的作品为马克思主义的某些科学论断做出印证。

"最高的艺术是要把观念纳入形象"

巴尔扎克是小说艺术的伟大革新者,他认为十七、十八世纪的艺术方法已无法描绘现代社会,于是他将戏剧、史诗、绘画、造型等多种艺术成分熔于一炉,把叙事、描写、塑造、抒情、对话……巧妙地交织在一起,从而大大丰富和完善了小说的艺术技巧,使之最终脱离故事的范畴,成为一种表现力极强的综合性艺术形式。

塑造形象、刻画典型环境中的典型性格,是巴尔扎克概括和提炼生活的主要手段,也是他对现实主义艺术的主要贡献。他在小说《幻灭》中曾谈到:"最高的艺术是要把观念纳入形象。"对他说来,完整地反映一个时代,首先是刻画这个时代两三千名出色的人物,也就是塑造出这一代人中涌现出的各种典型,同时描绘出这批典型生活和斗争的环境。他把性格塑造和深刻的历史内容结合起来,建立了法国文学史上最为壮观的人物画廊。他通过高老头的遭遇,揭示出当代社会如何撕去了罩在家庭关系上的温情脉脉的面纱,将一切人类感情都淹没在利己主义打算的冰水之中;通过葛朗台的形象,反映了法国大革命以后财产的再分配,以及金钱统治所造成的人与人之间冷酷无情的现金交易关系;通过《幻灭》中吕西安的堕落,揭露了精神生产的商品化,描写出人的尊严如何变成了交换价值……

巴尔扎克让人物在行动中展示个性,使故事情节和环境描写巧妙

---

① 恩格斯:《致玛·哈克奈斯》(1888 年 4 月初),《马克思恩格斯选集》第 4 卷第 463 页。
② 巴尔扎克:《给洛尔·絮尔维尔夫人的信》(1833)。

地服务于性格的形成。巴尔扎克笔下的人物,哪怕是次要人物,全都个性鲜明,血肉丰满,惟妙惟肖,栩栩如生。特别是形形色色的高利贷者、吝啬鬼,如高布赛克、葛朗台等,早已成为世界文学中的著名典型。这些典型之所以不朽,最根本的一点是有着坚实的现实基础。巴尔扎克的妹妹曾批评他把葛朗台的财产写得太多,他却回答道:"傻瓜,既然故事是真实的,难道你想要我写得比真的还真吗,你根本想象不出钱在吝啬鬼手里是怎么个长法。"①

巴尔扎克具有艺术大师洞察一切的锐利眼光,他能够通过短暂的接触,迅速地深入到人们的内心,捕捉住这一形象的本质特征。这种非凡的艺术才能,由于他自身的丰富经历而获得充分发展。别林斯基曾惊叹"巴尔扎克小说中的众多人物、众多个性竟没有一个完全雷同"②。左拉曾钦佩地谈到,在巴尔扎克那些生动逼真的人物形象面前,"古希腊罗马的人物变得苍白无力,浑身抖颤,中古的人物像玩具铅兵一样倒伏在地。"③

想象力是艺术家不可或缺的素质,而这恰是巴尔扎克最强的天赋之一。他既是一位头脑无比清晰的观察家,又拥有最热烈、最丰富的想象。他通过观察和思考形成的种种观念,总是迅速地转化成千姿百态的人物。这些人在作家的头脑里按照生活的逻辑行动着,似乎并不怎样受作家主观意愿的支配。巴尔扎克经常生活在幻觉世界里,与他虚构出的人物朝夕相处,被这些人搅得寝食难安。他和他的人物一起幻想、受苦、搏斗,有时几乎把虚构的世界与现实生活相混淆。他不时兴致勃勃地向朋友们报告这些虚构人物的消息,似乎这些人真的生活在他们中间。传说他在病危时呼唤《人间喜剧》中的名医毕安训的名字,执意要请这位医生来为他解脱痛苦。……这种奇异的精神状态,正是艺术家特有的形象思维功能过度强烈的表现。巴尔扎克笔下的

---

① 巴尔扎克:《给洛尔·絮尔维尔夫人的信》(1833)。
② 别林斯基:《文学的幻想》。
③ 左拉:《论自然主义戏剧》。

人物之所以常常比现实的人物更生动、更逼真、更令人信服,在很大程度上应当归功于他这种特别强健的想象力。

用纸、笔创造人类社会的普罗米修斯

一八三三年的一天,巴尔扎克满面春风地跑到鱼市街他妹妹家里,一进门就挥舞着他那根镶着玛瑙石的粗大手杖,模仿着军乐演奏和鼓声,然后兴高采烈地说:"向我致敬吧,因为我老实不客气就要成为天才了!"巴尔扎克这么兴奋是可以理解的,因为经过多年的酝酿,他终于在但丁的《神曲》(即《神的喜剧》)启发下,为他的小说找到了一个理想的总称——《人间喜剧》,意味深长地把人世间一切纷争角逐或悲欢离合喻为舞台上的一个个场景。

在一八四二年开始出版的《人间喜剧》中,巴尔扎克将编目划分为三个部分:"风俗研究"、"哲理研究"和"分析研究"。按作者自己的解释,"风俗研究"是描绘法国当代社会风貌;"哲理研究"是探讨产生这些社会现象的原因,寻出隐藏在众多的人物、激情和事件里面的意义;"分析研究"则是从"人类的自然法则"出发,来分析这一切因果的本质和根源。在这三部分内容里,"风俗研究"的篇幅最大,分量最重,根据题材的类别,巴尔扎克又将它划分为"私人生活"、"外省生活"、"巴黎生活"、"政治生活"、"军旅生活"和"乡村生活"等六个场景。巴尔扎克原计划在《人间喜剧》的总标题下写一百四十余篇小说,结果只完成了九十七篇,其中绝大部分属于"风俗研究",而且主要集中在前三个场景。这九十七篇小说并非全都是杰作,但就总体而言,却构成了一座奇伟壮丽的大厦。在法国乃至欧洲文学史上,还没有第二座这样的大厦。

为了完成《人间喜剧》这部巨著,巴尔扎克付出了自己毕生的精力。他经常每天工作十四至十六小时,有时甚至十八小时。他谈到自己的生活时说:"我要是不起草,就打腹稿,而当我既不起草也不构思的时候,又要校改清样了。这就是我的生活。""上帝创造世界只用了六天,第七天他就休息了。然而,我呢……"

他妹妹描述他经常独自关在家里,一关就是一个半月或两个月。他把窗帘全拉上,点起四支蜡烛,穿着圣多明俄式的白睡袍,不见任何人,也不读外来的信件……。有人说他三天用掉一瓶墨水,更换十个笔尖。为了保持头脑的兴奋状态,巴尔扎克经常喝大量浓咖啡,到后来,甚至咖啡都不起作用了。过度的工作终于毁坏了他的健康,他在五十岁——创作力还处于高峰的时候就离开了人世。当时他和他追求了十七年的女友结婚才五个月。

巴尔扎克以惊人的效率,二十年(1829-1850)之中,在《人间喜剧》的总标题下发表了九十七篇小说;此外,还出版了六个剧本、一部《都兰趣话》和大量杂文,译成中文超过一千万字。而且巴尔扎克每出版一部作品都要反复修改,甚至换十几次校样,每次都改得密密麻麻,面目全非。所有这些工作,都是巴尔扎克独自完成的,没有合作者,没有秘书。这样巨大的工作量是常人所难以想象的。神话传说中,巨人普罗米修斯用泥土捏塑成人类,巴尔扎克则是用纸、用笔塑造了人类。所以,法国著名的传记作家莫洛亚为巴尔扎克写传时,风趣而又郑重地将他称作普罗米修斯。

一九八四年

《巴尔扎克全集》中文版序[*]

一九九九年,是十九世纪法国最伟大的小说家,举世闻名的现实主义大师奥诺雷·德·巴尔扎克(1799—1850)诞生二百周年。两个世纪的岁月非但没有淡化这位作家的存在,反而让他的作品焕发出更耀眼的光彩。如果说他的同代人由于离得太近而不能充分估量他的贡献,那么,在历史拉开一定的距离之后,巴尔扎克营造的那座宏伟建筑便更清晰地凸现在人们面前了。

巴尔扎克和莎士比亚一样,属于文学史上罕见的天才。莎士比亚把戏剧的容量和艺术表现力发展到巅峰;巴尔扎克则把小说的容量和艺术表现力发展到巅峰。在巴尔扎克之前,法国小说一直未能完全摆脱故事的格局,题材内容和艺术表现力都有一定局限。巴尔扎克拓展了小说的艺术空间,几乎无限度地扩大了文学的题材,让社会生活中的方方面面,包括那些仿佛与文学的诗情画意格格不入的东西,都在他笔下得到了富于诗意的描绘;巴尔扎克是小说艺术的革新者,他将戏剧、史诗、绘画、雕塑等多种艺术形式的表现手法熔于一炉,把叙事、描写、造型、抒情、对话……交织在一起,大大丰富和完善了小说的艺术技巧,使之成为一种表现力极强的综合性艺术形式;巴尔扎克创造性地实践和发展了现实主义典型化艺术理论,创建了十九世纪最壮观的人物画廊;更富独创性的是,他在《人间喜剧》的总标题下,用人物重复出现的手法,将他的九十余部小说联为一体,构成了一幅完整的、包

---

[*] 本文原系《巴尔扎克全集》中文版(三十卷)总序,人民文学出版社,1999年。

罗万象的社会风俗画，提供了一部十九世纪法国社会的卓越的现实主义历史，使通常被视为供人消遣的小说具有了文献价值。这种把文学作品系列化、整体化，以反映社会全貌的做法，是巴尔扎克的首创，在他之前，还没有一个作家有过这样的设想，也没有人有这样大的气魄，敢于给自己提出如此艰巨的任务。

一

巴尔扎克于一七九九年出生，一八五〇年去世。这半个世纪正值法国从封建主义向资本主义过渡的历史转轨时期，他亲身经历了拿破仑帝国及其百日皇朝、波旁王朝的两次复辟、七月王朝，直至一八四八年二月革命资产阶级取得最后胜利的全过程。这是法国近代最动人心魄的一段历史，法兰西从来不曾这样生气勃勃，也从来不像这样乾坤颠倒、一片混乱。这是一个既充满罪恶又充满活力，既腐败而又正在向前发展的社会，新旧交替之际错综复杂的矛盾冲突，频繁的政权更迭，急剧而持续的社会动荡，波及每一个家庭和个人，社会各阶层的兴衰沉浮、沧海桑田，比以往任何一个时代都令人触目惊心。正是这个处于巨变中的时代，吸引了巴尔扎克去研究它、认识它，并萌发了充当历史见证人的愿望。

巴尔扎克出生在法国都兰地区图尔市的一个市民家庭。父亲是从农民上升到中产阶级地位的国家公务员；母亲是巴黎沼泽区一个殷实的呢绒商的女儿。所以巴尔扎克最熟悉的就是市民阶层的诸色人等。他之所以对金钱和遗产问题体会那么深，就因为这两个问题永远是市民圈子谈话的主题。

奥诺雷是家中的长子，幼时和妹妹洛尔一起寄养在图尔附近的乡村，八岁被送进奥拉托利会神甫开办的旺多姆学校寄宿。这一段经历，在他的传记体小说《路易·朗贝尔》中有详尽的描绘。巴尔扎克在学校成绩平平，常显得迟钝和心不在焉。其实他属于思维能力超常发展的儿童,在精神领域相当早熟。他从少年时代就开始博览群书,经常沉溺于一些玄妙抽象的哲理思考。中学毕业后,巴尔扎克按父亲的意愿在巴黎大学法学院注册入学。他兴趣广泛,吸收能力极强,他一面在法学院学习,一面在文学院听课,同时还进修数学、物理、化学、生物等自然科学课程。就知识结构而言,他完全可以和文艺复兴时期的知识巨人们媲美。当时法国著名的生物学家若夫华-圣依莱尔和居维埃之间关于动物分类学及其机体有无"统一格局"的论战,曾引起巴尔扎克浓厚的兴趣。圣依莱尔认为动物的有机构成只有一种基本形态,因生存条件不同才演变出千殊万类。巴尔扎克联想到人类更是只有一种基本形态,同样因处境不同而出现千差万别。既然博物学家布丰能成功地通过一部书来描绘动物世界的全貌,为什么不给人类社会也写一部类似的著作呢?这一联想,后来竟成为他构思《人间喜剧》的契机。

在巴尔扎克上大学期间,父母为了让他尽早熟悉未来的职业,曾先后安排他在一位诉讼代理人和一位公证人的事务所见习。几年的见习生活让他受益匪浅,他非但熟悉了民事诉讼程序,还从这个法律窗口窥见了巴黎社会的种种奥秘,看到了隐藏在金银珠宝之下的罪恶,为他未来的创作积累了大量素材。

一八一九年一月,巴尔扎克从法学院毕业,获法学士学位。这时父母也已为他在公证人事务所安排好了前程。但巴尔扎克断然拒绝家庭的安排,坚持要走毫无生活保障的文学道路。经过一番激烈的争论,父母勉强作了让步,同意给他两年试验期。于是巴尔扎克独自迁入巴黎圣安东区的六层阁楼,开始了他清苦的创作生涯。为了向父母证明自己的文学才能,巴尔扎克几乎足不出户地奋战了一年,然而他煞费苦心写出的处女作——诗剧《克伦威尔》——却令人大失所望。一位法兰西学院的院士看过剧本后表示:"这位作者随便干什么都可以,就是不要搞文学。"这个结论几乎代表了全体亲友的看法,惟独巴尔扎克仍然对自己满怀信心。

当时巴黎有一伙小有文才的青年,专为书商炮制流行小说和各种小册子。为了摆脱经济上对父母的依赖,巴尔扎克加入了他们的文学作坊,以雷奥诺、圣多班等化名参与或独立写作了十多部流行小说。不能说这个阶段的写作对锻炼技巧毫无帮助,但这类限期完成、粗制滥造的商业性作品,永远不会带来他所期待的荣誉,后来他甚至不肯公开承认这些作品出自他的手笔。巴尔扎克深感没有稳定的经济来源就很难从事严肃的艺术创造,于是决定暂时弃文经商。从一八二五年开始,他先后尝试过图书出版,开办过印刷厂、铸字厂,每次都以为即将财源滚滚,结果却总是债台高筑。四年的商海沉浮,让他尝够了破产、倒闭、清理、负债的苦楚。最后,走投无路的巴尔扎克只好把烂摊子撇给一位表兄去收拾,自己重新一头扎进创作。

一八二九年,他完成了长篇历史小说《最后一个舒昂党人或一八〇〇年的布列塔尼》(后定名为《舒昂党人》)。这是他的第一部以"巴尔扎克"署名的作品,意味着他确信已摸索到自己的创作道路。这部近距离反映历史的作品,尽管细节带有传奇色彩,却已是一部具有文献价值的历史小说。巴尔扎克在大量阅读文献资料的基础上,又到叛乱发生的地点——富热尔进行了实地考察,小说不带偏见地再现了舒昂党叛乱的真相,剖析了在该地区发生这一事件的条件和原因,真实地描绘了贵族、僧侣为恢复失去的权力,如何以宗教迷信为手段煽动农民为王党效命……

《舒昂党人》并没有成为畅销书,但在内行人眼中,巴尔扎克已不是等闲之辈了。从一八一九至一八二九年,巴尔扎克在充满挫折和失败的道路上整整闯荡了十年,终于在巴黎文坛初露头角。不能低估巴尔扎克的十年闯荡在他创作生涯中的地位与作用,正是在这十年里,他的知识积累和生活积累完成了从量变到质变的过程。表面看来,当时他只是一个初出道的文坛新秀,然而他不仅已经形成自己的哲学思想体系和创作思想体系,也摸索到了自己的创作方法和艺术风格,事实上已是一位相当成熟的小说家。从一八三〇年开始,巴尔扎克进入创作高潮,他以令人目不暇接的速度,接连发表了篇幅不等的小说数十篇,篇篇引人瞩目。及至《欧也妮·葛朗台》问世,巴尔扎克已是名满全国、享誉欧洲的大作家了。

巴尔扎克的创作生涯,大体上可划分为三个阶段。从一八二九至一八三四年,是《人间喜剧》的酝酿阶段,这一阶段发表了篇幅不等的小说四十二篇。巴尔扎克的中短篇精品,大都是这一阶段的收获。如一八三〇年发表的《猫打球商店》《苏镇舞会》《高布赛克》《长寿药水》,一八三一年的《玄妙的杰作》《红房子旅馆》,一八三二年的《夏倍上校》《图尔的本堂神甫》等。

长篇小说《驴皮记》(1831)和《欧也妮·葛朗台》(1833)是本阶段最辉煌的成果,一出版便引起极大的轰动。《十三人故事》(1833-1834)、《乡村医生》(1833)、《绝对之探求》(1834),亦属本阶段的力作。巴尔扎克转眼间成为巴黎最当红的小说家,上流社会也向他敞开了大门。不过,对作家本人说来,这一时期还有一项意义深远的收获,即《人间喜剧》宏伟规划的酝酿成熟。巴尔扎克早有使作品系列化的打算,但直到一八三三年才找到一个合适的框架将所有的小说组成一个整体。到一八三四年,这一设想已发展成一个庞大的计划。他在给韩斯卡夫人?的信中谈到,他的作品总汇将定名为《社会研究》,下分"风俗研究"、"哲理研究"、"分析研究"三个系列,分别表现结果(即现象)、原因和法则。"至此,整套巨著的基本框架和立意已告形成。后来,在但丁《神曲》的启发下,巴尔扎克又将总称改为《人间喜剧》,意味深长地把人世间一切纷争角逐、悲欢离合喻为人生大舞台上的一个个场景,一幕幕悲喜剧。

从《高老头》(1835)开始,巴尔扎克进入创作生涯的第二阶段,即有计划地为《人间喜剧》大厦准备构件的阶段。《高老头》就是他为大厦铸造的一根顶梁柱。他要这部小说像拉开《人间喜剧》的序幕一样,全面展示巴黎社会这个光怪陆离的巨型舞台,让各个社会阶层的代表人物都在此登台亮相,并点出整套作品的中心主题——金钱在当今社会中的杠杆作用。从这部小说开始，他将运用人物重复出现的手法，把以往的作品和今后的作品联为一体。一八三五至一八四一年，继《高老头》之后，巴尔扎克又接连发表了十六部长篇、十部中篇和八个短篇，几乎篇篇堪称杰作。如短篇小说《改邪归正的梅莫特》(1835)、《无神论者望弥撒》(1836)；中篇小说《禁治产》(1836)、《夏娃的女儿》(1838)、《比哀兰特》(1840)；长篇小说《幽谷百合》(1835)、《古物陈列室》(1836-1838)、《幻灭》前两部(1837-1839)、《卓越的女人》(即《公务员》,1836-1838)、《赛查·皮罗托盛衰记》(1838)、《搅水女人》(1841)等。《幻灭》是这一阶段继《高老头》之后最重要的著作，但也正是这部作品中对新闻出版界的批判揭露使他和报界结下了冤仇，一场围攻和笔战延续了数年之久，自此巴尔扎克所有的作品都遭到报刊评论的恶意攻讦。

至一八四一年末，尽管有待创作的作品还很多，但现有作品已构成一个井然有序的世界，可以汇编在一起了。于是巴尔扎克与出版商菲讷、赫哲尔等正式签订了十六卷本《人间喜剧》的出版合同。除按原计划将编目划分为三个系列外，巴尔扎克又根据题材类别，将篇幅最大的"风俗研究"分为"私人生活"、"外省生活"、"巴黎生活"、"政治生活"、"军旅生活"和"乡村生活"等六个场景，其中分量最重的是前三个场景。"私人生活场景"主要研究婚姻家庭问题和青年人入世之初面临的人生选择问题；"外省生活场景"以外省贵族社会和市民社会在政治上、经济上的较量为背景，中心题材是法国大革命以后社会财富和权力的重新分配，以及整个社会从物质基础到思想观念发生的深刻变化；"巴黎生活场景"刻画巴黎各社会阶层的众生相，描绘现代社会的人生百态，着重揭露上层社会的腐朽堕落……

从一八四二年开始，巴尔扎克的创作生涯进入了第三阶段，即系统地出版《人间喜剧》的阶段。巴尔扎克一面修订、汇编旧作，一面不断补充新作，如《幻灭》第三部《发明家的苦难》(1843)、描写封建庄园经济解体的《农民》(1844)等，即本阶段的重要新成果。《人间喜剧》

以每年三至四卷的速度出版,至一八四六年九月,十六卷本已全部出齐。一八四六年秋至一八四七年春,《立宪报》又连载了以《穷亲戚》为总标题的两部精彩的长篇:《贝姨》和《邦斯舅舅》。这两部作品艺术上的精湛完美,连巴尔扎克的宿敌都不能不表示肯定。一八四八年,《贝姨》和《邦斯舅舅》补编为《人间喜剧》第十七卷。至此,一座由九十余部小说构成的《人间喜剧》大厦已宣告落成。

不过巴尔扎克是个不知满足的人,一八四四年,他又为《人间喜剧》拟定了一个包括一百四十四部作品的更加庞大的计划。遗憾的是,他已经没有足够的时间来完成这个计划了。从一八二九至一八四九年,巴尔扎克为他的《人间喜剧》整整奋斗了二十个春秋。短短二十年写出这样一套巨著已经够令人吃惊的了;何况每部作品他都要反复修改,更换好几次乃至十余次校样,每次都改得密密麻麻,面目全非;更何况他还曾为好几家报刊杂志撰稿,发表了数以百计的杂文、特写、书评、专论、时政述评……;此外,还创作了六部戏剧和一部仿十六世纪文体及拉伯雷风格的短篇故事集《趣话百篇》①。谁也无法想象巴尔扎克的工作效率和工作节奏,他经常晚上六点钟上床,半夜十二点起身,披上圣多明俄式的僧袍,点起四支蜡烛,一口气工作十四至十六小时,有时甚至还要多。有人说他三天用掉一瓶墨水,更换十几支羽笔,为了保持头脑的清醒,咖啡成了他的生活必需品。经年累月的超负荷脑力劳动和过量的咖啡摧毁了他的健康,巴尔扎克不满五十岁便已风雨飘摇了。一八四九年他在韩斯卡夫人的领地上是病病歪歪度过的。一八五〇年三月,俄国沙皇终于恩准了他和韩斯卡夫人这桩酝酿了十年之久的跨国婚姻。举行婚礼后,年已半百的新郎新娘启程返回法国。巴尔扎克在途中再次病倒,双目几近失明,五月抵达巴黎时已一病不起。"房屋造毕,死神来临",他的"大厦"刚刚落成,梦寐以求的婚姻刚刚缔结,他就像那位到达终点的马拉松长跑者一样,奄奄

---

① 实际只写了三十余篇,中译本题为《都兰趣话》。

一息地倒下了。一八五〇年八月十八日,巴尔扎克去世,终年五十一岁。八月二十一日,在拉雪兹神甫公墓举行葬礼,自发的送葬行列绵延了好几条大街,几乎望不到尽头。

巴尔扎克的一生也像是一出悲壮而辛酸的"喜剧",如果把他的一生写成小说,无疑是《人间喜剧》中最可惊可叹的一幕。正如波德莱尔[①]所说,巴尔扎克是《人间喜剧》诸多人物中"最奇特、最有趣、最浪漫,也最富有诗意的一个"。他的生活充满惊涛骇浪,挟带着多次神话般的破产。他虽是举世公认的现实主义小说家,他本人却是个最浪漫的幻想家。他的生活由一连串想入非非的梦幻和梦幻破灭的惨痛经历连缀而成。或许可以说,正是他那些梦幻与现实的碰撞,使他获得了对现实的深刻理解。他绝大部分时间都生活在虚构的世界里,结果所有的实际事务都被他搅得一团糟。他在《人间喜剧》中描写了无数发财的手段,他自己反在债务中越陷越深。一八三五和一八四〇年他曾两次创办杂志,结果使原本还不清的债务益发还不清了。巨额的债务拖累了他一生,他只能靠一支笔来偿还。他时刻受着高利贷者和出版商的追逼,永远在为到期的期票发愁。他的房屋、家具不止一次被查封、拍卖,还经常逃到乡下去躲债……。在他同时代的作家中,没有一个人对金钱的统治、物质的迫害有过他那样深切的、痛苦的感受,在生活体验上他比任何人都富有。他正像自己所描写的一些天才人物那样,在巴黎这个炼狱里"生活过,搏斗过,感受过"。正是这些切身的体验与感受,给他提供了无穷尽的创作题材,构成了《人间喜剧》中最精彩的篇章。

二

巴尔扎克步入文坛的时候,适逢法国浪漫派向古典主义公开宣

---

① 波德莱尔(1821—1867),法国诗人、散文家、文艺批评家。

战,浪漫主义运动进入高潮。巴尔扎克却游离在浪漫主义运动之外,独树一帜,以风俗史家自喻,决心为这瞬息万变的时代充当历史见证人:

> 法国社会将成为历史家,我只应当充当它的秘书。编制恶习与美德的清单,收集激情的主要表现,刻画性格,选取社会上的重要事件,就若干同质的性格博采约取,从中糅合出一些典型;做到了这些,笔者或许就能够写出一部许多历史家所忽略了的那种历史,也就是风俗史。我将不厌其烦,不畏其难,来努力完成这套关于十九世纪法国的著作。(《〈人间喜剧〉前言》)

所有优秀的作家都程度不同地在作品中反映了自己的时代,巴尔扎克的与众不同处是力图完整地再现他的时代。他不满足于描绘某一社会侧面,塑造某几个人物典型,而是要完成"一整套反映十九世纪法国社会的作品","其中每一章都是一篇小说,每篇小说都标志着一个时代"。同步地反映当代社会已属不易了,何况还要完整!然而巴尔扎克还不满足,他的追求比这还要高。在他身上,很早就有一种"把握一切、认识一切、解说一切"的强烈倾向。他不但想要"走遍世界","感受一切激情,分析各种性格,体验所有的风尚习俗",还要从纷纭复杂的表象中探明事物的内在联系,追溯这种种现象产生的根源,进而对社会弊端作出诊断和披露,以达到醒世和匡正世风的目的。总之,在巴尔扎克决定以小说形式来谱写当代历史的时候,便已经立足于对整个社会的研究。他不满足于表象上的描绘,而是试图站在历史的高度,考察、研究和评判这个社会。对他说来,写作是研究和说明世界的一种手段,与其说他是作为小说家来记述历史,不如说他是以哲学家、历史家和社会学家的眼光来写小说。在十九世纪群星灿烂的法国文坛,巴尔扎克之所以能高出他人而立于群峰之巅,正是由于他不单是一位小说家,而且同时是一位"头脑中装着整个社会"的社会学家,一位"纵横古今的历史家"和"洞察幽微的哲学家"。他的作品超越了个人的生活感受和个人情感的抒发,而融入了对社会的总体分析。他在

《幻灭》中描写未来的大作家德·阿泰兹时,说过这样一句话:"他要像莫里哀那样,先成为深刻的哲学家①,再写喜剧。"这句话,正是作者的个人感受。

《驴皮记》的主人公拉法埃尔曾经说:"我感到自己有某种思想要表达,有某种体系要建立,有某种学说要阐释。"这便是巴尔扎克创作《人间喜剧》时的心情。为了达到他所企望的高度,他曾如饥似渴地阅读古往今来的大量哲学、社会科学著作和自然科学著作,不断地进行比较、分析和概括;他深入到社会生活的各个角落,搜寻人们内心的秘密,他倾听各行各业人物的谈话,参加精英们的聚会,向军人讨教,和刽子手一起吃饭,和苦役犯交朋友……;他像哲学家、历史学家、经济学家、社会学家那样观察研究当代社会的政治经济结构、权力和财富的分配、法律的奥秘、宗教的效用……精细地剖析人们的感情、欲望、各种行为的动因,耐心地探寻各种社会现象的内在联系……正像缪塞所形容的,"他想要抓住一根线索,一根可以收揽一切、汇聚一切的线索。……他的野心是要垄断那把开启时代大门的唯一钥匙……"②终于,他在这个骚动的、杂乱无章的社会中,发现了一条非人力所能控制的规律,这就是资产阶级的日益得势和贵族社会的解体灭亡。这样一个历史的总趋向,就是支配全部社会生活的本质力量。社会上一切冲突、争斗、动乱、犯罪,发生在家庭和个人生活中的种种悲喜剧,都和这个特定的历史进程紧紧联系在一起。他清楚地看到时代的洪流把某些人推向浪峰,又使某些人沉入水底;金钱取代门第成为权力的象征,财富的多寡成为划分等级的新标准。于是对金钱的贪欲潜入人们的灵魂,许多新的社会矛盾便由此产生。由于对社会形成了这一总体认识,巴尔扎克得以从种种貌似分散、个别、偶然的现象中,把握住了以拜金主义为核心的具有本质意义的历史内容:人们"不再信仰上帝,只

---

① 这里所说的"哲学",并非学术意义上的哲学,而是指对生活的哲理思考和对社会的总体认识。
② 转引自莫洛亚《巴尔扎克传》第三十章。

崇拜金犊"了,金钱成为整个社会的机制与杠杆。对财富的追求既给社会带来活力,推动了生产的进步,又使人性产生可悲的异化,正是对金钱的贪欲,扼杀了人类的正常感情,断送了无数家庭的幸福,酿成了一幕幕惊心动魄的惨剧……这样,巴尔扎克便站在历史哲学的高度,理解了他的时代。"芝麻,开门!"他喊出那神秘的口诀,开启了时代的大门。

巴尔扎克拉开舞台的帷幕,让我们看到一个喧腾、动荡的世界。那是他用纸和笔创造的人类世界。这个世界像现实世界一样无所不包。从上流社会到社会底层,从内阁大臣到监狱里的囚犯,各行各业、各社会阶层的人物都带着各自的习俗、风貌登场。形形色色的商人、银行家、高利贷者,身分、性格各异的宫廷贵人、地方贵族和落魄的末代王孙,不同层次的冒险家、骗子、强盗,不同类型的文人、艺术家、法官、律师、公证人、公务员、店员、推销员、手工业者、城市贫民……,都在他们的造物主安排下演出了自己的剧目。金钱是这部大剧中没有名姓、没有性别的主人公,激情是所有人物和故事的灵魂,资产阶级的得势和贵族社会的衰亡则是贯穿全剧的主旋律。就这样,巴尔扎克让他的两三千个人物在纸上活跃起来,有声有色地演出了一七八九年法国大革命以后直至一八四八年资产阶级取得最后胜利的这一整段历史。

恰如恩格斯所说,巴尔扎克几乎是用"编年史的方式",逐年描绘出上升中的资产阶级对贵族社会日甚一日的冲击。他描写资产阶级如何发家(《欧也妮·葛朗台》《纽沁根银行》),贵族如何破产(《古物陈列室》),资产者的势力如何深入到每一个城镇、乡村,在一切领域和贵族社会展开政治上、经济上的较量(《老姑娘》《比哀兰特》《图尔的本堂神甫》),贵族的庄园经济如何在资产阶级的进逼下土崩瓦解(《农民》);他揭露资产阶级政客如何利用手中的权力将没收充公的贵族产业变成自己的私产,如何耍弄权术,在频繁的政权更迭中使自己的权势节节上升(《一桩神秘案件》),指出银行家、杂货商确实当上了贵族院议员(《邦斯舅舅》),贵族有时却沦落到社会底层(《浪荡王孙》);他记叙巴黎商业从个体商贩、小业主到批发商的历史进程及商业银行、股份公司、证券交易的出现,披露心狠手辣的银行家如何用倒账清理的手段掠夺千家万户的财产(《纽沁根银行》),敦厚的老派商人又如何在金融投机家的算计下被逼破产(《赛查·皮罗托盛衰记》);他考察资产阶级的得势如何导致整个社会风俗的改变,金钱如何成为"无人知晓的国王",人们"命运的主宰"(《高布赛克》),文学艺术及一切精神产品如何沦为商品,青年一代在拜金主义新时尚的冲击下又面临何等严峻的人生选择,(《幻灭》《高老头》);他列举金银珠宝下面隐藏的无数罪恶(《红房子旅馆》《禁治产》《夏倍上校》),刻画人的贪欲会使遗产之争达到何等穷凶极恶的地步(《搅水女人》《于絮尔·弥罗埃》《邦斯舅舅》)……

巴尔扎克似乎无所不知:巴黎的每一个区,外省的城市和乡镇,从相互对立的社会圈子之间的钩心斗角,到贵妇人的内心世界;从学术界不同意见的对立,到夫妻间因琐事引起的争吵……他都了如指掌。有人形容他像勒萨日笔下的瘸腿魔鬼,半夜揭开人们的屋顶,窥探千家万户的秘密。巴尔扎克似乎对一切都要穷其究竟:他研究家庭及婚姻生活中各种矛盾的前因后果,探究资产者和贵族这两大阶级兴衰成败的缘由,推断金融资本即将主宰法国经济的前景,剖析司法行政及选举制度的弊端、官僚体制的危害,探索政府机构的改革,思考农村经济的振兴与改造……谁也无法想象一个人的大脑何以能承担这样巨量的思考。他像考古家、建筑师那样考察外省小镇的房屋建筑、门窗的构造,像经济师一样核算着盈利和亏损,像法学家一样研究法律程序,像古董商那样鉴定和估量每一幅名画的价值……总之,当代社会的全部历史、哲学、政治、经济、法律、宗教、财政金融、工商农业、新闻出版、文学艺术……乃至医学论战、科学实验……他都涉猎到了,《人间喜剧》简直就是一部以艺术形式撰写的《百科全书》。恩格斯说他从巴尔扎克的《人间喜剧》里,"甚至在经济细节方面所学到的东西,也要比从当时所有职业的历史学家、经济学家和统计学家那里学到的全部东西还要多"①。巴尔扎克属于那种思维能力超常发展的天才,他广博的知识和超级的感悟力,使他对一切都产生兴趣,从最概括、最抽象的哲学,到最琐碎、最具体的夫妻纠纷。他在作品中准确无误地使用各门学科的专业词汇,内行地谈论技术上的细节,他对音乐的精辟见解能使乔治·桑大吃一惊……只要他愿意,他可以成为任何一门学科的专家,然而他却不曾全力以赴从事任何学科的研究。他因为想要理解一切而不可能深入到一个门类,于是他成为一位前无古人的小说家,一位百科全书式的小说家。

　　作为风俗史家,巴尔扎克和真正的历史家的最大区别在于:历史家们关注的是历史事件,巴尔扎克关注的则是人。他认为文学艺术应以"借助思想再现人的本性"为目标,艺术家的任务是"把提炼过的思想通过人物体现出来,塑造出让读者感到栩栩如生而又简明概括的艺术形象"。前文提到,巴尔扎克受圣伊莱尔统一格局学说的启发,认为人类社会和动物界有其类似之处:动物因生存条件的差别形成千殊万类,人类由于社会处境的不同也有千差万别。王公、银行家、艺术家、市民、神甫和穷汉之间,在衣着、住所、言谈、举止、风尚方面的差异之大,不亚于不同类别动物的差异。所以他的社会研究首先着眼于普遍人性在不同时代、不同社会处境下的演变发展,以及人们在生存竞争中的胜败沉浮和心理状态。巴尔扎克一方面从宏观上关注时代的历史进程,同时从微观上审视这一进程在人类心灵中引起的种种反应及变异。因此对巴尔扎克说来,完整地再现一个时代,首先是刻画这个时代两三千个有代表性的人物,亦即生活在当代社会典型环境中整整一代人的种种典型。在这方面,他从英国著名历史小说家司各特那里获得了宝贵的借鉴。司各特小说里的人物都具有鲜明的社会和历史特色,人物的个人命运和国家的兴衰及重大历史事件紧紧联系在一

---

① 恩格斯:《致玛·哈克奈斯》(1888年4月),《马克思恩格斯选集》第4卷第463页。

起。巴尔扎克运用司各特的历史研究方法来研究当代,他将人物的性格塑造和深刻的历史内容结合起来,使人物深深打上了时代的烙印;同时他强调对人类本性及人物内心世界的挖掘,较之司各特又前进了一大步。他要求笔下的人物"孕育在时代的胎腹中,在他们的躯体里,悸动着整个人类的心灵,蕴蓄着整套的哲理"。他正是要通过谱写人类的心灵史来描绘当代风俗和记述时代的变迁。

塑造形象,刻画典型环境中的典型性格,是巴尔扎克概括和提炼生活的主要手段,也是他对现实主义艺术的首要贡献。什么是艺术?巴尔扎克认为艺术即"现实的集中表现",艺术"源于生活",但"艺术的真实"不等于"生活的真实",生活比艺术更丰富,但却杂乱无章,往往"不是太离奇,就是欠生动",某些生活中的实事,"写进作品反而不像是真的"。所以"作家既不能杜撰,也绝不能照搬生活",而应"通过生活中的种种偶然事件,探索对所有人来说都是可能和可信的东西"。也就是说,令人眼花缭乱的大量生活素材,必须经过作家思想的炼丹炉熔炼,然后以更集中、更鲜明、更带普遍性,同时也更深刻、更强烈的形象重新反射出来。这重新熔炼和铸造的过程,便是典型化的过程。在这过程中,既需要对生活的深入观察,也需要虚构和想象。观察是基础,虚构和想象是必不可少的添加剂。在巴尔扎克看来,"不是来自生活的东西,必定是没有生命力的",虚构和想象也"必须以现实为依据"。因而他强调"观察、体验"在创作中的作用,且认为对天才作家而言,仅有一般的观察还不够,"还应当具有透过表象明察事物真相、测知其过去及未来的洞察力"。

巴尔扎克无疑具有艺术大师那种精细的观察力和洞察一切的锐利眼光,他能够通过短暂的接触,迅速地捕捉到最微妙的感情,把握住对方心中隐秘的思想。他每到一个城市或乡镇,很快就能对当地的历史、现状、阶级关系、风尚习俗了如指掌,比在当地住了几十年的老人知道得还要多。与此同时他也拥有最热烈、最丰富的想象。事实上想象力(或曰形象思维能力)是巴尔扎克最强的天赋之一。他从大量生活素材中抽象出观念和思想,思维的终端却是精彩纷呈的画面。他通过观察和思考形成的种种观念,总是迅速地转化成千姿百态的人物。这些人在作家的头脑里按照生活的逻辑行动着,似乎并不怎样受作家主观意愿的支配。巴尔扎克经常生活在他的虚构世界里,与他虚构出的人物朝夕相处,被这些人搅得寝食难安。他和他的造物一起幻想、受苦、搏斗,常常把虚构的世界与现实世界相混淆。他不时兴致勃勃地向朋友们报告这些虚构人物的消息,仿佛这些人真的生活在他们中间。巴尔扎克笔下的人物之所以比现实中的人物更生动、更逼真、更令人信服,在很大程度上应归功于作家这种特别强健的想象力。

巴尔扎克善于选择富有特征意义的细节和语言来突出人物的身分与个性,通过人物的行动来强化该典型的心理特征。鲍赛昂夫人出身名门,举手投足都有大家风范,即使满心凄苦地向上流社会告别,也能脸上挂着微笑,安详从容,丝毫不露痛苦的痕迹。伏脱冷闯荡江湖,一言一动都透着绿林气派,《高老头》中被捕一场,写得有声有色,从暴怒到冷静,"仿佛一口锅炉贮满了足以翻江倒海的水汽,一眨眼之间被一滴冷水化得无影无踪"。把这个苦役犯的精明干练、足智多谋,刻画得超群绝伦。

巴尔扎克笔下没有概念化、脸谱化的形象,人物无论主次,个个鲜活生动,血肉丰满,几乎每个人的性格都有多个层面,且与其独特的经历和处境息息相关。花粉店老板赛查·皮罗托,处处透着生意人的浅薄、虚荣和因教育欠缺而产生的种种可笑观念,但却具有老字号正派商人诚实敦厚的品格,把信誉看得高于一切,终于使他的死达到了悲剧的高度(《赛查·皮罗托盛衰记》)。拿半饷的兵痞菲利浦·勃里杜,十足一个禽兽不如的流氓恶棍,可在战场上倒是一员敢打敢拼的猛将,和伊苏屯的流氓头子玛克桑斯斗起法来更是身手不凡,然而遇上金融巨头纽沁根、杜·蒂耶,却只能被玩弄于股掌之上(《搅水女人》)。贝姨阴狠刻毒,工于心计,作者也没有简单化地将她作为纯粹的恶人鞭笞,而是深入地剖析她作恶的心理根源,分析她如何由妒生恨，由恨而生报复之心；写出她既是不公正的受害者，又以不公正的手段去加害于人；写出她既有平民阶层合理的愤懑，又有对金钱、权势、虚荣的渴望。野心、欲望的煎熬，嫉妒心的折磨，加上感情饥渴带来的痛苦，造成她心理上的畸形、变态；她不幸福，不快乐，所以不能容忍堂姐幸福、快乐；她一辈子仰人鼻息，所以巴望自己能凌驾于众人之上……（《贝姨》）。

巴尔扎克不曾脸谱化地处理人物形象，也从不按一个模式描写同类人物。商人、律师、公证人也好，医生、公务员、艺术家也好，这一个都不同于那一个，连吝啬鬼都是各式各样的：葛朗台的聚财手段和高布赛克的不尽相同，里谷的吝啬和葛朗台的也大异其趣。葛朗台把一切开支看成浪费，尽管是地方上的首富，过日子却和当地的庄稼人一样，喝的老是坏酒，吃的老是烂果子，连女仆拿侬去店里买一根白烛都会成为当地的新闻；里谷的悭吝却只对付别人，自己则有一套独特的讲究与享受……总之，作家对真实的追求，使他试图在作品中表现出社会生活的全部复杂性和人类心灵的全部复杂性。别林斯基曾惊叹巴尔扎克小说中的众多人物、众多个性竟没有一个完全雷同。[①] 左拉曾钦佩地谈到，在巴尔扎克那些生动逼真的人物形象面前，"古希腊罗马的人物变得苍白无力，浑身颤抖；中古的人物像玩具铅兵般倒伏在地"[②]。

巴尔扎克是人性的伟大探秘者，他对人类心灵的深入挖掘，使他的人物比产生他们的时代具有更强的生命力。拿破仑帝国、波旁王朝、七月王朝……早已成为历史，而高老头、葛朗台、高布赛克、拉斯蒂涅、吕西安、伏脱冷、贝姨、邦斯、赛查·皮罗托、戈迪萨尔……等却永远活着。高老头还在溺爱子女，葛朗台还在琢磨钱怎么生怎么死的秘密，拉斯蒂涅、吕西安等还在生存竞争中体验成功的喜悦或失败的悲哀，贝姨还在受着嫉妒心和报复心的煎熬，赛查·皮罗托还在破产中

---

① 引自别林斯基：《文学的幻想》。
② 引自左拉：《论自然主义戏剧》。

挣扎,戈迪萨尔正在口若悬河地推销商品……巴尔扎克善于使典型人物的塑造和典型环境的描绘形成互补关系。人物的性格在一定的环境作用下发展成熟;同时人物的行动又导出社会生活的广阔画面。拉斯蒂涅是《人间喜剧》中机灵善变、青云直上的典型,作者却不是一开始就让他以老奸巨滑的面目出现,而是让他在《高老头》中怀着外省青年的几分童心登场,在巴黎社会中逐步完成他的蜕变。这样的构思,不仅符合生活逻辑,也体现了作家的艺术匠心。围绕拉斯蒂涅这段生活经历,作者将纷纭复杂的巴黎社会纳入了作品的狭小框架,同时从不同角度描绘出拜金主义社会对青年人的价值取向产生的影响。

像司各特一样,环境及景物描写在巴尔扎克的作品中占有一席相当重要的地位。例如对伏盖公寓的描绘,具体而微,连墙上的石灰,碗碟上的缺口都不放过。在一般读者看来,冗繁的细节描写对情节是一种累赘;而在作者心目中,某些情境对故事的进展、人物性格的演变至关重要,值得用绘画的手法细细描画。如果读者对伏盖公寓的贫穷寒酸没有深刻的印象,怎能使之与圣日耳曼区的奢侈豪华形成鲜明对比,进而又怎能理解这样的对比对青年人的腐蚀作用?所以某些仿佛和情节线索关系不大的细节,从艺术家所追求的艺术效果来考虑却是不可少的。

三

巴尔扎克认为"最高的艺术是要把观念纳入形象","艺术作品就是以最小的面积惊人地集中最大量的思想",他追求的境界是"一个字包含无数的思想,一个画面概括整套的哲理"。思想充溢是巴尔扎克作品的一大特色,在很多人看来,巴尔扎克让小说负荷了过重的思想理论重担;他把历史哲学、形而上学、心理学……各个门类的人文科学乃至自然科学理论统统塞进了小说。他的叙述和描写随时伴以说理和推论,他笔下的人物也随时在说理和推论,每个人都有一整套从自身经验中总结出的生活逻辑，每一种欲望或行为的前因后果都有详尽的交代和分析。然而他的人物确实因思想丰富而形象饱满，他的故事因挟带着巨量思考而格外发人深思。巴尔扎克认为："一个见信于人的作家如果能以自己的作品启发读者思考问题，就是做了一件大好事"，否则就只是个"逗乐的作家"。在巴尔扎克心目中，作家对社会的影响非但不亚于政治家，甚至还高于政治家："帝王统治人民不过一朝一代，艺术家的影响却能绵延几个世纪……"，因而"真正的艺术家应当同时是思想家"。有的人只注意小说家巴尔扎克，却忽视了思想家巴尔扎克，事实上巴尔扎克的作品中特别耐人寻味之处正是透过形象所阐释的思想，是那些从现实生活中概括出的饱含哲理意味的人生体验。巴尔扎克善于将科学工作者的严肃缜密和艺术家的轻松幽默结合起来，他的作品中经常出现的格言警句完全可以和拉罗什富科的《箴言录》媲美。

巴尔扎克的大脑是个无所不包的多维化的广阔空间，填满了五花八门的学说和理论。在他的作品中，无数的真知灼见和奇谈怪论沓然并存，精辟的分析和荒唐的推理相互映衬。他相信世界的物质性，却又深受神秘主义唯灵论的吸引；他本质上是个无神论者，却热心地宣传宗教；他充分肯定资本主义生产方式和竞争机制对社会繁荣的促进作用，在政治上却是保王党……他的思想体现了现代科学与神学、唯物主义与唯心主义之间的矛盾冲突以及人们试图认识整个客观世界的艰苦努力。但不能否认，他芜杂的思想中闪烁着大量智慧的火花。莫洛亚甚至认为他的有些思想"走在了科学之前一个世纪"，例如关于"自然界是个有机的整体"，"宇宙万物的重要奥秘存在于无穷小的物质成分之中"，"人的内在生命力对肉体有重大影响"……等见解，都已经或正在为科学所证实。

从总体上看，巴尔扎克的哲学世界观是建立在世界的"统一性"、"物质性"和"可知性"的基础之上。尤其值得注意的是他思想中包含了许多辩证法，这一点曾经受到马克思和恩格斯的充分肯定。他相信

"万物相互联系,相互转化",相信"万物处在运动之中",相信人性的演变"受社会环境和生存条件的制约"。这种观点,构成了巴尔扎克的基本思维方式,使他习惯于从事物的相互联系中去探明各种现象的因果关系,在时代的发展变化中去考察人类的共性与个性,普遍性与特殊性。他之所以能对现实关系获得深刻理解,首先是得益于他这种思想方法。他观察某个现象,必然联想到与此相关的种种现象;他刻画一个人物,必定首先注意这个人的生存环境,同时回顾他的过去,预测他的未来……巴尔扎克之所以善于在典型环境中塑造典型性格,正是源于这种观点。

更为可贵的是,他不仅看到环境对人的制约,还注意到环境的影响是通过人物自身的内因起作用的:吕西安从外省来到巴黎,面前分明摆着两条不同的路:一条是德·阿泰兹和他的小团体所代表的自强不息、苦学成材的道路;另一条是卢斯托代表的欺世盗名、急功近利的道路。前一条路艰苦、漫长,然而清白可靠;后一条路肮脏、危险,然而表面看来是名利双收的捷径。吕西安尽管聪明、有才华,但他自私、虚荣,野心很大而又意志薄弱,总想抄近路一步登天,没有毅力在真学问上下功夫,也忍受不了长期清苦生活的煎熬,这就决定了他必然要脱离小团体而向卢斯托靠拢,从而逐步被巴黎社会改造成出卖灵魂的文痞……这样一来,内因与外因、主观与客观都得到了恰如其分的分析,人物形象的发展演变也就更加真实且有说服力了。

巴尔扎克是精神力量的信奉者,精神的能动作用可说是他的哲学思想的核心。他非但肯定"世界的物质性",甚至肯定"思维的物质性"。他认为思想、意志如同声、光、电一样,没有实体,却是一种存在,它派生于肉体又作用于肉体。他确信精神和物质是同一实体的两个方面,而且深信意志能转化为巨大的能量。正是从这一思想出发,激情(或欲望)在巴尔扎克的作品中占有一席特殊重要的位置。巴尔扎克认为"激情是创造之母","是人类一切行为的动力"。它既可以导致人作恶,也可引导人行善;它既能推动人们成就大的事业,也可能使人遭到灭顶之灾。巴尔扎克笔下的所有人物都是某种激情的奴隶,所有的故事都是某种激情的历险,他的"哲理研究",中心内容便是对激情的研究。《驴皮记》中关于欲和能的思想,几乎贯穿了他的全部作品。巴尔扎克在作品中描写了各种类型的激情,而且任何激情发展到极端不是导致自我毁灭就是走向自己的反面:化学家克拉埃为探求大自然的本原——绝对——的奥秘而倾家荡产(《绝对之探求》);哲学家路易·朗贝尔为寻求绝对真理陷于癫狂(《路易·朗贝尔》);画家弗朗霍费、音乐家冈巴拉为追求艺术上的绝对而断送了自己的艺术(《玄妙的杰作》《冈巴拉》);葛朗台爱钱成癖而终生受金钱奴役;高老头为溺爱女儿几乎暴尸街头;于洛男爵因贪恋女色而堕入万劫不复的深渊(《贝姨》);出于物质欲望将灵魂出卖给魔鬼的梅莫特及其替身卡斯塔涅一旦享有了无限的权力和财富,便意识到人世的空虚(《改邪归正的梅莫特》)……不过,巴尔扎克对不同的激情显然有不同的评价。在刻画那些为科学、艺术的发展付出惨重代价的崇高激情时,作者没有用黑色的笔调,而是以更加动人心弦的描绘赞颂了绝对之探求者悲壮绚丽的一生。克拉埃为科学实验挥霍了祖上六代人积攒的巨大家产,损害了未成年子女的利益,几乎是害死妻子的凶手……从家庭的角度看,他自然是个坏丈夫、坏父亲;然而从人类的角度看,他为科学献身的精神确实伟大,尽管他最后没能完成他的研究,但却体现了一代英才为现代科学所作的努力,而且显然走在了科学之前一个世纪。他的研究远远超出了追求荣誉和财富的狭隘目的,许多重大发现(如人工合成钻石)都被他视为区区小事,他的目标比这高得多,他是以有限的生命去探索大自然无限的奥秘,甚至临咽气时,他的智力还没有停止活动,正在为没能留下他最后发现的公式遗憾不已。

　　巴尔扎克自己也是一个激情无限膨胀的绝对之探求者,而且早已意识到将付出怎样的代价。在《驴皮记》中,他用一张驴皮来象征人的欲望和生命的矛盾,尖锐地提出:"为长寿而扼杀激情,或甘愿做激情的牺牲品而夭折,这就是我们的宿命。"巴尔扎克从自己的生活经历中感受到，人类为了谋求生存尚且需要耗费巨大的精力，如果想要追求某种大的快乐，满足某种强烈的欲望，则无疑要付出生命的代价。你要长寿么？那就该清心寡欲，这样就能免除一切痛苦、忧愁，避开一切呕心沥血的搏斗和失败的烦恼，然而你的生活也就无所谓欢乐，无所谓幸福；你想快乐么？那就以你的生命为代价去争取吧！《驴皮记》的结论是什么？是通过拉法埃尔的形象劝戒世人节制情欲、修养心灵，提倡一种清静无为的人生哲学吗？似乎如此，其实不然。在这部小说中，真正让人产生深刻印象的，与其说是死的恐怖，不如说是那种行尸走肉式的生活的痛苦。作者显然认为平庸单调、无所追求的生活比死还难以忍受。他之所以选择这条毫无生活保障的文学道路，正是由于他"不愿意让生活的河流通过单调的两岸，在账房或事务所中细水长流，而宁愿要它像激流那样奔腾，一泻无遗"。《驴皮记》的主人公拉法埃尔慑于死亡的威胁，几乎不敢运用驴皮赋予他的权力，巴尔扎克对此深感遗憾："权杖在儿童手里是玩具，在黎塞留手里是板斧，在拿破仑手中是使世界倾斜的杠杆……权力只是使伟大的人更伟大。拉法埃尔本来可以无所不为，他却什么也不曾做。"巴尔扎克却充分运用了生命赋予他的权力：他的一生在高度浓缩的状态下度过，为了使生命之火增强光度，不惜加速它的燃烧，他在短短二十年间，完成了《人间喜剧》这一人间奇迹，同时也付出了生命的代价。《驴皮记》一书，充分反映了巴尔扎克的人生观和价值观，如同法国现代评论家加埃唐·皮贡所说，"巴尔扎克不是别的，他是一个接一个的欲望，是向着未来的冲刺，这种与一切艰难险阻的较量既是无往不胜的，又是永无休止的。总之，他代表一种永远进取的精神。"[1]

巴尔扎克在自己身上最大限度地调动了精神的能量，同时也将自己的生命力注入了他所创造的人物，于是这些人物也都带有巴尔扎克的印记。他们个个都和他们的创造者一样充满激情和欲望，"上至豪

---

[1] 转引自莫洛亚：《巴尔扎克传》第二十五章。

门显贵,下至庶民百姓,无不比现实喜剧中的人物更渴求生活,在斗争中更活跃、机智,享乐中更贪婪,忍受苦难时更坚韧,奉献时也更为伟大崇高……"①。因此巴尔扎克笔下的人物色彩格外鲜明强烈,也格外富有艺术魅力。

有意思的是,这样一个欲望强烈、激情无限的人,在理论上倒是极力主张遏制欲望的。正因为他估计到精神的巨大能量,也就更加意识到激情与欲望的负面作用给社会带来的影响:"每个人都有一股生命力,有的人用它干一番事业,有的人则用它犯罪"。所以"激情固然是构成社会的因素,却也是摧毁社会的因素。"巴尔扎克把人世间一切悲剧归因于私欲的膨胀及人与人之间利益的对抗,由此产生了他的以宗教抑恶劝善、遏制人欲泛滥的思想。出于同样的考虑,他主张以集权政治来遏制不同社会集团之间的利益纷争。也就是说,他希望用宗教控制人们的思想,以强权来约束人们的行为。

巴尔扎克在《〈人间喜剧〉前言》中宣称自己在"宗教和王权"这两种"永恒真理"的照耀下从事写作,这种保守立场给他招来了不少责难。但宗教也好,王权也好,与其说是他的信仰,不如说是一种实用主义的主张。法国现代作家阿兰说得好:"他虽然拥护王权和宗教,却对这两者都不相信"②。他的传记作者莫洛亚也说:"从信仰的绝对意义上讲,他对两者都不相信,但他相信它们的实用价值。"③事实上巴尔扎克和虔诚的天主教徒很少共同之处,他曾说"天主教教义是一套自欺欺人的谎言",在某些作品中,他对宗教及宗教人士的嘲讽完全可与伏尔泰媲美;他曾十分清醒地指出:"宗教也许不是神的旨意,而是人的需要","宗教是保证富人过太平日子的保守原则的中心环节"……。可是,在他看来,面对人欲横流的社会,除了宗教,还有什么手段能够约束恶的发展,阻止人类滑向堕落呢?"利欲在助长人类

---

① 引自波德莱尔:《论泰奥菲尔·戈蒂耶》。
② 引自莫洛亚:《巴尔扎克传》第二十九章。
③ 引自莫洛亚:《巴尔扎克传》第二十九章。

的不良倾向,惟有施行宗教教育,才是减少恶行、增加善举的有效办法","要全民族都去研究康德是不可能的,对民众说来,信仰和习俗比研究和论证更有实际意义"。这一思想,在短篇小说《无神论者望弥撒》中有着生动的体现。同样,他以为不同利益集团之间的权力争夺,是造成社会秩序混乱、政权更迭频繁的根本原因,惟有建立强有力的君主制才能维持社会的稳定平衡。他认定经历了一七八九年革命的法国最需要的是稳定,而任何一种形式的集权政治都比当时那个争吵不休的代议制政府有利于法国社会的稳定发展。因而他对路易十四和拿破仑赞美备至,宣称拿破仑代表了"有史以来最完美、最集中、最专制、最严厉的权力……极其专横,又极其公正",且认为法国大革命提出的各项目标其实是在拿破仑治下"通过逐步改良的措施实现的"。

巴尔扎克对人类社会的发展进程有他自己的见解。他一方面对社会的丑恶感受至深,慨叹"没有一个讽刺作家能写尽隐藏在金银珠宝底下的罪恶";另方面他又在追求认识一切、解释说明一切的过程中找到了各种现象的"因",从而意识到了现实社会存在的理由。他看到人世的不完美,却以历史的眼光来看待这种不完美,所以他仅仅批判这个社会,而无意于摧毁这个社会。他揭露社会上无情的等级划分,但认为"除了缓慢的改良,没有任何东西能改变人类社会的等级制度"。所以巴尔扎克的宗教政治观及一切社会主张均以改良社会为出发点。他指出贫富的过度悬殊是造成社会不稳定的重要因素,确信贫穷是造成犯罪的重要原因。因此他在鼓吹宗教教育的同时,把发展工商农业、改善人民生活视为根本的治国之道,而且主张将净化灵魂的宣教工作与引导民众走勤劳致富道路的务实精神相结合,规劝富者扶贫,引导贫者自救。《乡村教士》《乡村医生》等作品,便集中反映了他这种社会改良思想。

对作家巴尔扎克的政治思想如何评价,研究者可以有不同的看法。但有一点可以肯定,巴尔扎克主张君主制并不意味他对波旁王朝情有独钟,更不意味他希望历史倒退;相反,他不止一次强调:"如果一场革命已经发生在实际生活中和人们的思想上,那它便是无可争议的,只能把它当作一件既成事实接受下来。历史的演进是不可逆转的"。事实上巴尔扎克和贵族阶级并无共同利益,也没有任何事例足以证明他果真希望贵族恢复往日的权势。他在复辟时期曾是波旁王朝的反对派,甚至曾寄希望于议会民主;七月革命以后,对现实的失望和不满又使他成为七月王朝的反对派。他的保王立场和对贵族社会的某种同情,在很大程度上是对资产阶级的憎恶和不信任造成的。巴尔扎克曾经这样描写作品中的一个人物:"与其说这个年轻人属于保王党,不如说他属于君主原则"。这句话毋宁是说他自己。他主张君主制却对保王党人毫无好感;他反对共和却在作品中歌颂为理想献身的共和党人。

巴尔扎克仅仅从他的社会观出发来评议政治,在现实生活中却与政党政治保持距离,特别是不赞同文学创作受党派利益所驱动。从《幻灭》中也可看出他对文人充当党派斗争的工具是何等深恶痛绝。巴尔扎克将"真实地再现世界的本来面目"视为作家的天职,他尊重历史,尊重生活,哪怕生活的逻辑使他得出与自己的信念相反的结论。巴尔扎克无疑对冷酷贪婪的暴发户极其厌恶,对随着资产阶级得势产生的种种丑恶现象十分不满,但他有足够清醒的头脑超越反感,充分意识到资产阶级给社会带来了活力与进步,且在作品中明确肯定资产阶级"推动了全省的工业化,给地方带来繁荣",以致"君主政体的寿终正寝在百姓中引不起丝毫同情"(《老姑娘》)。同样,尽管他动辄为那个正在衰亡的社会发出叹息,却毫不留情地在作品中把贵族阶级描写成"不配有更好命运的人"。

巴尔扎克的卓越之处表现在,他不仅看到了资产阶级得势和贵族社会灭亡的历史必然性,还通过大量精心选择的细节和精心塑造的人物,深刻地论证了这一历史趋向正是这两大阶级自身的生存条件、生活方式和思维模式在实践中发展的必然结果。在《欧也妮·葛朗台》中,作者通过大量生动的细节刻画了葛朗台精明狡猾的聚财手段和种种吝啬的习惯,绝妙地阐释了资产者的经济实力为何能以令人难以置信的速度增长。在《古物陈列室》中,作者则通过大量具体的事实批判了贵族阶级遗老遗少根深蒂固的特权思想和贵人们游手好闲、养尊处优的生活方式,深刻地分析了贵族阶级为何经济上一蹶不振,政治上也越来越不得人心……从这部小说的篇名到无数细节,读者不难领略到作者在几位贵族头上堆砌的若干褒词含有多么尖刻的讽刺;而他以大量贬词描绘的那个想把贵族送上法庭的居心险恶的资产阶级,却能有理有据地说出一篇讨伐贵族的檄文,义正词严,掷地有声。正如恩格斯所指出的,尽管他的伟大的作品是"对上流社会必然崩溃的一曲无尽的挽歌",但当他让那些贵族男女行动时,"他的嘲笑是空前尖刻的,他的讽刺是空前辛辣的,而他经常毫不掩饰地加以赞赏的人物,却正是他政治上的死对头"①。这是现实主义的伟大胜利,也是辩证法的伟大胜利。巴尔扎克固然是个浪漫气质极浓,经常生活在幻觉世界里的人,然而当他研究社会、观察历史时,却是一个纯粹的现实主义者。他排除一切主观的感情因素,以科学家的客观态度研究种种社会现象的来龙去脉,剖析两大阶级力量对比发生转化的主客观原因。他正是在探究客观事物的内在联系及其运动规律的过程中,达到了对社会各阶级的本质及历史发展趋势的清晰认识。

曾经有一段时期,我国学术界颇热衷于讨论巴尔扎克"反动"的世界观和现实主义创作方法的矛盾。其实,笔者认为,这场讨论的前提设定相当荒谬。首先,"世界观"的原义本应涵盖对宇宙万物、社会、人类的总体认识,而不能片面地理解为政治观;其次,巴尔扎克的现实主义创作观也应看作他的世界观的重要组成部分,而不单纯是个方法问题。何况对政治观也要具体分析,有保守意识的人不见得都有鲜明的保王党立场。现实生活是复杂的,人的思想也是复杂的,作家毕竟不是政治家,他们的文学创作也不是政治行为。巴尔扎克是激进派也

---

① 恩格斯:《致玛·哈克奈斯》(1888年4月初),《马克思恩格斯选集》第4卷第463页。

好,是保守派也好,他都不曾让政见左右他的创作;真正决定他的创作面貌的,是他的创作思想体系和他对客观世界的总体认识。如果说有些作家的作品不一定能全面反映作者的世界观,巴尔扎克的作品却真正是他的世界观的完整表现,他在作品中和盘托出自己对整个世界的全部见解,包括他那些自相矛盾之处。没有人比他的世界观和创作更加统一的了。上述"矛盾"一说之所以产生,原因大约在于把文学创作仅仅看成一种政治行为,以为作家理当以作品来宣传政见。因而无法理解一个"保王派作家",何以能写出有悖其政治信念且深刻反映现实的作品。

四

巴尔扎克在小说史上的地位,今天已经无可怀疑了,而他在生前却一直未能得到法国文学批评界的认同。十九世纪三四十年代是法国浪漫派的极盛时期,和浪漫派那些风流倜傥、才华横溢的诗人、艺术家相比,巴尔扎克的文风显得格外粗糙、笨拙。他拥塞的思想让人感到不堪重负,独特古怪的遣词造句和强烈、夸张的形容语经常令人瞠目结舌。巴尔扎克的气质,如同罗丹为他塑的雕像,粗糙笨重,然而深邃、豪壮,具有震撼人心的气势和威力。他的作品仿佛由天才的巨斧劈砍而成,生气勃勃,出神入化,只是还没来得及细细打磨。其实巴尔扎克并非对艺术漫不经心,他宁肯损失一半收入,也要上十遍地修改校样。但他的注意力似乎全部用于最大限度地充实他的人物形象和尽可能完整地表达他那过分充溢的思想,而顾不上把语言锤炼得更加清新洗练。[①] 这个缺点在外国读者眼里不至于显得太突出,而在讲究修辞的法国人眼里则是个不可容忍的罪过,为此他没少遭受批评家们的口诛笔伐。不过,文体的粗糙还不是巴尔扎克受责难的主要原因,他最严重的"过错"是破坏了文学的"高雅情趣"。文学本当表现高尚

---

① 法国著名评论家泰纳曾以《都兰趣话》精妙别致的文笔为例,说明巴尔扎克其实对法文有精深的研究。

的情感,他却描写庸俗丑陋的物质欲求。他把金钱说成上帝,他写缺钱的苦恼,发财的野心,夺遗产的手段……所以,在那些强调高雅情趣的批评家眼里,巴尔扎克是个格调不高、"庸俗"且缺乏道德观念的小说家。他们指摘他"对丑恶有特殊爱好",嘲笑他作品中的账目和法律条款,挖苦他对农业生产和水利建设比对文学更有研究,……圣伯夫①甚至刻薄地把巴尔扎克形容成"专治隐病的医生","经常从后门出入女商贩、指甲修剪师和小丑们的床笫之间";巴尔扎克宏伟的构思、丰富的画面和包罗万象的题材,在圣伯夫看来纯属"杂乱无章的大杂烩";巴尔扎克让人物重复出现的手法,也被认为违背了审美要求。总之,几乎巴尔扎克所有为后世所称道之处,当时都受到批评家的谴责。直到巴尔扎克去世,圣伯夫才在一八五〇年九月二日的《月曜日谈话》中表示要捐弃前嫌,有保留地说了几句较公允的话,承认巴尔扎克"身处社会底层,在苦难与挣扎中,以其天赋的锐利目光观察和洞察到人们内心的目标",承认他"善于从现实中吸取素材",并"以惊人的速度取得了巨大成就"。但他仍然批评巴尔扎克的作品代表着一种"堕落的风格",且坚持说乔治·桑是一位比巴尔扎克更伟大的作家。对此,莫洛亚俏皮地评论:"我们希望——并且相信——这种说法会使乔治·桑感到不快"②。圣伯夫是十九世纪法国浪漫派很有名望的批评家,以具有精细的鉴赏力著称,但他却理解不了巴尔扎克和司汤达,而且实际上也不十分理解福楼拜和波德莱尔。普鲁斯特③在他未完成的美学论著《驳圣伯夫》中尖锐地指出:"圣伯夫规定文学批评的基本任务是识别当代真正有才华的作家,他自己却永远看不见同时代那些确有独创性的天才。"

然而天才们却更善于识别天才。早在一八三一年,歌德读到了刚出版的《驴皮记》,立刻断定此书"出自一个具有高级智慧的人士之

---

① 圣伯夫(1804 – 1869),法国批评家、小说家,《月曜日谈话》文学批评专栏作者。
② 见莫洛亚《巴尔扎克传》:"尾声"。
③ 普鲁斯特(1871 – 1922),法国著名作家,《追忆逝水年华》的作者。

手",一再称赞"这是一部用全新风格写出的绝妙作品"①。雨果、布朗宁②、别林斯基、陀思妥耶夫斯基,还有伟大的马克思和恩格斯,都是率先盛赞巴尔扎克的伟大天才的人。在巴尔扎克的葬礼上,雨果的演说给人们留下了极深的印象:"在最伟大的人物当中,巴尔扎克是头等的一个;在最优秀的人物当中,巴尔扎克是最出类拔萃的一个;他的智慧是辉煌而独特的,成就不是眼下说得尽的……他所有的著作汇成了一部书,一部活生生、光辉灿烂、意义深远的书,我们当代全部文明的来龙去脉,其发展及动态,都以令人惊骇的现实感呈现在我们面前……"不仅雨果,当时法国浪漫派最优秀的一些作家如拉马丁、乔治·桑、戈蒂耶③等,稍后还有波德莱尔,都对巴尔扎克表现出强烈的兴趣。即使他们还没来得及透彻地理解他,却已感受到了他的"伟大、丰富和新奇",波德莱尔曾经惊呼:"巴尔扎克,伟大,了不起,而且深不可测。他以奇特的方式反映出一种文明,还有它的全部斗争、全部抱负和全部疯狂……"福楼拜、左拉成为巴尔扎克的崇拜者,甚至对文体十分苛求的法朗士④也承认:"他是他那个时代的社会的洞察幽微的历史家,他比任何人都善于使我们更好地了解从旧制度向新制度的过渡。……从塑造形象和深度来说,没有人比得上巴尔扎克。"

　　法国理论界、批评界的态度从十九世纪五六十年代开始也有了变化。扭转局面的带头人是著名学者和评论家泰纳⑤,接着布尔热、法盖、布吕纳介等也都对巴尔扎克作了较公允的评价。⑥ 泰纳是将巴尔扎克和莎士比亚相提并论的第一人,他的《巴尔扎克论》(1858)以生

---

① 见《歌德年鉴》(1980)第287－289页。
② 布朗宁(1812－1889),英国著名诗人。
③ 戈蒂耶(1811－1872),法国浪漫派诗人、小说家、评论家,后成为唯美派代表。
④ 法朗士(1844－1924),法国小说家、评论家,以下引文见《文学生活·巴尔扎克先生》。
⑤ 泰纳(1828－1893),又译丹纳,法国著名文艺批评家、哲学家、历史学家,《艺术哲学》的作者。
⑥ 布尔热(1852－1935),法国作家、批评家,以对文艺心理学的研究蜚声文坛;法盖(1847－1916)、布吕纳介(1849－1906),均系法国学院派文艺批评家。

动的文笔评介了巴尔扎克的思想、性格和作品,肯定了他对现代社会的深刻理解及其富有独创性的艺术,指出巴尔扎克是一位"独特的,以崭新的方法描写人的艺术家",赞扬他和莎士比亚一样建立了迄今人们见过的"最丰富的人性文献馆"。泰纳肯定巴尔扎克既是观察家,也是一位哲学家,思想家,"思想的丰富成就了他的伟大"。他针对以往批评界对巴尔扎克的贬责,从多方面为巴尔扎克辩护,包括为他的文字辩护。泰纳强调随着时代的发展,社会生活的内容和人们的情趣也有了很大改变,企图用某种固定的法则衡量一切作品是不合情理的。泰纳宣称巴尔扎克运用百科全书式的、带有强烈哲理性的奇异文笔自有他的道理,"他的写作习惯与现代人的生活习惯完全吻合,作家得到了读者的批准"。巴尔扎克的确得到了读者的批准。不管他有多少可挑剔之处,热爱他的人总微笑着把他的短处和长处一并接受下来。批评者说巴尔扎克缺乏教养,过分外露,拉马丁、乔治·桑等说这是孩子般的天真坦率;批评者说他用字怪僻,泰纳却说"文字对作家而言不仅是个符号,也是对形象的召唤,不能因某些字义和语法家的字义不同就予以否定";人们责备巴尔扎克是保王派,可是雨果宣称"他事实上已不自知地加入了革命作家的行列",乔治·桑肯定"他的天性是非常激进的",左拉说"他不知道自己是个民主主义者,他花了毕生的精力为共和国、为未来的自由社会和自由信仰开辟道路"。……这些说法也许证明不了什么,但足以证明巴尔扎克的艺术可以赢得何等宽容的热爱。法朗士幽默地说:"他是神,你若责备他有时粗糙,他的信徒们会回答:创造一个世界不能过分精巧……"巴尔扎克赢得热爱的奥秘在于,他的确创造了一种让人耳目一新的、具有独特魅力的文学,这种文学从全新的视角提供了一种发人深省的观察,以前所未有的方式完整地再现了一个无比真实的社会。在法国乃至欧洲文学中,以往还不曾见过这种角度的观察,如此总揽一切而又入木三分的再现。所以波德莱尔说他是"一位方法创造者,值得研究的独一无二的方法的创造者"[①]。

---

① 波德莱尔:《尚夫勒里故事集》。

十九世纪是欧洲文坛群星灿烂的时代,涌现了一大批世界级的文学大师。他们在转轨时期社会动荡的冲击下,怀着对人类不幸命运的深切同情,对种种丑恶的社会现象进行了猛烈的批判。但惟有巴尔扎克是以人的物质欲求为切入点,以社会经济结构为中心来剖析整个社会机制及种种社会现象的内在联系的。和所有关注社会问题的作家相比,他的观察研究更接近社会的根部。丹麦文学史家勃兰兑斯曾引用雨果在《历代传说》中描写森林之神的两句诗来形容巴尔扎克:

  他从根部来描绘一棵树,
  描绘草木互相残杀的生死斗争。

有谁比他更清晰地洞察到人类社会的原始动力,有谁比他更透彻地揭示出人类社会无情的阶级划分和弱肉强食的运动法则,有谁对经济力量的消长和权力分配的关系有他那样敏锐的观察,有谁能像他那样准确地预见到分成小块出售给农民的土地最终将落入资产者手中,有谁在证券交易开始出现的时候就像他那样看出资本迅速集中的趋向……?历来文学家对社会的批判始终未能突破道德批判的范畴,巴尔扎克可以说是唯一的例外。狄更斯是英国平民阶层的痛苦和爱憎的伟大表现者,他以无限的同情描写了小生产者的贫困破产及底层人民遭受的苦难,但他却识不透现代社会的基本结构和人与人之间社会关系的本质,竟天真地将解救苦难的希望寄托在有钱人的善心和施舍上。陀思妥耶夫斯基是世所罕见的心理分析大师,他对人性内涵的挖掘达到无人可及的深度。但他更多地是用心理学家、道德家的眼光来考察社会生活中的丑恶现象,常常过分突出了对人性弱点和病态心理的研究,反而淡化了对社会的观察批判。托尔斯泰是和巴尔扎克同样伟大的现实主义作家,他的作品同样绘制了广阔的社会画面,成功地塑造了众多人物典型,深刻地反映了俄国社会向资本主义过渡时期的重重矛盾。托尔斯泰同样既是小说家,也是思想家和哲学家,但他的哲理思考带有强烈的"自省"性质,追求道德上的自我完善是他的主要思想特征。托尔斯泰以对人类的全部爱心去探索社会的出路及人生的真谛,就人格的高尚伟大和道德感召力量而言,显然远在巴尔扎克之上;但巴尔扎克那种深刻的睿智和清醒的历史感却是托尔斯泰所缺乏的:托尔斯泰把资本主义看成一个可以避免的错误,幻想以博爱和道德修身化解社会矛盾,抵御欧洲文明的入侵,引导人们建立一个安居乐业的宗法制小农社会。十九世纪的伟大作家们在艺术上都各有所长,巴尔扎克并未占尽一切优势,但他观察世界的方法是高人一等的,对人类社会各种现实关系的理解也是最透彻的。

其实巴尔扎克的思想体系及价值观和其他作家一样来自文艺复兴时期奠定的人本观念,他也和同时代的其他作家一样以人道主义为武器批判揭露资本原始积累时期的血腥暴行、人与人之间冷酷无情的现金交易关系、竞争的残酷和金钱的败坏人心……只是他那历史家和社会学家的头脑使他清楚地意识到当今社会人与人之间的生死搏斗绝非宽容和博爱的丹方所能缓解,历史的发展受着更加物质的力量所制约。因而较之同情、怜悯,他更热中于表现人的力量、智慧和奋斗。这一点他和司汤达有相通之处。他的作品中并非没有行善的人,可这种人不是乐善好施的大富翁,而是致力于推动地区经济改造或创办扶危济困事业的仁人志士。巴尔扎克从未期待剥削者忏悔、赎罪,也不大指望恶人因天良发现而自杀。在一般情况下,他的作品中不是善战胜恶,而是恶人取得胜利;如果恶人有时受到惩罚,那往往是遇上了比他更强的对手。这种描写,是巴尔扎克被目为不道德的重要原因。可巴尔扎克并不反对善良,只不过在他那里,现实不肯向人们的善良愿望让步,它总是以更普遍、更本质的面貌顽强地显现出来:包比诺法官公正执法,却较量不过整个腐败的司法机构;拉布丹锐意改革,最后却落个身败名裂……这样的描写有点像是悲观主义,其实不然。以巴尔扎克那种高卢式的快活天性和进取精神,本质上是和悲观主义无缘的。无论现实多么令人失望,他的作品中总不乏正义追求者、自强不息者,尽管谈不上给社会指明出路,却总在为实现某个抱负坚定地走自己的路，不肯与社会同流合污。只是巴尔扎克始终坚持自己的现实主义创作原则，他宁愿描写令人寒心但却普遍存在的事实真相，而不想让读者从幻想中得到安慰。所以，当雨果为因贫穷而犯盗窃罪的苦役犯鸣不平，为取缔死刑大声疾呼时，巴尔扎克却通过伏脱冷的嘴冷峻地道出："可是那些伪君子明白，法官把窃贼判罪是维持富人与穷人之间的壁垒，那壁垒是推翻不得的，否则社会就要解体；不比闹破产的商人，夺遗产的能手，为自肥而扼杀一家企业的银行家，不过把财产换了个地方罢了。"

雨果是法国浪漫派的代表人物，巴尔扎克和他在创作思想和艺术风格上的差异是不言而喻的。不过这两位大师的可贵之处是彼此都充分肯定对方的艺术成就。巴尔扎克虽然曾对雨果的《艾那尼》①提出过尖锐批评，却一直高度评价雨果对法兰西语言艺术，特别是诗歌艺术的伟大贡献。雨果的才华和艺术修养，有许多方面巴尔扎克都自愧弗如。雨果是天才的诗人，成功的剧作家和小说家，无论写诗或写散文他都挥洒自如、音韵铿锵；巴尔扎克毕生写不出一首像样的诗，写戏剧也步履维艰。但雨果心里明白，巴尔扎克比他深刻得多，巴尔扎克充满睿智的作品将以其伟大的文献价值，成为人类文化史上的不朽丰碑。

作为法国现实主义文学的一代宗师，巴尔扎克最推崇的作家自然是和他创作方法相近的司汤达。当时司汤达默默无闻，作品在书店里几乎无人问津。巴尔扎克却热情洋溢地为这位素昧平生的同行撰写了长篇专论《贝尔先生研究》，将司汤达誉为"观念文学卓越的大师"。不过巴尔扎克对浪漫派艺术从未持排斥态度，许多浪漫派作家都是他的挚友。在《贝尔先生研究》中，他将当时的文学分为三个类型：一是以雨果为代表的"形象文学"；二是以司汤达为代表的"观念文学"；他自称属于第三类，即"兼收并蓄的文学折衷主义"。显然，第一类指以

---

① 《艾那尼》，雨果的名剧，《艾那尼》的演出成功，被认为标志着浪漫主义对古典主义的胜利。

抒发主观感受为主要特色的浪漫主义文学,第二类指以精密的观察和写实为主要特色的现实主义文学,而他认为要想真实地"反映世界的本来面目",便应将这二者融为一体。因而巴尔扎克所谓的"文学折衷主义",其实是一种艺术上博采众长的主张。而且他认为无论是雨果还是司汤达,都在一定程度上吸取了另一派的长处,所以在艺术上获得了成功。事实上巴尔扎克在艺术表现手法方面从不受任何传统或流派的束缚,只要能真实地反映现实,充分和透彻地表达思想,他乐于使用一切可能运用的艺术形式。在他的作品中,既有细致具体的精确描绘,也不乏浪漫的想象和奇特的构思,乃至荒诞或超现实的成分;他让同时代的两三千个人物活跃在《人间喜剧》的舞台上,同时也不排斥在某些场景中让幽灵出现,鬼魂托梦,撒旦施展威力。不过,无论采用何种艺术手法,巴尔扎克的创作始终扎根于现实生活的土壤,着眼于反映现实世界的真实面貌。他笔下的人物总是按生活的逻辑行动,而不是按作者的思想逻辑去行动。这一点,是他和雨果的根本区别之一。即使是《驴皮记》《改邪归正的梅莫特》《长寿药水》这种带有魔幻色彩的作品,人物和故事的发展也还是符合生活逻辑的。因此普列汉诺夫说巴尔扎克是"最深刻意义上的现实主义者"。

巴尔扎克在艺术上的博采众长,实际上是他本人思想气质的反映。巴尔扎克从来是两个截然不同的人物的矛盾统一体,在他身上既存在一个头脑清晰、思想深邃、能够洞察幽微的观察家,又存在一个激情满怀、想象力无比丰富,有时还难免异想天开的梦幻家。前者使他的作品达到无与伦比的深度;后者使他的作品具有绚丽多彩的面貌和强烈的艺术感染力。这种充满睿智的深刻观察和激情无限的丰富想象的奇妙结合,构成了巴尔扎克现实主义艺术的"独一无二"的魅力。

巴尔扎克的出现使法国文坛产生了一个新星座,此后的小说家自觉或不自觉都会以巴尔扎克为坐标来寻找自己的位置。福楼拜是在浪漫主义的熏陶之下成长起来的文学青年,雨果曾是他心中的偶像。而一八五七年他却以"外省生活"为副标题发表了现实主义小说《包法利夫人》；左拉以巴尔扎克的后继者自许,创作了包括二十部长篇小说的《鲁贡－马卡尔家族的自然史与社会史》,全面描绘了法国第二帝国和第三共和国时期广阔的社会生活。这两位大作家都曾怀着仰慕之心研读巴尔扎克的作品。但法国人是不肯完全步人后尘的,即使做不到超越前人,也得有所发展或创新。于是福楼拜创造了"客观性艺术",左拉创立了"自然主义"理论。其共同点是与浪漫主义彻底决裂,试图从巴尔扎克式的现实主义艺术中完全排除浪漫主义成分,使作品的真实性更加纯粹和彻底。

福楼拜小心翼翼地从作品中剔除自我,不流露感情,不插入议论,不让一字一句留下作者的观点或意图的痕迹。历来文学作品中,还不曾见过作者的意图隐藏得如福楼拜这般深的。他成功地实现了他的艺术突破,在文坛引起了强烈反响。加之福楼拜是一位无可挑剔的文体家,精雕细刻的文笔更使他那客观、冷漠的艺术风格给人以深刻印象。福楼拜的文体无疑比巴尔扎克完美,不过巴尔扎克作品那种饱含智慧和生命活力的强大感染力却是福楼拜所欠缺的。如果没有优美的文笔支撑,读者可能会觉得福楼拜的作品枯燥乏味。其实这首先是由于他本人的生活相当乏味。他终身蜗居庄园,过着有产者的安适生活。这保证了他有足够的精力追求艺术上的完美,却大大限制了他的视野和思维空间。福楼拜不是哲学家、思想家,他知道自己"对生活缺乏明确的、总体的概念"①,即使他采用巴尔扎克的方法,也写不出巴尔扎克式的作品。所以"客观性艺术"既是福楼拜的天才创造,也是他能够作出的唯一聪明的选择。他的作品虽在总体上未能达到巴尔扎克的高度,在艺术上则确有独到之处。

左拉一心要继承和发展巴尔扎克的现实主义,但他创造的自然主义理论恰恰抛弃了使巴尔扎克的艺术熠熠生辉的一些最重要的东西。巴尔扎克的伟大智慧首先在于对社会进行了历史的、社会学的研究,

---

① 见福楼拜:《给乔治·桑的信》(1875年12月)。

左拉却混淆自然科学和人文科学的界限,踏入了"纯科学"的误区。他提倡以生物学的病理研究方法研究人类,试图以生理学、遗传学解释人的社会行为,这就必然会模糊乃至歪曲社会问题的本质。所以恩格斯说巴尔扎克是"比过去、现在和未来的一切左拉都要伟大得多的现实主义大师"[①]。幸而左拉并未时刻牢记自己的理论,在他最优秀的一些作品中,病理研究常常让位于社会研究,生物学决定论不时让位给社会环境决定论。而左拉正直的品格和人道精神则引导他对社会的不公正和腐败作了无情的揭露和抨击。因而左拉仍不失为一位伟大的醒世作家和风俗史家。但他对现实主义的"革新发展"却是失败的。生物学研究大大冲淡了作品的社会批判意义,"真实性"原则的极端化、绝对化则大大削弱了作品的艺术魅力。左拉漠视巴尔扎克的典型化思想及想象在他创作中的作用。给巴尔扎克的作品增添了无穷魅力的丰富想象力,在他看来却有损于巴尔扎克的伟大。他宣称"从巴尔扎克和司汤达开始,想象在小说中就无足轻重了"[②]。由于过分追求细节的精确和"一丝不苟"而忽视对生活素材的提炼加工,他的许多描写都流于琐细、平庸,以致招来读者的厌倦。左拉本以为他的自然主义将使现实主义艺术发扬光大,结果却适得其反,自然主义浪潮迎来的是它的另一极——象征主义的兴起。正像巴尔扎克的《玄妙的杰作》中那位画家一样,他将某个艺术真理夸大和绝对化,结果走向了艺术的反面。

一个半世纪过去了,巴尔扎克在法国仍然是一座难以逾越的高峰。小说家们既崇拜他又因他而苦恼。就像欧洲古典画派的大师们令他们身后的画家感到"绝望"而不得不另辟蹊径一样,许多小说家只好设法绕过他或彻底摆脱他。从十九世纪末到二十世纪的非理性主义思潮泛滥的年代,倒是福楼拜那种使作者与作品拉开距离的做法,

---

① 恩格斯:《致玛·哈克奈斯》(1888年4月初),《马克思恩格斯选集》第4卷第462页。
② 见左拉:《论小说》。

给非理性主义文学指点了一条出路,因而福楼拜在二十世纪声名大振,被奉为现代派文学的先驱。五六十年代的新小说派是公开宣布与巴尔扎克决裂的创新者,从他们每一个人的论著中都可以看出巴尔扎克给他们带来的烦恼,他们于是干脆取消主题、情节、人物塑造、内心分析、情景描述及一切带感情色彩的语言,紧接其后的新新小说派甚至进而废除了标点和段落。这种勇气十足的探索确实产生了一批有新意的作品,但本质上已是另一种文学形态,不是传统意义上的小说了。这类作品风行一时后又销声匿迹,只能留给文学史家们去研究评价。而七十年代末法国《快报》的调查报告却表明,即使是现代派艺术声势最壮的这个阶段,在最受读者喜爱的作家中,巴尔扎克仍然位居榜首。

产生巴尔扎克的时代土壤已经不存在了,但巴尔扎克独特的艺术魅力却青春常在。他留下的这份遗产始终是人们取之不尽的文化宝藏。全世界的作家艺术家都从他的作品中摄取营养,且对他表示极高的敬意。普鲁斯特熟悉《人间喜剧》中的每一个细节,而且对圣伯夫的不公正表示了莫大的愤慨;莫里亚克[①]把巴尔扎克和托尔斯泰誉为欧洲小说的"两大巅峰",认为二十世纪法国每出一本好小说,"首要的一点在于它比较像巴尔扎克的小说";高尔基将莎士比亚、巴尔扎克和托尔斯泰称作"人类为自己建立的三座纪念碑";卢卡契[②]将巴尔扎克和莎士比亚、歌德并列为世界上"最伟大的作家";巴尔扎克还曾对茨威格[③]产生深刻影响,茨威格不仅高度评价巴尔扎克的天才,也深深为他那种吞没全身心的创作激情所折服。

巴尔扎克的著作好比一座蕴藏丰富的矿山,无论是它的思想宝藏还是艺术宝藏,都还有待进一步开采。即使其中某些东西今人已不完全认同,也能从中获得许多宝贵的启示。巴尔扎克对转轨时期的社会

---

① 弗朗索瓦·莫里亚克(1885–1970),法国小说家,诺贝尔文学奖获得者。
② 卢卡契(1885–1971),匈牙利文艺理论家、美学家和哲学家。
③ 茨威格(1881–1942),奥地利小说家。

理解得那么透彻，以致所有处在转轨阶段的社会都能从他的作品中看到自身的影像；巴尔扎克对人类本性挖掘得如此深入，以致他所写的人间故事经常在不同历史阶段，由不同国籍的人们重新搬演。他的传记作者莫洛亚谈及《人间喜剧》时曾说："读完这全套著作，人们才会发现这个帝国的疆域如此辽阔，在这片疆土之上，智慧的太阳永不落。"①他的其他作品固然不像《人间喜剧》影响那么大，其中亦藏有不少值得吸取的精华。戏剧并非巴尔扎克的强项，可是十九世纪多少风靡一时的戏剧都被遗忘了，他的五幕剧《投机商》却以其深刻的现实意义至今仍不时搬上舞台。荒诞派名剧《等待戈多》的构思，看来便是直接受《投机商》结尾的启发。他的《都兰趣话》虽属"游戏之作"，却因绝妙地模仿了十六世纪文体及拉伯雷的风格而令人对他的语言才能刮目相看。他的许多杂文、特写、随笔写得相当漂亮，时政述评锋利辛辣，……虽说难免有为报刊凑篇幅、补天窗的作品，但绝大部分都相当有价值，而且对进一步了解作家的思想和创作颇有帮助。

五

翻译出版《巴尔扎克全集》，曾经像是一个可望不可即的梦，而今这梦已成为现实，法语文学翻译界和出版界好几代人的共同心愿，总算画上了一个圆满的句号。早在本世纪初，我国第一位翻译家林纾先生就曾将《人间喜剧》中的《永别》《耶稣降临弗朗德勒》《红房子旅馆》《新兵》等短篇小说译成古汉语，结集成书，题名《哀吹录》，于一九一五年在"说部丛书"中出版。嗣后，徐霞村、蒋怀青、盛成、高名凯、穆木天等法语界前辈陆续将巴尔扎克的一些名著介绍到中国。截至一九四九年，我国已出版巴尔扎克作品二十二种；建国后至"文革"前出版了四十二种。不过真正使巴尔扎克在中国读者中引起强烈反响的，主

---

① 引自莫洛亚：《巴尔扎克传》第二十九章。

要是五十年代以后傅雷先生的译本。巴尔扎克思维层次复杂,语言内涵丰富,复杂句型运用极多,要尽传其精神而又不损及汉语的纯净,确系翻译巴尔扎克作品的一大难题。傅雷先生将文学翻译视为一门独特的艺术,刻意求精,终于在信、达、雅三方面取得了重大突破。如果说中国人首先是通过朱生豪先生了解了莎士比亚,那么也可以说,中国人首先是通过傅雷先生了解了巴尔扎克。傅雷先生所译巴尔扎克小说十三部,凡二百二十万字。其中十一部于一九六六年以前出版,惟《幻灭》和《赛查·皮罗多盛衰记》由于"文革"的干扰,直至一九七八年才得以面世。这时傅雷先生已经作古,许多老翻译家也已相继去世,巴尔扎克作品的翻译是否后继有人,成为读者和出版界共同关心的一个问题。

一九八一至一九八三年,人民文学出版社推出巴尔扎克的新译三种:《公务员》《驴皮记》和《十三人故事》,获得翻译界和读书界的一致好评。资中筠女士所译《公务员》,文笔简洁遒劲,准确传神;梁均先生为翻译《驴皮记》,辛勤工作十年之久,十年磨一书,终于使这部著名的哲理小说发出应有的光彩;《十三人故事》是袁树仁女士发表的第一部译作,然不鸣则已,一鸣惊人,特别是《朗热公爵夫人》中对地中海岛屿自然景色和人物心理的描写,译笔清新俊逸,极富韵致,博得译界的喝彩。法语文学翻译界人才辈出,使《巴尔扎克全集》的翻译出版有了现实可能性。一九八三年,人民文学出版社拟定了三十卷本《巴尔扎克全集》中译本的出版计划,于一九八四年开始分卷出版,迄今已全部出齐。

本版《巴尔扎克全集》收巴尔扎克除书信外的全部著作(但不包括他在一八二八年以前所写的未以"巴尔扎克"署名的小说),其中《人间喜剧》占二十四卷,《都兰趣话》《戏剧》各一卷,其他诸如文论、书评、随笔、特写、小品、杂文、专论、时事政治述评……等编为四卷,统称"杂著"。作者本人为《人间喜剧》中许多作品初版时所写的序、跋,集中编入第二十四卷。本《全集》的前二十五卷,即《人间喜剧》和《都兰趣话》，均根据法国加利玛出版社经典性版本——"七星文库"版翻译、校订；第二十六至三十卷（戏剧及杂著），由于有关作品的"七星文库"版尚未面世，遂采用法国路易·柯纳尔版的《巴尔扎克全集》。为帮助读者更好地理解作品内容，本《全集》各卷卷尾都附有简短的题解，扼要介绍每部作品的出版背景和作家的创作意图。最后一卷的卷尾附有作家的生平、创作年表。《巴尔扎克全集》译成中文达一千二百万字，除已故翻译家傅雷先生所译二百二十万字外，基本上都是八十年代以来的新译，法语文学翻译界的佼佼者差不多都参加了这一巨著的翻译或审校工作。北京语言文化大学外语学院副院长袁树仁教授，除参加审校工作外，还利用课余时间翻译巴尔扎克作品十二种，字数达二百二十万，成为傅雷先生之后对翻译介绍巴尔扎克贡献最大的翻译家。北京大学教授兼加拿大研究中心主任张冠尧先生，是一位知识渊博，能适应多种题材和风格的翻译家。他出色地翻译了《人间喜剧》中难度最大的两篇有关神学和玄学的小说，译文优美典雅，不仅把《塞拉菲塔》中的挪威风光译得引人入胜，且将此书空灵、虚幻的风格表达得恰到好处。北京大学王文融教授和罗芃教授、南京大学陆秉慧教授、中央编译局译审施康强先生，都在译校工作中显示了一丝不苟的严谨学风和卓越的翻译才能。施康强先生翻译《都兰趣话》时，为更好地表现此书的特殊艺术风格，成功地模仿了明清话本的文体。还有知名翻译家罗新璋先生、齐宗华女士、罗旭女士等，也都参与了《全集》的译校工作。人民大学黄晋凯教授除参加部分译校工作外，还在资料方面提供了许多帮助。总之，没有全体译校人员齐心协力、辛勤工作，这套庞然巨著是不可能与中国读者见面的。在此，我们谨向参加这项工程的全体同人致以深切的谢意。我们还要衷心感谢中宣部出版局、国务院新闻出版署及教育部对此项工作的大力支持和鼓励，感谢全体读者对我们的关切和厚爱。

　　巴尔扎克的作品题材广泛，内容包罗万象，涉及社会科学、自然科学各门学科及文学艺术的各个门类。这样一套百科全书般的著作，翻译、校订及注释工作的难度是不言而喻的。虽然我们作了努力,差错仍在所难免。我们期待着读者和专家们的指教和帮助。

一九九八年八月

《高老头》——《人间喜剧》的序幕*
——纷繁而集中,丰富而凝练

在十九世纪三四十年代法国浪漫派那些风流倜傥、才华横溢的诗人、艺术家中,巴尔扎克好似一位找错地址的不速之客,他魁梧、健壮,举止笨拙,说话粗声大气,毫无优雅风度可言。他的艺术风格和他的体貌不相上下,即使在他的天才被承认以后也很少在这方面受到批评界的赞扬。巴尔扎克的气质,正如罗丹为他塑的雕像:粗糙、笨重,然而深邃、豪壮,具有震撼人心的气势和威力。巴尔扎克的作品仿佛是由天才的巨斧砍劈而成:生气勃勃,出神入化,只是还没来得及细细打磨。

其实巴尔扎克并非对艺术漫不经心。他宁肯损失一半收入,也要上十遍地修改校样。但他的注意力似乎全部用于尽可能准确和完整地表达他那过分充溢的思想,顾不上把词句锤炼得更加清新、洗练。这个缺点在其他国家读者眼里倒不算十分严重,因为文字经过翻译,原文的优点往往难以尽传,缺点也可以显得不那么突出。可是在他本国的,特别是同时代的批评家看来,文体的粗糙简直是不可饶恕的罪过,足以抹煞其他方面的一切优点。巴尔扎克久久不能获得公正的评价,这是其中重要原因之一。

不过作家们似乎更善于识别真正的创作才能。不管他们最初对巴尔扎克的印象如何,最后毕竟不能不意识到这位大师非凡的力量。

---

* 本篇原系十卷本《巴尔扎克选集》中《高老头》译本序,人民文学出版社,1989年版。2001年修改后,成为人民文学出版社《高老头》插图本序言。

戈蒂耶第一个站出来热烈赞扬巴尔扎克的天才，乔治桑不止一次对这位与她风格迥异的作家表示诚挚的赞赏。波德莱尔简直为他着迷，福楼拜和左拉对他表示仰慕，雨果在巴尔扎克的葬礼上说："在最伟大的人物中间，巴尔扎克属于头等的一个，在最优秀的人物中间，巴尔扎克是出类拔萃的一个，他的才智是惊人的，不同凡响的，成就不是眼下说得尽的。……"①甚至对文体十分苛求的法朗士也承认"他是他那个时代社会的洞察入微的历史家，他比任何人都善于使我们更好地了解从旧制度向新制度的过渡"。而且"从塑造形象和深度来说，没有人能比得上巴尔扎克"②。一个在文体上有明显缺陷的作家，竟然博得法国这些第一流艺术家的激赏（这里我们姑且不提伟大的歌德、高尔基等外国名作家对巴尔扎克的评价），至少说明他必定具有某种独到的功力，不仅能弥补自己某些修养上的不足，还能使他的作品产生不寻常的艺术效果。

　　巴尔扎克的头脑是个无所不包的世界，他观察一切，剖析一切，他探寻各种事物的因果关系以及它们彼此间的联系，各种杂乱无章的社会现象渐渐在他头脑中形成一个有机的整体。他无法将这些现象割裂开来：他描述某一现象，必定联想到与此相关的种种现象；他刻画一个人物，必定同时回顾这个人物的过去，预测他的未来。他对"真实"的追求，使他试图在作品中表现出社会生活的全部复杂性和人类心灵的全部复杂性。他以法国社会的"秘书"自诩，决心完成一部当代法国社会的"风俗史"。因而他作为艺术家遇到的第一个难题，便是如何把这个庞大的社会纳入小说的狭小框架，如何使现实世界复杂纷纭的面貌井然有序地从整体上得到再现。巴尔扎克深深感到，以往的艺术法则不够用了，必须作新的开拓。为此他想到将自己的全部作品联系起来，构成一个整体，"其中每一章都是一篇小说，每一篇小说都标志着

---

① 雨果：《巴尔扎克葬词》。
② 法朗士：《文学生活》。

一个时代"①;为此他试图创造一种高度凝炼的艺术风格,如果这种风格稍显滞重,那在很大程度上是由于他让小说承受了太重的负担。巴尔扎克的艺术是一种高浓度的艺术。一个以消遣为目的的读者也许会感到他的小说累赘不堪,而一个勤于思索的读者却可能发现,对于作品的负荷量来说,甚至有理由称赞他的简洁明快。巴尔扎克认为艺术就是"凝炼的自然","艺术作品就是用最小的容量惊人地集中最大量的思想"②。他顽强地在形式与内容的矛盾中挣扎,终于创造出一系列带有巴尔扎克特殊印记的杰作。《高老头》(1834)就是其中有代表性的一篇。如果说以外省一个家庭的悲剧为背景的另一杰作《欧也妮·葛朗台》(1833)还不足以显示巴尔扎克的全部才华,那么《高老头》则可以说充分表现了作家驾驭素材和提炼生活的能力。

《高老头》(1834)是巴尔扎克为他的《人间喜剧》大厦精心打造的一根顶梁柱。他要这部小说像拉开序幕一样,全面展示巴黎社会这个巨型舞台,让各个社会阶层的代表人物都在此登台亮相,并点出整套作品的中心主题——金钱在当今社会中的杠杆作用。

本书译成中文不到十八万字,而其视野之广,人物形象之多姿多采,简直够得上一幅全景画卷。从拉丁区与圣马尔索城关之间贫穷寒酸的小街陋巷,到圣日耳曼区富丽堂皇的贵族府邸,作者为我们展示了一个令人眼花缭乱的巴黎社会:一个给了两个女儿每人每年四万法郎入息的父亲,自己却穷死在塞纳河左岸③的阁楼上;两个女儿一个当了伯爵夫人,一个当了银行家太太,而每年只剩下几百法郎生活费的老父亲还得千方百计筹钱为她们还债;满头鲜花,打扮得像天仙般的贵妇人,头天晚上在舞会上风头十足,第二天早上却在放印子钱的干瘪老头面前赔笑脸;浑身珠宝的银行家太太,为了摆脱困境竟不得不在赌台上碰运气。气概非凡、才情过人的宫廷贵妇,敌不过二十万年

---

① 巴尔扎克:《〈人间喜剧〉前言》。
② 巴尔扎克:《论艺术家》,《侧影》周刊1830年3月11日。
③ 法国巴黎塞纳河左岸当时是穷人聚居的地区。

息陪嫁的竞争,不得不悄然隐退;纯洁无辜的少女,由于父兄要建立长子世袭财产而被逐出家门。外省来的大学生榨干母亲、妹妹的私蓄,为的是置办一套时髦行头到上流社会去闯出路……巴黎社会各个阶层、各种身分的人物,带着各自独特的风貌,在这部小说中组成了一个喧闹的、活动着的、真实的社会。这里有贪婪势利的老板娘,有献身科学的大学生,有苦役犯帮口里神通广大的秘密头领,有吃了一辈子公事饭而成为机器人的退休公务员,还有来路不明、工于心计的老小姐,……这么广阔的画面,这么些形形色色的人物,这么多光怪陆离的现象,通过一个贫穷的贵族青年作桥梁,竟天衣无缝地构成一个有机的整体。虽则头绪纷繁,读来却感到紧凑而集中,每个细节,每个人物都紧扣主题,丝毫不给人支离破碎之感。

《高老头》的主题是什么?作者本人并未作明确的交代,在本书第二版序言中,巴尔扎克表示"不可要求读者一开始就能统观和猜透作品的意图,这种意图连作者自己也只是在某些时候约摸看见"。但是作者的故弄玄虚并不妨碍我们看出:虽然小说以《高老头》命名,虽然高老头和他两个女儿的故事是作者用心铺陈的主要典型事件,但高老头并不是小说的主人公,高老头的悲剧也不是本书的主题。如果作者只着眼于描述父亲的溺爱和女儿的不孝,那么小说的趣味便流于平庸了,书中与主题无关的枝节也太多了。事实上,本书真正的主人公是拉斯蒂涅,真正的主题是拉斯蒂涅的学习社会。作者以令人惊叹的巧妙构思,部署了拉斯蒂涅所处的典型环境,让他从四面八方,从不同的社会阶层,以不同的方式接受到同样的教育,终于使这个来自外省的青年丧失了天真,逐步为这腐败的社会所同化。正是从这一点出发,作者把本书编入以青年人的"入世之初"为中心题材的"私人生活场景"。而且这样一来,也就没有一个细节、一个人物是多余的了,一切人物和事件都和拉斯蒂涅的性格演变构成了必然的因果关系。

显而易见,这样的构思远不止是为了刻画拉斯蒂涅这个人物,而是通过这个人物的经历和思想性格的发展,来概括社会生活中某些具有本质意义的普遍现象,来记录法国当代社会风俗的特征。

　　有些人认为巴尔扎克醉心于冗繁琐屑的细节描写。殊不知他匠心独运之处首先在于概括和集中。塑造"典型环境中的典型性格",正是他概括和提炼生活的主要手段。

　　拉斯蒂涅是《人间喜剧》中刻画得最成功的典型之一。《高老头》中对他入世之初这一段思想历程的描写,可以说是现实主义人物塑造最精彩的篇章。拉斯蒂涅是当时纷纷从外省涌入巴黎寻出路的无数青年中的一个,而且是他们当中取得成功的少数幸运儿的代表。他的全部经历、心理状态和性格发展都反映了时代和社会的特征,反映了一个以金钱为主宰的充满竞争角逐的社会的种种必然现象。拉斯蒂涅并无非凡的才具,却有足够的机灵。他一旦窥见社会的真相,懂得了致富的秘密,一旦抛弃了妨碍一个人走上"成功"之路的天真、正直和良心,就能够在这个社会中畅行无阻。后来此人果然飞黄腾达,有钱有势,成为国务秘书,当了部长。不过,在这部小说里,他还是一个稚气未脱的青年,他怀着兴家立业、光耀门庭的雄心,从外省来到巴黎。由于贫穷他不得不住在破旧、寒酸的伏盖公寓,凭着出身又可以出入金碧辉煌的贵族府邸。一边是锱铢必较的贪婪、吝啬;一边是风雅阔绰的奢侈享乐。两个社会的对比太鲜明了,初出茅庐的青年不可能不受到强烈的刺激。他正像伏脱冷所形容的那样,"嘴里吃着伏盖妈妈的起码饭菜,心里爱着圣日耳曼区的山珍海味,睡的是破床,想的是高堂大厦"。最初他还想用功,靠学问谋求财富;偏偏面前摆着一个脓包波阿雷,明白告诉他,循规蹈矩只能落个什么样的下场。年轻人当时涉世不深,良心尚未泯灭,看见巴黎社会骇人听闻的罪恶,难免感到恐怖和恶心,第一次从母亲和妹子那里搜括积蓄时,还有点儿心惊肉跳、神魂不定。随着他一步步深入到社会的脏腑,日益认清了社会的真相,他的是非善恶之心便渐渐淡薄,自私的欲望则愈来愈强烈了,最后终于抱定不择手段向上爬的决心,投入了巴黎社会的残酷格斗。

　　在拉斯蒂涅思想性格的发展中,对他产生决定性影响的是三个人:鲍赛昂夫人,伏脱冷,还有那个被女儿榨干了财产,然后像柠檬皮一样被扔出门外的高老头。

鲍赛昂夫人在圣日耳曼区是傲视群伦的人物,一旦情场失意,整个上流社会便拥来欣赏她的痛苦,连最好的"朋友"也不放弃奚落她的机会。鲍赛昂夫人悲愤之余,向表弟道出了上流社会的"真理":

……您越没有心肝,就越能步步高升。您心狠手辣,人家就怕你。您得把男男女女都当做驿马,把它们骑得筋疲力尽,到了站便扔下,这样您就能达到欲望的巅峰。……倘若女人觉得您聪明、有才干,男人也会相信,只要您自己不露马脚。那时您就什么都能如愿以偿,到哪儿都能畅行无阻。您会发现,社会是骗子和受骗人的集合体。

鲍赛昂夫人的失意与隐退,使拉斯蒂涅看到了金钱的威力,也看到了爱情、友谊的虚伪。一切都是虚情假意,只有金钱才是真实的、无敌的。

伏脱冷是《人间喜剧》中另一个刻画得极其成功的"典型",他是苦役犯帮口里的要人,是他们足智多谋的军师和后台。他和官府作对,可并不是为了替天行道;他劫夺有钱人的财产,也不是为了扶弱济贫。他只是不甘心屈从社会分配给他的命运,千方百计要在社会中谋取自己的一份权益。用合法手段得不到的东西,他便用非法的手段去攫取。他并不代表正义,只是对社会的非正义有极透彻的了解。他是人间的撒旦,既邪恶又合理。巴尔扎克不曾把他写成正面人物,却赋予他一种反叛的美。此人最后终于与官府同流合污,在《烟花女荣辱记》中成为警厅的密探头子。这是《人间喜剧》中的一个重要人物,到处扮演梅非斯特的角色。他看准了拉斯蒂涅心中的欲望,布好了陷阱引他上钩,于是找机会和他作了一番推心置腹的谈话,把年轻人面临的竞争和可能选择的前途作了再透彻不过的分析,其结论是:

您知道这里的人是怎么闯前程的?不是靠天才的光芒,便是靠腐蚀的手腕。不像炮弹一样轰进这人群,就得像瘟疫般钻进去。诚实正派毫无用处。……人生就是这样,跟厨房一样腥臭,要想捞油水就不能怕弄脏手,只要事后洗干净就行,我们这个时代的全部道德仅此而已。……

看见拉斯蒂涅在欲望和良心之间犹豫不决,伏脱冷为他算了一笔细账;证明要在巴黎当个公子哥儿,一年起码得开销二万五千法郎,要想很快地张罗这样大一笔钱财,怎么可能清清白白做人呢?他知道拉斯蒂涅在圣日耳曼区尝过了富贵的滋味,发财的欲望已经在心里扎了根,拿稳了年轻人早晚要和良心告别,于是劝告他:"有朝一日,您干的事会比这还糟糕。……戴着手套满嘴漂亮话的人,杀人不见血,……我现在建议您做的,和将来您要做的,差别只在于见血不见血。……"

伏脱冷给拉斯蒂涅撕开了法律和道德的帷幕,让他看到法律和道德对有钱人全无效力,惟有财产才是金科玉律:"一旦成功,便不再会有人问我的来历,我就是四百万先生,美国公民。"所谓道德,所谓法律,不过是百万富翁们的工具而已:"这里凡是坐车的都是正人君子,凭着两条腿走路的就是小人。你不幸扒窃了一点什么东西,就给拉到法院广场上去示众,让人拿你当把戏看。若是偷了一百万,交际场中就说你功德无量,你们花三千万养着警察局和法院,为的就是维持这种道德。"

伏脱冷这些赤裸裸的语言,比鲍赛昂夫人文文雅雅讲出的那番道理更透彻地揭露了社会的真相,拉斯蒂涅听了不觉吓得胆战心惊,可又暗暗承认他讲的全是真情实理,他挣扎着想要规规矩矩用功,将来好挣一笔清白的财产,同时却情不自禁听从伏脱冷的劝告去和维克托莉小姐调情。

高老头之死对拉斯蒂涅说来是最深刻的一课,也是全书情节的高潮。这幕惨剧再形象不过地印证了:"资产阶级撕下了罩在家庭关系上的温情脉脉的面纱,把这种关系变成了纯粹的金钱关系。"[①]被女儿

---

① 马克思、恩格斯:《共产党宣言》,《马克思恩格斯选集》第1卷第254页。

们榨干了财产的老者,奄奄一息地躺在伏盖公寓的阁楼上,不停地呼唤女儿的名字,可是两个女儿一个也不来,老人想起当初女儿出嫁时,他给了她们每人八十万法郎做嫁妆,女儿女婿把他当财神,谁也不敢怠慢他。人们恭恭敬敬地瞧着他,"就像恭恭敬敬地看着钱一样。"可如今他已经一无所有了,谁也不再把他放在心上。老头儿一辈子把两个女儿看得比自己的性命还贵重,临死总算睁开了眼:

唉!如果我有钱,如果我留着财产,没有给她们,她们便会来,会来亲吻我的脸!……钱能给人一切,甚至女儿。啊!我的钱,我的钱在哪里?要是我身后还能留下金银财宝,她们就会来救护我,照料我;我就能听到她们的声音,看到她们了。……做父亲的应该永远有钱,应该紧紧攥住儿女的缰绳,像对付劣马一样。……

可怜的父亲在破床上一会儿呼唤,一会儿咒骂,甚至要派人去告诉女儿,说他还有几百万家财留给她们,因为"她们为了贪心还是肯来的"。……

老人咽气了。女儿女婿一个也不来料理后事。大学生典当了怀表,总算勉强使伯爵夫人和男爵夫人的老父亲能够入殓下葬。两户富贵人家却只派来两辆漆着爵徽的空车,随着灵柩到公墓。

经历了这样的现实,对社会还能存什么幻想呢?拉斯蒂涅在自己周围看见的,只是人世的残酷和人心的堕落:多少人为了金钱而犯罪;多少人由于贪欲而出卖人格和良心;葡萄牙大贵人阿瞿达为了二十万法郎年息的陪嫁出卖爱情;维克托莉的父亲为了致富而谋财害命;伏脱冷为了攫取一笔资本而引诱拉斯蒂涅参与杀人勾当;老小姐米旭诺为了三千法郎出卖伏脱冷……

金钱的魔力、无止境的享乐的欲望,摧毁了一切人类的感情,毒化了人与人之间的关系,甚至使人变得连禽兽也不如。父亲把全部财产和感情都奉献给女儿,女儿们却只在缺钱时想起父亲。明明知道父亲已被榨干了,女儿为了情人的债务,竟会算计到老父亲赖以活命的最后一笔存款,为了一件金银铺绣的舞衫,竟逼得父亲卖掉最后的餐具;明明知道父亲快咽气了,女儿心中盘算的却只是如何到巴黎名门贵胄的舞会上去出风头,那怕踩着父亲的身体走过去也在所不惜。好不容易为父亲流下了几滴眼泪,一想到哭泣会使自己变得难看,眼泪便干了。……这些,就是一个父亲对女儿的全部溺爱所得到的报偿。从今以后,还有什么感情是值得留恋的呢?拉斯蒂涅眼见鲍赛昂夫人由于追求忠贞的爱情,不得不隐居乡野,高老头沉溺于父爱,最后几乎暴尸街头,心中不禁感慨万端。从此更加意识到,要想出人头地,必须埋葬自己的感情和良心,如果不能下决心走苦学成才的道路,就得全盘接受伏脱冷和鲍赛昂夫人传授给他的那套哲理。他埋葬了高老头,同时也埋葬了青年人的最后一滴眼泪。他从公墓高处远眺巴黎,欲火炎炎的眼睛射向他不胜向往的上流社会,气概非凡地说了句"现在咱们来较量较量吧!"便以全新的姿态投入了战斗。

拉斯蒂涅是《人间喜剧》中机灵善变、青云直上的人物典型。作家却不是一开始就让他以老奸巨猾的面貌亮相,而是让他怀着外省青年的几分童心登场,在巴黎社会中逐步完成他的教育。这样的构思,不仅符合生活的逻辑,也体现了作家的艺术匠心。通过拉斯蒂涅这一段社会经历和性格发展,作家出色地勾画了这个以金钱为杠杆的巴黎社会的全貌,集中了社会上诸色人等在生活中积累的全部经验与哲理,剖析了发生这种种惨剧的社会根由。巴尔扎克是他那个时代视野最广,也最有洞察力的风俗画家,他能够透过纷纭复杂的社会现象一下子抓住客观事物的整体和实质,而且运用惊人的技巧和天才的构思把这一切都纳入他作品的狭小框架。人物、事件是那么纷繁,情节却紧凑、集中;思想那么充溢、丰富,表达却明快和凝炼。

巴尔扎克的作品,好比他自己所说的那面"把事物集中的镜子"①,多少纷纭复杂、变幻无常的现象,都能在这小小的镜面上反映

---

① 巴尔扎克:《〈驴皮记〉初版序言》。

出来。由于这镜子反映事物是那么集中、那么强烈,使"上流社会"的丑恶暴露得那么触目惊心,当时不知给作家招来了多少非议、责难。巴尔扎克不得不在本书第一段就开宗明义作如下声明:"……这部悲剧并非杜撰,也不是小说。一切都是真情实事,真实到每个人都能在自己身上或者自己心里发现其中的某些成分。"可见作者描写这些人物和事件,并不是为了骇世惊俗,而是着意于剖析带普遍性的社会现象和社会心理。高老头的故事凄惨么?的确凄惨,凄惨得令人难以置信。但是作家声言,作为小说依据的那件事情,比小说中的描写还要凄惨得多:"可怜的父亲在咽气以前空喊了二十来小时,要些水喝,可是没有一个人来救助他,两个女儿,一个参加舞会,一个正在剧院,虽然父亲病危,她们不是不知道。"[①]这样的事实,写出来简直没有人肯相信,为了稍稍冲淡悲惨的气氛,巴尔扎克安排了两个见义勇为的大学生守候在老人床前,又平添了伯爵夫人在父亲床前忏悔的一段描写。作家只是通过拉斯蒂涅的嘴告诉读者:"不管别人说上流社会怎样坏,你相信就是,没有一个讽刺作家能写尽金银珠宝掩盖下的丑恶。"

  巴尔扎克的深刻之处还在于,他并不是把两个女儿写成天下绝无仅有的恶妇,她们为了情人、为了虚荣搜括父亲,和刚开始学步的拉斯蒂涅搜括母亲和妹妹,本质上没有什么两样。她们受欲望支配,给父亲带来种种痛苦,可她们自己也没有得到快乐。在巴尔扎克笔下,婚姻不过是一种交易,因而绝大部分婚姻毫无幸福可言,雷斯托夫人和纽沁根夫人虽然各有八十万法郎作陪嫁,实际上自己并无支配财产的权利。这类女子为了虚荣,为了情人,为了自己的穿着打扮、日常开销,不知要使多少心计,耍多少手段,有的因丈夫供不起她们挥霍便出卖自己,有的不惜让儿女挨饿,对父母敲骨吸髓,好搜括些零钱做衣衫。……作家这样的描写看来是为两个不孝的女儿作了某种程度的

---

① 见巴尔扎克:《〈古物陈列室〉初版序言》。

开脱,其实是把她们写得更加接近普遍存在的事实,从而使她们的形象更加具有典型意义。

应当承认,巴尔扎克在这部作品里,不仅在构思、剪裁上体现了大师手笔的宏大气魄,在典型塑造上见出其观察剖析生活的深刻细致,而且在写作技巧上也显示了多方面的才能。巴尔扎克在《贝尔先生研究》一文中曾谈到:"我不相信十七、十八世纪文学的严峻方法描绘得了现代社会。在我看来,把戏剧成分、形象、绘画、描写、对话引入现代文学是势在必行的。"

在十九世纪以前,法国的小说无论是自传体、书信体、叙述体、对话体,都没有完全摆脱故事的格局,总给人一种单调的、平面的印象。从巴尔扎克开始,小说有了立体感。他将戏剧、史诗、绘画、造型等多种艺术成分融于一炉,把叙事、描写、塑造、抒情、对话巧妙地交织在一起,从而使小说成为一种表现力极强的综合性艺术形式,使现实世界的万千姿态都能绘声绘色地表现出来。

巴尔扎克并不擅长戏剧,但从《高老头》故事的布局和情节的推进,可以看出巴尔扎克多么善于使自己的叙述产生强烈的戏剧效果。从高老头在伏盖公寓三迁居室入手,描写高老头如何在三年之中从一个每年付一千二百法郎膳宿费的备受尊敬的高里奥先生,下降为一个每月付四十五法郎的遭人白眼的高老头。一下子就引起了读者对这个人物的好奇;接着是两位贵妇的四次来访在伏盖公寓引起的轰动和猜测,更进一步给这个人物蒙上了一层神秘的色彩;再接下去是大学生在雷斯托伯爵府的奇遇和探本求源,这才一步步把谜底揭开。经过这一番曲折,再加叙事过程中穿插了对两种社会环境的细节描写,这幕惨剧的背景便惊心动魄地展示在读者面前了。

对于高老头的一生,作者用笔十分节省,而对他所居住的环境,却不惜大施笔墨。对伏盖公寓的描写,具体而微,连墙上的石灰,食器上的裂缝也不放过。在一般读者看来,冗繁的细节描写令人感到沉闷,对情节是一种累赘。而在作者心目中,某些情境对故事的进展,人物性格的演变至关重要,值得用绘画的手法细细描绘,如果读者对伏盖公寓的贫穷寒酸没有深刻的印象,怎能使之与圣日耳曼区的奢侈豪华形成强烈的对比,进而又怎能理解这样的对比对青年人的腐蚀作用?所以某些似乎与主要情节线索关系不大的细节,从艺术家所追求的艺术效果来考虑,却是不可少的。尽管这一艺术手法的运用有时流于繁琐,但不能否认作家在这方面的才能几乎达到了能以文字代替绘画的水平,通过他的描述,读者眼前会浮现出一个清晰完整的画面,从布局、形态到色彩,都与真实的画面相差无几。

巴尔扎克是举世公认的塑造人物的大师,其最大艺术特长就是刻画形象,他笔下的人物,无论主次,个个栩栩如生,音容笑貌跃然纸上。他善于选择富有特征性的细节和语言,表现人物的身分与个性。同样的意思,从鲍赛昂夫人和伏脱冷嘴里讲出来,语气、词汇却全然不同。鲍赛昂夫人出身名门,举手投足都有大家风范,即使满心凄苦地向上流社会告别,也能脸上挂着微笑,安详静穆,丝毫不露痛苦的痕迹。伏脱冷闯荡江湖,一言一行都有绿林好汉的气派。被捕一场,写得有声有色,从暴怒到冷静,"仿佛一口锅炉贮满足以推倒一座大山的蒸汽,一眨眼之间被一滴冷水化解得无影无踪",把这个苦役犯的精明干练、足智多谋,刻画得超群绝伦。

伏盖公寓的众房客虽然大都着墨不多,但也各有特点,举止谈吐都脱不开多年形成的习惯和职业、身分的影响。伏盖太太并不是书中的主要人物,但这个形象从头到脚都透着吝啬、贪婪和势利,连她的房屋和陈设也处处体现女主人的性格。由于这一形象的成功,才把高老头在伏盖公寓里地位的一落千丈表现得分外强烈。资产阶级社会中以"财"取人的状况,也就给读者留下了深刻的印象。

总之,巴尔扎克为小说开辟了一个新天地,使小说获得了空前未有的表现力。他的艺术气魄宏伟,生气勃勃,和现实生活一样丰富多彩,却比现实更加集中、凝炼和强烈。他叙事生动,描写逼真,对话个性鲜明。他的语言虽然有时欠锤炼,不够严谨,用词的过火、夸张常常令人瞠目结舌。但他笔锋犀利大胆,刻画形象特点突出,发表议论痛快淋漓,往往能产生一般严谨的文体家所达不到的强烈效果,使读者从中得到另一种满足。

著名的丹麦文学批评家勃兰兑斯说得好:"巴尔扎克虽是个拙劣的文体家,却是一个最上流的作家。"①

一九八五年七月

---

① 勃兰兑斯:《十九世纪文学主流》第5分册第192页。人民文学出版社1982年版。

资产阶级的胜利进行曲和贵族阶级的挽歌[*]
——读《欧也妮·葛朗台》和《古物陈列室》

> 亲爱的孩子们,贵族阶级现在已经不存在了,只剩下贵族阶级的一点残余。拿破仑的《民法》已经消灭了贵族的称号,正如大炮摧毁了封建社会。只要他们有钱,他们就比贵族更贵族……

这是《古物陈列室》中,标致的摩弗里纽斯公爵夫人的一段结论性的言论。这段明智的谈话,点明了《人间喜剧》的基本主题,也道破了时代的本质、历史的不可逆转,以及法国大革命以后任何人无法加以改变的社会现实。

如果说,包罗万象的"人间喜剧·风俗研究"各场景,无一例外地反映了法国从封建社会向资本主义过渡的伟大转折,那么《欧也妮·葛朗台》(1833)和《古物陈列室》(1836)则恰似分别谱写了资产阶级的胜利进行曲和贵族阶级的挽歌。两部以主题完整、结构简洁著称的小说如此集中地表现了法国大革命以后社会财富的再分配和权力的转移,如此精确地刻画了上升中的资产阶级和衰亡中的贵族阶级的典型形象,以致任何一个挑剔的批评家都不能不承认它们是那个时代最有文献价值的艺术杰作。

两部小说均属"风俗研究·外省生活场景",背景都是王政复辟时期,前者描写箍桶匠葛朗台如何发迹并成为地方上权力的象征;后者则记述了前朝显贵埃斯格里尼翁家族的衰亡。在近距离反映现实的

---

[*] 本文原系十卷本"巴尔扎克选集"《欧也妮·葛朗台、古物陈列室》译本序,1988年2月初稿,2007年3月修订。

作品中，无论就其对历史进程的宏观概括，对社会现象本质联系的穿透性分析，还是人物塑造、细节选择的典型性，以及情节、语言和描写的生动性方面，这两部小说都取得了惊人的成就。特别是《欧也妮·葛朗台》，由于成功地塑造了狡猾贪婪的老吝啬鬼葛朗台的形象，成为世界文学中拥有读者最多的不朽名著之一

巴尔扎克无疑是憎恶暴发户的，但这憎恶不曾妨碍他对资产者的精明强干表示钦佩；他是惋惜那个被消灭的贵族阶级的，这惋惜却也不曾削弱他批判、讽刺的锋芒。在巴尔扎克看来，资产阶级的得势和贵族阶级的灭亡这一令人遗憾的结局，正是这两大阶级的生存条件、生活方式以及思想行为准则在实践中发展的必然后果。他以哲学家的深度剖析这两个阶级的灵魂，以历史家的远见推断这两个阶级的命运。葛朗台和埃斯格里尼翁，就是这两大阶级的代表。

葛朗台老头是世界文学中著名的吝啬鬼典型之一，其性格特征和莫里哀的阿巴公一样是贪婪吝刻，但又远不止是贪婪吝刻。否则这种性格无论描绘得多么出神入化，怕也很难有多少新意。重要的是，葛朗台的形象概括了整整一段历史，他的吝啬也包含着特定的历史内容。巴尔扎克把葛朗台作为法国大革命以后迅速崛起的第一代资产阶级的代表人物，通过他的发家和社会地位的上升，来分析资产阶级何以能在那么短的时间聚敛如此巨大的财富，并取代贵族成为地方上权力的象征。这样一来，葛朗台便区别于莫里哀的阿巴公，有了更加丰富的内涵和特殊的分量。

葛朗台之所以能从一个普通的箍桶匠一跃而成为地方上的首富，首先是因为他比别人更有胆识地利用了大革命的好时机：共和政府拍卖教会产业的时候，他用贿赂拍卖监督官的手段，三文不值两文地买到了当地最好的葡萄园；他荣任镇长期间，曾冠冕堂皇地为"本地的利益"，造了好几条出色的公路直达自己的产业；在房地产登记的时候，他利用职权，神不知鬼不觉地占了不少便宜；当地侯爵老爷手头拮据

时,他又用极便宜的价格,买下了弗鲁瓦丰侯爵的领地。显然,没有这次革命,葛朗台不可能这么地快挣得偌大一笔财产。

这位前箍桶匠具备第一代资产阶级的一切特点,没多少文化,却极精于盘算。他的土地经营得法,每笔买卖都琢磨得周到细致,投机事业从没失败过一回。酒桶市价比酒还贵的时候,他老是有酒桶出售;别人一百法郎就脱手的酒,他要等到每桶涨到二百法郎才抛出来。作者十分形象地写道:

> 讲起理财的本领,葛朗台先生是只老虎,是条巨蟒:他会躺在那里,蹲在那里,把俘虏打量个半天再扑上去,张开血盆大口的钱袋,倒进大堆的金银,然后安安宁宁地去睡觉,好像一条蛇吃饱了东西,不动声色,冷静非凡,什么事都按部就班的。

就这样,葛朗台先生成为索漠地区纳税最多的人。

这部小说一开篇,作者就用大量笔墨渲染纳税最多的人这一新的贵族封号的涵义:从葛朗台先生府上这个称谓的分量;从公证人和银行家对葛朗台那种毕恭毕敬的态度;从克罗旭家族和格拉桑家族对欧也妮的包围;从索漠人在外乡人面前提起葛朗台先生时的得意扬扬;……总之是说明:"偌大一笔财产把这个富翁的行为都镀了金。"葛朗台的一举一动都具有权威性,他的言谈举止、穿着打扮、甚至眨眼睛,都会在当地引起极大关注;甚至他最琐屑的动作,也被认为含有"深邃而不可言传的智慧"。

葛朗台胸有城府,说话不多,动作更少。他心狠手辣,玩弄世人于股掌之上。索漠城中,个个人都曾被他钢铁般的利爪干净利索地抓过。人们看见他,没一个不觉得又钦佩又害怕。所以,葛朗台先生理所当然成为众人膜拜的对象。

显然,巴尔扎克描写葛朗台的胆识和理财本领,是为了分析资产阶级经济力量迅速崛起的原因。包括吝啬,也是聚敛财富的一种手段。葛朗台把所有的开支都看成浪费,奢侈享受更是最不可容忍的恶习。尽管他家财钜万,过日子却一直和庄稼人一样,喝的老是坏酒,吃的老是烂果子;面包是自己家烤的,肉食蔬菜靠佃户供应;蜡烛是全家合用一支,还得买最便宜的;白糖早就落价了,可永远当作奢侈品看待……年收入达三十万法郎以上的家庭,开销超不过几千法郎,这家产自然像滚雪球一样越滚越大,到老头儿咽气时,竟留下了一千七百万家产。

和所有贪婪的暴发户一样,葛朗台老头不进教堂,不信上帝,他的上帝就是金钱,除了钱他没有别的信仰。他唯一的嗜好、唯一的激情就是赚钱。他的财产是他动脑筋一笔一笔赚来的,财富便是他的才干、价值、创造力的体现。只要他活着,就非跟人钩心斗角,把别人的钱"合法地"赚过来不可。这便是他的全部生活内容,全部乐趣之所在。在他心目中,"钱和人一样是活的,会动的,它会来,会去,会流汗,会生产"。他一辈子琢磨的就是这"钱怎么生怎么死的秘密"。

这样一个人,我们甚至不能说他"爱钱如命",因为在他眼里,钱比命还贵重。"把死人看得比钱重"就叫做"没出息"。把兄弟的死讯告诉侄儿没让他犯难,可要说出"你一点家产都没有了",倒让他感到难于启齿,因为这句话"包含了世界上所有的苦难"。

索漠人并非毫无根据地相信他家里有一个装满黄金的秘窟,说他半夜里瞧着累累黄金,快乐得无可形容。到他生命垂危之际,他全部生命力都退守在眼睛里,能够睁开眼睛的时候,眼光立刻转到满屋财宝的密室门上,他几小时地盯着铺在桌上的黄金,觉得这样心里才"暖和"。他叮嘱女儿看住他的金子,将来到阴曹地府去向他"交账"。他咽气时的最后一个动作,是扑向做临终傅礼的神甫手中的镀金十字架。总之,金子是唯一让他牵挂、令他动情的东西。

巴尔扎克并没有简单化地把葛朗台作为绝无仅有的坏人来描绘,并没有把葛朗台写成腐朽堕落、道德败坏的恶棍,而是在他身上概括了拜金主义者和守财奴普遍的心性习惯和思想误区,甚至指出了一般人与这类人的相通之处:"试问哪个人没有欲望,哪种社会欲望可以不靠金钱得到满足呢?"巴尔扎克不说葛朗台不讲道德,相反,他描写这类拜金主义信徒自有其独特的道德观。葛朗台从不欠人家什么,当然也不让人家欠他;他从来不到别人家去,不搞吃请;他绝对不动别人的东西,意思是绝对尊重财产私有权。然而他毫无顾忌地无偿占有旁人的劳动,毫无顾忌地把私人的白杨种在河边公家的土地上。他认为手生来是捞钱的,让钱从自己的手指缝漏出去是不可饶恕的错误。因此欧也妮把私蓄送给堂兄弟自然是罪大恶极的了。发生在葛朗台家的那出平凡而残酷的悲剧,就是欧也妮这一"大逆不道"的行为引起的。不能说葛朗台老头不疼爱他的女儿,可是金子是天底下最宝贵的东西呀!和女儿的健康、太太的性命相比,葛朗台自然更疼爱他的金子。欧也妮把金子送人,绝对是天理不容的强盗行为,理当罚她吃清水面包;太太袒护女儿,生病也是咎由自取。葛朗台并不愿意太太生病,因为生病请医生要花钱;他更不希望太太去世,因为担心女儿要继承母亲的遗产。要不是有这点担心,葛朗台老头大约还不肯与女儿和解。

但是,作者的天才如果仅仅停留在精确地刻画守财奴的聚敛癖和偏执狂,那他就不成其为巴尔扎克了。作者固然不惜笔墨描绘金钱的威力,画龙点睛的一笔却是指出金钱拜物教的荒谬,指出金钱固然给人带来权势,却不能给人带来幸福。至少,在人类的感情领域,金钱是无能为力的。葛朗台称雄一世,积累了万贯家财,一文也带不进坟墓,除了一种虚幻的满足感,可以说一无所获。在巴尔扎克看来,葛朗台的聚敛狂,是当代社会一种病态的情欲。是许多家庭或个人招致不幸的根源。像欧也妮这类心地单纯的姑娘,金钱于她既不是一种需要,也不是一种慰藉,只有人性已经异化,完全为贪欲所支配的人,才会将金钱视为人生的最高需要。葛朗台这样的人,表面上是金钱的主人,其实是金钱的奴隶。可怜的女儿守着他的巨额财产,却既无家庭,也无幸福,只能成为一帮利欲熏心之徒追逐围猎的对象。

葛朗台家产的庞大似乎令人难以置信,作者的挚友珠尔玛·卡罗曾向他提出:"无论怎样节省和吝啬都不能使一个箍桶匠获得这样巨大的财富。"但巴尔扎克回答:"事实证明您错了。图尔有个小杂货店老板拥有八百万,埃纳尔先生只是个流动商贩,竟拥有两千万……"作者的妹妹洛尔和珠尔玛持同样看法,巴尔扎克反驳道:"傻瓜,既然故事是真实的,难道你想让我写得比真事还真吗？……你根本想象不出钱在吝啬鬼手里是怎么个长法。"

为尊重珠尔玛的意见,作者曾将一千七百万改为一千一百万,可是一八四三年收入菲讷版《人间喜剧》时,又回升到一千七百万。事实上巴尔扎克很可能是对的。当时资产阶级的经济实力以何等惊人的速度增长,一般人的确难以想象,但正如作者在《〈人间喜剧〉前言》中指出的:"杂货商确实当上了法兰西贵族院议员,贵族有时却沦落到社会底层。"《古物陈列室》的故事,便阐明了贵族地位的一落千丈。

埃斯格里尼翁是北欧民族最光荣的姓氏之一,在外省贵族中享有崇高的威望。可是一七八九年革命以后,这个家族的大部分领地和森林都作为国家财产拍卖了。只保住了侯爵妹妹的小块领地、一座古堡和几处田庄。古堡已被洗劫一空,城里的公馆也被拆毁,只得买下一座旧宅子安身。这被称作埃斯格里尼翁公馆的宅子,则具有一种特殊的讽刺意味。

波旁王朝的复辟固然给贵族带来许多好处,埃斯格里尼翁家的财产却没有增加。小小的产业虽有前管家谢内尔的细心照管,仍难以满足这位可敬的贵族的需要。尽管侯爵和阿尔芒德小姐不讲奢华,可贵族毕竟有贵族的生活方式:侯爵得有贴身男仆,小姐得有贴身女仆,厨娘是必不可少的,两名打杂的男仆也无法省下。这样,三个主子就要有五个仆人伺候,五个仆人就需要有五份口粮,五份薪金。此外,儿子总得有家庭教师吧,贵族式的教育总不能含糊吧。虽然是在外省,每年一万法郎收入,仍然显得紧张。要是侯爵听说必须采取十分小心的措施,才能做到年度收支相抵,肯定觉得是晴天霹雳。侯爵也好,阿尔芒德小姐也好,都对产业经营一窍不通,贵族们生下来就享有特权,总以为祖宗传下来的产业可以千秋万代地荫庇后代。他们既不屑于操心赚钱,更没想到需要节俭。什么叫贵族气派?不学会挥金如土就不叫贵族气派。摩弗里纽斯公爵夫人有六万法郎年金,每年的花销却高达二十万。黎塞留元帅听说他的孙儿在大学里没花掉零用钱,便把他的钱袋从窗口扔出去,说道:"怎么?他们没有教你怎样当亲王吗?"真的,没这点气魄,没这点豪爽,怎么显得出是贵族老爷!只是这种观念不改变,贵族别说重振家业,就连维持生计也越来越困难了。

不过,家境的困顿丝毫没有动摇埃斯格里尼翁侯爵的信念,他依然忠于国王,忠于旧时代的封建义务和荣誉观念,坚信复辟时代的到来意味着失去领地的贵族即将恢复往日的伟大和光荣。他耐心地等待归还他的巨大财产,甚至不屑于理会维莱勒内阁煞费苦心弄出来的"赔偿法"。这位喜剧味十足的前朝遗老,在革命后四十年还把已成为公产的土地看成自己的采邑。要是他听说儿子因为在自己的森林里打猎而被起诉,肯定会惊讶万分。侯爵属于保王党中的极端派,绝对不肯和自由党或立宪派妥协。他只读极端保王派的《每日新闻》和《法兰西新闻》,而这两份被立宪派报纸谴责为推行蒙昧主义和充满宣扬君主制度和宗教的错误言论的报纸,在侯爵看来还充斥着异端邪说和革命思潮。许多破产的贵族借助与资产阶级联姻以恢复家业,埃斯格里尼翁侯爵自然不会降低身分去干这样的事。他寄希望于儿子维克蒂尼安,指望他进入宫廷,为国王效劳,蒙受国王恩宠,然后娶一个显赫家族的女儿为妻,继承大片的领地,……于是作者以绝妙的讽刺口吻指出:"这种信仰并没有什么虚伪的地方,如果我们能把法国近四十年的历史抹掉,它就完全是正确的了。"

埃斯格里尼翁式人物的悲剧,按巴尔扎克的说法,是"缺少当代政治语言的基本要素:金钱"。而金钱才是"现代贵族阶级伟大的复权证书"。但是埃斯格里尼翁侯爵自我感觉良好,他坚韧不拔,始终保持自己的身分所要求的高傲和庄严,发表一些令人啼笑皆非的迂腐论调。他的客厅永远只招待血统无可非议的贵族,倘使某个旧贵族竟然与拿破仑册封的新贵联姻,在这个客厅里立刻会被打入另册。因而这个客厅被当地的自由党人确切而挖苦地取了一个绰号——古物陈列室。请看作者是怎样通过勃龙代的嘴描述古物陈列室里的这批老古董的：

> 在过去时代陈旧的雕梁画栋和金碧辉煌下面，蠕动着八个或者十个老寡妇，她们有的脑袋不住摇晃，有的干瘪乌黑得像木乃伊；这几个关节僵硬，那几个弯腰驼背；她们全体都披戴着同流行式样相反的怪服装……我透过窗户窥视这些弯腰驼背的躯体和活像脱了白的四肢……我觉得这些妇女来来去去走动的时候，与她们坐下来打牌像死人般动也不动的时候，同样令人惊奇。
>
> 这个客厅的男人们像用旧的挂毯那样褪了颜色和暗淡无光，……他们的服饰很接近当时流行的样式，只可惜他们的白发，他们憔悴的面孔，白蜡似的脸色，饱经忧患的前额，暗淡无神的眼睛，使他们同那些老寡妇们很相像，……每天在同一时间，肯定可以看见这些人物毫无变化地在客厅里坐着或者围绕桌子打牌，这就使我觉得他们有点像是舞台上的人物，十分壮观，不像是活在这个现实世界上的。……我和当时八至十岁的小学生们经常约好去看这个玻璃笼子里的这些珍品，把这样做当作一种娱乐。……

古物陈列室中的这批"珍品"对老侯爵的坚定不移佩服得五体投地。侯爵高踞在他客厅的宝座上，生活在他的幻想中，即使有人发现了他的错误，也不忍心让他在垂暮之年看到事实真相。

阿尔芒德小姐和公证人谢内尔无疑是古物陈列室中最富诗意，也最有教育意义的人物。作者对阿尔芒德小姐的评断是："她会使我们懂得：由于缺乏聪明才智，最纯粹的道德也可以带来有害的结果。"阿尔芒德小姐一生中最大的思想负担，是她那作为填房的母亲是个包税商的孙女。这包税商在路易十四时代虽已被封为贵族，但这桩婚事仍被认为门不当户不对。所以埃斯格里尼翁侯爵尽管待妹妹很好，却始终视她为外人。阿尔芒德小姐为了不辜负埃斯格里尼翁这样一个高贵的姓氏，情愿一辈子当埃斯格里尼翁小姐，孤寂凄凉地度过一生。

谢内尔是作者所谓的"崇高伟大的忠仆"的最后一位代表。他的全部行为都体现了仆人对主子的封建忠诚。他本是古物陈列室中唯一的一个明白人，很清楚大革命以后的既成事实根本不可能推翻，却下定决心盲目地按照埃斯格里尼翁家族所定下的原则行事。他正像作者所比喻的那种老年僧侣，愿意牺牲性命去保卫一个被虫蛀烂的圣骨箱，随时准备以身殉职。他为年轻伯爵花光了积蓄，抵押了地产，出让了事务所，最后还恨不得代替伯爵上苦工船。伯爵伪造票据被告发后，可怜的老公证人抖擞精神，四处奔波，奇迹般地挽救了埃斯格里尼翁家族的名誉，自己却心力交瘁而死。在他弥留之际，侯爵终于应妹子的请求，光临公证人在羊圈街的小房子，坐在他的床头，应允他死后埋葬在古堡小圣堂最低处，棺材横放。这便是谢内尔为这个家族终身服役所得到的全部报酬，也是他所期待的最高奖赏。作家恰如其分地把谢内尔和侯爵之间的感情喻为狗和主人的感情，然而这种狗一般的忠诚出现在人身上，却只能引起慨叹而无法博得激赏。

年轻的维克蒂尼安生下来就在古物陈列室里这群遗老的包围下长大，从他能够接受知识的时候起，人家就把贵族的优越感装进他的脑袋。在他看来，除了和他一样的贵族，其他统统都是下等人，都应当在他面前恭恭敬敬；他则可以对这些人不屑一顾。在整个童年和少年时代，他的一切意愿从来没有得不到满足，从来没有人违抗他的意志。于是他被培养得"跟王子一样自私，跟中世纪最暴燥的红衣主教一样任性"。至于他的肆无忌惮和胆大妄为，则被视为贵族的主要优点而受到赞赏。特别是那位旧王朝的风流骑士，把十八世纪风流王孙们的行事准则一一灌输进这个年轻人的心灵，让他把放荡、荒唐看成自己的天然权利。自从维克蒂尼安年满十八在交际场上露面以后，就接连不断地惹出种种麻烦：先是为打猎引起诉讼，多亏谢内尔花钱才把官司平息下去；接着是一系列被骑士称作"小小的风流韵事"的越轨行为，害得谢内尔不得不为一些年轻姑娘支付嫁妆；还有一些官司被称为"诱奸未成年女子"，司法对此判刑十分严厉，又是谢内尔及时出面打点，才没让年轻伯爵在法庭上丢脸。由于伯爵总是能从麻烦里脱身，胆子便越来越大，无论遇到什么鬼把戏都不肯退缩了。他只道法院是吓唬人的稻草人，却没意识到法院的无可奈何是谢内尔以牺牲自己的产业为代价换来的。贵族阶级惟我独尊的宗教，促使维克蒂尼安为所欲为。而这一切总能得到周围那群老古董的宽容谅解甚至欣赏。伟大、崇高的侯爵听到儿子行为不轨的风声时，只说了一句"年轻人到底是年轻人呀！"谢内尔抱怨伯爵欠债时，骑士一边搓鼻烟一边以嘲弄的神情说："……既然法兰西可以欠债，为什么维克蒂尼安不能欠债。亲王们永远欠债，贵族们也永远欠债。现在如此，一向如此。……"

现在如此，一向如此。这便是古物陈列室里的遗老们的思想逻辑。按作者的看法，复辟王朝这个时代，"贵族在半个世纪内必须十分小心谨慎地运用他的权力，才能保住他的权力。"因为贵族在经济上既已失去优势，政治上也就不得不和资产阶级达成妥协，路易十八的政府，也就不得不成为一个中庸的政府。可是古物陈列室里的"珍品"，始终保持古老姓氏带来的优越感，始终认为贵族子弟理当享有种种特权。他们对维克蒂尼安的思想教育，概括起来就是一句话："你是一个血统纯粹的卡罗勒，你的血里没有一点杂质，你的家徽上的铭文是：这是属于我们的！……我们只在一个主人面前屈膝，那就是王上，还有天主，这就是你享有的最大特权。"就凭这句话，我们便不难理解维克蒂尼安何以能心安理得地侵害旁人的利益，挥霍旁人的财产；便不难理解年轻伯爵到巴黎一年多，如何就能挥霍掉可以供一个普通家庭生活一辈子的十万法郎，另外还欠下二十多万法郎的债；也不难理解他何以有胆量伪造证券，诈骗三十万法郎了。这样一个年轻人，怎能不让对埃斯格里尼翁家族抱敌对情绪的自由党人欢欣鼓舞呢？

其实，维克蒂尼安谈不上是贵族家庭的不肖子孙，他的不名誉行为仅仅是父辈们的思想模式的延伸而已。贵族们习惯于别人为他们作出牺牲，正直、可敬的埃斯格里尼翁侯爵和高贵、善良的阿尔芒德小姐也不例外，当侯爵听说儿子从他过去的仆人谢内尔那儿接受了十万法郎时,这位贵族圈子里的圣贤痛苦万分。为此他以国王训斥廷臣的口吻责备谢内尔:"你好大的胆,居然敢借钱给德·埃斯格里尼翁伯爵,你只配让我马上把钱还给你,从此以后不再见你……"但随即慈祥地吩咐老公证人和埃斯格里尼翁小姐"安排"一下,让年轻伯爵有一套合乎身分的行头上巴黎。然后,"作了一个亲切的告辞姿态,庄重地走出了客厅"。为此,老谢内尔还由衷地"感谢侯爵先生的一番好意"。善良的阿尔芒德小姐明知谢内尔已为维克蒂尼安奉献出自己的全部财产,当她动身去巴黎的时候,仍漫不经心地收下了谢内尔送来的最后一袋金路易,而且根本没注意到自己收下了什么,"就仿佛她戴上了自己的白帽子和网眼手套一样"。

从这几个细节,读者不难领略到,作者在这几位贵族头上堆砌的褒词,含有多么尖刻的讽刺。而另一方面,作者以大量贬词描绘的那个居心险恶的资产阶级暴发户杜·克鲁瓦谢,却义正词严地说出了这样一番话:

> 谢内尔先生,事关法兰西,事关整个国家,事关全体人民。问题在于要教训你们这些贵族,叫你们知道还存在着司法、法律和资产阶级。资产阶级是一个小小的贵族阶级,它比得上贵族,能够同贵族匹敌!不能再让贵族为了一只野兔践踏十块麦田,不能再让贵族去引诱良家女子,给人们的家庭带来耻辱,不能让他们去蔑视实际上和他们地位相等的人,他们嘲弄这些人已经有十年了,这个事实不能不扩大起来,产生雪崩,这些雪块不能不滚下来,压死和埋葬贵族阶级的先生们。你们想恢复旧秩序,你们想撕毁宪章这个社会公约,我们的权利就记载在这个宪章上……
>
> 擦亮人民的眼睛,难道这不是神圣的使命吗?当人民看见你们这些贵族像张三李四一样走进重罪法庭去受审,他们会睁开眼睛,看清你们党派的德行,人民会说,我们小人物有荣誉观念,比往自己脸上抹黑的大人物更有价值……

这段精彩的演说,难道不是对贵族阶级最好的宣判么?当作者写下这段掷地有声的檄文时,谁能说他不是和资产者同仇敌忾地讨伐贵族呢?也许我们可以说,这正是巴尔扎克老人的可贵之处,正是他的现实主义的伟大之处,恰如恩格斯所说的:"巴尔扎克在政治上是一个正统派;他的伟大作品是对上流社会必然崩溃的一曲无尽的挽歌;他的全部同情都在注定要灭亡的那个阶级方面。但是,尽管如此,当他让他所深切同情的那些贵族男女行动的时候,他的嘲笑是空前尖刻的,他的讽刺是空前辛辣的。……他看到了他心爱的贵族们灭亡的必然性,从而把他们描写成不配有更好命运的人;……"①

"古物陈列室"这一意味深长的篇名,概括了贵族阶级遗老遗少的共同点,点明了他们必然为时代所淘汰的命运。果然,老侯爵一死,维克蒂尼安就娶了埃斯格里尼翁家的敌党领袖杜·克鲁瓦谢的外甥女。克鲁瓦谢终于胜利了。

克鲁瓦谢的确是胜利了。而且早在和瓦卢瓦骑士争夺老姑娘科尔蒙小姐时,就已奠定了胜利的基础②。举止粗俗、毫无教养的前供应商克鲁瓦谢,在当地的经济生活中是个举足轻重的人物。他推动了全省的工业化,给外省带来了繁荣,以致君主政体的寿终正寝,在百姓中更加引不起一丝同情。

当然,巴尔扎克在谱写资产阶级的胜利进行曲时,完全无意于为这个阶级唱颂歌。他描绘金钱的威力,却不曾承认金钱万能。只有泯灭了人性,为贪欲所支配的人,才会把金钱看成生活的最高需要。这种对金钱的贪欲,在巴尔扎克看来,恰是现代社会一切悲剧的根源。其实,小说的结尾意味深长地暗示了财富的空虚。《古物陈列室》中财大气粗的杜·克鲁瓦谢,把全部财产留给外甥女,为外甥女谋得了侯爵夫人的称号,实质上是给自己的死对头埃斯格里尼翁家的后代提供了一笔享乐基金,外甥女并没有得到丝毫乐趣。作者讥诮地写道:"每年冬

---

① 恩格斯:《致玛·哈克奈斯》(1888年4月),《马克思恩格斯选集》第4卷第463页。
② 见《巴尔扎克全集》第八卷《老姑娘》,人民文学出版社。

天,你都可以看到侯爵在巴黎过着单身汉的快乐生活,从前大贵族的风度在他身上只剩下对妻子的漠不关心这一条了,他连想也不去想她。"

大凡富翁,结局都不过如此。

一九八八年二月初稿
二〇〇七年三月修订

《幻灭》——一代青年的悲剧*

"先成为深刻的哲学家,再写喜剧。"

巴尔扎克(1799–1950)在《幻灭》中描写未来的大作家德·阿泰兹时,说过这样一句话:"他要像莫里哀那样,先成为深刻的哲学家,再写喜剧。"这是否也是《人间喜剧》的作者对自己的要求呢? 至少,他和书中的德·阿泰兹一样,曾经在"储藏伟大人物的阔口瓶"①里受过饥饿和寒冷的折磨,在人类知识的宝藏中耐心地挖掘过,在巴黎那个"毒气熏蒸的大痈疽"中生活过、搏斗过、感受过。

古往今来五花八门的哲学社会科学和自然科学著作,他究竟狂吞乱咽了多少? 谁也不知道。只看见《人间喜剧》所涉猎的问题几乎无所不包。他究竟体验过多少人生,研究过多少行业? 谁也无法统计。只看见他的《人间喜剧》中,各行各业都有自己的代表。从巴尔扎克开始,文学似乎无限度的扩大了主题。种种似乎和文学格格不入的东西都闯进了小说:财政金融、工商实业、农业设施、银行的倒帐清理、商店的结算盘存、科学技术、债务诉讼……正像泰纳②所说,巴尔扎克"让小说承担了它不能承担的重负",《人间喜剧》简直就像一套百科丛书。

---

* 本文原系十卷本《幻灭》译本序,人民文学出版社1980年版;1989年修改。2002、2008年再次修订。

① 巴尔扎克曾将巴黎的阁楼称作"储藏伟大人物的阔口瓶。"

② 泰纳(1828–1893),又译丹纳,法国文艺批评家、哲学家和历史学家。

《幻灭》——一代青年的悲剧

　　巴尔扎克在学校里被认为是天资鲁钝的学生,他的父母也不相信他有文学才能。但他不顾一切人的反对,断然拒绝了家庭为他在司法界安排的前程,选择了毫无生活保障的文学道路。这条路有多远?一开始他并不知道。但在进入《人间喜剧》的创作之前,他不折不扣已经挣扎了十年。这十年的岁月捱过来不容易。一个没有财产、没有名气的作家,要设法不让自己饿死就得费很大气力。巴尔扎克从一开始就发现自己被物质的需要剥夺了自由,不得不写些粗制滥造的通俗小说来糊口。整整十年(1819—1828)他不用自己的名字发表作品。直到后来也不愿承认这部分作品是他的手笔。

　　为了取得自由,他梦想一笔财产。他无数次拟定发财的计划,尝试过好几种行业,每次都以为满有把握发一笔大财,结果没有一次不失败。巨额的债务拖累了他一生,他不得不靠写小说来偿还。他一辈子受着高利贷者和出版商的追逼,永远为到期的期票和利息发愁。他的家具不止一次被查封、拍卖,他不止一次被迫逃到乡下躲债。但巴尔扎克从不认输,他告诉他的朋友:"我发誓要取得自由,不欠一文小钱,哪怕把我累死,我也要一鼓作气干到底。"①

　　他像牛马般担负着常人无法承受的工作量,经常每天工作十四至十六小时,甚至十八小时。二十年之中(1829—1849),他在《人间喜剧》的总标题下出版了九十余部小说(而且每部小说都要作反复修改,有的要换十至十二次校样),创造了小说史上的奇迹。过度的工作毁坏了他的健康,他在五十岁就离开了人世。当时他和他追求了十七年的女友②结婚才五个月。他曾兴奋地写信告诉朋友:"我不曾有过幸福的青年时期,不曾有过欣欣向荣的春天,但是我将有一个明朗的夏天,一个最温暖的秋天。"③他没有料到,他事实上已进入严寒的冬天。

---

① 巴尔扎克:《致阿布朗泰斯公爵夫人》(1831)。
② 即韩斯卡夫人。
③ 巴尔扎克:《致 Z. 卡罗》(1850 年 3 月 17 日)。

他婚后两个多月回到巴黎时已经一病不起,他和赛查·皮罗托①一样,刚刚赎回自己的自由就与世长辞了。

巴尔扎克的一生也是一出辛酸的喜剧。如果他来得及把自己的一生写成小说,也许会成为《人间喜剧》中最可惊可叹的一幕。在他同时代的作家中,没有一个人对金钱的迫害、物质的统治,有过他那样深切的、痛苦的感受。一连串的厄运和失败倒使他在生活体验上比任何人都富有。残酷的现实给他提出了那么多问题,他不能不调动一切可能获得的知识来分析研究这些问题。他像哲学家和科学家一样深入地观察当代社会的政治经济结构、权力和财富的分配、法律的奥秘、宗教的效用,……精细地剖析人们的感情、欲望、各种行为的动因,耐心地探寻各种社会现象的内在联系,终于在这个骚动的、杂乱无章的社会中,发现了一条非人力所能控制的规律。这就是资产阶级的日益得势和贵族社会的解体灭亡。这样一个历史的总趋向,就是支配全部社会生活的本质力量。社会上一切冲突、争斗、动乱、犯罪,发生在家庭和个人生活中的种种悲喜剧,都和这个特殊的历史进程紧紧联系在一起。由于形成了对社会的这种总体认识,促使作家想到把自己的全部作品联成一体。每部小说从不同的侧面、通过不同的典型形象,来反映这个处在重大历史转折时期的法国社会。巴尔扎克在《〈人间喜剧〉前言》中写道:"法国社会将成为历史家,我只能当它的秘书。"他把《人间喜剧》分成"风俗研究"、"哲学研究"、"分析研究"三个部分,明确地将整个社会作为他的研究对象,从而把小说提高到历史哲学的水平。

泰纳认为:"对于事物有总体观是高级才智的标志。"②拉法格也曾经说:"不发表哲学议论的作家只不过是个艺术工匠而已。"③巴尔扎克之所以高于一般的作家,就在于他不仅是个文学家,而且是兼有

---

① 巴尔扎克的小说《赛查·皮罗托盛衰记》中的主人公。
② 泰纳:《论巴尔扎克》。
③ 拉法格:《左拉的〈金钱〉》,《拉法格文论集》第157至158页。

哲学家特点的文学家。他将十九世纪小说的人物塑造和细节描写的真实性、生动性，与十八世纪小说的哲理性有机地结合起来，创造出大量溢满思想浆汁的艺术形象。当然，巴尔扎克并非纯学术意义的哲学家，他没有建立自己一套完整的哲学科学体系，他的头脑填满了十九世纪种种相互矛盾的学说。在他的作品中，大量的真知灼见与奇谈怪论杂然并存，精辟的分析与荒唐的结论互相映衬：他倾向唯物主义，却又对神秘主义的占卜学、骨相学津津乐道；他本质上是个无神论者，却又热心地宣传宗教；他充分肯定资本主义竞争对社会生产的促进作用，可在政治上却是保王党……但重要的是，巴尔扎克在分析、研究现实世界时，达到了对现代社会本质及历史发展趋向的清晰认识。这样，他所创造的艺术形象便具有了哲理的深度和历史的真实感。正是这种哲理的深度、历史的真实感和作家塑造形象的非凡才能，造就了《人间喜剧》的不朽。

《幻灭》——一代青年的悲剧命运

长篇小说《幻灭》是巴尔扎克重要的代表作。这部小说几乎集中了作者本人最主要的生活经历和最深切的思想感受。书中几个主要人物的遭遇，巴尔扎克大部分都经历过；他们的激情、幻想和苦难，他几乎全都体验过。他把自己二十年的奋斗历程分别给了三个不同类型的青年：他在大卫·赛夏的故事里，融入了自己经办印刷所、铸字厂、研究造纸技术和受债务迫害的惨痛经验；在吕西安的遭遇里，叙述了自己在文坛、新闻出版界亲身感受到的一切；他把自己从生活和创作中总结出的各种信念和主张给了德·阿泰兹，同时让卢斯托和伏脱冷充当他透视、剖析现实社会的代言人。

因此，在表现作家本人的思想和直接的生活感受方面，《幻灭》比他的其他小说具有更大的代表性。如果说，《欧也妮·葛朗台》和《高老头》代表了巴尔扎克三十年代创作的最高成就，那么，一八三七至一八四三年出版的《幻灭》三部曲不仅艺术上毫不逊色,而且在画面的广阔和思想的深度上大大超越了前者。巴尔扎克在给韩斯卡夫人的信中,曾把《幻灭》称作"一部光彩夺目的作品"①,"我的作品中居首位的著作"②,认为这部小说"充分地表现了我们的时代"③。在《幻灭》第三部初版序言中,巴尔扎克明确宣称这是"风俗研究"中"迄今最为重要的一部著作"。

《幻灭》从第一部的构思到三部全部完成,历时八年之久。这对巴尔扎克说来,是个罕见的记录。这部书究竟有多大规模,最初作者自己也不知道,他写作第一部时,才感到需要有第二部,写完第二部,才预告还有第三部。在一八三七年《幻灭》第一部初版序言中,作者曾谈到小说最初的构思比较简单,一进入创作就发现不能再受原定画框的局限。因为"巴黎与外省之间的种种联系,巴黎那种不祥的魅力,从一个新的角度向作者揭示出十九世纪青年的面貌。"使作者"想到了本世纪的一大害——吞噬那么多生命和美好思想的新闻界,及其在简朴的外省生活领域中引起的可怕反响……"④从这一段话,可以见出作者力图使这部作品挖掘更深的一番苦心,可以见出作者想要研究的,是每年从外省大量流入巴黎的青年们的命运,是代表当代生活法则的巴黎对外省的影响和冲击。根据作者的构思,这部作品应该成为"人生的两个阶段的中间一环"⑤,用以表现外省生活向巴黎生活的过渡。于是《幻灭》被列为"风俗研究"中外省生活的最后一个场景,在《人间

---

① 巴尔扎克:《致韩斯卡夫人》(1843年4月4日)。
② 同上(1843年3月2日)。
③ 巴尔扎克:《致韩斯卡夫人》(1842年12月21日)。
④ 巴尔扎克:《幻灭》第一部初版序言(1837)。
⑤ 巴尔扎克:《外省生活场景序言》。根据巴尔扎克的构思,"风俗研究"中的私人生活、外省生活和巴黎生活三个场景,分别代表人生的三个阶段:私人生活场景着重表现人们在青少年时期,因生活经验不足或感情冲动酿成的错误或不幸;外省生活场景着重描写人们走向成年时,因野心、欲望、自私自利的盘算引起的冲突;巴黎生活场景表现人心的衰老、腐化,恶的欲念代替了一切真诚朴素的感情。作者意在通过《幻灭》的主人公吕西安的思想演变,表现人生从第二阶段向第三阶段的过渡。

喜剧》中起着一定的承上启下的作用。

《幻灭》的中心内容，是两个有才能、有抱负的青年理想破灭的故事。主人公吕西安是个诗人，在外省有些名气。他带着满脑子幻想来到巴黎，结果在巴黎恶劣风气的毒害下，离开了严肃的文学道路，变成无耻的报痞文氓。最后在党派倾轧、文坛斗争中身败名裂。他的妹夫大卫·赛夏是个埋头苦干的发明家，因为敌不过同业的阴险算计，被迫放弃发明专利，从此弃绝科学研究的理想。

作者将这两个青年的遭遇与整整一代青年的精神状态，与整个社会生活，特别是巴黎生活的影响紧紧联系在一起，而且强调说明："这已不仅是个人生活的写照，而是本世纪最奇特的一种现象的反映。"①

巴尔扎克所说的这种奇特现象，指的是当时巴黎对外省的吸引力。

在巴尔扎克笔下，十九世纪的巴黎好比希腊神话中的塞壬女仙②，不断地吸引着和毁灭着外省的青年。"巴黎就像一座蛊惑人的碉堡，所有的外省青年都准备向它进攻……在这些才能、意志和成就的较量中，有着三十年来一代青年的惨史。"③在这儿，巴黎显然是作为现代社会生活法则的表征出现的。随着封建所有制的解体，等级门阀观念的削弱，凭借个人才智到社会上寻求发迹的机会，已成为法国青年的普遍幻想，也是家家户户对那些稍有天赋的孩子必然抱有的期望。所以巴尔扎克不无嘲讽地写道："拿破仑的榜样，使多少平凡的人狂妄自大，成为十九世纪的致命伤。"这种幻想是历史发展的必然产物，也反映了时代的进步。因为在封建时代，每个人的身分地位是早已划定了的，只有资本主义自由竞争，以及与自由竞争相适应的社会制度和政治制度产生以后，才给个人的发展提供了可能。

---

① 巴尔扎克：《幻灭》第一部初版序言(1837)。
② 塞壬女仙，希腊神话中人身鸟足的美女神，共八名（又一说是三名），她们住在地中海一小岛上，常以美妙的歌声引诱航海者触礁毁灭。
③ 巴尔扎克：《幻灭》第三部初版序言(1843)。

巴黎是法国政治、经济、文化的中心,是十八世纪末叶资产阶级革命的发源地。资产阶级的意识形态,必然以巴黎为中心向外省扩散;巴黎的财富、权力,对外省青年必然具有无法抗拒的魅力。人人都想到巴黎去碰运气,如此就产生了各种人才云集巴黎、互相竞争角逐的局面。竞争者是如此之多,真正能爬上显赫地位的又如此之少,这就必然挑起无穷无尽极其残酷的斗争,由此产生一首首个人奋斗的诗篇,一出出理想破灭的悲剧,同时也产生了十九世纪文学中一个普遍的主题。《幻灭》的故事背景虽在王政复辟时期,但贵族政治的复辟已不能阻挡法国大革命以后形成的思想潮流。在这种潮流推动下,每年都有成批的青年源源不断从外省流向巴黎。巴尔扎克分析这股人流主要有三个来源:贵族、富有的商人和诗人。他们各有各的武器:贵族倚仗门第,资产者倚仗金钱,既无门第又无资产的就只能依靠自己的才能了。因而对这第三部分人,斗争就更为艰苦。巴尔扎克从自身的经历和社会上千差万别的个人悲剧中,挖掘出深刻的时代内容,概括出一代青年的思想和命运,使小说达到了一般文学作品未能达到的深度,获得了震撼人心的力量。

马克思和恩格斯曾经谈到:"有个性的个人与阶级的个人的差别,个人生活条件的偶然性,只是随着那个自身是资产阶级产物的阶级的出现才出现的。只有个人相互之间的竞争和斗争才产生和发展了这种偶然性。因此,个人在资产阶级的统治下被设想得要比先前更自由些,因为他们的生活条件对他们说来是偶然的;然而事实上,他们当然更不自由,因为他们更加受到物的统治。"①

对于《幻灭》中那些出卖精神产品的人们,处境何尝不是如此。巴尔扎克作品的哲理深度也正表现在:作者不仅意识到时代给个人的发展提供了可能,刺激了青年一代的美妙幻想;同时看到了社会还包含着那么多阻碍个人发展的因素,看到了物的统治使多少人才遭受摧

---

① 马克思和恩格斯:《德意志意识形态》,《马克思恩格斯选集》第1卷第84页。

残,多少理想归于幻灭。这种理想与现实的矛盾,个人发展的可能性与阻碍可能性转化为现实性的社会环境的矛盾,构成了小说的悲剧冲突。

广阔的背景——中心画面是新闻界

既然冲突主要是在个人与环境之间展开,对主人公不幸命运的描绘,必然与对整个社会的批判揭露紧紧交织在一起。

巴尔扎克常常把自己的作品喻为壁画,那么《幻灭》可以说是一幅规模宏伟的壁画。作者并不是孤立地塑造人物,而是将人物放在历史的框架内,让整个社会在他周围活动着、呼吸着,影响着他的思想,制约着他的行动。人物在生活的波涛中沉浮,距离自己最初的目标愈来愈远,终于被卷进危险的深渊。

在这幅巨型壁画的背景上,作者展示了从外省到巴黎的广阔图景,描绘出法国王政复辟时期种种最富特征意义的现象。在这儿,掌握政权的贵族和掌握财富的资产阶级永远处于尖锐的对立状态:一方面,贵族的高贵姓氏和显赫地位仍然强烈地吸引着爱慕虚荣的青年;另方面,资产者的财富已成为控制和奴役一切的力量,在野的资产阶级自由党在社会上比执政的保王党更有影响;这两大阶级的争斗,牵动着文坛上两派势力的斗争,也支配着吕西安的思想和命运。在这儿,作者敏锐地指出了在复辟时期尚处于萌芽状态的资本集中现象,描绘出工商业的竞争、同行间的倾轧和吞并是以何等阴险毒辣的方式在进行,大卫·赛夏就是这类斗争中受围猎的一个牺牲品。在这些不同的角斗场上,作者勾勒了众多的不同阶层、不同身分的人物:有狭隘无知的外省穷贵族和气概非凡的宫廷贵妇;有精明强干、不择手段的冒险家和无所事事的浪子;有靠抢夺他人的发明成为巨富的资本家;有专会利用旁人的工作向上爬的新闻界要人;有两面三刀、用法律做交易而平步青云的恶讼师;还有形形色色的文人、报痞、演员、不同种类的出版商、贴现商……总之,《幻灭》好比整个社会的缩影,集中了法国社会在新旧交替时期的种种怪异现象。而最有特点的现象之一,就是新闻界的丑行。

巴黎的文坛、新闻界是才智之士的主战场。主人公吕西安的命运冲突主要在这部分画面上展开。对文坛、新闻界的描绘,占据了这幅壁画的中心位置。

在十九世纪的法国文学中,正面揭露新闻界内幕的作品,巴尔扎克的《幻灭》属于最早的,也是写得最为大胆、透彻的一部。巴尔扎克本人曾吃过新闻出版界不少苦头,领教够了书商、报痞种种卑鄙下流的手段。当时报界对作家、作品的命运几乎握有生杀予夺之权,作家没有相当的勇气是不敢接触这个主题的。而巴尔扎克却老实不客气地把报界称作"地狱"、"贩卖思想的妓院"、"储存毒素的库房"……他一把撕开这座圣殿的帷幕,让人们看到这是个拿灵魂作交易的店铺。他一桩一件列举新闻界那些见不得人的勾当,不怕那批文艺界的"执政"①看了暴跳如雷。他指责报纸充当党派斗争的工具,揭露报纸颠倒黑白、造谣撒谎:他们可以"把一出好戏打入冷宫,叫一出坏戏轰动巴黎";对一部好作品可以随心所欲攻击得体无完肤,需要的时候又可以捧得天花乱坠;今天说这家帽店的帽子好,明天说另外一家更高明……而这一切颠三倒四行为的谜底,就是一个"钱"字。

吕西安来到巴黎,最深刻的感受就是:"一切都由金钱决定","样样要抽税,样样好卖钱,样样能制造,连名气在内",就是剧场里的掌声,也是花钱买来的。买与卖,就是一切行动的同义语。文坛上明明暗暗的斗争,没有一桩不是和经济上的利害冲突相联系。根据买卖的原则,新闻记者无论写多少出尔反尔的文章都可以理直气壮,这就是韦尔努说的:"你写出来的意见,你真的坚持吗?我们是拿文字做买卖,以此为生的……今天看过,明天就忘掉的报刊文章,我觉得只能拿

---

① 巴尔扎克将新闻记者称作文艺界的"执政",和后来一般人将记者称作"无冕之王"一样,形容其权势之大。

稿费去衡量它的价值。"

在这样一个不顾廉耻,只讲利益的灵魂交易所里,吕西安亲眼看见报纸利用人的隐私敲竹杠,报馆老板不花一文钱买下一份周报三分之一的股份,还净赚一万法郎……这位老板斐诺,也是《人间喜剧》中一个有名的典型。这个制帽商的儿子,既无学识,又无才气,文化程度只够写写"护首油"的广告,居然利用别人代写的文章当上一份副刊的主编。在这部小说中又成为一份小报的独资经理、一份周报的股东、经理兼总编辑。受他利用的人非但不敢索取报酬,见了他还不敢不笑脸相迎。这个形象令人想起马克思痛骂的一个报界人士:"这个胖子怎么会变成了《国民报》的主编、股东和'有多余钱的民主主义者'——只有天晓得,而读过巴尔扎克的著名小说和研究过曼托伊费尔时代的那些人是能领会这一点的。"①这里提到的"著名小说",就是《幻灭》。

总之,报界就是这样一个弄神捣鬼、行凶作恶的地方。而其权势之大,不知内情的人根本无法想象。销路好的报纸有的是光出钱不看报的订户。商店老板、戏院经理,没有哪个胆敢不给报馆孝敬些好处的。声名卓著的作家在记者面前也得谦恭几分。因为无论哪种商品的声誉都靠报纸维持,销路取决于报纸的宣传,文学也不例外。自从资产阶级把一切变成交换价值,文学也就沦为商品。《幻灭》中对新闻界的揭露,中心就是对精神生产商品化的揭露。报纸权势的扩张,原是与社会的商品化相联系的。在巴尔扎克的时代,新闻事业不过刚刚起步,谈不上有多大规模。但作家已经看到舆论的巨大威力,预见到这个行业的前景。他在《幻灭》中通过斐诺的嘴说道:"报纸的影响和势力现在才不过刚刚开始,新闻还没有脱离童年时代,慢慢会长大的,十年之内样样要受广告的统治。"

由于对新闻界的批判揭露,《幻灭》一出版就在批评界引起了轩然

---

① 马克思:《福格特先生——十一、一件诉讼案》,《马克思恩格斯全集》第14卷第682页。

大波,一场围攻和笔战延续了数年之久。而巴尔扎克似乎惟恐批评界火力不猛,在《幻灭》第二部初版序言中强调说明:"在许多读者看来,这幅图画可能显得过火,但要知道,这全是令人绝望的现实。而且由于主题的限制,在书中已经写得温和多了。""报界风气这类庞大的主题,单写一本书和一篇序言是远远不够的,作者在此只描写了这种流弊的开端,今天这种病症早已大大发展。和一八三九年的情况相比,一八二一年的报界还幼稚得很呢!"

巴尔扎克就是这样一个作家,他把"艺术家的自尊心"引为骄傲,决不肯为回避批评界的火力而牺牲《人间喜剧》中一个重要的场景。他说:"新闻事业在当代风俗史中起的作用如此之大,如果作家在法国上演的剧目中取消了这一场景,今后就会被看作怯懦鬼了。"①于是他傲气十足地宣布自己有权揭露这种"可能吞没整个法国的绝症",哪怕为这权利"付出昂贵的代价"。巴尔扎克将《幻灭》题赠雨果时,又在献辞中以挑战的口吻写道:"巴黎的新闻界是决不会放过任何一点东西的,为什么这部以嘲笑来匡正世风的《人间喜剧》倒要放过这股势力呢?"

在巴尔扎克看来,报界既是现代社会恶劣风气的集中而露骨的表现,也是进一步毒化社会风气的大痈疽,正是报界这股邪恶的势力,"扼杀了大量的青春和才能",②把无数吕西安式的青年引向毁灭。

吕西安和大卫的教训

《幻灭》的主人公吕西安不是一个英雄,甚至也不是正面人物(当然也不是反面人物),作者是把他作为思想性格有严重弱点,而又有相当天赋的一类青年来刻画的。这是十九世纪上半期法国社会的典型环境中的一种典型性格。他聪明,有才华,但是自私、虚荣、野心很大

---

① 巴尔扎克:《幻灭》第二部初版序言(1839)。
② 同上。

而又意志薄弱,总想抄近路一步登天,没有毅力在真学问上下功夫。所以他经不起浮华世界的引诱,不可避免地走向了堕落。

对这样一个人物,作者的态度是既有批判、也有同情。对于他的错误和失败,作者既不完全归咎于社会,也不完全归咎于个人。社会环境的恶劣影响,正是通过吕西安自身的弱点起作用的。巴尔扎克对吕西安这个人物的描写,正像恩格斯所称赞的那样,在"富有诗意的裁判"中,包含着"了不起的革命辩证法。"①

吕西安的弱点,从一开始就有明显的暴露,但也是随着环境的变迁逐步发展深化的。在最初阶段,吕西安自私自利的劣根性还只是思想深处的一粒种子。这粒种子在巴日东太太的培育下绽出了胚芽。最后是巴黎的腐臭土壤使它获得了恶性发展,一步步排斥了他天性中尚属天真、善良的一部分品质。

吕西安初到巴黎,也曾下决心用功,在德·阿泰兹的小团体鼓舞下,一度走上奋发向上的道路。但是巴黎的贫富对比太强烈了,没有坚定的信念,很难不受引诱。吕西安先在繁华地段见识过了高等社会,接着一下子跌进拉丁区的五层阁楼,所受的刺激当然更深。"天哪!无论如何要有钱!"——这是吕西安在巴黎的第一个感受。

吕西安在巴黎受到的第二个刺激,便是谁都不看重艺术和荣誉,连文坛、出版界也只谈生意经。过去他看得多么神圣的诗歌,在出版商眼里只是一宗赚钱或赔本的买卖。吕西安在外省时,只恨那些心胸狭窄的贵族不懂诗歌,以为巴黎的一切都对天才笑脸相迎。到了巴黎才知道,书商惟恐出版新作家的作品使他们亏本;文坛生怕多一个同行来参加竞争。自从卢斯托带领吕西安见识了出版界的秘密,了解到文坛内部丑恶的斗争和一般人猎取名声的手段,吕西安就对小团体的道路产生了动摇。

对吕西安起决定性影响的,是卢斯托等人的记者生涯。当他眼见

---

① 恩格斯:《致劳·拉法格》(1883年12月13日),《马克思恩格斯全集》第36卷第77页。

在杯盘狼藉的餐桌上写出的即兴文章,比苦熬几年写成的大作品容易挣钱;寻欢作乐的生活比阁楼上的清苦日子不知快活多少倍;加上新闻记者那种说不清道不明的权势,分明能使誉满全国的作家向他们低头,叫圣日耳曼区的贵族向他们让步。以吕西安那样轻浮的性格,怎肯放弃唾手可得的快乐,而下十年苦功去追求渺茫的荣名呢?所以尽管有小团体的劝阻,有卢斯托的前车之鉴,吕西安仍然不顾一切地往新闻界的泥坑里跳。他并非有意要干无耻的勾当,只是一旦与报馆经理签订合同,他的笔就由不得自己指挥了。一开始吕西安的良心还提抗议,后来听了记者们一套套厚颜无耻的理论,居然觉得有理。他终于学会了新闻界的捣鬼术,成了批评界的一根棍子。批评拿当的几篇文章写下来,一阵阵喝彩声冲昏了他的头脑,出版商上门讨好更使他飘飘然。他尝到了权势的滋味,哪里还想清清白白做人。恶言秽行见得太多,慢慢也就不以为怪了。

记者的威风为他敲开了贵族社会的大门。这是吕西安盛极而衰的转折点。当时他志得意满,只道自己的才貌可以征服世界,殊不知受过他攻击的贵族只是为了断送他才拉拢他。他们用改变姓氏作钓饵,把他的野心燃得旺旺的,意志销磨得软软的,只等他倒向保王党,失去自由党支持时,就把他一棍子打死。外省来的诗人没有经验,完全没有料到满脸堆笑的"朋友"在他周围设下了层层圈套。他被手段高明的贵族妇女灌足了迷汤,整天沉湎于声色娱乐,变得和所有的记者一样,只靠转卖赠书、戏票和一点零碎文章换取零花钱,再也不想用功了。既然呕心沥血写出的严肃深刻的作品往往遭人诽谤、糟蹋,何不死了文学上那份雄心,转而谋求在政治上飞黄腾达呢?

就这样,一个有才能也有抱负的青年,一步步被巴黎社会改造成无耻的文奴,卷进了党派间的恶斗,甚至不由自主地背叛了他最尊敬的朋友。最后吕西安腹背受敌,同时也遭到小团体里正派朋友的唾弃。

作者在刻画吕西安的思想演变过程时,一方面揭露了社会对他的毒害，同时也随时批判吕西安的性格弱点和他所选择的道路。作家之所以举出德·阿泰兹的小团体与他相对照，意在说明：尽管社会环境险恶，但只要有坚定的意志和恒久的努力，仍然可能战胜急流险滩，到达胜利的彼岸。在《幻灭》第二部初版序言中，作家曾这样说明他的意图："至少人们可以从这部书里理解到：为了获得高尚而纯洁的荣名，恒心与正直可能比才能更为重要。"

在巴尔扎克的时代，人的价值刚刚从封建羁绊下解放出来，个人的荣誉和成就正是年轻人普遍的理想追求。然而实现理想的途径却是各各不同的。作家认为自己的责任是为读者指出一条正当的、清白的自我奋斗的道路。他描写小团体的成员洁身自爱，不受虚名浮利的引诱，也不卷入任何党派斗争。他们互相尊重对方的政治主张和哲学信仰，在生活上、学业上互相帮助。凭着长期耐心的努力，他们中的许多人终于在自己的学科上取得了卓越的成绩。也许在今天某些读者看来，这些人的形象远非高、大、全，他们一般没有改变社会现状的雄才大略，只求在这个污浊的社会中保持自己的清白，寻求个人的出路。（他们当中唯一抱有改造世界的壮志宏图的，是主张欧洲联邦制的克雷斯蒂安，但他也来不及有所作为就牺牲在一次并非为自己的政治主张效力的战斗里。）不过，在当时的一代青年中，这部分人的确堪称优秀分子。他们为数不多，常常被看成不通情理的怪物，但人类科学文化的进步，都是和他们坚持不懈的努力分不开的。他们是仅有的一些能够在巴黎的黑风浊浪中不迷失方向、坚定不移地朝既定目标航行的人物。巴尔扎克在《人间喜剧》的许多篇章中，都描写了这类人物。

与小团体的道路相对照的，是一条用欺世盗名、投机取巧的手段猎取名利的道路。这就是斐诺已经取得成功，卢斯托正在走的道路。在巴尔扎克看来，想要出人头地，只有这两条路。前一条是艰苦、漫长，然而清白可靠的路。要走这条路，吕西安缺的是坚强的意志和恒心。后一条是肮脏、危险，然而表面看来名利双收的捷径。要走这条路，吕西安却又缺乏作恶的经验与本领。因此，这两条路吕西安都没有走通。

很明显,作者在小说中从两个完全相反的角度为吕西安总结了经验教训:德·阿泰兹对吕西安的错误作了道德的批判;伏脱冷却从恶的观念总结了他失败的教训。当吕西安失败还乡,一错再错,终于在本乡不能立足,几乎走向绝境时,化装成西班牙神甫的伏脱冷出场,完成了吕西安最后的教育。

伏脱冷用赤裸裸的语言,道破了大人先生们成功的秘诀,发挥了一通马基雅弗里①式的人生哲理,结论就是要吕西安抛弃一切幻想,扫尽脑中残余的童心,当一个心狠手毒的伪君子:"你的社会不再崇拜真正的上帝,只崇拜金犊了!那是你们的大宪章制定的宗教……等到你用合法的形式挣到一笔财产,成了富翁,做了德·吕邦泼雷侯爵,你就好奢侈一下,讲节操了。那时你尽可以自命为高尚、清白,没有人敢反驳你,即使你挣家业的时候做过不高尚、不清白的事……只要记住一点:定下一个辉煌灿烂的目标,藏起你的手段和步骤。"既然"所有的对手都不讲道德,偏有个野心家抱着一肚子道德观念跟他们竞争,那不是幼稚是什么?"

伏脱冷在《幻灭》中扮演了梅非斯特②的角色,他清除了吕西安最后的幻想,埋葬了他最后一点善恶之心。从此吕西安把灵魂交给了魔鬼,为他今后在《烟花女荣辱记》中的进一步堕落埋下了伏笔。

大卫·赛夏是与吕西安类型完全不同的一个青年。他正直宽厚、淳朴善良。他没有什么野心,唯一的愿望是为他所爱的人谋幸福。他不打算往"上流社会"钻营,也不想去巴黎冒险。但他并非没有才能或抱负。他用全副精力从事一项科学发明,想挣起一份家业支持吕西安成名。因此他的思想并没有脱离那个时代的潮流,只是他在生活中把自己放在了与吕西安完全不同的位置。他谦虚、胆小,总以为自己是

---

① 马基雅弗里(1469－1527),意大利政客、历史家,主张"为达目的,不择手段"。
② 梅非斯特,歌德的名著《浮士德》中的魔鬼。

牛,应该埋头耕种,而吕西安则理当去做鹰。

大卫、夏娃和夏娃的母亲本是欲望不高,又能吃苦耐劳的人,原可靠着一爿不死不活的印刷厂安分守己地过日子。不幸他们对吕西安的一腔热望,把全家拖进了无边的苦海。吕西安的巴黎之行,几乎刮光了全家的口粮;三千法郎期票,成为库安泰兄弟迫害大卫的把柄。这一对如狼似虎的兄弟于是勾结诉讼代理人对大卫下毒手,一步步逼他交出全部发明权。

大卫·赛夏是个正面形象,代表着高尚正直的道德理想。他并不缺乏恒心与毅力,却仍然遭到惨败。原因是他的心地过于单纯,对现实缺乏透彻的理解,不像德·阿泰兹等人对人对事都有极冷静的分析。他在虎狼成群的社会里毫无自卫的准备;出没在生存竞争的枪林弹雨中,却不穿铠甲,不戴头盔。因此大卫当科学家绰绰有余,做买卖必定亏本,竞争中必定失败。他识不透旁人的虎狼之心,所以处处要受到伤害:他的父亲剥削他,学徒欺骗他,同行和诉讼代理人合伙暗算他。最后他被折磨得精疲力竭,只好放弃发明家的理想,在田园生活中了却一生。大卫的失败深化了《幻灭》的主题,因为它证明了即使正直而有恒心,失败的机会仍然多于成功的可能。这就使读者对社会环境的压迫获得了更深刻的感受,对一代青年的悲剧命运寄予更深切的同情。

从吕西安和大卫的失败教训,可以看出作家思想上同样存在理想与现实的尖锐矛盾。巴尔扎克在德·阿泰兹等人身上寄托了他对人的理想。德·阿泰兹的道路也就是作者为自己选择的生活道路。但是作者在鼓吹这条天堂之路的同时,又以同样令人信服的语言,列举大量事实,说明生活中的胜利者往往是一些不择手段的恶棍。无论在巴黎或外省,无论是政界、工商界或文艺界,每一场角斗都是精明狡猾、阴险毒辣的一方占上风,忠厚老实者只能吃败仗。

巴尔扎克从来不曾陷入善恶有报的庸俗观念。在他笔下,恶贯满盈、最后遭到毁灭的例子也有,但并不是道德的胜利。他承认"恶"的力量,承认生存竞争中实际存在着的弱肉强食规律。伏脱冷的长篇议论,是巴尔扎克对资产阶级上升时期生活法则和竞争法则的本质概括。不能说作者赞同这些法则,但他认为这些法则注定要统治整个社会和绝大多数人的思想。巴尔扎克曾说魔鬼的引诱比上帝的召唤更有力,他承认物质的力量常常超过精神的力量,所以他把德·阿泰兹的道路描写成只有极少数具有殉道精神和超人意志的优秀分子才能坚持的道路;而大多数人却总是盲目地受现实生活播弄,不由自主地卷入残酷和令人恶心的钩心斗角之中,最后不是堕落,就是绝望、消沉。

  巴尔扎克是个铁面无情的现实主义者,尽管他经常充满热烈的想象,但他尊重现实,尊重生活,从不认为自己有权利按照主观愿望去篡改生活。所以他身为保王主义者,却并不把保王党描写得比资产阶级自由党高尚;他主张君主制,却并不妨碍他把牺牲在圣梅丽修道院的克雷斯蒂安赞颂为"法兰西最高尚的人物";他憎恶资产阶级暴发户,却充分地写出了这个阶级的精明强干和他们胜利的必然趋势。巴尔扎克曾经谈到:"艺术家就是这样的人:他是某种专横意志手中的驯服工具,他冥冥中服从着一个主子。"①对巴尔扎克说来,这个主子就是生活本身。他按照生活的逻辑写作,因此,他在《幻灭》的结尾不写恶人受到惩罚、报应,却写出库安泰兄弟后来挣得几百万家业,当上了议员,进了贵族院,还有希望出任内阁部长;恶讼师柏蒂-克洛当上检查官,前途无量。这些人注定要成为法兰西的统治者,而德·阿泰兹们至多不过成为经常受攻击的著名作家、学者或医生罢了。

*　　　*　　　*

  巴尔扎克曾说:"艺术作品就是用最小的面积惊人地集中了最大量的思想。"②四十余万字的《幻灭》,容量当然十分可观。上文不过是

---

① 巴尔扎克:《论艺术家》,《侧影》周报(1830年3月11日)。
② 同上。

就其主要内容和主要人物作若干浅探,实际上书中涉及的问题要丰富深刻得多,值得分析的人物也不止吕西安和大卫两个。巴尔扎克的艺术不以文笔的清新和情节的曲折取胜,而以人物形象的多姿多彩和形象本身所包含的哲理深度见长。《幻灭》中的人物,不仅吕西安和大卫刻画得意味隽永,发人深思,几个次要人物如赛夏老头、巴日东太太……等,也都写得血肉丰满,挖掘颇深。《幻灭》中伏脱冷的出场只写了一小节,此人的音容笑貌却给人留下了极深的印象。他的短短几段话,比某些长篇巨著的思想内容还深刻。就在同时代的雨果为被判苦役的小偷鸣不平时,巴尔扎克却通过伏脱冷的嘴冷静地道出:"可是那些伪君子心里明白,法官把窃贼判罪是维持穷人与富人之间的壁垒,那壁垒是推翻不得的,否则社会就要解体;不比闹破产的商人,夺遗产的能手,为了自肥而扼杀一项企业的银行家,不过把财产换了个地方罢了。"何等一针见血的议论!足以证明巴尔扎克不愧为马克思所称道的"以对现实关系具有深刻理解而著名"[①]的作家。

正像德·阿泰兹认为不精通形而上学,一个人不可能出类拔萃,巴尔扎克认为不具备透视事物真相的能力,就不可能成为伟大的作家。他无意于让读者从他的书中获得轻松的享受,而以能引起读者对现实关系的思考而自豪。巴尔扎克曾说:"一个见信于人的作家,如果能使读者思考问题,就是做了一件大好事。"[②]没有思想的艺术作品好比没有血液的肉体,巴尔扎克的作品却和他本人一样血气旺盛。读者有时甚至会被他那像潮水般涌流的思想冲击得晕头转向,有的读者也许会不喜欢他那种滞重的风格和过分拥塞的思想。然而这正是巴尔扎克的重要特点之一,也是他的作品耐人寻味之处。无怪乎拉法格认为:"凡是觉得巴尔扎克沉闷的读者——这种人在读书的公众之中形成大多数——绝不会欣赏一部深刻的作品。"[③]恩格斯则热情洋溢地

[①] 马克思:《资本论》第3卷第47页。
[②] 巴尔扎克:《致〈星期报〉编辑伊波利特·卡斯蒂耶先生》(1846年10月11日)。
[③] 拉法格:《左拉的〈金钱〉》,《拉法格文论集》第137页。

宣称自己"从这个卓越的老头子那里得到极大的满足。"①

巴尔扎克的小说，属于并非哲学家的文学家所能写出的最有思想深度的小说。他是头脑无比清晰、目光能穿透一切的艺术大师，是敢于道破事实真象的优秀的历史解说员。他不曾抄袭任何书本上的现成结论，而是从生活中大量的感性素材出发，大胆地探究社会历史的本质，哪怕违背自己的政治信念得出与愿望相反的结论。因此，这个和马克思主义格格不入的保王党人，这个宣称自己"在宗教和君主制这两种永恒真理的照耀之下写作"②的"顽固"分子，竟然出乎自己意料地，常常以他的作品为马克思主义的某些科学论断作出印证。

一九七九年九月初稿
二〇〇二、二〇〇八年修订

---

① 恩格斯：《致劳·拉法格》(1883年12月13日)，《马克思恩格斯全集》第36卷第71页。
② 巴尔扎克：《〈人间喜剧〉前言》。

强中更有强中手[*]

——《搅水女人》中的遗产之争

遗产问题,原是市民社会的重要话题,也是酿成许许多多家庭悲剧的一大根由。这样的社会课题,自然逃不过《人间喜剧》作者的注意。早在一八三二年,巴尔扎克就开始构思一部有关遗产问题的小说,最初拟以《遗产》为书名,后一度易名为《布瓦鲁日的继承人》,到一八四〇年迁居至巴黎近郊帕西镇下街(即今巴尔扎克纪念馆所在地)后,便衍生出两部描写遗产争夺的长篇小说,一是《于絮尔·弥罗埃》,另一部便是《搅水女人》。前者描述穷凶极恶的亲属为吞没全部遗产,几乎将死者心爱的养女迫害至死;后者描写财产拥有者的亲属和财产觊觎者之间的殊死争斗。

确定主题以后,作者便将它植入自己所熟悉的环境和社会背景之中。他为《搅水女人》选定的地点是他曾用心观察研究过的伊苏屯镇。

王政复辟时期,伊苏屯有一帮领半饷的退伍军人和小痞子,号称"逍遥骑士"。他们闲极无聊,专门滋事捣乱,骚扰百姓。为了引起读者兴趣,作者给这群游手好闲的无赖配备了一名强有力的首领,这就是遗产争夺战的一方——搅水女人的情夫玛克斯·吉莱。搅水女人弗洛尔以肉欲牢牢控制着有钱的脓包鲁杰,玛克斯则以爱情控制着搅水女人。他们的如意算盘是吞没鲁杰的全部家产,偏偏鲁杰还有个亲妹妹和两个亲外甥在巴黎,亲属的来访自然威胁到玛克斯和弗洛尔的

---

[*] 本篇原系为《搅水女人》一书撰写的前言,人民文学出版社,2003年版。

利益。好在鲁杰的妹妹阿伽特和当画家的外甥约瑟夫都是温良敦厚、心地单纯之人,很快就落入玛克斯布下的圈套,被赶回巴黎。但玛克斯和弗洛尔万万没想到,画家约瑟夫的哥哥菲利浦·勃里杜是个极有心计的恶棍,玛克斯遇上菲利浦,可说是"棋逢对手":两人都是拿破仑旧部中身手不凡的军官,领兵打仗的能手,两个恶魔将作战的勇敢和智谋用来争夺遗产,这场较量不用说要多热闹有多热闹。再加上巴尔扎克那些栩栩如生、个性迥异的人物群像,小说的色彩就更丰富了。因此这部小说一问世,就获得了连作者本人都不曾预料到的成功。

《搅水女人》最初在《新闻报》上连载时,曾划分为三章二十五节,第一部分以《两兄弟》为题,于一八四一年二至三月发表,主要描写勃里杜兄弟的出身和生活环境,勾画这一善一恶两兄弟不同的人生道路。第二、第三部分分别以《一个外省单身汉的生活》及《遗产归谁》为题,于一八四二年十至十一月发表,故事背景转移到外省的伊苏屯,描写搅水女人和逍遥骑士首领玛克斯对鲁杰的包围、控制,以及菲利浦和玛克斯之间展开的一场恶斗。一八四二年十二月由苏弗兰书屋出版单行本时,保留了连载时的章节,篇名定为《两兄弟》,至一八四三年四月收入菲讷版《人间喜剧》时,取消了章节,改名为《一个外省单身汉的生活》,列为"外省生活场景"中"独身者故事"系列的第三篇。不久,巴尔扎克又在该版样书上更名为《搅水女人》。然而不拘采用哪个篇名,都不足以概括这部小说的主题,与最初的立意相比,小说的题材范围显然大大扩充了。争夺遗产的故事固然是全书情节的核心,但其间穿插了对家庭教育的分析、对拿破仑旧部——一批领半薪的退伍军人——这一特殊社会阶层的描绘,尤其是菲利浦·勃里杜的形象塑造,十分耐人寻味。

和《人间喜剧》的其他作品一样,激情始终是全书的灵魂,每个人都有自己的情之所钟:约瑟夫热爱绘画,台戈安婆婆热中三连号,奥勋老爹吝啬成性,鲁杰迷恋搅水女人,阿伽特偏爱菲利浦,菲利浦沉溺于酒色财气、高官厚禄……不同的是,有的激情推动人们进军科学、艺术,完成不朽的业绩,如约瑟夫等小团体的成员;有的人虽有嗜好仍不失为正直善良,如台戈安婆婆、奥勋老爹;而菲利浦这样的恶棍为满足自己的私欲却不惜为非作歹,乃至害人性命。他挪用公款,偷盗母亲、弟弟和台戈安婆婆,断送了老婆婆的性命;他在决斗中杀死玛克斯以后,又用卑鄙的手段引诱舅舅死于淫乐,迫使搅水女人染上不治之症;他一人独霸舅舅的遗产,根本无视母亲和弟弟的权利,为了抹掉自己的平民出身,他恨不得尽快把母亲和所有姓勃里杜的人送进坟墓……这样一个无恶不作的家伙是在什么样的土壤中孳生和孕育起来的?善良厚道的阿伽特怎会有这等刁顽狠毒的儿子?作者在小说中探讨了这个问题。

首先是父亲的早逝和母亲的教育无方。阿伽特是公认的贤妻良母,纯洁、朴素、安分,为人宽厚随和到极点,只是除了教会给女人的一点知识外,没有受过别的教育,因而她的善良必然与缺乏见识相伴随。在作者看来,正是她的偏心和溺爱种下了家庭的祸根。她丝毫不理解她那其貌不扬但志趣高尚的画家儿子;倒偏爱相貌堂堂却品行恶劣的长子,对他的恶习一味姑息迁就,发现了他的盗窃行为还竭力为之掩饰。尽管她最终还得靠她以为不会有出息的画家儿子照顾她晚年的生活,而从大儿子那儿得到的回报仅仅是盼她早死。

另方面,战争年代使某些年轻人把好勇斗狠当成好男儿的标志,年纪轻轻便在战场上立功,退伍以后却别无所长。指望靠征战猎取地位和财富的梦想破灭了,他们一时在生活中找不到自己的位置,加上在"海外居留地"上当受骗,更加牢骚满腹,认为整个社会都亏待了他们,于是酗酒赌博,动不动寻衅闹事。菲利浦是这批混世魔王的典型,玛克斯则是他的副本。这种人在战争中可能会崭露头角,成为天之骄子;在和平生活中却可能成为痞子、恶棍。战争培养了他们不择手段以夺取胜利的本能,将生死线上的拼搏精神与作战的智谋用来作恶,一般人自然不是他们的对手。

从某种意义上说,菲利浦·勃里杜和玛克斯式的人物也是战争的一种后遗症,几乎每经历一次战乱就会产生一批类似的煞神。由于机遇不同,他们有的堕落潦倒,有的平步青云。菲利浦先是沉到了水底,接着又蹿上浪峰。遗产的得手改变了他的命运,转眼间他从一个人渣摇身变为财大气粗的阔爷,结交权贵,车马煊赫,还弄到了伯爵的封号。与此同时,清贫地生活在四层阁楼上的母亲被他的无情无义活活气死;被他充分利用然后弃若敝履的搅水女人正贫病交加,在一个肮脏的阁楼上奄奄一息。

在这部小说里,作者时时以高尚正派的弟弟和恶魔哥哥作对比。表面看来,作者似乎想要证明,在这人吃人的社会,忠厚老实人往往一筹莫展,阴险狠毒、不择手段者倒能飞黄腾达。并不贪财的约瑟夫在伊苏屯被视为恶人,几乎给当成杀人犯;真正去夺遗产的菲利浦倒表演得像个正人君子,让伊苏屯人看做英雄。约瑟夫尽管既勤奋又有才华,却常常生活拮据;为非作歹的菲利浦倒春风得意,享尽荣华富贵。

不过,作者笔锋一转,点出强中还有强中手,今日的胜利者可能明日就沦为他人的手下败将。菲利浦和玛克斯、弗洛尔之间的较量,菲利浦的确表现得高人一筹,叫外省人看了佩服得五体投地;而在巴黎,自有比他更阴险、更有手段的大鱼来算计他的几百万财产,恶人毕竟没能得到什么好下场。也许这又应了巴尔扎克那句老话:"上帝总是假手恶人来惩罚恶人的"。相反,约瑟夫凭着自己的天才和勤奋,终于成为卓有成就的大画家。作者在此再次颂扬了《幻灭》中所倡导的洁身自爱、不受虚名浮利引诱的自我奋斗道路,这也就是他在当时的社会条件下所能设想的唯一清白可靠的生活道路。

二〇〇〇年八月初稿
二〇〇八年五月修改

十九世纪的摩登强盗[*]

——谈《人间喜剧》中的《十三人故事》

巴尔扎克并不认为情节的离奇是使小说获得成功的必要手段,也不主张为招揽读者而追求惊险恐怖的效果,但他的某些小说情节之奇特神秘,故事之惊心动魄,不亚于某些最著名的惊险小说。《十三人故事》就是如此。不过作者在自序中声明:"十三人"故事并非杜撰,甚至大部分细节都实有其事,小说家只不过作了些拼凑而已。据记载,法国第一帝国时期确有个阴谋反对拿破仑的"十三人"集团,事发后受到法律制裁,可是巴尔扎克写的这几个故事,与真正的"十三人事件"毫无联系,只是从中借取了"十三人"的称谓,用以代表小说中的秘密组织罢了。

在十九世纪的法国和欧洲,形形色色的秘密会社和行帮组织比比皆是。这些组织一般都有其政治或经济的目的,其成员出于共同的利害关系而结合在一起。他们内部纪律森严,彼此忠诚不渝,为了维护某种利益或实现某个目的,经常会干出一些骇世惊俗的"业绩"。例如某要人突然失踪,某人暴死而原因不明,种种貌似偶然而实则事出有因的飞来横祸,种种不受警方制约的绑架、暗杀……大都与这类秘密组织有关。既然这些已成为社会生活中相当引人注目的现象,作为社会风俗史家的巴尔扎克,当然不会把它们排斥在《人间喜剧》的舞台之外。但巴尔扎克实际上并不知悉这类组织的内幕,不得不回避这些团

---

[*] 本文原载《外国文学季刊》1983年第4期,外国文学出版社出版,原署名何钘。1989年收入人民文学出版社的《巴尔扎克选集》,2005年1月改写,署名艾珉。

体内部为外界所无法参透的秘密。于是他选择了若干充满激情的感情历险,用以展示这些人的灵魂,分析他们的行为动机,探讨他们力量之所在。

"十三人"集团属于那种神秘莫测的强有力的社会组织,类似现代的黑社会或当年中国的青红帮。它们凭借成员间的共同利益和盟誓,来建立兄弟情谊和凌驾于王国和法律之上的权力。按作者的介绍,这是一个特殊的强盗集团,他们不同于库珀[①]笔下的绿林好汉和拜伦笔下的江洋大盗,而是一些衣冠楚楚,戴着米黄色手套,有着上流人士的优雅谈吐和翩翩风度的摩登强盗。他们本领高超,英勇果敢,不知恐惧为何,足以置身于任何社会制约之外;他们不承认现存社会的任何观念习俗、法律、制度,而只服从某种热忱、欲望或利益的需要。这种集团,是残酷的生存竞争的产物,也是私欲膨胀的产物。他们之所以有力量,是由于社会因各种利害冲突而四分五裂,他们却结为团体,齐心协力地在这恶劣的环境中搏斗。凭着彼此间的忠诚和无坚不摧的决心、毅力,他们几乎无所不能,也无所不为。作者不无夸张地形容:这是"默默无闻的十三位国王",有时甚至比国王的权力更大。

巴尔扎克是意志和力量的崇拜者,情不自禁会对"十三人"集团的强悍大胆表示赞赏。尽管他也写出了这些人对待对手是何等心狠手辣、残酷无情,但又认为他们身上具备许多优秀品质,足以使他们成为出类拔萃的伟大人物。然而实际上,这些英雄豪杰只不过是为满足一己私欲去从事若干个人冒险,最后也都销声匿迹,平静地"回到了民法的制约之下"。

《十三人故事》被作者称作"十九世纪巴黎的新画卷",由三部中篇小说组成:《费拉居斯》《朗热公爵夫人》和《金眼女郎》。

《费拉居斯》(1833)从一位上流社会女子突然出现在巴黎的穷街陋巷切入,引起读者的关注和好奇。接着引领读者穿过层层迷雾,渐

---

① 库珀(1789—1851),美国小说家,《皮袜子的故事》的作者,其作品对美国西部小说产生了很大影响。

渐探明于勒夫人所承受的压力和苦恼。美丽善良的于勒夫人本应是个幸福的女人,她既是父亲疼爱的独女,又是丈夫钟爱的妻子。只因父亲是个苦役犯,便导致一连串悲剧的发生。费拉居斯是"十三人"集团的首领,是十三人中唯一受到法律制裁的人。他与女儿的秘密会见,受到了好事者的跟踪,进而招致丈夫的猜疑和嫉妒。为了让费拉居斯能作为一个幸福的父亲在社会上公开露面,整个"十三人"集团几乎把世界搅了个天翻地覆。他们买死人,买名誉,买身分,买财产,用尽一切办法杀人灭口……这一切都是为了抹掉费拉居斯苦役犯的历史,让他取得合法的公民资格。然而就在他即将如愿以偿的时候,于勒夫人已在沉重的精神压力下身心交瘁而死。

对于费拉居斯和"十三人"集团的行为,作家的态度是复杂的。这些人为达到目的而不择手段,令人不寒而栗。但从维护每个人的基本权利出发,费拉居斯对女儿的亲情无可非议,理应受到尊重,是这个社会剥夺了而且还在不断阻挠他享受父亲的幸福,是社会向他发起挑战,他有权予以还击。于是一切破坏他们幸福的人都遭到了厄运。如果说他们的手段确实残酷,那些遭难者却也是咎由自取。谁让你们去监视旁人的行动,刺探旁人的隐私,干预旁人的私生活呢?所以在这篇小说里,批判的矛头并非指向"十三人",而是那个无事生非的上流社会,引起读者同情和惋惜的,首先不是遭暗害的摩冷古,而是费拉居斯与于勒夫人间的父女之情和德马雷夫妻之情的惨遭摧残。

《朗热公爵夫人》(1834)描写"十三人"成员蒙特里沃将军和德·朗热公爵夫人之间的感情风暴,最后以公爵夫人的隐修与惨死告结束。但是这篇以生死之恋为题材的小说,爱情本身却并不那么可歌可泣,倒是"十三人"那种惊天地、泣鬼神的壮举,和作家状物写景,以景托情的卓越才华,给人留下了深刻、强烈的印象。小说一开篇,作者便以极富魅力的如画笔法,描写了地中海上一岛屿的自然风光及建在岛屿尽头、山崖最高处的加尔默罗会修道院,细致地刻画了该岛地势的险峻和修道院森严壁垒的管理,充分营造了一种肃穆却不安,静谧却激情澎湃的神秘气氛,然后才以倒叙手法铺开跌宕起伏的爱情故事,最后写出"十三人"如何将"不可能"之事变成了"可能"。

看得出来,作者这篇小说的立意,主要不是抒写感人肺腑的爱情悲歌,而是批判贵族社会为虚荣所主导的爱情观。巴尔扎克写这篇小说的时候,正是他追求卡斯特里侯爵夫人遭到拒绝而意兴阑珊之际。侯爵夫人出身高贵,曾是奥地利首相梅特涅之子的情人,此时虽年已三十有五,且因脊椎受伤落下步履艰难的后遗症,却依然风度优雅,秀美动人。这位夫人喜爱文学,热中于结交名作家,常在深夜把巴尔扎克留在她的小客厅长谈,惹得作家想入非非。这段经历让巴尔扎克对贵族女性的特点,对她们的魅力和短处有了很深的体会。当时上流社会的女子,终日闲极无聊,只能以调情来消愁解闷。她们梳妆打扮、搔首弄姿,目的是为自己吸引一批崇拜者和追求者,从中享受被爱慕的虚荣。朗热公爵夫人不慎玩弄了感情狂热、性格暴烈的蒙特里沃,结果导致自己的不幸。她的不幸结局固然可归因于蒙特里沃的报复,但作者显然认为这也是公爵夫人咎由自取。不过作家并未简单化地将她作为反面人物处理。如果是这样,这个人物便索然寡味,毫无深度可言了。

朗热公爵夫人是个性格复杂的女人,是巴尔扎克塑造得最成功的贵族妇女之一。作家不仅在她身上集中了这个阶层妇女特有的魅力和弱点,而且把她作为贵族阶级本性的完美代表。这是一种既高傲又脆弱,既伟大又渺小的本性:表面上很有教养,实际上愚昧无知,没有多少毅力却很固执,没有多少勇气却很任性,不善思考、缺乏远见、自私冷漠、妄自尊大,沉醉在已经烟消云散的往日权势之中,把保持自己的身分地位看得高于一切……。然而公爵夫人又是一个涉世不深的年轻女子,有一颗稚嫩的少女的心。只是这颗心早已为贵族阶级的陈腐观念所污染:她屈从家庭的门户观念,接受了不幸的婚姻,又在她所在的社会圈子中被教养成一个专会表演虚情假意的风流女子,她时刻受贵族阶级行事原则的束缚,处处迎合贵族社会的风尚习俗,正是这一切断送了她的幸福。待到她醒悟过来,已经为时过晚。但她毕竟在最后关头,显示了置社会成见于不顾的英雄气概,所以作者在无情地剖析和批判这位贵妇人的同时,情不自禁地流露出自己的倾慕之情,而且对她弃绝社会的断然行动和最后的悲惨结局满怀同情和惋惜。

在《朗热公爵夫人》中,如同在《费拉居斯》中一样,"十三人"集团显示了巨大的能量,可是他们创造的奇迹固然可惊可叹,却纯属徒劳无益。正如费拉居斯最终没有得到女儿,蒙特里沃最终也没有得到爱情,十三人历尽艰辛,劫回的只是公爵夫人的尸体。

与前面两段故事相比,《金眼女郎》的感情悲剧更加残酷、刺激。这篇小说大胆地踏入了"同性恋"的禁区,描写了一种专横而变态的激情。这种同性间的恋情在某些国家和地区曾经是公开、合法的,而在当时的巴黎则隐蔽且为人所不齿。美丽的克里奥尔少女芭基塔从小被卖身为奴,成为备受西班牙贵族德·桑-雷阿尔夫人宠爱的性奴隶。她被幽禁在公馆中一个隐秘的处所,与世隔绝,受着最周到的伺奉和最严密的看管。她被剥夺了受教育的权利,既不会读,也不会写,因而不可能与外界建立任何联系。某日她在女傅监视下去杜伊勒里花园散步时,邂逅了"十三人"集团成员,年轻俊美的巴黎纨绔子弟德·玛赛。两个年轻人一见倾心。趁雷阿尔夫人去伦敦时,神通广大的玛赛在芭基塔忠实的养父安排下与之频频幽会。在爱情的缠绵中,玛赛意外地发现芭基塔虽是处女,却已深谙肉欲之情,进而又探明了芭基塔和桑-雷阿尔夫人之间的性关系。心高气傲的德·玛赛认为自己受到莫大的侮辱,立刻咆哮起来,决心将芭基塔置于死地。不过这一次"十三人"集团没来得及实施他们的报复计划,当他们按周密部署潜入芭基塔的住处时,可怜的金眼女郎芭基塔已死于德·玛赛的同父异母妹妹德·桑-雷阿尔侯爵夫人之手。这个故事丑恶、残忍,唤不起任何美的感受,但却惊心动魄地揭示出,在巴黎这个藏污纳垢的地方,"上流社会"的穷奢极侈把人类恶习发展到多么骇人听闻的程度,而受到惩罚的,却是恶习的无辜受害者。

从上述三个故事可以看出，巴尔扎克笔下的"十三人"集团，代表了一种与社会相对抗的力量，但不等于代表正义的力量。他们是勇敢的行动家，但只是为自己的利益或情欲而行动，并非为大众的利益行动。他们之所以有时博得几分同情，是因为社会实在太腐败、太不公正，因而一切与社会相对抗的行为便都带上了几分合理的色彩。可是他们所做的一切既不能为社会找到正确出路，也很难达到个人的目的。

和巴尔扎克的其他作品一样，小说所包藏的思想内容，往往溢出主题，向四面八方扩展。以《金眼女郎》为例，第一章"巴黎容颜"从宏观上对巴黎各社会阶层做了很有见地的概括，虽与主题无直接联系，却能从更广的视角展示故事的社会背景。巴尔扎克将巴黎社会的诸色人等分为四类：在最底层的是那些一无所有的人，他们自童年时代起，便处于榔头、铁剪、织机的统治之下，靠动脚、动手，靠仅存的一只手臂、五个手指来活命，整日劳碌，吃苦受累，这就是出卖劳力的工人、无产者；第二层是小有产者，或曰小市民，诸如忙忙碌碌的小店主、小职员、执达吏、办事员、诉讼代理人事务所或公证人事务所的文书……，其中最聪明、最勤劳、最能干的，甚至身兼数种职业，他们起早贪黑，恨不得在一天一夜中找出多于二十四小时的时间，以换取最辛劳的温饱和"幸福"；第三层相当于巴黎的腹部，城市的财富在那里运转、聚积、消化，银行家、大商人、投机家、法官、诉讼代理人、公证人、律师、经纪人、医生……，这些中产阶级或大资产阶级，他们为聚敛钱财绞尽脑汁，因竞争激烈而耗尽精力，于是他们不再有思想，不再有感情，只能用荒唐无度的腐化生活来填补精神上的空虚；第四类是艺术家的世界，创作的需要使他们寝食难安，迸发的才思令他们身心疲惫，债主的追逼更让他们喘不过气来。

概言之，在巴黎，小人物也好，中等人物也好，大人物也好，都为生存的需要或发财的欲望所驱使，只能不停地奔跑、跳跃、翻腾……这一切，便造成了巴黎的"丑陋容颜"。又如《费拉居斯》中对政府机构低能低效的抨击,严格说来也并非主题所必须,而作家通过于勒夫人遗体火化问题这一细节,将官僚机构的拖泥带水和"十三人"集团的干脆利落作对比,确能给读者留下鲜明的印象。还有《朗热公爵夫人》中关于社会风习、宗教政治的种种议论,精彩之笔随处可见。如谈及市民和贵族的不同风习时,作家以"前者算计收入,后者算计支出"这简短的一句话,便概括了这两大阶级不同的生活方式。谈及"平等"时,作家精辟而独到地指出:"平等大约会成为一种权利,而任何人类强权都无法将它变成事实。"有心的读者可以想见,这样一个论断,包含了多少对社会问题的观察和深入思考。总之,无论作家选用什么题材,整个巴黎社会始终在他的视野之内。所以,尽管巴尔扎克对秘密会社知之不多,很难就秘密团体本身作深入的刻画和分析,这三篇小说仍能给人以丰富厚重、绚丽多彩的印象,丝毫不显得抽象或单薄。

《十三人故事》是《人间喜剧》中最富传奇性的作品,作者在创作它时兴致勃勃,读者更是爱不释手。"《一千零一夜》搬到巴黎来了,十三个侠客夜晚在巴黎街上游荡。"《巴尔扎克传》的作者莫洛亚如是说。这些故事以优美生动的笔触,引人入胜的情节,揭开了巴黎生活中某些隐秘的侧面,暴露了这个社会——首先是上流社会的肮脏、腐朽。正如巴尔扎克在《金眼女郎》中所指出的,某些书被道德家们宣布为禁书,"可是有一本书,即上流社会这本大书,丑恶、肮脏、可怕,腐蚀人的心灵,倒一直敞开着,永远合不上。"这"十三人故事",只不过是这本大书中的几个小篇章罢了。

二〇〇四年七月

传统商人的陷阱,银行家的乐园*
——《赛查·皮罗托盛衰记》和《纽沁根银行》

在昔日文人雅士们眼里,大约没有什么比商业买卖更缺乏诗意、更与文学格格不入的了。巴尔扎克既以风俗史家自许,立下雄心壮志要描写十九世纪法国社会的全貌,如何能回避这个随处可见却又味同嚼蜡的题材呢!当然,比起同时代的许多作家,巴尔扎克写这个题材有他得天独厚的条件:首先他的母系亲友都是巴黎沼泽区的商人,他自幼便熟悉这个阶层人们的思维方式、生活习惯,懂得他们的喜怒哀乐和判断事物的尺度标准;更重要的是,他还有一条别人无法挑战的优势——即他本人经过商,且不止一次倒闭破产,获得过最直接、最痛苦的生活体验。尽管如此,要把刻板平庸的生意人写得饶有趣味仍是一件令人头痛的事情。巴尔扎克在给《星期报》编辑依波利特·卡斯蒂耶的一封信(1846)中曾谈到:

> ……《赛查·皮罗托》搁置了六年,还是初稿面貌,我对怎样才能使普通人对一个店东的形象产生兴趣感到绝望;这个小店东相当愚蠢,相当庸俗,他的厄运也很寻常,无非是我们经常嘲笑的那种巴黎小买卖人。①

好在作家终于来了灵感:

---

* 本文原系为《赛查·皮罗托盛衰记》和《纽沁根银行》一书所撰写的前言,2004 年 6 月人民文学出版社版。

① 巴尔扎克:《致〈星期报〉编辑依波利特·卡斯蒂耶先生书》。

我心想:"何不将这个形象加以提炼,使之成为诚信的代表呢!"①

于是便诞生了一阕光彩夺目、感人肺腑的悲歌,贝多芬著名的《第五交响乐》②慷慨悲壮的最后乐章,伴送着一个平凡商人的灵魂向上界升华。这真有点出人意料,而且令人难以置信。可是作者把每一个细节都写得入情入理,由不得你不信,还由不得你不和主人公同呼吸、共命运,最后只能和作者一同得出结论:一个小人物,无论他多么平庸,知识多么浅陋,只要他心中存有一种高尚的信念,而且义无反顾地奉行这种信念,他就一定能实现生命的价值,攀登上自己的巅峰。这个小人物,就是《赛查·皮罗托盛衰记》中的主人公。

赛查·皮罗托原是个乡下人,十四岁的时候,他怀揣一个金路易,步行到巴黎来找出路。凭着诚实和苦干,他从学徒升为店员,又升为出纳、领班,最后盘下东家的铺子,当了老板。他成了家,挣下一份不大不小的家业,日子过得和和美美,只等年岁大了,女儿出嫁,把铺子出盘,回老家去买一座小农庄,安安静静在那儿颐养天年。到此为止,他的思想、行为,和一般的小康市民没什么差别。可他年轻的时候,曾稀里糊涂卷进一次保王党的暴乱,受了点轻伤。波旁王朝复辟以后,他居然因为这点功劳当上了区长,还得了勋章。这份做梦也不曾想到的荣誉冲昏了这个买卖人的头脑,他自以为已经成为上流人士,居然想离开本行,改做大生意,甚至摆起排场来。

小说开始时,赛查·皮罗托正处在事业的巅峰。他大兴土木,扩大住宅,举办盛大的跳舞会。就在他志得意满之际,引诱他投资地产生意的银行家杜·蒂耶和公证人罗甘却开始收网,闪电般地卷走了他的大笔资金。跳舞会的余辉尚未散尽,皮罗托已从巅峰跌到了谷底。年关将至,债主纷纷索债。他多方奔走,拼死挣扎,到一切努力均属徒劳后,只得宣告破产。十八年兴旺的家业,仿佛点燃的干草般顷刻间化为灰烬。接下来是一连串屈辱的遭遇和身败名裂的痛苦……而这

---

① 巴尔扎克:《致〈星期报〉编辑依波利特·卡斯蒂耶先生书》。
② 贝多芬的第五交响乐,即《命运交响乐》。

一切痛苦之中,最刺心的莫过于丧失信誉。

在巴黎的正派商人看来,以诚信为本永远是事业成功的前提,也是一个商人的尊严、荣誉和价值之所在。失去信誉是商家的最大耻辱,意味着比死还要可怕的惩罚。正是这样一种价值观,推动皮罗托一家开始了一场新的搏斗——为恢复信誉而搏斗。他们要凭着自己的双手,还清一切债务,哪怕是法律上已经减免的债务。

"还清债务,恢复信誉",成为这家人明确的生活目标,一种坚定不移的追求和信念。这,便是此时支撑他们的精神力量,使他们能勇敢地承受苦难,而不是被苦难压垮。

由于破产,皮罗托已经失去继续开店的资格,一家人只能外出打工,靠挣辛苦钱来还债。他们放弃了休闲娱乐,夜以继日地苦干,连续奋斗了三年,终于在亲友的帮助下还清了债务,取得了复权资格①。就在全家欢庆复权,同时为女儿举办订婚晚会的那一天,乐队再次奏响了贝多芬大气磅礴的乐曲,而筋疲力尽的赛查·皮罗托却承受不住苦尽甘来的欢乐,倒地身亡了。

赛查·皮罗托是巴黎老派商人的典型,相当平庸,没多少见识,作者以温和的嘲讽态度描绘了巴黎买卖人由于教育欠缺而形成的种种可笑观念和举止,刻画了他们做买卖的精明干练和超出本行范围时的无知愚钝。他们在自己的店铺里也许是拿破仑,在奸诈的金融家和投机家面前则肯定是白痴。在波谲云诡的商海之中,这类小鱼正是大鳄们捕猎和吞食的对象。作者描写虚荣心如何诱使他落入杜·蒂耶布下的陷阱,诚信观念又怎样赋予他可敬的品格,让他在苦难中仍不放弃一名正派商人对生命价值的追求。他为恢复名誉的最后一搏,终于使他的死达到了悲剧高度,从而使最缺乏诗意的商业题材获得了意想不到的美学价值。

---

① 指在法律上正式恢复市民的各项权利。

与《赛查·皮罗托盛衰记》相对照,其姊妹篇《纽沁根银行》刻画的则是另一种典型。与老实懦弱的赛查·皮罗托相反,银行资本家纽沁根是一只心狠手辣的金融大鳄。较之原始积累型的高布赛克和葛朗台,是个更有雄才大略的冒险家,其手段之大胆毒辣,比一般的高利贷者或投机商不知高出多少倍。他熟知证券交易的奥秘,一手操纵交易所的风云变幻,他通过三次倒账清理,杀人不见血地掠夺了千家万户的财产,成为法国首屈一指的金融巨头,而上当受骗者们却把他当作天下第一等正直的银行家。在第三次假清理中,给他充当帮凶的拉斯蒂涅不花一文成本净赚四十万法郎,而那些把拉斯蒂涅当作心腹之交的人们却丧失了自己的大部分财产。于是作者嘲讽地写道:"傻瓜们的钱,天公地道是聪明人的财产。"

在这篇小说里,巴尔扎克不仅以经济学的内行眼光戳穿了交易所的秘密,揭露了金融资产阶级对法国社会生活的控制与破坏,而且尖锐地指出七月革命后,"工人的生活困苦到了极点","工人整天劳动,赚的钱不够活命,比一个苦役犯还不如……"巴尔扎克认为里昂丝绸工人的起义反映了社会的弊病,指责政府不应该用镇压的手段对付因饥饿而举起义旗的工人。尽管巴尔扎克远非站在工人阶级的立场上观察和分析问题,但他在《人间喜剧》中,描写贫穷的工人和劳动者常常带着柔和的色彩,刻画上层社会的人物则不惜给予辛辣无情的讽刺。

可能由于作者对银行界远不及对巴黎店东了解得那么细致、深入,《纽沁根银行》的艺术手法显然与《赛查·皮罗托盛衰记》有所不同。在这里,作者回避了直接的细节描写,却充分施展了说故事的才能。毕西沃绘声绘色的讲述,像木刻画一样突出了人物的主要特征,虽然比较粗线条,仍给读者留下了强烈的印象。

和巴尔扎克的其他作品一样,典型塑造始终是小说中的最大亮点。不但赛查夫妇、纽沁根等主要人物,即使一些着墨不多的次要角色,同样刻画得鲜活生动、有棱有角,每个人都代表着某种社会典型,又具有极其独特的个性。如阴险狡诈的银行家杜·蒂耶，油滑鄙俗的克拉帕龙，刻薄且势利的房产主莫利讷，性情火爆、举止粗鲁却本性善良的干果贩子玛杜太太，冷静刚直、颇有哲人风度的五金商皮勒罗，未来的工商巨子、贵族院议员包比诺，还有那个精灵古怪的戈迪萨尔，活脱脱一个口若悬河的推销大王……作者仿佛一位无所不能的魔术大师，弹指间便捏塑出维妙维肖的诸色人等，活灵活现地搬演着两个世纪以前巴黎商界的活剧。

和巴尔扎克其他作品不同，这两部小说的特殊意义，还在于真实地再现了法国工商业从个体商贩、手工作坊、小业主到批发商的发展进程，点明了商业银行、股份公司、证券交易的出现，将对社会经济生活产生何等重大的影响。

虽则一七八九年的大革命为资本主义的发展铺平了道路，但法国资本主义的经济基础当时仍相当薄弱。十九世纪三十年代以前，法国还谈不上建立近代工业，所谓工厂，大多类似赛查和包比诺们开办的那种手工作坊。一八一七年鲁昂的几家纺织厂用上了蒸汽动力，在当时是十分稀罕的事。大规模的铁道建设和机械制造，则是一八三六年以后才逐渐起步的。不言而喻，没有资本的集中，就不可能有规模化的大生产，也不会有劳动生产率的大幅度提高。巴尔扎克以他历史家的敏锐，已经意识到银行、股份公司、证券交易乃至招贴广告的巨大作用，破译了资本集中的奥秘；同时也深刻地感受到社会进化、财富增值的过程中，优胜劣败、弱肉强食的残酷现实。他履行秘书的职责，忠实地记录了法国资本主义前期发展的历史进程，描绘了竞争的残酷及与此相关联的种种惨剧的发生。在十九世纪前期的法国乃至欧洲，文学中正面描写商业的作品本不多见，像巴尔扎克这样将工商、金融业纳入历史范畴来描绘的，更是欧洲第一人。

阿那托尔·法朗士[①]说得真不错："他（指巴尔扎克）是他那个时

---

① 引自法国作家法朗士（1844—1924）的《文学生活》。

代社会的洞察幽微的历史家。他比任何人都善于使我们更好地了解从旧制度向新制度的过渡。"

二〇〇三年十一月

《驴皮记》——一部貌似荒诞的现实主义小说*

谁说现实主义艺术只意味着一丝不苟地描摹现实呢？谁说现实主义会束缚作家的想象力，使文学成为一种单调乏味的照相式艺术呢？请看举世公认的现实主义大师巴尔扎克的作品，这里面有着多么丰富的表现手法，多么大胆的想象，多么奇特的构思。巴尔扎克让他同时代的两千多个人物活跃在《人间喜剧》的舞台上，同时也不排斥在某些场景中让幽灵出现，鬼魂托梦，撒旦施展威力。真正的大师是不受任何传统或流派的狭隘观念束缚的，他们为了充分和透彻地表达思想，敢于运用一切可能运用的艺术形式。浪漫主义虽然以表现美的理想为艺术创造的首要任务，但在法国浪漫主义文学的伟大代表雨果的作品中，亦能发现现实主义的篇章。同样，被恩格斯誉为现实主义艺术伟大典范的巴尔扎克，作品中也有浪漫的，甚至荒诞的、超现实的成分，不过，这一切艺术形式仍然服务于记录社会风俗、揭示事物真相的目的。所以，正如人们不能指责莎士比亚的《哈姆莱特》和《麦克白》是宣扬迷信的"鬼戏"一样，巴尔扎克某些带有荒诞神秘色彩的小说，同样也不属于以惊险怪诞的情节哗众取宠的低劣之作，而且至今仍被批评界视为他的伟大现实主义艺术的组成部分。

编入《人间喜剧》哲理研究部分的《驴皮记》就是这样一部作品。在这部小说里，神秘荒诞的成分如此奇妙地加强了人们对现实矛盾的

---

* 本文原系《驴皮记》单行本译本序，人民文学出版社，1982年版，1989年收入十卷本《巴尔扎克选集》时曾稍作修改。2004年12月重新修订，2013年收入十二卷本《巴尔扎克选集》。

感受,使之比纯粹的真实更加强烈,更加深刻,更加激动人心。实际上《驴皮记》中的驴皮,并不是什么不可或缺的东西,没有它,拉法埃尔·瓦朗坦的经历仍然可以构成一个完整的故事,他的奋斗、失败、纵欲,直至死亡,完全符合现实生活的逻辑。他在走投无路时忽然获得一笔巨额遗产,这并不一定需要什么灵符的帮助;他早年的艰苦和后来过度的纵欲使他未老先衰,过早地接受了死神的召唤,这也不算什么出人意料的结局。但作者可能是从东方传说受到启示,也可能是从佩罗①童话中得到灵感,竟别出心裁地用一张驴皮来象征瓦朗坦无法逃避的悲剧命运,象征人的欲望和现实之间无法调和的矛盾。不过,这矛盾本身并不是作者虚构的,而是从现实生活中发掘出来的,他只是需要一个恰当的艺术形式加以表达,于是他找到了这张驴皮。果然,有这张驴皮和没有这张驴皮,艺术效果大不一样,驴皮成了瓦朗坦的生命的物质表现,它把生活中某些不易察觉的现象,把人的欲望和生命间的有机联系,用非常具体的物质形态表现出来,表现得那么鲜明,那么直接,不能不产生一种震撼人心的力量。

巴尔扎克给韩斯卡夫人的信中曾经谈到,"在风俗研究里,写的是典型化了的个性,而在哲理研究中,则是写个性化了的典型。"《驴皮记》中的瓦朗坦,便是他笔下最引人注目的一个个性化的典型,他是人类一种精神矛盾的化身,从这个意义上讲,瓦朗坦甚至比拉斯蒂涅和吕西安具有更广泛的代表性。这是一个痛苦的、挣扎着的灵魂。他不幸身无分文而又不安于贫困,他曾经在研究和思考中耗尽心血,一心想凭自己的才能取得财富和光荣,然而这种努力几乎保证不了维持生命的最低需要;他继而接受拉斯蒂涅的指引,到上流社会的沙龙中去闯江山,指望娶一个有财产的贵妇,结果受到无情的嘲弄。他日夜受着欲望的煎熬,而且欲望由于得不到满足而变得分外强烈。他在失去一切希望后走上了自暴自弃的道路,想在纵欲中了此残生。在这个阶

---

① 夏尔·佩罗(1628—1703),法国文人,著名的童话作家,他的童话诗《驴皮》中描写了一头能产金子的神驴。

段，瓦朗坦为了求得一天的快乐，哪怕以生命去换取也在所不惜。所以当古董商把这张驴皮的神奇作用告诉他时，他毫不犹豫地抓过来嚷道："我就喜欢过刺激的生活。"既然他已经决心投身塞纳河，怎会惧怕以生命去换取欲望的满足呢！尽管古董商以自己长寿的秘诀去打动他，劝他以精神上的享受代替物质上的追求，从灵魂深处排除尘世的污垢，瓦朗坦却毫不为之所动；古董商开导他："人类因他的两种本能的行为而自行衰萎，这两种本能的作用汲干了他生命的源泉……那便是欲和能①……欲焚烧我们，能毁灭我们；但是知却使我们软弱的机体处于永远的宁静境界。"这里所说的欲，显然指的是广义的愿望，包括饮食男女之欲和功名利禄之心；这里所说的能，则指人类实现自身愿望的行动，包括他行使权力、运用才智的能量。在巴尔扎克的作品中，欲是一种巨大的动力，它支配人的行为，左右人的命运，影响社会的习俗，酿成人间的悲剧。被欲望控制的人是听不进理智的规劝的，所以瓦朗坦回答那明哲的古董商："希望您爱上一个舞女，那时候您就会懂得放荡生活的快乐，也许您会变成一个挥金如土的浪子，把您以哲学家风度攒积的全部财产通通花光。"此刻的瓦朗坦，恰似那些把灵魂出卖给魔鬼的浪荡子，他们为了获得欲望的满足，不惜以寿命作交易，"他们不愿让生活的河流通过单调的两岸，在账房或事务所中细水长流，而宁愿它像激流那样奔腾，一泻无遗。"

但是，当瓦朗坦的第一个愿望得到满足，获得了一笔巨额遗产时，他所感受到的却不是快乐而是恐怖，因为他看见驴皮已经明显地缩小了一圈，意味着他的寿命也相应地缩短了若干。人们可以在不知不觉间挥霍自己的生命，丝毫意识不到死之将至；而瓦朗坦却清清楚楚地看到自己愿望的满足带来了寿命的缩短。死亡的威胁使他对一切享受都失去了兴趣，"世界已属于他，他可以为所欲为了，但他却什么也不想做，他像在沙漠中的旅行者，还有一点水可以止渴，但他必须计算

---

① 欲，法语是 Vouloir；能，法语是 Pouvoir。

尚有多少口水可以解渴，借以衡量他生命的长短……"他不敢再有欲望，不再寻求任何快乐，他只是努力设法过一种机械的、没有任何欲望的生活。他深居简出，把自己的全部生活需要都托付给仆人去考虑，甚至吃饭穿衣这种最简单的欲求，他都竭力回避。他禁止仆人对他提出"您愿意么？""您想要么？"之类问题，这位《意志论》①的作者，就这样把自己的意志压缩到几乎等于零。他再也不能享受乐趣，只觉得"人生的种种乐趣纷纷在我的死床周围嬉戏，好像美女般在我面前翩翩起舞，要是我召唤她们，我就会死去。"这种死囚刑前所受的精神折磨，这种垂死病人才会体验到的临终痛苦，终于摧毁了他的健康，击溃了他的意志，把他变成了一具活尸。然而他毕竟不能抵挡爱情的诱惑，终于在最后一次欲念的挣扎中结束了生命。

瓦朗坦的形象，尖锐地提出了人的欲望和生命的矛盾，这个矛盾也许只是对于那些具有强烈欲求和个性的灵魂才显得那么尖锐，那么不可调和，但巴尔扎克本人恰巧属于这种灵魂。他从自己的切身感受中概括出了这条残酷的哲理，而且赋予这条哲理以宿命的色彩："为长寿而扼杀情欲，或甘愿做情欲的牺牲品而夭折，这就是我们的宿命。"你要长寿么？那么你就该清心寡欲，这样就能免去一切痛苦、忧愁，避开一切呕心沥血的搏斗和失败的烦恼，然而你的生活也就无所谓欢乐，无所谓幸福，你想快乐么？你有欲望么？那么就以你的生命为代价去争取吧！

古董商和瓦朗坦的对话，也许正是巴尔扎克和自己的对话，为的是阐发他对人生的思考，展示他自身的心理矛盾。请看古董商的自白："……我唯一的野心就是观察，观察不就是认识吗？啊！认识，年轻人啊，这不就是一种直觉的享受吗？不就是发现事物的本质，从而在总体上将它占有吗？……请设想一下，一个人能把一切现实的东西都铭刻在他的思想里，把一切幸福的源泉都输送到他的灵魂里，排除

---

① 小说中的瓦朗坦蛰居阁楼时，曾用三年时间完成了一部巨著《意志论》。

一切尘世的污垢,从而提炼出无数理想的快乐,那时候,他的生活该是多么美满!思想是打开一切宝库的钥匙,它给吝啬者提供快乐,而不会给他带来麻烦。我就是这样在世界上逍遥,我的快乐始终是精神上的享受。……人们的所谓忧愁、爱情、野心、失败、悲哀等等,对我来说,都不过是被我转化成梦幻的一些概念;我不是在感觉它们,而是在表达它们,演绎它们;我不让它们吞噬我的生命,却把它们戏剧化,把它们提高;我用它们来娱乐,就像运用内心的视觉来阅读小说。……我用智慧的眼光去回顾既往;我把许多国家整个召来,还召来许多美景、海景、历史上的美人!我有一个想象中的后宫,在那里,我占有了我所没有的一切女人。我常常再见到你们的战争,你们的革命,并对这些事件加以评论……"

让我们仔细对照作家的一生,古董商的宏愿不正是巴尔扎克撰写《人间喜剧》的动力吗?他一生中的绝大部分时日不都生活在自己虚构的世界中吗?甚至他搜寻古董的癖好,也是和古董商惺惺相惜的。可是现实生活中的巴尔扎克并不满足于精神上的享受,他和瓦朗坦一样痛感研究和思考无法养活自己;和瓦朗坦一样渴望豪华的盛宴和绮罗丛中的爱情,荣誉和爱情始终是他追求的目标。无论是精神享受,还是物质享受,欲壑难填的巴尔扎克都同样向往。但他向自己追求的目标奋进时,无时无刻不意识到愿望的实现与所付代价的必然联系。

巴尔扎克写作《驴皮记》的年代,正是他经历了十年闯荡,尝尽了人生的辛酸,深刻地体验了金钱的威力和贫穷的痛苦以后的一八三〇年,他从自己的切身感受中,得出了这样一条痛苦的结论:人类为了谋求生存,尚且需要耗费巨大的精力,倘要追求某种大的快乐,满足某种强烈的欲望,则无疑要付出生命的代价。这就是他在《驴皮记》中所阐述的:"人类的各种大快乐,都是有许多障碍的,这倒不是在他的零星享受方面,而是在他的整个生活方式上,"这种生活方式"给人类造成一种戏剧性的生活,以促使人过度地、迅速地消耗自己的精力。"巴尔扎克为实现自己的目标已奋战了十年,他清楚地意识到这样的追求将使他付出何等惨重的代价,但平庸单调、无所追求的生活,对于他却比死更难于忍受,所以他在《驴皮记》中写道:"对于某些生不逢时的人来说,他们所需要的不是天堂就是地狱。"

为了充分揭示人生这一难题的残酷性,巴尔扎克还进一步告诉读者,你以生命为代价去争取的幸福和快乐,也许根本就不存在,也许只是一种可望而不可即的东西。小说中的波利娜和馥多拉,一个代表理想,一个代表现实。波利娜是一个虚幻的存在,是一个美的理想,她只存在于人们的想象之中;而馥多拉却是现实的,每天都可以在剧院里、在客厅中遇见,馥多拉就是社会,具备着这个社会的一切特征:自私、冷酷、虚荣、装腔作势,她只知利益,毫无心肝。瓦朗坦在现实中追求,处处碰壁;他舍弃现实而追求理想,却不幸年轻夭折,幸福于他始终是坦塔罗斯①身旁的清泉和美果。

瓦朗坦的结局是悲惨的,甚至有点令人毛骨悚然。那么小说得出的结论是什么?是通过瓦朗坦的教训劝戒世人节制情欲,修养心灵,提倡一种清静无为的人生哲学吗?仿佛如此,其实不尽然。读者不妨自问:书中真正给人深刻印象的是什么?究竟是死的恐怖,还是那种行尸走肉式生活的痛苦?也许不同的人会得出不同的印象和判断,看来作者不打算代替读者作正面回答,他只是把矛盾提出来,而且将它置于最尖锐的对立状态:要么扼杀情欲而长寿,要么成为情欲的牺牲品,这是生命运动的不可抗拒的规律。让每个人自己去选择自己的生活方式吧!

至于巴尔扎克,显然是有他自己的选择的。他明知满足欲望需要付出代价,却从来没有放弃过自己的欲望。在他的卧室里有一尊拿破仑的小塑像,塑像的剑鞘上刻有这样几个字:"他用剑未完成的事业,我要用笔来完成。"他像那些纵欲者一样,不能忍受生活的河流缓慢地、死气沉沉地流逝,他要它像激流那样呼啸着向前奔腾——"一泻无

---

① 坦塔罗斯,希腊神话中天神宙斯之子,因触怒诸神,被罚永世饥渴,他站在上有果树的水中,水深及下巴,口渴想喝水时,水即减退,腹饥想吃果子时,树枝即升高。

遗"。他不知疲倦地在生活中搏斗,毫不吝惜地挥霍自己的精力,像一个疯狂的赌徒般以生命作赌注。他在二十年间消耗了常人也许需要六十年才能消耗掉的脑力与体力,他为了使生命之火增强光度,不惜加速它的燃烧。也许是一种命运的巧合,二十年后巴尔扎克的结局竟与瓦朗坦有惊人的类似。巴尔扎克毕生追求光荣和财富,还梦想和一位有头衔、有财产的贵妇结婚。就在他刚刚如愿以偿的时候,死神就召见了他,当时他不过五十岁,正当创作的高潮之年。

但巴尔扎克毕竟和瓦朗坦有很大不同,瓦朗坦慑于死亡的威胁,几乎不敢运用驴皮赋予他的权力,作者显然对此感到遗憾:"权杖在儿童手里是玩具,在黎塞留手里是板斧,在拿破仑手中是使世界倾斜的杠杆……权力只是使伟大的人物更伟大。拉法埃尔本来可以无所不为,他却什么也不曾做。"巴尔扎克却是充分运用了生命赋予他的权力的,他的一生在高度浓缩的状态下度过,他在短短的二十年中完成了《人间喜剧》这一小说史上最宏伟的建筑。

当然,巴尔扎克何尝不向往植物一般恬静的生活,何尝不梦想在大自然的怀抱中闲适自在地酣睡,也许他渴望摊开他疲惫的四肢,休息他劳累的大脑,然而事实上他却选择了那种紧张劳碌、过度迅速地消耗生命的生活,一半由于被迫,一半出于自愿。也许他认为这是自己的宿命,也许他认为这就是所谓人生。拉法埃尔即使躲进大自然的怀抱,也回避不了社会对他的干扰,社会迫使他在一些无聊的冲突中求助于驴皮的威力,从而使他无法逃脱灭亡的命运;靠理智健康地活了一百零二岁的古董商,竟在该入土的年龄爱上了一个舞女,而且公然宣称"一个小时的爱情就抵得上整个人生"。这种带有嘲弄意味的细节,难道仅仅是为了证明驴皮的神奇作用,而丝毫不反映作者本人的判断么?

驴皮是什么?巴尔扎克通过古董商的嘴说得极明白:"这件东西便是欲和能的结合,这里面包含着你们的社会观念,你们过分的欲望,你们的放纵行为,你们致人于死命的欢乐,你们使生活丰富的痛苦……"简言之,驴皮是社会生活的象征,是人类生命历程的缩影。事实上,《人间喜剧》的大部分场景都是通过刻画各种不同形态的欲和能来记录社会风俗史的。

显而易见,尽管这部小说中有这么一张神奇古怪的驴皮,但小说所反映的矛盾,提出的问题,却纯粹是现实主义的。驴皮使作家从生活中抽象出的哲理形象化,使之更鲜明地凸现出来。巴尔扎克在《〈驴皮记〉初版序言》中有这么一段话,可以充分说明他的创作与现实的关系:"作家在写书之前,应该已经分析过各种性格,体验过全部风尚习俗,跑遍整个地球,感受过一切激情;或者,这些激情、国土、风尚、性格,自然的偶然现象和精神的偶然现象,都在他的思想中出现。"《驴皮记》的主人公拉法埃尔·瓦朗坦的种种感受,难道巴尔扎克不是早已亲身体验过了么?他在阁楼上度过的清教徒般的艰苦岁月,他那被欲望焚烧的痛苦的灵魂,还有一个身无分文的艺术家想要在上流社会的沙龙里维持体面而不得不作的种种琐细而巨大的努力……有谁能比巴尔扎克本人体会得更加深刻呢?

然而"体验"还只是写作的初步准备,巴尔扎克在这篇序言里进一步阐明:"文学艺术由观察和表现这两个截然不同的部分组成;……敏锐的观察才能加上以生动的形式加以表现的技巧,就可以创造出优异的作品,但还不能产生天才的作品;"因为"在真正是思想家的诗人或作家身上",会"出现一种不可解释的、非常的、连科学也难以明辨的精神现象,这是一种洞察力,它帮助他们在任何可能出现的情况中测知真相……"正是这种奇特的洞察力,使巴尔扎克从错综复杂的社会现象中,判明了事物的内在联系,捕捉到了左右当代社会风俗的欲和能,从而写出了《驴皮记》这样的天才作品。也正因为此,他需要享有运用艺术形式的最大自由,以便凸显他所意识到的事物本质及其内在规律。

有人认为,巴尔扎克的小说艺术,最大特色就是一丝不苟地描摹现实。那么《驴皮记》的读者首先会对此提出质疑。且不说灵符的存在十分荒诞无稽,就是细节描写生动逼真的银行家的盛宴,也有令人难以置信之处。请设想,在这样一个混乱、嘈杂的场所,人们酒醉饭饱、逸乐狂欢之际,拉法埃尔居然不受打搅地,连续几个小时对爱弥尔系统地讲述自己的生活经历,还夹带着论述有关物质和精神的关系等种种高深的哲学问题,这可能吗?显然,在这部小说里,作家所关注的,主要不是细节的真实,而是用神话传奇式的艺术手段,阐释他对人生、对社会的宏观思考。可以说,《驴皮记》一书,清晰地图解了巴尔扎克的人生观和价值观,也概括了他对当代社会的总体分析,书中关于欲和能的思想,几乎贯穿了《人间喜剧》的全部作品。有的评论家将《驴皮记》视为解读《人间喜剧》的钥匙,并不是没有道理的。

《驴皮记》无疑属于《人间喜剧》中最重要的作品之一。这部明显打上了天才印记的小说于一八三一年八月一日在巴黎首次面世时,理所当然引起了极大轰动,第一版很快脱销,租书屋也排起了长队。一个朋友写信告诉巴尔扎克:"为了读这本书,格朗维尔不得不搁下所有的事情,因为书店老板每隔半小时就派人前去催问看完了没有。"德国文豪歌德在去世前看到了刚刚出版的《驴皮记》,立刻断定此书"出自一个具有高级智慧的人士之手",盛赞"这是一部用全新风格写出的绝妙作品"[①]。

尽管这部小说带有浓厚的魔幻色彩,特别小说的最后部分,绘声绘色地描写了现代科学在这张"魔皮"面前的无能为力,更增添了小说的神秘和恐怖的气氛,但从未有人将它列为神怪小说,正如没有人认为歌德的《浮士德》属于神怪作品一样。不能否认当时的神秘学说对巴尔扎克也是有吸引力的,然而这部小说中,更引人注目的是作者对十九世纪自然科学的各种新成果十分关注,且作过相当广泛的研究。

---

① 见《歌德年鉴》(1980)。

而且在他思想中，颇有一些唯物的、辩证的因素。如他在《驴皮记》中谈到："运动就是一切，思想也是一种运动。大自然就是建立在运动上的。死亡就是我们不知底细的一种运动。如果上帝是永恒的，您可以相信他也永远在运动中，也许上帝就是运动。这就是为什么运动像上帝一样是不可解释的，像他一样莫测高深，无边无际，不可理解，无从捉摸……"关于物质运动的这类观点，包括关于上帝的提法，显然早已背离天主教的传统学说，而向现代科学靠拢了。

《驴皮记》的艺术魅力是得到普遍认同的。高尔基在《谈谈我怎样学习写作》中，曾以惊叹的口吻谈到《驴皮记》的写作技巧：

> 当我在巴尔扎克的长篇小说《驴皮记》里，读到描写银行家举行盛宴和二十来个人同时讲话因而造成一片喧声的篇章时，我简直惊愕万分，各种不同的声音我仿佛现在还听见，然而主要之点在于，我不仅听见，而且也看见谁在怎样讲话，看见这些人的眼睛、微笑和姿势，虽然巴尔扎克并没有描写出这位银行家的客人们的面孔和体态。[①]

但银行家的盛宴还不能算是《驴皮记》中最精彩的段落。让我们仔细读一读老仆人若纳塔和波里凯先生的对话吧！瓦朗坦成为百万富翁后奇怪的生活方式，通过一个没有受过多少教育的老仆人的质朴而天真的语言叙述出来，简直是一种绝妙的手段；再加上一个老学究从旁对这些古怪行径做出天真的诠释，竟把这一幕完全可能是死气沉沉的场景写得妙趣横生，而且奇异地加强了这个章节的悲剧气氛。这两个善良的老者在那儿叙述和谈论一些他们自己完全不理解的事情，却让读者深刻地感受到一具年轻的活尸的痛苦，一个明明有所欲而又不敢有所欲，一个无所不能而又不敢有所能的灵魂所受的煎熬；他拥有巨大的财富和无限的权力，却不得不随时提防哪怕是极细小的一点愿望的产生。如果不是出自大师的手笔，如何能以如此轻松的笔调，

---

① 见《高尔基论文学》中译本第183页。

产生如此浓重的悲剧效果！还有全书最后部分对山区自然景物的描绘，堪与法国文学史上最优美的抒情散文媲美，着墨不多，却极富魅力：蓝宝石般闪闪发光的布尔热湖，烟云笼罩的远山，变幻无穷的波光水色和莫列讷山谷璀璨的雪景，还有多尔山区的乡村茅舍，险峻而质朴的荒山野趣……大自然静谧而健康的勃勃生机，恰与人世间病态的躁动、争斗形成鲜明对照，既点明了人类社会的误区，也烘托了主人公的悲剧命运。可以说，《驴皮记》这部以哲理深度见长的作品，在艺术表现手法的新颖、叙事的巧妙和语言的运用上，也都有其独到精妙之处，值得我们认真地研究和借鉴。

一九八一年十月初稿
二〇〇四年十二月修订

金钱——占据《人间喜剧》舞台中心的无名主人公*

一七八九年法国大革命以后,法国进入了从封建主义向资本主义过渡的历史转轨时期。新旧交替之际错综复杂的矛盾冲突,频繁的政权更迭,急剧而持续的社会动荡,波及每一个家庭和个人。法兰西从来不曾这样生气勃勃,也从来不曾像这样乾坤颠倒、一片混乱。"理性王国"破产了,作为十八世纪文学精神支柱的启蒙思想不复有强大号召力,那么,十九世纪的法国文化精英们以什么为作品的灵魂呢?夏多布里昂把目光转向中世纪,呼吁基督教精神的复兴;雨果开具了"爱"的药方,深信人道主义的博爱精神可拯救世人于水火;乔治·桑开始倾向空想社会主义;缪塞为世纪病患者痛苦呻吟;奈瓦尔、戈蒂埃走向唯美主义……文学告别了理性时代,进入了感情大泛滥的浪漫主义时期。巴尔扎克却游离在浪漫主义运动之外,独树一帜,以风俗史家自喻,决心为这瞬息万变的时代充当历史见证人和秘书,他要像布丰①通过一部书表现动物界的全貌那样,使当代人类社会在他的作品中得到完整的再现。

法国社会将成为历史家,我只应充当他的秘书。编制恶习与美德的清单,收集激情的主要表现,刻画性格,选取社会上的重要

---

* 本文原系为巴尔扎克《醒世小说》(艾珉编选)撰写的序文。上海新文艺出版社,1998年。2008年为十二卷本《巴尔扎克选集》中的《巴尔扎克中短篇小说选》撰写序言时,在此基础上补充修订完成。

① 布丰(1707 – 1788),法国博物学家,三十六卷《自然史》的作者。

事件,就若干同质的性格博采约取,从中糅和出一些典型,做到了这些,笔者或许就能够写出一部许多历史家所忽略了的那种历史,也就是风俗史。我将不厌其烦,不畏其难,来努力完成这套关于十九世纪法国的著作。(《〈人间喜剧〉前言》)

巴尔扎克的这段话,显示了何等恢宏的气魄!他不满足于描绘某一社会侧面,塑造某几个人物典型,而是要完成一整套"描写十九世纪法国的作品"。同步反映自己的时代已属不易了,何况还要完整!可是巴尔扎克还不满足:

这件工作还不算什么。……如果想要得到一切艺术家所渴求的激赏,不是还应当研究一下产生这类社会现象的多种原因或一种原因,把握住众多的人物、激情和事件的内在意义么?此外,在努力寻找(且不提"找到")这种原因、这种社会动力之后,不是还应当思索一下自然法则,推敲一下各类社会对永恒的准则、对真和美有哪些背离,又有哪些接近的地方?(《〈人间喜剧〉前言》)

由此可见,巴尔扎克绝不是简单地从表象上描绘当代社会,而是站在历史的高度,考察、研究和评判这个社会。与其说他是作为小说家来记述历史,不如说他是以历史家和社会学家的眼光来写小说。小说成为他概括、分析和说明世界的一种手段。他将当代社会置于历史发展的长河中加以分析,试图从纷纭复杂的现实中探明事物的内在联系,捕捉住具有普遍意义的本质现象,挖掘出种种社会现象产生的根源,对社会的弊端作出诊断和披露,以达到醒世和匡正世风的目的。他在《幻灭》中描写未来的大作家德·阿泰兹时,说过这样一句话:"他要像莫里哀那样,先成为深刻的哲学家,再写喜剧。"这句名言,可以视为作家自己的座右铭。

为了达到他所企望的高度,巴尔扎克曾如饥似渴地阅读古往今来的大量哲学、社会科学著作和自然科学著作,不断地进行比较、分析和概括;他深入到社会生活的各个角落,搜寻人们内心的秘密,像经济学家、社会学家那样细致地观察当代社会的政治经济结构、权力和财富的分配、法律的奥秘、宗教的效用……精细地剖析人们的感情、欲望、各种行为的动因,耐心地探究种种现象的本质联系,终于在这个纷乱的、骚动的社会中,发现了一条非人力所能控制的规律,这就是资产阶级的日益得势和贵族社会的解体、灭亡。这样一个历史的总趋向,就是当时支配全部社会生活的本质力量。社会上的一切冲突、争斗、动乱、犯罪,发生在家庭和个人生活中的种种悲喜剧,都和这个特定的历史进程紧紧联系在一起。人们"不再信仰上帝,只崇拜金犊了"(《幻灭》)。金钱成为整个社会的机制与杠杆。对财富的追求既给社会带来活力,又使人性产生可悲的异化。正是对金钱的贪欲,扼杀了人类的正常感情,断送了无数家庭的幸福,酿成一幕幕触目惊心的惨剧。《人间喜剧》九十余部作品,题材涉及社会生活的方方面面,人物遍及各个行当、各个阶层,而其绝大部分场景的矛盾冲突都围绕着金钱问题展开,或因金钱问题引起。"金钱"是永远处于《人间喜剧》舞台中心的没有性别、没有名姓的主人公。

巴尔扎克是十九世纪法国最重要的小说家,本书所收的十篇中短篇小说,分别叙述了十个惊心动魄的故事:一个身分极高的贵妇,为了谋夺丈夫的财产,不惜诬告丈夫精神失常(《禁治产》);拿破仑麾下战功卓著的将军的妻子,为了独吞丈夫的产业并钻进贵族社会,竟逼迫死里逃生的丈夫隐姓埋名,继续充当死者,最后在收容所了此残生……(《夏倍上校》);一个备受父亲宠爱的儿子,为了早日继承遗产,竟犯下弑父的罪行(《长寿药水》);一位道貌岸然的百万富翁,当初却是靠谋财害命起家的凶犯,被害的两个无辜者中,有一个还是自小与他情同手足的友人(《红房子旅馆》);一个银行出纳员,一生清白,却在晚年被情欲引上犯罪道路——伪造票据,卷款潜逃(《改邪归正的梅莫特》);为了追求金钱和享乐,人们可以毁掉亲情、友情,可以犯罪、杀人,出卖灵魂、和魔鬼做交易……同样令人震惊的故事,在《人间喜剧》中几乎比比皆是:高老头给了两个女儿每人每年四万法郎进项,自己却不名一文地死在阁楼上;葛朗台老头为了一袋金子把老伴送上了黄泉路。《高布赛克》则点明了现代社会真正的权力所在和人们命运的主宰。

巴尔扎克不属于那种只靠丰富的想象虚构故事的作家,他的作品并不刻意追求离奇古怪的情节或耸人听闻的事件。他常常从人人都能看见,而并非人人都能理解的日常生活出发,分析周围每日每时都在发生的矛盾斗争,从中概括出一个个场景,组成一出出戏剧。他从平凡的,有时看起来纯属生活琐事的日常冲突出发,把握住了具有本质意义的社会现象,这就是资产阶级的得势和贵族社会的灭亡。这一重大的历史演变,影响着整个法国社会和家家户户的私人生活,由此产生出一幕幕人间的悲喜剧。这样巴尔扎克就站在了历史的高度构思他的作品,从而把小说提到社会风俗史的水平。恩格斯曾经十分恰当地称赞巴尔扎克:"他在《人间喜剧》里给我们提供了一部法国'社会'特别是巴黎'上流社会'的卓越的现实主义历史,他用编年史的方式几乎逐年地把上升中的资产阶级在一八一六至一八四八年这一时期对贵族社会日甚一日的冲击描写出来。"[①]

短篇小说《苏镇舞会》(1829)表面看来只是描写一个贵族小姐的不幸婚姻,实际上着意于反映复辟王朝时期贵族阶级经济力量的衰败和封建门阀观念的日趋破产。德·封丹纳伯爵作为一个顽固的保王党人,地道的旺代分子,在形势的逼迫下居然极力表白自己是代议制的支持者;尽管他的门阀观念极深,却明智地让三个儿子和两个女儿与资产阶级联姻,以加强自己在经济上和政治上的实力。他最小的女儿虽然人品出众,只因死抱阀阅世家的旧观念,最后不得不嫁给她的七十二岁的老舅公。具有讽刺意味的是,德·封丹纳小姐认为贵族公子所应具备的各种优点,在她周围的贵族青年中竟无一人具备,而集

---

① 恩格斯:《致玛·哈克纳斯》(1888年4月),《马克思恩格斯选集》第4卷第462页。

中了这一切优点的理想人物,却不幸是个在布店站柜台的店员。德·封丹纳小姐尤其没有想到,正是这个站柜台的人,日后竟成为她梦寐以求的贵族院议员。

巴尔扎克是出身于中小资产阶级的作家,和这个阶级在感情上有千丝万缕的联系。当时他是一八三〇年资产阶级七月革命的拥护者,其作品(如《苏镇舞会》《猫打球商店》等)显然对从事工商实业的资产者怀有相当的好感。中篇小说《猫打球商店》(1829)虽则嘲弄地描写了商人们的知识贫乏、见识浅短和趣味的庸俗,但却充满了善意和温情,包括对买卖人那种有限的精明狡猾和小器的赚钱本领,也都采取了一种同情或包容的态度。这篇小说写出了文化背景的差异给婚姻带来的致命影响,反映了中小资产阶级和贵族社会在思想、情趣、习俗上的差异和矛盾,作者将旧式商人的淳朴、敦厚,与贵族社会的腐朽、虚伪相对照,显然更多地肯定了普通中产阶级的道德面貌。只是这个在巴尔扎克看来十分规矩老实、善良可爱的阶级,常常被金融资本逼得走投无路,逃避不了贫困破产的命运。这一题材,后来在中篇小说《纽沁根银行》、长篇小说《赛查·皮罗托盛衰记》中得到了进一步的反映。

七月革命以后,金融资产阶级的独占统治,把巴尔扎克推向反对派的行列,一八三一年末,他加入了保王党。尽管巴尔扎克从来不是一个正统的保王主义者,但他幻想王权对资本起抑制作用。他认为资本的统治毒化了社会,败坏了人心,给人类带来了无穷尽的灾难。从此,批判揭露资产阶级金钱势力便成为他创作的基本主题。

正是对种种拜金主义恶行的揭露,使作家经常蒙受"不道德"的指责。然而巴尔扎克回答:真正的事实甚至比他写进小说的更残酷,他"常常不得不减轻实情的惨重程度,以便看上去更可信一些"(《〈古物陈列室〉初版序言》)。他通过但维尔律师之口说道:"凡是小说家自以为凭空造出来的丑史,和事实相比,真是差得太远了。"我们常把《夏倍上校》(1832)中但维尔律师的这段感叹,比喻为《人间喜剧》的"说明书",它所记述的恶行,尽管只是生活中极小的一部分,却已十分触目惊心。《夏倍上校》本身,就是一幕令人不寒而栗的惨剧。"死"而复生的夏倍伯爵与已经改嫁的的妻子之间的冲突,最终是围绕夏倍的财产问题展开的。被误传已"阵亡"的夏倍上校,落到一贫如洗、衣不蔽体的境地;高车驷马的伯爵夫人分明认出了上校,却见死不救,装作根本不认识,私下里又设下圈套,笼络夏倍,骗取证明材料,逼迫夏倍"以切实的方式"充当"死者",放弃权益,承认自己"欺世盗名",在比塞特收容所了其残生,否则将以强力把他送进疯人院。一个能征善战的的夏倍上校,竟被折磨成半痴半呆的收容所第七室的一百六十四号;心如蛇蝎、贪得无厌的伯爵夫人,则"风雅"地安享"前夫"夏倍留下的"遗产"。

不过,如果认为巴尔扎克作品的特色就是暴露黑暗、展示丑恶,那就大大的误会了。事实上,《人间喜剧》的九十余部小说中,很难找出纯暴露性的作品。巴尔扎克作品的最大特色其实是研究、分析,不仅"哲理研究"如此,"风俗研究"也不例外。他从来不曾把他所描写的事例当作孤立的个案,而是将这些几近耸人听闻的事件与社会上某些普遍存在的现象相比照,以唤起人们的思索或自省。他曾明确表示:"一个见信于人的作家,如果能引起读者思考问题,就是做了一件大好事。"(《致〈星期报〉编辑依波利特·卡斯蒂耶书》)例如《高老头》中,作者并没有把高老头的两个不孝的女儿描写成天下绝无仅有的恶妇,反倒指出她们为了情人、为了虚荣搜刮父亲,与刚开始学步的拉斯蒂涅搜刮母亲和妹妹,本质上没有什么两样。

请看中篇小说《禁治产》(1836),如果作家在这里仅仅描写埃斯巴侯爵夫人诬告丈夫的丑行,读者至多叹道:"天下竟有这等可恶的妻子!"可是作家同时写出她的控告受到司法当局的支持,乃至社会的认可,倒是埃斯巴侯爵的高尚行为被世人视为疯子的行径,这就比较值得深思了。进而作者又点出文明史上一个无法回避的事实:大贵族的产业,没有多少是清清白白靠自己挣来的。法国历史上靠没收新教徒的财产致富的贵族何止埃斯巴一家?正如包比诺法官所说,"一个人持有没收得来的产业,……倘若过了一百五十年仍应当归还原主,那么法国就很少合法的业主了。雅克·科尔①的产业使二十几家贵族发了财,英国在占领一部分法国土地时滥行没收的产业,也增加了好几个诸侯的财富……"所以,埃斯巴侯爵夫人即使在上流社会不那么走红,司法当局也不会不支持她的控告。司法只保护既得利益,并不过问财产的来源,倘若人人都像埃斯巴侯爵那样翻起老账来,上层社会还有安宁日子过吗?即使在一般市民眼中,侯爵的行为也是不可理喻的,把白花花的银子往外扔,这本身就是违情悖理的事。当然,作者并没有把社会写得一团漆黑,生活中还有包比诺这样聪明而廉洁的老法官,他能识破侯爵夫人的诡计,还埃斯巴侯爵以公道。可惜这种人不可能当权得势,只会因其"不识时务"而受到排斥打击,被勒令在有关案件中"回避"。

又如短篇小说《红房子旅馆》(1831),描述百万富翁泰伊番的罪恶发家史。他杀害两个无辜者的生命,谋取了最初的资金,而两个死者中的一个还是他自小亲密无间的同学和朋友。这种谋财害命的故事,在资产阶级的通俗文学中早已屡见不鲜,但巴尔扎克的独到之处,在于使这个平庸的题材达到了哲学、社会学的深度。他揭露出这种血腥罪行的普遍性质和整个社会对罪恶的宽容、包庇。人们只承认现状,而不愿追究历史。一个人只要有钱,便受到尊重,享有荣誉,哪怕过去是杀人犯,照样毫无愧色地佩戴各种勋章,谁也不会过问他最初的财产是从哪里来的。作者在小说中以第一人称的名义,召集社会各界人士——包括政界、法律界、宗教界、外交界等——中最正直、最有良心和荣誉感的人,组成"良心法庭"讨论上述罪行时,结论竟是"傻瓜,你为什么问他是不是博韦人呢?"(意思是:你干吗要证实他是杀人

---

① 雅克·科尔(1395-1456),法国著名富商,曾资助查理七世与英国作战,后被诬陷入狱,财产均被没收。

犯呢?)因为所有上层社会的人都明白:"如果盘根究底地追问我们财产的来源,我们每个人还有立足之地吗?"这一情节虽然纯属虚构,却鲜明地点出了全篇的主题,以生动具体的形象印证了马克思所说的"资本来到世间。从头到脚,每个毛孔都滴着血和肮脏的东西。"① 作者试图说明:所谓发财致富,便是运用各种合法或非法的手段,把别人的财产据为己有,为此必然做出种种不可告人的罪恶勾当。你若失败了,便是罪犯;成功了,便成为社会上有名望的"正人君子"。这一主题思想在短篇小说《高布赛克》和中篇小说《纽沁根银行》(1837)中,得到了更充分更深入的发挥。

《高布赛克》是巴尔扎克的名篇,最初发表于1830年,意在刻画社会权力的悄然转移。这位毫不起眼的高布赛克老爹,戴着破鸭舌帽的干瘪、矮小的守财奴,终身信奉金钱拜物教,贪婪、吝啬成为他生活的本能。但却是社会舞台上真正的"强者",人们"命运的主宰","无人知晓的国王"。因为黄金已成为"当前社会的灵性",金钱已转化为权力,拥有财富的高利贷者于是轻而易举地控制了社会。

当然,比起原始积累型的高布赛克,纽沁根是个更有雄才大略的银行资本家,其手段的巧妙与毒辣,比用高利贷方式聚敛财富的高布赛克,悭吝狡诈、极善投机的葛朗台和《红房子旅馆》中靠谋财害命起家的泰伊番不知高出多少倍。他熟知证券交易的奥秘,一手操纵交易所的风云变幻,他通过三次倒账清理,杀人不见血地掠夺了千家万户的财产,成为法国首屈一指的金融巨头,而上当受骗者们却把他当作天下第一等正直的银行家。

巴尔扎克用哲学家的冷静态度分析现实的社会关系,用理性的手术刀解剖人类的灵魂,他无情地鞭笞这个金钱所主宰社会,认为受黄金刺激造成的人欲横流,是使社会堕落的主要原因。但巴尔扎克仍然

---

① 马克思:《所谓原始积累》,《马克思恩格斯选集》第2卷第265页。

相信生活中有着比金钱更为高贵的东西,并力图在作品中描绘一些未受金钱腐蚀的心灵。如《无神论者望弥撒》(1836)中的挑水夫布尔雅、《夏倍上校》《邦斯舅舅》中的韦尼奥、托克纳尔等,便是这类情操高尚、胸怀博大的人物,他们或出身贫寒,或境遇不佳,但在这惟利是图的社会中,一直保持高贵的品格。这些人并非改革社会的先进力量,至多不过是个人奋斗的好汉或洁身自好的隐者,而且在整个《人间喜剧》中显得稀少而寂寞,常受世人的诽谤或误解,恰似荒原中几朵伶仃的小花,只能毫无防卫地经受风雨的袭击和摧残。布尔雅这个穷苦的挑水夫,不图回报地贡献出二十二年辛苦劳作的积蓄,供一个萍水相逢的大学生继续他的学业,为此放弃了购买一只水桶和一匹马的毕生梦想。

这部小说明确地表白了巴尔扎克的宗教思想。和小说中的德普兰一样,作者也是个真正的无神论者,而且从不隐讳对教会的蔑视与厌恶。但是,巴尔扎克认为宗教信仰能够净化人的心灵,抵御贪欲的引诱。和他在其他许多作品中塑造的正面人物一样,布尔雅也是个虔诚的天主教徒,一生都保持着纯洁而天真的信仰。作者从人道主义、改良主义出发,深信宗教是"把恶的数量减少,把善的数量增加的唯一手段",是"稳定社会的最大因素",所以他不信仰宗教却宣传宗教,认为宗教"也许不是神的安排,却是人的一种需要"。[1]

短篇小说《玄妙的杰作》(1931)应当说是本集中的一个特例,和巴尔塔扎尔[2]、冈巴拉[3]一样,小说主人公弗朗霍费也属于知识探索中某种激情的牺牲品。他无疑具有非凡的智慧,对艺术怀有真诚的、诗一般的激情。巴尔扎克在许多作品中都怀着敬意描写了这种激情。

---

[1] 巴尔扎克:《〈人间喜剧〉前言》。
[2] 巴尔塔扎尔,巴尔扎克的小说《绝对之探求》的主人公,他为探求万物的本原而倾家荡产。
[3] 冈巴拉,巴尔扎克的同名小说中的主人公,他为发展一种新的音乐理论和创造一种能代替整个乐队演奏的新型乐器而变得近乎癫狂。

但他认为激情固然能产生伟大的行动,却也常常走向疯狂,酿成悲剧。弗朗霍费的悲剧在于:他把自己在艺术领域中窥探到的局部真理当成了全部真理,把自己在艺术上的某些突破夸大成唯一有价值的艺术法则。所以当他在理智的限度内运用他的技艺和见解时,他创造出无比的杰作,而一旦把他的理论夸大和绝对化,就陷入了可悲的荒谬境地。他耗费了十年心血,将他最美的作品涂抹成一面厚厚的堆满颜料的墙,人物的形体消失在色彩后面,终于变得一无所有。

巴尔扎克是一位热中于哲理探讨的文学家,但他并非像哲学家那样进行纯哲学的研究,而是对某些社会现象或精神现象进行剖析与探讨,从心理或理念的角度寻求答案。他的哲理虽然不见得全都科学,却包藏着丰富而深邃的辩证思想,直到今天读来仍觉意味隽永,发人深思。《玄妙的杰作》写到一些著名的画家,某些情节也不乏历史的依据,从而增强了故事的真实感。尤其值得借鉴的是,作者不因小说意在阐述某种哲理而忽视人物的塑造。人物无论主次,个个形象鲜明,主要人物更是由表及里,逐层深入,读后给人留下深刻而强烈的印象。

巴尔扎克是举世公认的现实主义大师,但这绝不意味他的写作方法就是一丝不苟地摹写现实。相反,他的作品充满大胆的想象,奇特的构思。为了深入地揭示现实的真相、透彻地剖析事物的本质,他敢于运用一切可能运用的艺术形式。他让当代两三千个人物活跃在《人间喜剧》的舞台上,同时也不排斥在某些场景中让幽灵出现,鬼神托梦,撒旦施展威力。特别是"哲理研究"类的作品,颇有一些带有神秘、荒诞和超现实的成分。以本书所选的作品为例,其中两篇(《长寿药水》和《改邪归正的梅莫特》)就带有浓厚的传奇和魔幻色彩。然而这些非现实主义的手法非但不曾削弱作品的真实感,反倒使现实矛盾表现得更鲜明、更强烈、更激动人心。

在《长寿药水》(1830)中,唐璜的弑父行为似乎骇人听闻,但作者提醒人们,社会上围绕遗产问题搬演的种种闹剧、丑剧、悲喜剧,其实都在某种程度上与唐璜的行为相类似。我们不妨留意一下《长寿药水》篇头的《致读者》：

> ……当您读到唐璜漂亮的弑父行为时，请您猜测一下，那些在十九世纪领取终身年金，相信只会得感冒的正派人，或者那些租房子给一个老太婆度过晚年的人，他们在类似的场合会有什么样的举动，他们会让享有终生年金收入的人复活①吗？我希望公正无私的良心裁判者观察一下，在唐璜和那些让孩子攀一门大有指望的婚姻的家长之间，在多大程度上相类似？……你们难道没有看到，在社会上，有许许多多人在法律、风俗和习惯的影响下时刻想着亲人的死，盼着亲人的死吗？……他们一边说"晚安，父亲"，一边在蓄意谋杀。他们时刻盯着亲人那双眼睛，盼望这双眼睛闭上，……天知道人们的头脑里犯下了多少弑父之罪！

唐璜本是民间传说中的人物，"长寿药水"的故事也纯属虚构，但"财产拥有者追求长寿，财产继承人盼望他早日归天"的现象，确实相当普遍。读者从这篇小说会联想到许许多多两代人之间的殊死格斗，而绝不会探究世上是否真有这种起死回生的药水。毫无疑问，巴尔扎克笔下的唐璜已不再是民间传说中的那个唐璜，作家不过是借用他的名字和形象，来表现人们对金钱、享乐的无止境追求及现代社会的极端利己主义观念。应当承认巴尔扎克的唐璜比以往文学作品中的唐璜复杂得多：他既邪恶又充满睿智；既是怀疑和反叛精神的象征，又是精于算计的实用哲学的代表。

《改邪归正的梅莫特》(1835)中梅莫特的形象，同样写得富有传奇色彩。小说借用《漫游者梅莫特》②中的这一形象，表现人欲横流的社会中物质生活与精神生活的矛盾，产生了格外强烈的效果。梅莫特及其接替者卡斯塔涅出于物质的欲望，把灵魂出卖给魔鬼，而他们一

---

① 法国的终生年金利息较高。但持有人死后，本金立即被放款人没收。
② 梅莫特原系爱尔兰作家麦图林(1782–1824)的《漫游者梅莫特》中的主人公，是个将灵魂卖给魔鬼以求长生不老的人物。

旦享有了无限的权力和财富,便意识到了人世的空虚。享尽欢乐等于毫无欢乐;占有一切,则一切都失去了意义;饮食过度使味觉麻木;美女唾手可得倒使人兴味索然。物质的满足和精神的空虚在他们身上形成了深刻而痛苦的冲突,以致他们宁愿放弃既得的物质利益,换取进入天国的权利。梅莫特显然不代表现实人物,而只是一种精神现象的化身。人类的天性总是向往未知的和未占有的领域,因而全知全能带来的空虚感使他焦躁不安。他无所不知,却追求未知;他无所不能,却又饥又渴;他蔑视自己拥有的一切,惟独渴望已经失去的爱和信仰,只求在天国安息他的灵魂。梅莫特的忏悔在现代社会也许谈不上有多少真实性,但梅莫特充满矛盾的精神状态,这种乐极生悲的痛苦之感,却是真实的。同样,卡斯塔涅和梅莫特之间的灵魂交易固然貌似荒诞,但这个人物和他的犯罪,却是金钱社会的必然产物,非常真实,且极为典型。社会对待"德行"和"恶行"是那么不公正,不能不诱使无数个卡斯塔涅铤而走险。一个正直的出纳员一生清白所能得到的奖赏,至多不过是"一百路易的养老金,三层楼的房间,尽够吃的面包,几条新围巾……";而"恶行"只要大胆而巧妙地玩弄法律条文,社会就"使他偷来的几百万家当合法化,给他带上绶带,堆满荣誉,百般尊崇"。尤其具有讽刺意味的是,巴尔扎克为他的忏悔者安排的赎罪办法,也是富有时代特征的。既然在这个社会里一切都可以买卖,——"政府、思想、信仰全用货币标价,……连上帝借款也用超度灵魂的收入作担保,因为教皇在那里开了长期户头……"那么人们出卖灵魂去攫取权力和财富,尔后又用权力和财富去赎回灵魂,当然是行得通的了。只不过几经转手以后,灵魂的价格越来越低,最后几乎分文不值……

巴尔扎克的艺术是一种高浓度的艺术,他认为"艺术就是凝练的自然",就是"用最小的容量惊人地集中最大量的思想",因而他的小说作为思想载体,负荷量是相当惊人的。尽管本书所收的几篇作品远不能代表巴尔扎克的全部成就，但也可从中见出其作品内涵之丰富，寓意之深刻；时至今日，读来仍觉意味隽永，发人深思。巴尔扎克是头脑无比清晰、目光能穿透一切的艺术大师，是敢于道破真相的历史解说员；他不曾抄袭任何现成的结论，而是从生活中大量的感性素材出发，达到了对当代历史和社会本质的深刻理解，并以无比生动的艺术形象再现了他所认识到的全部现实。正如法朗士所说，"巴尔扎克是他那个时代社会的洞察幽微的历史家，他比任何人都善于使我们更好地理解从旧制度向新制度的过渡。"

二〇〇八年九月

巴尔扎克面对转型期的法国[*]

　　十九世纪法国一位作家的卧室里，放着一尊小小的拿破仑塑像，塑像的剑鞘上刻着这样一行字："他用剑未能完成的事业，我要用笔来完成。"下面的署名是：奥诺雷·德·巴尔扎克。

　　巴尔扎克的这句豪言壮语没有落空，他以二十年的辛勤劳作，创造了《人间喜剧》这一小说史上的奇迹。他以人物重复出现的手法，将九十余部篇幅不等的小说联为一体，构成了一幅完整的、包罗万象的社会风俗画，他使两三千个人物在纸上活跃起来，有声有色地演出了一七八九年法国大革命以后直至一八四八年资产阶级取得全面胜利的这一整段历史。按他自己的说法，这是许多历史家所忽略了的"风俗史"。这种把文学作品系列化、整体化，以反映社会全貌的做法，是巴尔扎克的首创，在他之前，还没有一个作家有过这样的设想，也没有人有这样大的气魄，敢于给自己提出如此艰巨的任务。

　　巴尔扎克和莎士比亚一样，属于文学史上罕见的天才。莎士比亚把戏剧的容量和艺术表现力发展到巅峰；巴尔扎克则把小说的容量和艺术表现力发展到巅峰。巴尔扎克是小说艺术的革新者，在他之前，法国小说一直未能完全摆脱故事的格局，题材内容和艺术表现力都有很大局限。巴尔扎克大胆地突破了传统的艺术领域和艺术方法，拓展了小说的艺术空间，几乎无限度地扩大了文学的题材，社会生活中的方方面面，包括那些仿佛与文学的诗情画意格格不入的东西，都在他

---

[*] 本文系应社科院外文所之约撰写。

笔下得到了富于诗意的描绘；他将戏剧、史诗、绘画、雕塑等多种艺术形式的表现手法熔于一炉，把叙事、描写、造型、抒情、对话……交织在一起，大大丰富和完善了小说的艺术技巧，使之成为一种表现力极强的综合性艺术形式；巴尔扎克创造性地实践和发展了现实主义的典型化艺术理论，创建了十九世纪法国最壮观的人物画廊，他透过个性化的形象塑造，剖析带普遍意义的人性本质，并将特定的人物植入特定的社会环境，使之渗透着厚重的历史感和时代感，从而使通常被视为供人消遣的小说具有了深远的文献价值。如果说他的同代人由于离得太近而不能充分估量这些作品的价值和意义，那么，在历史拉开一定的距离之后，再来审视这位作家和他所建造的那座宏伟建筑，也许就能更加公正和客观了。

一

巴尔扎克于一七九九年出生，一八五〇年去世。这半个世纪正值法国从封建主义向资本主义过渡的历史转轨时期，他亲身经历了拿破仑帝国及其百日皇朝、波旁王朝的两次复辟、七月王朝，直至一八四八年二月革命后建立共和国的全过程。这是法国近代最动人心魄的一段历史，法兰西从来不曾这样生气勃勃，也从来不曾像这样乾坤颠倒、一片混乱。这是一个既充满罪恶又充满活力，既腐败而又正在向前发展的社会，新旧交替之际错综复杂的矛盾冲突，频繁的政权更迭，急剧而持续的社会动荡，波及每一个家庭和个人，社会各阶层的兴衰沉浮、沧海桑田，比以往任何一个时代都令人触目惊心。法国大革命带来的巨变，不仅冲击了旧制度所维护的封建统治阶级，也冲击着每一个曾对新制度的诞生寄予热望的法国公民。随着资产阶级的日益得势，在社会生产力获得迅猛发展的同时，金钱也取代"神权"和"君权"成为主宰一切的力量，在推翻封建制度的漫长过程中形成的一整套非常革命的观念，与革命后建立的新制度形成了尖锐的对立。正当人们试图向新制度索取"理性王国"曾允诺的一切权利时,却发现无比高贵、尊严的"人"正在沦为"商品";所谓"自由、平等、博爱",在实践中只能是人与人之间的竞争角逐。幻想破灭了,人们发现自己孤立无援地置身于一个以金钱为杠杆的动荡不安的社会。一方面是资产阶级与封建贵族势力之间持续的冲突和殊死较量;另方面是伴随社会变革而生的新的失衡和矛盾:资本原始积累时期的血腥暴行、资本主义社会人与人之间冷酷无情的现金交易关系、竞争的残酷、金钱的败坏人心、法律的不公、政客的卑鄙、文化的堕落、天才的被毁灭、恶棍们的胜利……宗法制的从属关系瓦解了,人们只能凭借个人力量在这浊浪滚滚的社会中挣扎、拼搏。每一个被排斥在既得利益集团之外的人都对这个非正义、非人道的社会产生了强烈不满。正是这个处于大动荡中的进步与非正义共存的时代,吸引了巴尔扎克去研究它、认识它,并萌发了充当历史见证人的愿望。

巴尔扎克所走过的道路并不平坦。如果把他的一生写成小说,也许是《人间喜剧》中最可惊可叹的一幕。他的生活充满惊涛骇浪,挟带着多次神话般的破产;他一辈子都在债务中挣扎,永远在为到期的期票发愁。在他同时代的作家中,没有一个人对金钱的统治、物质的迫害有过他那样直接的、深切的痛苦感受。他正像自己所描写的一些天才人物那样,在巴黎这个炼狱里"生活过,搏斗过,感受过"①,在生活体验方面,他比任何人都富有。

他出生在法国都兰地区图尔市的一个市民家庭。父亲是从农民上升到中产阶级地位的国家公务员;母亲是巴黎沼泽区一个殷实的呢绒商的女儿。他是家中的长子,父母的心愿是要把他培养成一名备受市民社会尊敬的公证人。巴尔扎克在学校里成绩平平,常显得迟钝和心不在焉。谁也看不出这孩子有什么出众之处,惟有他本人一直相信

---

① 引自《幻灭》。

自己必将大有作为。

中学毕业后,他按父母的意愿在巴黎大学法学院注册入学。他兴趣广泛,对哲学、文学、自然科学都表现出极大的热情。他一面在法学院学习,一面在文学院听课,同时继续进修数学、物理、化学……等自然科学课程,还常去自然博物馆听法国著名的生物学家若夫华－圣依莱尔讲学。当时若夫华－圣依莱尔和居维埃①之间关于动物分类学及其机体有无"统一格局"的论战,曾引起他浓厚的兴趣。圣依莱尔认为动物的有机构成只有一种基本形态,因生存条件不同才演变出千殊万类。巴尔扎克联想到人类更是只有一种基本形态,同样因处境不同而出现千差万别:王公、银行家、艺术家、市民、神甫和穷汉之间,在衣着、住所、言谈、举止、风尚方面的差异之大,不亚于不同类别动物的差异。他模模糊糊意识到,这种学说如能用于分析社会现象,很可能会建立一种绝妙的思想体系,继而又想到,既然博物学家布丰②能成功地通过一部书来描绘动物世界的全貌,为什么不给人类社会也写一部类似的著作呢?这一联想,后来果然成为他构思《人间喜剧》的契机。

巴尔扎克上大学期间,父亲为了让他尽早熟悉未来的职业,曾先后安排他在一位诉讼代理人和一位公证人的事务所见习。几年的见习生活让他受益匪浅,他非但熟悉了民事诉讼程序,还从这个法律窗口窥见了巴黎社会的种种奥秘,看到了隐藏在金银珠宝之下的罪恶,为他未来的创作积累了大量素材。然而,事务所机械沉闷的生活、发霉的文书案卷令他深恶痛绝,他绝不愿让自己充满活力的生命在这一潭死水中消耗掉。

一八一九年一月,巴尔扎克从法学院毕业,获法学士学位。但他断然拒绝家庭为他在公证人事务所安排的前程,贸然选择了毫无生活

---

① 若夫华－圣依莱尔(1772－1844),法国生物学家,生物学界"思想学派"的创立者,他认为科学不仅是观察和分析,更重要的是推理和判断。居维埃(1769－1832),法国生物学家,自然史教授,生物学界"现象学派"的代表。
② 布丰(1707－1788),法国博物学家、散文家,进化论思想的先驱,著有《自然史》三十六卷。

保障的文学道路。这条路有多远，有多曲折？一开始他并不知道。但在进入《人间喜剧》的创作之前，他整整挣扎了十年。他曾经住在贫困的巴黎圣安东郊区的六层阁楼，常常只靠清水、面包度日，用于照明的费用，有时比用来维持生命的费用还要多。他诙谐且不无夸张地写信告诉妹妹："你那注定应享有伟大荣誉的哥哥，饮食起居着实像一位伟人。这就是说：他都快饿死了。"

为了向父母证明自己的文学才能，巴尔扎克几乎足不出户地奋战了一年多。然而他煞费苦心写出的处女作——诗剧《克伦威尔》，却令人大失所望。一位剧作家——法兰西学院的院士——看过剧本后表示："这位作者随便干什么都可以，就是不要搞文学。"[1]这么厉害的当头一棒足以把任何人打趴下，却没能让奥诺雷·巴尔扎克灰心丧气，他一旦选定了目标，便不顾一切地朝这个目标奔去。他在手杖柄上用土耳其文刻了一句苏丹王的箴言："我是粉碎障碍的专家"[2]。这句箴言正是他性格的写照。

当时巴黎有一伙小有文才的青年，专为书商炮制流行小说和各种小册子。为了摆脱经济上对父母的依赖，巴尔扎克加入了他们的文学作坊，以雷奥诺、圣多班等化名参与或独立写作了十多部流行小说。不能说这个阶段的写作对锻炼技巧毫无帮助，但这类限期完成、粗制滥造的商业性作品，永远不会带来他所期待的荣誉，后来他甚至不肯公开承认这些作品出自他的手笔。

巴尔扎克深感没有稳定的经济来源就很难从事严肃的艺术创造，于是决定暂时弃文经商。从一八二五年开始，他先后尝试过图书出版，开办过印刷厂、铸字厂，每次都以为即将财源滚滚，结果却总是债台高筑。四年的商海沉浮，让他尝够了破产、倒闭、清理、负债的苦楚，亲身领略了期票的追逼和高利贷者的盘剥……最后，走投无路的巴尔扎克只好把烂摊子撇给一位表兄去收拾，自己重新一头扎进创作。

---

[1] 见洛尔·絮尔维尔：《从巴尔扎克的通信看他的生活和作品》第64页。
[2] 见泰纳：《巴尔扎克论》。

这时候，巴尔扎克已经三十岁了，从一八一九到一八二九年，他在充满挫折和失败的道路上整整闯荡了十年。表面上看，他走了一大段弯路，又身无分文地回到了原来的出发点；而事实上，此时的巴尔扎克已不是从前的巴尔扎克了。不能低估这十年闯荡在他创作生涯中的地位和作用，正是在这十年里，他的知识积累和生活积累完成了从量变到质变的过程。

正如莫里哀在法国社会闯荡十余年，饱经人世沧桑后才写出他那些经典名剧一样，当巴尔扎克重新拾起羽笔的时候，他不仅已初步形成自己的哲学思想体系，而且对创作方法和艺术风格也进行过深入的思考和探索。

一八二九年，他完成了长篇历史小说《最后一个舒昂党人或一八〇〇年的布列塔尼》（后定名为《舒昂党人》）。这是他的第一部以"巴尔扎克"署名的作品，意味着他确信已摸索到自己的创作道路。这部近距离反映历史的作品，尽管细节带有传奇色彩，却已是一部具有文献价值的历史小说。巴尔扎克在大量阅读文献资料的基础上，又到叛乱发生的地点——富热尔进行过实地考察，小说不带偏见地再现了舒昂党叛乱的真相，剖析了在该地区发生这一事件的条件和原因，真实地描绘了贵族、僧侣为恢复失去的权力，如何以宗教迷信的手段煽动农民为王党效命……

《舒昂党人》并没有成为畅销书，但在内行人眼中，巴尔扎克已不是等闲之辈了。表面上他还是一个初出道的文坛新秀，事实上已是一位相当成熟的小说家。从一八三〇年开始，巴尔扎克进入创作高潮，他以令人目不暇接的速度，接连发表了篇幅不等的小说数十篇，篇篇引人瞩目。及至《驴皮记》《欧也妮·葛朗台》问世，巴尔扎克已是名满全国、享誉欧洲的大作家了。

巴尔扎克的创作生涯，大体上可划分为三个阶段。从一八二九至一八三四年，是《人间喜剧》的酝酿阶段，这一阶段发表了篇幅不等的小说四十二篇。巴尔扎克的中短篇精品,大都是这一阶段的收获。如一八三〇年发表的《猫打球商店》《苏镇舞会》《高布赛克》《长寿药水》,一八三一年的《玄妙的杰作》《红房子旅馆》,一八三二年的《夏倍上校》《图尔的本堂神甫》等。长篇小说《驴皮记》(1831)和《欧也妮·葛朗台》(1833)是本阶段最辉煌的成果,一出版便引起极大的轰动。《十三人故事》(1833 – 1834)、《乡村医生》(1833)、《绝对之探求》(1834),亦属本阶段的力作。巴尔扎克转眼间成为巴黎的当红小说家,上流社会也向他敞开了大门。不过,对作家本人说来,这一时期还有一项意义深远的收获,即《人间喜剧》宏伟规划的酝酿成熟。

一八三三年的一天,巴尔扎克满面春风地跑到鱼市街他妹妹家里,一进门就挥舞着他那根镶着玛瑙石的粗大手杖,模仿着军乐演奏和鼓声,兴高采烈地说:"向我致敬吧,因为我老实不客气就要成为天才了!"巴尔扎克这么兴奋是可以理解的,因为多年来他早有使作品系列化的打算,但直到此时才找到一个合适的框架将所有的小说组成一个整体。到一八三四年,这一设想已发展成一个庞大的计划。他在给韩斯卡夫人的信中谈到,他的作品总汇将定名为《社会研究》,下分"风俗研究"、"哲理研究"、"分析研究"三个系列,分别表现结果(即现象)、原因和法则。"①至此,整套巨著的基本框架和立意已告形成。后来,在但丁《神曲》的启发下,巴尔扎克又将总称改为《人间喜剧》,意味深长地把人世间一切纷争角逐、悲欢离合喻为人生大舞台上的一个个场景,一幕幕悲喜剧。

从一八三五年开始,巴尔扎克进入创作生涯的第二阶段,即有计划地为《人间喜剧》大厦准备构件的阶段。《高老头》就是他为大厦铸造的一根顶梁柱。他要这部小说像拉开《人间喜剧》的序幕一样,全面展示巴黎社会这个光怪陆离的巨型舞台,各个社会阶层的代表人物都在此登台亮相。从拉丁区与圣马尔索城关之间贫穷寒酸的小街陋巷,

---

① 韩斯卡夫人(1801 – 1882),波兰贵妇,后成为巴尔扎克的妻子。这里提到的信件见巴尔扎克《致外国女子的信》第 1 卷第 205 – 206 页。

到圣日耳曼区富丽堂皇的贵族府邸,巴黎社会各个阶层、各种身分的人物,带着各自独特的风貌,在这部小说中组成了一个喧闹的、活动着的、真实的社会。这里有家世煊赫的宫廷贵人,有权势逼人的银行家、高利贷者,有平民公寓贪婪势利的老板娘,有献身科学的大学生,有苦役犯帮口里神通广大的秘密头领,有吃了一辈子公事饭而变成窝囊废的退休公务员,还有来路不明、工于心计的老小姐……在这个为金钱所累的社会里,一个给了两个女儿每人每年四万法郎入息的父亲,自己却穷死在塞纳河左岸①的阁楼上;两个女儿一个当了伯爵夫人,一个当了银行家太太,而每年只剩下几百法郎生活费的老父亲还得千方百计筹钱为她们还债;满头鲜花,打扮得像天仙般的贵妇人,头天晚上在舞会上风头十足,第二天早上却在放印子钱的干瘪老头面前赔笑脸;浑身珠宝的银行家太太,为了摆脱困境竟不得不在赌台上碰运气;气概非凡,才情过人的宫廷贵妇,敌不过二十万法郎年息的陪嫁的竞争;纯洁无辜的少女,由于父亲要为儿子建立长子世袭财产而被逐出家门;外省来的大学生榨干母亲、妹妹的私蓄,为的是置办一套时髦行头到上流社会去闯出路……这么广阔的画面,这么些形形色色的人物,这么多不可思议的古怪现象,通过一个贫穷的贵族青年作桥梁,天衣无缝地构成一个有机的整体。虽则头绪纷繁,读来却感到紧凑而集中,每个细节,每个人物都紧扣主题——拉斯蒂涅的认识社会。作者以令人惊叹的巧妙构思,部署了拉斯蒂涅所处的典型环境,让他从四面八方,从不同的社会阶层,以不同的方式受到同样的教育,终于使这个来自外省的青年丧失了天真,逐步为这腐败的社会所同化。

从《高老头》开始,巴尔扎克运用人物重复出现的手法,把以往的作品和今后的作品联成了一体。一八三五至一八四一年,巴尔扎克又接连发表了十六部长篇、十部中篇和八个短篇,几乎篇篇堪称杰作。如短篇小说《改邪归正的梅莫特》(1835)、《无神论者望弥撒》(1836);

---

① 法国巴黎塞纳河左岸当时是穷人聚居的地区。

中篇小说《禁治产》(1836)、《夏娃的女儿》(1838)、《比哀兰特》(1840);长篇小说《幽谷百合》(1835)、《古物陈列室》(1836－1838)、《幻灭》前两部(1837－1839)、《卓越的女人》(即《公务员》,1836－1838)、《赛查·皮罗托盛衰记》(1838)、《搅水女人》(1841)等。《幻灭》是这一阶段继《高老头》之后最重要的著作,但也正是这部作品中对新闻出版界的批判揭露使他和报界结下了冤仇,一场围攻和笔战延续了数年之久,自此巴尔扎克所有的作品都遭到报刊评论的恶意攻讦。

至一八四一年末,尽管有待创作的作品还很多,但现有作品已构成一个井然有序的世界,可以汇编在一起了。于是巴尔扎克与出版商菲讷、赫哲尔等正式签订了十六卷本《人间喜剧》的出版合同。除按原计划将编目划分为三个系列外,巴尔扎克又根据题材类别,将篇幅最大的"风俗研究"分为"私人生活"、"外省生活"、"巴黎生活"、"政治生活"、"军旅生活"和"乡村生活"等六个场景,其中分量最重的是前三个场景。"私人生活场景"主要研究婚姻家庭问题和青年人入世之初面临的人生选择问题;"外省生活场景"以外省贵族社会和市民社会在政治上、经济上的较量为背景,中心题材是法国大革命以后社会财富和权力的重新分配,以及整个社会从物质基础到思想观念发生的深刻变化;"巴黎生活场景"刻画巴黎各社会阶层的众生相,描绘现代社会的人生百态,着重揭露上层社会的腐朽堕落……

从一八四二年开始,巴尔扎克的创作生涯进入了第三阶段,即系统地出版《人间喜剧》的阶段。巴尔扎克一面修订、汇编旧作,一面不断补充新作,如《幻灭》第三部《发明家的苦难》(1843)、描写封建庄园经济解体的《农民》(1844)等,即本阶段的重要新成果。《人间喜剧》以每年三至四卷的速度出版,至一八四六年九月,十六卷本已全部出齐。一八四六年秋至一八四七年春,《立宪报》又连载了以《穷亲戚》为总标题的两部精彩长篇:《贝姨》和《邦斯舅舅》。这两部作品艺术上的精湛完美,连巴尔扎克的宿敌都不能不表示肯定。一八四八年,

《贝姨》和《邦斯舅舅》补编为《人间喜剧》第十七卷。至此，一座由九十七部小说构成的《人间喜剧》大厦已宣告落成。

不过巴尔扎克是个不知满足的人，一八四四年，他又为《人间喜剧》拟定了一个包括一百四十四部作品的更加庞大的计划。遗憾的是，他已经没有足够的时间来完成这个计划了。从一八二九至一八四九年，巴尔扎克为他的《人间喜剧》整整奋斗了二十个春秋。短短二十年写出这样一套巨著已经令人够吃惊的了；何况每部作品他都要反复修改，更换好几次乃至十余次校样，每次都改得密密麻麻、面目全非；更何况他还曾为好几家报刊杂志撰稿，发表了数以百计的杂文、特写、书评、专论、时政述评……；此外，还创作了六部戏剧和一部仿十六世纪文体及拉伯雷风格的短篇故事集《趣话百篇》[①]。谁也无法想象巴尔扎克的工作效率和工作节奏，他经常晚上六点钟上床，半夜十二点起身，披上圣多明俄式的僧袍，点起四支蜡烛，一口气工作十四至十六小时，有时甚至还要多。有人说他三天用掉一瓶墨水，更换十几支羽笔，为了保持头脑的清醒，咖啡成了他的生活必需品。经年累月的超负荷脑力劳动和过量的咖啡摧毁了他的健康，巴尔扎克不满五十岁便已风雨飘摇了。一八四九年他在韩斯卡夫人的领地上是病病歪歪度过的。一八五〇年三月，俄国沙皇终于恩准了他和韩斯卡夫人这桩酝酿了十年之久的跨国婚姻。举行婚礼后，年已半百的新郎新娘启程返回法国。巴尔扎克在途中再次病倒，双目几近失明，五月抵达巴黎时已一病不起。"房屋造毕，死神来临。"[②]他的"大厦"刚刚落成，梦寐以求的婚姻刚刚缔结，他就像那位到达终点的马拉松长跑者一样，奄奄一息地倒下了。一八五〇年八月十八日，巴尔扎克去世，终年五十一岁。八月二十一日，在拉雪兹神甫公墓举行葬礼，自发的送葬行列绵延了好几条大街，几乎望不到尽头。

---

① 实际只写了三十余篇，中译本题为《都兰趣话》。
② "房屋造毕，死神来临。"土耳其谚语。

巴尔扎克的一生也像是一出悲壮而辛酸的"喜剧"。他虽是举世公认的现实主义小说家,他本人却是个最浪漫的幻想家。他的生活由一连串想入非非的梦幻和梦幻破灭的惨痛经历连缀而成。或许可以说,正是他那些梦幻与现实的碰撞,使他获得了对现实的深刻理解。他绝大部分时间都生活在虚构的世界里,结果所有的实际事务都被他搅得一团糟。他在《人间喜剧》中描写了无数发财的手段,他自己却在债务中越陷越深。一八三五和一八四○年他曾两次创办杂志,结果使原本还不清的债务益发还不清了。巨额的债务拖累了他一生,他只能靠一支笔来偿还。他时刻受着高利贷者和出版商的追逼,他的房屋、家具不止一次被查封、拍卖,还经常逃到乡下去躲债……他不仅是《人间喜剧》的作者,也是这个巨型舞台上的演员。波德莱尔曾把他称作《人间喜剧》诸多人物中"最奇特、最有趣、最浪漫,也最富有诗意的一个"[1]。他在《人间喜剧》中所描写的,不仅是他的观察,也包括他的体验与感受,正是这些切身的体验与感受,构成了《人间喜剧》中最精彩的篇章。

二

巴尔扎克步入文坛的时候,适逢法国浪漫派向古典主义公开宣战,浪漫主义运动进入高潮。巴尔扎克却游离在浪漫主义运动之外,独树一帜,以风俗史家自喻,决心为这瞬息万变的时代充当历史见证人:

> 法国社会将成为历史家,我只应充当它的秘书。编制恶习与美德的清单,收集激情的主要表现,刻画性格,选取社会上的重要事件,就若干同质的性格博采约取,从中糅合出一些典型;做到了这些,笔者或许就能够写出一部许多历史家所忽略了的那种历

---

[1] 波德莱尔:《1846 年的沙龙》。

史,也就是风俗史。我将不厌其烦,不畏其难,来努力完成这套关于十九世纪法国的著作。(《〈人间喜剧〉前言》)

这段自白一则表明他的创作立足于同步反映当代社会,小说的时代感将是其作品的最大特色;二则说明刻画形象,塑造典型环境中的典型性格,是他概括和提炼生活的主要艺术手段。

巴尔扎克确信:"无论什么时代,叙事人都是同时代人的秘书:描写路易十一或大胆查理的故事,班戴洛、纳瓦尔王后、薄伽丘、吉拉尔第、拉斯卡①笔下的短篇,古代小说家的韵文故事,无不以其同时代的某一事实为基础。""主题完全虚构,与任何现实不沾边的书,大部分是死胎";而"富有独创性且百看不厌的作品,只能产生于作者对生活的深切感受"②。巴尔扎克将小说称作"民族的野史",因而"要成为真正的小说家,必须深入、全面地挖掘社会生活"③。正如他的朋友菲拉莱特·夏斯勒在《〈哲理小说故事集〉导言》中所阐释的,"《驴皮记》的作者与已故的拉伯雷一样,想要表现人类的生活,并且将他所处的时代囊括在一部丰富多彩的、纯属虚构而又熔史诗、讽刺、小说、故事、历史、戏剧、荒诞于一炉的书中……"

所有优秀的作家都程度不同地在作品中反映了自己的时代,巴尔扎克的与众不同处是力图完整地再现他的时代。他不满足于描绘某一社会侧面,塑造某几个人物典型,而是要完成一整套"关于十九世纪法国"的著作,他要像布丰通过一部书表现动物世界的全貌那样,使当代人类社会在他的作品中得到完整的再现。

他曾对韩斯卡夫人口出狂言:"世界上有四个大有作为的人:拿破

---

① 班戴洛(1485－1561),意大利作家,著有短篇小说四卷;纳瓦尔王后,即玛格丽特·德·纳瓦尔(1492－1549),法国女作家,《七日谈》的作者,收短篇小说七十二篇;薄伽丘(1313－1375),意大利作家,《十日谈》的作者;吉拉尔第(1504－1573),意大利作家,著有短篇小说一百三十篇;拉斯卡,真名安东·弗朗西斯科·格拉齐尼(1503－1583),意大利作家,讽刺韵文故事集《晚餐》的作者。
② 巴尔扎克:《〈古物陈列室〉、〈冈巴拉〉初版序言》,《巴尔扎克全集》中译本第24卷。
③ 巴尔扎克:《〈神秘之书〉初版序言》,《巴尔扎克全集》中译本第24卷。

仑、居维埃、奥康奈尔①，我将成为第四位。第一位曾威镇全欧，他缔造了军队；第二位通晓地球的奥秘；第三位成为民族的化身！我呢，我将在头脑里装下整个社会。"②

同步地反映当代社会已属不易了，何况还要完整！然而巴尔扎克还不满足，他的追求比这还要高。他不但想要"踏遍全球，感受一切激情，分析各种性格，体验所有的风尚习俗"③，还要从纷纭复杂的表象中探明事物的内在联系，追溯这种种现象产生的根源，进而对社会弊端作出诊断和披露，以达到醒世和匡正世风的目的：

> 一位作家只要刻意从事这类谨严的再现，就可以成为绘制人类典型的一名画师，或多或少忠实的、成功的、耐心的或大胆的画师，……但是，如果想得到一切艺术家所渴求的激赏，不是还应当研究一下产生这类社会后果的多种原因或一种原因，把握住众多的人物、激情和事件的内在意义？此外，在努力寻找（且不提找到）这种原因，这种社会驱动力之后，不是还应当思索一下自然法则，推敲一下各类社会对永恒的准则、对真和美有哪些背离，又有哪些接近的地方？（《〈人间喜剧〉前言》）

显然，在巴尔扎克决定以小说形式来谱写当代历史的时候，便已立足于对整个社会的研究。他不像夏多布里昂那样，把目光转向中世纪，从宗教信仰中寻求慰藉；也不像雨果或乔治·桑那样，致力于弘扬超凡脱俗的精神境界；而是试图深入到社会的脏腑，并站在历史的高度，考察、研究和评判这个社会。"我已纵览社会，为的是描绘它；我还要继续勘探社会，为的是对它做出评断。"从他频频使用研究一词作为作品总标题的做法亦可看出，写作于他乃是研究和说明世界的一种手段，与其说他是作为小说家来记述历史，不如说他是以哲学家、历史家和社会学家的眼光来写小说。他的作品超越了个人的生活感受和个

---

① 奥康奈尔(1775—1847)，爱尔兰民族运动领袖。
② 巴尔扎克：《〈驴皮记〉初版序言》。
③ 同上

人情感的抒发,而融入了对社会的总体分析。

十九世纪法国著名文艺批评家泰纳①论及巴尔扎克时,曾经说道:"对事物有总体观是高级才智的标志。"在十九世纪群星灿烂的法国文坛,巴尔扎克之所以能立于群峰之巅,正是由于他不单是一位小说家,而且同时是一位头脑中装着整个社会的社会学家,一位纵横古今的历史家和洞察幽微的哲学家。

巴尔扎克在《幻灭》中描写未来的大作家德·阿泰兹时,说过这样一句话:"他要像莫里哀那样,先成为深刻的哲学家②,再写喜剧。"这句话,可以视为作者本人的艺术追求。

巴尔扎克视思想为艺术的灵魂,他明确提出:"最高的艺术是要把观念纳入形象","艺术是一种概括,它在小小的空间里惊人地集中了大量思想","一件艺术品也是一种强有力的思想","一个字包含无数的思想,一个画面概括整套的哲理。"③在他心目中,作家对社会的影响非但不亚于政治家,甚至还高于政治家:"有思想的人,才是力量无边的人,帝王统治人民不过一朝一代,艺术家的影响却能绵延几个世纪……"④,他宣称"真正的艺术家应当同时是思想家"⑤,"伏尔泰代表一种思想,因此他胜利了"⑥。

思想充溢是巴尔扎克作品的一大特色,在很多人看来,巴尔扎克让小说负荷了过重的思想理论重担:他把历史哲学、形而上学、心理

---

① 泰纳(1828 – 1893),又译丹纳,法国著名文艺批评家、哲学家、历史学家,《艺术哲学》的作者。下文引自其《巴尔扎克论》,见《文艺理论译丛》1957 年第 2 期,人民文学出版社。
② 这里所说的哲学,并非纯学术意义上的哲学,而是指对生活的哲理思考和对社会的总体认识。
③ 巴尔扎克:《论艺术家》,《侧影》周刊(1830 年 2 月 25 日),《巴尔扎克全集》中译本第 27 卷。
④ 同上。
⑤ 费利克斯·达文:《〈十九世纪风俗研究〉导言》,《巴尔扎克全集》第 24 卷。
⑥ 巴尔扎克:《论艺术家》,《侧影》周刊(1830 年 3 月 11 日),《巴尔扎克全集》第 27 卷。

学……各个门类的人文科学乃至自然科学理论统统塞进了小说。他的叙述和描写随时伴以说理和推论,他笔下的人物也随时在说理和推论,每个人都有一整套从自身经验中总结出的生活逻辑,每一种欲望或行为的前因后果都有详尽的交代和分析。然而他的人物确实因思想丰富而形象饱满,他的故事因挟带着巨量思考而格外发人深思。他的作品中动辄出现格言警句,其深刻隽永和风趣俏皮足可和拉罗什富科①的《箴言录》媲美。巴尔扎克相信:"一个见信于人的作家,如果能以自己的作品启发读者思考问题,就是做了一件大好事",否则就只是个"逗乐的作家"。②

有些人只注意到小说家巴尔扎克,却忽视了思想家巴尔扎克,虽然他不曾创立某种自成体系的学说,却提供了一种有助于洞观事物本质的观察方法,一种能同时把握宏观世界和微观世界,并将种种分散的、貌似无关的事物联系起来思考的思维方式。正是这种赋有天才光辉的思维方式,使他能见旁人所不能见,想旁人所未能想,发现旁人所发现不了的最深层的内核。事实上,巴尔扎克的作品中特别耐人寻味之处,正是他透过形象所阐释的种种奇思妙想,是那些从现实生活中概括出的种种饱含哲理的人生体验。

在巴尔扎克身上,很早就有一种想要"把握一切、认识一切、解说一切"的思想倾向。"只做一个人是不够的,必须成为一个体系。"③这是巴尔扎克坚定不移的信念。《驴皮记》的主人公拉法埃尔曾经说:"我感到自己有某种思想要表达,有某种体系要建立,有某种学说要阐释。"这便是巴尔扎克创作《人间喜剧》时的心情。

为了达到他所企望的高度,他曾如饥似渴地阅读古往今来的大量哲学、社会科学著作和自然科学著作,不断地进行比较、分析和概括;

---

① 拉罗什富科(1613—1680),法国作家,其作品《箴言录》名闻遐迩。
② 巴尔扎克:《致〈星期报〉编辑伊波利特·卡斯蒂耶先生书》,《巴尔扎克全集》中译本第30卷。
③ 费利克斯·达文:《〈十九世纪风俗研究〉导言》。

他深入到社会生活的各个角落,搜寻人们内心的秘密,他倾听各行各业人物的谈话,参加精英们的聚会,向军人讨教,和刽子手一起吃饭,和苦役犯交朋友……;他像哲学家、历史学家、经济学家、社会学家那样观察研究当代社会的政治经济结构、权力和财富的分配、法律的奥秘、宗教的效用……精细地剖析人们的感情、欲望、各种行为的动因,耐心地探寻各种社会现象的内在联系……正像缪塞所形容的,"他想要抓住一根线索,一根可以收揽一切、汇聚一切的线索。……他的野心是要垄断那把开启时代大门的唯一钥匙……"[①]

他孜孜不倦,上下求索,终于在这个骚动的、杂乱无章的社会中,发现了一条非人力所能控制的规律,这就是资产阶级的日益得势和贵族社会的解体灭亡。这样一个历史的总趋向,就是支配全部社会生活的本质力量。社会上一切冲突、争斗、动乱、犯罪,发生在家庭和个人生活中的种种悲喜剧,都和这个特定的历史进程紧紧联系在一起。他清楚地看到时代的洪流把某些人推向浪峰,又使某些人沉入水底;金钱取代门第成为权力的象征,财富的多寡成为划分等级的新标准。于是对金钱的贪欲潜入人们的灵魂,许多新的社会矛盾便由此产生。由于对社会形成了这一总体认识,巴尔扎克得以从种种貌似分散、个别、偶然的现象中,把握住了以拜金主义为核心的具有本质意义的历史内容:人们"不再信仰上帝,只崇拜金犊"了,金钱成为整个社会的机制与杠杆。对财富的追求既给社会带来活力,推动了生产的进步,又使人性产生可悲的异化,正是对金钱的贪欲,扼杀了人类的正常感情,断送了无数家庭的幸福,酿成了一幕幕惊心动魄的惨剧……这样,巴尔扎克便站在历史哲学的高度,理解了他的时代。"芝麻,开门!"他喊出那神秘的口诀,开启了时代的大门。

巴尔扎克拉开舞台的帷幕,让我们看到一个喧腾、动荡的世界。

[①] 转引自莫洛亚:《巴尔扎克传》第三十章。

那是他用纸和笔创造的人类世界。这个世界像现实世界一样无所不包。从上流社会到社会底层,从内阁大臣到监狱里的囚犯,各行各业、各社会阶层的人物都带着各自的习俗、风貌登场。形形色色的商人、银行家、高利贷者,身分、性格各异的宫廷贵人、地方贵族和落魄的末代王孙,不同层次的冒险家、骗子、强盗,不同类型的文人、艺术家、法官、律师、公证人、公务员、店员、推销员、手工业者、城市贫民……,都在他们的造物主安排下演出了自己的剧目。金钱是这部大剧中没有名姓、没有性别的主人公,激情是所有人物和故事的灵魂,资产阶级的得势和贵族社会的衰亡则是贯穿全剧的主旋律。就这样,巴尔扎克让他的两三千个人物在纸上活跃起来,有声有色地演出了一七八九年法国大革命以后直至一八四八年资产阶级取得最后胜利的这一整段历史。

恰如恩格斯所说,巴尔扎克几乎是用"编年史的方式",逐年描绘出上升中的资产阶级对贵族社会日甚一日的冲击。他描写资产阶级如何发家(《欧也妮·葛朗台》《纽沁根银行》),贵族如何破产(《古物陈列室》),资产者的势力如何深入到每一个城镇、乡村,在一切领域和贵族社会展开政治上、经济上的较量(《老姑娘》《比哀兰特》《图尔的本堂神甫》),贵族的庄园经济如何在资产阶级的进逼下土崩瓦解(《农民》);他揭露资产阶级政客如何利用手中的权力将没收充公的贵族产业变成自己的私产,如何耍弄权术,在频繁的政权更迭中使自己的权势节节上升(《一桩神秘案件》),指出银行家、杂货商确实当上了贵族院议员(《邦斯舅舅》),贵族有时却沦落到社会底层(《浪荡王孙》);他记叙巴黎商业从个体商贩、小业主到批发商的历史进程及商业银行、股份公司、证券交易的出现,披露心狠手辣的银行家如何用倒账清理的手段掠夺千家万户的财产(《纽沁根银行》),敦厚的老派商人又如何在金融投机家的算计下被逼破产(《赛查·皮罗托盛衰记》);他考察资产阶级的得势如何导致整个社会风俗的改变,金钱如何成为"无人知晓的国王",人们"命运的主宰"(《高布赛克》),文学艺术及一切精神产品如何沦为商品,青年一代在拜金主义新时尚的冲击下又面临何等严峻的人生选择,(《幻灭》《高老头》);他列举金银珠宝下面隐藏的无数罪恶(《红房子旅馆》《禁治产》《夏倍上校》),刻画人的贪欲会使遗产之争达到何等穷凶极恶的地步(《搅水女人》《邦斯舅舅》《于絮尔·弥罗埃》)……

巴尔扎克似乎无所不知:巴黎的每一个区,外省的城市和乡镇,从相互对立的社会圈子之间的钩心斗角,到贵妇人的内心世界;从学术界不同意见的对立,到夫妻间因琐事引起的争吵……他都了如指掌。有人形容他像勒萨日①笔下的瘸腿魔鬼,半夜揭开人们的屋顶,窥探千家万户的秘密。巴尔扎克似乎对一切都要穷其究竟:他研究家庭及婚姻生活中各种矛盾的前因后果,探究资产者和贵族这两大阶级兴衰成败的缘由,推断金融资本即将主宰法国经济的前景,剖析司法行政及选举制度的弊端、官僚体制的危害,探索政府机构的改革,思考农村经济的振兴与改造……谁也无法想象一个人的大脑何以能承担这样巨量的思考。他像考古家、建筑师那样考察外省小镇的房屋建筑、门窗的构造,像经济师一样核算商店的盈利和亏损,像法学家一样研究法律程序,像古董商那样鉴定和估量每一幅名画的价值……总之,当代社会的全部历史、哲学、政治、经济、法律、宗教、财政金融、工商农业、新闻出版、文学艺术……乃至医学论战、科学实验……他都涉猎到了,《人间喜剧》简直就是一部以艺术形式撰写的《百科全书》。恩格斯说他从巴尔扎克的《人间喜剧》里,"甚至在经济细节方面所学到的东西,也要比从当时所有职业的历史学家、经济学家和统计学家那里学到的全部东西还要多"②。

巴尔扎克属于那种思维能力超常发展的天才,他广博的知识和超级的感悟力,使他对一切都产生兴趣,从最概括、最抽象的哲学,到最

---

① 勒萨日(1668-1747),法国作家,著名长篇小说《吉尔·布拉斯》《瘸腿魔鬼》的作者。
② 恩格斯:《致玛·哈克奈斯》(1888年4月),《马克思恩格斯选集》第4卷第463页。

琐碎、最具体的夫妻纠纷。他在作品中准确无误地使用各门学科的专业词汇,内行地谈论技术上的细节,他对音乐的精辟见解能使乔治·桑大吃一惊……只要他愿意,他可以成为任何一门学科的专家,然而他却不曾全力以赴从事任何学科的研究。他因为想要理解一切而不可能深入到某一个门类,于是他成为一位前无古人的小说家,一位百科全书式的小说家。

三

作为风俗史家,巴尔扎克和真正的历史家的最大区别在于:历史家们关注的是历史事件,巴尔扎克关注的则是人。他认为文学艺术应以"借助思想再现人的本性"为目标,艺术家的任务是"把提炼过的思想通过人物体现出来,塑造出让读者感到栩栩如生而又简明概括的艺术形象"①。

由此出发,巴尔扎克的社会研究首先着眼于普遍人性在不同时代、不同社会处境下的演变发展,以及人们在生存竞争中的胜败沉浮和心理状态。他一方面从宏观上关注时代的历史进程,同时从微观上审视这一进程在人类心灵中引起的种种反应及变异。因此对巴尔扎克说来,完整地再现一个时代,首先是刻画这个时代两三千个有代表性的人物,亦即生活在当代社会典型环境中整整一代人的种种典型。

在这方面,他从英国历史小说家司各特那里获得了宝贵的借鉴。司各特小说里的人物都具有鲜明的社会和历史特色,人物的个人命运和国家的兴衰及重大历史事件紧紧联系在一起。巴尔扎克运用司各特的历史研究方法来研究当代,他将人物的性格塑造和深刻的历史内容结合起来,使人物深深打上了时代的烙印;同时他强调对人类本性及人物内心世界的挖掘,较之司各特又前进了一大步。他要求笔下的

---

① 巴尔扎克:《〈驴皮记〉初版序言》。

人物"孕育在时代的胎腹中,在他们的躯体里,悸动着整个人类的心灵,蕴蓄着整套的哲理"①。他正是要通过谱写人类心灵史来描绘当代风俗和记述时代的变迁。

拉斯蒂涅是《人间喜剧》中机灵善变、青云直上的人物典型。作家却不是一开始就让他以老奸巨滑的面貌亮相,而是让他怀着外省青年的几分童心登场,在巴黎社会中逐步完成他的蜕变。《高老头》中对他入世之初这一段思想历程的描写,可以说是通过谱写心灵史来描述当代风俗的精彩范例。拉斯蒂涅是当时纷纷从外省涌入巴黎寻出路的无数青年中的一个,而且是他们当中取得成功的少数幸运儿的代表。他初到巴黎时,还是一个稚气未脱的青年。由于贫穷他不得不住在破旧、寒酸的伏盖公寓;凭着出身又可以出入金碧辉煌的贵族府邸。一边是锱铢必较的贪婪、吝啬;一边是风雅阔绰的奢侈享乐。

两个社会的对比太鲜明了,初出茅庐的青年不可能不受到强烈的刺激。他正像伏脱冷所形容的那样,"嘴里吃着伏盖妈妈的起码饭菜,心里爱着圣日耳曼区的山珍海味,睡的是破床,想的是高堂大厦"。最初他还想用功,靠真学问谋求财富;偏偏面前摆着一个脓包波阿雷,明白告诉他,循规蹈矩只能落个什么样的下场。他眼见金钱的魔力、无止境的享乐的欲望,摧毁了一切人类的感情,毒化了人与人之间的关系,使人变得连禽兽也不如:高老头把全部财产和感情都奉献给女儿,女儿们却只在缺钱时想起父亲;明明知道父亲已被榨干了,女儿为了情人的债务,竟会算计到老父亲赖以活命的最后一笔存款,为了一件金银铺绣的舞衫,竟逼得父亲卖掉最后的餐具;明明知道父亲快咽气了,女儿心中盘算的却只是如何到巴黎名门贵胄的舞会上去出风头,哪怕踩着父亲的身体走过去也在所不惜;……年轻人当时涉世不深,良心尚未泯灭,看见巴黎社会骇人听闻的罪恶,难免感到恐怖和恶心,第一次从母亲和妹子那里搜括积蓄时,还有点儿心惊肉跳、神魂不定。

---

① 巴尔扎克:《〈人间喜剧〉前言》。

随着他一步步深入到社会的脏腑,日益认清社会的真相,他的是非善恶之心便渐渐淡薄,自私的欲望则愈来愈强烈,他越来越意识到,要想出人头地,只能埋葬自己的感情和良心,如果不能下决心走苦学成才的道路,就得全盘接受伏脱冷和鲍赛昂夫人传授给他的那套哲理。

高老头之死对拉斯蒂涅说来是最深刻的一课,也是全书情节的高潮。这幕惨剧再形象不过地印证了:"资产阶级撕下了罩在家庭关系上的温情脉脉的面纱,把这种关系变成了纯粹的金钱关系。"① 被女儿们榨干了财产的老者,奄奄一息地躺在伏盖公寓的阁楼上,不停地呼唤女儿的名字,可是两个女儿一个也不来,老人想起当初女儿出嫁时,他给了她们每人八十万法郎做嫁妆,女儿女婿把他当财神,谁也不敢怠慢他。人们恭恭敬敬地瞧着他,"就像恭恭敬敬地看着钱一样。"可如今他已经一无所有了,谁也不再把他放在心上。老头儿一辈子把两个女儿看得比自己的性命还贵重,临死总算睁开了眼:

> 唉!如果我有钱,如果我留着财产,没有给她们,她们便会来,会来亲吻我的脸!……钱能给人一切,甚至女儿。啊,我的钱!我的钱在哪里?要是我身后还能留下金银财宝,她们就会来救护我,照料我;我就能听到她们的声音,看到她们了。……做父亲的应该永远有钱,应该紧紧攥住儿女的缰绳,像对付劣马一样。……

可怜的父亲在破床上一会儿呼唤,一会儿咒骂,甚至要派人去告诉女儿,说他还有几百万家财留给她们,因为"她们为了贪心还是肯来的"。……

老人咽气了。女儿女婿一个也不来料理后事。大学生典当了怀表,总算勉强使伯爵夫人和男爵夫人的老父亲能够入殓下葬。两户富贵人家却只派来两辆漆着爵徽的空车,随着灵柩到公墓。

经历了这样的现实,对社会还能存什么幻想呢?拉斯蒂涅在自己

---

① 马克思、恩格斯:《共产党宣言》,《马克思恩格斯选集》第1卷第254页。

周围看见的,只是人世的残酷和人心的堕落:多少人为了金钱而犯罪,多少人由于贪欲而出卖人格和良心,葡萄牙大贵人阿瞿达为了二十万法郎年息的陪嫁背叛爱情,维克托莉的父亲为了致富而谋财害命,伏脱冷为了攫取一笔资本而引诱拉斯蒂涅参与杀人勾当,老小姐米旭诺为了三千法郎出卖伏脱冷……他埋葬了高老头,同时也埋葬了青年人的最后一滴眼泪。他从公墓高处远眺巴黎,欲火炎炎的眼睛射向他不胜向往的上流社会,气概非凡地说了句"现在咱们来较量较量吧!"便以全新的姿态投入了巴黎社会的残酷格斗。

  围绕拉斯蒂涅这段生活经历,作者将纷纭复杂的巴黎社会纳入了作品的狭小框架,从不同角度刻画出拜金主义社会对青年人的价值取向产生的影响。拉斯蒂涅并无非凡的才具,却有足够的机灵。他一旦窥见社会的真相,懂得了致富的秘密,一旦抛弃了妨碍一个人走上"成功"之路的天真、正直和良心,就能够在这个社会中畅行无阻。后来此人果然飞黄腾达,有钱有势,成为国务秘书,当了部长。显而易见,这样的构思,不仅符合生活逻辑,也体现了作家的艺术匠心。作者远不止是想要刻画一个人物,而且要通过人物的思想历程,来揭露当代社会风俗的腐蚀力度。

  巴尔扎克的深刻之处在于,他并没有把高老头的两个女儿写成天下绝无仅有的恶妇,她们为了情人、为了虚荣搜括父亲,和刚开始学步的拉斯蒂涅搜括母亲和妹妹,本质上没有什么两样。她们受欲望支配,给父亲带来种种痛苦,可她们自己也没有得到快乐。在巴尔扎克笔下,以门第和财富为基础的婚姻不过是一种交易,因而绝大部分婚姻毫无幸福可言,雷斯托夫人和纽沁根夫人虽然各有八十万法郎陪嫁,实际上自己并无支配财产的权利。这类女子为了虚荣,为了情人,为了自己的穿着打扮、日常开销,不知要使多少心计,耍多少手段,有的因丈夫供不起她们挥霍便出卖自己,有的不惜让儿女挨饿,对父母敲骨吸髓,好搜括些零钱做衣衫。……作家这样的描写看来是为两个不孝的女儿作了某种程度的开脱,其实是把她们写得更加接近普遍存

在的事实,更能代表普遍的社会心理和时代风尚。恰如他在《〈长寿药水〉致读者》中指出的:

> ……当您读到唐璜"风雅"的弑父行为时,请您猜测一下,那些在十九世纪赚取终身年金①,寄希望于重感冒的正人君子,或者那些租房子给一个老太婆度过晚年的人,他们在类似的场合会有什么样的举动,他们会让靠年金收入生活的人复活吗?我希望公正无私的良心裁判者观察一下,在唐璜和那些让孩子攀一门大有指望的婚姻的家长之间,在多大程度上相类似?……你们难道没有看到,在社会上,有许许多多人在法律、风俗和习惯的影响下,时刻想着亲人的死,盼着亲人的死吗?……他们一边说"晚安,父亲",一边在蓄意谋杀。他们时刻盯着亲人那双眼睛,盼望这双眼睛闭上,……天知道人们头脑里犯下了多少弑父之罪!②

塑造形象,刻画典型环境中的典型性格,是巴尔扎克概括和提炼生活的主要手段,也是他对现实主义艺术的首要贡献。巴尔扎克非常清楚,思想固然是艺术的灵魂,但思想并不等于艺术。要使抽象的思想感动读者,必须让它们以生动感人的形象出现:"观念化为人物,才能更加隽永。"③不过,"一台角色多达三四千人的社会戏剧,怎样才能使它兴味盎然呢?怎样才能既令诗人与贤哲感到愉悦,同时又博得广大群众的青睐呢?要知道群众所要求的,是诗意和融化成生动形象的哲理。"④所以,对风俗史家而言,仅仅对时代、对社会有一个总体看法还不够,"在这之上,还应加上小说家的品质,高度的想象力、精细的细节、对人类情感的深刻研究……"⑤

---

① 终身年金是一种利息较高的存款方式,但存款人死后,该款即为付息者所有。
② 巴尔扎克:《〈长寿药水〉致读者》,《巴尔扎克全集》中译本第 22 卷。
③ 巴尔扎克:《贝尔先生研究》,《巴尔扎克全集》中译本第 30 卷,第 173 页。
④ 巴尔扎克:《〈人间喜剧〉前言》。
⑤ 巴尔扎克:《评〈流氓团伙〉》,《巴尔扎克全集》中译本第 27 卷,第 723 - 724 页。

什么是艺术？巴尔扎克认为艺术即"现实生活的集中表现",艺术"源于生活",但"艺术的真实"不等于"生活的真实",生活比艺术更丰富,但却杂乱无章,往往"不是太离奇,就是欠生动",某些生活中的实事,"写进作品反而不像是真的"。所以"作家既不能杜撰,也绝不能照搬生活",而应"通过生活中的种种偶然事件,探索对所有人来说都是可能和可信的东西"。也就是说,令人眼花缭乱的大量生活素材,必须经过作家思想的炼丹炉熔炼,然后以更集中、更鲜明、更带普遍性,同时也更深刻、更强烈的形象重新反射出来。这重新熔炼和铸造的过程,便是典型化的过程。

请看巴尔扎克如何描述艺术家冶炼和铸造形象的情景：

……骤然间,一句话唤醒了一套意念,这些意念滋生、膨胀、发酵,于是诞生了显露匕首的悲剧、色彩斑斓的画幅、轮廓分明的塑像、妙趣横生的喜剧。这是转瞬即逝的一种幻觉,像生与死般一闪而过,像深渊般深不可测,像海涛般壮阔美丽。这是五彩缤纷令人目眩的色彩,这是堪与皮格马里翁①的作品媲美的一组雕像,……熔炉中烈火熊熊,这是艺术家在劳动,……终于,孕育创造的极大快乐,淹没了分娩时撕人心肺的痛苦。②

很明显,作家在创作过程中,既需要对生活的深入观察,也需要虚构和想象。观察提供素材,是创作的基础;虚构和想象则是熔炼过程中必不可少的添加剂。在巴尔扎克看来,"不是来自生活的东西,必定是没有生命力的",虚构和想象也"必须以现实为依据"。因而他强调"观察、体验"在创作中的作用,且认为对天才作家而言,仅有一般的观察还不够,在"真正具有哲学家气质的诗人或作家"身上,还有一种特异的精神现象,即一种超人的视力,一种使他们能"透过表象明察事物

---

① 皮格马里翁,传说中的塞浦路斯国王。他爱上了自己雕刻的一尊象牙女像。美神阿佛洛狄忒为他的诚意所动,赐予雕像以生命,使皮格马里翁能娶她为妻。
② 巴尔扎克:《论艺术家》,1830年3月1日《侧影》周刊。

真相、测知其过去及未来的洞察力"①。

巴尔扎克无疑具有艺术大师那种精细的观察力和洞察一切的锐利眼光,他能够通过短暂的接触,迅速地捕捉到最微妙的感情,把握住对方心中隐秘的思想。他每到一个城市或乡镇,很快就能对当地的历史、现状、阶级关系、风尚习俗了如指掌,比在当地住了几十年的老人知道得还要多。与此同时他也拥有最热烈、最丰富的想象。事实上想象力是巴尔扎克最强的天赋之一。他从大量生活素材中抽象出观念和思想,思维的终端却是精彩纷呈的画面。他通过观察和思考形成的种种观念,总是迅速地转化成千姿百态的人物。这些人在作家的头脑里按照生活的逻辑行动着,似乎并不怎样受作家主观意愿的支配。巴尔扎克经常生活在他的虚构世界里,与他虚构出的人物朝夕相处,被这些人搅得寝食难安。他和他的造物一起幻想、受苦、搏斗,常常把虚构的世界与现实世界相混淆。他不时兴致勃勃地向朋友们报告这些虚构人物的消息,仿佛这些人真的生活在他们中间。巴尔扎克笔下的人物之所以比现实中的人物更生动、更逼真、更令人信服,在很大程度上应归功于作家这种特别强健的想象力。

不过,巴尔扎克无论怎样听任想象力展翅飞翔,却从来没有忘记从细节到整体的真实性。也就是说,故事的进展、人物的言行必须符合生活的逻辑、历史的真实,而不能凭空臆造,令人难以置信:"小说艺术的关键就是在一切细节上真实可信。"②他告诉文学上的新手:"一部小说,头一条就是要使人感兴趣。而要做到这一点,必须使读者产生一种幻觉,达到使他相信作者所叙述的都确有其事的程度。"因此"要写出一部好的历史小说,首先必须做许多研究,付出许多劳动,必须具有珍本爱好者那种耐心,认认真真读上一大本书,从中只找到一件史实或者只找到一个字;其次,头脑必须极其灵活,才能够根据无数

---

① 巴尔扎克:《〈驴皮记〉初版序言》。
② 巴尔扎克:《关于文学、戏剧和艺术的信》(一),《巴尔扎克全集》中译本第30卷。

书籍中分散的细节,创造出一个已经逝去的时代的完整总体。"①

费利克斯·达文在《〈哲理研究〉导言》和《〈十九世纪风俗研究〉导言》中,特别谈到巴尔扎克对细节的高度重视:"在他之前,从来没有哪位小说家像他这样深入细致地研究细节和小事。他以高度的洞察力对这些细节和小事加以阐释和选择,以老镶嵌工那种艺术才能和令人赞叹的耐心将它们组合起来,构成充满和谐、独特和新意的一个整体。"而且,"在他笔下,没有任何事物可称为微不足道,他能把一个题材最平庸的细节加以提炼,并且戏剧化。"

请看巴尔扎克是怎样利用高老头的膳宿费这个细节来铺垫这个人物的出场,以增强小说的戏剧效果的:他从高老头在伏盖公寓三迁居室入手,描写高老头如何在三年之中,从一个每年付一千二百法郎膳宿费的备受尊敬的高里奥先生,下降为一个每月付四十五法郎的遭人白眼的高老头。一下子就引起了读者对这个人物的好奇;接着是两位贵妇的四次来访在伏盖公寓引起的轰动和猜测,更进一步给这个人物蒙上了一层神秘的色彩;再接下去是大学生在雷斯托伯爵府的奇遇和探本求源,这才一步步把谜底揭开。经过这一番曲折,再加叙事过程中穿插了对两种社会环境的细节描写,这幕惨剧的背景便惊心动魄地展示在读者面前了。

巴尔扎克善于选择富有特征意义的细节和语言来突出人物的身分与个性,通过人物的行动来强化该典型的心理特征。鲍赛昂夫人出身名门,举手投足都有大家风范,即使满心凄苦地向上流社会告别,也能脸上挂着微笑,安详从容,丝毫不露痛苦的痕迹。伏脱冷闯荡江湖,一言一动都透着绿林气派,《高老头》中伏脱冷被捕一场,写得有声有色,从暴怒到冷静,"仿佛一口锅炉贮满了足以翻江倒海的水汽,一眨眼之间被一滴冷水化得无影无踪"。把这个苦役犯的精明干练、足智多谋,刻画得超群绝伦。

---

① 巴尔扎克:《评〈流氓团伙〉》,《巴尔扎克全集》中译本第27卷。

像司各特一样,环境及景物描写在巴尔扎克的作品中占有一席相当重要的地位。例如对伏盖公寓的描绘,具体而微,连墙上的石灰,碗碟上的缺口都不放过。在一般读者看来,冗繁的细节描写对情节是一种累赘;而在作者心目中,某些情境对故事的进展、人物性格的演变至关重要,值得用绘画的手法细细描画。如果读者对伏盖公寓的贫穷寒酸没有深刻的印象,怎能使之与圣日耳曼区的奢侈豪华形成鲜明对比,进而又怎能理解这样的对比对青年人的腐蚀作用?所以某些仿佛和情节线索关系不大的细节,从艺术家所追求的艺术效果来考虑却是不可少的。

借助精心选择的细节,巴尔扎克笔下从来没有概念化、脸谱化的形象,人物无论主次,个个鲜活生动,血肉丰满,几乎每个人的性格都有多个层面,且与其独特的经历和处境息息相关。花粉店老板赛查·皮罗托,处处透着生意人的浅薄、虚荣,但却具有老字号正派商人诚实敦厚的品格,把信誉看得高于一切;拿半饷的兵痞菲利浦·勃里杜,十足一个禽兽不如的流氓恶棍,可在战场上倒是一员敢打敢拼的猛将,和伊苏屯的流氓头子玛克桑斯较量起来更是身手不凡,然而遇上金融大鳄纽沁根、杜·蒂耶,却只能被玩弄于股掌之上(《搅水女人》)。贝姨阴狠刻毒,工于心计,作者也没有简单化地将她作为纯粹的恶人鞭笞,而是深入地剖析她作恶的心理根源,分析她如何由妒生恨,由恨而生报复之心;写出她既是不公正的受害者,又以不公正的手段去加害于人;写出她既有平民阶层合理的愤懑,又对金钱、权势、虚荣的渴望。野心、欲望的煎熬,嫉妒心的折磨,加上感情饥渴带来的痛苦,造成她心理上的畸形、变态;她不幸福,不快乐,所以不能容忍堂姐幸福、快乐;她一辈子仰人鼻息,所以巴望自己能凌驾于众人之上……(《贝姨》)

巴尔扎克不曾脸谱化地处理人物形象,也从不按一个模式描写同类人物。商人、律师、公证人也好,医生、公务员、艺术家也好,这一个都不同于那一个,连吝啬鬼都是各式各样的:葛朗台的聚财手段和高布赛克的不尽相同,里谷的吝啬和葛朗台的也大异其趣。葛朗台把一切开支看成浪费,尽管是地方上的首富,过日子却和当地的庄稼人一样,喝的老是坏酒,吃的老是烂果子,连女仆拿侬去店里买一根白烛都会成为当地的新闻;里谷的悭吝却只对付别人,自己则有一套独特的讲究与享受……总之,作家对真实的追求,使他试图在作品中表现出社会生活的全部复杂性和人类心灵的全部复杂性。别林斯基曾惊叹巴尔扎克小说中的众多人物、众多个性竟没有一个完全雷同[①]。左拉曾钦佩地谈到,在巴尔扎克那些生动逼真的人物形象面前,"古希腊罗马的人物变得苍白无力,浑身颤抖;中古的人物像玩具铅兵般倒伏在地"[②]。

巴尔扎克是人性的伟大探秘者,他对人类心灵的深入挖掘,使他的人物比产生他们的时代具有更强的生命力。拿破仑帝国、波旁王朝、七月王朝……早已成为历史,而高老头、葛朗台、高布赛克、拉斯蒂涅、吕西安、伏脱冷、贝姨、邦斯、赛查·皮罗托、戈迪萨尔……等,却至今仍生活在我们之中:高老头还在溺爱子女,葛朗台还在琢磨钱怎么生怎么死的秘密,拉斯蒂涅、吕西安等还在生存竞争中体验成功的喜悦或失败的悲哀,贝姨还在受着嫉妒心和报复心的折磨,赛查·皮罗托还在破产中挣扎,戈迪萨尔正在口若悬河地推销商品……

四

作为法国现实主义文学的一代宗师,巴尔扎克尽管已经形成了一套现实主义的文学理论,却从来不曾给自己冠以现实主义作家的称号。在他的文学评论《贝尔先生研究》中,他将当时的文学分为三种类型:一是以抒发主观感受、咏叹哀思冥想和色彩绚丽的景物描写为主要特色的"形象文学";二是以理性的观察和思考为主要特色的"观念

[①] 别林斯基:《文学的幻想》。

[②] 左拉:《论自然主义戏剧》。

文学";他自称属于兼收并蓄第三类:即要事实也要抒情,要行为也要梦想的"文学折衷主义"。

显然,第一类指以夏多布里昂、雨果为代表的浪漫主义文学;第二类指与十八世纪的启蒙文学一脉相承,以司汤达、梅里美为代表的写实文学;而他认为,要"按世界的本来面目真实地表现世界",便应将这二者融为一体——"有形象也有观念,形象中有观念,观念中有形象"。① 可见他所谓的"文学折衷主义",其实是艺术上博采众长的主张。而且他认为无论是雨果还是司汤达,都在一定程度上吸取了另一派的长处,所以在艺术上获得了成功。

上述论点表明,巴尔扎克对浪漫主义的看法,大大不同于古典主义者,也不同于同时代的司汤达及后来的许多写实主义文学家。他非但不排斥浪漫主义(许多浪漫派作家都是他的挚友),还有意识地提倡在写实文学中融入浪漫精神和某些浪漫主义的写作方法。

巴尔扎克对以理性为最高审美准则的古典主义和启蒙时代的文学无疑有很高的评价,他认为二百多年来观念文学独霸法国文坛②自有它的道理,因这类文学"事实丰富,简洁凝练,形象质朴,是法兰西民族天性之所在",特别是伏尔泰式的警句、充满喜剧感和讽刺意味的叙事方式,确实比形象文学"更符合法兰西精神"。但是他"不相信十七、十八世纪文学严谨的方法能够描绘现代社会",在他看来,"现代文学引进戏剧成分、形象、图画、描写、对话,已经势在必行。……《吉尔·布拉斯》的形式已经令人生厌,事件和观念的堆积给人一种贫乏感。"

不过,司汤达的《巴马修道院》令他拍案叫绝,认为堪称当今观念文学的杰作。当时司汤达默默无闻,作品在书店里几乎无人问津。巴

---

① 本段及下两段引号内文字,除特别注明者以外,均引自巴尔扎克的《贝尔先生研究》。
② 十七世纪法国古典主义戏剧和十八世纪启蒙文学均以理性主义为最大特色,故巴尔扎克称之为观念文学。

尔扎克热情洋溢地为这位素昧平生的同行撰写了长篇书评《贝尔先生研究》,盛赞《巴马修道院》"无与伦比的艺术魅力",且将司汤达誉为"观念文学卓越的大师"。他对司汤达也有所批评,主要是风格较粗率,语言欠推敲,叙事略显凌乱,景物描写略嫌干涩,主要人物法布里斯的感情世界刻画得不够丰富、细腻……他建议司汤达将作品重新修改润色,"使之具备夏多布里昂先生和德·迈斯特先生所赋予他们作品的那种完美品格及无可挑剔的美感"。

司汤达得到巴尔扎克热情真挚的赞扬,自然深受感动,但他并不打算按巴尔扎克的意见修改自己的作品。作为启蒙时代哲学家们的忠实信徒,他对浪漫主义几乎持全盘否定的态度,尤其不能容忍浪漫派那种华丽、夸张的风格:"我从来没能读完哪怕二十页夏多布里昂的作品,从一八〇二年就是这样。……德·迈斯特先生的作品我也读不下去。""卢梭、维勒曼或者桑夫人①的风格,在我看来是说了许多不必说的话,往往还是不真实的话。……至于词句的美丽、圆润、和谐,我经常认为是一种缺点。"②

巴尔扎克却钦慕夏多布里昂、雨果等文笔的优美,赞扬浪漫派"以诗意的语言,丰富的形象及与自然的亲密契合"丰富了法兰西文学,抵制了古典主义给法兰西语言带来的枯燥。虽说他对浪漫派文学的远离真实有尖锐的批评,对雨果的《艾那尼》甚至批评得十分严厉。可是他乐于在作品中吸纳浪漫主义的表现手法,包括作为浪漫派文学重要特色之一的自然景物描写,他也做得毫不逊色。巴尔扎克自幼对大自然有敏锐的感受力,加上画师般的艺术天赋,往往使笔下的山川之美像他的人物一样充满灵气与活力。可以说,巴尔扎克是以色彩绚丽的浪漫风格点染法国文学理性精神的第一人。

关于巴尔扎克对待浪漫主义的包容态度,乔治·桑有生动的

---

① 卢梭(1712 – 1778),生于日内瓦,法国浪漫派先驱;维尔曼(1790 – 1870),法国批评家,法兰西学院院士,当时的教育部长;桑夫人指乔治·桑。
② 司汤达读到发表在《巴黎杂志》上的《贝尔先生研究》后,写给巴尔扎克的信。

记述：

> 巴尔扎克使我懂得，依靠多姿多彩的写作手法和丰富的想象力，人们完全可以摈弃主题的理想化，而致力于真实的描写，以及对社会、甚至人类本身的深刻批评。……他是这样对我说的："您寻求的是那种本该如此的人，可我寻求的却是原本如此的人。……我们两个都有道理，因为这两条道路通向同一个目标。我本人也非常喜欢那种非同寻常的人，……我也要写一些这样的人，以烘托出那些凡夫俗子的面目。……我出神入化地描绘他们种种丑陋的思想或愚蠢的行径，让他们显得骇人听闻、滑稽可笑；而您是不会这样做的。您对那些令您讨厌的人和事根本不屑一顾，您这样做自有您的道理，在您那儿，美好的人和美好的事物更加理想化了……"①

巴尔扎克不但乐于吸纳浪漫主义的表现手法，而且有意识地从一切艺术形态中汲取营养；他像雕塑家一样研究和表现人的骨相、肌肉、神态和造型，像画家一样透视和处理远景、近景、线条、色彩和明暗对比；他写历史题材（如《舒昂党人》《卡特琳娜·德·梅迪契》等）时，叙事如史诗般波澜壮阔；他的大多数小说的结构犹如莎士比亚戏剧，有一号二号主人公，有场景，有矛盾冲突、有情节的高潮和结局，人物刻画有铺垫，有发展……

总之，巴尔扎克在追求艺术真实的同时，给艺术表现手法留下了广阔的发展空间，他的艺术不受任何传统或流派的束缚。在他的作品中，既有细致入微的精确描绘，也不乏浪漫的想象和奇特的构思，乃至荒诞或超现实的成分。他让同时代的两三千个人物活跃在《人间喜剧》的舞台上，同时也不排斥在某些场景中让幽灵出现，鬼魂托梦，撒旦施展威力。不过，无论采用何种艺术手法，巴尔扎克的创作始终扎根于现实生活的土壤，着眼于反映现实世界的真实面貌。他笔下的人

---

① 见《乔治·桑自传》中译本第278-279页。

物总是按生活的逻辑行动,而不是按作者的思想逻辑去行动。这一点,是他和雨果的根本区别之一。即使是《驴皮记》《改邪归正的梅莫特》《长寿药水》这种带有魔幻色彩的作品,人物和故事的发展也还是符合生活逻辑的。因此普列汉诺夫说巴尔扎克是"最深刻意义上的现实主义者"[1]。

巴尔扎克在艺术上的博采众长,也可说是他本人思想气质的反映。巴尔扎克从来是两个截然不同的人物的矛盾统一体,在他身上既存在一个头脑清晰、思想深邃、能够洞察幽微的观察家,又存在一个激情满怀、想象力无比丰富,有时还难免异想天开的梦幻家。前者使他的作品达到无与伦比的深度;后者使他的作品具有绚丽多彩的面貌和强烈的艺术感染力。这种充满睿智的深刻观察和激情无限的丰富想象的奇妙结合,构成了巴尔扎克现实主义艺术独一无二的魅力。

五

和许多天才人物一样,巴尔扎克的视野涵盖了整个宇宙。从他的自传性小说《路易·朗贝尔》中可以看出,在其他男孩跑跳打闹的年龄,他已开始醉心于探讨宇宙和人的奥秘。他对一切事物都想穷其究竟,他想知道宇宙从何而来?思维由何而生?世界是被创造的还是自然生成的?人的躯壳和意识是什么关系?精神能否独立于物质世界存在?他想了解世界是否一个有机的整体,想弄清天地万物之间是否有什么因果联系?在学习词语的时候,他探究词语如何产生,人类创造语言始于何时?如何从哲学上解释人的感觉向思维、思维向语言、语言向文字的过渡?他揣摩思想和意志的属性和作用,相信思想或意志力高度集中时会和声、光、电一样产生巨大的能量……在旺多姆学校,他和一个名叫巴舒·德·庞埃[2]的同学一起关禁闭的时候,曾经就

---

[1] 普列汉诺夫:《论西欧文学》。
[2] 即奥古斯特-伊莱尔·巴舒·德·庞埃,后来成为哲学家。

这类问题展开讨论。他兴味盎然地阅读各类哲学著作,唯物论和斯威登堡①的通灵论对他具有同样强烈的吸引力。

巴尔扎克的大脑是个无所不包的多维化的广阔空间,填满了五花八门的学说和理论。在他的作品中,无数的真知灼见和奇谈怪论杳然并存,精辟的分析和荒唐的推理相互映衬。他相信世界的物质性,却又深受神秘主义唯灵论的吸引;他本质上是个无神论者,却热心地宣传宗教;他充分肯定资本主义生产方式和竞争机制对社会繁荣的促进作用,在政治上却倾向保王党……他的思想体现了现代科学与神学、唯物主义与唯心主义之间的矛盾冲突以及人们试图认识整个客观世界的艰苦努力。但不能否认,他芜杂的思想中闪烁着大量智慧的火花。莫洛亚甚至认为他的有些思想"走在了科学之前一个世纪",例如关于"自然界是个有机的整体","宇宙万物的重要奥秘存在于无穷小的物质成分之中","人的内在生命力对肉体有重大影响"……等见解,都已经或正在为科学所证实。

应当承认,肯定客观世界的物质性是巴尔扎克的认识论的基础,他的宇宙观就建立在世界的"统一性"、"物质性"和"可知性"的原理之上。按照他自己的描述,少年朗贝尔(或者他自己)"最初是通灵论者,但却身不由己地被引向承认思想的物质性。当他的心灵还以充满爱恋的心情注视斯威登堡天地中的云雾时,他就已经被事实的分析所击败了。"(《路易·朗贝尔》)他越来越相信"世界是个有机的统一体","天地万物都由一种单一的实体(或本原)嬗变而来","整个物质世界,包括声、光、电、热、磁性流体……等都来自这一实体在不同条件下的不同组合和变化"(《路易·朗贝尔》);他相信"物质具有无限的可分性","宇宙万物的重要奥秘就存在于无穷小的物质成分之中"(《绝对之探求》)。既然物质世界是外在于主观世界的客观存在,且不断按自身的规律运转,那么人们对外在世界的认识便只能来源于直

---

① 斯威登堡(1688—1772),瑞典科学家,哲学家和神学家,"通灵论"的创立者。

接的观察和感受,由此才有了他的"镜子"之说,由此他才会提出作家在写书之前应"踏遍全球,体验过各种激情,接触过各种风尚……"

尤其值得注意的是,他的思想中包含了许多辩证法,这一点曾经受到马克思和恩格斯的充分肯定。他相信运动的永恒法则,相信"万物都处在运动之中","如果上帝是永恒的,你可以相信他也永远在运动中,也许上帝就是运动,这就是为什么运动像上帝一样不可解释,像他一样莫测高深,无边无际,不可理解,无从捉摸……"(《驴皮记》);他相信"万物相互联系,相互转化",相信人性的演变"受社会环境和生存条件的制约"。这种观点,决定了他习惯于从事物的相互联系中去探明各种现象的因果关系,在时代的发展变化之中去考察人类的共性与个性,普遍性与特殊性;也决定了他对待任何事物都习惯于采取综合与分析、兼顾宏观与微观的思维方式。"最高的和谐就在于局部和整体之间的关系","艺术家的使命是捕捉住最不相干的事物之间的联系,就两件极平凡的事情结合在一起使之产生神奇的效果。"①他之所以能对现实关系获得深刻理解,之所以善于在典型环境中塑造典型性格,首先是得益于他这种思想方法:他观察某个现象,必然联想到与此相关的种种现象;他刻画一个人物,必定首先注意这个人的生存环境,同时回顾他的过去,预测他的未来。更可贵的是,他不仅看到环境对人的制约,还注意到环境的影响是通过人物自身的内因起作用的:吕西安从外省来到巴黎,面前分明摆着两条不同的路:一条是德·阿泰兹和他的小团体所代表的自强不息、苦学成材的道路;另一条是卢斯托所代表的欺世盗名、急功好利的道路。前一条路艰苦、漫长,然而清白可靠;后一条路肮脏、危险,然而表面看来是名利双收的捷径。吕西安尽管聪明、有才华,但他自私、虚荣,野心很大而又意志薄弱,总想抄近路一步登天,没有毅力在真学问上下功夫,也忍受不了长期清苦生活的煎熬,这就决定了他必然要脱离小团体而向卢斯托靠拢,从而

---

① 巴尔扎克:《论艺术家》,《侧影》周刊(1830年3月11日),《巴尔扎克全集》第27卷。

逐步被巴黎社会改造成出卖灵魂的文痞……这样一来，内因与外因、主观与客观都得到了恰如其分的分析，人物形象的发展演变也就更加真实且有说服力了。

巴尔扎克的宇宙观一方面受到当时天文学、物理学探索的启发，另方面和斯威登堡的自然哲学理论[①]也有不少相通之处。巴尔扎克像斯威登堡一样从物质运动的观点出发来理解宇宙的形成，对上帝创造世界的神话早已持怀疑态度。他在旺多姆学校听教理课的时候，曾经问布道师："如果一切来自上帝，为什么世上还有恶？"布道师认为他存心捣乱，关了他两天禁闭。（《路易·朗贝尔》）

不过巴尔扎克不相信物质决定论足以解释一切现象。他像斯威登堡一样，既是物质论者，又是精神论者。他认为人具有两重性，即屈服于自然法则的外在的人和支配着生命力的内在的人，尽管科学暂时还不能解释人的这种内在力量，可它的确像物质一样存在着。于是巴尔扎克设想："可能唯物论、唯灵论所阐述的是同一事物的不同侧面"。他倾向于相信"物质和精神是同一实体的两个方面，它们产生于同一实体，且能相互转化"，相信"思想、意志如同声、光、电、磁一样，也是一

---

① 斯威登堡以其神秘主义的"通灵论"闻名于世，实际上他首先是一位渊博且有成就的科学家、哲学家，他是瑞典第一份自然科学杂志的创办者，发表过多种有关自然哲学、矿物学、物理学和天文学的论著。斯威登堡的自然哲学理论和笛卡儿一脉相承，他认为物质由无限可分的微粒组成，这些微粒处于永恒的运动之中；而地球行星系统则是从太阳物质团的运动过程中分离出来的。斯威登堡还对生理学和人体解剖学进行过认真研究，特别着重研究了血液和大脑。他提出人的灵魂（或曰思维、智慧）附着于大脑，其位置就在大脑皮层。斯威登堡在一切有机体的生命和精神生活中，都看到了受物质世界规律制约的运动，同时又在一切物质现象中发现了精神贬值的社会后果。因此他晚年投入巨大精力从事神学研究，重新诠释《圣经》，试图使客观存在的物质世界和神灵世界和谐统一。他提出"上帝的存在是不可描述的"，"上帝的本质是精神的太阳；它的温暖是爱，它的光明是智慧"。这种说法实际上回避了上帝的造物主地位，抛弃了"基督是上帝之子"和"三位一体"等基督教传统教义，而只把上帝归结为人们心灵的主宰。所以，尽管他是神学家，却一直被基督教教会视为异端。然而斯威登堡一直致力于维护人们的信仰，他的通灵论竭力让人们相信上天有一个光明的神灵世界，人只要一心向善就能从人变成天使，在精神上与上帝相通，且逐步向上飞升，一直到达永生的境界。

种流体物质,……尽管没有形体,不可称量,却是一种强有力的存在,它派生于肉体又作用于肉体,且能转化为巨大的能量,能够最大限度地调动人体的潜能,活跃其内在的生命力,使人类感官的作用超常发挥。"①就这样,巴尔扎克在肯定世界的物质性的同时,又成为精神力量的信奉者,也许精神的能动作用才真正是他的哲学思想的核心②。他非但肯定"世界的物质性",甚至肯定"思维的物质性"。正是从这一思想出发,激情(或情欲)在巴尔扎克的作品中占有一席特殊重要的位置。巴尔扎克认为"激情是创造之母","是人类一切行为的动力"。它既可以导致人作恶,也可引导人行善;它既能推动人们成就大的事业,也可能使人遭到灭顶之灾。巴尔扎克笔下的所有人物都是某种激情的奴隶,所有的故事都是某种激情的历险,他的"哲理研究",中心内容便是对激情的研究。《驴皮记》中关于欲和能的思想,几乎贯穿了他的全部作品,所以有的研究者不无道理地指出,《驴皮记》一书是解读《人间喜剧》的钥匙。

巴尔扎克在《人间喜剧》中描写了各种类型的激情,而且任何激情发展到极端不是导致自我毁灭就是走向自己的反面:化学家克拉埃为探求大自然的本原——"绝对"——的奥秘而倾家荡产(《绝对之探求》);哲学家路易·朗贝尔为寻求绝对真理陷于癫狂(《路易·朗贝尔》);画家弗朗霍费、音乐家冈巴拉为追求艺术上的"绝对"而断送了自己的艺术(《玄妙的杰作》《冈巴拉》);葛朗台爱钱成癖而终生受金钱奴役;高老头为溺爱女儿几乎暴尸街头;于洛男爵因贪恋女色而堕入万劫不复的深渊(《贝姨》);出于物质欲望将灵魂出卖给魔鬼的梅

---

① 见《路易·朗贝尔》,这种在当时看来十分新奇大胆的想法,有可能是受到旺多姆学校的教师狄赛涅的启发。狄赛涅先生虽是神职人员,却更像一位科学家,他曾写过多篇有关自然科学的论文,还从事过生理学研究。他曾提出一切不可称量的流体,如热、光、电、磁等,都是同一种名叫以太的流体元素受到不同动力作用而产生的物理现象,还打算写一部专著来论述情感与激情和肉体物质运动的关系。
② 十八世纪的欧洲唯物论者往往把物质论与精神论完全对立,巴尔扎克意识到这种理论的缺陷,在《路易·朗贝尔》中提出了作用与反作用的论点,但还不能充分论证。

莫特及其替身卡斯塔涅一旦享有了无限的权力和财富，便意识到了人世的空虚(《改邪归正的梅莫特》)……

不过，巴尔扎克对不同的激情显然有不同的评价。在刻画那些为科学、艺术的发展付出惨重代价的崇高激情时，作者没有用黑色的笔调，而是以更加动人心弦的描绘赞颂了"绝对"之探求者悲壮绚丽的一生。克拉埃为科学实验挥霍了祖上六代人积攒的巨大家产，损害了未成年子女的利益，几乎是害死妻子的凶手……从家庭的角度看，他自然是个坏丈夫、坏父亲；然而从人类的角度看，他为科学献身的精神确实伟大，尽管他最后没能完成他的研究，但却体现了一代英才为现代科学所作的努力，而且显然走在了科学之前一个世纪。他的研究远远超出了追求荣誉和财富的狭隘目的，许多重大发现(如人工合成钻石)都被他视为区区小事，他的目标比这高得多，他是以有限的生命去探索大自然无限的奥秘，甚至临咽气时，他的智力还没有停止活动，正在为没能留下他最后发现的公式遗憾不已。

巴尔扎克自己就是一个激情无限膨胀的"绝对"之探求者，而且早已意识到将付出怎样的代价。在《驴皮记》中，他用一张驴皮来象征人的欲望和生命的矛盾，尖锐地提出："为长寿而扼杀情欲，或甘愿做情欲的牺牲品而夭折，这就是我们的宿命"。巴尔扎克从自己的生活经历中感受到，人类为了谋求生存尚且需要耗费巨大的精力，如果想要追求某种大的快乐，满足某种强烈的欲望，则无疑要付出生命的代价。你要长寿么？那就该清心寡欲，这样就能免除一切痛苦、忧愁，避开一切呕心沥血的搏斗和失败的烦恼，然而你的生活也就无所谓欢乐，无所谓幸福；你想快乐么？那就以你的生命为代价去争取吧！于是他在《驴皮记》中写道："对于某些生不逢时的人来说，他们所需要的不是天堂就是地狱。"小说的主人公拉法埃尔·瓦朗坦，就是人类这种精神矛盾的化身。

巴尔扎克曾经告诉韩斯卡夫人，"在风俗研究里，写的是典型化了的个性，而在哲理研究中，则是写个性化了的典型。"瓦朗坦便是他笔下最引人注目的一个个性化的典型。从这个意义上讲,瓦朗坦甚至比拉斯蒂涅和吕西安具有更广泛的代表性。这是一个痛苦的、挣扎着的灵魂,他不幸身无分文而又不安于贫困。他曾经在治学和思考中耗尽心血,一心想凭才能取得财富和荣誉,然而这种努力几乎保证不了维持生命的最低需要;他继而接受拉斯蒂涅的指引,到上流社会去闯江山,指望娶一个有钱的贵妇,结果受到无情的嘲弄。他日夜受着欲望的煎熬,欲望因得不到满足而变得更加疯狂。他在失去一切希望后走上了自暴自弃的道路,想在纵欲中了此残生。这时瓦朗坦为了一天的快乐,哪怕以生命去换取也在所不惜。所以当古董商告诉他,这张嵌有灵符的驴皮可以满足他的一切愿望,只是每实现一个愿望,驴皮就会缩小一圈,意味着生命也随之缩短时,他毫不犹豫地将驴皮抓过来嚷道:"我就喜欢过强烈的生活"。既然他已打算投身塞纳河,怎会惧怕以生命去换取欲望的满足呢!

古董商以自己长寿的秘诀去开导他,劝他以精神上的享受代替物质上的追求,从灵魂深处排除尘世的污垢,瓦朗坦丝毫不为之所动;古董商继而劝说:"人类因他的两种本能而自行衰萎,这两种本能的作用汲干了他生命的源泉……那就是欲和能。欲焚烧我们,能毁灭我们,但是知却使我们软弱的机体永远处于宁静的境界。"然而被欲望所控制的人是听不进理智的规劝的。此刻的瓦朗坦,恰似那些把灵魂出卖给魔鬼的浪子,为了获得欲望的满足,不惜以寿命作交易。

但事实上,当瓦朗坦的第一个愿望得到满足,获得了一笔巨额遗产时,他所感受到的却不是快乐而是恐怖,因为他看见驴皮已经明显地缩小了一圈,意味着他的寿命也相应地缩短了若干。人们可以在不知不觉间挥霍自己的生命,丝毫意识不到死之将至;而瓦朗坦却清清楚楚看到了寿命的缩短。死亡的威胁使他对一切都失去了兴趣,"世界已属于他,他可以为所欲为了,但他却什么也不想要,他像在沙漠中的旅行者,还有一点水可以止渴,但他必须计算尚有多少口水,借以衡量他生命的长短……"他不敢再有欲望,不再寻求任何快乐,他只是努力过一种机械的、没有任何欲望的生活。他深居简出,把自己的全部生活需求都托付给仆人去考虑,甚至吃饭穿衣这种最简单的需求,他都竭力回避。他禁止仆人向他提出"您愿意么?""您想要么?"之类问题,这位《意志论》的作者①,就这样把自己的意志压缩到几乎等于零。他再也不能享受乐趣,只觉"人生的种种乐趣纷纷在我的死床周围嬉戏,好像美女般在我面前翩翩起舞,要是我召唤她们,我就会死去"②。这种死囚刑前所受的精神折磨,这种垂死病人才会体验到的临终痛苦,终于摧毁了他的健康,击溃了他的意志,把他变成了一具活尸。

瓦朗坦的形象,尖锐地提出了人的欲望和生命的矛盾,为了充分揭示这一矛盾的残酷性,作者还进一步告诫读者,你以生命为代价去争取的幸福和快乐,也许根本就是一种可望不可即的东西。小说中的波利娜和馥多拉,一个代表理想,一个代表现实。波利娜是一个虚幻的存在,是美的理想,她只存在于人们的想象之中;馥多拉却是现实的,每天都可以在剧院里、客厅中遇见,馥多拉就是社会,具有这个社会的一切特征:自私、冷酷、虚荣、装腔作势,她只知利益,毫无心肝。瓦朗坦在现实中追求,处处碰壁;他舍弃现实而追求理想,却不幸年轻夭折,幸福于他始终是坦塔罗斯身边的清泉和美果③。

《驴皮记》的结论是什么?是通过拉法埃尔·瓦朗坦的形象劝诫世人节制情欲、修养心灵,提倡一种清静无为的人生哲学吗?仿佛如此,其实不尽然。在这部小说中,真正让人产生深刻印象的,究竟是死亡的恐怖,还是那种行尸走肉式的生活的痛苦?也许不同的人会有不同的印象和判断,作者不打算代替读者作正面回答,他只是将矛盾摆出来,而且将它置于最尖锐的对立状态:要么为长寿扼杀情欲,要么成为情欲的牺牲品,这是生命运动的不可抗拒的规律。让每个人自己去

---

① 小说中,瓦朗坦花三年时间完成了一部巨著《意志论》。
② 以上引号内文字均引自《驴皮记》,《巴尔扎克全集》中译本第20卷。
③ 坦塔罗斯,希腊神话中天神宙斯之子,因杀子飨神,被罚永世饥渴。他站在上有果树的水中,水深及下巴,口渴想喝水时,水即减退;腹饥想吃果子时,树枝即升高。此典故意谓"可望不可即"。

选择自己的生活方式吧！

至于巴尔扎克自己，显然是有他自己的选择的。他明知满足欲望需要付出代价，却从来不曾放弃自己的欲望。他像那些纵欲者一样，不能忍受生活的河流缓慢地、死气沉沉地流逝，他要它像激流那样呼啸着向前奔腾，一泻无遗。他不知疲倦地在生活中搏斗，像一个疯狂的赌徒般以生命为赌注。也许是一种命运的巧合，二十年后巴尔扎克的结局竟与瓦朗坦有惊人的类似。他毕生追求光荣和财富，还梦想和一位有头衔、有财产的贵妇结婚，就在他如愿以偿的时候，死神就召见了他。但巴尔扎克又和瓦朗坦有很大的不同，瓦朗坦慑于死亡的威胁，几乎不敢运用驴皮赋予他的权力，作者显然对此深感遗憾："权杖在儿童手里是玩具，在黎塞留手里是板斧，在拿破仑手中是使世界倾斜的杠杆……权力只是使伟大的人物更伟大。拉法埃尔本来可以无所不为，他却什么也不曾做。"巴尔扎克却是充分运用了生命赋予他的权力的，他的一生在高度浓缩的状态下度过，为了使生命之火增强光度，不惜加速它的燃烧。他在短短二十年间，完成了《人间喜剧》这一人间奇迹，尽管为此付出了生命的代价，却真正实践了他自己那句名言：我们在多大程度上恪守对自己许下的诺言，就在多大程度上掌握了自己的命运。

驴皮是什么？巴尔扎克通过古董商的嘴说得极明白："这件东西便是欲和能的结合，这里面包含着你们的社会观念，你们过分的欲望，你们的放纵行为，你们致人于死命的欢乐，你们使生活丰富的痛苦……"简言之，驴皮是社会生活的象征，是人类生命历程的缩影，甚至是某种不依人的意志为转移的运动规律的体现。所以，尽管小说中有这么一张神奇古怪的驴皮，但小说所反映的矛盾，所提出的问题，却是十分现实的。其实，小说中的驴皮，并不是什么不可或缺的东西。没有它，拉法埃尔·瓦朗坦的经历仍然可以构成一个完整的故事。他的奋斗、失败、纵欲，直至死亡，完全符合现实生活的逻辑；他在走投无路时忽然获得一笔巨额遗产，这并不一定需要什么灵符的帮助；他早年的艰辛和后来过度的纵欲使他未老先衰,过早地接受了死神的召唤,这也不算什么出人意料的结局。但是,有这张驴皮和没有这张驴皮,艺术效果大不一样。驴皮成了瓦朗坦的生命的物质表现,它把生活中某些不易察觉的现象,把人的欲望和生命间的有机联系,用非常具体的物质形态表现出来,它使作家从生活中抽象出来的哲理形象化,那么鲜明,那么直接,不能不产生一种震撼人心的力量。《驴皮记》一书,充分反映了巴尔扎克的人生观和价值观,恰如法国现代评论家加埃唐·皮贡所说,"巴尔扎克不是别的,他是一个接一个的欲望,是向着未来的冲刺,这种与一切艰难险阻的较量既是无往不胜的,又是永无休止的。总之,他代表一种永远进取的精神。"①

巴尔扎克在自己身上最大限度地调动了精神的能量,同时也将自己的生命力注入了他所创造的人物,于是这些人物也都带有巴尔扎克的印记。他们个个都和他们的创造者一样充满激情和欲望,"上至豪门显贵,下至庶民百姓,无不比现实喜剧中的人物更渴求生活,在斗争中更活跃、机智,享乐中更贪婪,忍受苦难时更坚韧,奉献时也更为伟大崇高……"②。因此巴尔扎克笔下的人物色彩格外鲜明强烈,也格外富有艺术魅力。

有意思的是,这样一个欲望强烈、激情无限的人,在理论上倒是极力主张遏制欲望的。正因为他估计到精神的巨大能量,也就更加意识到激情与欲望的负面作用给社会带来的影响:"每个人都有一股生命力,有的人用它干一番事业,有的人则用它犯罪"。所以"激情固然是构成社会的因素,却也是摧毁社会的因素。"巴尔扎克把人世间一切悲剧归因于私欲的膨胀及人与人之间利益的对抗,由此产生了他的以宗教抑恶劝善、遏制人欲泛滥的思想。出于同样的考虑,他主张以集权政治来遏制不同社会集团之间的利益纷争。也就是说,他希望用宗教控制人们的思想,以强权来约束人们的行为。

---

① 转引自莫洛亚:《巴尔扎克传》第二十五章。
② 引自波德莱尔:《论泰奥菲尔·戈蒂耶》。

六

巴尔扎克在《〈人间喜剧〉前言》中宣称自己在"宗教和王权"这两种"永恒真理"的照耀下从事写作,这种保守立场给他招来了不少责难。但宗教也好,王权也好,与其说是他的信仰,不如说是一种实用主义的主张。法国现代作家阿兰①说得好:"他虽然拥护王权和宗教,却对这两者都不相信"。他的传记作者莫洛亚也说:"从信仰的绝对意义上讲,他对两者都不相信,但他相信它们的实用价值。"②

事实上,巴尔扎克常有一些对宗教不敬的言论,对宗教偏见、宗教迷信和烦琐的宗教仪式更是嗤之以鼻。他曾告诉妹妹:"天主教教义是一套自欺欺人的谎言"。在《乡村医生》中,他通过医生贝纳西之口尖锐地指出:"一八一四年,我们的爱国主义已经寿终正寝了;而法兰西和整个欧洲却在宗教思想的驱使下,一百年内十二次扑向了亚洲。……如果人们是为了宗教而不停地厮杀,那准是上帝建造的这座大厦有不少缺陷。"

不能说巴尔扎克完全没有宗教信仰,只是这种信仰和虔诚的天主教徒很少共同之处。早在旺多姆学校时期,巴尔扎克就意识到"宗教也许不是神的旨意,而是人的需要","各地的人民不都是在其发展初期创造出各种教义和偶像的吗?他们匍匐礼拜的神灵不正是他们的感情及需要的扩大化和拟人化吗?"(《路易·朗贝尔》)在他的遗稿中,有这样一段涉及宗教的言论:"宗教建筑在人类的一种与生俱来的感觉上,这种感觉的表现非常普遍,从未见过一个部落、部族、未开化的游牧民族、或处于自然状态的人是没有信仰的。这种感觉在最接近所谓洪荒时期那场灾难的民族中间尤为强烈,它设想人类曾经受到一

---

① 阿兰,即爱弥尔·夏基埃(1868—1951),法国学者,随笔作家,著名的哲学教授,下文引自《和巴尔扎克在一起》。
② 莫洛亚:《巴尔扎克传》第三十章。

种贬谪,一种惩罚,一场斗争结果的影响,对一位愤怒的至高无上的胜利者的不正确认识招致的斥逐。……同样,赎罪的观念几乎也是普遍存在的。人类这两个普遍的思想,就是基督教的基础。"

巴尔扎克就是这样对宗教持理解的态度,而且并不认为各种宗教之间有什么本质的区别。他心目中的上帝,几乎相当于物质世界的客观运动规律,他所倾心的,毋宁是斯威登堡、圣泰蕾丝①、费讷隆②等人的信仰,这些被冠以"神秘主义"称号的神学家追求的是心灵与上帝相通,反对形式主义的宗教仪式和宗教戒律。在当时,这些人是被教会视为异端和无神论者的。

但是,面对人欲横流的社会,除了宗教,还有什么手段能够约束恶的发展,阻止人类滑向堕落呢? 在巴尔扎克看来,面对飞扬跋扈的邪恶,天主教毕竟建立了一套阻止人类滑向堕落的完整体系。"思想是善恶之本,只有宗教才能培植、驾驭和指导思想。……利欲在助长人类的不良倾向,惟有施行宗教教育,才是减少恶行、增加善举的有效办法"。(《〈人间喜剧〉前言》)巴尔扎克曾经坦言:"宗教是保证富人过太平日子的保守原则的中心环节"(《德·朗热公爵夫人》),可是为了维护社会秩序和遏制人类的不良倾向,宗教的作用无可替代:"要全民族都去研究康德是不可能的,对民众说来,信仰和习俗比研究和论证更有实际意义"③。这一思想,在短篇小说《无神论者望弥撒》中有着生动的体现。因此,巴尔扎克认定:"一个无神论的社会,很快就会发明出一种宗教来"④。

出于以上考虑,巴尔扎克似乎不打算再深究上帝与物质世界的关系:"不论是上帝与世界同在,还是上帝离开他的作品而存在,他是自在自为,还是与他的作品不可分割地成为一体,我们都能理解何以他

---

① 圣泰蕾丝(1515—1582),西班牙修女,宗教改革家。
② 费讷隆(1651—1715),神学家,作家,曾任法国康布雷省大主教,路易十四时代曾担任王储勃艮第公爵的教师。
③ 巴尔扎克:《德·朗热公爵夫人》,《巴尔扎克全集》中译本第10卷。
④ 巴尔扎克:《社会问题入门》(遗稿)。

的作品的一部分会变坏而受到惩罚,何以不是被除掉,而是被判令不断改过自新,……对于人或社会来说,背离这些观点是危险的。这些观点包含着社会的基本思想,即服从。"于是他得出结论:"有关来生的教义不仅是一种安慰,而且是用于统治的一种工具。宗教不就是批准社会法则的唯一力量吗?……没有宗教,政府就不得不制造恐怖。""以前我把天主教视为一大堆被人巧妙利用的偏见和迷信,……现在我承认了宗教在政治上的必要性和在道德上的用途。"(《乡村医生》)在《德·朗热公爵夫人》中,他通过人物之口更透彻地点明:"宗教将永远是一种政治的需要。有头脑的民众,谁敢去统治他们呢?连拿破仑也不敢。所以他要迫害那些研究观念形态的学者……因此,还是让我们接受天主教和它的一切副作用吧。"于是,他写了许多动人的故事来捍卫天主教,虽说他自己并不祈祷,也不去教堂。

巴尔扎克不仅是宗教的捍卫者,也是君主制的捍卫者。他认为"天主教和王权是一对孪生的原则,……一切有理性的作家都应当努力把法国引导到这两者所体现的必然方向。"(《〈人间喜剧〉前言》)。波旁王朝覆灭以后,持这种不合潮流的政治观点对他显然没什么好处,但他从未考虑过改变自己的立场。一八四八年三月,他被提名为议员候选人,不识时务的作家居然在《立宪报》上发表《政治信仰声明》,公开对质询其政治主张的人表示不屑,并以嘲弄态度批评一七八九年以后法国政权的频繁更迭,主张建立一种持久的权威的统治。发表这种声明的行动本身,说明巴尔扎克根本无缘问鼎政治,尽管他写过许多精彩的政治杂文,很乐于对法国和欧洲的政治发表这样那样的高见。一个头脑中装着整个社会的人,怎么可能不考察和研究政治呢!

不过巴尔扎克显然不是以政治家的头脑,而是以社会学家的头脑判断政治。巴尔扎克对人类社会及其发展进程有他自己的见解。他用若夫华·圣伊莱尔和居维埃研究动物界的方法来研究人类社会,结果发现了无情的等级划分。他一针见血地指出:"一个有组织的社会不过是大亨们对付穷人的保险契约。"①他一方面对社会的不公、贫富的悬殊和竞争的残酷感受至深,慨叹"没有一个讽刺作家能写尽隐藏在金银珠宝底下的罪恶";另方面又在追求认识一切、解释说明一切的过程中找到了现实社会存在的理由。他看到人世的不完美,却以客观且理性的眼光来看待这种不完美,所以他"不像莫里哀,陷于忧郁;也不像卢梭,产生恨世之心"②。他仅仅批判这个社会,而无意于摧毁它。他不相信革命的暴力手段能使社会进步,认为法国大革命提出的各项目标其实是在拿破仑治下"通过逐步改良的措施实现的"。他坚信"除了渐进的改良,没有任何东西能改变人类社会的等级制度,小说家的任务就是揭露这个等级社会的面貌"。所以他的一切社会主张均以改良社会为出发点。他指出贫富的过度悬殊是造成社会不稳定的重要因素,因此他把发展工商农业、改善人民生活视为根本的治国之道,而且主张将净化灵魂的宗教教化工作与引导民众走勤劳致富道路的务实精神相结合,规劝富者扶贫,引导贫者自救。《乡村教士》《乡村医生》等作品,便集中反映了他这种社会改良思想。

出于上述理念,巴尔扎克将社会的稳定视为社会进步的前提条件,为此极为痛恨当时那个更迭频繁、内耗严重的代议制政府。他曾写过一篇俏皮文章《胸像商》,描写一个想要为不朽的伟人们制作半身塑像的胸像商,紧跟形势先后制作了一系列风云人物的塑像,转瞬之间又被取代他们的对立派砸得粉碎。可怜的胸像商就这样凄凄惨惨度过了砸了又塑,塑了又砸的一生。

巴尔扎克显然不认同资产阶级的议会民主,很可能也不理解民主政治的游戏规则有一个从不成熟到成熟的过程,更没有意识到民主政治的实质是不同社会集团之间包含着斗争的相互妥协。但他并非不知道君主专制的弊端,他在《贝姨》中曾谈到:"任何权力若没有平衡它的力量,没有束缚,一意孤行,都会产生弊端,导致疯狂。独断专行

---

① 巴尔扎克:《风雅生活论》,《巴尔扎克全集》中译本第24卷。
② 雨果:《巴尔扎克葬词》。

必然滥用权力。"只是他认定,经历了一七八九年革命的法国,当时最需要的是稳定,而任何一种形式的集权政治都比争吵不休的代议制政府有利于法国社会的稳定发展。他认为不同利益集团之间的权力争夺,是造成社会秩序混乱、政权更迭频繁的根本原因,惟有建立强有力的君主制才能维持社会的稳定平衡。——"权力是手段,大众的幸福是目的","王权不止是一种原则,它是一种需要"①。和许多因不满现状而缅怀过去的人一样,小说家由于厌恶代议制政府的争吵不休和效率低下,而把君主制理想化了。

确切地说,巴尔扎克的政治主张本质上是一种精英统治的主张。他希望权力集中在聪明且有才干的国君手中,于是极力赞颂路易十四和拿破仑的强有力的统治,宣称拿破仑"代表了有史以来最完美、最集中、最专制、最严厉的权力……极其专横,却又极其公正"。可是他回避了这样一个历史事实:真正目光高远,既充满睿智又具有魄力与才干的明主极为罕见,而祸国殃民的专制暴君或昏君则不乏其人。

对作家巴尔扎克的政治思想如何评价,研究者可以有各种不同的看法,但有一点可以肯定,巴尔扎克主张君主制并不意味他对波旁王朝情有独钟,更不意味他希望历史倒退。他对法国大革命中的某些暴力行为的确持反对态度,却同时承认"如果一场革命已经发生在现实生活中和人们的思想上,那它便是无可争议的,应当把它当作既成事实接受下来,历史的演进是不可逆转的。"(《一桩神秘案件》)一八三〇年推翻复辟王朝的七月革命原未立即引起他的反感,可是七月革命以后,对现实的失望和不满却使他成为七月王朝的反对派。他为《猎鹰报》撰写的《巴黎信札》专栏,起初显得颇中正平和,尽管批评新政权,却还寄予希望。但他很快就从希望变为失望:"现在是什么人在统治法国?是七月革命的胜利者吗?根本不是,是杂货商们窃取了胜利果实。"他的一个医生朋友告诉他,七月起义的伤员都是普通百姓。而

---

① 巴尔扎克:《社会问题入门》(遗稿)。

资产阶级却把七月革命真正的参与者统统排斥在政权之外。于是他嘲讽地写道:"喜剧刚刚开始,你可以遇到许多宣称自己在革命中受过伤的时髦人物,其实子弹只射到了他们仆人的衣服上……六百名英雄宣称是自己第一个冲进了卢浮宫。"①可见巴尔扎克的正统派立场和对贵族社会的某种同情,在很大程度上是来自对资产阶级暴发户的憎恶和对见识浅短的市民阶级的不信任。他不相信一帮"惟利是图的家伙"能管理好一个国家。

然而他对法国的保王党也不抱什么幻想,且经常毫不留情地讥笑他们的愚蠢和短见。他曾写信告诉韩斯卡夫人:"敢于自称正统派是需要勇气的,这个党太卑鄙了……"以为巴尔扎克为讨好贵妇人而投入保王党怀抱的猜测是没有根据的。他在《幻灭》中这样描写德·阿泰兹:"与其说这个青年属于保王党,不如说他属于君主原则"。这句话恰恰是说他自己。

七

总之,巴尔扎克主张君主制却对保王党人并无好感;他反对共和却在作品中歌颂为理想献身的共和党人。以建立欧洲联邦为理想的共和党人米歇尔·克雷斯蒂安②,在他笔下是"法兰西最高尚的一个人",在一八三二年的六月起义中死在圣梅丽修道院。

热心研究和评说政治的巴尔扎克,在现实生活中一直与政党政治保持着距离,特别是不赞成文学创作受党派利益的辖制。从《幻灭》中可以看出他对文人充当党派斗争的工具是何等深恶痛绝。巴尔扎克将"真实地再现世界的本来面目"视为作家的天职,他尊重历史,尊重

---

① 引自巴尔扎克:《巴黎信札》(一),原载《猎鹰报》(1830年9月30日),《巴尔扎克全集》中译本第28卷。
② 米歇尔·克雷斯蒂安,《幻灭》中小团体的成员,共和主义者。巴尔扎克最亲密的友人中,确有坚定的共和主义者,珠尔玛·卡罗就是一例。

生活，哪怕生活的逻辑使他得出与自己的信念相反的结论。尽管他浪漫气质极浓，经常生活在幻觉世界里，然而当他研究社会、观察历史时，却能排除一切主观的感情因素，以科学家的客观态度研究种种社会现象的来龙去脉，剖析两大阶级力量对比发生转化的主客观原因。他正是在探究客观事物的内在联系及其运动规律的过程中，达到了对社会各阶级的本质及历史发展趋势的清晰认识。巴尔扎克无疑对随着资产阶级得势产生的种种丑恶现象十分不满，但他有足够清醒的头脑超越反感，充分意识到资产阶级给社会带来的活力与进步，且在作品中明确肯定资产阶级推动了工业化，"给地方带来了繁荣"，以致"君主政体的寿终正寝在百姓中引不起丝毫同情"（《老姑娘》）。

同样，尽管他动辄为那个正在衰亡的社会发出叹息，却毫不留情地在作品中把贵族阶级描写成"不配有更好命运的人"。巴尔扎克的卓越之处表现在，他不仅看到了资产阶级得势和贵族社会灭亡的历史必然性，还通过大量精心选择的细节和精心塑造的人物，深刻地论证了这一历史趋向正是这两大阶级自身的生存条件、生活方式和思维模式在实践中发展的必然结果。在《欧也妮·葛朗台》中，作者通过大量生动的细节刻画了葛朗台精明狡猾的聚财手段和种种吝啬的习惯，绝妙地阐释了资产者的经济实力为何能以令人难以置信的速度增长。在《古物陈列室》中，作者则通过大量具体的事实批判了贵族阶级遗老遗少根深蒂固的特权思想和贵人们游手好闲、养尊处优的生活方式，深刻地分析了贵族阶级为何经济上一蹶不振，政治上也越来越不得人心。请看他在《古物陈列室》中是如何刻画贵族子弟的。

年轻的维克蒂尼安生下来就在"古物陈列室"的一群遗老包围下生活，从他能够接受知识的时候起，人家就把贵族的优越感装进他的脑袋。在他看来，除了和他一样的贵族，其他统统都是"下人"，都应该在他面前毕恭毕敬，他则可以对这些人不屑一顾。在整个童年和少年时代，他的一切意愿从来没有得不到满足，从来没有人违抗他的意志。于是他被培养得"跟王子一样自私，跟中世纪最暴躁的红衣主教一样任性"。而他的肆无忌惮和胆大妄为,则被视为贵族的优点而受到赞赏。特别是一位旧王朝的风流骑士,把十八世纪风流王孙们的一套行为准则一一灌输进这个年轻人的头脑,让他把放荡、荒唐看成自己的天然权利。

自从维克蒂尼安年满十八在社交场上露面以后,就接连不断地惹麻烦:先是为打猎引起诉讼,多亏管家谢内尔花钱才把官司平息下去;接着是一系列被骑士称作"小小的风流韵事"的越轨行为,害得谢内尔不得不为一些年轻姑娘支付嫁妆;还有一些官司被称为"诱奸未成年女子",司法对此判刑十分严厉,又是谢内尔及时出面打点,才没让年轻伯爵在法庭上现眼。由于伯爵总是能从麻烦里脱身,胆子便越来越大,他只道法院是吓唬麻雀的稻草人,却没意识到法院对他无可奈何是谢内尔以牺牲自己的产业为代价换来的。贵族阶级惟我独尊的宗教,促使年轻伯爵为所欲为。而这一切总能得到周围那群老古董的宽容谅解甚至欣赏。"伟大"、"崇高"的侯爵听到儿子行为不轨的风声时,只说了一句:"年轻人到底是年轻人嘛!"谢内尔提到伯爵欠债时,骑士一边搓着鼻烟,一边以嘲弄的神情说:"……既然法兰西可以欠债,为什么维克蒂尼安不能欠债?亲王们永远欠债,贵族们也永远欠债,现在如此,一向如此。"

现在如此,一向如此。这便是古物陈列室里的遗老遗少们的思想逻辑。按作者的看法,尽管王朝复辟,但贵族已大势已去,"贵族在半个世纪内必须十分小心谨慎地运用他的权力,才能保住他的权力。"贵族在经济上既已失去优势,政治上就不能不和资产阶级达成妥协。可是古物陈列室里的老古董们始终保持古老姓氏带来的优越感,始终认为贵族子弟理当享有种种特权。他们对维克蒂尼安的教育,概括起来就是一句话:"你是一个血统纯粹的卡罗勒,你家徽上的铭文是:这是属于我们的!……我们只在一个主人面前屈膝,那就是王上,还有天主,这就是你享有的最大特权。"凭了这句话,我们不难理解维克蒂尼安何以能心安理得地侵害旁人的利益,挥霍旁人的财产;也不难理解他到巴黎一年多,如何能花掉可供一个普通家庭生活一辈子的十万法郎,还欠下二十万法郎的债务;也不难理解他为何有胆量伪造证券,诈骗三十万法郎了。

其实,维克蒂尼安谈不上是贵族家庭的不肖子孙,他的不名誉行为仅仅是父辈思想模式的延伸而已。贵族们习惯于别人为他们做出牺牲,"正直可敬"的侯爵和"高贵善良"的阿尔芒德小姐也不例外。当侯爵听说儿子从他过去的仆人那里接受了十万法郎时,这位贵族圈子里的圣贤痛苦万分,他以国王训斥廷臣的口吻责备谢内尔:"你好大胆,竟敢借钱给埃斯格里尼翁伯爵,你只配让我马上把钱还给你,从此以后不再见你……"但随即又盼咐老公证人和阿尔芒德小姐"安排"一下,让年轻伯爵"有一套合乎身分的行头"上巴黎。然后"作了一个亲切的告辞姿态,庄重地走出了客厅"。为此,谢内尔还由衷地"感激侯爵先生的一番好意"。善良的阿尔芒德小姐明知谢内尔已为维克蒂尼安奉献了自己的全部财产,而她去巴黎时,仍漫不经心地收下了谢内尔送来的最后一袋金币,而且根本没注意到自己收下了什么,"就仿佛她戴上了自己的白帽子和网眼手套一样"。

从这些细节,读者不难领略到,作者在这几位贵族头上堆砌的褒词,含有多么尖刻的讽刺。而另一方面,作者以大量贬词描绘的居心险恶的资产阶级杜·克鲁瓦谢,却义正词严地说出这样一番话:

> 谢内尔先生,事关法兰西,事关整个国家,事关全体人民。问题在于要教训你们这些贵族,叫你们知道还存在着司法、法律和市民。……市民阶级比得上贵族,能够和贵族匹敌!不能再让贵族为了一只野兔践踏十块麦田,不能再让贵族去引诱良家女子,给人们的家庭带来耻辱,不能让他们蔑视实际上和他们地位相等的人,他们嘲弄这些人已经有十年了,这事态不能不扩大起来,产生雪崩,这些雪块不能不滚下来,压死和埋葬贵族阶级的先生们。你们想恢复旧秩序,想撕毁记载着我们的权利的《宪章》这个社会公约……

> 擦亮人民的眼睛,难道这不是神圣的使命吗?当人民看见你们这些贵族像普通人一样走进重罪法庭去受审,他们会睁开眼睛,看清你们的德行……(《古物陈列室》)

这段有理有据的精彩演说,难道不是对贵族阶级最好的宣判么?当作者写下这段掷地有声的讨伐贵族的檄文时,谁能说他不是和资产阶级同仇敌忾呢?

总之,恰如恩格斯所指出的,尽管巴尔扎克的伟大作品是"对上流社会必然崩溃的一曲无尽的挽歌",但当他让那些贵族男女行动时,"他的嘲笑是空前尖刻的,他的讽刺是空前辛辣的,而他经常毫不掩饰地加以赞赏的人物,却正是他政治上的死对头"。[①]

曾经有一段时期,我国学术界热中于讨论巴尔扎克的"反动"世界观和现实主义创作方法的矛盾。其实,笔者认为,这场讨论的前提设定相当荒谬。首先,"世界观"的原义本应涵盖对宇宙万物、社会、人类的总体认识,而不能片面地理解为政治观;其次,巴尔扎克的现实主义创作观也是其世界观的重要组成部分,而不单纯是个方法问题。何况对政治观也要具体分析,有保守观点的人不能笼统地称之为反动;主张君主制不等于反对资本主义生产方式的确立。二百多年的世界历史已经证明,资产阶级革命后的国家政体原本可有多种选择,暴力也不是革命的唯一手段。以是否主张共和、是否赞同暴力革命为依据,轻率地给作家们贴上"进步"、"保守"或"反动"等标签是极不科学的。

现实生活是复杂的,人的思想也是复杂的,作家毕竟不是政治家,他们的文学创作也不是政治行为。巴尔扎克是激进派也好,是保守派也好,他都不曾让政见左右他的创作;真正决定他的创作面貌的,是他对客观世界的总体认识和他的创作思想体系。如果说有些作家的作品不一定能全面反映作者的世界观,巴尔扎克的作品却真正是他的世界观的完整表现,他在作品中和盘托出自己对整个世界的全部见解,

---

[①] 恩格斯:《致玛·哈克奈斯》(1888年4月初),《马克思恩格斯选集》第4卷第463页。

包括他那些自相矛盾之处。没有人比他的世界观和创作更加统一的了。上述"矛盾"一说之所以产生,原因大约在于把文学创作仅仅看成一种政治行为,以为作家理当以作品来宣传政见。因而无法理解一个"保王派作家",何以能写出有悖其政治信念且深刻反映现实的作品。

八

巴尔扎克在小说史上的地位,今天已经无可怀疑了,而他生前却一直未能得到法国文学批评界的认同。尽管他写了那么多不同凡响的作品,有广泛的社会影响,可是以十九世纪三四十年代法国权威批评家们的审美标准来衡量,却难登大雅之堂。一则他的文字累赘,拥塞的思想让人感到消化不良,独特古怪的遣词造句和强烈、夸张的形容语经常令人瞠目结舌。巴尔扎克的气质,如同罗丹为他塑的雕像,粗糙笨重,然而深邃、豪壮,具有震撼人心的气势和威力。他的作品仿佛由天才的巨斧砍劈而成,生气勃勃,出神入化,只是还没来得及细细打磨。这与其说他是不重视锤字炼句的功夫(巴尔扎克每部作品都要换七八次乃至上十次校样,每份校样都改得密密麻麻,几乎面目全非),毋宁说是由于他那过分充溢的思想令他的文字不堪重负。戈蒂耶[①]形容巴尔扎克的写作好似一场思想与形式的格斗,而且比雅各与天使的格斗[②]更加艰苦。为了尽可能完整地表达思想,他常常难以做到文字的清新洗练。这个缺点在外国读者眼里倒不十分严重,因为文字经过翻译,原文的优点固然难以尽传,缺点也可以显得不那么突出。而在他同时代的批评家看来,文学的首要条件是文字美,写不出美文的作家便是不入流的作家。

不过,文字不"美"还不是巴尔扎克受责难的主要原因,他最严重

[①] 戈蒂耶(1811—1872),法国浪漫派诗人、小说家,后成为唯美派代表。本段文字请参阅戈蒂耶的《巴尔扎克》,《当代人物画像》。
[②] 典出《旧约·创世记》第32章。

的"过错"是破坏了文学的"高雅情趣"。文学本当表现高尚的情感，他却描写庸俗丑陋的物质欲求。他把金钱说成"上帝"，他写缺钱的苦恼，发财的野心，夺遗产的手段……所以，在那些强调"高雅情趣"的批评家眼里，巴尔扎克是个格调不高、"庸俗"且缺乏道德观念的小说家。他们指摘他"对丑恶有特殊爱好"，嘲笑他作品中的账目和法律条款，挖苦他对农业生产和水利建设比对文学更有研究，……圣伯夫①甚至刻薄地把巴尔扎克形容成"专治隐病的医生"，"经常从后门出入女商贩、指甲修剪师和小丑们的床笫之间"；《人间喜剧》宏伟的构思、丰富的画面和包罗万象的题材，在圣伯夫看来纯属"杂乱无章的大杂烩"；巴尔扎克让人物重复出现的手法，也被认为违背了审美要求。

总之，几乎巴尔扎克所有为后世所称道之处，当时都受到批评家的谴责。直到巴尔扎克去世，圣伯夫才在一八五〇年九月二日的《月曜日谈话》中表示要捐弃前嫌，有保留地说了几句较公允的话，承认巴尔扎克"身处社会底层，在与苦难的挣扎中，以其天赋的锐利目光观察和洞察到人们内心的目标"，肯定他"善于从现实中吸取素材"，并"以惊人的速度取得了巨大成就"。但他仍然批评巴尔扎克的作品代表着一种"堕落的风格"，且坚持说乔治·桑是一位比巴尔扎克更伟大的作家。对此，莫洛亚俏皮地评论："我们希望——并且相信——这种说法会使乔治·桑感到不快"②。

圣伯夫是十九世纪法国浪漫派很有名望的批评家，以具有精细的鉴赏力著称，但他所竭力赞扬的作家和作品大都已湮没无闻，他所不屑一顾的巴尔扎克和司汤达，声誉倒与日俱增。普鲁斯特③在他未完成的美学论著《驳圣伯夫》中尖锐地指出："圣伯夫规定文学批评的基本任务是识别当代真正有才华的作家，他自己却永远看不见同时代那

---

① 圣伯夫（1804－1869），法国批评家、小说家，《月曜日谈话》文学批评专栏的作者。本段文字中的有关引文，引自圣伯夫的《我的毒剂》。
② 见莫洛亚：《巴尔扎克传》尾声。
③ 普鲁斯特（1871－1922），法国名作家，《追忆逝水年华》的作者。

些确有独创性的天才。"出现以上这些现象并不奇怪,直到今天,是否所有的人都理解了巴尔扎克呢?似乎很难说。不理解或不想去理解历史和社会的人,理解巴尔扎克是相当困难的。

然而天才们却更善于识别天才。早在一八三一年,歌德读到了刚出版的《驴皮记》,立刻断定此书"出自一个具有高级智慧的人士之手",一再称赞"这是一部用全新风格写出的绝妙作品"①。雨果、布朗宁②、别林斯基、陀思妥耶夫斯基,还有马克思和恩格斯,都是率先盛赞巴尔扎克的伟大天才的人。巴尔扎克去世后,参加葬礼的内政部长对雨果说:"这是一位杰出的人"。雨果回答:"这是一位天才"。不仅雨果,当时法国浪漫派最优秀的一些作家如拉马丁、乔治·桑、戈蒂耶等,稍后还有波德莱尔,都为巴尔扎克的天才所折服。即使他们还没来得及透彻地理解他,却已感受到了他的"伟大、丰富和新奇"。波德莱尔曾经惊呼:"巴尔扎克,伟大,了不起,而且深不可测。他以奇特的方式反映出一种文明,还有它的全部斗争、全部抱负和全部疯狂……"③;在巴尔扎克那些最杰出的作品尚未问世时,乔治·桑就已经"被他那新颖而独特的创作手法所深深打动",并把他视为"堪称表率的大师"④;戈蒂耶曾断言,《人间喜剧》的作者刻画人物的特殊天赋,"无论过去或将来,都无人可与之比肩而立"⑤;福楼拜称赞巴尔扎克"是一个了不起的人,曾经透彻地了解他的时代"⑥;左拉曾谈到"小说领域出现了巴尔扎克,小说因而奠定了基础"⑦;甚至对文体十分苛求的法朗士⑧也承认:"他是他那个时代社会洞察幽微的历史家,他比任何人都善于使我们更好地了解从旧制度向新制度的过渡。……从塑造形象

---

① 见《歌德年鉴》(1980)。
② 布朗宁(1812 – 1889),英国著名诗人。
③ 波德莱尔:《论泰奥菲尔·戈蒂耶》,《艺术家》(1859年3月13日)。
④ 见《乔治·桑自传》。
⑤ 戈蒂耶:《巴尔扎克》,见《浪漫派回忆录》。
⑥ 福楼拜:《致布耶书》(1850年11月14日)。
⑦ 左拉:《论自然主义戏剧》。
⑧ 法朗士(1844 – 1924),法国小说家、评论家,以下引文见《文学生活》。

和深度来说，没有人比得上巴尔扎克。"

法国理论界、批评界的态度从十九世纪五六十年代开始也有了变化。扭转局面的带头人是著名学者和评论家泰纳，继而布尔热、法盖、布吕纳介等①批评家也都对巴尔扎克作了较公允的评价。布吕纳介坦率地承认："……直到五十年来发掘出的种种文献、札记的内容，与大小说家的臆测或归纳不谋而合，大家才对巴尔扎克作品深刻的历史意义惊奇不已。"②

泰纳是将巴尔扎克和莎士比亚相提并论的第一人③，他的《巴尔扎克论》（1858）以生动的文笔评介了巴尔扎克的思想、性格和作品，肯定其对现代社会的深刻理解及其富有独创性的艺术，指出巴尔扎克是一位"独特的，以崭新的方法描写人的艺术家"，赞扬他和莎士比亚一样建立了迄今人们见过的"最丰富的人性文献馆"。泰纳肯定巴尔扎克既是观察家，也是一位哲学家，思想家，"思想的丰富成就了他的伟大"。他针对以往批评界对巴尔扎克的贬责，从多方面为他辩护，包括为他的文体风格辩护。泰纳强调随着时代的发展，社会生活的内容和人们的情趣也有了很大改变，企图用某种固定的法则衡量一切作品是不合情理的。泰纳宣称巴尔扎克运用百科全书式的、带有强烈哲理性的奇异文笔自有他的道理，"他的写作习惯与现代人的生活习惯完全吻合，作家得到了读者的批准"④。

巴尔扎克的确得到了读者的批准。不管他有多少可挑剔之处，热

---

① 布尔热(1852－1935)，法国作家、批评家，以对文艺心理学的研究蜚声文坛；法盖(1847－1916)、布吕纳介(1849－1906)，均系法国学院派文艺批评家。
② 布吕纳介：《巴尔扎克小说的历史意义》，《文艺理论译丛》，1957年第2期。
③ 在泰纳之前，法国作家巴尔贝·德·奥尔维利在《时尚》杂志(1850年8月24日)上撰文悼念巴尔扎克时，曾有类似的说法："在莎士比亚之后，你往下找，很久才发现司各特；在拉伯雷之后，你发现莫里哀，莫里哀之后，你发现巴尔扎克。但再往下看，就后继无人了。……"但郑重研究巴尔扎克，正式将他与莎士比亚相提并论的仍首推泰纳。
④ 本段文字所概括的论点和引文均引自泰纳的《巴尔扎克论》。

爱他的人总微笑着把他的短处和长处一并接受下来。批评者说巴尔扎克缺乏教养，不够含蓄，拉马丁和乔治·桑说这是"孩子般的天真坦率"；批评者说他用字怪僻，泰纳说"文字对作家而言不仅是个符号，也是对形象的召唤，不能因某些字义和语法家的字义不同就予以否定"；人们责备巴尔扎克是保王派，可是雨果宣称"他事实上已不自知地加入了革命作家的行列"①，乔治·桑肯定"他的天性是非常激进的，因此他书中最优秀的人物都是些共和党人…"②，左拉说"他不知道自己是个民主主义者，他花了毕生的精力为共和国、为未来的自由社会和自由信仰开辟道路"③。……这些说法也许证明不了什么，但足以证明巴尔扎克的艺术可以赢得何等宽容的热爱。普鲁斯特说得明白："人们了解他的怪僻，知道他的种种毛病，这一切人们也是喜欢的，因为这正是他的性格特征"④。法朗士幽默地说："他是神，你若责备他有时粗糙，他的信徒们会回答：创造一个世界不能过分精巧……"⑤

　　巴尔扎克赢得热爱的奥秘在于，他的确创造了一种让人耳目一新的、具有独特魅力的文学，这种文学从全新的视角提供了一种发人深省的观察，以前所未有的方式完整地再现了一个无比真实的社会。在法国乃至欧洲文学中，以往还不曾见过这种角度的观察，如此总揽一切而又入木三分的再现。所以波德莱尔说他是"在伟人这个词最有分量的意义上的伟人，他既是小说家又是学者，既是观察家又是创造者，他是通晓各种观念和事物发展规律的博物学家，是其方法值得我们研究的独一无二的创造者"⑥。

　　十九世纪是欧洲文坛群星灿烂的时代，涌现了一大批世界级的文学大师。他们在转轨时期社会动荡的冲击下，怀着对人类不幸命运的

---

① 雨果：《巴尔扎克葬词》。
② 乔治·桑：《巴尔扎克》。
③ 左拉：《巴尔扎克》，见法国《号召报》(1870年5月13日)。
④ 普鲁斯特：《圣伯夫和巴尔扎克》(《驳圣伯夫》第十一节)。
⑤ 法朗士：《文学生活》。
⑥ 波德莱尔：《评〈尚夫勒里短篇小说集〉》。

深切同情,对种种丑恶的社会现象进行了猛烈的批判。但惟有巴尔扎克是以人的物质欲求为切入点,以社会经济结构为中心来剖析整个社会机制及种种社会现象的内在联系。和所有关注社会问题的作家相比,他的观察研究更接近社会的根部。丹麦文学批评家勃兰兑斯曾引用雨果在《历代传说》中描写森林之神的两句诗来形容巴尔扎克:

  他从根部来描绘一棵树,
  描绘草木互相残杀的生死斗争。①

  有谁比他更清晰地洞察到人类社会的原始动力,有谁比他更透彻地揭示出人类社会无情的阶级划分和弱肉强食的运动法则,有谁对经济力量的消长和权力分配的关系有他那样敏锐的观察,有谁能像他那样准确地预见到分成小块出售给农民的土地最终将落入资产者手中,有谁在证券交易开始出现时就像他那样看出资本迅速集中的趋向……? 历来文学家对社会的批判始终未能突破道德批判的范畴,巴尔扎克可以说是唯一的例外。狄更斯是英国平民阶层的痛苦和爱憎的伟大表现者,他以无限的同情描写了小生产者的贫困破产及底层人民遭受的苦难,但他却识不透现代社会的基本结构和人与人之间社会关系的本质,竟天真地将解救苦难的希望寄托在有钱人的善心和施舍上。陀思妥耶夫斯基是世所罕见的心理分析大师,他对人性内涵的挖掘达到无人可及的深度。但他更多地是用心理学家、道德家的眼光来考察社会生活中的丑恶现象,常常过分突出了对人性弱点和病态心理的研究,反而淡化了对社会的观察批判。托尔斯泰同样是一位伟大的现实主义作家,他的作品同样绘制了广阔的社会画面,成功地塑造了众多人物典型,深刻地反映了俄国社会向资本主义过渡时期的重重矛盾。他同样既是小说家,也是思想家,但他的哲理思考带有强烈的"自省"性质,追求道德上的自我完善是他的主要思想特征。托尔斯泰以对人类的全部爱心去探索社会的出路及人生的真谛,就人格的高尚伟

---

① 转引自勃兰兑斯:《十九世纪文学主流》第五分册《法国的浪漫派》第十二章。

大和道德感召力量而言,显然无可非议;但巴尔扎克那种深刻的睿智和清醒的历史感却是托尔斯泰所缺乏的:托尔斯泰把资本主义看成一个可以避免的错误,幻想以博爱和道德修身化解社会矛盾、抵御欧洲文明的入侵,引导人们建立一个安居乐业的宗法制小农社会。十九世纪的伟大作家们在艺术上都各有所长,巴尔扎克并未占尽一切优势,但他观察世界的方法是高人一等的,对人类社会各种现实关系的理解也是最透彻的。无怪勃兰兑斯会说:"他之所以被创造出来,仿佛就是为了预言和泄露社会和人类的奥秘。"①

巴尔扎克的思想体系及价值观和许多作家一样来自文艺复兴时期奠定的人本观念,他也和同时代的其他作家一样以人道为武器批判揭露资本原始积累时期的血腥暴行、人与人之间冷酷无情的现金交易关系、竞争的残酷和金钱的败坏人心……只是他那历史家和社会学家的头脑使他清楚地意识到当今社会人与人之间的生死搏斗并非博爱的丹方所能缓解,历史的发展受着更加物质的力量所制约。他甚至认为"施舍是一种高尚的错误",因而较之同情、怜悯,他更热中于表现人的力量、智慧和奋斗。这一点他和司汤达灵犀相通。他的作品中并非没有行善的人,可这种人不是乐善好施的大富翁,而是致力于推动地区经济改造或创办扶危济困事业的仁人志士。如《乡村医生》中的贝纳西、《乡村教士》中的博内神甫、《禁治产》中以小额贷款方式帮助穷人创业的包比诺法官,《现代史拾遗》中从事扶危济困工程的拉尚特里夫人等。巴尔扎克从未期待恶人忏悔、赎罪,或因天良发现而自杀。他的作品中常常不是善战胜恶,而是恶人取得胜利;如果恶人有时受到惩罚,那往往是遇上了比他更强的对手。这种描写,是巴尔扎克被目为不道德的重要原因。其实巴尔扎克为人温厚善良,只是在他那里,现实不肯向人们的善良愿望让步,它总是以更普遍、更本质的面貌顽强地显现出来:包比诺法官公正执法,却较量不过整个腐败的司法

---

① 勃兰兑斯:《十九世纪文学主流》第五分册《法国的浪漫派》第十二章。

机构(《禁治产》);拉布丹锐意改革,最后却落个身败名裂(《公务员》)……这样的描写有点像是悲观主义,其实不然,以巴尔扎克那种高卢式的快活天性和进取精神,本质上是和悲观主义无缘的,无论现实多么令人失望,他的作品中总不乏正义追求者、自强不息者,这些人总在为实现某个抱负坚定地走自己的路,不肯与丑恶的社会同流合污。只是巴尔扎克始终坚持自己的现实主义创作原则,他宁愿描写令人寒心但却普遍存在的事实真相,而不愿让读者从假象中求得满足。所以,当雨果为因贫穷而犯盗窃罪的苦役犯鸣不平,为取缔死刑大声疾呼时,巴尔扎克却通过伏脱冷的嘴冷峻地道出:"可是那些伪君子明白,法官把窃贼判罪是维持富人与穷人之间的壁垒,那壁垒是推翻不得的,否则社会就要解体;不比闹破产的商人,夺遗产的能手,为自肥而扼杀一家企业的银行家,不过把财产换了个地方罢了。"

巴尔扎克的出现使法国文坛产生了一个新星座,此后的小说家自觉或不自觉都会以他为坐标来寻找自己的位置。法盖尽管对巴尔扎克的文体有严厉的批评,却承认巴尔扎克"创立了现实主义,并使活跃了五十年之久的浪漫主义寿终正寝。……从此,抒情和想象的时期为观察的时期所替代"①;而且"自蒙田、伏尔泰、卢梭以降,还没有一个法国作家在精神上和文学上的影响可与巴尔扎克相提并论"②。

福楼拜、左拉、莫泊桑、都德、龚古尔兄弟……可以说都是巴尔扎克所开创的现实主义的后继者,但又各有自己的特色和创造。福楼拜是在浪漫主义的熏陶之下成长起来的文学青年,雨果曾是他心中的偶像。而一八五七年他却以"外省风俗"为副标题发表了现实主义小说《包法利夫人》;左拉创作了包括二十部长篇小说的《鲁贡-马卡尔家族的自然史与社会史》,全面描绘了法国第二帝国和第三共和国时期广阔的社会生活。这两位大作家都想要发展和超越巴尔扎克的艺术,于是福楼拜创造了"客观性艺术",左拉创立了"自然主义"理论。其

---

① 法盖:《巴尔扎克》第八章"巴尔扎克身后"。
② 同上。

共同点是与浪漫主义彻底决裂,从巴尔扎克式的现实主义中完全排除浪漫主义成分,使作品的真实性更加纯粹和彻底。

福楼拜小心翼翼地从作品中剔除自我,不流露感情,不插入议论,不让一字一句留下作者的观点或意图的痕迹。历来文学作品中,还不曾见过作者的意图隐藏得如福楼拜这般深的。他成功地实现了他的艺术突破,在文坛引起了强烈反响。加之福楼拜是一位精雕细刻的文体家,细腻讲究的文笔更使他那客观、冷漠的艺术风格给人以深刻印象。不过巴尔扎克作品那种饱含智慧和生命活力的强大感染力却是福楼拜所欠缺的。福楼拜常年蜗居庄园,过着有产者的安适生活。这保证了他有足够的精力追求艺术上的完美,却大大限制了他的视野和思维空间。福楼拜不是哲学家、思想家,他知道自己"对生活缺乏明确的、总体的概念"①,即使他采用巴尔扎克的方法,也写不出巴尔扎克式的作品。所以"客观性艺术"既是福楼拜的天才创造,也是他能够做出的唯一聪明选择。

左拉一心要继承和发展巴尔扎克的现实主义,但他创造的自然主义理论恰恰抛弃了使巴尔扎克的艺术熠熠生辉的一些最重要的东西。巴尔扎克的伟大智慧首先在于对社会进行了历史的、社会学的研究,左拉却混淆自然科学和人文科学的界限,踏入了"纯科学"的误区。他提倡以生物学的病理研究方法研究人类,试图以生理学、遗传学解释人类的社会行为,这就必然会模糊乃至歪曲社会问题的本质。所以恩格斯不无道理地认为巴尔扎克是"比过去、现在和未来的一切左拉都要伟大得多的现实主义大师"②。所幸左拉并未时刻牢记自己的理论,在他最优秀的一些作品中,病理研究常常让位于社会研究,生物学决定论不时让位给社会环境决定论,而左拉正直的品格和人道精神则引导他对社会的不公正和腐败作了无情的揭露和抨击。因此左拉仍

---

① 福楼拜:《给乔治·桑的信》(1875年12月)。
② 恩格斯:《致玛·哈克奈斯》(1888年4月初),《马克思恩格斯选集》第4卷第462页。

不失为一位伟大的醒世作家和风俗史家。但他对现实主义艺术的"革新发展"却是失败的。生物学研究大大冲淡了作品的社会批判意义,"真实性"原则的极端化、绝对化则大大削弱了作品的艺术魅力。给巴尔扎克的作品增添了无穷魅力的丰富想象力,在他看来却有损于巴尔扎克的伟大。由于过分追求细节的精确而忽视想象在创作中的作用。他的许多描写都流于琐细、平庸,以致招来读者的厌倦。像《玄妙的杰作》中那位画家一样,他将某种艺术法则夸大和绝对化,结果走向了艺术的反面。将现实主义推向极端的自然主义浪潮,迎来的是它的另一极——象征主义的兴起。

一个半世纪过去了,巴尔扎克在法国小说领域仍然是一座难以逾越的高峰。小说家们既崇拜他又因他而苦恼。就像欧洲古典画派的大师们令他们身后的画家感到"绝望"而不得不另辟蹊径一样,许多小说家只好设法绕过他或彻底摆脱他。十九世纪末到二十世纪的非理性主义思潮泛滥的年代,倒是福楼拜那种使作者与作品拉开距离的做法,给非理性主义文学指点了一条出路,于是福楼拜在二十世纪声名大振,被奉为现代派文学的先驱。五六十年代的新小说派是公开宣布与巴尔扎克决裂的创新者,从他们每一个人的论著中都可以看出巴尔扎克给他们带来的烦恼,他们于是干脆取消主题、情节、人物塑造、内心分析、情景描述及一切带感情色彩的语言,紧接其后的新新小说派甚至进而废除了标点和段落。这种勇气十足的探索确实产生了一批有新意的作品,但那本质上已是另一种文学形态,不是传统意义上的小说了。这类作品风行一时后又销声匿迹,只能留给文学史家们去研究评价。而法国《快报》于一九七八年十一月公布的一份读书调查报告[①]却表明,即使是现代派艺术声势最壮的这个阶段,在最受读者喜爱的作家中,巴尔扎克仍然位居榜首。

产生巴尔扎克的时代土壤已经不存在了,但巴尔扎克独特的艺术

---

① 见《"冰山"理论:对话与潜对话》第466页,工人出版社,1987年。

魅力却青春常在。他留下的这份遗产始终是人们取之不尽的文化宝藏。全世界的作家艺术家都从他的作品中摄取营养,且对他表示极高的敬意。普鲁斯特熟悉《人间喜剧》中的每一个细节,而且对圣伯夫的不公正表示了莫大的愤慨;莫里亚克①把巴尔扎克和托尔斯泰誉为欧洲小说的"两大顶峰",认为二十世纪法国每出一本好小说,"首要的一点在于它比较像巴尔扎克的作品";高尔基将莎士比亚、巴尔扎克和托尔斯泰称作"人类为自己建立的三座纪念碑";卢卡契②将巴尔扎克和莎士比亚、歌德并列为世界上"最伟大的作家";巴尔扎克还曾对茨威格③产生深刻影响,茨威格不仅高度评价巴尔扎克的天才,也深深为他那种吞没全身心的创作激情所折服。

和现实社会一样,巴尔扎克虚构的这个人间大舞台并非十全十美。人们可以从中挑出种种缺陷或遗憾,可是无人不因这座大厦的宏伟壮观而深受震撼,特别是其艺术中所包含的洞观一切的大智慧,永远值得我们去深入挖掘和思考。即使其中某些东西今人已不完全认同,也能从中获得许多宝贵的启示。巴尔扎克对转型期的法国社会理解得那么透彻,以致所有处在转型阶段的社会都能从他的作品中看到自身的影像;巴尔扎克对人类本性挖掘得如此深入,以致他所写的人间故事经常在不同历史阶段,由不同国籍的人们重新搬演。他的传记作者莫洛亚说得真切:"读完这全套著作,人们才会发现这个帝国的疆域如此辽阔,在这片疆土之上,智慧的太阳永不落。"④

二〇〇四年五月

---

① 弗朗索瓦·莫里亚克(1885-1970),法国小说家,诺贝尔文学奖获得者。
② 卢卡契(1885-1971),匈牙利文艺理论家,美学家和哲学家。
③ 茨威格(1881-1942),奥地利小说家。
④ 引自莫洛亚:《巴尔扎克传》第二十九章。

莫洛亚的《巴尔扎克传》*

波德莱尔说得不错,巴尔扎克是《人间喜剧》诸多人物中"最奇特、最有趣、最浪漫、也最富有诗意的一个"。如果巴尔扎克将自己的一生写成小说,想必是《人间喜剧》中最可惊可叹的一幕。然而,尽管《人间喜剧》中到处有巴尔扎克的影子,作家毕竟不曾为自己立传,这项饶有意趣的工作,在一个世纪以后,由著名的传记文学家安德烈·莫洛亚完成了。

由莫洛亚为巴尔扎克作传,也许比大小说家自己执笔更为理想。"上帝能够创造一切,却不能创造另一个上帝;天才能够再现一切,却不能再现天才,"[①]巴尔扎克成功地塑造了成千个形象,却不一定能塑造好自己。他呕心沥血写作的《路易·朗贝尔》——《人间喜剧》中唯一带有自传色彩的小说,并不怎么受读者欢迎,莫洛亚的《巴尔扎克传》倒取得了完满的成功。在前一部作品里,巴尔扎克试图将拥塞在天才头脑里的奇思妙想倾盆大雨般向读者浇去,任何读者都消受不了这么一盆浓汤;莫洛亚则不慌不忙,带领读者沿着巴尔扎克走过的道路徐徐前进,和巴尔扎克一起研究社会,认识人生,和他一起熬过不眠之夜,一起躲避债主的追逐,分担他失败的忧苦,共享他成功的喜悦……于是,一个五短三粗、目光炯炯,既荒唐又深刻,既平凡又伟大的

---

* 本文原系为《巴尔扎克传》(艾珉、俞芷倩译,人民文学出版社,1993年)一书撰写的序言,1998年收入浙江文艺出版社的"莫洛亚传记丛书"时,改为"译后记"。2014年由浙江大学出版社出版时,仍改为"译本序"。

① 见安德烈·莫洛亚:《巴尔扎克传》第十三章。

巴尔扎克便血肉丰满地站立了起来,亲切地活在读者的心里。

安德烈·莫洛亚(1885－1967)从小就显示了出众的文学才能,他的语文老师早就断言他将成为作家。但他以优异成绩从中学毕业后,却听从阿兰①的劝告,进了父亲的呢绒工厂。阿兰不愿意莫洛亚成为《幻灭》中的吕西安,而希望他通过社会实践写出二十世纪的《人间喜剧》。

莫洛亚年近四十才发表第一部小说(《勃朗布尔上校的沉默》),一炮打响。此后四十余年,笔耕不辍,结集出版的作品竟达八十五种之多,总字数不在《人间喜剧》之下。

莫洛亚是一位有多方面才能的作家,无论何种体裁:长篇小说、中短篇小说、随笔、游记、文学评论、传记、乃至史学,他驾驭起来都得心应手,挥洒自如。他的短篇小说构思奇巧,极富魅力,特别是小说的结尾,往往别出心裁,难以逆料,不亚于"欧·亨利式的结尾"②。有人赞他是"莫泊桑后第一人",看来并非过誉。他的长篇小说《氛围》(1928)被视为法国现代文学的珠玑之作。他写过大量文学评论,均有独到见解。但真正体现其独创精神,使之蜚声文坛的,是他的传记文学。

莫洛亚的传记作品兼有史学和文学的双重优点。作为史家,他崇尚严谨的科学态度,要求详尽地占有资料,尊重事实,一切以历史档案、信函、日记、回忆录为凭,不容许有任何穿凿附会之处;作为小说家,他善于从纷繁芜杂的资料中,剔粗取精,提炼出人物成长的思想脉络,发掘出足以反映性格特征的素材,捕捉住富有情趣或戏剧性的细节。所以他的传记作品虽来自大量枯燥乏味的档案材料,却既有感人的情节,又有生动的形象塑造,读来如小说般引人入胜,只是没有小说

---

① 阿兰即爱弥尔·夏基埃(1868－1951),法国学者,随笔作家,著名的哲学教授,莫洛亚的中学老师,对莫洛亚的成长曾产生重大的影响。
② 欧·亨利(1862－1910),原名威廉·西德尼·波特,美国著名短篇小说家,其小说的结尾经常出人意料,显示了惊人的独创性,被称为"欧·亨利式的结尾"。

的虚构成分。长时期以来,在批评家们眼中,传记应隶属学术领域,算不上文学作品,因为传记作品的材料是现成的,无需创造。莫洛亚却认为:"以为缺乏想象力的人才去写传记,真是大谬不然,……如果去追溯巴尔扎克小说的来源,那么连最细微的情节也都有迹可寻。不过这源泉并非来自书本,而是撷自生活,传记反之,差别就在这一点上。"①莫洛亚自谓写《氛围》所花费的小说家匠心,与他写传记所花费的传记家匠心并无太大不同,"只是作为小说家,行文更自由,我可以用两三个原型塑造一个人物,不受史实限制……"②可见,要把传记写成文学,其实比写小说更加不易。莫洛亚通过自己的艺术实践,大大提高了传记作品的文学地位,使之成为一种正式的文学体裁。法国文学史上,传记文学的成就,至今尚无出其右者。

莫洛亚一生所写的传记文学作品一共十四部③,《巴尔扎克传》是最后一部,于一九六五年出版。当时莫洛亚已是八十高龄的老者④,然笔锋犹健,才华不减当年,且资料之翔实,技巧之圆熟,已达登峰造极的境界,所以不少人把这部传记视为莫洛亚传记文学的冠冕之作。

莫洛亚所写传记的最大特点,是真实地再现伟人的本来面目,丝毫不回避伟人的渺小之处。他乐于显示"伟人的力量和弱点",写出"他之所以能完成伟大的事业,是因为他的力量克服了自身的弱点"。这种想法本身就是一种创新。人们习惯于把死去的英雄或伟人奉为圣贤,讳言他们的弱点或过失,惟恐有损他们的光辉形象。也许是出

---

① 莫洛亚:《文学生涯六十年》。
② 同上。
③ 这十四部传记包括:《雪莱传》(1923)、《迪斯雷利传》(1927)、《拜伦传》(1930)、《利奥泰传》(1931)、《屠格涅夫传》(1931)、《伏尔泰传》(1932)、《夏多布里昂传》(1938)、《追寻普鲁斯特》(1949)、《乔治·桑传》(1952)、《雨果传》(1954)、《三仲马》(1957)、《弗莱明爵士传》(1959)、《拉法耶特夫人传》(1961)和《巴尔扎克传》(1965)。
④ 据说莫洛亚之所以迟迟未写《巴尔扎克传》,是出于对巴尔扎克研究权威布特隆的尊重。布特隆毕生从事巴尔扎克的研究,自然最有资格写这部传记。可惜他直至去世尚未进行这一工作,他所积累的大量资料,对莫洛亚有极大帮助。

于同样的心理,优秀人物活着的时候很少能得到承认,人们往往指责他们的缺点而忽视他们的功绩。在莫洛亚看来,伟人也是人,他们在凡人的世界中出生、成长,和凡人一样有这样那样的错误。他们并不总那么"伟大",更谈不上完美,他们也干蠢事,有时还显得可笑和渺小,然而他们却成就了凡人连想也不敢想的业绩。莫洛亚认为传记家的乐趣,恰恰在于"显示在貌似平庸的人生里,怎样迸发出超凡入圣的业绩来"。

巴尔扎克无疑是莫洛亚由衷敬佩的作家[①],他将《巴尔扎克传》题为《普罗米修斯或巴尔扎克的一生》,以希腊神话中巨人普罗米修斯的传说,来比喻巴尔扎克创作《人间喜剧》的伟绩,足见对巴尔扎克评价之高。但这并不妨碍他以批评的口吻谈及巴尔扎克的某些行为。描写伟人平庸的一面而不损及其伟大,揭露他的弱点、过失,反倒令人倍感亲切,这正是莫洛亚技高一等的地方。显然,仅靠史学家的精确和小说家的生花妙笔,是做不到这一点的。那么莫洛亚的奥秘是什么?用他自己的词汇表达,就是参与。通过参与达到理解和学习。

我在《巴尔扎克传》里,想让读者看到巴尔扎克的家庭、图尔城、旺多姆学校,悉如巴尔扎克小时候看到的那样。之后,我和他一起认识人生、女人、爱情、破产、贫困和作家的荣耀。让读者有时感到自己就在巴尔扎克的文学作坊里,跟他一样充满回忆,经过声光化电的熔铸,拿出一部《高老头》或《夏娃的女儿》。如果我写得成功,读者得以参与一点巴尔扎克的生活与创作,那我就得分,算做了一桩有用的事。因为,跟伟人一起生活,了解伟人,崇拜伟人,是大有裨益的。[②]

这种参与的态度,对正确理解和真实再现伟人的面貌至关重要。干大事业的人常有些为世人所不容的短处,有时这短处恰与他们的伟大相辅相成。《绝对之探求》中的克拉埃为了探求"绝对",不惜倾家

[①] 莫洛亚在《文学生涯六十年》中谈到,对他产生重大影响的作家,首推巴尔扎克,托尔斯泰和普鲁斯特。

[②] 莫洛亚:《文学生涯六十年》。

荡产，使妻子儿女陷于贫困。按世俗的观念，他自然是个坏丈夫、坏父亲。然而在科学领域他却是个伟人。如果他的试验成功，必将造福于人类。巴尔扎克通过克拉埃夫人之口说道："你们的美德，不同于凡夫俗子的美德；你们属于世界，不能属于一个女人或一个家庭，你们像大树一样吸干了你们周围土地的水分……"[1]这句话是否也有作家为自己譬解的成分呢？巴尔扎克的一家，他的亲友和恋人，几乎都为他做过大大小小的奉献，可谁也没有从他的文学成就中获得任何好处，他的成就是属于全世界的。这位大作家在生活中确有令人难以容忍的地方，他轻率、荒唐、异想天开，所有的实际事务都被他搅得一团糟……但是，他若是个精明强干的实业家或规行矩步的谦谦君子，也许就写不出《人间喜剧》了。没有他那种如火如荼的欲望，那些失败的痛苦经历，他怎能对这个尔虞我诈的社会有如此深刻的了解，怎能对破产、负债有这等真切的感受，怎能将这个社会中无情的竞争写得这样有声有色，又怎能将两三千个人物刻画得千姿百态、栩栩如生……？莫洛亚以善意的嘲讽口吻写道："他想出的主意满含黄金，他经营失败的所有企业几乎都使别人发了财，不仅铸字厂、地皮买卖，包括再版古典作品以及香水推销广告等，无不如此。惟有在他自己创造的世界里，他才是主宰一切的上帝。每当他陷入困境或遇到自己无法对付的厄运，他便溜之大吉，一头钻进文学创作之中，到了那个世界里，他最惨痛的失败便将成为最佳创作题材……"[2]就这样，莫洛亚在引导读者参与巴尔扎克的生活时，也就帮助读者全面理解了巴尔扎克的弱点、过失和伟大。

　　人们常常责备巴尔扎克的保王派立场和对宗教的宣扬。莫洛亚是如何理解这一点的呢？他引用了阿兰的一句精彩论断："他虽然拥护王权和宗教，但是对这两者都不相信。"[3]莫洛亚的解释是："从信仰

---

[1]　见巴尔扎克：《绝对之探求》。
[2]　参阅莫洛亚：《巴尔扎克传》第二十章。
[3]　参阅莫洛亚：《巴尔扎克传》第二十九章。

的绝对意义上讲,他对两者都不相信,但是他相信它们的实用价值。"①多么中肯,多么切合实际的分析!不管巴尔扎克宣称自己"在王权和宗教这两种永恒真理的照耀下写作"显得多么不合潮流,却绝无主张历史倒退的用意。在巴尔扎克看来,经历了一七八九年革命的法国社会需要的是稳定,而任何一种形式的集权政治此时都比议会民主更能保证社会的稳定发展。法国社会的发展进程恰好证明了他的观点不无道理。在资本主义取代封建主义的新旧交替时期,在旧秩序已被破坏,新秩序尚待建立和巩固的时刻,代议制民主显得如此软弱无力,以致不得不让拿破仑一世的帝国来巩固资产阶级的胜利,让拿破仑三世的第二帝国来保障资本主义生产方式的长足发展。巴尔扎克只是从他的历史观出发来判断政治,从未直接卷入党派间的利害之争。严格说来他并不是保王党中的一员,他主张君主制却对保王党人并无好感。他反对共和却对为理想献身的共和党人满怀敬意。同样,他相信宗教对稳定社会秩序的作用,心里却比谁都清楚"天主教教义是一套自欺欺人的假话"。在某些作品中,他对宗教的描写完全可以与反宗教、反教权的司汤达媲美。可是,除了宗教,还有什么手段可以约束"恶"的发展,阻止人类滑向堕落呢?"要全民族都去研究康德是不可能的,对民众说来,信仰和习俗比研究和论证更有实际意义。"②

  对于巴尔扎克那些芜杂的哲学思想,莫洛亚同样表现出令人赞叹的宽容和理解的态度。不错,巴尔扎克对神秘学说兴趣很浓,对面相学、骨相学颇为迷信,他甚至求助于催眠师、巫师……可是莫洛亚从天才的思想中发现了大量智慧的火花。他无限感慨地指出巴尔扎克的许多思想"走在了科学之前一个世纪"。人们当时以为纯属异想天开的设想,一百年后也许会为科学所证实。例如关于宇宙的"统一性"的认识,关于"宇宙万物中重要的奥秘存在于无穷小的物质成分之中"的见解,对世界本原(即所谓"绝对")的探求……他不无根据地意识到

---

① 参阅莫洛亚:《巴尔扎克传》第二十九章。
② 同上。

物质与精神是同一实体的两个方面，意识到精神与物质的互动作用，他确信思想是一种物质的运动并能对肉体产生物质的影响，他从宇宙万物中看到了受物质世界客观规律所制约的运动以及支配人的生命力的内在力量……这些，显然都在一步步为科学所证实。

巴尔扎克属于那种思维能力超常发展的天才，他广博的知识和超级的感悟力，使他对一切都产生兴趣，从最概括、最抽象的哲学，到最琐碎、最具体的夫妻纠纷。社会科学、自然科学的各个门类他都涉猎到了。他在作品中准确无误地使用各门学科的专业词汇，内行地谈论技术上的细节，他对音乐的精辟见解能使乔治·桑大吃一惊……只要他愿意，他可以成为任何一门学科的专家，然而他却没有全力以赴地从事任何学科的研究，他因为想要理解一切而不可能深入到任何一个门类，所以他成为一位前无古人的小说家，一位百科全书式的小说家。莫洛亚说得多么好："这个帝国疆域如此辽阔，在这片疆土之上，智慧的太阳永不落。"[①]

莫洛亚不想神化天才，把伟人写得高不可攀有什么好处呢？徒然让人们感到自己更渺小，更无存在的价值。而他的愿望却是要"给人以自信"[②]，让人们在伟人的生平中吸取力量。他的乐趣是记述天才所走过的坎坷道路，描写天才在创作上的艰苦摸索：那些呕心沥血写出来却受到冷遇的作品，那些经过十余次修改、涂得面目全非的校样，那些在同行的嫉妒和社会偏见压力下的苦苦挣扎……总之，他要说明天才比起旁人并没有什么得天独厚的优越条件，只不过具有更大的勇气、更坚定的信念和百折不挠的毅力。

巴尔扎克一生都在进行普罗米修斯式的拼搏，他给自己定下了凡人所不敢指望的目标。他在二十年中也许消耗了常人五十年的生命，"房屋造毕，死神来临"。到他接近终点时，他和那位马拉松的长跑者一样，已经奄奄一息地倒下了。莫洛亚不惜笔墨，对巴尔扎克之死作

---

① 莫洛亚：《巴尔扎克传》第二十九章。
② 莫洛亚：《文学生涯六十年》。

了详尽的、饱含悲壮意味的描绘。巴尔扎克为人类留下了一座辉煌的永久性建筑,可是他的葬礼没有任何隆重的排场,棺椁上没有任何醒目的头衔。"他的王国不在这个世界上。"一些必朽无疑的人占据着"不朽者"的座位,真正的不朽者却难以获得同代人的认可。[①] "所有高大的建筑都投下阴影,有些人则只看见阴影。"[②]在任何时代,人们要与思想超前发展的天才达成共识总是很困难的。因为大多数人都习惯于按现成的狭隘观念衡量一切。惟有待历史拉开一段距离以后,宏伟建筑的珍贵价值才能为世人所认识。巴尔扎克早就意识到:"友谊和荣誉只能在坟墓里享受"。倘使社会对天才人物稍稍宽容一些,对有悖传统的思想行为能多少抱莫洛亚式的理解态度,优秀人物的生态环境想必要好得多。看来,这也是莫洛亚的名人传记给我们的启示之一。

莫洛亚从不自命为哲人,但他的作品常包含许多朴素生动的哲理成分,给予人们有益的启迪。他似乎不曾大力提倡某种人生观,也没有发出什么召唤,而他的作品本身却是一种强有力的召唤。的确,对那些经历了两次世界大战,心有余悸、困惑不安的人们来说,对那些在生活中找不到自己的位置,消极苦闷、彷徨无依的人们来说,有什么比恢复人的自信,发掘自身潜力更重要的事情呢?让人们看一看伟人的生活,看一看这些与常人相似而又非同寻常的人如何选择自己的目标,不正是一种催人奋进的强大动力吗?实际上,每个人都是有能量的,只不过大多数人直到生命结束还没有燃去能量的一半。巴尔扎克不仅充分燃烧了,而且燃烧得过速过旺。传记作家莫洛亚大约有意要借巴尔扎克燃起的这把熊熊烈火照亮世人的思想。

《巴尔扎克传》开篇的题词说得好:谈谈巴尔扎克是有好处的。

一九九二年二月

[①] 法兰西学院的院士被称为"不朽者",巴尔扎克尽管卓有成就,却因负债一直未能为法兰西学院所接纳。

[②] 见莫洛亚:《巴尔扎克传》尾声。

《红与黑》的魅力*

司汤达(1783-1842)的《红与黑》(1830)中译本问世以来,一直是读者群和外国文学评论界关注的一个焦点。围绕这部小说的社会内容、主人公于连的形象和他的两次爱情、《红与黑》书名的来源及其象征意义……等问题,已经开展过那么多讨论,专家学者们也已从各个不同角度做过相当充分的论述,以致不论再谈些什么,都像是在"老调重弹"了。为了尽可能不让读者感到厌倦,本文不拟再对作家作品做全面的分析,只想尝试着探讨这样一个问题:《红与黑》的魅力何在?

一个生前默默无闻、在文坛尚无立足之地的公职人员[①],死后竟凭着两、三部小说[②],更确切地说,主要是凭着《红与黑》,便取得文学史上几乎与巴尔扎克比肩而立的地位,这个事实本身,难道不值得我们认真探究一下么?如果我们进一步做些调查,大约还会发现,尽管《红与黑》初版时,印数只有区区七百五十册,摆在书店里几乎无人问津,但一个半世纪以来,世界各国最著名的作家、批评家却很少有对它保

---

* 本文原系《红与黑》(闻家驷译)译本序,人民文学出版社,1988年版。2003年出版插图本时改用张冠尧译本,序文也作了若干修改。

① 一八三〇年七月革命以后,司汤达一直在政府供职。

② 司汤达的文学创作主要是《红与黑》,《巴马修道院》(1839)和未完成的长篇小说《吕西安·娄凡》。还发表过一篇不成熟的中篇小说《阿尔芒斯》(1827)和一些以意大利轶事为题材的中短篇小说,于一八五五年被后人收集成册出版,题名《意大利轶事》。此外,司汤达还写过若干散文、游记及有关音乐、绘画和文学的论述,如《拉辛与莎士比亚》《爱情论》《亨利·勃吕拉的一生》《罗马·那不勒斯·佛罗伦萨》《意大利绘画史》《英国通讯录》等。

持沉默的。歌德、列夫·托尔斯泰、高尔基、阿拉贡、萨特……等大作家对它表示由衷的赞赏;泰纳、保尔·布尔热、勃兰兑斯、卢那察尔斯基、卢卡契等著名批评家都高度评价它的社会意义和艺术价值。这部书被列为世界文学经典名著,在许多国家都不止有一个译本(如果我的统计没有遗漏,在中国至少已有十种译本)。特别是在青年读者群中,它始终是最受欢迎的文学读物之一。那么,是什么因素使这部以一个普通刑事案件为素材的小说①具有如此强大的生命力呢?

当然,所有的评论家都一致肯定司汤达深刻地反映了他的时代。只要看看小说的副标题"一八三〇年纪事"就可以体会到,司汤达和巴尔扎克一样,是在自觉地为当代社会谱写历史。的确,就同步地反映法国大革命以后的社会大动荡而言,也只有他可以与巴尔扎克媲美了。他那明晰、敏锐的头脑,对王政复辟时期错综复杂的政治斗争做出了何等准确的分析判断!但是,如果他仅仅写出了当时的政治斗争形势,写出以维里业城为代表的"三头政治",写出贵族和大资产阶级的相互妥协及相互渗透,写出极端保王党为进一步复辟封建势力而召开的秘密会议以及教会在复辟政治中不可替代的作用……等等,是否就能使那么多读者对这部书兴味盎然呢?毫无疑问,这些描写十分重要,很有价值,离开了这些,便不可能理解这部作品的深意。可是,对大多数读者来说,显然不是因为关心一百多年前的政治才喜爱《红与黑》的。人们真正感兴趣的,是它的主人公于连。于连和整个社会环境的冲突,他的野心抱负与孤军奋斗,他对现实的愤懑不平和报复性的反抗,这才是小说中真正扣人心弦的地方。离开了于连的悲剧,其他一切对读者便毫无意义。何况,于连也正是艺术家悉心照料的对象,其他人物和事件在书中不过是陪衬而已。比起《人间喜剧》中的埃

---

① 《红与黑》的主要情节取自法国伊泽尔省的一个刑事案件:马掌匠的儿子贝尔德受到本村神甫的关怀,受到较高的文化教育,进入有身分的米肖先生家当家庭教师,因与女主人发生恋情而被辞退,后来一直命途多舛,教会也对他关上了大门。他将厄运归罪于米肖夫妇,企图枪杀米肖夫人后自杀,犯罪未遂,后被判处死刑。

斯格里尼翁侯爵、马兰·德·贡德维尔和脱鲁倍神甫，①他笔下的德·雷纳先生、华勒诺先生、德·拉摩尔侯爵和弗里莱神甫算得了什么呢？不过是一张张剪纸而已。有特征，却无立体感，作者根本不打算在这些次要人物身上多费笔墨。他所呕心沥血塑造的，是于连。《红与黑》四十万字的篇幅，只围绕着一个于连。离开这个人物，《红与黑》的魅力就无从谈起。

作为一种社会典型，于连属于法国大革命以后成长起来的一代知识青年，在王政复辟时期，是被排斥在政权之外的中小资产阶级"才智之士"的代表，这类人受过资产阶级革命的熏陶，为拿破仑的丰功伟绩所鼓舞，早在心目中粉碎了封建等级的权威，而将个人才智视为分配社会权力的唯一合理依据。他们大都雄心勃勃，精力旺盛，在智力与毅力上大大优越于在惰怠虚荣的环境中长大的贵族青年，只是由于出身低微，便处在受人轻视的仆役地位。对自身地位的不满，激起这个阶层对社会的憎恨；对荣誉和财富的渴望，又引诱他们投入上流社会的角斗场。

于连·索雷尔从少年时代起，就抱定了要出人头地的决心，做过无数有关英雄伟人的美梦，他幻想自己像拿破仑那样，凭着身佩的长剑摆脱卑微贫困的地位，年三十立功于战场而成为显赫的将军。

然而于连不幸生不逢时，在王政复辟时期，平民甚至没有穿军官制服的可能，唯一能够通向上层社会的途径就是当教士了。当于连看到一个德高望重的老法官在一场无聊的纠纷中被一个小小的教士所击败，一个四十多岁的神甫就拿到三倍于拿破仑麾下名将的薪俸，他就不再提起拿破仑的名字，而发奋攻读神学了。他想："在一切事业里，都需要聪明人，……在拿破仑统治之下，我会是一名军官；在未来

---

① 以上提到的均系巴尔扎克《人间喜剧》中的人物：埃斯格里尼翁侯爵是外省旧贵族的典型（《古物陈列室》）；马兰·德·贡德维尔是资产阶级新贵（《一桩神秘案件》）；脱鲁倍神甫是耶稣会中有权有势的人物（《图尔的本堂神甫》）。

的神甫当中,我将是一位主教。"

为了不让岁月消磨掉他那博取荣誉的热情,于连拒绝了朋友富凯为他提供的一条平稳的发财道路,而宁愿冒着九死一生的危险去探求一条飞黄腾达的捷径。因为,按照富凯的建议,要到二十八岁才能实现他的计划,而在同样的年龄,拿破仑已经干出很伟大的事业了。

由于受野心的驱使,于连不得不生活在一连串矛盾痛苦之中:他根本不相信上帝的存在,却需要装出一副热烈的、虔诚的面孔;把全部《圣经》看作谎言,却将整部拉丁文《圣经》和《教皇论》读到能够背诵;明明憎恨贵族的特权,却不能不用包藏着"痛苦的野心"的热忱去料理侯爵的事务,甚至冒着生命危险为贵族的秘密会议送情报……。然而这一切努力仍不能填平等级的鸿沟,在那班贵人的眼里,于连至多是个服务得很好的仆人罢了。贵族社会按人的身分等级划分得极为周全的礼貌,谈吐中冷淡轻蔑的表情、餐桌上的末席地位,……种种无形的刺激,只能加深于连的痛苦和嫉恨。他在那个腐朽的"上流社会"里,成为唯一能以冷静、批判的眼光观察一切的人。他鄙视贵族阶级的僵化保守、平庸无能,痛恨耶稣会教士的伪善、贪婪和资产阶级暴发户的寡廉鲜耻,他把巴黎视为"阴谋和伪善的中心",把神学院称作"人间地狱",在内心咒骂华勒诺之流是"社会蠹贼"和"杀人不见血的刽子手"。

不过,于连对社会的批判,在很大程度上是从个人受屈辱的感情出发,他对统治阶级的特权表示愤慨时,并非不想和他们分享特权的一部分;他指责官场的腐败时,自己也不知不觉仿效他们的行径;当他获得十字勋章时,他想到的是"我必须感恩图报,为政府办事";当他为父亲谋求官职而损害了一个正直人的利益时,他想"这没什么,如果我想出人头地,这种昧良心的事还得干不少";而当他征服了侯爵小姐,接受了侯爵赠予的领地、封号和骑士头衔,以为即将实现自己的一切愿望时,他真是大喜过望,刚刚当了两天中尉,就已经盘算像过去的大将军一样,在三十岁当上司令了。这样一来,于连实际上又肯定了许多被自己否定过的东西,追求着自己所诅咒的对象,他自身的行动与他对社会的指责形成了尖锐的对比,使他自己也成为被讽刺的对象。

但是,于连毕竟来自受排斥的那个阶层,他的才智受到某些人的赏识,却招来更多人的仇恨。人们千方百计给他的成功设置障碍,终于完全粉碎了他的幻想,迫使他在绝望中公开与统治阶级决裂,他在法庭上那段自杀性的发言,画龙点睛地道出了全书的主题:"我是一个出身卑微而敢于起来抗争的乡下人。"他尖锐地指出统治者之所以如此严厉地对待他,只是为了使那些出身贫贱,但是有幸受到良好教育,敢于混迹于上流社会的年轻人永远丧失进取的勇气。

高尔基曾经有过一个精辟的论断:"十九世纪的欧洲文学和俄国文学的基本主题,乃是跟社会、国家、自然界对立着的个人。"[①]司汤达的卓越才能就表现在他能够比别人更敏锐地感受到,捕捉住,而且以鲜明、强烈、富有挑战意味的姿态点明这个主题。更了不起的是,在其他作家还没有意识到这一命题的历史价值的时候,他已经以成熟的思想和艺术,通过塑造一个孤立的、反抗的"个人"典型,淋漓尽致地发挥了这一主题。尽管在当时他没有被理解,但他深信自己日后会获得成功:"我将在一八八〇年为人所理解。""我所看重的仅仅是一九〇〇年被重新印刷。"如此坚定的自信,说明他对自己的时代做过何等深刻的历史的、哲学的思考。

这种与社会对立的个人,正如马克思所说,"一方面是封建社会形式解体的产物,另一方面是十六世纪以来新兴生产力的产物。"[②]随着封建社会的解体和资本主义生产关系的确立,"自我"的观念日益被提到前所未有的高度,个人幸福,个人价值,个人意志,个人的自由和独立……总之,以自我为中心的意识冲击着封建时代的一切道德观念。这既是历史的巨大进步,又包含着对自身的反动。市场经济的竞争法则,既唤醒了个人的能动性,释放出人们潜在的创造力,同时又不可避

---

① 高尔基:《苏联的文学》,《高尔基论文学》第124页。
② 马克思:《〈政治经济学批判〉导言》,《马克思恩格斯选集》中译本第2卷第86页。

免地使人与人之间、个人与社会之间处于某种对抗的状态。因而个人的孤立感,个人与社会的不协调,个人与社会的对立与抗争……便成为这一时代最富特征意义的历史现象。民族史诗消亡了,代之而起的是个人史诗:个人命运的不幸,个人意志与境遇的冲突,个性的受压抑,失恋的痛苦……以及形形色色的个人苦难,必然成为作家们描绘的主要对象。悲壮严肃的罗马共和国的英雄退到幕后①,从今以后在悲剧中充当主角的,是那些为谋求个人幸福在生活中冲锋陷阵的"英雄"了。于连,便是这类英雄的典型代表。

显然,于连不是完人。他的感情并非纯洁无瑕,他的行动和思想充满矛盾。但正因为如此才是一个真实、可信、有血有肉的人。肯定不是所有的读者都喜爱这个形象,然而又无一例外深深为他所吸引,无一例外对他寄予同情。十九世纪文学中充满了这种孤立的个人,于连始终是他们当中出类拔萃的一个。较之一般的个性,他的形象似乎更充实,更丰满,更独特,也更富于魅力。他不像法国大革命后的"世纪病"患者那样在生活中找不到依傍,不像塞南古的奥倍曼和夏多布里昂的勒内那样因不满现状而逃避现实,不像贡斯当的阿道尔夫和缪塞的沃达夫那样因百无聊赖而在爱情中寻求排遣,他也不像巴尔扎克的拉斯蒂涅和吕西安,除了名利之外没有其他信仰……于连和他们不同,他有信仰,有信念,他是启蒙思想的信徒,政治上的雅各宾派,拿破仑的崇拜者。在他身上更多地表现出的,是下层青年中最有活力、最有进取心的一面。他属于新兴市民阶级那种精力充沛、敢作敢为、具有顽强意志和冒险精神的类型,这种人没有宗教信仰,没有对来世的恐惧,生活对于他们是一场残酷的搏斗,要么为荣誉、地位、财富及一切现世幸福而生,要么粉身碎骨而死。在《红与黑》中,这个人物是法国大革命以来种种新观念的代表,他的对立面是腐朽落后的复辟势力。他以平民阶层的平等意识对抗封建等级观念,以个人价值对抗高

---

① 法国十七、十八世纪的悲剧均以希腊、罗马史诗为题材。

贵的出身,他对自身的价值有充分的自信,并认为有权要求自己的社会地位配得上他的价值。他狂热地崇拜拿破仑,因为这个人的成功意味着等级制度的破产和个人价值的获胜。他高傲,敏感,时刻不忘维护自己的尊严。他宁愿在家挨父亲的拳头,也不愿到贵族人家当奴仆,关注和谁同桌吃饭,胜于关心薪金的多寡。他的全部生活目标就是要摆脱低贱的地位,登上社会的顶层。

这种不甘屈居人下的思想,支配着于连所有的情感和行动。甚至他的两次爱情,最初也都是从"战胜蔑视"的心理出发的。他崇尚自由和独立,认为人应当拥有对自己的一切权力,个人的行为只需接受自己心灵的指挥,只要认为自己的目的正当,为达目的甚至可以不择手段。因此任何习俗和社会法规对他都失去了约束力。他只承认自我,只考虑自我,既不顾及传统,也不考虑"道德"。他只对自己负责。或者说,他心目中只有一种道德,那就是:肯定自己的价值,维护自己的尊严。他为了肯定自己的价值去恋爱,为抗议对自己的侮辱而杀人,最后为保持自己的尊严而拒绝乞求赦免……总之,于连的全部心灵都体现着一种与封建观念相对立的思想体系,一种以个人为核心的思想体系。这种思想体系决定了他和那个行将灭亡的社会之间不可调和的冲突,也决定了他无可挽回的悲剧命运。作者以这个人物作为生气勃勃的平民阶层的代表,并以他的受压抑和抗议来揭示一八三〇年七月革命①的"因"。虽然这一类型人物作为个人并非不可收买,并非不会堕落,但作为一个被压抑的阶层,却注定是贵族社会的掘墓人,在他们当中总会不断产生丹东和罗伯斯庇尔。

于连之所以比一般的"个人"典型给予人更强烈的印象,显然不是道德力量引起的美感,而在于他是一种信念和力量的化身。特别因为

---

① 一八三〇年七月二十五日,法国波旁王朝颁布新法令,取消言论自由,实行报刊预审制度,解散众议院,提高选举资格,全国舆论哗然。七月二十七日,巴黎人民举行起义,二十九日攻占杜伊勒里宫,推翻了波旁王朝。自由派议员组成以银行家拉菲特为首的临时政府。八月七日,正式建立七月王朝。

周围充斥着"世纪病"患者的一片呻吟,这个形象就显得格外突出。他不是一般的个性,而是作者按自己的理想模式塑造的个人主义"英雄"。司汤达太坦率了,他把利己原则表现得那么露骨,以致引起不少人的指责,似乎他本该塑造一个为民请命的仁人志士。然而那样一来,于连就不是于连了。这个人物也就丧失其典型意义,变成一个虚假的幻影。利己主义也是个历史范畴,个人利益和个人权利,正是"市民社会"存在的基础。司汤达是个现实主义者,清醒的现实主义者,他绝不会牺牲真实去制造一个虚假的幻象。何况司汤达本人就是一个直言不讳的自我中心论者,在他心目中,"利己"是人的本性,谋求个人幸福是人生的最高目的和人类一切行为的唯一动机。为荣誉、地位、财富和爱情而奋斗,是人生在世无可争议的"伟大事业"。在他的《自我中心主义者的回忆》中有这样一段话:"社会好比一根竹竿,分成若干节。一个人的伟大事业就是爬上比他自己的阶级更高的阶级去,而那个阶级则想尽一切办法阻止他爬上去。"这句话非常明确地概括了他的社会观和人生观。司汤达是十六世纪以来人本主义学说的继承者,人的价值是他心目中唯一的基本价值。人的才智能否发挥,人的价值能否得到承认,理所当然是衡量社会正义与否的唯一标准。

从上述观点出发,司汤达笔下的于连必然是一个叱咤风云的正面英雄形象,代表着正义的呼声。尽管这位英雄我们今天看来未必伟大,可当年在作者心目中肯定不渺小。即使这个人物的行为并非无可指摘,他却是作者所赞赏的那种勇于为自己的幸福去冲锋陷阵的人。他敢于公开捍卫自己的权利,敢于蔑视封建等级和门当户对的婚姻,并以个人的价值及两次"不道德"的爱情对传统观念提出大胆的挑战。

于连是司汤达匠心独运的杰作,这个形象特有的魅力和作者的个人特色是分不开的。

魅力往往与独特联系在一起。没有特色意味着平庸,而平庸是不可能产生吸引力的。司汤达无疑是十九世纪法国最有个性的作家之一。尽管他生活在浪漫主义的极盛时代,还曾以浪漫主义者的名义发表过一个讨伐古典主义的才华横溢的小册子:《拉辛和莎士比亚》,但无论从哪个角度看,他都不曾顺应浪漫派的潮流。他从来不曾染上浪漫派中流行的"世纪病";也从来没有沾染浪漫主义的感情泛滥和语言、形象的夸张。

司汤达的思维方式和浪漫派作家不同。他属于启蒙思想家那种逻辑推理型。他对形象的感受力不算很强,对心灵的理解和判断力却非常人所能及。和巴尔扎克一样,他在成为文学家以前,已经或多或少是个哲学家。他从小在信奉启蒙思想的外祖父身边长大,曾悉心钻研文艺复兴时期的人本主义学说和十八世纪启蒙时代的唯物主义哲学。蒙田、马基雅弗利、孟德斯鸠、爱尔维修和孔狄亚克是他最敬佩的思想家、哲学家。[①] 他是真正的启蒙思想信徒,坚定的唯物主义者和无神论者,他憎恶一切宗教呓语和似是而非的幻梦,只喜爱准确无误的真相和充满睿智的判断,他对法国大革命比其他作家更有感情,政治态度也更加激进。他赞同雅各宾派的革命主张,而且从来不曾怀疑革命给社会带来的进步。他又是同时代作家中唯一真正了解拿破仑时代的人。他十七岁就投身军界,三次随拿破仑远征欧洲,亲身参加过马朗戈战役、耶拿战役,曾经进驻米兰、占领柏林,目睹过莫斯科的熊熊烈火,经历过撤离俄罗斯的大溃退……他对拿破仑的功过并非没有自己的评断,但拿破仑之于他,首先是一个"伟人",人本主义者关于"人"的理想,似乎在拿破仑身上实现了。他始终忠实地追随拿破仑,而且在军中备受重用。拿破仑的失败使他丧失了一切,他倒不像有些并无损失的人那样怨天尤人。王政复辟也没有使他丧失信念。侨居米兰期间,他因与意大利烧炭党人来往而被奥地利政府驱逐出境;返

[①] 蒙田(1533—1592),法国文艺复兴时期的人文主义思想家;马基雅弗利(1469—1527),意大利政治家和历史学家;孟德斯鸠(1689—1755),法国启蒙思想家,法学家;爱尔维修(1715—1771),法国启蒙思想家,唯物主义哲学家;孔狄亚克(1715—1780),法国启蒙思想家,感觉论者。

回法国以后,很快又和复辟王朝的反对派建立了联系。他甚至敢于把自己的《意大利绘画史》题献给囚禁在圣赫勒拿岛的拿破仑。总之,比起其他作家,司汤达更有政治信念,思想更敏锐,也更富于理性。他不像浪漫派作家那样由于英雄年代的消逝或"理性王国"的破产而苦闷,而是一直保持清醒的头脑,寄希望于下层青年。在他看来,"只有在那些为实际需要而奋斗的阶级中,才能找到魄力。"①

七月革命对司汤达说来是意料中事,他似乎早就期待着这场革命的发生。他久已打算写一部书来表现法国下层青年的处境和思想,一八二七年《司法公报》上的那桩案件,给他提供了现成的故事情节和人物,让他获得了一个表达思想的框架,于是《红与黑》产生了。这部小说,是作者对大革命以来的法国社会,特别是对人的处境及心灵进行历史和哲学探讨的成果,他将两个多世纪以来资产阶级思想家关于"人"的学说与反封建的革命意识融合在一起,熔铸成《红与黑》中于连的形象;他将自己对法国革命和拿破仑时代的深刻理解和坚定信念注入于连的头脑;将自己强烈的爱憎和敏锐的判断力赋予于连的灵魂。总之,他成功地使他笔下这个人物成为时代精神的高度概括,深刻地反映着法国社会新旧交替时期的观念更新。理解了于连,就理解了法国大革命,就理解了拿破仑大军的所向披靡,就理解了历史的不可逆转,就理解了一八三〇年七月使波旁王朝覆灭的三天起义。从这个角度看,司汤达的确是一位最深刻意义上的现实主义作家。

另一方面,司汤达本人奇特的个性,也是使于连形象生辉的一个原因。司汤达是十九世纪性格最难捉摸的一位作家。他外表冷峻,内心却充满激情;看上去玩世不恭,其实对生活无比热爱;分明为人坦率真诚,偏偏喜欢掩掩藏藏,故弄玄虚。他敏感,多疑,有时过分自尊;他具有意大利人那种热烈而深沉的情感,无论爱憎都格外强烈而鲜明,

---

① 司汤达:《亨利·勃吕拉的一生》(1835)。

而法国式的轻松幽默,在他身上却是不多见的。他讨厌虚荣、浮夸,崇尚热情、刚毅、充沛的精力和顽强的意志,英雄业绩和冒险行为对他有极大的吸引力。他厌恶平庸,时时刻刻都在追求超群出众,他笔下的主人公全都不同凡响,具有超人的智慧、强烈的个性、非凡的魄力,乃至完美的外表。《红与黑》中的于连、《巴马修道院》中的桑塞伐利娜夫人,还有短篇小说《法尼娜·法尼尼》中的男女主人公,都有这样的特点。司汤达本人复杂的个性,使他所塑造的人物也都带有某种神秘的、震慑人心的气质,从这个角度看,他又是个极富浪漫色彩的作家。

此外,司汤达在艺术上也是独具一格的。他的创作思想、创作方法与巴尔扎克有相通之处,他们同属热中于探索事物本质和内在联系的作家,他们对法国从封建社会向资本主义过渡的伟大历史转折具有同等敏锐、同等深刻的判断,而且同样重视运用典型化的方法来反映这一伟大转折。但他们的思维方式和艺术手法是大不相同的。巴尔扎克想要奉献给读者的,是通过人物群像反映社会全景的巨型壁画,司汤达却只想通过几尊塑像来概括时代精神的本质特征。巴尔扎克时刻不忘分析纷纭繁复的现实关系对人物性格的影响,司汤达则全神贯注于表现人的心灵。因此巴尔扎克认为至关重要的那些琐细的描写,在司汤达的作品中是完全见不到的。他不关心一切外在的东西,街道、房屋、服饰、自然景色……所有这些,司汤达都略去不谈,他着意刻画的,仅仅是人物内在的感情和心理活动。虽然巴尔扎克在心理描写上也有很高的成就,但像司汤达这样,以刻画内心世界作为塑造人物的主要手段,在十九世纪初叶的法国还是相当罕见的。正因为司汤达以他独到的艺术功力细致而充分地展示了于连丰富的内心世界,才使这个形象具有了独特的丰采。

至于艺术风格,司汤达那富于理性的逻辑头脑,必然与浪漫派浓厚的感情色彩及浮夸的文风格格不入。他受不了那些作家的长吁短叹和言过其实的热情,尤其讨厌夏多布里昂矫揉造作的感伤情调。在这方面,只有梅里美和他的趣味最相投。他们看重的是客观事实,主张让事实本身说话，而不要多余的描写或铺陈，尤其坚决排斥作者的主观抒情成分。司汤达很留意不让自己在作品中露面，从不以自己的名义阐述观点、表露情感，尽管通过作品中的人物，仍然很容易让人感觉出作者炽热的情感和爱憎。司汤达自称是从《民法》中学习语言的。他的文风简洁、明确、朴素、严谨，像口语一般自然，没有丝毫雕琢和修饰的痕迹。他的作品结构紧凑，情节十分集中，没有任何枝节，仅仅突出主干，这在当时也是颇富特色的。

总之，司汤达是一个有独特艺术魅力的作家。也许由于他太与众不同，很难为同时代的大多数作家所理解（人们往往不喜欢与自己差别太大的同类），维克多·雨果和圣伯夫甚至不认为他是一位作家。他在文坛仅有的两个知音是巴尔扎克和梅里美。巴尔扎克是唯一理解他的创作思想并真诚地公开赞美他的人，但还不能完全理解他的艺术；梅里美是唯一理解他的艺术并衷心敬佩他的人，却因世界观和视角的差异不能完全理解他的思想。他在当时的法国文坛一直是个鲜为人知的"陌生人"。但在历史拉开一段距离以后，司汤达的睿智和准确的历史眼光终于为世人所发现，他那别具一格的艺术终于放射出夺目的光彩。经过时间老人的筛选，《红与黑》终于被列为举世公认最富魅力、也最有研究价值的文学瑰宝。

时间，既是无情的，也是公正的。

一九八七年十一月
二〇〇二年六月修订

从《塔曼戈》看梅里美的艺术特色[*]

在十九世纪的法国文坛上,普罗斯佩·梅里美(1803—1870)无疑是最富艺术魅力的作家之一。他的作品数量不多,影响却很大。如长篇小说《查理九世时代的轶事》、中篇小说《卡门》《高龙巴》、短篇小说《马特奥·法尔科讷》《塔曼戈》等,都是举世闻名、脍炙人口的作品。所有的文学史家都怀着极大的兴趣研究这位迷人的作家,而且一百余年的历史也证明,梅里美的作品对各个时代、各个国家的读者,都具有一种不可抗拒的吸引力。

梅里美出生在一个艺术家的家庭,父母都是有高度文化修养的艺术家。梅里美从小接受文学艺术的熏陶,培养了十分精细的艺术鉴赏力。他在绘画方面很有天赋,父亲曾经希望他成为一名画家。但他在语言文学方面同样很有才能,他精通多种外国语(如英语、西班牙语、意大利语、希腊语、拉丁语和俄语),在希腊、罗马及欧洲各国的历史、文学方面都有相当高的造诣。他曾从俄语翻译普希金、果戈理和屠格涅夫的作品,使优秀的俄罗斯文学在法国广为流传,他曾被七月王朝任命为古迹文物视察官,对法国和欧洲的重要历史文物作过细致的考察、研究,写出了多种历史学和考古学的著作,并因这方面的成就被选为法兰西碑铭研究院院士。

广博的历史知识和古典文学修养对梅里美的艺术情趣显然有深刻的影响。他的许多作品可以说是他从事考古和历史研究的副产品,

---

[*] 本文原载《作品赏析》,广播电视大学出版社,1985年。

如《卡门》《伊尔的美神》《查理九世时代的轶事》、戏剧《雅克团》等。梅里美不是一般的小说家,而是一位非常苛求的艺术家和一丝不苟的科学家,他并不十分勤于写作,但每写一篇必刻意求精。他宁可少出成果,也不愿自己笔下出现一篇平庸的作品。著名的丹麦文学史家勃兰兑斯称他为"艺术风格高度完美的巨匠"。由此我们不难理解梅里美因何能以一部长篇小说和二十来篇中短篇小说在文学史上取得令人瞩目的地位,而作品数量二十倍于他的大仲马,与他的文学声誉相比却望尘莫及。

梅里美生活在法国文学的浪漫主义时代,加之他自身有着浓厚的艺术家的浪漫气质,他的创作也就必然具有鲜明的浪漫主义倾向。表现在题材的选择上,他偏爱异国情调和惊心动魄的非常事件(这正是当时浪漫主义文学的重要特点之一),尤其偏爱与文明社会相对立的强悍性格。但在写作方法上,他又深得现实主义写作技巧之奥妙,人物刻画十分精确,细节描写极其逼真。由于这方面的特点,有人把他置于现实主义作家的行列。其实梅里美的现实主义与巴尔扎克、司汤达的现实主义大不相同:梅里美并不注意对社会进行整体的观察,也无意于探讨当代生活中最本质的矛盾,他的视野不够广阔,思想也不算丰富。他是历史学家,却并不打算以历史家的眼光分析当代社会,他的雅趣引导他从古代或现代搜寻种种轶闻掌故或奇特现象,好似在废墟中发掘珍奇文物,而对现实生活中普遍存在的事物,他反倒显得超然物外。因此,就作品反映现实的深度和广度而言,他无法与巴尔扎克、司汤达相提并论。当然,不能否认梅里美也写出过一定数量有进步意义的作品,揭露资本主义原始积累时期血腥暴行的短篇小说《塔曼戈》便是一例。但梅里美在文学史上留名,主要是由于他精湛的艺术技巧。他能以最简单朴实的形式,别出心裁地把他所要描绘的现象鲜明地凸现出来,使之产生强烈的艺术效果。

梅里美在艺术上的一大特点是,他力图从作品中排除一切主观抒情成分,而以冷静客观的叙述代替一切。这一特点在人类激情得到顽强表现的浪漫主义时代尤其显得突出。浪漫派作家一般都热情洋溢，乐于在作品中解剖自己，表白自己。梅里美太高雅，也太高傲，他不屑于把自己的感情公之于众。他从来不发议论，不公开赞美德行和谴责恶行，他把自己完全隐藏起来，不让读者觉察到他的存在，梅里美厌恶多情善感，那怕是描绘最惊心动魄的残酷场面，也仍然保持一种平静、风雅的态度。谁也别想在梅里美的作品中找到抒情的语调，更不要说充满激情的狂呼。这一点不仅与酷爱展示内心生活的雨果、拉马丁、乔治·桑等截然不同；与长于叙事的巴尔扎克、司汤达也大异其趣。司汤达同样讨厌感伤情调，同样不愿暴露自己，但仍情不自禁地在作品中插嘴说话；巴尔扎克更是惟恐不能充分阐明自己的思想，而梅里美却真正做到了使人看不见、听不到也捉摸不住。当然，这并不说明作者没有自己的判断，没有是非善恶之心，只是他的感情含而不露，不肯在作品中公开承认自己的思想倾向而已。不能说这种艺术方法一定较其他方法高明，但的确难度较大，而梅里美的艺术功力正在于能以这种不动感情的描写，达到震撼读者心灵的效果。

　　以《塔曼戈》为例，自始至终，作者似乎对他所描述的一切无动于衷，既不发议论，也无一声慨叹。但是资本主义原始积累时期惨无人道的奴隶买卖却触目惊心地展陈在读者面前，其效果之强烈，不亚于一篇义正词严的控诉，甚至比一席控诉更令人感到刺心和震惊。表面上作者对奴隶贩子的所作所为不置一词，但他所选择的细节，他那些仿佛漫不经心地谈出的事实，却在巧妙地为某种隐蔽的目的服务。梅里美对贩奴活动的揭露批判，主要是通过塑造勒杜这个心狠手毒的贩奴船长来进行的，可是我们看看他是怎样刻画这位船长的呢？他小心地避开了一切含贬义的词汇，甚至不惜运用若干恭敬的口吻："勒杜船长是一位出色的海员"，"他以行事果决，经验丰富著称"，他不曾"对革新深恶痛绝"，也不曾"墨守成规"，而其革新精神就表现在："他是第一个向船主建议用铁箱来贮藏饮用水的人"；他为贩卖黑奴所准备的镣铐和链子"是按一种新式样制作的，还精心地上了油漆以防生锈";而使他"最享盛誉的,则是他亲自监造的一艘专为贩运黑奴设计的双桅横帆船"。这船的好处是能比其他同吨位的船装载多得多的黑人,因为它的中层甲板只有一百零八公分高。勒杜船长认为这样的高度就能让普通身材的奴隶坐得很舒服了;"再说,他们有什么必要站立起来呢?""到了殖民地,会叫他们站够的!"不仅如此,勒杜船长还让一批黑人竖躺在两列黑人当中的过道上,这样至少又可以多装十几个黑人。作者甚至说勒杜船长还"讲点人道",因为他留给每个黑人五法尺长二法尺宽的空间——也就是说躺在那里连翻身都很困难的地方——好叫他们在六个星期或六个多星期的航程中有活动的余地。勒杜为了证明这种"宽大措施"的必要,对他的船主说:"黑人毕竟和白人一样都是人嘛。"就这样淡淡的几笔,没有使用一个装饰性形容词,就鲜明地勾画出勒杜船长的精明、贪婪,描绘出黑奴所受的非人待遇。而作者似乎一本正经地谈及的"人道",非但不曾美化勒杜这个人物,反使这一段揭露更加尖刻,更加具有嘲讽意味。

勒杜船长与黑人酋长塔曼戈谈交易的一段,同样写得不动声色,而又把勒杜的精细狡狯刻画得入木三分,勒杜首先叫人拿酒来,一面喝酒,一面谈交易。他一面挑选奴隶,一面抱怨黑色人种的退化,对塔曼戈的要价"吃惊、气忿得险些跌倒在地,"接着嘟嘟囔囔地咒骂了一通,站起身仿佛要断绝交易。然后塔曼戈拦住他,又坐下来,另一瓶酒打开,谈判再度开始,大家争论不休,喝了很多烧酒。可是"烧酒对谈判双方产生了截然相反的效应,法国人酒喝得越多就越往下压价;非洲人喝得越多越是让步"。等到一篮酒喝光,法国人便用一些劣等棉布,加上一些火药、打火石、三桶烧酒、五十支破枪换到手一百六十个强壮的奴隶。写到这里,"文明人"对"野蛮人"的掠夺野蛮到了什么程度,已经给予读者一个深刻的印象。但事情并未到此为止。买卖一成交,"黑奴们马上被交给法国水手,水手们忙卸下他们的木叉,换上枷锁和铁镣。"写到这里,作者含蓄地补上了一句:"这倒充分显示了欧洲文明的优越性",仅此一句,就巧妙地暗示了全篇的主题,把"文明的欧洲"对"野蛮的非洲"的残酷掠夺,把文明人的狡猾和凶残揭露得淋漓尽致。

贩运黑奴本是明令禁止的非法勾当,实际上却受到法国官方的保护。我们再来看看梅里美如何描写官方的态度吧。"……检查员一丝不苟地检查了双桅船,却没有发现有六只大箱子装满铁链、镣铐以及不知为什么被人称作'正义之棒'的铁棍。他们对于'希望号'携带这样大量的饮用水也不感到惊异,而根据船业执照,它只是开往塞内加尔去经营木材和象牙生意。的确,航程不算长,但多加小心总是没有害处的。万一遇上没风的日子,没有淡水可就糟了?"请看,梅里美没有说一句冒犯官方的话,没有一个字指责官方保护奴隶贩子。可是读了这一段叙述,明眼人都不能不露出会心的微笑。

显而易见,梅里美的冷静、客观只是一种伪装,他不发议论不等于没有议论,他不作判断只是想以事实去引导读者自己作出判断。正如他在历史小说《查理九世时代的轶事》中批判宗教偏见、宗教狂热,在历史剧《雅克团》中揭露封建领主对农奴的残酷剥削和压迫,他的《塔曼戈》也不是一篇超脱世事的作品,他在一副无表情的面具下,温文尔雅而又毫不留情地揭露了资本原始积累中的肮脏血污和"文明人"的残暴野蛮。尽管他用词温和,而其客观效果却并不因此稍带柔和的色彩。请看梅里美怎样描写贩运过程中黑人所受的非人待遇:勒杜船长心情愉快、平静,一心只想着等待他的巨额利润,他的"乌木"安然无恙,没有"多大折损",只有十二个最孱弱的黑人中暑死去了:"这算不了什么。"——传神达意的就是这句"算不了什么"。奴隶们的生命价值,就在这一句话中得到了充分表现。为了让他"这批货"尽可能"少因航行劳顿而受损失",勒杜船长让奴隶们每天"分三批轮流上来一个小时,来贮备他们一天所需要的空气"。作者虽然没有正面描写黑人船舱中空气是何等恶浊,这句色调平淡的叙述却足以使读者想象到一切了。勒杜船长甚至考虑到"锻炼为健康所必需",所以经常叫奴隶们跳舞,"正如在长途航运中让载运的马匹撒撒欢一样"。"喂,孩子们,跳吧,玩吧,"船长用雷鸣般的声音叫道,同时"把一根驿站马车用的粗大马鞭挥得啪啪作响"。于是那些可怜的黑人马上蹦蹦哒哒跳起舞来。……试问还有什么方式比这种毫不夸张、朴实无华的叙述更能反映黑奴们的悲惨处境,更能激起人们的义愤和同情呢!

　　以上谈的是梅里美的第一个艺术特色:排除主观抒情成分,寓褒贬于客观、冷静的叙述之中。梅里美在艺术上的第二个重要特色,是把着墨的重点放在人物性格的塑造上。不过,梅里美理解的性格塑造,和巴尔扎克的典型塑造,从内容到形式都有所不同,巴尔扎克注意的是典型环境中的典型性格,是从现实生活中概括出来的,带普遍性的个性。作家通过这些具有典型意义的个性,来表现社会和人的本质。梅里美不像巴尔扎克那么关心社会的整体,他所欣赏的,是奇特的、与众不同的个性。因而巴尔扎克重视对环境与生活细节的刻画,并赖以说明产生某种性格、某种行为的原因。梅里美则无意于作这样的分析研究,他既不注重描绘生活细节,也不着意表现人们的感情和心理状态。他的注意力的中心,是塑造一些非凡的、特别是与文明社会相对立的、具有原始动力的强悍个性:卡门、高龙巴、马特奥·法尔科讷、塔曼戈,都属于这种个性,这里,我们来谈谈塔曼戈。

　　塔曼戈是个比较复杂的形象,不能简单地把他归结为正面人物或反面人物。作为一个未开化地区的酋长,他统治和压迫着其他黑人,他用武力掳掠自己的同胞,用来向白人换取烧酒、棉布和火药,当有的俘虏连以一杯烧酒作代价都"销售"不出去时,他就任意开枪打死他们。塔曼戈是黑人中的强者,不仅比别人强壮,而且比别人聪明。但这点聪明用来对付欧洲的文明是远远不够的。于是他被欺骗,被愚弄,最后被解除了武装,成为白人的俘虏,和被他卖掉的那些黑人一样沦为奴隶。地位的改变使这个人物从精神气质到行动都发生了变化,使他产生了一种悲壮的美。作为统治者,他是凶暴、残忍的;作为被压迫的奴隶,他是英勇无畏的。他在被解除武装时进行了英勇的抵抗,他受了伤,丧失了自由时,不曾发出一声呻吟或叹息,他不知道什么是悲观绝望,根本不打算屈从于任何暴力。他绝对不肯接受奴隶的命运,在处境极为悲惨的情况下,他非但没有丧失勇气,而且还保持着清醒的头脑。他理所当然地成为奴隶们中的英雄和领袖,他懂得这时应该把过去被他卖掉的黑人称作伙伴和兄弟,懂得假借魔鬼的名义使他们听从他的指挥。他出色地组织了奴隶的暴动,杀死了船上所有的白人。黑人们的报复是残酷的,但作者却让人感到这是合情合理的。他们自己虽也遭到覆灭的命运,但斗争本身并不因此失去光彩。黑人们缺乏知识,没有远见,他们简单幼稚的大脑不会想到留下几个白人来驾驶船只,他们事先还来不及考虑用什么办法返回非洲海岸。于是他们在海上随波漂流,吃完了船上的存粮后便一个个饿死在甲板上,被同伴扔进海水里,最后只剩下奄奄一息的塔曼戈。作者没有分析塔曼戈面临毁灭时的心理状态,只让他在艾莎濒死时,粗暴地回答她说:"我并不痛苦。"这句话,是塔曼戈性格的最高表现,也是梅里美心目中性格美的最高体现。对塔曼戈来说,唯一的痛苦是失去自由,他所能思考的,便是不惜一切代价地夺回自由,其他的一切对他全都无关紧要,既然他胜利了,那怕胜利的代价是死亡,他也绝不会后悔,绝不会痛苦。就像卡门一样,在丧失自由和死亡之间,他宁可选择死亡。

　　梅里美乐于从纯朴而坚强的个性中发掘诗意,他赞赏那种狂放不羁、桀骜不驯的性格,这种性格不接受道德、法律以及文明社会任何观念的束缚,只服从自身需要的原始召唤。他们不能容忍旁人充当他们的主人,他们所承认的唯一主人就是他们自己。这种性格往往会把事物的矛盾推向极端,其结果是使梅里美的大部分作品都以血淋淋的死亡告结束。很难想象一位温文尔雅的艺术家何以有这等凶残好杀的情趣,其实这在很大程度上不过是作家追求骇世惊俗的浪漫气质的表现。他和司汤达一样蔑视法国当代社会的平庸。不过吸引司汤达的是意大利的热情,吸引梅里美的则是西班牙的强悍。他每每将未开化地区带有野性的性格与文明社会苍白柔弱的性格相对照,显然对前者给予了更高的评价。作为对抗资产阶级虚伪文明的一种叛逆精神,作者这种思想倾向是可以博得读者的谅解和同情的,但若说这种思想包含了多么高深的哲理或进步意义,则未免有些牵强附会了。

总之,梅里美的作品虽也包含一定的进步内容,有时也能从中看到若干对现实的精彩批判,但总的说来,他的作品不以思想的丰富和刻画现实的深度与广度见长,而以艺术的精细微妙取胜。

梅里美是十九世纪前期最出色的文体家,他的风格典雅谨严而不矫揉造作,文笔优美细腻而又清新、洗练,虽然他处在浪漫主义文学浪潮之中,却丝毫没有沾染浪漫派夸张、华丽的文风。这一优点虽因语言的隔阂,使我国读者不能充分领会,但从译文也可大致看出他的语言朴实无华,没有丝毫多余的、堆砌的成分。梅里美从不采用冷僻的单词和句型。行文没有任何晦涩难懂的地方,永远是那么准确、明白而晓畅。勃兰兑斯用"晶莹剔透"一词来形容梅里美语言的纯净,可说是恰到好处地道明了其语言艺术的特色。

一九八五年三月

精致的战地速写——《夺堡记》[*]

这是一篇小小的战争场景素描,讲的是一八一二年拿破仑远征军攻占俄罗斯舍弗里诺角面堡的故事。短短一千字的篇幅,非但勾画出一幕硝烟弥漫、陈尸遍野的惊心动魄的战争景象,还鲜明地展示了生活在生死边缘的军人们的性格美。

和梅里美的其他作品一样,故事是以从容不迫的平静口吻缓缓叙述的,但显然吸取了绘画中的速写技法,以最简洁、凝练的笔触,凸现出最富特征意义的事物,往往一句话就映照了一个人的灵魂,一个细节就概括了事物的本质特征。

在这篇小说所展现的画面上,最惹人注目的是三个人物:一个是故事的口述者,刚从枫丹白露士官学校毕业的新入伍的年轻军官;一个是曾经在耶拿战役中被子弹打穿喉咙的上尉队长;还有就是那位身先士卒,第一个登上碉堡的上校军官。

作者并没有详细介绍这三个人的出身、家世、经历、性格、面貌……在这样短小的一篇速写式的作品中,不可能,也不需要为这些耗费笔墨。但他入情入理地描写了新兵入伍的兴奋与紧张,写他晚上如何迟迟不能入睡,——一个新兵,刚到达连队便赶上一次夺堡的攻坚战,一下子就置身于由不可知的命运之神摆布的生死较量之中,怎么可能不感到紧张呢?初升的月亮又大又红,老兵们说这"标志着要花很大代价才能夺取这个该死的要塞"。不祥的预兆使他辗转反侧,

---

[*] 本文原系为《梅里美名作欣赏》一书撰写,中国和平出版社,1995年。

精致的战地速写——《夺堡记》

他想到自己可能受伤,可能要住进护理极为马虎大意的战地医院……然而这些思想活动并不意味他胆怯,相反,"我所害怕的,仅仅是被人想象为害怕",这一句话,概括了这个新兵的精神状态,说明了他对军人的荣誉的全部理解。于是他竭力保持镇静,尽可能以轻松愉快的态度面对死亡的威胁。军人的自尊心帮助他战胜了紧张情绪,使他在第一次作战中就表现得英勇无畏。

曾经被子弹打穿喉咙的上尉自然是位出色的老兵,他已经多次出生入死,对死亡早有思想准备。可这并不意味他对生命无所依恋,否则他不会有那么些战场上的迷信,不会那么留心标志生存或死亡的种种迹象。正因为军人不能左右自己的生死而又相当关心自己的生死,才会经常根据一些似是而非的迹象推算自己和死亡的距离。对他们说来,经历一次战斗而能幸存,这是运气;如果不幸被枪弹或炮弹击中,那也是命里注定的。嗓音沙哑的上尉谈到自己的死时,讲的就是这样一句毫无感伤色彩的平静的话:"今晚你就要指挥一个连队,因为我觉得这一次该轮到我了。"这句话,概括了他对军人生涯的理解,表现了他将生死交给命运之神去安排的达观姿态,他毫不犹豫、毫无怨言地走向自己最后的归宿……

至于上校指挥官,他带领士兵冲进碉堡,展开肉搏战以后,身负重伤,浑身是血,倒在一辆破旧的辎重车上,在咽气之前还在抓紧时间安排接替自己的人选。对这个人物,画龙点睛的一句话便是"我完了……亲爱的朋友,可是角面堡已经夺过来了。"这句话,集中地反映了他的价值观,生死观,意味着在他心目中,军人的职责是第一位的,以鲜血换取胜利是天经地义的事情。角面堡夺过来了,所以他死而无憾。如果情况相反,他则将羞愧得无地自容。

就这样,作者以平静的叙述和三句简单、朴实的军人语言,精确地勾画了三个不同身份的军人的精神面貌,显示了他们光辉的人格和伟大的献身精神。正因为有这样的将士,才会有那些震惊世界的著名战役,才会有拿破仑大军的所向披靡。这三个人物,加上周围的士兵、尸体、硝烟、大炮、碉堡……便构成了一幅完整的战争画面。没有这几个人物,这画面便没有了生命,没有了力度,虽然也可以是一幅画,可以让人看到炮火连天的战场,却无法表现使战争得以获胜的那股士气,那股视死如归的豪情,从而也难以产生感人的力量。

值得注意的是,这篇描写战争的作品,作者自始至终对战争本身不置一词,谁也不知道他对这场战争究竟是持歌颂还是批评的态度。梅里美一向反对发议论,从不直露地赞美或谴责什么,他力图从作品中排除一切主观抒情成分,而以冷静客观的叙述代替一切,这一特点在人类激情得到顽强表现的浪漫主义时代尤其显得突出。浪漫主义时代的作家一般都热情洋溢,乐于在作品中解剖自己,表白自己。梅里美却不屑于将自己的感情公之于众,他小心地藏匿起自己的感受与判断,哪怕是描绘最惊心动魄的残酷场面,也仍然保持一种平静风雅的态度,而他的艺术功力也正表现在能以这种不动感情的描写,达到震撼读者心灵的效果。请看他是怎样描写战争场面的:

角面堡里响起了战鼓声。我看见所有的枪支都放平了。我闭上眼,只听见一阵可怕的爆破声,接着就是一片叫喊和呻吟。我睁开眼睛,很惊讶自己还活着。角面堡重新被烟雾包围。我的周围全是伤兵和死尸。上尉躺在我的脚下。他的脑袋被一颗炮弹打开了花,我浑身上下溅满了他的脑浆和血。整个连队,只剩下六个人同我自己。

更为精彩的一笔,是结尾的一段对话:

"资历最老的上尉在哪儿?"上校问一个班长。

班长表情十足地耸了耸肩。

"资历最老的中尉呢?"

"这位先生是昨天到的。"班长用非常平静的声音回答。

上校露出一丝苦笑。

"来吧,先生,你负责总指挥,赶快把……"

就这样,作者虽无一字对战争进行点评,却将战争的残酷,死神的无情表现得淋漓尽致。上面这段平静的对话,非但不曾冲淡战争的严酷气氛,反将这一悲壮的场景推向高潮,较之感情冲动地大发感慨,或浓墨重彩地烘托铺陈,这种貌似淡化的处理,倒会大大强化艺术效果,使读者的身心为之战栗。何况,细想之下,这样处理不是更加符合生活的真实么?在这场伤亡达数十万之众的俄罗斯战役中,死人早已是司空见惯的事,倘若这些时时刻刻与死亡周旋的人们表现得过于激动,也许反倒不真实了。

梅里美是十九世纪前期最出色的文体家,他的风格典雅谨严而不矫揉造作,文笔优美细腻而又清新洗练,虽然他处在浪漫主义文学浪潮之中,却丝毫没有沾染浪漫派夸张、华丽的文风。从这篇小小的作品,便能看出他的语言何等精练、质朴、没有丝毫多余的、堆砌的成分。也没有任何晦涩难懂的地方,永远是那么准确、明白而晓畅。勃兰兑斯用"晶莹剔透"一词来形容梅里美语言的纯净,可说是恰到好处。

一九九四年三月

生气勃勃的理论著作*
——读《雨果论文学》

这是一部才华横溢、用诗一般光彩照人的语言写成的文艺理论著作,它也许不能构成逻辑严密的理论体系,却充满了开拓者的勇敢精神和蓬勃的朝气,它以对未来的必胜信心和战斗激情吸引并感染着读者,使它较之一般的文论具有更大的感染力。

十九世纪是法国文学群星灿烂的时代。这一时期法国文学的空前繁荣,是一七八九年法国大革命以来急剧变化的历史条件和错综复杂的社会、阶级矛盾的必然产物,但从某种意义上说,没有十九世纪二十年代至四十年代以雨果为首的浪漫派掀起一场声势浩大的反伪古典主义的斗争,法国文学史就不可能揭开如此光辉的一页。

丹麦文学史家勃兰兑斯曾经中肯地谈到:"长期以来法国都表现出这样一种矛盾现象:一方面对外界的一切安排都有强烈的变革愿望,一旦决心要满足这一愿望时,就无法停留在适度的范围之内,而与此同时,在有关文学的各方面却相当保守——承认权威,维持一个学院,把条条框框放在高于一切的位置。法国人已建立了一个共和国,推翻了基督教的统治,却还没有想到对布瓦洛的权威提出质疑。"十七世纪古典主义的艺术法则把法国文学禁锢在"高雅"的桎梏中,甚至启蒙时代的伟大思想家们也未能挣脱出来。法国大革命以后的拿破仑帝国时期,古典主义文学依然统治着文坛;波旁王朝复辟时期,一味向

---

* 本文原载《文艺报》1981年第1期。

死人顶礼膜拜的伪古典主义更受到官方的支持,任何新的艺术创造都被扼杀,任何健康活泼的思想都受到围剿。为了使文艺从传统势力的束缚下解放出来,获得广阔发展的新天地,新文学的代表者们采取了激烈的斗争方式,形成了波澜壮阔的浪漫主义运动,雨果便是这一运动的领袖、旗手和理论发言人。

柳鸣九先生译介的《雨果论文学》,选择了雨果的十一篇重要文论,其中最脍炙人口的,便是被视为"浪漫主义宣言"、"讨伐伪古典主义檄文"的《〈克伦威尔〉序》。这篇序言以非凡的勇气向盘踞在法国文坛统治地位的伪古典主义发动了全面的批判,同时提出了崭新的浪漫主义诗学理论,正像戈蒂耶所描述的:"那真是奇妙的年代。《〈克伦威尔〉序》在我们眼里发出灿烂的光辉……它引起了一个类似文艺复兴的运动。"

《〈克伦威尔〉序》中的基本思想,在《莎士比亚论》及《〈艾那尼〉序》《〈光与影集〉序》等一系列重要文论中作了进一步的发挥和补充。这些文论从文学与生活、文学与时代、艺术真实与自然真实、理想与现实的关系等各个不同的角度,阐述了浪漫主义的创作原则、艺术特点和表现手法,构成了一整套浪漫主义的文学理论。当然,作为诗人、小说家、戏剧家的雨果,他的理论著述也带有诗的气质,所以很难从严格的科学性上对他的许多提法和论点提出过苛的要求,但作为当时理论战线的斗士,他掷出的投枪却总能命中要害,且每每能产生强烈的效果。

首先,雨果针对古典主义的清规戒律和复辟时期的文化专制措施提出了创作自由的口号。在一八二六年的《〈短曲与民谣集〉序》中,雨果论及"在文学领域里,就像在政治领域里一样,秩序要奇妙地和自由和衷共处;它甚至就是自由的产物"。在一八三〇年的《〈艾那尼〉序》中,雨果进一步阐明:"遭到这样多曲解的浪漫主义,其真正的定义不过是文学上的自由主义而已。"雨果把争取创作自由与争取政治自由联系在一起,从而将浪漫主义运动提高到政治斗争的水平。雨果曾一再声明,他所说的"自由"并不意味着"混乱",他所要求的,具体说来就是给予作家思想的自由和在艺术上发挥独创性的最大自由。他说,"思想是一片肥沃的处女地,上面的庄稼要自由地生长"。"在这个时代,自由像光明一样到处风行,惟独没有进入思想界,而思想是世界上生来最为自由的。"雨果以文学上的自由创新、不拘传统和古典主义的因循守旧、墨守成规相对抗,主张打碎现存的一切理论和体系,取消一切规则和典范,而只承认"翱翔于整个艺术之上的自然法则"和"从每部作品特定的主题中产生出来的特殊法则"。雨果把"模仿"看作艺术的"灾祸",嘲笑伪古典主义者亦步亦趋地追随古人是"把车辙当作了道路"。他由衷地赞美十七世纪古典主义作家的天才和成就,但他反对今天的诗人抛弃自己的特色去模仿古人,在他看来,"艺术中没有涨落,人类的天才总是盛开着的"。在《莎士比亚论》中,雨果固然不无偏颇地大段发挥"艺术无所谓进步、无所谓兴衰"的理论,而其中心思想却在于说明各个时代的文学应当群峰林立,各自拥有第一流的特点不同的诗人和艺术家。雨果相信当代的诗人完全可能与古代的天才"并驾齐驱",怎样做到这一点呢?那就是"要和他们不一样"。要和前人"不一样",要创新,这就是雨果为首的浪漫派发起这场运动的思想动力。

为了彻底粉碎伪古典主义崇古、仿古的谬论,雨果强调文学应有自己的时代内容,并有适应这一时代内容的新的艺术形式。雨果在《〈克伦威尔〉序》中将诗歌分为抒情短诗、史诗和戏剧三个时期,这种历史分期,很难说有充分的科学依据,但雨果的着眼点却在于阐明:反映复杂的现代生活,要求有比过去更复杂的艺术形式;因而旧的诗学已经衰亡,"世界和诗的另一个纪元即将开始"。这种新时期的新文学,按雨果的看法就是要面向当代,刻画"凡人",描绘"人生",而不是拘泥于古代题材,让实际生活中并不存在的"英雄"、"伟人"统治十九世纪的剧院。所以雨果断言:"抒情短诗靠理想而生,史诗借雄伟而存在"、作为现代艺术的戏剧"则以真实来维持"。这里雨果所说的"真实"，显然不同于现实主义作家所强调的细节的真实，而更多地是作为古典主义的"伟大崇高"论的对立因素提出的。雨果并不笼统地反对在艺术中表现伟大与崇高，但认为伟大崇高是美的理想，而"艺术除了其理想部分以外，还有尘世的和实在的部分"。雨果不无根据地指出："真实的暗疾是渺小，伟大的暗疾是虚伪"，只有莎士比亚做到了使伟大与真实"水乳交融"，创造出"高于我们但又和我们一同生活的人物"，使艺术达到了"完美的境界"。正是从这一观念出发，雨果制订了浪漫主义著名的"美丑对照"原则。

在《〈克伦威尔〉序》里，雨果以大量篇幅论述了"美丑对照"的原理，几乎构成全篇的主要线索和中心论点。在雨果看来，古典主义的苍白无力，除了艺术形式已经僵化外，还在于脱离了"真实"去描写"伟大"，不免有悖于"自然"而流于虚伪。因为在现实生活中，并非一切都伟大，一切都崇高优美，世界万物是复杂、多面的：一切事物有正面也有背面，再伟大的人也有其渺小可笑的一面，有高山必有深谷，随着光明也带来阴影，"丑就在美的旁边，畸形靠近着优美，粗俗藏在崇高背后，恶与善并存，黑暗与光明与共"。所以雨果认为："真实产生于两种典型：即崇高优美与滑稽丑怪的非常自然的结合，这两种典型交织在戏剧中就如同交织在生活中和造物中一样，因为真正的诗，完整的诗，都是处于对立面的和谐统一之中。"

雨果将"美丑对照"视为浪漫主义新文学区别于古典主义旧文学的主要特征。他在《〈克伦威尔〉序》中郑重宣布：新的诗学将"跨出决定性的一大步"——犹如"地震的震撼"般的一步，这就是，在文学作品里"把阴影掺入光明，使滑稽丑怪结合崇高优美而又不让它们相混"。雨果强调，在艺术描写中如果删掉了丑，也就是删掉了美，"崇高只有与滑稽丑怪相对照中，才能使人们带着一种更新鲜、更敏锐的感觉朝着美上升。"而且正是"在崇高优美与滑稽丑怪的圆满结合中"，才能产生丰富多彩、壮丽奇特，"与古代天才的单调一色形成对比"的"近代的天才"。

雨果的"美丑对照"原则,尽管在他本人的创作实践中既有成功的也有不那么成功的运用,他那过分强烈和夸张的对比既加强了作品的艺术效果,也常常有损于形象的真实感;但无可否认的是,这一学说大大开拓了文学的题材范围和表现手法,使广阔的社会生活和现实的人生得以进入文学表现的领域。

"美丑对照"论的提出,在当时的伪古典主义者中引起了震惊、愤怒和谩骂。像任何时代一样,揭露丑恶、抨击黑暗的作家往往被指控为卑鄙、下流、不道德;但从雨果的全部著述中可以看出,作家是怀着美的理想来描写丑恶、怀着对光明的追求来揭露黑暗的。刻画丑恶的目的正是为了"在人类灵魂中再燃起理想",为了引导人们的精神向"崇高的境界"上升。和消极浪漫主义者不同。雨果并不以悲叹人世的丑恶、宣扬遁世思想为艺术创作的目的。在《莎士比亚论》和《〈留克莱斯·波日雅〉序》等文中,雨果以相当多的篇幅阐释了文学的教化作用和作家的社会职责。雨果认为"诗人担负着灵魂的责任",因此作家自己首先应该怀有道德和美的理想。雨果反对"为艺术而艺术"的口号,主张"为进步而艺术",他提出诗人的职责是"为人民发出呼声",文学的战斗任务是"赞成善而反对恶,表白公众的愤怒,辱骂暴君,使坏蛋绝望,使不自由的人得解放,使灵魂前进,使黑暗退缩……"因而雨果强调诗人不能脱离人民,而应"置身于人群之中",既应自由地展翅飞翔,脚踵上又应带有"大地的尘土"。

总之,作为十九世纪积极浪漫主义的思想代表,雨果的文艺论著是了解法国浪漫主义运动必不可少的宝贵文献。尽管这些论述本身有不甚科学和严密的地方;但这毕竟是人类历史上争取进步、追求光明,向黑暗、倒退作斗争的一组理论武器,其中不少思想材料,今天读来也并非毫无启迪。

一九八一年三月

谈雨果的《巴黎圣母院》*

一四八二年一月六日,巴黎市民沉浸在庆祝主显节和愚人节的狂欢中。格雷沃广场上,一位波希米亚女郎的优美舞姿吸引了成群的观众,她婀娜的身影和森林女仙般轻盈活泼的舞步,引起阵阵热烈的掌声和由衷的赞叹。这就是本书的主人公,美丽而不幸的卖艺女爱斯梅拉达。《巴黎圣母院》(1831)的故事,便围绕着她的遭遇展开。这是一部闻名遐迩的浪漫派小说力作。它的作者维克托·雨果,是十九世纪法国文坛最耀眼的一颗明星。他是天才的诗人,声名卓著的剧作家、小说家和热情洋溢的社会活动家。

雨果于一八〇二年出生,一八八五年去世,几乎经历了十九世纪法国所有重大的政治变革,目睹了拿破仑帝国的兴衰、波旁王朝的两次复辟、第二帝国的建立与崩溃以及第三共和国的建立。也就是说,他经历了法国资产阶级彻底战胜和消灭封建势力,直至建立完备的资本主义政治经济体制的全过程。他那为数惊人的创作于是分别打上了十九世纪法国各个不同历史阶段的印记。

雨果自幼多才多艺,尤其热中于文学。他从中学时代开始写诗,刚满十六岁就夺得图卢兹百花诗赛的金奖,被夏多布里昂赞为"神童"。他十九岁出版第一部诗集,二十岁开始尝试戏剧,二十一岁着手写小说,直到八十高龄,仍然笔耕不辍,为人类留下了极其丰富而珍贵的文学遗产。作为文学家,雨果是十九世纪法国文坛上举足轻重的人

---

* 本文系为《巴黎圣母院》(陈敬容译)撰写的前言,人民文学出版社"世界文库"版(1997)。

物,是二、三十年代兴起的浪漫主义文学运动的旗手和领袖。他为诗剧《克伦威尔》(1827)写的长篇序言,对当时统治法国文坛的古典主义展开了全面的清算与批判,并明确提出了崭新的浪漫主义诗学理论,被誉为"浪漫主义宣言"和讨伐伪古典主义的"檄文";他的戏剧《艾那尼》(1830)在巴黎的首场演出,成为浪漫派和古典派的一场"决战",两派观众,营垒分明,首演的成功,被认为标志着浪漫主义对伪古典主义的胜利;他的《巴黎圣母院》(1831)、《悲惨世界》(1862)、《九三年》等长篇小说,在全世界广泛流传;特别是他在法国诗歌艺术的上的建树,至今尚未见有出其右者。

由于母亲的影响,雨果的早期作品充满对王室的热情赞颂,但他并不是一个顽固的保王主义者。随着时代的步伐,他在一八三〇年七月革命时期转变为自由派,在一八四八年二月革命后成为坚定的共和派,在第二帝国时期无畏地与拿破仑三世的专制独裁作斗争。他曾为一八四八年六月起义的斗士伸张正义,曾经开放他在布鲁塞尔的住宅,给一八七一年被迫害的巴黎公社社员作避难所。当然这并不意味雨果赞同无产阶级革命,但无可否认的是,他对被压迫者的同情的确出自一片至诚。雨果是位人道主义者,他深信人道主义是拯救社会、改善人类处境的济世良方。在这种信念推动下,他以自己的文学创作,对那个奴役人、压迫人、从精神上和肉体上摧残人的社会提出了愤怒的抗议,在许多方面反映了人民的心声。

《巴黎圣母院》是雨果的第一部引起轰动效应的浪漫主义小说,于一八三一年初版问世。此时正值雨果在一八三〇年革命的影响下,从保王主义转向资产阶级自由主义立场,因而作品鲜明地体现了反封建、反教会的意识和对人民群众的赞颂。小说以十五世纪路易十一统治下的法国为背景,通过一个纯洁善良的波希米亚女郎惨遭迫害的故事,揭露了教会人士的阴险卑鄙、宗教法庭的野蛮残忍、贵族阶级的荒淫无耻和王权的专横暴虐。作者明确指出,迫害爱斯梅拉达的,首先是教会的当权人物——巴黎圣母院的副主教,他因自己罪恶的欲念得不到满足,便疯狂地陷害这个无辜的少女;其次是宗教法庭,他们以偏见迷信为依据,严刑逼供、制造冤案;还有逢场作戏的贵族公子弗比斯,从精神上打击、摧残了这颗纯洁的灵魂;最后是封建专制制度的最高体现者——国王——亲自下令绞死"女巫",并残酷镇压了企图救出爱斯梅拉达的人民群众。

　　作为浪漫派小说的代表作品之一,《巴黎圣母院》在艺术上处处体现了雨果所倡导的"美丑对照"原则。书中的人物和事件,即使源于现实生活,也被大大夸张和强化了,在作家的浓墨重彩之下,构成了一幅幅绚丽而奇异的画面,形成尖锐的,甚至是难以置信的善与恶、美与丑的对比。

　　《巴黎圣母院》的情节,始终围绕着三个主要人物展开:波希米亚女郎爱斯梅拉达、圣母院副主教克洛德·孚罗洛和敲钟人伽西莫多。

　　善良美丽的少女爱斯梅拉达是巴黎流浪人的宠儿,靠街头卖艺为生。她天真善良,富有同情心,乐于救助人。因为不忍心看见一个无辜者被处死,她接受误入"乞丐王国"的诗人甘果瓦(又译格兰格瓦)为自己名义上的丈夫,以保全他的性命;看见伽西莫多在烈日下受笞刑,因口渴而呼号时,只有她对这个丑怪的敲钟人表示怜悯,把水送到了他的唇边。这样一个心地高贵的女孩,竟被教会、法庭诬为"女巫"、"杀人犯",并被判处绞刑。作者将这个人物塑造为善与美的化身,让她心灵的美与外在的美完全统一,以引起读者对她的无限同情,从而对封建教会及王权产生强烈的愤恨。

　　克洛德副主教表面上道貌岸然、德行高超,过着清苦禁欲的修行生活,而内心却渴求淫乐,对世俗的享受充满妒羡。他自私、阴险,为满足自己的欲念不择手段:他出于淫欲指使敲钟人劫持爱斯梅拉达;他出于嫉妒刺伤弗比斯却嫁祸于爱斯梅拉达;他因得不到爱斯梅拉达的爱情便想将她置于死地。这是一个扭曲的病态的灵魂,伽西莫多只是肉体上畸形,克洛德却是精神上畸形。他愈是意识到自己失去了人间的欢乐,便愈是仇恨世人,敌视一切。他煽动宗教狂热、制造迷信、散布对波希米亚人的偏见、伙同王家检察官残害人民。他既是宗教伪善和教会恶势力的代表,又是中世纪禁欲主义的牺牲品。作者企图说明,在反人性的宗教戒律约束下,一个卑劣渺小的灵魂如何因自身的异化而变得更加邪恶。

伽西莫多的形象和克洛德副主教恰恰相反。他外表丑陋,内心崇高。他也爱慕爱斯梅拉达,但这是一种混合着感激、同情和尊重的柔情,一种无私的、永恒的、高贵质朴的爱,完全不同于副主教那种邪恶的占有欲,也不同于花花公子弗比斯的逢场作戏。这个驼背、独眼、又聋又跛的弃儿,从小就受世人的歧视与欺凌。克洛德收养了他,像使唤奴隶般役使他,他也就像狗一样盲目服从主人的意志。但在爱斯梅拉达那里,他第一次感受到人心的温暖。这个外表粗俗野蛮的怪人,从此便将自己的全部生命和热情寄托在爱斯梅拉达身上,他可以毫不犹豫地为她赴汤蹈火,可以为她的幸福牺牲自己的一切。

这种推向极端的美丑对照,绝对的崇高和邪恶的对立,使小说具有一种震撼人心的力量,能卷走读者的全部思想感情,使人们产生强烈的爱与憎。也许,这正是浪漫主义小说魅力之所在。

在《巴黎圣母院》中,作者还怀着深厚的同情描写了巴黎社会底层的人民——流浪者和乞丐群。他们衣衫褴褛、举止粗野,但在他们的"社会"里,却可以找到上层社会所罕见的互助友爱、正直勇敢和舍己为人的牺牲精神,与路易十一所统领的上流社会形成鲜明的对照。在这些"卑贱者"当中,爱斯梅拉达受到尊重、爱护;而在那个有"教养"的"文明社会"里,她却受到惨无人道的凌辱、迫害。小说中巴黎流浪人为救出爱斯梅拉达而攻打圣母院的场面,写得慷慨悲壮、惊心动魄。显然在一定程度上融入了七月革命中巴黎人民攻打王宫、捣毁圣日耳曼教堂及巴黎大主教府给作者留下的深刻印象。小说写到这里,还通过书中人物之口预言人民将起来捣毁巴士底狱,暗示了一七八九年大革命的爆发。

一九九二年七月

关于雨果的《九三年》*

一八六二年秋,雨果流亡至盖纳西岛,开始为一本酝酿中的小说做笔记;其后过了十年,于一八七二年冬动笔写作,一八七四年二月出版,这就是著名的长篇小说《九三年》。

小说以一七九三年法国布列塔尼地区的旺代叛乱为题材,通过一支共和国军队与叛军作战的故事,再现了法国大革命急风暴雨时期惊心动魄的阶级搏斗,热情赞颂了共和国军人勇敢无畏的牺牲精神,谴责了外国干涉者和旧贵族的复辟野心。

《九三年》是雨果最后一部长篇小说,也是他的艺术达到炉火纯青阶段时的产物。这部小说已不再袭用浪漫主义的奇人、奇事、奇境的传统,而选择了具有重大历史意义和现实意义的题材。在艺术方法上,除保持鲜明、强烈的美丑对照的浪漫主义特色外,还注意塑造了一些富有现实感的人物形象。在《九三年》中,浪漫主义与现实主义两种艺术方法的融合,不仅丰富和扩大了作品的思想内容,也大大增强了作品的艺术魅力。较之雨果的其他几部长篇小说,《九三年》的篇幅比较短小,结构变得紧凑,情节更为集中,笔力也尤见雄浑。一七九三年纷繁复杂的阶级斗争,竟在一部三十万言的小说中得到生动的再现,不能不让人钦佩作家的宏大气魄和艺术功力。加之作者是怀着革命激情来谱写这段历史的,所以不仅写出了当时阶级斗争的严酷,也写出了革命的正义性和"九三年"恐怖手段的历史必要性,尤为可贵的是

---

* 本文系为《九三年》(郑永慧译)所写的前言,人民文学出版社"世界文库"版(1996)。

把共和国士兵的思想觉悟及与人民群众之间的血肉联系写得十分真挚感人。这一点,在以法国大革命为题材的作品中,应当说是相当罕见的。

然而,雨果是一个人道主义者,他的世界观与一七九三年的革命原则不可能不产生冲突。在雨果看来,革命利益与人道原则本当一致,却常常在事实上不一致。他可以理解革命,却接受不了革命的严峻现实。这种思想矛盾,构成了小说中尖锐的戏剧冲突。

朗特纳克是旺代叛乱的组织者、领导者,是波旁王朝和国内外反动势力寄予全部希望的人物。此人有才干,有魄力,在打击革命力量和屠杀无辜方面毫不手软,以致救助过他的泰尔马克也觉悟到:"谁救了狼就害了羊。"然而雨果却要读者相信,这样一个杀人不眨眼的叛军领袖,竟肯牺牲自己的生命和事业,以换取三个农民子女的生命。唯一的原因是母亲的呼号点燃了他心中人性的火花。他从即将使他脱险的暗道折回,只身返回即将烈焰腾空的碉堡,勇敢而镇静地救出了那三个孩子。这一英雄之举在共和国士兵中引起一片欢呼,改变了这个反革命头目在他们心目中的形象。当朗特纳克侯爵威严地走下扶梯时,共和国的士兵竟敬畏地向后退缩,他们的将领也因之陷入无法自拔的苦恼。郭文明知释放朗特纳克意味着纵虎归山,旺代将再度燃起战火,生灵将再遭涂炭;然而从人道观念出发,他不愿惩办一个为救援三个儿童而牺牲自己的老者。在革命利益与人道原则的冲突中,人道占了上风,郭文终于放走了共和国最凶恶的敌人。

郭文是雨果的代言人。雨果的社会理想,对人类前途的信念,对革命的感受,都借郭文的嘴加以抒发。郭文的思想斗争,反映了雨果自己的思想矛盾。在雨果思想上,人与人的敌对关系,是人性中的"恶"造成的,一旦"善"的天性被唤醒,恶魔也能"放下屠刀,立地成佛"。雨果认为暴力不能降服人,只有人道的光辉才能战胜邪恶,消除人与人之间的对立。雨果虚构出侯爵救小孩的情节,意在说明"童稚的天真"可以打败"凶猛的心灵",千军万马所不能战胜的,却会被牙牙学语的儿童所战胜。雨果试图通过书中三个主要人物证明:"在王权之上,在革命之上,在人世的一切之上,还有人心的无限仁慈……";在"绝对正确的革命"之上,还有一个"绝对正确的人道主义"。由此出发,朗特纳克宁肯放弃他那个阶级的复辟事业去救三个孩子;郭文置革命利益于不顾,甘心以自己的头颅换取侯爵的生命;西穆尔登尽管是革命原则的化身,内心却爱郭文超过爱革命,郭文人头落地,他随即开枪自杀。

这三个主要人物的结局,在情理上令人颇难接受,在艺术上却极有震撼力,也许其他任何一种结局都达不到这样强烈的效果,而这正是所有浪漫主义作家所苦心追求的。试想如果侯爵逃之夭夭,或者逃跑未遂,被抓回来处死,这部作品会给读者留下什么印象?无非是一杯淡而无味的白开水,合上书本后,没人会再去想它。一部不能激起思想波澜的作品,注定是没有生命力的。因此,虽然《九三年》结尾的构思似乎脱离了生活的真实,却的确是这部小说最精彩的一笔,鲜明地突出了作者本人心中的疑问:革命的目的不是为了人么,那么能否为了革命而置人道原则于不顾,能否以革命的名义任意摧残无辜的生命?事实上,这不仅是雨果的疑问,也是法国一七九三年恐怖时期许许多多人的疑问,至少在法国作家中,很难找出一个对当时的恐怖政策从思想上真正认同的。雨果的这部小说,将革命与传统人道观念的矛盾尖锐地摆到了读者面前,令人无法回避,令人不得不思索,这就是艺术的难以抗拒的魅力,作品的不朽便由此一锤定音。

雨果于一八〇二年出生,一八八五年去世,几乎生活了整整一个世纪。他经历了十九世纪所有重大的政治变革,他的数量惊人的创作分别打上了十九世纪法国各个不同历史阶段的印记。他是一位才华横溢的诗人、小说家、戏剧家和热情的社会活动家。作为文学家,雨果在文艺上不乏独到的见解,他著名的《〈克伦威尔〉序言》,使他成为法国浪漫主义运动当之无愧的领袖人物;作为社会活动家,尽管他三番五次改变自己的政治主张,却一直在随着时代潮流前进。他在一八四八年二月革命后成为坚定的共和派,在第二帝国时期无畏地和拿破仑三世作斗争;他曾为一八四八年六月起义的战士伸张正义,曾经开放他在布鲁塞尔的住宅,给一八七一年受迫害的巴黎公社社员作避难所。当然这并不意味着雨果理解和支持无产阶级革命,他的这些行动只不过是出于对受难者的人道主义同情,只不过是实践《九三年》中谈到的"强者对弱者"、"安全的人对遇难的人"应尽的"保护和救助的责任",但不可否认的是,雨果对被压迫者的同情完全出自一片至诚。他深信人道主义是拯救社会,改善人类处境的济世良方。在这种信念推动下,他以自己的文学创作,对那个奴役人、压迫人、从精神上和肉体上摧残人的社会提出了愤怒的抗议,在一定程度上表达了人民的心声。他那些感人肺腑、音韵铿锵的诗歌、戏剧,以及以《悲惨世界》《巴黎圣母院》《九三年》为代表的优秀长篇小说,深深打动了两个多世纪以来的众多读者,使之在世界文坛上享有无可争辩的不朽声誉。

《九三年》在某种意义上可以说是雨果创作生涯的终结,也是他一生思想的概括和总结。这部小说集中了雨果思想中的积极因素与消极因素,深刻暴露了他的世界观中长期得不到解决的矛盾;他用圆熟的艺术技巧、生动感人的艺术形象,为我们提供了一幅反映一七九三年法国国内战争的图画,并把自己的思想体系作了最完美的表达。通过这部小说,我们不仅能嗅到法国大革命时期的烈焰硝烟,还能进一步体味十九世纪这位法国文学大师的创作思想和艺术特色。

一九九二年九月
二〇〇四年五月修订

乔治·桑的《田园三部曲》前言*

若问十九世纪法国文坛最著名的女性是谁？大约非乔治·桑莫属了。这位闻名全欧的女作家，非但以其多达一百一十卷的作品令人瞩目，还曾因其对传统婚姻和"夫权"的大胆挑战以及接二连三的浪漫恋情而惊世骇俗。

乔治·桑（1804—1876）原名奥罗尔·迪潘，出身于一个颇有声望的贵族家庭，曾祖父是十八世纪著名的金融家，祖父是梅斯和阿尔萨斯地区的税务官，祖母是波兰王奥古斯特二世之子萨克森元帅的私生女，父亲是拿破仑帝国的那布勒斯王——著名的缪拉元帅①的贴身副官。奥罗尔四岁那年，父亲不幸意外身亡，从此她常年住在诺昂乡间，由祖母教养成人。乡居生活培养了她对大自然的热爱和对劳动者的尊敬与同情，另方面由于母亲出身微贱，备受祖母歧视，也给她带来巨大的痛苦，使她从小就体验到社会不平等给人们带来的伤害。因此，她一接触到卢梭的著作便深受吸引，卢梭对大自然的崇拜，对人类淳朴状态的赞赏，特别是他的平等意识和民主意识，都在她思想上引起强烈的共鸣，使之终其一生都在追求卢梭的理想。正是缘于这一思想基础，乔治·桑无法忍受女性在家庭和社会中的屈辱地位，并勇敢地挑战世俗偏见，起而捍卫自己的独立和自由。

---

* 本文系为乔治·桑的《田园三部曲》（罗旭等译）撰写的前言，人民文学出版社"世界文库"版（2000）。

① 缪拉（1767—1815），拿破仑麾下一猛将，帝国时期被封为法兰西元帅及那布勒斯王。

为了早日摆脱祖母的束缚,奥罗尔十八岁就嫁给了一个名叫杜德望的乡绅,但三年后就不得不和丈夫分居。尽管她曾给丈夫带来五十万法郎的嫁妆,而男性社会的法律却不允许她支配自己的财产。所以她要想挣脱不如意的婚姻,取得独立生活的地位并不那么容易。一八三〇年,她独自带着两个孩子移居巴黎,丈夫每月仅提供二百五十法郎作为她和孩子们的生活费。显然,靠这区区二百五十法郎,母子三人在巴黎是难以维持生计的,奥罗尔不得不用她的一支笔来养活孩子们和她自己。起初她和儒勒·桑多[①]合作,化名儒勒·桑给报刊供稿。一八三二年,她以乔治·桑为笔名相继发表了长篇小说《印第安娜》和《瓦伦蒂娜》,从此作为职业作家登上法国文坛。

和同时代的雨果、巴尔扎克、大仲马一样,乔治·桑也是一位多产作家,在她四十年的创作生涯中,共写作了上百篇小说,五十余部戏剧,还有大量的散文和书简。当然,使她闻名于世的,仍是小说。她的早期小说无一例外以妇女问题为中心,爱情的失误和婚姻的不幸是这些作品的基本主题。《印第安娜》《瓦伦蒂娜》《莱丽亚》(1833)、《雅克》(1834)、《莫普拉》(1837)……所有这些作品的女主人公都是作者本人的精神化身,表达着作者对理想爱情的追求和对现实爱情及婚姻的失望。乔治·桑通过她的作品倾诉自己的屈辱感和愤懑不平,她指摘那些合法却不道德的婚姻,赞美敢于追求爱情自由而对抗社会习俗的女性。尽管乔治·桑常因爱情多变受到指责,她笔下的女主人公倒都是对爱情极为认真、精神境界极为崇高的。事实上乔治·桑那些闹得沸沸扬扬的浪漫经历(其中最引人注目的是和作家缪塞[②]及钢琴家萧邦的恋情),与其说是由于轻率,不如说是由于过分憧憬理想,以致她永远对现实的爱情感到不满,对现实中的男性感到失望。

在三十年代,乔治·桑的作品基本上没有突破个人在婚恋问题上的感受,题材范围比较狭窄,立足点也不很高。到三十年代后期,由于

[①] 儒勒·桑多(1811—1883),法国小说家、剧作家。
[②] 缪塞(1810—1857),法国天才的诗人、小说家、剧作家。

和拉梅内①、布朗基②、皮埃尔·勒鲁③等人的交往,视野逐渐扩大,特别是勒鲁的思想对她产生了深刻的影响。这一思想变化反映在她的中期创作上,便是一系列空想社会主义小说的产生。如《木工小史》(1841)、《康素爱萝》(1842—1843)、《安吉堡的磨工》(1845)等。接着又着手写作一系列以普通农民为主人公的田园小说,总标题为《打麻人夜话》。第一部《魔沼》于一八四六年发表,被公认为乔治·桑最优秀的杰作,第二部《弃儿弗朗索瓦》于一八四七至一八四八年间在《论坛报》上连载。第三部《小法岱特》发表于一八四九年,嗣后又发表了《敲钟师傅》(1853)等等。

一八四八年二月革命曾激发起乔治·桑的政治热情,她积极参与民主主义者和社会主义者的集会,深信共和国的诞生能给所有的人带来幸福。她怀着天真的信念撰写了多篇热情洋溢的政论,宣传自由、平等和人民民主的思想,呼吁以"兄弟般的联合"消除人与人之间的阶级区分。然而共和国并没有进行她所期待的社会改革,资产阶级临时政府很快成为人民的对立面。一八四八年六月起义被镇压后,乔治·桑的幻想破灭,从此远离政治,隐居乡间,在田园生活中寻求精神寄托。尽管政治理想受挫,乔治·桑并未陷于悲观,她始终没有放弃自己的理想追求,并坚持不懈地在作品中宣扬她的社会理想。

乔治·桑到晚年仍然笔耕不辍,但成就未能超过她的田园小说。田园小说是乔治·桑最富个人特色的作品,在她同时代的作家中,还没有第二个人像她这样,以农民为作品的主人公,从普通劳动者平凡的生活中发掘诗意。在这些作品中,空想社会主义的影响和卢梭的精神达到了奇妙的融合。作者歌颂劳动,歌颂自然,歌颂劳动者淳朴、善良、正直的品格,尤其值得注意的是,所有这些作品都体现了超越财富

---

① 拉梅内(1782—1854),法国天主教神甫,哲学家,《未来》杂志创始人,曾鼓吹自由主义、民主原则及政教分离。
② 布朗基(1805—1881),法国革命家,空想共产主义者,革命组织"四季社"的领袖。
③ 皮埃尔·勒鲁(1797—1871),法国哲学家,圣西门主义者。

及社会地位的平等观念和一种以勤劳、智慧来衡量人的价值的新价值观。《魔沼》中的热尔曼舍弃富有的寡妇而选择一贫如洗的小玛丽,是因为他在小玛丽身上看到了聪明、勤劳、自尊自强且又善解人意等优秀品质;《弃儿弗朗索瓦》中的弗朗索瓦原是受世人鄙夷的弃儿,却凭自己劳动的双手和正直的品格赢得了人们的尊重,并与曾经关爱和扶养他的磨坊女主人结了婚;《小法岱特》中英俊、能干的朗德烈没有去追求村里的漂亮姑娘,却深深爱上了衣衫褴褛、貌不惊人的村姑小芳舍,因为他发现在这姑娘野性难驯的外表下,隐藏着超人的智慧和一颗善良的心。这一组组牧歌式的爱情,完全摆脱了金钱、地位、年龄、容貌等世俗的、物质的考虑,体现了一种高度净化的精神境界。不能否认乔治·桑描绘这一切的时候,理想化的成分多了一些,真实的农民未见得像她描写的这般儒雅且充满诗意,真实的乡野生活也不是她所说的"充满香味的伊甸园"。和巴尔扎克笔下的农民相比,显然还是巴尔扎克的农民更贴近生活。但乔治·桑的理想化方式,恰恰是其创作方法的基本特色。舍去这一点,乔治·桑就不成其为乔治·桑了。

　　乔治·桑是位理想主义者,她的创作观充分体现了她的理想主义原则。在《魔沼》的《致读者》中,她明确提出:"艺术不是对客观现实的研究,而是对理想真实的追求。"乔治·桑和巴尔扎克是关系非常友好的两位作家,但他们对创作的看法完全不同。巴尔扎克从一开始就将社会研究作为创作的出发点,他的雄心是充当法国社会的秘书,使整个法国当代历史在他的作品中再现。乔治·桑却说"从什么时候起,小说就不得不把存在着的一切,把当代芸芸众生和万事万物的冷酷现实记录下来呢?我知道,或许应该是这样;于是巴尔扎克(我对这位大师的才华一向是景仰的)就写了他的《人间喜剧》。不过,虽然友谊的纽带把我和这位卓越的人物连在一起,我却从完全不同的角度看待人生现象。我记得曾对他说过:'你在写《人间喜剧》,这个题目不过分,你完全可以把它称作人间戏剧,人间悲剧。……而我想写的是人间牧歌,人间歌谣,人间传奇。你有愿望,也有能力把你亲眼目睹的人物描绘出来,这是好的;而我呢,却感到不得不把人物描绘成我希望于他的那样,描绘成我相信他应该如何的那样。既然我们不是相互竞赛,就让我们相互承认对方吧!'"①所以,读者很难指望在乔治·桑的作品中看到巴尔扎克式的对现实生活的深层次揭露或分析,而只能感受到一颗善良灵魂的理想憧憬。

作为卢梭的信徒,在乔治·桑心目中,原始生活始终是最令人憧憬的理想境界。她认为都市的文明已经毒化了人们的心灵,当前比任何时候都需要提倡返璞归真,去追求原始生活的魅力。她对欧仁·苏的《巴黎的秘密》(1842)之类作品不以为然,觉得这类作品过多地宣扬了暴力和伤风败俗的行为,迎合了社会上某些低级趣味。她创作这一系列以陶冶情操为目标的田园小说,在很大程度上也是针对这种文学倾向。乔治·桑反对文学作品一味地描绘和刻画歹徒、刺客,而主张着重塑造善良、高尚的形象。因为"只有善良的人们才有力量感化他人,歹徒只会令人生畏。而心生畏惧不仅不能克服自私心理,反会令其变本加厉"。② 她以为艺术的使命就是"感情和爱的使命","创作的目的应当在于令读者喜爱作者关怀的事物,必要时,作者还可以把这些事物加以美化"。③ 基于这一思想,她为读者描绘金色的田野、葱茏的林木、美丽的牧场、健壮的牲畜,引导读者去审视和发现农夫身上真挚淳朴的美……这一切仿佛一股清新的凉风,拂过充斥着凶杀、诈骗的文学书刊,给人以耳目一新之感。虽然,和巴尔扎克、司汤达、福楼拜等作家相比,乔治·桑的作品在观察的深度和人物形象的塑造方面存在着明显的弱点:她的作品内涵比较单薄,人物往往不够有血有肉,甚至流于概念化。但是,乔治·桑是一位说故事的能手,女作家丰富细腻的感情,通过诚恳质朴的叙述自然流露出来,自有其天真单纯的特殊魅力。而且乔治·桑写作田园小说的时候,艺术技巧已臻于成

---

① 乔治·桑:《周游法兰西的旅伴》(1841)前言。
② 乔治·桑:《魔沼》"致读者"。
③ 乔治·桑:《魔沼》"致读者"。

熟，文笔比较精炼，不再有早期作品中那些拖沓累赘的议论或说教，因而这组田园小说被公认代表了她的最高艺术成就，直到一个半世纪以后的今天，依然列为世界文学的精品。

一九九九年九月十八日

活泼潇洒,独具一格*
——读《缪塞戏剧选》

在十九世纪的法国浪漫派作家中,缪塞(1810—1857)无疑属于最有个性的一个。这位早熟的天才刚二十岁时,就以他才华横溢、优雅迷人的诗歌引起人们的同声赞叹;他的小说数量不多,却因塑造了一个"世纪儿"的典型闻名于世;而他的戏剧,则甚至比诗歌、小说更充分地表现了他独特的个性,显示了作家的独创精神。

缪塞的戏剧不像雨果的戏剧那样气概非凡,但文笔的活泼潇洒、对话的机智俏皮,却非雨果所能及。和他的诗歌、小说一样,缪塞的戏剧不以气势的宏伟、视野的广阔或思想主题的深度见长,而以艺术上的精妙别致取胜,无论情节构思或人物塑造,缪塞都别出心裁、独具一格。他善于从生活中取材,尤其擅长挖掘人物思想感情深处的细微变化,从中提炼出合情合理的戏剧冲突。因而他的戏剧充满浓郁的生活气息,亲切自然而又引人入胜,人物形象平易真实而又鲜明突出。法国人不无夸张地把缪塞称作"我们的莎士比亚",足以说明这个有着悠久戏剧传统的国度对缪塞戏剧评价之高。

人民文学出版社最近出版的《缪塞戏剧选》(李玉民译),选译了缪塞的八篇剧作,其中最负盛名的,是取材于十六世纪意大利佛罗伦萨暴君亚历山大被刺事件的历史剧《罗朗萨丘》。这是缪塞剧作中唯一表现重大社会历史题材的作品,剧中相当真实地再现了十六世纪意

---

* 本文原载《外国文学季刊》1983年第3期,外国文学出版社出版,原署名丁钊。1990年收入《法国文学的理性批判精神》文集(北京大学出版社出版)时,署名改为艾珉。

大利各阶层人物的面貌,展示出专制暴君统治下民不聊生、怨声载道的景象,鞭笞了罗马教廷和宫廷权贵的阴险残暴、荒淫无耻,同时也指责了共和派贵族的软弱无能。但对作者说来,尤其重要的是塑造了罗朗索这样一个外表丑恶、内心高贵的布鲁图斯式的人物。罗朗索胸怀大志、忧国忧民,为了铲除暴君,他伪装成最无耻的弄臣。作者让他在众人的唾骂声中完成了刺杀暴君的伟绩,又让他在受蒙蔽的民众包围下惨遭杀害。一个以抒写爱情著称的风雅才子,居然写出这样一部主题严肃悲壮,具有民主政治色彩的历史悲剧,似乎颇为令人惊诧;然而事实上,这个剧正是在最深刻的意义上抒写了缪塞自己的灵魂。

缪塞表面上纵情酒色、玩世不恭,内心深处却向往崇高的理想和英雄业绩。他自信能够和历史上某些伟大人物一样完成某些英雄壮举。但是法兰西的英雄时代已经过去了,现实生活似乎不允许他有所作为。他充沛的精力和才智无处施展,只能在美酒和爱情中虚掷一生。这种想要有所为而又无可为的苦闷,便是他所谓的"世纪病"的根源,也是他所塑造的一系列当代青年精神上的共同点。沃达夫、方达西奥、奥克塔夫、华朗坦,基本上都属于这一类型,都在不同程度上从不同的侧面反映了缪塞自己的精神面貌。缪塞一方面放浪形骸,沉溺于狂饮豪赌的享乐生活,另方面心灵深处又不甘沉沦,当然只能在他所塑造的人物身上寄托自己的理想抱负或倾诉自己的苦闷。

于是十六世纪的罗朗索便被赋予了十九世纪世纪儿的灵魂。他既体现了缪塞的凌云壮志和行动的愿望,又泄露了作者对自身和社会的悲观失望。罗朗索是个具有两重性的人物,他既伟大又渺小,既严肃又荒唐;恶习于他本是一副假面具,后来竟成为无法摆脱的习惯甚至本能。同样,人们受奴役本是被强制的,后来竟养成根深蒂固的奴性,即使有可能砸碎枷锁时也不奋起斗争。社会是这样不可救药,人的劣根性是这样难于改变,以致任何行动都将徒劳无益。这种渴望行动而又怀疑行动,向往崇高却又陷于渺小荒唐不能自拔的苦闷悲观心理,不正是缪塞这种"世纪儿"最深刻的写照么!

同样，方达西奥身上也同时体现了行动和颓废这两种对立的倾向。这个才智出众而又放荡不羁的青年，似乎一时心血来潮，采取大胆行动，一举粉碎了两国之间的政治联姻，解救了可怜的公主，自己却仍然回到无所事事的浪荡生活中去。作者似乎企图说明，这些头脑清醒、精力充沛的青年，如果社会条件允许，本可发挥极大的能量；而在现实生活中却只能碌碌无为，在饮酒作乐中寻求麻醉。

缪塞的剧作以喜剧形式居多，但他构思新颖，不落俗套，剧情转折往往既合乎逻辑，又出人意表。有的剧在喜剧色彩掩盖下隐隐透着悲剧的阴影，在戏语狂言中道破了某些沉痛的现实（如《方达西奥》），有的剧纯粹采用喜剧风格，最后剧情却急转直下，以悲剧告结束（如《任性的玛丽亚娜》《勿以爱情为戏》）。缪塞的喜剧笔调轻松而不流于鄙俗，相反多少总想给人以一定的启示。《烛台》的主题平庸，却在富图尼奥身上体现了无私的爱情。《任性的玛丽亚娜》似乎要袭用传统喜剧的格局，描写了年轻的妻子和年老而嫉妒的丈夫，实际上真正着力刻画的，却是友谊的忠诚。

缪塞有相当一部分剧属"谚语剧"性质，如《勿以爱情为戏》《慎勿轻誓》《当机立断》《逢场作戏》等，都是以活泼的喜剧形式给人以一定的生活教训，其中《勿以爱情为戏》尤为脍炙人口。这种以警世诲人为目的的戏剧如写得平庸，很容易流于枯燥乏味，而缪塞的这部分剧作却恰恰最富生活气息，虽则题材琐细，在作者笔下却被处理得跌宕起伏、妙趣横生，使人不能不为作者的才华拍案叫绝。

一九八三年二月

《莫班小姐》译者序[*]

本书的作者,泰奥菲尔·戈蒂耶(1811–1872),在十九世纪的法国文坛是个相当引人注目的人物。一八五七年,波德莱尔的《恶之花》出版时,卷首一段充满仰慕之情的献辞便是题献给他的:

谨以万分谦卑之情,

将这些病花,

献给

无懈可击的诗人,

法兰西文学完美的魔术师,

我敬爱的师长和朋友

泰奥菲尔·戈蒂耶。

　　C. 波德莱尔

能从波德莱尔那里得到这样的赞誉,当然不会是凡庸之辈。他是才华横溢的诗人,风格奇妙的小说家、随笔作家,还是名重一时的剧评家、画评家和当时绝无仅有的芭蕾舞评论家;他是法国唯美主义的"始作俑者",法国浪漫主义向唯美主义过渡的转折性人物,对十九世纪后半期的法国象征派诗歌乃至世纪之交的现代派文学都曾产生重要影响;因此法国文学史谈到他时绝不可能一笔带过。由于可以想见的原因,这位作家和他的作品已经从中国读者的视线中消失了大半个世

---

[*] 本文系戈蒂耶的代表性名著《莫班小姐》(艾珉译)插图本译本序,人民文学出版社 2008 年 1 月出版。

纪。据资料记载，上世纪二三十年代，曾有他的三四种小说译介到我国，但经历了近百年的沧桑，如今有迹亦难寻了。

泰奥菲尔·戈蒂耶出生在上比利牛斯省塔博市一个普通的市民家庭，祖父是农民，父亲是税局职员。他三岁时，父亲谋得巴黎入境处的一个职位，举家迁至巴黎。因此泰奥菲尔得以先后进入巴黎著名的路易大帝中学和查理曼中学受教育。他热爱诗歌，更酷爱绘画，曾利用课余时间在画家里欧(Rioult)的画室学习。十九世纪二十年代兴起的浪漫主义运动，强烈吸引着这批新生代的文学青年，后来戈蒂耶在《浪漫主义回忆》中写道："那真是奇妙的年代，《〈克伦威尔〉序言》①在我们眼前迸射出灿烂的光辉，在我们看来，它的论证是无可辩驳的，它掀起了一场类似文艺复兴的运动。"

一八三〇年初，他结识了心仪已久的浪漫主义大师雨果，在雨果的鼓励下，他决定放弃绘画，专事文学，从此成为浪漫主义运动中的一员猛将和雨果的坚定支持者与追随者。《艾那尼》②的首演式(1830)上，十九岁的戈蒂耶身穿鲜艳夺目的红背心，伙同一帮拥护新文学运动的青年，为捍卫浪漫主义戏剧呐喊助威，压倒了反对派的嘘声、倒彩声，吸引了全场观众的注意。《艾那尼》的演出，被视为浪漫主义和伪古典主义的一场决战(在浪漫主义运动史上，称《艾那尼》之役")，两派势力、两种舆论围绕此剧展开了激烈的论争，最后以浪漫派的胜利告结束，戈蒂耶那件意味着与传统决裂的标新立异的红背心也随之名垂青史，从此人们只要提到戈蒂耶的名字，没有不联想到红背心的。

但戈蒂耶真正在文坛引起高度关注是在五年之后，即长篇书信体

---

① 雨果的《〈克伦威尔〉序言》于1827年发表，被视为声讨伪古典主义的檄文，浪漫主义文学的理论经典。
② 《艾那尼》，雨果的戏剧，被视为挑战古典主义的浪漫派戏剧的代表作，于一八三〇年二月二十五日首演。

小说《莫班小姐》及其长篇序文的出版①。这部离经叛道、惊世骇俗的小说和更加离经叛道、惊世骇俗的序文,以初生之犊不怕虎的勇气挑战了诸多传统观念,提出了艺术不应受制于任何道德、宗教或功利目标的"为艺术而艺术"的主张,标志着法国文学中唯美主义思潮的诞生。为此波德莱尔将此书的出版称作"一件真正的大事"②。

可以想见,这部小说,特别是那篇被波德莱尔颂为"光彩夺目"的序言,在当时不可能受到温和的接待:霎时间乌云翻滚、雷声隆隆,来自四面八方的声讨声铺天盖地而来,作品被形容成"狂犬症患者的狂吠","不堪入目的垃圾","连公共便池也不能接受的龌龊东西"……

戈蒂耶之所以会犯"众怒",其重要原因是捅了报界这个马蜂窝。正如阿赛讷·卢塞③所描述的:"由于《莫班小姐》序言猛烈攻击和嘲讽了各种不同政治倾向的报纸,各派报刊便像秃鹫般一齐扑向泰奥菲尔,无情地啄拔他的羽毛……"卢塞自然没有参与这场围剿,但也认为小说固然文笔绚丽,描绘生动,但情节缺少起伏,人物形象不够丰满,认为戈蒂耶更适合当诗人,而不是小说家,且批评作者为不道德的行为作辩护,描绘了某些淫秽的场景。④

值得注意的是,同时代的两位大师级人物——巴尔扎克和雨果——却对这部作品及其作者表现出浓厚的兴趣和满腔热诚。巴尔扎克正是因这部小说和它的序文才想要结交其作者,尤其赞赏作者辛辣俏皮的文笔及对巴黎新闻界的痛斥⑤,他立即吸纳这位文坛新秀加

---

① 《莫班小姐》分两卷出版,第一卷于1835年出版,第二卷出版于1836年。
② 见波德莱尔:《论泰奥菲尔·戈蒂耶》,《波德莱尔美学论文选》,第72页。人民文学出版社,1987年。
③ 阿赛讷·卢塞,青年作家,戈蒂耶的朋友之一。
④ 该文于1836年8月在《文学法兰西》发表。
⑤ 从巴尔扎克嗣后发表的《幻灭》第二部《外省大人物在巴黎》可以看出,巴尔扎克对巴黎新闻界的愤恨不下于戈蒂耶。

入自己的《巴黎纪事》①团队,并与之结为终身的挚友。雨果则撰文②指出:"《莫班小姐》是一部值得读,特别是值得反复读的书。读第一遍您也许不喜欢,读到第二遍却会发现它极具魅力。初读的时候,一般人往往注意情节、事件和轶闻趣事,戈蒂耶却忽视和蔑视这些,如同以莫里哀、拉封丹为代表的许多天才人物一样。但是读到第二遍,成就这部作品卓越价值的种种长处便显示出来了:优美的文笔,无懈可击的技巧,丰富的思想、形象和感受力(对才智高超的人来说,这些比情节曲折有意思多了),对事物发展的恰到好处的描述,无比瑰丽的精雕细刻,匠心独运的表达方式,连最小的细节中都倾注着作者的心血……"

雨果肯定戈蒂耶的文体是他见过的"最优秀的文体之一":"简洁、纯净、生动活泼而坚实有力,犹如美妙的波浪,有起有伏,但从不拖沓。它雄浑、精确,如同路易十三时代的漂亮文体……"雨果认为戈蒂耶"具有一种真正的独创精神,正是这一点使他与众不同。他讨厌平庸、从俗、一般化。在任何事物上,他都要找出其他人很少注意到的特殊、超常、幽默、荒谬、奇异甚至古怪的一面。"

对《莫班小姐》的序文,雨果也作了积极的评价:"这是一篇强有力的抗议书,风趣、诙谐,表面上有时过分胡闹,实际上很有见地。在这篇序文中,戈蒂耶先生针对当今充斥报端的那些粗暴愚蠢的专栏文章,堂堂正正地为当代文学出了一口恶气。"

应当说,雨果的评论既中肯又有分量,虽然没能明显改善戈蒂耶当时倒霉的处境,毕竟挑明了一个事实:即《莫班小姐》这部小说和它的序文,无可争辩地奠定了其作者在十九世纪法国文坛上的地位,从此人们再也不可能忽视这位青年作家的存在了。

---

① 《巴黎纪事》是巴尔扎克于1836年办的一份杂志,但出版仅半年便因发生债务危机而停刊。
② 此文于1836年12月15日在《新叶》杂志上发表,当时用的是笔名。

法国文学的理性批判精神

实事求是地说,被雨果恰如其分地称之为"抗议书"的《〈莫班小姐〉序》,通篇以讽刺、挖苦的笔调写成,原本就不是一篇论点缜密的理论文章,要想挑剔其中过分绝对和有失偏颇的提法真是俯拾即是;倘脱离当时的社会背景,不考虑此文的针对性,甚至会给人以"满纸荒唐言"的印象。但若对十九世纪前期法国浪漫派文学在官方和习惯势力打压下艰难成长的过程稍有所闻,便会对这位青年作家的愤怒生出几分理解,若进而知晓了当时戴着各色正人君子面具的文学判官们的嘴脸,则多半会从理解过渡到同情,即使不完全认同作者的某些说法,也会为其诙谐风趣的嬉笑怒骂和痛快淋漓的辛辣讽刺拍案叫绝。

作者首先将矛头指向标榜道德和宗教的正统评论家,痛骂他们愚蠢而虚伪的说教:"每个专栏都成了布道台,每个记者都成了布道师,就差剃发和披道袍了"①。他以伏尔泰、莫里哀等大师的作品为例,说明尽管浪漫派的新作令那些虔诚的专栏作家十分气恼,可他们每天推荐给人阅读和模仿的古代经典,就"轻佻放荡"和"违背道德"而言,与浪漫派作品相比,其实有过之而无不及。在莫里哀那里,"神圣的婚姻制度在每一场景中都受到嘲弄,变成笑料","父权更是备受冷落":丈夫总是既老又丑,羸弱不堪,满嘴傻话,净干蠢事,注定要受到年轻漂亮的妻子和奸夫的欺骗与作弄……;父亲往往好比吃人妖魔、百眼巨人、狱卒、暴君,他们吝啬、顽固、愚蠢,活该被儿子偷盗,挨仆人痛打……;总之,古典主义大师之一莫里哀让监护人上当受骗,丈夫戴绿头巾,侍女大胆放肆,仆人刁钻狡猾,小姐沉溺于谈情说爱,儿子放荡不羁,妻子与人偷情……于是作者质问,相比之下,"难道《印第安娜》和《瓦朗蒂娜》②里对婚姻的指控有什么更过分的东西吗?"既然古典主义大师可以嘲弄社会道德规范,为什么要以此为由谴责当代作家不道德呢?作者滑稽地高呼:"唉!老天呀!布道师先生们,倘若没有恶行,你们怎么办呢?如果今天大家都成了道德君子,从明天开始你们

---

① 见《莫班小姐》中译本《作者原序》第2页。
② 《印第安娜》和《瓦朗蒂娜》均为乔治·桑的小说。

就得靠乞讨为生了。"①

戈蒂耶痛恨传统和当局强加给文学艺术的种种清规戒律,痛恨批评家们对作家们的围剿,他列举一系列事实说明,当代无论多么无害的作品都被千方百计地贬损,无论写什么题材都要受到批判和谴责。他声言世风的败坏不能归咎于文学艺术,因为"书籍是社会风习的产物,而社会风习却不是书籍的产物。布歇②笔下的小牧羊女袒胸露臂,涂脂抹粉,是因为那些娇小的侯爵夫人袒胸露臂,涂脂抹粉。画像是按照模特绘制的,并非模特按画像打造。"③他将批评家对诗人们的敌对态度,解释为无能之辈的"嫉妒",刻薄地嘲笑他们是"无所事事者对有所作为者的反感,黄蜂对蜜蜂,阉马对种马的反感"④。

作者的另一个矛头,指向在傅立叶的空想社会主义影响下,强调文学的社会功用和进步性的批评家,抨击他们以文学应解救下层人民苦难、推动文明和进步为由来扼杀艺术家对艺术的追求,他挖苦地写道:"一本书是做不出浓汤的,一部小说不是一双无缝长靴,一首十四行诗不是注射器,一出戏也不是铁路,但一切本质上是文明的东西,都能使人类走向进步。但要通过过去、现在和将来所有权威们的羊肠小道走向进步,那却是不能,万万不能的。"⑤

戈蒂耶以玩笑的口吻,夸张的文笔,无情嘲笑傅立叶主义信徒的空想,但着眼点其实不在傅立叶主义本身⑥,而是想阐明美是人类的一种精神需求,与人类的物质需求不可同日而语:"没有任何美的东西是生活中必不可少的。铲除了鲜花,世界不会在物质上受什么折磨;但谁会愿意从此不再有鲜花呢?我宁可放弃土豆也不肯放弃玫瑰,我相信,世上也只有功用主义者干得出拔除花坛里的郁金香改种白菜之类

---

① 参阅《莫班小姐》中译本《作者原序》第2页,第4-6页。
② 布歇(1703-1770),法国宫廷画家。
③ 见《莫班小姐》中译本《作者原序》第11页。
④ 见《莫班小姐》中译本《作者原序》第7页。
⑤ 见《莫班小姐》中译本《作者原序》第12页。
⑥ 作者的兴趣完全不在于探讨傅立叶主义,而且也不甚了解傅立叶主义。

事情。"①他声称:"尽管会让这些先生们不高兴,我仍属于那种把无用之物视为必需的人,我喜爱的人和物,恰恰与它们能为我提供的服务相反。我不喜欢为我服务的便壶,而喜欢一只绘有龙和官员的中国古瓶,其实这古瓶对我毫无用处……只要能看到一幅拉斐尔绘画的真迹,或者一位裸体美女:——例如摆好姿势让卡诺瓦塑像的博盖斯王妃②,或者正要入浴的朱丽·格里西③,我会高高兴兴地放弃我作为法国公民的权利。"④作者甚至极而言之:"只有毫无用处的东西才是真正美的;一切有用的东西都是丑的,因为它表现的是某种需要,而人的需要是龌龊和令人作呕的,如同他孱弱可怜的天性一样。——一所房子最实用的地方,就是厕所。"⑤

在戈蒂耶看来,艺术不同于科学和道德,艺术的目的只能是艺术本身——即对美的追求,美的天敌是实用观念,艺术一旦以功利或道德为目的,艺术就会衰亡。他把对美,对精神享受的追求,视为人与兽的最大区别:诸如饮酒作乐,吟诗品文,谈情说爱,均系人类独享的"特权"。一个人若只求维持生存,每天二十五个铜子就够了,可是,"不让自己死,并不等于活着","住在一个按功用主义原则安排的城市,不比住在拉雪兹神甫公墓更愉快"。

总之,《〈莫班小姐〉序》不仅对种种扼杀艺术个性的政治、宗教或道德说教提出了强烈抗议,还鲜明地表述了"为艺术而艺术"的思想。这一思想,戈蒂耶在他的诗集《阿尔贝杜斯》(1832)的序言中已经有

---

① 见《莫班小姐》中译本《作者原序》第13页。
② 卡诺瓦(1757–1822),意大利杰出的新古典主义雕刻家,1802年接受拿破仑邀请,去巴黎任宫廷雕刻师,曾为拿破仑制作半身雕像和骑马雕像。1807年完成拿破仑之妹波莉娜·博盖斯王妃的雕像。雕像横依躺椅,几乎裸体,是古典女神和当代人像的完美结合。
③ 朱丽·格里西,意大利女歌唱家,出生于一八一二年,当时在巴黎意大利歌剧院演出,十分轰动。戈蒂耶在他的诗中热情赞颂朱丽的美,声称长期以来,他以为拉斐尔和韦罗内塞已经将女性理想化;自从他看了朱丽·格里西在罗西尼的《摩西》中的演出,才知道理想可以化为现实。
④ 见《莫班小姐》中译本《作者原序》第14页。
⑤ 同上。

所表露,《莫班小姐》的长篇序文则进一步作了淋漓尽致的发挥。当然,"为艺术而艺术"并非戈蒂耶的发明:古希腊罗马文化早已充分体现了古人对"纯艺术"的追求,①公元前五世纪的希腊雕刻家毕达哥拉斯曾称"美即形式";十八世纪,康德在《判断力批判》中曾谈及"审美快感是唯一独立且不计利害的一种自由的快感";莱辛和歌德也曾提出文学是"独立有机体";这些都为十九世纪后期的唯美主义思潮奠定了思想基础。不过,将"为艺术而艺术"明确地作为文学纲领来阐释,理直气壮地要求艺术摆脱一切控制,维护艺术自身的独立和主导地位,戈蒂耶确系文坛第一人。

十九世纪中叶,随着资产阶级统治的巩固,理想的幻灭和信仰危机的产生,法国浪漫主义逐渐走向衰落,唯美主义的人气上升,特别是戈蒂耶的诗集《珐琅和雕玉》(1852)出版以后,在诗坛引起了强烈反响。这些诗写于一八四八年前后法国政局激烈动荡的年月,诗人却"不管那狂风暴雨敲打我紧闭的窗子",躲进小楼精心制作他的"珐琅和雕玉"②。如标题所示,这些诗以尽可能精致的形式,尽可能完美的技巧,表现一些纤巧细腻的题材,无非是写景咏物,描述和赞颂自然美、人体美和艺术美。诗人一方面有意排斥重大题材,另方面在艺术形式和技巧上进行大胆的探索和创新,他甚至挑战绘画和音乐,试图让诗歌能像绘画一样产生视觉效果,像音乐一样产生听觉效果……这样一种文学取向,对于那些在现实社会的矛盾斗争中感到困惑,在生活中感到迷茫的人们说来,的确不失为一种聪明的选择。于是戈蒂耶的名声和影响愈来愈大,六十年代,法国出现了第一个唯美主义文学流派——帕尔纳斯派(也称"高蹈派"),戈蒂耶理所当然地被奉为精神领袖和前驱。同样,十九世纪七八十年代的象征主义和世纪之交的现代主义,也从他那儿吸取营养。不仅如此,唯美主义从法国发轫,很

---

① 从《莫班小姐》及其序文中可看出,戈蒂耶醉心于古希腊罗马的艺术,而对基督教的艺术理念颇多微词。
② 见《珐琅和雕玉》序诗。

快就传至欧美两洲乃至亚洲。美国作家爱伦·坡于一八五〇年在《诗歌原理》中提出，"为诗而诗"是诗歌创作的最高宗旨；英国作家佩特于一八七三年在《文艺复兴史研究》中继续发挥"艺术至上"的思想，不仅强调艺术的价值在于过程，在于赋予形式的行为本身，而且认为艺术是生活的目的，从这个意义上讲，唯美主义已从一种文学理念发展成一种生活观、人生观了。十九世纪九十年代，英国唯美主义发展到高潮，王尔德的《道林·格雷的肖像》序言系统地表述了"为艺术而艺术"的美学观点，他的作品如《道林·格雷的肖像》《莎乐美》等则是唯美主义视形式为艺术生命等理念的具体实践。二十世纪初，唯美主义在日本一度（明治末至大正初）成为文坛主流；在中国，经周作人、邵洵美、徐志摩等的翻译介绍，唯美主义也曾在文坛赢得一席之地，不过随着社会政治矛盾的激化和战争的迫近，这种悖离现实生活的文学理念很快就在中国销声匿迹了。总之，作为一种文艺思潮和流派，唯美主义主要活跃于十九世纪中后期，但作为一种文艺理念，唯美主义则渗透在法国乃至欧洲后来的某些文化潮流中，影响十分深远。

应当说，唯美主义虽然在浪漫主义运动中诞生，却和浪漫主义的主流意识有所偏离。十九世纪前期的浪漫主义，原是在对抗波旁王朝的文化专制主义中产生的，与资产阶级自由主义思潮的发展有密切联系，并不是什么脱离政治、脱离社会现实的纯文学活动。作为浪漫主义旗手的雨果，终其一生都十分重视文学的教化作用，从来不曾规避作家的社会职责，他强调"诗人担负着灵魂的责任"，作家自己首先应"怀有道德和美的理想"，"为人民发出呼声"，文学的战斗任务是"赞成善而反对恶，表白公众的愤怒，辱骂暴君，使坏蛋绝望，使不自由的人得解放，使灵魂得救，使黑暗退缩……"①总之，雨果所主张的，是"为进步而艺术"，"为民众而艺术"。不仅雨果，十九世纪前期的法国文坛主将们，大都对人类社会的不断改善满怀期待，一般都十分关注

---

① 参阅雨果：《莎士比亚论》《〈留克莱斯·波日雅〉序》。

时事政治和社会问题,且将抨击黑暗、弘扬正义引为已任;戈蒂耶尽管自认为是雨果的私淑弟子,但他的艺术追求显然有别于雨果等同时代作家。他虽然年轻(写这篇序文时不过二十三岁),却已对任何色彩的政治都感到厌倦,他疏离革命,疏离社会现实,惟独热中于形式美。

有一个问题我们今天的读者切勿误会,戈蒂耶提出有别于浪漫主义主流意识的唯美主义主张,是否意味着从此与浪漫主义分道扬镳,乃至形成对垒呢?非也。没有人怀疑戈蒂耶始终是浪漫主义文学运动中的一员勇士,雨果的忠实追随者之一。殊不知当时的浪漫主义主义运动之所以形成波澜壮阔的新文学运动,就因为它包容了文学上的各种新主张和不同类型的个人特色,按雨果的诠释,浪漫主义其实就是文学上的自由主义,即主张给予作家思想上的自由和在艺术上发挥独创性的最大自由①。无论是走向批判现实主义的巴尔扎克、司汤达,还是走向唯美主义的戈蒂耶……只要是反对崇古、迷信,试图挣脱文学上的清规戒律者,当时都集合在浪漫主义运动的大旗下,向伪古典主义宣战。不管各自对创作方法、创作原则有怎样不同的理解和主张,在反对古典主义独霸文坛、主张给文艺创作提供广阔发展空间方面,则是一致的。巴尔扎克虽说对《艾那尼》提出了不少尖锐的批评,该剧首演时同样是浪漫派战斗队的一员;司汤达极端厌恶夏多布里昂等夸张矫饰的文风,但他的《拉辛与莎士比亚》正是高举浪漫主义的旗帜与古典主义展开论战;戈蒂耶的《〈莫班小姐〉序》,固然和浪漫主义的某些文学理念有所不同,可文章的主旨仍是捍卫浪漫主义所提倡的创作自由,反击批评界粗暴专横的绳索与大棒。当时的浪漫派作家之间,即令观点有分歧,有争议,也无人将某位权威的观点奉为绝对真理,对"异端"进行打压或围剿,动不动来个什么"共诛之","共讨之"。雨果作为公认的领袖或盟主,尽管享有崇高的威望,亦不曾要求他的追随者对他亦步亦趋,处处与他保持一致。戈蒂耶是在雨果的鼓励下

---

① 参阅雨果:《〈艾那尼〉序》。

走上文学道路的,居然敢于独树一帜,前辈雨果非但不曾大动肝火,反而真诚地赞扬这位弟子的才华;巴尔扎克从未对戈蒂耶"为艺术而艺术"的观点表示赞同,且曾对他诗歌中的颓废倾向感到"震惊"①,但这不妨碍巴尔扎克赞赏他的"天才"。同样,巴尔扎克与雨果,与拉马丁,与乔治·桑之间,尽管彼此并不讳言创作方法、政治观点上的差异或分歧,但他们相互敬重、相互欣赏,彼此间的友谊真挚动人。十九世纪的法国文坛主将们在这方面表现出的度量和境界,正是开创当时文学艺术高度繁荣局面的重要保证,无怪乎波德莱尔把那个时期称作"幸福的文学家们相互支持的年代"②。也就是在这样的背景下,戈蒂耶的《〈莫班小姐〉序》尽管遭到多种报刊的围攻,他的观点在浪漫主义阵营却没有被封杀,他始终是浪漫派中十分活跃的一员。

颇具戏剧性的是,戈蒂耶刚在《〈莫班小姐〉序》中猛烈抨击报刊上的文艺批评专栏,甚至很极端地提出取缔报刊后不久,他就被吉拉尔丹③请去担任《新闻报》的文艺批评专栏编辑,且从此与报业结下不解之缘:从一八三六至一八五五年,他为《新闻报》服役十九载;从一八五五开始,又被套上《导报》的车辕,一干又是十四年;其间(1856 – 1859)还曾兼任《艺术家》杂志的主编。他写了数以千计的专栏文章,在他近三百卷的《全集》中占了绝大部分比重。巴尔扎克曾为戈蒂耶从事报业感到惋惜④,戈蒂耶自己也觉苦不堪言,只是迫于生计,不得不继续为报社拉磨。他的家庭负担不轻,除了妻子、两个女儿、一个儿子,还有两个待嫁的妹妹,报社工作已成为他们一家主要的,甚至经常是唯一的生活来源。尽管有这样的重负,戈蒂耶却从未放弃对美的追求,终于创作出了一系列艺术上极富个性的精巧别致的诗歌、小说、随笔、游记,甚至还创作了好几部芭蕾舞剧,其中《吉赛尔》已成为欧洲芭

---

① 参阅巴尔扎克给韩斯卡夫人的信,1838 年 10 月 16 日。
② 见波德莱尔:《对几位同代人的思考——维克多·雨果》
③ 爱弥儿·德·吉拉尔丹(1806 – 1881),法国著名报人,曾创办多种报刊,路易 – 菲力浦时代被选为议员。
④ 参阅巴尔扎克给韩斯卡夫人的信,1838 年 10 月 16 日。

蕾舞剧的经典之作。①

小说《莫班小姐》有一篇长达三万余字的作者序,但序言中涉及这部小说的文字却只有区区一句话:"著名女歌唱家玛德莱娜·德·莫班的勇敢作为及其多个爱情故事,很有可能受到冷遇,但大家将会明白,用整整一卷来歌颂这位美丽的布拉达芒特②的冒险事业并不为过。"③

这位女歌唱家玛德莱娜·德·莫班是何许人?传说她生活在法王路易十四时代,闺名玛德莱娜·德·欧比尼,夫姓莫班。关于她的生平,记载不详,只知她约出生于一六七三年,自幼活泼好动,身手矫健,精于骑射,酷爱狩猎;她个性放荡不羁,凡事率性而为,很早就结婚,婚后不久又离家出走,和剑术教师塞拉讷一道浪迹天涯,不时女扮男装;她剑术高超,多次在决斗中获胜,连塞拉讷也常常不是她的对手;她嗓音洪亮,为谋生计曾在马赛歌剧院演唱歌剧,许多人为她倾倒;她曾试图从阿维尼翁修道院拐走一少女,并放火烧修道院,为此曾被判处死刑;后不知为何判决没有生效,她北上去了巴黎,于一六九〇年前后在巴黎歌剧院开始登台演出,风光无限地度过了十五年演唱生涯;她的绯闻不断,情人众多(传说她是双性恋者,既有情夫也有情妇,情夫中确有一位名德·阿尔贝),争吵、决斗之事频频发生;最后她大彻大悟,了断尘缘,蛰居隐修院,于一七〇七年病殁。

---

① 戈蒂耶的主要作品,除长篇小说《莫班小姐》外,还有诗集《阿尔贝丢斯》(1832)、《死的喜剧》(1838)、《西班牙之歌》(1845)、《珐琅与雕玉》(1852);小说《克娄巴特拉的一夜》(1845)、《康多尔王》(1847)、《木乃伊传奇》(1858)、《弗拉卡斯统领》(1863)及《咖啡壶》《换魂术》《双星骑士》等志怪小说多种;芭蕾舞剧《吉赛尔》(1841)、《仙女》(1843)、《热玛》(1854)、《沙恭达拉》(1858)等;散文、随笔则有《西班牙记》(1840)、《意大利游记》(1852)、《东方》(1854)、《俄罗斯纪行》(1866)等游记多种及《浪漫主义回忆》(1872)、《当代人物画像》(1874)等。
② 布拉达芒特,意大利文艺复兴时代著名诗人阿里奥斯托(1474–1553)的长篇叙事诗《愤怒的罗兰》中的一位美丽而勇敢的女英雄。
③ 见《莫班小姐》中译本《作者原序》第21页。

以这样一个特立独行的女性为蓝本创作一部小说，对戈蒂耶说来自然是一件饶有兴味的事，但要想把女主人公背离传统、藐视道德的行为当英雄行为歌颂，其风险是可想而知的。作者是否因预见到这一点，便在动笔写小说之前，先写一篇以攻为守的序言①，预先驳斥了可能射向他的各种利箭呢？

然而，戈蒂耶笔下的莫班小姐，与那位女歌唱家除名姓和某些性格特征相同外，并无其他共同之处。她的第一个情人，除借用德·阿尔贝的名字外，与真实的故事更无丝毫关联。作者不过是假莫班之名，塑造一个叛逆的——往往被视为不道德的——女性，她不遵守社会既定的游戏规则，不愿被动地接受命运的安排，而试图将命运掌握在自己手中。她不肯认同为财产和门第所支配的婚姻制度，不信任男子在女性面前表现的虚假礼貌和殷勤；她希望深入到男性的内心世界，了解他们的真实面貌，在找到一个真正符合理想的伴侣之前，她不愿轻易付出感情。

这样的考虑和追求，今天看来已经平淡无奇，但在当时，在姑娘们以"无知"为美德，被"贞洁地圈在谨慎和缄默的三重围墙里"，"什么也听不到，什么也猜不出"的年代，无疑是一种"胆大妄为"的举动。二三百年前的欧洲，闺秀们的教育并不比中国封建时代的女性教育更开放，莫班小姐应该算是"女权意识"最早的觉醒者之一：她不能忍受"类似苔藓和花朵的单调呆板的生存状态"，对阻挠女性拓宽视野、猎取知识的女子教育深为不满，指责人们执意把女孩"培养成傻瓜"；抗议"人们不许我们发表意见，不许我们参与谈话，只许在有人向我们提问时回答是或不是"，"我们主要的事情，是笔直地坐着，穿好紧身褡，装好裙撑，眼睛得体地低垂，呆板僵硬赛过人体模型和上发条的玩偶"……她按捺不住地大叫："我们是真正的精神上和肉体上的囚徒！"②

---

① 序言在一八三四年就写了，小说却直到一八三五年底才完工。
② 参阅《莫班小姐》中译本第10章，第81-84页。

为了跳出牢笼,寻找自己的意中人,她女扮男装,外出闯荡,想要通过与男性直接交往,就近观察和研究他们。然而观察、研究的结果,是少女爱情理想的破灭:男性粗暴鄙俗的行为举止、厚颜无耻的言谈,他们的荒淫放荡和对女人的轻蔑,令她吃惊之余,只觉得恶心,"现实超过了我的预想,实际情况比我所猜想的严重得多"。她眼见男人们在一起"交流搞定情妇的秘诀,议论使贞淑女子落入陷阱的策略",……所有这一切使爱情"变得一文不值"。于是她对男性反感、愤慨到极点,把他们看成可怕的妖魔。①

截至目前为止,莫班小姐的行为虽然不合淑女规范,多少还算情有可原;可是接下来发生的种种事情,却越来越骇人听闻。

女扮男装的莫班小姐看上去是一位翩翩美少年,于是很快就有了第一次艳遇:一个年轻貌美的寡妇爱上了他(她),处境尴尬的假骑士最后不得不以决斗的方式摆脱困境。第二次冒险是为了阻止一个天真纯洁的小姑娘落入某纨绔子弟的魔爪,竟拐带未成年的小姑娘随同他(她)走南闯北。凭着大胆果敢、好勇斗狠的做派和精湛的骑术剑术,这位小姐闯荡多时居然一直没有露出破绽,直到在萝赛特的城堡里饰演莎士比亚的喜剧《皆大欢喜》中的罗瑟琳,才被诗人德·阿尔贝猜出她的真实性别。为了不让疯狂爱上她的阿尔贝过分绝望,也为了满足自己对两性关系的好奇心,莫班小姐主动来到德·阿尔贝的房间偷尝禁果,紧接着第二天便远走高飞,不辞而别,仅给德·阿尔贝写信说明:

"您的爱情不久将因厌倦而消亡;若干时间以后,您会把我忘得一干二净……而今我至少可以满意地想到,您会记住我,胜过记住其他人。您那未完全得到满足的欲望还会张开翅膀朝我这儿飞……

"您永远不会比这幸福的一夜更可爱,即使和那天完全雷同,也已经该扣分了;因为爱情和诗歌一样,原地踏步等于倒退。给人永远留

---

① 参阅《莫班小姐》中译本第 10 章,第 89-90 页。

下这样的印象,这对您再好不过。……您将永远是为我揭开一个新的感情世界的人。这是一个女人永难忘怀的事。"①

做出这么些越轨的事还不够,作者还让莫班小姐明确表示:"我既不是心血来潮,也不是疯狂,更不是假正经。我的所作所为来自一种深刻的信念。"

更让道德家们不能忍受的是,作者耗费了相当多的笔墨,揭示这位小姐身上的两种精神状态:一是自身灵与肉的冲突;二是双性恋的倾向。

莫班小姐对男性的反感,曾使她认为无法接受一个男人当情人——"那无异于大白天睁着眼跳进无底深渊"。可是她内心的秘密愿望却一直想要有一个:"本性的声音压倒了理性的声音","头脑确信不疑,肉体却不然"。② 肉体的躁动使她对男性充满好奇,总想找机会解开男女之间的奥秘,于是她委身于第一个识破她真实性别的男人。

由于男性对她缺乏精神上的吸引力,莫班小姐在感情上更容易与女性契合无间。扮演男子的时间长了,她已经习惯于充当骑士的角色,乃至希望自己真的成为一个男人。她万分遗憾自己对萝赛特的爱只能是柏拉图式的,如果自己是个青年男子,就能回应女性细腻体贴的爱情,彼此相互理解,灵犀相通,完满地实现萝赛特关于爱的构想。莫班小姐苦恼地向自己的闺中密友倾诉:

"我属于除此以外的第三种性别——不过还没有名称;……我有女人的灵魂和肉体,男人的气质和力量,要让我和这两种性别中任何一种结为配偶,我要么太过要么不足。

"我永远不能完整地爱一个人,无论是男人还是女人;我身上总有些没有得到满足的东西在嗥叫,情人或女友只能有一个方面适应我的性格。如果我有个情人,在某个时段我身上的女性大概会压倒我身上的男性,但这时间不会长,我感觉我只能得到一半满足;如果我有个女

---

① 参阅《莫班小姐》中译本第 17 章,第 157–158 页。
② 参阅《莫班小姐》中译本第 15 章,第 143 页。

友,肉体享受的意念便阻碍我全身心去品尝纯粹的精神享受;因此我不知道该在哪儿驻足,只好永远摇摆在二者之间。"①

作者异想天开地用希腊神话中的两性神来譬喻主人公的双重天性:

"赫耳玛佛洛狄忒②是崇拜偶像的古人最热爱的幻象之一,……是异教天才最精彩的创造……世界上不可能想像出比这更可爱的形象,两个都很完美的身体和谐地融合在一起,两种如此不相上下而又如此迥然不同的美,结合成一个高于二者的美,因为它们在减弱自身时又相互抬高了。"③

总之,女主人公所有不能见容于社会的思想行为,在作者笔下非但显得顺理成章,合情合理,没有任何可谴责之处,而且被认为完美地体现了女性美和男性美的融合与统一:使短处得以克服,长处得到互补,达到更高的美的境界。

至于小说中的男一号,那位独具慧眼的德·阿尔贝,在某些层面上可以说是作者的代言人。作者借德·阿尔贝之口表述他对美的追求,对希腊罗马文化的痴迷,对基督教文化的抵触和与现存秩序的格格不入。他和莫班小姐一样是个叛逆者,不肯认同被人们视为天经地义的道德观念和社会习俗。

他极其不恭地将耶稣称作"在伯利恒降生的那个娃娃",指责基督"驱逐享乐,把受难神圣化……在宇宙中散布忧郁的浓雾","把人世裹进了他的尸布";他抗议"蔑视形态和物质的基督教教义",认为"贞洁、神秘主义、忧伤",是三种"由耶稣基督带来的新病患";他宣称自己"是荷马时代的人";他承认他反叛的肉体"拒不承认灵魂的至高无上,也不认同肉身会死灭",且认为"人间和天堂同样美好"。

---

① 参阅《莫班小姐》中译本第15章,第144、149页。
② 赫耳玛佛洛狄忒,雌雄同体的两性神,是众神使者赫耳墨斯和美神阿佛洛狄忒之子。
③ 参阅《莫班小姐》中译本第9章,第79页。

他所信奉的显然不是天主,美——或曰艺术,才是他顶礼膜拜的宗教:"啊,美!我们被创造出来,只是为了爱你和膜拜你!","美就是肉眼能见的上帝,就是可触摸到的幸福,就是降临人世的天堂"——在这个天堂里,"没有给基督教艺术的柔弱和梦幻留下位置";他所热爱的显然不是基督,而是"基督所唾骂的形体",这些形体的珍贵禀赋"尊严地代表着世上最早的崇拜对象,代表着最纯粹的永恒本质的象征——美"。他向莫班小姐宣称:"对我而言,您比整个大自然重要,比我重要,比上帝重要,我甚至奇怪上帝为何不从天庭来到人间,充当您的奴隶"①……

对圣母马利亚,他同样表现得大不敬:他"怀着恻隐之心观察她消瘦的椭圆面庞和微呈弓形的秀眉,欣赏她平滑而有光泽的前额……"甚至亵渎地"用一只鲁莽的手掀起她长袍的褶裥,无遮无掩地凝视那充满乳汁的贞洁的乳房";他将圣母的美与维纳斯作比较,宣布"我更喜欢,一千倍的喜欢海中诞生的维纳斯";他批评马利亚尽管"做出谦逊的神态,仍显得太傲气","她的眼睛无比的美,但总是朝向天国,要不就眼睑低垂,从来不肯正眼瞧人,从来不用于反映人间的形态。"②这里,圣母的神圣之气荡然无存,降格为诗人所品评的审美客体。而且,较之圣母超凡脱俗的形象,作者更醉心于古希腊罗马艺术中的人性美:

"维纳斯赤身裸体,独自走出大海③,打算来到人间……;她站着,脚踏珠色的贝壳,身后是她的海豚;太阳照射着她光滑的腹部,她雪白的手握住她波浪般的美发,俄刻阿诺斯老爹④在那上面撒下了他最美的珍珠。⑤人们可以看见她,她什么都不掩藏,因为只有丑陋才羞于见

---

① 参阅《莫班小姐》中译本第50页,第72-75页,第131、132页。
② 参阅《莫班小姐》中译本第74页。
③ 传说维纳斯从大海的泡沫中诞生。文艺复兴时期著名画家波提切利(1444-1510)曾以此为题作画。
④ 俄刻阿诺斯,希腊神话中的大洋之神,提坦巨神之一。
⑤ 此段文字显然引自文艺复兴时期佛罗伦萨著名画家波提切利的名画《维纳斯的诞生》。

人,蔑视形态和物质的基督教教义,纯属现代的发明。"①

不过,应当说明:德·阿尔贝虽然常常代替作者口吐狂言,且和作者一样,兼有诗人和画家的才能,却并非作者本人的化身,作者并没有完全按自己的形象来塑造这个人物。

与每日为生计操劳的作者相反,德·阿尔贝是个无所事事的贵族青年。正如夏多布里昂笔下的勒内、贡斯当笔下的阿道尔夫、瑟南古笔下的奥贝曼、缪塞笔下的沃尔夫,②德·阿尔贝也是一个"世纪病"患者,一个在生活中找不到自己的位置的人。他充满青春活力却闲置不用,渴望有所追求却没有明确的目标,想要有所作为却不知有何可为,眼看青春流逝而一事无成,只觉既沮丧又躁动不安。他对周围的一切都缺乏认同感,和任何人相处都找不到共同语言,总感到自己形单影只,与其他人不是一个族类……所有这些症状,似乎与其他的"世纪病患者"并无太大区别,其实不尽然:勒内、阿道尔夫和奥贝曼们沉醉在自己的忧郁苦闷之中,几乎是以自我欣赏的态度看待自己的落落寡合;德·阿尔贝却对自己不满,且敢于自嘲,比起别的患者,这个形象的色彩要明亮得多,甚至颇有些喜剧意味。这种特色,自然来自作者的匠心。巴尔扎克曾经论及,浪漫派诗人一般都缺乏喜剧意识,"惟有戈蒂耶是个例外"③。夏多布里昂、贡斯当和瑟南古从不嘲弄自己的主人公,缪塞也一样,而戈蒂耶却嘲笑德·阿尔贝,且不让他蒙上太多阴郁的色调。他让这位男一号经常生活在幻梦中,一面讥笑自己的不现实,同时又不肯舍弃希望。他以艺术家对完美的追求,细致周密地构想着情妇的理想形体,虽然明知"我需要的美是那么完满,以致我

---

① 参阅《莫班小姐》中译本第 75 页。
② 夏多布里昂(1768 – 1848),法国浪漫主义作家,勒内乃其同名小说的主人公;贡斯当(1767 – 1830)法国作家,政治家,阿道尔夫是其同名小说的主人公;瑟南古(1770 – 1846),法国作家,奥贝曼为其同名小说主人公;缪塞(1810 – 1857),法国浪漫派诗人,小说家,剧作家,沃尔夫是他的长篇小说《一个世纪儿的忏悔》的主人公。
③ 见巴尔扎克:《贝尔先生研究》,《巴尔扎克论文艺》,第 125 页,人民文学出版社。

永远不可能遇上"①。

按德·阿尔贝的理念,美是一种"和谐","风度、举止、步态、气质、色彩、声音、香味,构成生命的所有这一切","都是美的组成部分";"所有散播芳香、歌声或光芒的事物都理所当然属于美的范畴"。② 那么,他所期待的美是怎样的呢? 除了从古代的绘画、雕塑上撷取的色彩与线条,也许就是他所谓的"将至高无上的美貌和至高无上的力量结为一体"的美,或曰一种"刚柔相济"的美。正因如此,莫班小姐一出现在他面前,他便觉得幻影已变为实体,理想已成为现实,唯一的遗憾在于这美的典范是男儿身。然而他万万没有想到,自己竟无可挽回地爱上了了这个"同性别的人"。他因自己这种致命的"畸形恋情"感到恐惧,以为自己受到化为人形的魔鬼的引诱。他终日惶惶不安,受尽心灵的折磨,直至绝处逢生,终于解开谜底。

一夜欢情,仿佛美梦成真,但美人随即飘然而去,理想重又化为幻影。犹如一首乐曲,演奏到激越亢奋的最高潮,突然嘎然而止,只给他留下绵绵无尽的怀念……这样的结尾,可谓意料之外,情理之中,既符合女主人公的性格,又寓意深远,耐人寻味,的确是诗人所能设想的最佳结局。很明显,这部小说的目的,既不是为了讲述一段离奇的爱情故事,也不是为了表现某个时代的社会风习,而是为了表现一种永恒的、无止境的对美的追求。小说的男女主人公都是不知餍足的人,他们对完美的向往,决定了他们不会满足于已经拥有的一切,永远想扑向那影影绰绰可望不可即的理想幻影。对他们而言,安于现状,爱情就会窒息而亡。恰如莫班小姐所言:"爱情和诗歌一样,原地踏步等于倒退。"为了使这段非同寻常的经历永远保持阳光的记忆,而不致在日常生活的冲刷下逐渐褪色,离去也许是莫班小姐可能做出的唯一选择。

小说的作者戈蒂耶何尝不是如此,美是他永无穷尽的追求,是他

---

① 参阅《莫班小姐》中译本第5章,第46页。
② 参阅《莫班小姐》中译本第5章,第48页。

唯一的生活目标。对他而言，诗的本质就是"对一种最高的美的向往"，因而"原地踏步等于倒退"，恰如雨果在悼念戈蒂耶的诗中谈到的，他明白"艺术必须日新月异，才能不断前进"，所以他毕生在美的探索和创新方面从未止步，永远在朝更高、更美的境界攀登。可以说，他是以打造艺术品的心态来写作的，对每一部作品，他都像雕塑家对待手中的大理石那样，细细打磨，反复加工，力求做到艺术上无可挑剔。这就是他的生活，他的生命之所系，他就是以这种方式来实现生命价值的。

　　戈蒂耶是以风格完美、文体讲究著称的作家，他的文辞优美、典雅而不做作，精致、细腻而又准确、简练，波德莱尔为此对他佩服得五体投地，称他为"语言和风格方面最可靠、最杰出的大师"[1]。何况他擅长状物写景，叙事活泼有趣，对话机智俏皮，人物刻画鲜活生动[2]；因而，尽管戈蒂耶的作品除了对"美"的赞颂与追求，没有更多的社会内容或更深刻的哲理，读他的作品却是一种艺术享受，犹如欣赏大师们的美妙乐曲，令人心旷神怡。正因如此，翻译他的作品也格外感到有压力，无论怎样努力，总觉译文难以曲尽其妙。犹豫再三，才壮着胆拿出来接受读者与专家们的考核，我期待着有识者的批评指正。

二〇〇六年十一月十日

---

[1] 波德莱尔：《泰奥菲尔·戈蒂耶》，《对几位同代人的思考》第4节。
[2] 如戈蒂耶的《当代人物画像》中，巴尔扎克被勾画得栩栩如生，给读者留下了深刻印象。

《福楼拜文集》总序[*]

一八五六至一八五七年间,法国《巴黎杂志》上连载的一部小说轰动了文坛,同时也在社会上引起了轩然大波,怒不可遏的司法当局对作者提起公诉,指控小说"伤风败俗、亵渎宗教",并将作者传唤到法庭受审。这位作者就是被公认为十九世纪法国现实主义文学的第三位杰出代表居斯塔夫·福楼拜,这部小说就是他的现实主义杰作《包法利夫人》。审判的闹剧最后以"宣判无罪"告结束,而隐居乡野、藉藉无名的作者却从此奠定了自己的文学声誉和在文学史上的地位。

一

居斯塔夫·福楼拜(1821－1880)出生于一个医生世家,父亲是法国鲁昂地区远近闻名的外科专家,鲁昂市立医院的外科主任。居斯塔夫的哥哥阿希尔继承父业,后来也成为一代名医。与兄长相比,福楼拜离父亲的期望相去甚远。他幼时发育迟缓,好不容易才学会阅读,九岁入学时不过刚刚认识字母。但奇怪的是,这个在家人眼中智力如此低下的居斯塔夫,却很早就显露了文学天赋。他还没有学会阅读便在头脑里构思故事,还没有学会写作就开始自编自演戏剧,他十三岁时编了一份手抄的小报,十四、五岁已醉心于创作,可是直到三十六岁才开始发表作品。

---

[*] 本文系为五卷本《福楼拜文集》(2014年11月,人民文学出版社版)撰写的"总序",乃根据原《福楼拜小说全集》(2002年9月,人民文学出版社版)"总序"补充修改。

福楼拜的生活经历非常简单:一八四〇年从中学毕业后,他按父亲的意愿在巴黎大学法学院注册入学,但他对法律无比憎厌,所以大部分时间仍住在鲁昂,很少去上课;一八四三年他在法科考试中失败,次年又突发神经官能症(类似癫痫),从此中断学业,常年住在父母的克鲁瓦塞庄园。除外出旅行和偶尔去巴黎小住,福楼拜的有生之年全部是在家乡度过的。一八四六年父亲去世后,他一直与母亲相伴,终身未娶,读书和写作是他的全部生活内容,也几乎是他全部感情之所系。

福楼拜的少年时期在浪漫主义风靡法国时度过,雨果曾是他心中的偶像。天生细腻、善感的气质,使他极易与浪漫主义相通。然而后来在勒普瓦特万①的影响下,他开始醉心于斯宾诺莎的唯理性主义及十九世纪中叶在法国开始流行的实证科学,来自父亲的科学家思维方式,也使他习惯于对事物作缜密的观察和科学的考证。福楼拜曾说:"在我身上存在两个截然不同的人:一个酷爱大叫大嚷,酷爱激情,酷爱鹰的展翅翱翔,句子的铿锵和臻于巅峰的思想;另一个竭尽全力挖掘搜寻真实,既喜爱揭示细微的事实,也喜爱揭示重大事件……"②

从一八四三年起,福楼拜开始尝试长篇小说。他以自己青少年时代的生活体验为素材,描写两个年轻人的学习生活和感情经历。一八四五年,小说完成初稿,即《情感教育》最初的蓝本。他试图在这部小说中把激情和写实融合在一起,没能获得成功。接着在弗朗德勒画家布吕盖尔的一幅名画的启发下,他以基督教隐修士的传说为题材,着手写作充满浪漫色彩的《圣安东尼的诱惑》。一八四九年,《诱惑》第一稿完成,他将好友路易·布耶及迪康③召来听他朗读,整整读了四天,最后的结论是"写得很糟":虽说文字讲究,字字珠玑,但却支离破碎,缺少一根线把珍珠串起来。这时福楼拜在创作上尚处于摸索阶

---

① 勒普瓦特万(1815—1848),福楼拜青少年时期的挚友,莫泊桑的舅舅,斯宾诺莎的崇拜者。
② 福楼拜:1852年1月16日致路易丝·科莱函。
③ 路易·布耶(1822—1869),法国诗人,剧作家;迪康(1822—1894),法国作家,法兰西学院院士。

段，还没有形成自己的创作思想体系。就在这一年，他和迪康结伴，动身游历北非、近东诸国，历时将近两年，为日后东方题材小说的写作打下了基础。

一八五一年返回家乡后，他接受路易·布耶的建议，决定以德拉马尔的故事①为素材，创作一部刻画当代外省生活的小说——《包法利夫人》。福楼拜十分重视这"第三次尝试"，前两次尝试（《情感教育》和《圣安东尼的诱惑》）失败了，这一次，"要么成功，要么从窗口跳下去"②。他全力以赴，为这部小说付出了五年艰辛的劳动，倾注了自己的全部心血。正是在这过程中，他决心和浪漫主义分道扬镳，走一条"前人没有走过的路"。他从作品中彻底排除了主观抒情成分，形成一种独创的客观主义风格。尽管这部小说连累他卷入一桩可笑的诉讼，平添了不少烦恼，但他兴奋地意识到，多年来的摸索有了成果，他的创作个性成熟了。

紧接着，他开始构思《迦太基》——后改名《萨朗波》，并于一八五八专程去北非的迦太基遗址实地考察。他为这部小说整整工作了四年，字斟句酌，反复推敲，于一八六二年才付梓印刷。一八六三年，福楼拜重新拟定了《情感教育》的提纲，大量阅读资料，全部改写，这项工作直到一八六九年才完成。嗣后，他又着手改写《圣安东尼的诱惑》，于一八七四年正式推出。一八七五至七七年，他创作了《淳朴的心》《圣朱利安传奇》《希罗迪娅》等短篇小说，于一八七七年结集出版，题名《三故事》。他晚年以全部精力投入长篇小说《布瓦尔和佩库歇》的创作，直到一八八〇年去世，未完成的遗稿于一八八一年在《新杂志》上发表。

除小说以外，福楼拜对戏剧也很感兴趣，他曾于一八七二年改编路易·布耶的一个剧本《女性》，一八七三年又创作了一部戏剧《候选

---

① 德拉马尔原是鲁昂市立医院的医生，福楼拜的父亲的学生，他的续弦夫人嗜读小说，气质浪漫、生活奢侈，先后被两个情夫抛弃，最后因负债而自杀。
② 福楼拜：1852年1月16日致路易丝·科莱函。

人》，可惜首演一败涂地，他终于没能成为一位剧作家。

二

福楼拜的创作思想，在许多方面显然和巴尔扎克一脉相承。和巴尔扎克一样，福楼拜也将文学作品喻为"反映现实生活的一面镜子"，将真实性作为衡量艺术的主要准绳："美就意味着真实，虽说真实的东西不一定都美，可是最美的东西永远是真实的……丧失了真实性，也就丧失了艺术性。"[①]福楼拜所理解的真实性，和巴尔扎克一样指的是具有普遍意义的本质现象，因此他同样强调对生活素材的加工提炼及典型化的手段："透彻地理解现实，通过典型化的手段忠实地反映现实，是小说家应当遵循的一条基本准则"[②]。他明白"鲜明生动来自深刻的见解和敏锐的洞察力"[③]，艺术家应当像水泵的吸管一样"深入事物的核心，深入到它的最深层"[④]。他和巴尔扎克一样重视选择富有特征意义的细节，而且善于通过逼真的细节刻画来增强其虚构世界的可信性。甚至他作品中的某些情景、细节，写出以后才发现和巴尔扎克在《路易·朗贝尔》及《乡村医生》中写过的几乎雷同。基于这类因素，人们不无理由地将他视为巴尔扎克的后继者。

然而福楼拜并未完全步他人的后尘，他的镜子自有其映照现实的独特方式。法兰西是个崇尚独创性的民族，一个作家或艺术家如果不能在某个方面超越前人或在艺术上另辟蹊径，就不会被承认是一位大作家或大艺术家。福楼拜之所以赢得盛誉，首先应归功于他的创新精神。他的最大建树，是从作品中删去了自我，创造了所谓客观性艺术。

巴尔扎克是举世公认的现实主义大师，他的艺术却保留了相当多

---

① 见莫泊桑：《居斯塔夫·福楼拜》。
② 见莫泊桑：《居斯塔夫·福楼拜》。
③ 福楼拜：1853年7月8日致路易丝·科莱函。
④ 福楼拜：1853年6月25日致路易丝·科莱函。

的浪漫色彩。这位伟大的梦幻追求者,总在不懈地进行着"绝对"之探求。他试图"把握一切、认识一切、解说一切",时刻感到自己"有某种思想要表达,有某种体系要建立,有某种学说要阐释"。所以巴尔扎克的作品中,永远看得见作者的巨大身影。他激情满怀,与他虚构的人物同呼吸共命运,时时刻刻在剖析他们的心理,评判他们的言行,甚至以作者身分在一旁击节叹息。

和巴尔扎克不同,福楼拜主张从作品中排除自我,不流露感情,不插入议论,不让一字一句留下作者的观点或意图的痕迹。福楼拜把小说称作"生活的科学形式"①,要求作家约束自己的感情,像自然科学家对待大自然那样,以冷静客观的态度,对事物做出完全客观的、科学的反映。"作者的想象,即使让读者模模糊糊地猜测到,都是不允许的"②。他认为优秀的作家应该凭理性——而不是凭激情——来从事写作:"激情成不了诗,……你对某一事物感想越少,你越有能力把它照原样表现出来。"③"激情地位愈小,作品艺术性愈高"。实际上,福楼拜并非真的没有激情,只是他殚精竭虑,严防它们在作品中泄露。莫泊桑说他"深深地藏匿自己,像木偶戏演员那样小心翼翼地遮掩着自己手中的提线,尽可能不让观众觉察出他的声音"④。历来文学作品中,还不曾见过作者的意图隐藏得如福楼拜这样深的。不能说这种艺术方法比他的前辈低劣或高明,但确是现实主义艺术方法的一种突破,给人以耳目一新之感。所以他的《包法利夫人》一出版,立刻在文坛引起强烈反响,圣伯夫从中看出了"一种新文学的标志"⑤,左拉宣称"新的艺术法典写出来了"⑥。不管这些说法有无夸张成分,总之证明了福楼拜这一尝试的成功。福楼拜通过自己的艺术实践证明了:功

---

① 福楼拜:1865年8月致勒内·马里库尔函。
② 见莫泊桑:《居斯塔夫·福楼拜》。
③ 福楼拜:1852年7月6日致路易丝·科莱函。
④ 见莫泊桑:《居斯塔夫·福楼拜》。
⑤ 见圣伯夫:《包法利夫人》,《月曜日谈话》第13集。
⑥ 见左拉:《居斯塔夫·福楼拜》。

力深厚的艺术家,完全可以通过自己所选择的富有特征意义的细节及事件的组合,来达到批判现实的目的,而不一定要直抒情怀。普列汉诺夫曾经点评道:"客观性是福楼拜的创作方法中最有力的一面。"这种把作者和作品拉开一定距离的写作方法,以其客观、冷漠的风格,后来对二十世纪法国文学产生了深刻影响,因而福楼拜在二十世纪声名大振,被奉为现代派艺术的先驱。

与福楼拜的"客观性"艺术相伴的,是作品主题的淡化。

淡化主题是福楼拜创作思想的另一重要特色,他曾表示,他所愿意写的,"是一本不谈任何问题的书,一本无任何外在束缚的书,……这本书几乎没有主题,或者说,如果可能,至少它的主题几乎看不出来"。[1] 在福楼拜心目中,文学和音乐、绘画一样,首要任务是给人以美的享受,不一定要说明什么问题。福楼拜是纯艺术的推崇者,艺术是他唯一的信仰,是他心目中至高无上的上帝,除了对美的追求,他不允许艺术有其他的目的。在他看来,艺术创作若有功利性的考虑,便玷污了艺术的纯洁性。他认为"艺术不应该被任何学说用作讲坛,否则便会衰退!人们想把现实引向某个结论时总是歪曲现实。……想做结论的狂热是人类最致命、最无结果的怪僻之一。……最卓越的天才和最伟大的作品都从不做结论,荷马、莎士比亚、歌德,所有上帝的长子都(如米什莱所说)提防自己做再现以外的事情。"[2] 福楼拜强调"再现自然"是艺术的基本属性,批评、指责和教训都不属于文学范畴,作家所能做的,只是"忠实地观察生活,并尽最大的努力去忠实地描绘它"[3]。他说:"艺术是一种描述,我们只应当想到描述","艺术就是真实本身"。[4] 也就是说,不拘你写什么,只要写得惟妙惟肖、栩栩如生,

---

[1] 福楼拜:1852年1月16日致路易丝·科莱函。
[2] 福楼拜:1863年10月23日致尚特比小姐函。
[3] 见莫泊桑:《居斯塔夫·福楼拜》。
[4] 福楼拜:1852年9月13日致路易丝·科莱函。

便达到了艺术的目的,不必让艺术去承担不属于它的重负。他认为艺术家的思想应当像大海一般宽广,像大海一般清纯,而不应趋奉时尚。

福楼拜显然和当时资产阶级的"进步"思潮格格不入,所以他认为一些作家迎合公众口味的做法是"取悦功利主义"的市侩行为,而且对雨果在他的大型戏剧里"谈人类、谈进步、谈思想的发展历程和其他一些他自己都不相信的废话"①大不以为然。由此可见,福楼拜有关艺术的客观性、真实性和淡化主题的主张,在很大程度上是为了和政治拉开距离,以保持艺术上的人格独立。

福楼拜承认自己压倒一切的爱好是"对形式的爱好"。当然,这并不意味他认为形式可以脱离内容:"没有美的形式就没有美的思想,反之亦然。……观念仅仅依赖形式而存在,正如一种形式不可能不表达某种观念。"②可是他对形式的关注确实压倒了一切。福楼拜是法国著名的文体家,他的文笔清新优美、简洁质朴而又鲜明生动,被公认为法语的典范。"离开文体无作品",这句话充分体现了他对语言艺术的高度重视。他曾这样教育弟子莫泊桑:"某一现象,只能用一种方式来表达,只能用一个名词来概括,只能用一个形容词表明其特性,只能用一个动词使它生动起来,作家的责任就是以超人的努力寻求这唯一的名词、形容词和动词。"③他不仅要求文章结构严密,用词准确,还要求散文能朗朗上口,和诗一样铿锵有致,具有节奏和韵律的美:"如果文句读起来能适合呼吸的要求,才能说文句是活的;如果文句可以高声朗诵,这文句才是好的。"④福楼拜厌恶夸张和堆砌,尤其不能容忍装腔作势、矫揉造作。他所追求的美以准确、简练、朴实无华为最大特色。他的作品表面看去简单、平实,细细领会方知韵味无穷。莫泊桑把他的艺术评为"绚烂之极归于平淡",可说评得恰到好处。

---

① 福楼拜:1852年5月15—16日致路易丝·科莱函。
② 福楼拜:1846年9月18日致路易丝·科莱函。
③ 见莫泊桑:《居斯塔夫·福楼拜》。
④ 福楼拜:《路易·布耶〈最后的歌〉前言》。

三

《包法利夫人》是福楼拜发表的第一部作品,也是他最有世界影响的代表作。正如巴尔扎克将他的作品题为"风俗研究",司汤达将他的《红与黑》题为"一八三〇年纪事",福楼拜的《包法利夫人》也有一个醒目的副标题:"外省风俗"。小说的背景是七月王朝,展示的却是第二共和国时期的法国社会风貌。也许不能说小说从宏观上反映了整个时代,但无疑抓住了当代社会的主要特征:法国资产阶级引以为荣的英雄年代过去了,一八四八年的革命风暴也已平息,随之而来的是一个相对稳定的平庸的时代。目光深邃的思想家、叱咤风云的领袖人物、在生活中奋力拼搏的斗士,仿佛都一起销声匿迹,而今活动在生活舞台上的,只剩下一群群资产阶级庸夫俗子。浪漫主义激情已成过去,现存的只是鄙陋可厌的实际生活。"路易-菲力浦一去,有些东西跟着一去不复返,如今该唱唱别的歌了。"①

平庸的作家可能认为,从资产者的日常生活中撷取题材是件十分困难的事,他们的作品不能不求助于杜撰的故事和离奇的情节。福楼拜却认为文学的力量不在故事本身,而在于作者怎样叙述、描写和处理,因此文学上不存在高尚的或低下的主题。对作家而言,"伊弗托(福楼拜家乡一地名)和伊斯坦布尔具有同等价值,……他们想写什么就可以写什么,什么都可以写得很精彩"②。"……我们可以从任何东西里挖掘诗意,因为任何东西里都存在诗;……我们应当习惯于把世界看成一个艺术品,必须把这个艺术品的各种行为再现在我们的作品里。"③于是他以市民阶层的庸夫俗子作为艺术描写的对象,以对资产者思维方式、行为方式的暴露作为小说的基本命题。《包法利夫人》所

---

① 福楼拜:1850年11月14日致路易·布耶函。
② 福楼拜:1853年6月25日致路易丝·科莱函。
③ 福楼拜:1853年3月27日致路易丝·科莱函。

揭示的矛盾,正是浪漫主义的追求和庸俗鄙陋的现实生活的矛盾。

一个农家的女儿,在修道院受过贵族化的教育,读过许多浪漫主义小说,她瞧不起当乡镇医生的丈夫,梦想传奇式的爱情。可是她的第一个情人是个道德败坏的乡绅,第二个情人是个自私怯懦的文书。她的偷情没给她带来幸福,倒给投机商人带来了可乘之机,使她成为高利贷者盘剥的对象。最后她债积如山,无法偿还,丈夫的薄产早已被她挥霍殆尽,情人又不肯伸出救援之手,她在山穷水尽、走投无路的情况下,只好服毒自杀。

一个女人因负债和爱情绝望而自杀,类似的故事在许多时代都发生过,也不知有多少小说家描写过,何以到了福楼拜笔下便引起轩然大波?问题显然不在故事本身,而在于作者以貌似冷静的态度,非常"客观"地揭示了这一悲剧的前因后果。他非但没有对女主人公作道德上的审判,反而以无比的说服力陈述了社会所不能推卸的责任。

爱玛是一个失足的女人,但作者并不简单化地把她描写成一个坏女人。她并没有什么与生俱来的坏禀性,而生活却无可挽回地把她推向深渊。首先是她的父母异想天开,让她去修道院接受大家闺秀的教育,害得这位乡村少女整天向往贵族社会的"风雅"生活;浪漫主义文学的熏陶,灌输给她满脑子诗情画意,什么风啊,树林啊,月下小艇、林中夜莺啊,什么勇敢如狮、温柔如羔羊的骑士啊,这一套思想感情和现实生活相隔十万八千里。她那个生活圈子的人们,每天来来去去,为生活奔忙,满不在乎地往道旁吐痰,津津有味地喝肉汤,她和这些人没有共同语言。

她父亲怜惜她,不忍心让她在田庄上操劳,她整天无所事事,日子过得和钟摆一样单调:没有什么可兴奋,没有什么可感受,于是她期待着爱情。就在这时候,包法利出现了。在庄稼人眼里,医生是有身分的人,何况他还治好了卢欧老爹的腿,可见很有学问,爱玛于是成了医生太太。然而她所期待的爱情并没有到来。包法利医生既无才干,又无雄心,举止无风度可言,谈吐和人行道一样平板;他既不会游泳,又不会耍剑、放枪,和爱玛心目中的骑士完全不沾边。渥毕萨尔的舞会,在她的生活中"凿了一个洞眼",让她窥见了荣华富贵,从此她更加受不了乡镇生活的小器、平庸。舞会上那位风度翩翩的子爵,被她理想化了,变成一种甜蜜的憧憬。她把小说书上描写的当作现实,而把环绕着她的现实当成噩梦。她在幻想中生活,时刻期待奇遇的降临,好像沉了船的水手,向雾蒙蒙的天边寻找白帆的踪影。失望之余,更觉生活不堪忍受。谁也不理解她的苦闷和抑郁,只道她神经有些毛病。

她也曾努力扮演贤妻良母的角色,发狠逃避了赖昂的追求,事后却懊恼不已。她想求助于宗教,而那位庄稼汉出身的神甫却对这种灵魂的疾病一无所知,在他看来,一个人有了温饱,就该心满意足了。爱玛终于明白,她不能指望从宗教那儿获得任何帮助。

百无聊赖的生活,灵魂的苦闷,对爱情的渴求,决定了风月老手罗道耳弗一出现,爱玛就要落入他的掌心。与其说她爱上罗道耳弗,不如说是爱情的幻梦把她推向他的怀抱。爱玛凭自己的想象,以为爱情犹如来自九霄云外的狂飙,伴着雷鸣电闪,席卷人的整个意志。她按照幻想的模式投入爱恋,狂热得叫罗道耳弗看不上眼,新鲜劲一过,他的态度便越来越冷淡。眼看伟大爱情的河床一天涸似一天,爱玛的痛苦可想而知。

她试图斩断私情,努力去爱丈夫和孩子,她甚至热心支持丈夫的事业,撺掇包法利割治跷脚,满心希望丈夫一举成名,以满足自己的虚荣心。哪知丈夫不争气,几乎断送一条人命。爱玛完全绝望了。她的尊严、她的自爱心,受到包法利这个姓氏的玷辱,从此连残留的一点妇德也彻底崩溃了。她重新投入情人的怀抱,比已往更加癫狂。她想入非非,要和情人私奔,讲求实际的情人干脆甩了她。

受到这样的打击,她大病了一场,却不曾接受教训。她依然被幻想牵着走,依然按照小说里的模式设计自己的生活。她为体验她认为理当经历的爱情而爱赖昂,甚至当她"在通奸中发现婚姻的平淡无奇",且已对赖昂感到腻味以后,仍像个钟情的女子一样继续给他写情书。不过她写信时想到的并不是赖昂,而是一个理想男子的模糊幻影。她就这样在幻想中生活,一生都受着幻影的欺骗,不知不觉犯下许多过失。她追求细腻的感情、丰富的精神生活,结果却是耽于物欲和淫乐。她最大的错误是不理解贵族的"风雅"是需要财富作后盾的。她为之神往的那种爱情,需要庄园、别墅、高车驷马和华美的衣着打扮作陪衬,缺了这点富贵气,"爱情"便失去了光彩。她是个乡下人的妻子,却想望贵妇人的生活方式,她根本不理解现实,如何能逃脱自我毁灭的命运。

包法利夫人的悲剧,是浪漫主义幻想和现实生活发生冲突的必然后果。很难说作者是更多地批判了浪漫主义,还是更严厉地鞭挞了现实生活,他对前者的批判,正是对后者的控诉。爱玛是个为人所不齿的女人,但她主观上比周围的人更向往崇高。她希望丈夫有所作为,希望有个聪明、勇敢的男子汉受她崇拜,然而她周围只有一些目光短浅、惟利是图、毫无英雄气概的资产者。她有弱点、有过失,她虚荣且不切实际,但她并不是罪魁祸首,她不曾加害于人,倒是人们常加害于她……福楼拜写爱玛,与其说是描写一个失足的女性,不如说是塑造了一个在现实生活中惨遭摧残的浪漫主义者。爱玛的矛盾、痛苦,她的梦想和追求,她所受到的欺骗、愚弄和背叛,都深深打上了时代的印记。所以作者说:"就在此刻,我可怜的包法利夫人,正同时在法兰西二十个村落里受苦、哭泣。"①

福楼拜思想上,同样存在理想与现实的深刻矛盾。他毕生都在批判浪漫主义的影响,恰恰反映了他对现实的厌恶与绝望。他不屑与资产阶级庸人为伍,一直与社会格格不入。他认为一切向上的挣扎均属徒劳,所以对一切欲望或追求均持否定态度。他曾告诉女友:"我所欣赏的观念,就是绝对的虚无"②。这一观念,定下了他全部作品的基

---

① 福楼拜:1853年8月致路易丝·科莱函。
② 同上。

调。福楼拜将自己对浪漫主义的批判熔铸在包法利夫人的形象之中,他要让读者从包法利夫人的故事中领悟到,脱离现实的浪漫主义追求会把人引向怎样的误区。无怪乎他意味深长地对朋友说:"爱玛,就是我!"

四

的确,除了艺术,福楼拜对一切都持消极、怀疑态度,尤其是对政治。他憎恶所有的政党,认为它们都同样浅薄、虚伪、汲汲于实用主义的利益。他恼恨资产者对艺术的冷漠,更痛恨保守的法兰西学院和激进的社会党人对艺术的干扰与限制。他是个自由主义者,不肯依附任何政党或利益集团,也容不得任何强加于人的原则或信条。他认为要艺术削足适履等于将艺术置于死地。福楼拜一生见证了一八三〇年七月革命、路易-菲力浦的七月王朝、一八四八年二月革命、第二共和国临时政府的建立、六月起义、一八五一年路易·波拿巴政变及第二帝国的建立等多次政权更迭,他始终以独立不羁的超脱态度,和政治保持着距离。"对全部政治,我只知道一件事,那就是骚乱……我们能为人类进步做一切或什么也不能做,这绝对是一回事。"①这一思想,在长篇小说《情感教育》中有十分形象的反映。

《情感教育》(1869)是福楼拜的作品中画面最广阔、也是最具历史文献价值的一部小说。严格说来,这是一部非小说化的小说,几乎没有主题、没有故事、没有情节的跌宕起伏和高潮,平淡得如同日常生活。小说以主人公弗雷德里克·莫罗的生活为线索,铺开了七月王朝、一八四八年二月革命、六月起义……直至一八五一年路易·波拿巴政变这一整段历史,描述了各个时期社会各阶层人物的众生相。为了准确地描述这段历史,福楼拜曾大量收集资料,认真研究当时各派力量的政治主张。但作者所关注的,显然不是各派政治主张的孰是孰

---

① 福楼拜:1846年8月6日或7日致路易丝·科莱函。

非，而是结合重大历史事件来刻画人物的思想性格，展陈人们在生活浪潮中的沉浮和在政治动荡中暴露出的人性弱点。他采取凌驾于世人之上的俯视态度来观察和描绘这一切，他"以惊异的眼光看待人类生活，犹如出神地观看蚁穴"。所以《情感教育》尽管大量涉及政治，却不是一部政治小说，而是描写人性的小说。

正如莫泊桑所说，福楼拜笔下的每个人物都代表一种典型。他在戴洛里耶身上概括了焦急地期待社会动乱，以便从中寻求发迹机会，而一旦捞得一官半职，立刻与民众对立的革命者；在塞内卡尔身上刻画了言辞激进，从鼓吹社会主义转变为拥护拿破仑三世的十二月政变，乃至亲手杀害昔日伙伴的极"左"派共和党人；通过当布勒兹的形象揭露大资产阶级在政治动荡中的变色龙伎俩、保持权力的手段和敌视人民的本能；通过马蒂侬勾勒出谨小慎微、浅薄平庸，但却精于趋奉权贵的官场宠儿；他描写鱼龙混杂的民众在革命中的盲动行为，三流艺术家佩勒兰、蹩脚文人瓦特纳兹小姐、于索奈等的追风赶浪，也怀着真挚的同情刻画了正直勇敢、禀性善良的共和主义者杜萨迪埃——一个真诚相信"共和"会给所有人带来幸福而甘心为之献身的好汉；还有崇尚空谈的"伟大公民"雷冉巴尔、行为荒唐有时却不失豪爽的画商阿尔努、温良贤淑的阿尔努夫人、天真未凿的路易丝·罗克、沦落风尘却真情未泯的萝莎奈特、工于心计的当布勒兹夫人……每个人物都独具个性，同时又有很高的概括性。这都是在生活中随处可见的人，挟带着各式各样的弱点或错误，作者仅仅客观地描写他们，小心翼翼地避免加以评论。

作者着墨最多的人物，自然是小说主人公弗雷德里克·莫罗。这是一个平凡的资产阶级子弟的典型，代表着碌碌无为的大多数。他安分、随俗、空虚，心地不坏却意志薄弱；他没有职业、没有野心，没有追求，既非趋炎附势的小人，也没有造福于人的高尚情怀；他因衣食不愁而丧失了行动的动力，虽然不时有一些计划（诸如写作、学画、当学者、竞选议员之类），却从来没有恒心去付诸实施，甚至爱情，他也不曾全力以赴地去争取。他有充分的自由选择自己的生活，可他什么也不曾选择，而是任由生活卷带着他走：他钟情于阿尔努夫人，为这桩不会有结局的爱情消耗了许多心力，却不清楚自己究竟期待着什么；他在乡间有意无意地和罗克小姐调情，含含糊糊地应允了这门亲事，可是一到巴黎就把罗克小姐忘到九霄云外；他想望高尚纯洁的爱情而不可得，只好在风尘女子萝莎奈特那里寻求感官的满足；他出于虚荣追求当布勒兹夫人，并打算和她结婚，其实内心深处对这位夫人越来越淡漠，终因她触犯了他心中对阿尔努夫人的感情而离她而去；一八四八年革命后，他一度想要有所作为，打算回家乡竞选议员，可是先遇上阿尔努夫人那儿有事，后来又因萝莎奈特生孩子，终于没有成行。就这样，直至走到生命尽头，他依然一事无成。待到花掉了大部分产业，他便回到家乡靠一小笔年息混日子。这就是莫罗的未经选择的人生，人们常见的虚度了的人生。

意味深长的是，在福楼拜笔下，意志薄弱、无所作为的莫罗，和野心勃勃、试图在政治舞台上大显身手的戴洛里耶殊途同归，都回到故乡平静的一隅，在回忆往事中消磨时光。两人都在生活中绕了一个大圈，最终毫无结果地回到原来的出发点。这似乎是为了证明作者所说的："能为人类进步做一切或什么也不能做，这绝对是一回事。"当然，真正得到证明的，只是作者本人的怀疑精神。

福楼拜的怀疑主义，在他未完成的作品《布瓦尔和佩库歇》中有着更加充分的表现。小说描写两个对自己的工作已经厌倦的誊写员，决心退休后随心所欲地研究学问。他们先后钻研了农业、园艺、果木、化学、药物学、医学、天文学、博物学、地质学、考古学、历史、文学、语言学、政治学、骨相学、磁疗学说、哲学、通灵论、宗教、神学、教育学、社会学、法学……，结果发现每门学科都充满种种相互矛盾的学说，每种学说也都有其自相矛盾之处；被认为十分权威的理论，在实践中要么行不通，要么产生相反的结果。真理何在？两位朋友莫衷一是，无所适从,只好回到誊写中消磨时光。这部小说几乎检阅了当代一切精神文化产品①,也反映出作者遍及一切领域的怀疑精神。不能说福楼拜否定了人类在各个知识领域做出的努力,确切地说他是以批判的眼光过滤一切,且向现代科学(或学术)的各项结论提出了质疑。这部作品可惜没有写完,否则又将是一部富有挑战性的奇书。

福楼拜是一位创新意识极强的作家,虽说新的尝试不见得总能受到理解和欢迎,他仍然要求每部作品都有新意。他非但不愿重复别人,甚至也不愿重复自己。《包法利夫人》开客观性艺术之先河;《情感教育》在坚持客观性的基础上,进一步弱化传统小说的特征,超前指出了二十世纪小说的发展趋势;《布瓦尔和佩库歇》则是一部观念化的小说,不但大大冲破小说的格局,且已越出写实艺术的范畴,充满了抽象的思辨色彩。莫泊桑把这部书称作"观念的故事",也可以说是"理想的故事"。小说的两位主人公都是童心未泯的善良老者,作者塑造他们时糅入了大量喜剧色彩,然而他们却代表着人类向往真知、不断求索的进取精神,一种勇于在实践中检验一切的可贵的求实精神,也是足以破译福楼拜式怀疑主义的理想精神。

除《包法利夫人》《情感教育》及《布瓦尔和佩库歇》,福楼拜以现实生活为题材的作品仅有《三故事》中的《淳朴的心》。这是世界上流传最广的短篇小说之一。按作者的说法,他写这篇作品,完全是为了让乔治·桑高兴,可是作品尚未写完,乔治·桑就去世了。福楼拜和乔治·桑是忘年交,友情不菲,但两人的创作观大不相同。乔治·桑抚爱人生,按自己的理想描绘生活。她批评福楼拜总是描写太多的丑恶,总是以冷漠的态度讽刺人类,使人们读了他的书更加忧郁。于是她苦口婆心地劝他多多留心人间的善和美,尝试一下塑造善良、诚实、品德高尚的形象。福楼拜不打算按乔治·桑的意见改变自己的创作

---

① 据悉福楼拜为写这部书,曾阅读了不同学科的一千五百种著作。

道路,但为了不辜负她的一番好意,决定写一篇她期待于他的小说。小说主人公的原型就是福楼拜家的老女佣,作者通过一系列生活琐事,刻画了女主人公淳朴善良的品质,描绘了一个平凡的女佣凄凉而无可指责的一生。故事结构简单,几乎是平铺直叙,没有任何重大的波澜起伏,然而作家高超的白描技巧,竟使无数读者为之凄然泪下。较之包法利夫人,费莉西泰可以说从未享受过生活。她一生辛苦劳作,以慷慨无私的爱心爱他人,却不曾得到任何回报。然而在她离开这个世界时,她的心是宁静、安详、甚至幸福的。因为她单纯质朴,对生活从未怀有奢望,也就没有任何烦恼或悔恨。应该说,福楼拜笔下这个纯洁的灵魂,虽然不比乔治·桑曾塑造的人物高大,给读者的印象却真实、感人得多。

总之,福楼拜谱写现实的作品,其共同点都离不开现实与理想的矛盾。表面看去是对一些平庸、琐细的日常生活的描绘,背后却(或明或暗地)笼罩着一个对现实持否定态度的梦想。这一矛盾在《包法利夫人》中表现得尤为鲜明生动,这部小说当然顺理成章地成为他的代表作。这不仅是其作品反映出的矛盾,同时也是他毕生面对的主要矛盾。他的怀疑精神,他之所以离开浪漫主义,走上批判现实主义道路,正是这个原因。

五

福楼拜的历史传奇小说同样富有创意。如果说他以当代生活为题材的小说大量描绘了资产阶级社会平庸的现实,那么他的历史传奇小说则大大补偿了他内心深处对激情的爱好;如果说他描摹现实的作品强调简单、平实、色彩浅淡,几乎酷似日常生活,那么历史传奇的题材则允许他浓墨重彩、极尽渲染铺陈之能事。当然,福楼拜的叙事方式依然是客观、冷静的,作品的主题和作者的思想依然模糊而且隐蔽。

但由于题材与现实生活拉开了距离,给作者的想象力提供了广阔的活动空间,使福楼拜那种天马行空般的丰富想象得以自由驰骋,所以他的历史小说在风格上带有较多的浪漫成分,色彩更浓烈绚丽,场景更富异域情调、情节也更惊心动魄。不过福楼拜丝毫不想背叛他的"科学性"原则,他写历史小说如同考古家发掘古迹,调查考证不厌其详。为写《萨朗波》,他曾查阅九十余种有关迦太基的文献资料,写了无数笔记,且实地考察了北非的迦太基遗址。尽管《萨朗波》的故事情节纯属虚构,但他要求全部情景描绘无懈可击。他像考古家复制一座古城那样,在《萨朗波》中尽可能精确地再现公元前三世纪的名城迦太基,连同它的城池、房屋、服装、器皿,它的社会风习、宗教礼仪……历史上仅有简单记述的雇佣军起义,在福楼拜笔下又复原了其动人心魄的恢宏气势。古代奴隶社会的种种文明与野蛮、奴隶主的骄奢淫逸、奴隶们非人的生活处境、奴隶主和奴隶之间的生死斗争、惨烈残忍而又慷慨悲壮的战争场面……由于有神秘的月神纱帔和绝色美女萨朗波的爱情奥秘加以点染,更显得光怪陆离、七彩斑斓。显然,没有作家丰富的想象加以补充,仅靠史料是产生不了这样的艺术效果的。

有人形容《萨朗波》一书,犹如玲珑剔透的古玩,其艺术上的完整与精美,几乎无可挑剔。特别是群体活动的场景,如史诗般波澜壮阔、雄浑遒劲,令人叹为观止。《萨朗波》中的人物塑造,有史诗人物轮廓鲜明的特色,却远比史诗人物丰富复杂。尽管塑造古人形象在心理描写方面有很大难度,但几个主要人物(如迦太基主帅哈米尔卡尔、雇佣军的核心人物史本迪于斯和马托)仍刻画得鲜活生动、血肉丰满,像现代典型一样具有多层面的性格。不过萨朗波却不是一个现实的典型,而是某种观念的化身,代表着迦太基人的月神崇拜。她生活在深宫内院,接受纯粹的宗教教育,终日祈祷,不谙世事。马托的出现,打破了她的平静,令她下意识地产生了青春萌动时期的躁动不安。她只身潜入敌人营帐,索回月神纱帔,却同时发现了人性,失去了信仰,从此内心深处再也抹不掉马托的身影。她以为自己恨马托,而在她的大婚之日,当她眼见血肉模糊的马托被迦太基人折磨至死,精神上却无法承受如此强烈的刺激,终于倒地身亡。福楼拜虚构这样一个笼着神秘纱帔的准爱情故事,穿插在这场血肉横飞的战争中,显然是出于艺术上的需要。很难设想若缺少这个故事,这部小说还能否具有如此诱人的色彩和诗意。

萨朗波的这段故事中,颇值得分析的是月神祭司沙哈巴兰的形象。这位迦太基首屈一指的学者,从小献身于月神的可怜阉人,他是月神的祭司,却暗恨月神使他失去了人的权利。由此造成心理的畸变。他爱萨朗波,却又嫉恨她,他因不可能得到她而想毁掉她,便撺掇她去敌营索回纱帔。然而计划实现后,他陷入更深的痛苦和仇恨,仿佛是旁人侵犯了他、背叛了他、夺去了他之所爱。于是他背弃月神而皈依日神,最后像疯子一样向马托施行报复。显然,萨朗波及其老师沙哈巴兰信仰的动摇,不言自明地挑战了神灵的统治,呼吁了人性的复归。作者心中无处不在的怀疑精神,又一次在作品中得到表现。

同样,隐修士传说《圣安东尼的诱惑》一书,与其说是通过谱写圣安东尼战胜魔鬼诱惑的事迹歌颂基督的伟大,不如说是在客观叙述的掩盖下,检阅人类五花八门的信仰、主张,暴露出种种"真理"的相对性乃至谬误。这部小说可能引起的指控,作者心中完全有数,因而迟迟不敢发表。一八七四年出版时,屠格涅夫本拟介绍到俄国,沙皇的审查机构果然以反宗教的罪名禁止此书在全俄出版。其实福楼拜并不否定信仰,因为信仰可以成为启发人类良知的一种精神力量。但他厌恶所有的宗教教义,更不承认何种宗教能代表唯一的真理。在他看来,不拘哪种宗教,上帝都不应成为外在于人的统治力量,而只应存在于每个人的内心世界。在《圣安东尼的诱惑》这部对话体小说里,圣者安东尼像浮士德一样接受了魔鬼的指引,探索了宇宙万象,他感受一切、体验一切、认识一切,最后战胜了自己一切物质的或精神的欲望,返回到自己内心的信仰中。

《三故事》中的《圣朱利安传奇》和《希罗迪娅》亦以基督教传说为

题材。前者描述朱利安为补赎误杀父母的罪孽,苦修积德终成正果的坎坷经历;后者取自施洗者约翰被害的故事。两篇小说篇幅都不长,但写得有声有色、极富韵致,艺术上的精美、完整,足可与《萨朗波》媲美。而福楼拜显然曾竭尽努力,使之避免与《萨朗波》的格调雷同。在《圣朱利安传奇》中,作者突出了朱利安和命运的搏斗:他第一次离家出走,浪迹天涯,到处建功立业,为的是使灵兽的诅咒不得应验;然而正当他功成名就,成为驸马,决心永不再开杀戒,从此安度宁静的和平生活之时,他却没能抵抗住狩猎的诱惑,结果酿成大祸。第二次出走,是在承认自己罪无可赦,当遭天谴的情况下,决心抛弃富贵荣华,苦修自惩,坚持行善积德,终于改变命运,获耶稣超度,进入天国。因而朱利安的失败,与其说是败于宿命,不如说是败于未能战胜自己;而后来之所以能升入天国,原因也在于取得了对自己的胜利。

莫泊桑认为《圣朱利安传奇》在艺术上无懈可击,居《三故事》之冠。史学家兼文艺批评家泰纳则将《希罗迪娅》视为《三故事》中最重要的杰作,因为这篇小小的作品高度概括地展示了耶稣创教的社会历史背景,剖析了当时错综复杂的社会矛盾及基督教产生的根源,生动地再现了两千年前的社会风习和人情世态。应当承认,短篇小说像《希罗迪娅》这样拥有如此丰富的历史内容,的确是不多见的。作者敏锐地抓住了人类文明史上这一关键时刻的主要特征:一方面,罗马势力的扩张迫使犹太奴隶主贵族屈服于外力的统治;另方面,尚处于弱势的基督教已开始显示出广泛的群众基础和强劲的发展势头。藩王希罗特害怕结怨于民,不肯下令杀害施洗者约翰;阴狠刻毒的藩后希罗迪娅却早已设下美人计,只待生日宴会酒酣耳热,便抛出她的秘密武器。莎乐美的出场,是本篇的华彩片段,随着东方美女的婆娑起舞,全场为之眼花缭乱、心醉神迷。藩王完全为美色所俘虏,立刻许诺满足她一切愿望,哪怕是索取他的半壁江山。"把约喀南的头给我!"莎乐美喊道。希罗迪娅的计划实现了!应验了约喀南自己的预言:他必兴旺,我应衰微。小说结尾时旭日东升,三个信徒捧着约喀南的头颅,朝加利利方向走去,象征耶和华为耶稣所取代,耶稣的时代即将到来。

六

福楼拜毕生笔耕不辍,而成品数量并不很多,包括未完成的《布瓦尔和佩库歇》在内,正式出版的作品不过是五部长篇和三个短篇。但这为数不多的作品已足以使他超越许多同代作家而步入大师行列,成为十九世纪中叶继巴尔扎克之后声望最高的小说家。福楼拜的作品篇幅都不很长,但篇篇都是精雕细刻的艺术精品。他的小说自然流畅,仿佛一气呵成,没有与主题无关的细节,没有一处累赘的语句,文字锤炼到几乎不能增减一字的程度。然而无人能想象他的创作过程是何等艰辛苦涩。福楼拜不属于那种才思敏捷的天才,他的艺术造诣全仗呕心沥血的艰苦努力。他信奉布瓦洛的名言:"流畅的诗,艰苦地写"。很少有人肯像福楼拜这样不惜代价地在锤字炼句上下功夫,"头发越梳越亮,文笔也如此,修改可以使它有声有色。"①为了寻求"精彩、和谐而又富于歌唱性的句子,福楼拜有时竟至累得汗流浃背,真可谓"语不惊人死不休"。所以他终日伏案,一天至多能写五百字。巴尔扎克动辄向朋友报告:"《吕吉耶里的秘密》是一个晚上写出来的,《老姑娘》花了三个夜晚……三天写出了《幻灭》的开头一百页……"这些说法有无吹嘘成分很难说,但《高老头》从动笔到在报纸上连载,的确只有三个多月。福楼拜则不然,他向人报告的消息往往是:"《包法利夫人》进展不快,一个星期写了两页","四天写了五页","这一个星期写了三页","前天,我到凌晨五时才睡觉,昨天是凌晨三时上床……自你见到我那天,我一口气写了二十五页(六个星期写二十五页)。这二十五页写得真艰苦呀!……抄了又抄,变了又变,东改西改,眼睛都发花了……"②他的甥女说《三故事》是他写得最快的作品,但这部译成

---

① 福楼拜:1852年11月22日致路易丝·科莱函。
② 福楼拜:1852年4月24日致路易丝·科莱函。

中文不过八万字的小集子，也花了整整一年半的功夫。

福楼拜从来不急于发表作品。《情感教育》从初稿到定稿相距二十四年，除题目未变，其他均面目全非；《圣安东尼的诱惑》三易其稿，历时二十五载，他曾感慨万端地说："写作是一种苦恼的事业，其中充满了焦虑和令人疲惫的努力。"福楼拜是一位极苛求的艺术家，他不图功名利禄，也不需要靠写作维生，他所孜孜以求的，仅仅是美。他怀着对美的"宗教式的虔诚"，不懈地追求艺术上的"尽善尽美"。福楼拜是有产者，原可以活得悠闲自在，而他却像在沙漠中修行的苦行僧一样，拒绝一切享乐，抵制着来自四面八方的诱惑，年复一年地在艺术创作领域艰难跋涉。《圣安东尼的诱惑》其实也是写他自己。他和圣安东尼一样克制欲望，心甘情愿地遁世隐居。他为艺术抛弃一切，正如圣安东尼为宗教牺牲现世。

他的辛苦没有白费，因为他的语言艺术几乎达到无可挑剔的程度。相形之下，巴尔扎克和司汤达要粗糙得多。巴尔扎克的作品，犹如天才的巨斧砍劈而成，雄浑有力，神采不凡，但未经细细打磨，颇有些凹凸不平之处；司汤达语言简洁，却不够丰满和形象；福楼拜的文字比他们更精练、更优美、也更平实，往往三言两语，便勾画出鲜明生动的形象。他写查理前妻的干瘪：寡妇瘦括括的，牙又长……骨头一把，套上袍子，就像剑入了鞘；写查理求婚，总共百十来字，把查理的怯懦、卢欧老爹的豪爽勾画得活灵活现。福楼拜擅长白描，他写老包法利浪荡公子的习性难改，只是客观地陈述他的行为：早晨他到广场吸烟斗，戴一顶漂亮的银箍船形帽，居民还真让他给唬住了。他喝烧酒有瘾，一来就差女用人到"金狮"替他买一瓶，写在儿子账上。他要手帕有香味，用光儿媳妇储藏的全部科伦香水……；他刻画罗道耳弗的花花公子禀性，只需罗道耳弗几句内心独白：家伙，她打哪儿来的？那笨小子打哪儿找到她的？小可怜儿！巴望爱情，活像厨房桌子上一条鲤鱼巴望水，来上三句情话，我拿稳了她会膜拜你！一定温柔！销魂！……是的，不过事后怎么甩掉？……

福楼拜擅长刻画资产阶级中间人物,如《包法利夫人》中的郝麦,便是他笔下最成功的典型之一。这位追名逐利、以进步人士自居的时髦人物,谈起什么都头头是道,开口闭口"科学"、"进步",他在外行面前卖弄学识,在内行面前不懂装懂,所有的名人他都拼命巴结,所有能扬名的事他都要插进一只脚……他喜欢赶浪头,崇拜一切新潮的人和事,连给孩子取名都要讲时髦。所以他的四个孩子一个叫拿破仑,代表光荣;一个叫富兰克林,代表自由;一个叫伊尔玛,算是对浪漫主义的让步;一个叫阿塔莉,表示对法兰西不朽剧作的敬意。福楼拜对此人未加褒贬,写得既客观又入木三分。他并没有把人简单地分为好人或坏人,事实上郝麦之流也谈不上是好人还是坏人。他们各有自己的弱点和私心,在没有利害冲突的情况下,他们并不想加害于人,有时甚至可以热心助人;但他们主要是对可资利用的人或事分外热心,一旦有人妨碍其前程,他们决不手下留情。

福楼拜塑造人物形象的功力不亚于巴尔扎克,所不同的是,巴尔扎克笔下的人物几乎个个充满激情,有着强烈的欲望和追求,因而个个色彩鲜明、有棱有角;福楼拜却重视中间色调,习惯于塑造中间人物或中间性格。他指出"中间色调的真实性不下于鲜明色调"[①]。这与其说是他酷爱中间色调,不如说是他意识到这种色调更能表现资产阶级社会平庸琐碎、空虚无聊的生活现实。虽然和"平庸"相处太久会使他感到腻烦,那时他便迫不及待地逃进历史题材,从古代传奇人物那里寻求激越的感情和绚丽奇幻的色彩。

应当承认,福楼拜的观察力和他的两位前辈——巴尔扎克和司汤达——同样敏锐,对人物内心世界的剖析和他们同样精细。他和他们一样不满足于描摹事物"粗糙的表象",而是力图深入到对象的"精神和心灵深处",理解其"深藏的欲望",探究其"行为的复杂动机",揭示其"未暴露的本质"。[②]

---

① 福楼拜:1846 年 12 月 11 日致路易丝·科莱函。
② 见莫泊桑:《居斯塔夫·福楼拜》。

但总的说来，福楼拜的小说所反映的当代生活，比巴尔扎克和司汤达反映的生活面要狭窄得多。根本原因在于他的生活经历远不如那两位作家丰富和坎坷。福楼拜是个有产者，一生中绝大部分时间在父亲留下的庄园里过着安定的生活。他不必为衣食奔忙，也感受不到为衣食奔忙者那些含辛茹苦的斗争。他在物质上无求于人，不必强迫自己与世人周旋，更不会受出版商的辖制或催逼，所以他能遁世隐居，只与少数知己来往。这固然保证了他有足够的精力追求艺术上的完美，却也大大限制了他的视野和思维空间。他不具备巴尔扎克那样广阔的视野和深邃的历史眼光，把握不住宏观社会和整个时代的动向；也没有司汤达那样的政治直觉，察觉到出身低微的平民和贵族社会的尖锐冲突，预测到一八三〇年七月革命的到来。福楼拜意识不到一八四八年以后社会主要矛盾的转化，始终理解不了当代历史的嬗变。他虽在《情感教育》中描写了重大历史事件，却只是一个旁观者在局外获得的印象，并未深入到社会生活的内核。他自己也承认，他"对生活缺乏一个明确的、总体的概念"①。他憎恨上层社会的虚伪，蔑视市民社会的平庸，嫌恶下层人民的粗暴；他不满现实，却又惧怕变革带来的动荡；于是他无所适从，只好躲进艺术的象牙塔，从艺术中寻求慰藉和满足。所以，和巴尔扎克、司汤达相比，福楼拜更是个艺术家，而不是历史家或思想家。从宏观的角度，他的小说在同步反映现实的深度与广度方面，虽没能达到巴尔扎克和司汤达的高度；但从微观的角度，其艺术自有其精妙独到之处，值得我们研究和借鉴。

除小说外，福楼拜的文学遗产中，最值得注意的当然是他的文学书简。因为福楼拜在创作中一贯追求真实、客观，竭力隐匿自己，喜怒不形于色，绝不容许自身的爱憎与观感泄露于字里行间。而在书信中却款款而谈，直抒情怀，率性随意，畅所欲言。欲了解其真实的思想观

---

① 福楼拜：1875 年 12 月致乔治·桑函。

点、性格情感,不能不借助他的书简。福楼拜的书简浩如烟海,累计有上千万字,仅亲笔信就在"七星文库"中占去四大卷。时间跨度从一八三〇年至一八八〇年,长达半个世纪。书简中有不少谈及文学方面的问题。尤其是他的美学思想、艺术主张,对各类文学现象的判断,若离开书简简直无从谈起。虽然某些观点不无矛盾,判断未必准确,好恶也不可能全都科学,但他写实主义的创作指导思想、为艺术而艺术的美学主张和对语言美孜孜不倦的追求,却脉络清晰、贯串始终,想必对读者理解福楼拜的文艺思想及其作品大有裨益。

福楼拜去世后,人们从他的遗稿中,发现了《布瓦尔和佩库歇》最后两章的大纲和一部《庸见词典》(同样未完成)。作者试图在《词典》中"攻击一切",却避开任何法律上的"麻烦"。他用"词典"的形式,证明平庸的说法才是"合法的"。一切批判意识和创新意识都不能见容于社会。因此多数永远有理,少数永远错误。不管众人的说法是何等荒谬或愚蠢。诸如认为"文学"属"闲人的工作";吹单簧管会"导致失明";喝啤酒"易患感冒";在日本,"一切都是瓷做的"……等等。充分显示了福楼拜对平庸的小市民思想的不齿和鄙视。鉴于内容上的关联,过去这部书常附在《布瓦尔和佩库歇》之后发表,此次则将其作为散文作品编入作者的《文集》。

福楼拜是我国读者最熟悉的外国作家之一。早在本世纪二三十年代,我国法语界前辈李健吾、李劼人、李青崖等,已陆续将福楼拜的作品译介到中国。到目前为止,除未完成的《布瓦尔和佩库歇》之外,福楼拜的小说均至少有两个以上的译本,《包法利夫人》的译本甚至有六种之多,但时至今日尚未见有《福楼拜文集》面世。为了让中国读者对这位影响深远的小说家获得一个完整的印象,也为了从众多译本中遴选出最优秀者向读者推荐,本社决定出版一套以译文见长的《福楼拜文集》。《文集》共分五卷:第一卷收《文集总序》及小说《包法利夫人》;第二卷收小说《情感教育》;第三卷收历史传奇小说《萨朗波》及

《圣安东尼的诱惑》;第四卷收短篇小说集《三故事》及未完成的长篇小说《布瓦尔和佩库歇》;第五卷收福楼拜的《文学书简》《庸见词典》及《附录》(《福楼拜生平创作年表》)。

　　《包法利夫人》的六种译本各有长处,若论传神,仍首推李健吾先生的译本。李译的缺陷是由于翻译得较早,某些语言和当代语言习惯有一定距离,个别疏忽处亦未能及时订正。但若因此类小疵而废大瑜,实为翻译文学的一大损失。我国当代翻译理论家罗新璋先生曾提出,李先生所译《包法利夫人》,尽传原著之精神、气势,若能适当修订,当能作为经典译本长期流传。经与李健吾先生的版权继承人李唯永女士研究,决定由《文集》的编者负责核校并重新编辑加工,由李唯永女士亲自审阅认定。这样产生的修订稿,既保持了李先生译文的原貌,又消弭了原译中的若干小疵点,可谓代表了当前《包法利夫人》译文的最高水平。

　　《萨朗波》曾有四种译本,最能表现原著风格和色彩的,是何友齐先生的译本。何先生是改革开放以来崭露头角的翻译家,在《巴尔扎克全集》的翻译工作中已显露其中外文功力和出色的翻译才华。何先生译笔优美、简洁、用词准确、音韵铿锵,颇得福氏语言之奥妙。为了表现这部小说的浓烈色彩,何先生在词汇的运用和语式上都下了相当大的功夫,其文字魅力显然在其他译本之上。

　　《情感教育》曾有两种译本,都不十分理想。如何将这部貌似平淡的小说译得引人入胜?只能依靠翻译家的语言功力和对原著的细心揣摩。于是我们请北京大学教授,翻译家王文融女士重译这部名著,果然使小说叙事严谨而又娓娓动人的面貌在译文中得以展现。王文融女士的翻译,以对原著理解的准确和文笔的细腻、质朴为最大特色,由于对原著的每个细节、每一句话的因果关系都有透彻的领会,对人物的思想感情体贴入微,福楼拜用心良苦的所有细微之处,都能通过译文表现出来,从而大大提高了文本的吸引力。

根据同样的尺度,我们从《圣安东尼的诱惑》的三种译本中选择了刘方女士的译本,从《三故事》的四种译本中,选择了刘益庾先生的译本。《布瓦尔和佩库歇》是中国读者尚不熟悉的作品,此次特请翻译家刘方女士为本《文集》译出。福楼拜的大量书简中,有不少谈及文学方面的问题,对读者理解福楼拜的文艺思想及其作品应有所帮助,特请翻译家刘方女士和丁世中先生参考李健吾先生生前所选篇目,选译了福楼拜的《文学书简》编入《文集》第五卷。同时编入此卷的散文作品,是以词典形式撰写的《庸见词典》,由著名翻译家施康强先生译注。福楼拜的《生平、创作年表》,我们采用阿尔贝·蒂博代先生为法国"七星文库"版《福楼拜作品集》编定的文本,由北京大学杨国政先生翻译,作为"附录"编入。

本《全集》所收译文,无论新译、旧译,均根据法国加利马出版社"七星文库"版《福楼拜作品集》翻译或重新校订;全部注释均根据新出版的辞书重新核查;全部专名的翻译均按当前通用译法统一。

人们常说翻译是一门遗憾的艺术,意思是文学翻译很难做到尽善尽美,永远有改进和提高的余地。也许再好的译本也只能起到承上启下的作用,总有一天会被更好的译本所代替。但在一定的阶段,仍可以遴选出相对优秀乃至经典性的译本。本社从翻译界的现状出发,选择优秀译本编入《福楼拜文集》,既是考虑到这位作家在文学史上的地位,也是在粗制滥造的翻译作品充斥市场的情况下,为提倡严肃认真的文学翻译略尽绵薄之力。同时我们欢迎专家、学者和广大读者对本《文集》中的错误或不足之处提出批评,我们将本着精益求精的精神,在再版时加以改进。

一九九九年五月初稿
二〇一二年三月修订

法国文坛上的一颗流星*
——莫泊桑和他的《一生》《漂亮朋友》

十九世纪末叶,法国的一位作家曾经半开玩笑地说:"我像流星一样进入文坛",不幸的是,他的创作生涯也如流星般一闪而过。但这道闪光是如此耀眼,不仅使法国人惊叹不置,而且为全世界所瞩目。

这位作家,就是被法朗士誉为"短篇小说之王"的莫泊桑。

莫泊桑(1850-1893)在进入文坛之前,是巴黎一个默默无闻的小职员。一八八〇年,他的短篇小说《羊脂球》在著名的《梅塘夜话》小说集中发表,引起了强烈的反响。这篇小说巧妙的构思,圆熟的技巧和对现实的深刻剖析,受到人们的交口称赞;还有他那清新、优美而又准确简练的文体,即使最挑剔的文体家也认为无懈可击。法国公众只道发现了一位天才,却不知这位天才已在高人的指导下,刻苦奋斗了十余年;更不会想到,这位天才是在无法逃脱的遗传性精神病的威胁下,以顽强的毅力与自己的命运作斗争。

莫泊桑的母亲,是诗人兼小说家勒普瓦特万(1816-1848)的姊姊,本人也酷爱文学。莫泊桑自幼受母亲熏陶,十三岁开始写诗。在中学阶段,帕尔拉斯派诗人路易·布耶曾经热情地关怀这个年轻人的成长。从一八七三年起,他在母亲的老友福楼拜的悉心指导下,接受了极严格的写作训练。福楼拜培养他对生活的感受力和敏锐的观察

---

* 本文原系"外国文学名著丛书"中《一生、漂亮朋友》(盛澄华、张冠尧译)译本序,人民文学出版社,1983年。

力,培养他严谨的写作态度和对文体美的执着追求。这位老师对弟子的关心和爱护是十分感人的,每当莫泊桑丧失勇气,老师总是以热情的鼓励和督促使他振奋起来。福楼拜强调"才能就是持久的耐性",他要求莫泊桑以长期不懈的努力,去获取自己的独创性。这位勤奋而听话的学生也没有辜负老师的期望,他孜孜不倦,所写习作数以百计,终于写出了使老师拍案叫绝的《羊脂球》。

从《羊脂球》开始,莫泊桑的作品如喷泉般涌射而出,短短十年之中,他发表了三百多篇中短篇小说,六部长篇小说,三部抒情游记,一部诗集①,还有若干戏剧和相当数量的评论文章。不幸多年折磨他的疾病恶性发作,一八九一年他不得不告别文坛,一八九三年七月与世长辞,终年四十三岁。

在十九世纪群星灿烂的法国文坛,能跻身于巴尔扎克、雨果、司汤达、福楼拜、左拉等大师的行列而不黯然失色,这绝不是一般的才华所能达到的,必定是在某些方面有其独创的才能;何况莫泊桑还是一位同时使读者、批评界和同代作家为之倾倒的人物,这就使我们不能不怀着极大的兴趣去探究其个人特色及魅力之所在。

与前述那些大作家相比,在气魄的宏伟、画面的广阔和哲理的深度方面,莫泊桑显然要略逊一筹。他不是哲人,也不是历史家,他缺乏巴尔扎克那种深邃的历史洞察力,不具备司汤达那种政治敏感,不像他的老师福楼拜那样缜密细腻,也不如左拉的视野宽广。但他自有一种非凡的捕捉生活的本领,善于从一般人视而不见的凡人小事中,发掘带有本质意义和美学价值的内容,从而大大丰富了文学的题材。

就一般人的眼光看来,莫泊桑的生活阅历并不十分丰富。他出身于诺曼底一个破落的贵族之家,在家乡的田园景色中长大,中学毕业后到巴黎学法律,不久为普法战争所中断,他被征入伍,但很快又在大

---

① 这部诗集曾于一八七五年以笔名发表,但未引起广泛注意。

溃退中返回故乡,随后他在法国海军部(后又转至普通教育部)当了将近十年的小职员,直至《羊脂球》使他一举成名。这样,诺曼底的农民和乡绅、普法战争以及巴黎小职员单调沉闷的生活,就成为他的主要创作源泉。莫泊桑正是利用这些平淡无奇的生活素材,给读者提供了一组组丰满生动的社会风俗画,特别是出色地勾画了这个社会中为数众多的小人物群像。

写小人物,不能说是莫泊桑的创举,其他作家的作品中,也出现过不少小人物,但小人物一般不能成为他们作品的主人公:巴尔扎克的主人公都是些叱咤风云的人物,要么是各行各业的拿破仑,要么是尚未得志或惨遭失败的才智之士,至少是具备某种非凡的气质或个性;司汤达的主人公一无例外地具有过人的才华、坚强的意志和性格,从外表到内心都出类拔萃;雨果的主人公几乎超凡入圣,带有浓厚的传奇色彩。而莫泊桑的作品却大都以芸芸众生为主人公——农民、铁匠、船工、修椅垫的女人、穷公务员、流浪汉、乞丐、妓女、俗不可耐的小资产者……都是他着意观察和描绘的对象。

若在巴尔扎克笔下,即使平庸的人也当写得不同凡响:赛查·皮罗托是个普通的买卖人,"相当愚蠢、相当庸俗,他的厄运也很寻常,"于是巴尔扎克把他搁置了六年之久,直到赋予这个买卖人某种高贵的品格,并且使他的死达到悲剧的高度。但是莫泊桑认为:"如果昨日的小说家是选择和描述生活的巨变、灵魂和感情的激烈状态,今天的小说家则是描写处于常态的感情、灵魂和理智的发展。"①所以他听任他的人物目光浅短、举止平庸,从里到外一无出众之处,即使他们中的某些人完成了某件英雄壮举,那也多半出自他们淳朴的天性,甚至是相当原始的本能,而不是由于具备何等样的英雄气质。然而这个芸芸众生的世界,却成为莫泊桑创作的特殊领域,使他的作品别有新意。没有他所描绘的这个世界,十九世纪的社会风俗画卷就不够完整,尤其

---

① 莫泊桑:《小说》。

是不能充分反映十九世纪后期的法国社会特征。

虽然莫泊桑的长篇小说有相当高的成就,但使他在十九世纪文坛上发出异彩的首先是短篇小说。这种文学体裁在法国本不十分受人重视(尽管许多名家都不乏优秀的短篇杰作),直到莫泊桑,短篇小说才充分施展其魅力,显示出巨大的容量,承担起描绘社会风貌的重任。如果说巴尔扎克的作品好比巨幅壁画,莫泊桑的作品却类似一帧帧小巧的素描,表面看去彼此毫无联系,实际上却是十九世纪后期的社会风俗写真。

以凡人小事为题材,以短篇小说为主要创作形式,应该说是莫泊桑在文学题材和体裁上的突破,也是他个人独创性的主要表现。但是,如果没有他在语言上的突出成就,莫泊桑也不可能引起如此广泛的赞叹和重视。

莫泊桑曾将法兰西语言比作"一泓清水",他的语言也确实像"一泓清水"般清新流畅、朴素自然,优美而不流于柔弱,精确洗炼而不乏幽默机智,在语言艺术上可说达到了很高的境界,这一点正是使他的同代和后代作家最为折服的。本身也以文体的优美著称的阿那托尔·法朗士,对莫泊桑的语言艺术给予了极高评价,左拉不能不感到望尘莫及,马拉美、纪德等都把莫泊桑的语言视为法语的典范,法国的教科书纷纷选莫泊桑的作品作范文。

在创作方法上,莫泊桑直接师承福楼拜,和福楼拜同属十九世纪后期现实主义文学的代表。虽然福楼拜拒不接受现实主义者的称号,莫泊桑也曾宣称自己不属任何流派,但从他们的艺术理论到艺术实践,都说明他们与法国现实主义文学传统一脉相承,而又有所变化发展。

莫泊桑从事写作的年代,适逢自然主义在法国风行一时,使他的创作多少受到这一流派的影响。如对所谓人的"动物本能",莫泊桑就有与自然主义相类似的看法和描写。但他始终坚持福楼拜的美学体系,不赞同自然主义的理论主张,尽管他十分敬重左拉的才能和为人,也不否认自然主义集团的作家创作了不少有价值的作品。莫泊桑的文艺观,在他为《皮埃尔和若望》所写的题为《小说》的序文和有关福楼拜、左拉的论文中,有着明确而系统的阐释。莫泊桑反对批评家的门户之见,不同意给小说定下某些不可更改的创作法则,主张给予作家"根据自己的艺术见解来想象、观察和写作"的"绝对权利"。在莫泊桑看来,作家的才能来自独创性,而独创性就是思维、观察、理解和判断的独特方式。因此,他不反对自然主义作家按照他们的艺术见解写作,而他自己却不愿遵循他们的法则行事。首先是在"真实感"的问题上,他不同意自然主义的"绝对真实"论。莫泊桑认为:"一个现实主义者,如果他是艺术家的话,就不会把生活的平凡的照相表现给我们,而会把比现实本身更完整、更动人,更确切的图景表现给我们。"因为把一切都叙述出来是不可能的,势必要进行选择。艺术家"只能在这充满了偶然性的琐碎事件的生活里,选取对他的题材有用的、具有特征意义的细节,而把其余的都抛在一边。"莫泊桑也不同意过分贬低构思的作用,因为"写真实就要根据事物的普遍逻辑,给人关于'真实'的完整印象,而不是把层出不穷的事实死板地记录下来"①。

当然,对于一味强调主观意象的浪漫主义,莫泊桑更加不以为然。他承认浪漫主义时代出现了许多不朽的艺术杰作,但讨厌浪漫主义的"浮夸作风"和"逻辑的混乱",不赞成像他们那样"在实际生活之外另创造一种比生活本身更美的生活",并批评浪漫主义者"抛弃了法国人的健康思想和蒙田、拉伯雷的传统智慧"。②

可见,在文学与现实生活的关系问题上,莫泊桑和十九世纪前期批判现实主义作家的观点是十分接近的。和巴尔扎克、司汤达一样,福楼拜和莫泊桑都很重视对现实的观察、分析、提炼和概括,重视对事物内在关系的探究,不仅要求准确地把握事物的外貌,而且力求"深入到对象的精神和心灵深处,理解其未暴露出来的本质,理解其行为的

---

① 以上引号内文字均引自莫泊桑的《小说》。
② 莫泊桑:《梅塘夜话》。

动机"①,进而以典型化的手段,以具有高度概括性而又个性鲜明的艺术形象描绘出来。这种艺术方法,正是巴尔扎克式的,再现"典型环境中的典型性格"的现实主义创作方法。福楼拜的《包法利夫人》《情感教育》,莫泊桑的《羊脂球》《漂亮朋友》《一生》……都是这种创作方法极为成功的实践。

不过,福楼拜和莫泊桑的艺术,与以巴尔扎克,司汤达为代表的前期批判现实主义又有所不同? 主要是在对待现实生活的态度上,前期的作家热情洋溢,积极参与社会生活,介入现实斗争,而且在作品中以极其鲜明的态度表现出来。福楼拜和莫泊桑却竭力对生活抱旁观态度,以客观冷静的描摹来掩盖作家对现实的分析。在福楼拜和莫泊桑看来,作家只能通过"选择具有特征意义的细节"来刻画事物的实质,而不允许作家在作品中直接表露自己的观点,因此,应当"小心翼翼地避免一切复杂的解释和一切关于动机的议论,而限于使人物和事件在我们眼前通过"②。莫泊桑认为,"心理分析应该在书里隐藏起来,如同它在生活中实际上是隐藏在事件里一样"③。作家只能将心理分析作为"作品的支架",如同看不见的骨骼是人身体的支架。巴尔扎克和司汤达却不然,尽管他们同样重视"选择具有特征意义的细节"来突出事物的本质,却不甘心让自己完全退到幕后。他们时时刻刻和他们的人物生活在一起,和这些人物同呼吸、共命运,随时随地剖析他们的心理,或对他们的遭遇发出慨叹,甚至有时要借用他们的舌头,长篇大论地阐述自己关于政治、经济、哲学、历史、司法、行政、宗教、伦理,乃至自然科学等五花八门的见解。

从纯艺术的角度看,福楼拜和莫泊桑所追求的,也许是一种更为微妙精深的艺术境界,需要艺术家付出更多的心血和劳动。事实上,这两位作家在艺术上的确比巴尔扎克、司汤达更严谨、更细腻,文体也

---

① 莫泊桑:《居斯塔夫·福楼拜》。
② 莫泊桑:《小说》。
③ 同上。

更为简洁优美。但从整体看,前期两位大师的作品却更有感染力,更能震撼人心。这一差距,当然不能归咎于艺术上的力求完善,问题也不在于作者的观点是隐蔽还是公开,而是后期的两位作家根本缺乏前期作家那种有强大吸引力的激情。

巴尔扎克和司汤达生活在法国的重大历史转折时期,大革命的动荡和拿破仑的丰功伟绩在人们头脑中留下了深刻的印象,那正是产生英雄梦想和伟大热情的时代,在文学上则是产生浪漫主义的时代。即使是现实主义作家,当时一般也都带有浓重的浪漫主义气质,他们满怀理想,热切盼望出现一个容许个人才智充分发展的合乎理性的社会;而且深信自己在当代历史中应当扮演一个重要的角色。所以他们以全部热情投入现实生活,密切注视历史的进程、时代的交替,猛烈抨击一切不合理的现象,努力探索更加合理的未来。

可是福楼拜和莫泊桑生活在资本主义稳定发展的时期,一切幻想早已破灭,剩下的只是平庸、鄙俗的现实。他们愈是观察,就愈是对这个社会感到恶心和蔑视,以致根本不屑于参与政治和社会生活。福楼拜遁世隐居,莫泊桑超脱一切。于是他们成为这个社会的批判的旁观者,以一种冷漠的讥刺态度,把人们尚未识透的社会如实描绘出来,不加评论,不加分析,让人们自己去判断。

这种冷漠,与其说是无动于衷,毋宁说是一种丧失理想的悲哀。从莫泊桑的某些作品可以看出,他的天性并不冷漠。他对统治者充满憎恨,对弱者寄予无限同情,对下层人民身上淳朴善良的品质常常发出由衷的赞叹。可是他对生活缺乏信念,找不到任何理想作支柱。年复一年,他看见生活就这样在虚伪、可耻的氛围中缓缓流动,心中只觉一片空虚和厌倦。这种情绪随着时间的推移愈来愈严重,使他愈来愈倾向于叔本华的悲观主义哲学。

福楼拜也是悲观的,他怀疑一切,甚至怀疑自己,但他至少还信仰艺术;莫泊桑到后来甚至对艺术也感到厌倦:"我现在对一切都感到漠然,我有三分之二的时间在极度的厌倦中度过,三分之一的时间用来涂写我尽可能高价售出的文字,一面为从事这可憎的职业而痛苦。"①他痛苦,是因为作家的职业使他习惯于解剖一切,使他身上产生了"第二种视觉",这种视觉"既是作家的本领,又是他们的不幸","我写作,因为我了解,我痛苦,因为我认识现实太清楚。"②

实际上,他那超脱一切的冷漠态度,他那使文学孤立于社会政治之外的企图,不知不觉已缩小了他的视野,使他不能广泛和全面地研究和认识社会,使他不可能看见代表人类前途和希望的因素。因此,他虽然对现实保持着清醒的头脑,却不比他的读者更有远见。他和许多同时代人一样,把现存秩序看成永恒不变的东西,把一切企图改变现状的斗争都看成是愚蠢的、徒劳无益的举动,甚至把某些丑恶的东西看成人类固有的本质,从而更深地陷于悲观绝望而不能自拔。

"哀莫大于心死",莫泊桑的漠然,恰是极度悲观的表现。正是这种悲观,削弱了他的作品的力量,导致他创作力的逐步衰退,并且直接危害了他的健康。一八八八年以后,他再也写不出任何有分量的作品,一八九一年终因病重完全搁笔。

莫泊桑固然以其短篇小说在文学史上大放异彩,但并不意味他的长篇小说价值不如短篇小说。莫泊桑创作的长篇小说共六部:《一生》(1883)、《漂亮朋友》(1885)、《温泉》(1887)、《皮埃尔和若望》(1888)、《如死般强》(1889)、《人心》(1890)。其中影响最大的是前两部。特别是《漂亮朋友》,可说是莫泊桑批判现实主义艺术的顶峰。

《一生》是莫泊桑对长篇形式的第一次尝试。这部小说试图通过一个善良女子的不幸遭遇,来剖析和探索人生。

小说的主人公约娜,是诺曼底一个没落贵族家庭出身的少女,在修道院寄宿学校受教育后,便怀着一般女孩儿都有的对幸福的甜蜜憧憬,回到父母身边,准备走向生活。

---

① 莫泊桑给玛丽·巴基舍芙的信。
② 莫泊桑:《在水上》。

这是一个平凡得不能再平凡的女性，既没有远大抱负，也没有强烈的个性，更没有什么出众的才能。她只是个极普通的好姑娘，心地单纯、温柔善良，而且很有教养，既不庸俗，也不虚荣；从父亲那儿接受的一点温和的启蒙思想，使她对人对事明达宽厚，从母亲那儿感染到的一点浪漫气质，并没有过分到使她像福楼拜的爱玛那样想入非非。她正是莫泊桑心目中最正常、最普通的女性的典型。没有狂暴的激情，没有过分的欲望，她的全部追求不过是做一个幸福的妻子，一个幸福的母亲。

整个故事沿着约娜的经历平铺直叙，没有任何曲折离奇、惊心动魄的情节，全部内容都是日常的生活，"处于常态的感情的发展"，似乎是生活本身在我们面前移动，丝毫看不出作者剪裁的痕迹：约娜怀着对生活的天真梦想，和父母一道回到诺曼底的庄园，认识了当地的贵族青年于连·德·拉马尔，这位年轻的子爵温文尔雅，风度翩翩，虽然已经没有财产，仍可算是门当户对。于是他们相爱、结婚，一切都进展得像约娜所梦想的那样甜蜜。然而幸福也就到此为止了。蜜月旅行中，拉马尔自私贪婪的本性已经有所暴露，旅行归来，爱情也随着蜜月一起消逝得无影无踪。丈夫一心算计钱财，对妻子愈来愈粗暴冷淡。不久，约娜发现丈夫欺骗自己，精神上受到很大刺激。重病一场后，她将全部感情寄托在孩子身上，但孩子成人以后却离开母亲和一个暗娼姘居，把他母亲和外公的财产挥霍净尽。约娜被逼得走投无路，只得卖掉心爱的住宅，和她的老使女一起节俭度日。受到这一连串打击，她已经心力交瘁，虚弱不堪，但仍然想念儿子保尔。最后，保尔的女人死了，他把刚出世的婴儿交给了老母亲。约娜满心喜悦，感到生活又有了生气。

作者就这样叙述了一个女人辛酸的一生，故事合情合理、真实可信，叙述又是那样朴实自然，真切感人。但约娜的故事想告诉读者些什么？作者没有作任何解释说明，甚至不曾为约娜发出一声慨叹。倒是通过萝莎丽的嘴冷静地指出，约娜并不是世上最不幸的人："如果您必须为面包而工作,如果您不能不每天清早六点就起来去干活,真要那样,您又怎么说呢?天下有的是这样的人,后来老得干不了活的时候,还不是穷死。"

事实的确是这样,约娜在她那美丽如画的家乡,看到过不少这样的人,"他们(渔人)为饥饿所迫,夜夜都要这样去冒生命的危险,然而他们还是那么贫困,嘴里从来吃不上肉。"比起他们,约娜毕竟不必为衣食奔忙,毕竟还有短暂的幸福的回忆,毕竟还有一个新的生命让她寄托感情。所以萝莎丽在全书结尾说了一句意味深长的话:"人生从来不像意想中那么好,也不像意想中那么坏。"

这句话表明,作者当时既未对生活完全冷漠,同时对人生的看法已相当哀伤。他似乎想借约娜的一生,说明人们永远不可能得到他所期待的幸福,然而又不能完全无所期望。当约娜是少女的时候,她期待着爱情的幸福,因而生活对她充满了吸引力;而一旦这期待变成现实,就"把无限的希望之门关上了,把不可知的美丽的向往之门关上了",剩下的只是平庸单调、死气沉沉的日常生活和冷冰冰的夫妻关系。爱情似乎是美丽的,可惜像是一件美丽的礼服,结了婚,这礼服就脱掉了。于连在婚前是何等温柔体贴,一旦结了婚,成为约娜的财产的主人,便立刻还原成粗暴吝啬的地主。做母亲,似乎是幸福的,一旦孩子长大成人,却给母亲带来种种不幸。生活就是如此:幸福总是短暂的,而且往往是人们受自身梦想的欺骗时才感到幸福;痛苦却是无限的,因为现实永远不像人们想象的那么美好。所以,对待生活既不能有太多幻想,也不能完全不抱希望。也许,这就是当时作者想要阐明的"人生"。

约娜的故事,很容易令人想起福楼拜的《淳朴的心》,虽然福楼拜写的是一个没有受过教育的女仆,约娜却是一位贵族小姐,但两篇小说的主题、构思、艺术手法都十分近似,甚至对生活的结论也是一致的。两位作者都没有选取惨剧题材,而是以极寻常的两个妇女的凄凉身世表现人生。这两位不同社会地位的妇女,同属淳朴善良、欲望不高的类型,而且同样的安分守己、逆来顺受,她们所求不多,却从未如愿;她们温柔的天性需要感情有所寄托,而她们诚挚的感情往往受到伤害。可是她们所遇到的事情又极为寻常,几乎在每个屋顶下都可能发生,——她们的确并不比其他人更不幸。惟其如此,这"人生"的凄凉才显得更普遍、更典型、更令人寒心。也正因为作者仿佛不曾"哀其不幸",反而竭力让她们从不幸中寻出几点聊以自慰的事情,这"人生"才显得更加辛酸、更加可悲。

对待于连·德·拉马尔这个形象,莫泊桑也运用了类似的手法。作者既刻画出他的自私贪婪、道德败坏,却又不把他作为恶人加以谴责,反而描写社会对他如何谅解,神甫如何为他辩护,约娜的父母如何因忆起自己年轻时的荒唐而缄默不语,甚至约娜自己也渐渐习惯了丈夫的欺骗。当于连和他的情妇一道惨死在山崖下后,约娜居然只忆起他给她的短暂欢乐,忘却了他给她造成的痛苦……。的确,正如神甫所说,德·拉马尔子爵"也不过和大家做的一样"。一个乡村贵族,占有了家中的使女,让她怀了孕,然后把她赶走或嫁出,这样的事几乎天天都会发生,有什么值得大惊小怪的呢!作家对恶行的这种"轻描淡写",有时不是比义正词严的谴责更能给人以深刻的印象,使人们对现实的丑恶更感到触目惊心么?

显然,莫泊桑在《一生》中的许多细节处理,都吸取了福楼拜的"平淡中求深刻"的特点,同时充分发挥了自己在白描技巧上的长处,使这部小说真正达到了他所追求的"以单纯的真实来感动人心"①的艺术效果。加之作者善于运用富有乡土味的优美散文,展示他最熟悉的诺曼底傍海村庄的迷人景色和人情风俗,更增添了小说的魅力。

但是从整体上分析,这部小说的思想境界却并不太高,批判也不很锐利,虽然揭露了人世的腐朽堕落,却不曾正确地挖掘产生这些丑

---

① 莫泊桑:《小说》。

恶现象的社会根源,而是过分地强调了"人性"的弱点,仿佛这就是造成一切不幸的根本原因。这样一来,作者以高超的艺术技巧展开的主题,便突然拐进了一条狭窄的死胡同,本来具有相当深度的社会题材,竟演变成人类对自身"弱点"的无可奈何的叹息;于是对一切只好容忍,恶行本身似乎也变得不那么可恨,整部作品也就显得绵软无力了。

总之,《一生》这部作品比较完满地实践了莫泊桑的创作原则,在文学上有较大影响,但视野的广度和思想的厚度显然不是莫泊桑的作品中最尖端的,真正代表作家思想、艺术最高水平的,当推一八八五年出版的《漂亮朋友》。为了这部作品,恩格斯曾表示要向莫泊桑"脱帽致敬"①。

《漂亮朋友》基本上沿用《一生》的艺术手法,但比《一生》具有广阔得多的社会内容和深刻得多的现实意义。这是一部有直接针对性的、政治性很强的作品。小说通过一个无耻之徒的飞黄腾达,揭露了第三共和国时期法国政界人物的丑恶嘴脸,并把批判的矛头直接指向了当时法国的金融寡头政治和殖民主义战争政策。小说通过种种生动具体的细节,无可辩驳地表明了法国当时的统治者不过是一小撮金融资本家,议会、内阁、新闻机构则只是他们的工具;同时一针见血地指出,殖民主义战争的直接受惠者,仅仅是那些掌握股票、债券的金融大亨,报纸上所有那些"爱国"高调,无非是为大亨们的钱袋服务而已。正当法国社会上殖民主义思潮泛滥,"爱国"高调甚嚣尘上之际,莫泊桑居然敢于公开揭露报界宣传"爱国"的真实背景,这不仅需要敏锐的观察力,而且需要相当大的勇气,甚至勇敢的左拉当时也未能做到这一点。正如拉法格所指出的,莫泊桑是当时的作家中,"敢于揭开帷幕的一角,暴露巴黎资产阶级报界的贪污和无耻"②的唯一范例。

这部小说的不朽价值,首先在于成功地塑造了一个野心勃勃的

---

① 见恩格斯《致劳·拉法格》(1887年2月2日)。
② 拉法格:《左拉的〈金钱〉》。

"当代英雄"的典型。这种"英雄"恰如高尔基所概括的:"他们具有坚强的性格,具有搜括金钱、掠夺世界、制造国际屠杀来使自己富足的天才本领;不能否认,他们魔鬼般的龌龊行为是惊人的寡廉鲜耻和惨无人道。"① 虽然莫泊桑在这部小说中所描绘的,还只是这个人物发迹的开始,但读者已经可以想见,不久他就将在那些掠夺世界、制造国际屠杀的事件中,从配角擢升到主角的地位。

这位杜洛华先生刚出场的时候,还是铁路局一个寒酸的小职员,身上穿着只值六十法郎的衣服,袋里装着只剩三法郎四十生丁的"家当";那时福雷斯蒂埃所在的报馆在他眼中是多么高贵庄严,福雷斯蒂埃家中优雅的客厅是多么值得艳羡,那些衣着讲究的上流社会妇女看上去是多么可望不可即,那些新闻界的知名人士又是怎样地使他自惭形秽。

可是曾几何时,他已把众人踩在脚下,成为赫赫有名的官方记者,大财阀瓦尔特的女婿,《法兰西生活报》的总编辑。小说的结尾,描写他和瓦尔特小姐举行婚礼的盛大场面。这个暴发户挽着新娘,一面和他的情妇眉目传情,一面陶醉于主教的颂词:"您,先生,您才华盖世,文章绝代,您教育、指点和领导着芸芸众生,您的使命是伟大的,您将给世人做出光辉的榜样……"杜洛华得意洋洋,抬眼注视众议院,心中清楚地意识到,凭着瓦尔特小姐的财产和丈人的势力,他很快可以成为议员,当上部长。

这个家伙平步青云的秘密在哪儿呢?论学识,他连中学毕业会考也不曾通过,文笔和中学生一般拙劣,进报社的第一篇文章,他不得不请福雷斯蒂埃夫人替他炮制。那么,他是怎样以惊人的速度,从一名默默无闻的外勤记者爬上如此显要的位置的呢?整部小说就是回答这个问题。

艺术家的洞察力表现在:他不是把杜洛华看作一个孤立的静止的

---

① 高尔基:《论文学》第109页。

存在,而是同时看到产生这棵毒菌的土壤,以及它发育、成熟的过程。小说的情节沿着这个恶棍发迹的过程展开,人物性格的塑造随着情节的发展逐步完成,而整个社会环境则像一个毒菌丛生的腐烂肌体一样,培育着这个贪婪无耻的个性。故事情节、人物塑造、环境描写,三者有机地结合在一起,合情合理地揭示出"一个人的心灵在环境影响之下如何改变,感情和欲望如何发展"。

杜洛华这个乡村酒店老板的儿子,天生精明狡猾,服役时又在非洲殖民地度过了两年奸淫烧杀的放纵生活,心中早已没有是非善恶的观念,正是人们常说的那种"天生的强盗胚子"。可是巴黎不是非洲,公开抢劫是行不通的,他一无才华,二无经验,要在巴黎出人头地还得从头学起。

外勤记者的工作,对杜洛华说来是个极重要的学校。老外勤波坦给他上的采访第一课,就点明了"欺骗"是新闻的实质。以杜洛华那点聪明,用不了多久便领悟到,对一个记者来说,学识倒无关重要,重要的是狡黠、机敏、灵活、嗅觉敏锐、诡计多端。不出几个月,他已经比某些干了几十年的老报人更加理解办报的诀窍,更加善于揣摩老板的秘密意图;不论是散布流言,还是制造假象,总能适应老板在投机买卖上的需要。老板也就很快地意识到,这是个不可多得的小伙子。

他每日出没在巴黎社会的各个角落,上至部长、将军、亲王、主教,下至妓女、老鸨、拉皮条的坏蛋、咖啡馆的侍者,都是他结交的对象。渐渐地他把所有的人都看成一回事,认定了"在人类的岸然道貌之下,不过是永恒的男盗女娼"。的确,这腐臭、污浊的巴黎社会,有谁能比外勤记者更知根摸底呢!正直人会感到恶心、憎恨,杜洛华却从中吸取了信心和力量。他看明白了那班达官贵人全是一伙混蛋,哪一方面也不比自己高明,凭什么他杜洛华就不能有所作为呢!

杜洛华受着野心的煎熬,只苦于找不到一条向上爬的捷径。这时候,福雷斯蒂埃的妻子玛德莱娜充当了他的领路人,指点他利用自己漂亮的仪容,向老板夫人献殷勤,果然使他很快地当上了《法兰西生活报》的"社会新闻栏"主编。

从此,杜洛华更加有意识地利用自己的外表,施展魅力,把女人当作向上爬的台阶。如果说他最初这样做时还多少有点畏缩,愈到后来,他就愈加无所顾忌,把他遇到的所有女人,都当奴隶一般驱使。具有讽刺意味的是,玛德莱娜最初是他的向导,继而成为他猎获的对象,最后成为他手中的牺牲品。玛德莱娜和杜洛华之间关系的转换,是揭示杜洛华的性格和灵魂的重要情节。一开始玛德莱娜在杜洛华眼中几乎高不可攀,不久他发现玛德莱娜与政界交往密切,手腕灵活,文笔潇洒,是个对丈夫的前途大有影响的女人,便决心在这个女人身上押宝。果然,福雷斯蒂埃死后,他既接替了朋友的政治主编职务,又接替了丈夫的角色。依靠妻子的帮助,他转眼间成为政治新闻界的风云人物,倒阁运动中的得力打手,新内阁的重要代言人,荣获了十字勋章,他的姓名也改成了有贵族标记的杜·洛华。

但是,杜·洛华的胃口越来越大,这点地位和荣誉已经远远不能满足他了。他眼看瓦尔特和两位部长在摩洛哥债券上赚了几千万,几天之内,瓦尔特便成了"世界的主宰之一,无所不能的金融大亨之一,权力比国王还大",他心中不禁嫉妒得发狂。落在他身旁的金雨全装进别人的腰包了,他杜洛华却没捞着! 瓦尔特和外交部长拉罗舍愚弄了他、利用了他,利用他打倒了旧内阁,当上了部长,又利用他在摩洛哥出兵问题上散布种种虚虚实实的舆论,掩护他们神不知鬼不觉地独吞摩洛哥殖民战争的利益,……杜洛华越想越有气,他杜·洛华凭什么只能给人当工具,为什么他就不能和他们一样利用别人?

摩洛哥事件使杜洛华的野心跃进到一个新阶段,他决心向社会的最上层进军。这时,他感觉到玛德莱娜这匹马不行了,非换马不可。于是想到了瓦尔特的女儿苏珊。虽然苏珊是他情妇的女儿,可是娶了苏珊,他就能到手几千万财产,就能成为统治者的一员,那时他便要什么有什么……他后悔过去打错了主意,娶了玛德莱娜这个没出息的女人。当初他对玛德莱娜的才干何等钦佩,对她的帮助何等感激,她替他写出第一篇文章时,他是怎样战战兢兢地不敢署上自己的名字,……而今却认为她妨碍了他,成了他的绊脚石。虽然前不久他从妻子应得的一百万遗产中,勒索到手了五十万,他仍然觉得妻子让他倒了霉、受了穷,非把她一脚踢开不可。于是他导演了一出捉奸的丑剧,一箭双雕,既打倒了外交部长,又达到了离婚的目的。

杜洛华的这番手段,连老奸巨滑的瓦尔特老头见了都目瞪口呆。过去杜洛华在他眼中不过是一名出色的记者,这时却意识到"这混蛋一定能干出一番事业";及至杜洛华拐走他的女儿,强迫老头儿答应他们的婚事时,瓦尔特吃惊之余,才更加肯定此人前途无量,"将来一定能当议员和部长"。

其实,杜洛华正是"资产阶级政客的原型",莫泊桑以惊人的准确和透彻,在这个人物身上集中了资产阶级政界人物的共同特点,精细地刻画了他们的寡廉鲜耻和不择手段。而这,才正是杜洛华青云直上的根本原因。在这个由金融大亨统治的国度,一个人越是无耻,越是毒辣,成功得就越快。为了制订大亨们需要的政策,制造他们所需要的舆论,一个混蛋比一个道德君子有用得多。瓦尔特老板正是从杜洛华极端的无耻和手段的毒辣,看到了他当议员和部长的才能。

杜洛华是莫泊桑的人物画廊中唯一一个叱咤风云的人物,同时也是他塑造得最成功的一个典型形象。虽然小说中并没有运用大段的心理分析,却让读者从人物的一言、一行、一闪念中,清晰地看到这个人心理状态的微妙变化,看到他的野心和欲念如何随着环境和地位的变化而膨胀,作恶的手段如何随着经验的积累越来越高明,恬不知耻的程度又如何因恶行的升级而逐步加深。值得注意的是,作者也没有把杜洛华写成唯一的或最大的恶棍,他不过是社会上许多飞黄腾达者中的一个,所做的事情和其他大人先生做的也差不多。在现有的社会条件下,杜洛华这样的人总是会不断产生,不断得势的,拉罗舍是被淘汰的杜洛华,结尾部分隐约提到的那个让·勒多尔却可能是未来的杜洛华。

作者以含蓄的讥讽态度，描写杜洛华在这个社会里如何如鱼得水、一帆风顺，仿佛时刻受到上帝的庇护，连那幅世界名画《基督凌波图》上的耶稣，相貌都和杜洛华极其相似。当瓦尔特夫人在悲观绝望中想祈求基督保护时，抬眼看到的竟是杜洛华。其实杜洛华这等人从来不把上帝放在眼里，他的宗教就是："人人都为自己，谁有胆量，谁就胜利。"可是上帝偏爱他，让他事事如意，以致这恶棍欣喜若狂地在教堂接受众人礼赞时，竟也感谢起天主来。于是，"在教士的祈求下，耶稣基督降临人间，正式承认了乔治·杜·洛华男爵的胜利"。这是何等意味深长的讽刺！何等深沉含蓄的指控！

《漂亮朋友》是莫泊桑的作品中现实性、批判性最强的一部小说。尽管作家仍然忠于自己的创作原则，不发议论，不作分析，读者仍能从字里行间清楚地感觉到作者对法国统治阶级及其内外政策的憎恶、反感。在十九世纪八十年代，金融垄断资本的统治、资本输出和殖民主义扩张，正是法国政治、经济和社会生活的本质内容，莫泊桑抓住了这个内容，便把握住了当时法国社会的主要特征，从而使小说具有了鲜明的时代感和深刻的现实意义。就这一点来说，《漂亮朋友》与十九世纪任何一部批判现实主义作品相比都毫不逊色；而且在政治上，甚至比巴尔扎克的同题材小说《幻灭》有更直接的针对性。

但是，和巴尔扎克的《幻灭》相比，《漂亮朋友》却缺乏某种激励人的东西。同样是揭露现实的黑暗，同样是描写恶人的胜利，巴尔扎克能激起愤怒，莫泊桑却只能使人感到苦闷、压抑。这可能是由于巴尔扎克着意描写了天才的受摧残，正直人的被迫害，使小说具有悲壮的意味；而莫泊桑则完全是描写恶的发展和恶人的所向无敌。巴尔扎克即使以"幻灭"为主题也没有悲观的色彩，他对资产阶级的统治感到幻灭，却不曾对整个人类绝望。在任何时候，巴尔扎克的作品中总不乏追求正义者，自强不息者，即使这些人未能指出社会的正确出路，至少使读者感到有一股不与恶浊环境同流合污的对抗力量。莫泊桑却对人类缺乏信心。他所看到的人要么是坏蛋，要么是弱者，很难找到一个真正站得起来的正面人物。如果说他前期的某些作品中还反映了下层人民身上某些闪光的东西，愈到后来，这种闪光就愈罕见。莫泊桑只看见眼前一片黑暗，他自己也被这黑暗所征服、所压倒。所以《漂亮朋友》和《一生》相比，内容固然深刻得多，但作者对生活的态度也比过去消极得多。《漂亮朋友》中的诗人瓦兰纳，曾经说过这样一段话：

> 生活就像一个山坡，眼望着坡顶往上爬，心里会觉得很高兴，但一旦登上峰顶，马上会发现，下坡路就在眼前，路走完了，死亡也就来了。上坡很慢，但下坡却很快。人在你这样的年纪都是快活的，有很多希望，但这些希望永远不能实现。到了我的年纪，除了死就再也没有盼头了。

这段话，是否在某种程度上反映了莫泊桑当时的思想情绪呢？一八八〇至一八八五年是莫泊桑创作的极盛时期，他似乎意识到自己已到达光荣的顶点，似乎预感到盛极而衰的局面即将到来，预感到疾病和死亡的威胁正在日益临近。

一八八五年以后，莫泊桑的创作事实上已开始走下坡路。不过一八八七年的《温泉》仍不失为一部杰作。这部小说刻画了资产阶级的惟利是图和贵族子弟的放荡不羁，有较充实的社会内容和较丰满的人物形象。但从《皮埃尔和若望》开始，出现了孤立地描写心理矛盾的倾向，主题日趋狭窄，思想也愈见贫乏，到最后两部长篇，虽然客观上也暴露了上流社会的空虚无聊、荒淫无耻，却已毫无批判意味，甚至还宣扬了一些病态的思想。

莫泊桑带着一颗痛苦的灵魂度过了短暂的一生。人们甚至感到奇怪，他那有病的大脑，何以能写出那么清晰的文字，何以对现实有那么清醒的认识。可见莫泊桑并不属于生活中的弱者，他明知等待自己的是何等可悲的命运，却不曾向命运屈服。他始终努力保持健全的理智，尽可能有效地利用生命，终于在极短促的时间内，留下了一笔丰厚的文学遗产。虽说这笔遗产中并非全部都是杰作，但确有相当大一部分堪称世界文学宝库中的瑰宝。他的整个建树虽不及《人间喜剧》那么辉煌，却自有独特的意趣和价值。

一九八二年十二月

《冰岛渔夫、菊子夫人》译者序[*]

在十九世纪后期的法国文坛,皮埃尔·洛蒂可说是拥有读者最多的作家,他的每部作品销量都高达数十万册,且被译成多种文字,在全世界广为流传。他同时代的著名作家左拉、莫泊桑尽管在文学史家们眼中具有更重的分量,然而就受公众欢迎的程度而言,与洛蒂相比则望尘莫及。这倒不是因为洛蒂有意识地迎合公众的趣味,而是他作为海军军官的丰富阅历,使他能轻而易举地为读者展示一个绚丽多彩的外部世界,大大开拓了人们的视野,强烈刺激了公众的好奇心和想象力;尤其是他对海和海上生活的富有魅力的描绘,吸引了整个法国和欧洲,至今仍以这一艺术特色享誉全世界。

皮埃尔·洛蒂原名于利安·维欧(1850-1923),出生于法国西部夏朗德河口罗什福尔市一个职员的家庭。他是家中的幼子,上面有一个比他大十九岁的姐姐和一个比他大十四岁的哥哥。不言而喻,他是全家人呵护宠爱的对象:姐姐玛丽待他有如第二个母亲,于利安在绘画方面的才能就是由姐姐培养出来的;哥哥居斯塔夫是他最亲密的伙伴,于利安曾经痴迷于钢琴,加入了海军的哥哥却使他转而迷恋大海,他十三岁时就已立下宏愿,一定要作为一名水手周游世界。

维欧家的幸福生活并没维持很长时间。一八六五年于利安十五岁的时候,哥哥居斯塔夫染病死在海上;翌年父亲又因丢失巨额公款被免职,且被责令赔偿,家庭经济陷于绝境。十六岁的于利安开始体

---

[*] 本文原系《冰岛渔夫》《菊子夫人》合订本(艾珉译)的译本序,上海译文出版社,1995年版。2005年由人民文学出版社出版插图本时作了若干修改。

验到生活的艰辛,他一面备考海军军官学校,一面打工养活自己,直到一六六七年七月被录取为海军军官学校学员。一八七〇年,父亲病故,于利安不得不承担起偿还家庭债务的重担,这笔债务,他直到一八八〇年才还清。

尽管于利安·维欧身材矮小,外表文弱,却极能适应海员的艰苦生活,他是一名相当出色的海军军官,且颇受部下的爱戴。他赞赏水手们的勇敢、矫健、灵巧和敏捷,对他们的一些怪僻或缺点也比较宽容。他兴味盎然地从事海上职业达四十二年之久,走遍了大西洋、太平洋、印度洋的沿海地带,到过美国、加拿大、巴西、大洋州、土耳其、塞内加尔、阿尔及利亚、埃及、摩洛哥、波斯、印度、巴基斯坦、印度支那、日本、中国……;他经历过一八七〇年的普法战争,在英法海峡、北海和波罗的海作过战;他曾参加一八八三年东京湾(即今越南的北部湾)的战役,还见证过一九〇〇年中国的义和团运动和八国联军攻占北京……;于利安·维欧永远随身带着两支笔:一支画笔随时勾勒下沿途所见的自然景观和人文景观;另一支笔用以记录各地的风土人情及所见所闻。他从十六岁起养成了记日记的习惯,不间断地坚持了五十二年。这个好习惯帮助他积累了大量生活素材,为他日后的创作提供了许多方便,有时甚至将日记稍加提炼、整理,便可成书,正因为如此,他的许多作品都保留着日记的痕迹。

于利安首次发表作品是在一八七二年,但不是小说,而是他的素描。那时他二十二岁,刚刚结束南美洲的远航归来。他探访了几乎不为人知的复活节岛,用铅笔描绘了当地土著的生活和他们那些倒塌的雕像。这些精彩的速写配以简要的文字说明,于一八七二年八月出版,给他带来了第一笔版税收入。这对薪金微薄却债务缠身的于利安来说真是一个意外惊喜,从此便不时利用自己的绘画才能缓解债务压力。正是这一年,他在塔希提岛驻扎期间,当地人给他起了一个新名字——洛蒂。他喜欢这个新名字,但当时还不知道这是个即将戴上文学桂冠的名字。

最初激发洛蒂的创作欲望的,应当说是一八七六至一八七七年间的土耳其之旅。他出乎意料地深深爱上了伊斯坦布尔,还爱上了一个深藏在后宫的名叫哈蒂杰的女人。冒着生命危险和哈蒂杰幽会的短暂经历给他带来了前所未有的甜蜜感受,后来哈蒂杰就成为他的第一部小说《阿姬亚黛》的女主人公。

一八七九年,《阿姬亚黛》由卡门-莱维书屋出版,作者没有署名;翌年,《洛蒂的婚姻》以皮埃尔·洛蒂署名在报刊连载,默默无闻的海军军官一跃而成为文坛名人。从此他一发而不可收,几乎以每年一书的速度相继出版了十二部小说、九部记实随笔[①](其中包括记述英法联军火烧圆明园的《北京的陷落》)以及若干自传性的作品。

由于职业提供的便利,洛蒂较之其他作家具有更宽的视野,能够见识到和描述出同时代其他作家所不可能描绘的绚丽多彩的景色,反映出不同民族千差万别的文化观念,给予读者一种新鲜和强烈的印象;然而同样由于职业的局限,他不大有条件深入法国或其他地域的社会生活,很少有机会切实地观察、研究社会各阶层人物及其相互关系。从这个角度讲,他的视野又相当狭窄,因此我们不能指望洛蒂的作品反映出社会生活的复杂性和人与人之间、人与社会之间微妙的矛盾冲突。但他对异域风光和异域民族文化的感觉是如此敏锐,描述又是如此生动、逼真,足以大大吸引对海外世界充满好奇心的法国公众,且恰好适应了法国当局推行海外扩张政策的需要,因而他几乎是轻而易举地赢得了官方和民众的一致赞赏,并于一八九一年当选为法兰西

---

① 这十二部小说包括:《阿姬亚黛》(1879)、《洛蒂的婚姻》(1880)、《一个非洲骑兵的故事》(1881)、《厌倦之花》(1882)、《我的兄弟伊弗》(1883)、《北非三贵妇》(1884)、《冰岛渔夫》(1886)、《菊子夫人》(1887)、《水手》(1892)、《拉慕柯》(1897)、《梅子太太的第三度青春》(1905)、《醒悟》(1906)。九部随笔包括:《秋天的日本》(1889)、《在摩洛哥》(1890)、《东方的怪影》(1892)、《浪迹天涯》(1893)、《耶路撒冷的荒漠》(1895)、《北京的陷落》(1903)、《英国人治下的印度》(1903)、《走向伊斯巴罕》(1904)、《吴哥的进香者》(1912)。

学院四十位不朽者①中的一员。

不过洛蒂在艺术上确有其独到之处,主要是景物描写方面,他具有一种真正的艺术家的才能,特别是他对海的描绘,可以说至今没有第二个法国作家可与之匹敌。正如二十世纪的圣埃克絮佩里由于本身是飞行员,因而对太空的观察与感受达到了其他作家所不可能达到的境界一样,皮埃尔·洛蒂以他四十余年的海上生涯,获得了描绘大海的绝对的、无可争辩的优势。正是由于这方面的突出成就,使他有别于那些昙花一现的时髦作家,而在文学史上占据了一席不容忽视的地位。

法国著名文学史家朗松把皮埃尔·洛蒂归结为夏多布里昂式的浪漫派作家,称赞他是"文学领域的伟大画师之一",认为他"描绘动的景物和自然界奇异现象的精细和准确",完全可以"与夏多布里昂媲美"。

实际上,洛蒂的风格比夏多布里昂质朴得多。夏多布里昂即使写景也常有夸张和虚构,以致他书中描写的自然,和真正的自然相去甚远;洛蒂却忠实地记录他所目睹的一切,而且从不堆砌词藻,很少用华丽而夸张的形容词。他的文字平易,几乎全是普通的用语,他的艺术表现手法基本上属于白描,但令人惊异的是,他竟能用一些极普通的词汇,描绘出大自然的千变万化,而且给人以强烈的印象。他的描述是那样精确、细致,给人以那么亲切的实感,所以有的批评家认为,洛蒂的艺术主要来自直接的观察和逼真的描摹,本质上仍是一种现实主义的创作方法。

然而洛蒂的景物描写较之一般意义的现实主义细节描写带有更多的印象派色彩,他更强调旅行者对外界景物的主观感受,并赋予自然界以人的灵魂。他总能在不同的瞬间攫住新的意境,从这个角度看来,洛蒂的艺术又是非常浪漫的。和夏多布里昂一样,他的作品的基

---

① 法兰西学院的院士被称为"不朽者"。

调常常是难以排遣的痛苦和忧郁。他所从事的职业对他这种气质的形成具有决定性的影响。由于与那些变化莫测的大海朝夕相伴,由于经常置身于战争的氛围之中,他的思想经常被生死无常的念头所缠绕:人的生命是那样脆弱,命运又是那样的无情,每一个人在今天都难以预测明天等待他的将是什么。他到过无数的国家,见识过各种类型的生活方式,接触到不同肤色、不同面貌、不同信仰的人种,在这一切变化多端的形态之下,他感到一切都是相对的、短暂的,只有死亡才是绝对的,一切都将被永恒的死亡所吞没。几乎在他所有的作品中,都重复着这同样的感受:时间的流逝、人世的短暂和感情的无常。是否正因为如此,他才经常以一种玩世不恭的态度及时行乐?是否也正因为如此,他才勤于笔耕,以尽可能留住这不断流逝的人生,尽可能地保存一部分自我?

皮埃尔·洛蒂一生都在造访未知的国度,一生都在猎奇寻宝,然而他的情感却永远在追忆往昔,永远在眷念最古老、最原始的事物。这种怪僻使他总是试图留住逝去的一切,而厌恶资产阶级的现代文明。据说他直到去世,家中都不曾安装电灯和现代化的浴室。他所喜爱的,是未开化民族那种粗犷的乡野生活,那种纯真、平静的幸福。他赞赏布列塔尼的渔民、巴斯克的走私贩、塔希提岛上天真无邪的少女……最后他果然爱上一个巴斯克姑娘,退休以后便蛰居在巴斯克地区,直到去世。

一八八六年出版的《冰岛渔夫》,被公认为洛蒂的巅峰之作,正是这部作品,为他赢得了持久不衰的世界声誉。

这部小说的题材,取自法国布列塔尼北部地区的渔民生活。一八七七年至一八七八年间,洛蒂和一个高大强壮、身手矫健的水兵皮埃尔·勒柯尔结下了亲密的友谊,这个来自布列塔尼的渔民出身的水手,后来成为小说《我的兄弟伊弗》中的主人公和《冰岛渔夫》中扬恩的原型。正是在他身上,洛蒂认识了世世代代靠渔业为生的"冰岛人"。这个勤劳勇敢的航海民族,每年要在冰岛海面度过漫长的春季和夏季,直到秋季才返回家园。这项艰苦而危险的职业,不知葬送了多少生命。八十年间,一百多条渔船和两千多名壮汉就这样在海面消失了。对这场人与海的无止无休的较量,洛蒂作为一个海员,自然有深刻的体验和感受,于是由此产生了一部前无古人的海的诗篇。

海是这部小说真正的主人公,是一个丰满完整的艺术形象。作者集中了自己全部海上生活的感受,施展了自己全部的艺术才华,来刻画它的形象。

他写海,那可不是一般人在海滨休假时看见的在阳光下蓝得可爱的海,而是性格复杂、喜怒无常、蕴藏着无限的力量和神秘莫测的意愿的海。这海像人一样有生命、有感情、会嫉妒、会发怒,它有时温柔娴静,有时凶恶狂暴,有时严峻阴郁,有时清澄明朗……那雾气弥漫的北方的灰色的海,在一片白色的宁静中仿佛已经僵死,顷刻间又会狂涛大作、巨浪翻滚的海……还有那碧蓝的南方的海、泛着红色波纹的红海……

他写太阳,种种不同状貌的太阳:冰岛夜半时分苍白而阴冷的太阳,赤道线上光华灿烂的血红的太阳,多雨的布列塔尼地区所罕见的光线柔和的太阳……

他写云,写雾,那以各种不同形态运动着的、蕴含着不同意义的云和雾……

还有风,或似低声呻吟,或如野兽般嗥叫的风……还有奇异壮观的海市蜃楼,种种变幻无穷的海上奇景……海上一切光怪陆离的自然现象,一切可能遭遇的意外事故,都在他笔下以一种单纯、朴素的方式,娓娓动听地描述出来。

在这部小说里,海作为自然力的代表,始终凌驾在人类之上,主宰着人类的命运。对于贫瘠荒凉的布列塔尼沿海地带的渔民,海是他们赖以生存的唯一条件,又是吞噬他们生命的无情深渊。在这个地区,从来没有谈情说爱的春天和欢乐活跃的夏天,整个春季和夏季都在焦虑中度过，直到秋季来临，渔船从冰岛返航。然而在冬日的欢聚中，连快乐也是沉重不安的，始终笼罩着一片死亡的阴影。

被海吞噬了所有子孙的莫昂一家，最后只剩下一个孤苦伶仃的老祖母，在七十余岁高龄还不得不靠自己的双手谋生。命运是这样无情，以致没有必要再怨天尤人，人们默默地接受自己的命运，默默地承受一切痛苦；当老奶奶接到最后一个孙儿的死讯时，作者不是首先写她的悲哀、她的眼泪，而是她的麻木：一时间她似乎什么也没明白过来，她已失去了那么多亲人，她甚至把这次死讯和以前的许多次混淆了……

全书着墨最多的人物歌特，作者似乎有意要通过她的遭遇，把受命运播弄的人类的不幸在更深的意义上揭示出来。这个纯洁而忠诚的少女，经过那么长时间曲折而痛苦的期待，绝望得几乎要死去，终于云开雾散，扬恩承认爱她了，而且爱得那么深，那么诚挚。布列塔尼的春天似乎为了他俩提前到来，路旁的荆棘竟然异乎寻常地在渔船启航前开出了白色的小花。然而在她的一生中，也就只享受了这唯一的一个爱情的春日，她和她的扬恩也总共只做了六天幸福的夫妻，然后扬恩出发了。她在焦虑而甜蜜的期待中度过了春天和夏天，好不容易才盼来了那喧闹、快活的秋天，去冰岛的渔船一只一只地返航了，只是不见扬恩和他的莱奥波丁娜号。日子一天天过去，深秋将尽，冬季就要来临，无论她怎样用一切最微弱的希望鼓舞自己，无论她怎样在绝望中挣扎，无论她以怎样的耐心和毅力等待……扬恩毕竟没有回来……在一个漆黑的夜里，在一声猛烈的巨响中，他和海举行了婚礼……

歌特的凄惨遭遇，把全书的悲剧气氛推向了顶点，使读者不能不为海的威力所震慑，为冰岛渔民的不幸命运深深叹息。塑造人物也许并非洛蒂之所长，而歌特应该说是他笔下最动人的形象之一。虽然整个说来还欠丰满，但感情刻画细腻，不能不唤起读者的关注与同情。除歌特外，小说中的其他人物都是些受教育不多的渔民，作者以同情和善意的态度描写他们，但只能算是些粗线条的草图：粗野、强壮、勇敢、淳朴，偶尔喝醉酒，在酒店里唱些俚俗的小调……包括主要人物扬恩和西尔维斯特在内，形象都有点单薄。尽管有这样的弱点，洛蒂却成功地抓住了命运——人和自然的斗争中的命运——这样一个惊心动魄的主题，而且运用他的艺术才能将这一主题发挥得淋漓尽致。

洛蒂极擅长烘托气氛，一切动景和静景似乎都有助于突出自然的威力和人类的悲惨处境：荒凉的旷野，静止不动的太阳、浓雾弥漫的大海，单调、沉郁的氛围……但除了对命运的感叹以外，洛蒂也就没有更多的思想要向读者表达了。如果说有，那就是下意识地流露出对异域民族的轻侮、蔑视，甚至把殖民军的横行霸道和侵略行为当做英雄业绩吹嘘，把为殖民政策充当炮灰视为光荣……可是对于一个长期在海外军旅中生活、沾染了种种恶劣习气的军人来说，又能指望他有什么别的思维方式呢？洛蒂十六岁就进了海军学校，他所受的有限的教育和有限的生活经验，使他不可能具备思想家那种观察、概括和判断生活的能力，但他以自己的艺术，成功地描摹了一个他有独特体验的世界，并获得了普遍的承认和赞赏。

洛蒂是一位以描写异域风光著称的作家，为了让读者对他的这一特色获得感性的印象，本书收有他的一部关于日本之行的小说——《菊子夫人》(1887)。说这是一部小说，也许不如说是"纪实"更为确切，作家几乎如写日记一般，逐日记下自己在日本的经历。

《菊子夫人》几乎没有情节，没有激动人心的戏剧冲突，也谈不上有什么人物塑造。但却出色地描摹了这个岛国的山川之美，勾画了大和民族的风貌、气质、情趣，以及种种奇特的习惯……这部小说本身——包括它平淡的结构和琐碎的细节，似乎也是为了更好地反映这个民族的特点。

当然，洛蒂所描绘的，是欧洲人眼中的日本，处处体现着两种截然不同文化的碰撞。在奔放、洒脱、崇尚自然、追求个性解放的欧洲人看来，日本的一切显得格外拘谨、小器和矫揉造作：他们那种过多的礼节，过分的客套，过小的器皿，过于冗长的表达方式，还有那并非完出自内心的习惯性的笑容……都令作者惊讶不已。见惯了欧洲那些宏伟壮丽的石头建筑,用木板和纸板搭成的和式房屋自然形同玩具;来自赞颂庞大固埃主义的法国,那用小碟、小盅盛上来的和式饭菜自然无异于儿童们玩的"过家家"。在作者看来,这个国家几乎没有称得上宏伟的东西,一切都在这儿被缩小了尺寸,包括人在内。

不过作者准确地捕捉到了大和民族某些特殊的品质:例如他们那种异乎寻常的细致、耐心、勤俭和普遍的一尘不染。甚至日本人那种追求空无的审美情趣,也受到作者某种程度的赞叹,尽管欧洲人一般是喜欢陈设奇珍异宝,追求富丽堂皇的。尤为难能可贵的是,短短两三个月的小住,作者居然能揭示出日本民族性格中某些极其矛盾的现象:一方面,这是一个满脸堆笑、极其殷勤、和蔼的民族,在他们的语言中,甚至不容易找到十分粗野的词汇;而另一方面,他们却崇尚某些阴森可怕的东西:从孩童时期起,他们就玩一些会叫其他国家儿童做噩梦的玩具;在节日的欢乐中,几乎每个人都戴上令人生畏的假面具;他们的寺庙供奉着面目狰狞、表情残忍的神灵;一方面,他们以朴实无华、一无装饰为美,另方面又在一切事物上极尽雕砌之能事,甚至大自然也被他们改造得极不自然:他们在肉眼不易察觉的细部施展精巧的工艺,却在整体上追求空无所有的效果;他们以最简朴的表象,去掩盖过分精细、讲究的内容;他们每所房子都门窗敞开,似乎将一切陈设在光天化日之下,与此同时却又将一切遮蔽得密不透风……

不能说作者已经了解日本,事实上,日本对他仍是个谜,他怀着欧洲人的优越感,很不尊重这个当时还很落后的民族,但他意识到这里存在着一种完全不同的思维方式,存在着他完全不了解的隐藏在历史、文化深层的某些东西……从打开欧洲人眼界的角度,做到这一步,也算是不错的开端了。至于菊子,那不过是被一个外国军官包养了几个月的可怜女性。令人感慨的是,这种以婚姻形式包装的短期租用,当时竟得到日本社会的认可,落选的女子及其家族甚至因未能受到青睐而失望。而作者对菊子的态度,则充分暴露了一个寻欢作乐的殖民军军官的丑恶嘴脸,他不了解也没有试图了解这个受奴役的女子的内心世界。但始料未及的是,在这个并不动人的故事启发下,竟产生了普契尼的著名歌剧《蝴蝶夫人》,经过歌剧作者的改编,日本少女乔乔桑天真而纯情的形象至今仍感动着千千万万的观众。

  总之,作为"文学领域的伟大画师之一",皮埃尔·洛蒂过去、现在和将来都会拥有自己的读者,会受到相当一部分人的喜爱。他最优秀的作品《冰岛渔夫》,在本世纪三十年代曾由我国老一辈翻译家黎烈文先生介绍到中国,给广大读者留下了深刻的印象。记得我读黎先生的译本时,还只有十二岁。该书大约是抗战时期物资匮乏的条件下印刷的,纸张很糟,既黄且糙,许多地方甚至字迹不清。但我至今清楚地记得这本书在我心中引起的狂喜。从那以后,我对大海一直怀有一种既温柔又敬畏的近乎神圣的感情。一九六五年夏,我有幸到法国西部探望了洛蒂描述过的布列塔尼的海,造访了海滨渔人的房舍,虽然人们的生活已大大改观,但海仍是那个海。我站在礁石上,眺望远方的船只,凭吊往昔葬身海底的英灵。浪花拍击礁石,溅湿了我的衣衫。我的思绪完全沉入洛蒂所描绘的意境……

  也许是一种缘分,八十年代初,人民文学出版社忽然约我重译《冰岛渔夫》,我立即欣然从命。一九八三年,此译本首次出版,当时署名弋沙。十年以后,译文出版社又约我译《菊子夫人》,拟与《冰岛渔夫》合为一册出版,署名改为艾珉。有了这两篇译文,我国读者对皮埃尔·洛蒂的艺术便可大致有个概念了。《菊子夫人》一书,涉及日本的风土人情,其中人名、地名的翻译,大都求助于文洁若先生和我女儿夏冰。个别疑难之处,还曾请教东京外国语大学教授岩崎力先生。对于他们的热情相助,我谨在此表示衷心的感谢。

一九九四年四月
二〇〇五年三月修订

奔向光明的激流[*]
——读罗曼·罗兰的《母与子》

罗曼·罗兰在《母与子》(旧译:《欣悦的灵魂》)初版序中写道:"请不要在这里寻找什么命题或理论。请看,这不过是一个真挚、漫长,富于悲欢苦乐的生命的内心故事,这生命并非没有矛盾,而且错误不少,它虽然达不到高不可攀的真理,却一贯致力于达到精神上的和谐,而这和谐,就是我们的至高无上的真理。"

引文中的第一句话显然不是作者的由衷之言。正如卢那察尔斯基所说,罗曼·罗兰(1866—1944)不仅是个艺术家,而且是思想家(尽管卢那察尔斯基认为他作为思想家还不够"伟大")。而思想家在他的艺术作品中不管把自己的意图隐藏得多深,也决不是没有命题和理论的。何况《母与子》的命题,在主人公安乃德的姓氏上有着那么形象的体现。李维埃(Rivière),在法语中就是"河流"。这个姓氏不仅象征主人公的内心好比一条漫长宽阔、奔腾湍急的河流,同时也象征着一种永远不向生活低头,永远不屈不挠地在生活中搏斗,排除一切障碍奔向未来的灵魂力量。

安乃德这个形象,在某些人看来可能太不驯良,作为女性,尤其不甚"温柔可爱"。但这是罗曼·罗兰几乎用毕生的心力浇铸成的一颗灵魂,一种坚毅乐观、顽强向上的个性。一个妇女,为了保持精神的自由和人格的独立,居然敢于藐视社会的习俗和上层社会的道德观念,

---

[*] 本文原载《读书》杂志1981年第4期。

拒绝和已经使自己怀孕的未婚夫结婚,还决心独自挑起抚养孩子的重担,特别是在失去财产以后,她不得不参加"为争夺面包而赛跑"的穷人的行列,千辛万苦地为生计而斗争。且不说应付生活的艰辛和社会的白眼需要多大的勇气与毅力,单是感情生活的挫折、儿子对她的冷淡,也足以使一个平庸的灵魂萎靡不振了。战争的发生,使安乃德走出个人的圈子,开始关注国家和人类的命运,但她那种正直宽广的胸襟却不能被一般人所理解,她为了维护正义一再受到社会的排斥、打击。她好不容易和儿子在信念一致的基础上建立起融洽的感情,法西斯匪徒又夺去了儿子的生命。然而任何打击都不曾将安乃德压垮,她在生命旅程将尽时,还接替儿子投入了反法西斯斗争。

小说的标题 Ame Enchanté,本义是"受蛊惑而欢欣鼓舞的灵魂",而罗曼·罗兰在小说中显然赋予了它更丰富的涵义。这是一种永远有所追求的强有力的灵魂。他也许不能改变环境,却有力量抵御环境对他的侵袭与腐蚀;他也许在追求中屡遭挫败,但他毕生战斗,像一条永不静止的河流。这样,在他生命终了之时,即使未能把握(作者认为也不可能把握)人类的最高真理,灵魂也能达到宁静和谐的完美境界,在作者心目中,这就是人力所能求得的"至高无上的真理"了。生命不息,战斗不止,在和命运的搏斗中达到心灵的和谐,这就是《母与子》的命题与哲理,也是罗曼·罗兰绝大部分创作的基调,《约翰·克利斯朵夫》是如此,《名人传》是如此,连嘻嘻哈哈、貌似轻松的中篇小说《哥拉·布勒尼翁》也是如此。罗曼·罗兰在种种不同类型不同气质的躯壳中,注入了同一类型的意志坚强、头脑健全且富有创造力的灵魂。克利斯朵夫、安乃德、哥拉,都属于这种灵魂。但安乃德与克利斯朵夫、哥拉相比,又前进了一大步,克利斯朵夫与哥拉至死还是一个孤立的个人,安乃德则已把自己的力量汇入与人类命运息息相关的反法西斯斗争。

罗曼·罗兰是贝多芬的崇拜者,他的全部艺术创作都像贝多芬的第五交响乐一样,用来表现人与命运的搏斗。在罗曼·罗兰看来,生命的美就在于搏斗,在于追求;一个美丽的生命好比一阕雄壮的交响乐,各种不同的旋律和节奏构成一个个跌宕起伏的乐章、一组组错综复杂的矛盾统一体,最后达到高度完美的和谐。罗曼·罗兰认为,不论现实多么丑恶,人总还有力量支配自己;不论环境多么令人失望,人总不应该放弃希望;人的生命既是短促的,就应该尽可能活得有价值,尽可能有所前进,有所建树,而不应虚度一生。因此,他明确宣布了自己写作的目的:"我的首要职责,在于将人从虚无中抢救出来,在于不惜代价地给人灌输魅力、信念与英雄主义。"

自从启蒙时代思想家鼓吹的"理性"王国在实践中化为以金钱为杠杆的惟利是图的社会,资产阶级的英雄理想也已日渐泯灭了。如果说十九世纪上半期的法国作家身上,还程度不同地保留着资产阶级上升时期的锐气和进取精神,作品中充满了激情和鞭辟入里的批判力量,那么十九世纪末期的作家,似乎已被这看不到尽头的庸俗生活耗尽了精力,剩下来的只是一种与外部世界格格不入,而又深感无能为力的苦涩心情。在第一次世界大战前后,普遍存在的悲观情绪已形成整整一代知识分子的精神危机,对现状的不满和对前途的绝望导致文坛上颓靡之风盛行。达达主义、超现实主义、未来主义、表现主义等形形色色的现代文学流派,就是这种精神危机的反映。

在这样一种文学氛围中,罗曼·罗兰的作品好比奇峰突起,独树一帜,倡导了一种自强不息的积极的人生观。这在当时,真好比打开窗子,让一个闷热的、使人疲软无力的房间里吹进一股清凉的风,使人们的精神为之一振。以法国人那种倾向于轻松诙谐的天性,罗曼·罗兰这种严肃的、有时夹杂过多说教的鸿篇巨制竟能成为举国闻名的畅销书,决不是一件可以小觑的事情。

从罗曼·罗兰的著述中可以看出,他对资本主义世界并不比现代派的作家怀有更多幻想,他在这个社会中体验到的窒息感,也许比其他人更甚。请看他曾以怎样的激情呼唤:"快打开窗子吧!让自由流通的空气吹进来!"他的好友茨威格曾经深刻地剖析了他灵魂深处悲观和乐观两种相反的基调:"他愿意将乐观情绪传达给别人,将悲观的苦水留给自己；悲观是他天生的性格，同时他的智慧、思想、意志、毅力，却竭力和悲观的气质作斗争，使悲观的情绪不得外露、不得抬头。"罗曼·罗兰的可贵之处，在于他不仅能战胜自己内心的悲观倾向，还以他的全部艺术来唤起人们对自身力量的信心，使人们在苦难中振作起来，和不幸的命运作斗争，努力做一个"无愧于人的称号的人"。

罗曼·罗兰所称颂的英雄，并不是那些叱咤风云的群众领袖，更不是生活中的"胜利者"，而仅仅是在各自的行业中有所建树的人物。他所强调的，甚至并不是这些建树本身，而是那种能战胜环境、克服障碍，坚定地朝既定目标前进的精神力量。因此罗曼·罗兰要求自己的艺术主要用于刻画人的心灵，他的创作所着重表现的，是"伟大心灵"的成长过程。

罗曼·罗兰是刻画心灵的大师。如果说，代表十九世纪现实主义传统的巴尔扎克将他的全部注意力用于研究社会风俗史，那么罗曼·罗兰则是将他毕生的精力用于研究人们心灵（当然是指那些"伟大的心灵"）的历史；而且正像巴尔扎克自称为法国社会的"秘书"一样，罗曼·罗兰声称自己只是他笔下那些人物的"思想记录者"。罗曼·罗兰并不刻意描绘外部世界的细节，而是不厌其烦地表现人物内心生活的细小波澜。他在《母与子》序言中强调："人们总把一生中发生的事写成故事，其实不然，真正的生活是内心生活。"很少有人能像他那样，将一个人的内心生活剖析得如此透彻、细腻，写得如此丰富、复杂，可又是那样惊人的朴素和真实。这显然是因为作者和他的人物已经在一起生活了很长时间，人物的一言一行和全部心灵早已酝酿成熟。作者在序文中也谈到，他在心中构思安乃德这个人物，已经"达五十年之久"。安乃德虽然不是罗曼·罗兰，却概括了他在生活中的各种体验和感受。安乃德的进步，实际上是作家自己晚年的进步；安乃德所未能达到的高度，正是作家自己未能达到的高度。

不言而喻，罗曼·罗兰所塑造的人物，并不是无产阶级的英雄，他所追求的高度完美的心灵和谐，至多是个人道德上的自我完善。但是作为一个尚未建立更高的社会理想的知识分子，奉行这种有所作为的人生观，比起精神颓唐、消极无为，毕竟会产生更为积极的社会效果，会有利于争取社会进步的斗争。我们也许有理由责备罗曼·罗兰宣扬了个人奋斗，但奋斗总比不奋斗于人类有益。在人类社会还没有发展到更高级的阶段时，不可能要求每个人都做到将个人与集体融为一体，但事实上，任何真正的成就都不会仅仅属于个人。从个人的理想愿望出发而对人类作出贡献的，历史上不乏其人；相反，从来不事奋斗，却能够被称为"胸中充满公众利益"的，古今中外找不出一个。比起若干真正伟大的人民战士，罗曼·罗兰笔下的"伟大心灵"也许是渺小的，但也应该看到，他们正像那些永不静止的河流，从一个狭窄的山谷出发，顽强地冲破一切障碍，奔向广阔无垠的大海。一个真诚、正直、向往光明的灵魂，不管经历多少痛苦的曲折，总是会走向真理的，罗曼·罗兰和他塑造的安乃德不是终于投向了人民的海洋，加入了人民的斗争行列么？谁又能否认罗曼·罗兰在反对帝国主义战争中，曾表现出惊人的胆识和远见呢。

当然，罗曼·罗兰也好，他所塑造的人物也好，都是有弱点、有矛盾、有错误的，但正如作者自己所说："不管有理还是没理，他们是真实的存在。"既是存在便有他存在的理由，我们无法要求在不同环境中长大的人都按同一模式思想或生活，只能鼓励人们在自己的生命旅程中努力寻求真理；应该允许人们有个探索真理的过程，而不能要求他不假思索地、无条件地接受旁人恩赐的"真理"。从这一点出发，读一读安乃德的"内心故事"，勘探勘探这条勇于奔向光明、奔向未来的激流，看来是不会对我们毫无启迪的。

一九八一年一月

读罗曼·罗兰的《名人传》*

"打开窗子吧！让自由的空气重新进来！让我们呼吸英雄的气息。"——这是罗曼·罗兰(1866－1944)在《名人传》卷首语中开宗明义的一句话。或许，这也是他为自己全部作品所作的诠释。自十九世纪以降，英雄主题在法国文学中已日趋式微，至二十世纪则近乎绝迹了。从文艺复兴到二十世纪，人的形象在文学作品中愈缩愈小：文艺复兴时期是顶天立地的"巨人"；启蒙时代是叱咤风云的大写的"人"；十九世纪前期，在巴尔扎克、司汤达、雨果等作家笔下，大都是精力旺盛、雄心勃勃的出类拔萃的人；十九世纪中期的福楼拜则主要描写平庸的人；十九世纪后期，从自然主义流派开始，更多的是描写病态、丑恶甚至动物性的人。愈走向世纪末，文学上的颓靡之风愈盛，人的形象也愈来愈猥琐、渺小……在这样的背景下，罗曼·罗兰的《贝多芬传》于一九〇三年面世时，真仿佛是奇峰突起，使人们的精神为之一振。

罗曼·罗兰的文学创作由戏剧[①]发端，读者观众反应平平，没想到《贝多芬传》这本三万来字的小册子突然为他赢得了文学声誉。接着，他又陆续发表了《米开朗琪罗传》(1906)、《托尔斯泰传》(1911)和《甘地传》(1924)。同样的英雄旋律，在他以毕生心血浇铸的两部长河

---

* 本文原系为"语文新课标必读丛书"中《名人传》中译本(张冠尧、艾珉译)所写的导读。

① 他一生写了二十一个剧本，最重要的是《群狼》(1898)、《丹东》(1900)、《七月十四日》(1912)、《罗伯斯比尔》(1939)等。

小说《约翰·克利斯朵夫》(1903—1912)和《母与子》(1922—1933)中得到了更丰满、更深入的发挥,作者在文学史上的地位,主要便是由这两部长河小说奠定的。而他那部精美俏皮、文采出众的中长篇小说《哥拉·布勒尼翁》(1919),在成功刻画法国高卢民族健全的理性和特殊精神气质的同时,同样给小说主人公注入了坚强且富有生命力、创造力的灵魂。

显然,罗曼·罗兰所说的英雄,并不是走遍天下无敌手的江湖豪杰,也不一定是功盖千秋的大伟人,甚至不一定是个胜利者,但他们肯定具有一种内在的强大生命力,使他们在任何逆境中都不放弃奋斗;他们饱经忧患,历尽艰辛,却始终牢牢把握着自己的命运,以顽强的意志去战胜一切困难,竭尽努力使自己成为无愧于"人"的称号的人。

何谓英雄品格,怎样才算无愧于"人"的称号?按罗曼·罗兰的观念,首先就是有百折不挠的进取精神,亦即他所说的大江大河般[①]奔腾不息的强大生命力[②];二是永远保持人格的尊严,恪守个性的独立,既不屈从于强权,也不盲目地随大流;三是具有关怀人、爱护人的博爱精神,甘心为人类的福祉奉献自身。他为之立传的贝多芬、米开朗琪罗、托尔斯泰是这样的人,约翰·克利斯朵夫[③]和安乃德是这样的人,甚至那位表面上嘻嘻哈哈、玩世不恭的高卢木匠哥拉·布勒尼翁,骨子里也潜藏着这种大灾大难压不垮的英雄素质。

罗曼·罗兰的英雄理想,究其实仍是文艺复兴以来人本主义思想传统的继承和发扬[④]。五百年来的欧洲历史表明,作为近代西方文化思想基础的人本主义,对欧洲历史的飞跃曾起过难以估量的作用。在

[①] 《母与子》的主人公安乃德的姓氏里维埃,在法语原文中,系河流之意。
[②] 罗曼·罗兰是"力"的崇拜者,他将强有力的生命力视为英雄人物的本质特征,约翰·克利斯朵夫的姓氏克拉夫脱在德语中即"力量"之意。
[③] 约翰·克利斯朵夫青少年时期的生活,有不少素材取自贝多芬的经历。
[④] 对罗曼·罗兰影响甚深的尼采超人哲学和柏格森生命哲学,归根结底也是人本主义思想的延伸。

停滞不前的中世纪,统治欧洲达千年之久的基督教文化,以原罪说①束缚人的灵魂,让人们相信自己生来是为了赎罪,只有通过现世的忏悔、苦修和受难,求得上帝的宽恕,死后才能升入天堂,获得永生的幸福。神的统治窒息了人的自我意识,把天地万物中最富创造力的生灵,变成消极无为,听凭命运摆布的可怜虫。直到十五、十六世纪,随着古希腊、罗马文化的被发掘,人文主义思想家在复兴古代文化的口号下,提出了人为万物之本的新观念,才启动了人类历史上第一次伟大的思想解放运动。这些思想敏锐、才华出众的知识巨人,以新兴阶级的青春锐气,大胆地以人本观念取代神本观念,以人来对抗神;他们歌颂人的力量、尊严与价值,鼓吹猎取知识、发掘人的聪明才智,提倡进取精神、创造精神和开拓精神,以推动科学文化的迅速发展……

如果说,文艺复兴还只是人的意识的初步觉醒,矛头仅仅指向教会的神权统治,那么,第二次思想解放运动——十八世纪的启蒙运动,则是对封建时代整个上层建筑的全面宣战。启蒙时代的思想家们提出天赋人权的口号,将矛头直指君主专制制度和贵族僧侣的特权,他们以理性为武器,批判一切宗教偏见和迷信,把认识世界和主宰世界的权力归还给人自身。应该承认,没有人的思想解放,就没有现代生产力的解放,没有人的自我意识的觉醒,就无法解释近二三百年来欧洲历史的飞跃发展。时至今日,个人的尊严感和价值理念,仍是西方社会促进生产力发展的一种活跃的精神因素。在他们的观念中,工作上的责任心是自尊心的体现,一个人的创造性是他自身价值的体现,而现代科技的进步,则有赖于每个人的潜能及价值的充分发挥。

然而随着资产阶级上升为统治阶级,金钱取代神权和君权成为主宰一切的力量,在推翻封建制度的漫长过程中形成的一整套非常革命的观念,与革命后建立的新制度形成了尖锐的对立。正当人们试图向新制度索取理性王国曾允诺的一切权利时,却发现无比高贵、尊严的

---

① 按基督教传说,亚当、夏娃因偷食禁果被逐出伊甸园,从此注定人类必须为赎罪终身受苦。

人正在沦为商品；所谓自由、平等、博爱，在实践中只能是人与人之间的竞争角逐。幻想破灭了，人们发现自己孤立无援地置身于一个以金钱为杠杆的动荡不宁的社会。而且资本主义秩序愈是巩固，人们感到距离人的理想愈遥远，人愈来愈失去自己的本质，变成了物的奴隶。文学作品中人的贬值，恰是现实社会中这种异化感和屈辱感的反映，惟其向往崇高，才痛感其丑恶渺小；惟其企盼有所作为，才痛感自身的无能为力。可是消极、颓废毕竟不是出路，于是罗曼·罗兰试图以他的《名人传》给人们传递英雄的气息，鼓舞人们恢复对生活的信念和奋斗的勇气。

罗曼·罗兰想要告诉人们，任何成就都伴随着艰辛的拼搏和痛苦的考验，他为之作传的这些人，"他们的伟大固然来自坚强的毅力，同时也来自所经历的忧患"。他告诫人们："不幸的人们啊，切勿过分怨天尤人！人类最优秀的人物与你们同在。从他们的勇气中汲取营养吧！"

事实的确如此，古往今来许多大有作为的人，并不曾从社会或自然那里得到任何特殊的惠顾，从来不曾有一位好心的神明为他们安排通向胜利的坦途。相反，不公正的命运常常给他们设下种种意想不到的障碍。贝多芬出身贫寒，十三岁辍学，十八岁挑起整个家庭的生活重担，二十五岁他刚刚在乐坛崭露头角，耳朵又开始失聪。这种对音乐家而言十分致命的疾病给他带来的痛苦，非常人所能想象，谁能想到他那些不朽的传世之作，绝大部分竟是耳聋以后写成的？在生活上，他一直是不幸的，由于贫穷和残疾，他的感情生活充满了凄苦和遗憾……尽管他的天才征服了全世界，尽管维也纳的精英人物将他视为国宝，尽管皇亲国戚在他面前都会礼让三分，他的生活境况却没有多大改善。他呕心沥血创作的乐曲，常常拿不到分文报酬。全世界都在演奏他的作品，而他为出版这些作品反倒欠了出版商许多债。不错，他的艺术是无价的，于是人们慷慨地用掌声和欢呼酬谢他，却没想到他的鞋子破得上不了街……然而所有的磨难只是使他变得更加坚强：他痛苦，却不肯屈服于命运；他贫穷，却既不趋炎附势，亦不迎合潮流，始终保持独立的人格；他孤独，却能以热诚的赤子之心爱人类；他从未享受欢乐，却创造了《欢乐颂》奉献给全世界。他终于战胜了！战胜了疾病，战胜了痛苦，战胜了听众的平庸，战胜了所有的磨难和障碍，攀登上了生命的巅峰。第九交响乐在维也纳首演时，听众如醉如痴，许多人都流了泪，演出结束，掌声雷动，当他转身面向听众，全场突然起立，挥动帽子向他致敬，场面之热烈，恍如暴动。

米开朗琪罗看上去比贝多芬幸运，他既无残疾，也不贫穷，他出生于佛罗伦萨颇有声望的市民家庭，从小接受精英阶层的教育，有较高的文化素养和艺术功底，然而他在精神上也许比贝多芬更受折磨：他的祖国多灾多难，他眼见外族入侵，人民受奴役，自己的作品毁于战乱，共和主义的理想也化为泡影；他和贝多芬同样孤独一生，没有妻儿，没有爱情，他的家族不曾给他任何温暖，只想从他身上榨取利益；他到处遭遇嫉妒和倾轧，在同行中很难遇上知音……更可悲的是，他的处境与奴隶相差无几。贝多芬至少精神上是自由的，他不依附任何人，他想说什么就说什么，想做什么就做什么；米开朗琪罗却没有自由，他不得不依附他所不愿依附的教皇，①不得不为教皇们的光荣劳碌终身。当然，教皇们并非一无是处，至少他们承认他的天才，且不止一次保护他的艺术免遭破坏，可是他们剥夺了他的自由，拿他当牛马般使唤，他一辈子都像拉磨的驴一样拴在教皇的磨坊里，七十余岁高龄还得爬上脚手架作画……

如果米开朗琪罗没有自己的理想追求，也许他就不痛苦了，就会以受教皇赏识为荣了。然而他是沐浴着文艺复兴的春风长大的，没有人比他更深刻地领悟到这场思想运动的精髓，他比同时代的艺术家更

---

① 在那个时代，无人能对抗教皇的淫威。而且，除了教皇无人有财力支撑大型的艺术创作。

不满足于宗教艺术,更醉心于表现人的力量、尊严与意志。① 他是文艺复兴时代的巨人之一,他的艺术理想也是巨人式的。他想要制造山一般的巨型作品,甚至想把一座山头雕刻成俯瞰大海的人像。这就决定了他和那些只关心为自己树碑立传的教皇们永远不能达成一致,决定了他将终生为理想无法实现而痛苦。

托尔斯泰的情况完全不同,他是名门贵族,地位优越,衣食无忧,既不需依附任何人,也不必像贝多芬和米开朗琪罗那样终日劳碌;他身体健康,婚姻美满,有深爱他的妻子和可爱的孩子;他有很高的文学天赋,几乎没有经历过艰难的习作阶段就获得了成功……总之,在一般人看来,他是个"什么也不缺"的人,然而他的痛苦恰恰由此而生。他蔑视已经拥有的一切,包括他的文学声誉,惟独渴望拥有他所未知的——生命的真谛,于是他以毕生的精力去求索、去探寻。多少和他地位相当的人都活得志得意满,惟独他苦恼不安。旁人眼里的幸福生活非但不能给他带来幸福感,反而成为他精神上的沉重负担。他对城市贫民的凄惨处境感到震惊,为农民的贫困和愚昧而痛苦,因自己不劳而获的优裕生活而愧疚,为难以摆脱家庭的羁绊而烦恼……他若像旁人一样心安理得地享受命运的安排,也许就没有烦恼了,然而托尔斯泰的伟大就在于不肯安享富贵,不肯虚度年华,他想要通过造福于人类来实现自身的生命价值,于是烦恼接踵而至:他因批判教会的谬误,弘扬真正的基督精神而不能见容于东正教教会,受到开除教籍的处分;他因执著于自己的信念而受到来自压迫者和被压迫者两方面的压力,甚至得不到亲人的认同和理解……

罗曼·罗兰说得不错:"生活是严酷的,对那些不安于平庸的人说来,生活就是一场无休止的搏斗,而且往往是无荣誉无幸福可言的、在

---

① 他之所以对雕塑艺术情有独钟,正是由于他认为雕塑比绘画更能表现人类的"力"。

孤独中默默进行的一场可悲的搏斗。"

罗曼·罗兰还想告诉人们,英雄并非没有弱点,也并非无往不胜,——毕竟他们是人,而不是神——但这无损于他们的伟大。米开朗琪罗有许多弱点:软弱、多疑、优柔寡断,做事常常有始无终,不止一次屈服于强权……他不属于贝多芬那种具有完美人格的人。罗曼·罗兰认为他的悲剧是性格悲剧,其实不尽然,他的弱点有更深层的社会历史原因。他身处两种文化的交汇处,以他的聪慧和敏感,不可能意识不到两种文化之间的冲突及其与政治斗争的紧密联系。人文主义无疑符合他的天性,是他发自内心的信仰,这从他的许多作品中可以看出来(特别是他在教皇下达的任务之外制作的那些带有异教色彩的作品);但他也没能挣脱宗教思想的束缚,和其他许多人文主义者一样,他对神权并非没有忌惮心理,何况以五百多年前的科学水平,要摆脱对神的敬畏几乎是不可能的。他处于两种意识形态的争夺之中,终生为矛盾心理所纠缠,他的神经质,他的迟疑、摇摆、迷信、恐惧不安……都和这一背景有关。①

米开朗琪罗的本质性格其实是骄傲自信而且固执的,他为维护自己的尊严,不止一次与教皇发生正面冲突。他的软弱并非缺乏主见或判断力,而是不能超脱现实的利害关系。他的家族观念、根深蒂固的光宗耀祖思想和长子的责任感,使他不能置身家性命于不顾,这就决定了他在关键时刻必然会逃跑,或者选择明哲保身,向权力屈服。他计划中最伟大的作品都半途而废,并不是他没有足够的耐心,而是他永远受着在任教皇的辖制,上一届教皇下达的任务还没完成,这一届教皇又十万火急地要他接受别的任务。他一生都在超负荷地工作,还时时刻刻为他那些没有完成的作品遭受良心的谴责。所以,与其说他

---

① 自五世纪古罗马帝国宣布基督教为国教,基督教成为欧洲封建统治工具已有千年之久,一切触犯其宗教信条或有悖于该神学体系的思想行为,均被目为异端,受到残酷的迫害。所以资产阶级和封建统治者的较量,最初必然是以宗教改革的形态展开。直到资产阶级取得胜利,政教分离,近代欧洲才逐步使基督教人性化,融入其人文主义思想体系。

是性格悲剧,不如说是时代的悲剧。特定的时代条件成就了他的伟大,却也限制了他天才的发挥。人是很难超越时代的,观念的更新也不是一次思想运动的冲击所能完成。尽管他到晚年已成为文艺复兴硕果仅存的最后一位艺术大师,其权威无人能与之挑战,他在上帝面前却总是惴惴不安。他越来越虔诚,他七十多岁接受圣彼得大教堂总建筑师的任命时,坚决拒绝一切薪酬,因为他认为这是为神服务,是一项神圣的使命。

尽管米开朗琪罗有这样那样的弱点,尽管他没能实现自己最宏伟的计划,可谁也不能否认他的艺术代表了文艺复兴时代伟大的人文精神:他在《大卫》身上,表现了人的理想(这尊气概非凡的人像,无疑是人的力量、尊严与意志的化身),在《摩西》和《奴隶》身上,表现了人和命运的抗争;他的西斯廷天顶画《创世记》中,被逐出乐园的亚当丝毫没有对原罪的负罪感;他的《最后的审判》,以悲壮的场景刻画了人类的痛苦和挣扎;他为洛伦佐·梅迪契和尤利乌斯二世制作雕像时根本不考虑是否像他们本人,而只是用来表现他所想要表现的东西——行动和思想;他的《晨》《昼》《暮》《夜》无比精妙地表现了人的苦恼和感情……有了这些震撼人心的不朽丰碑,谁还会去计较他的软弱和恐惧呢?应当承认,他在艺术追求上,还是勇敢而且顽强的,哪怕民众往《大卫》身上扔石头,哪怕他的《最后的审判》被指控为"路德派的垃圾",他都没有作丝毫让步。在这方面,他和贝多芬一样从未放弃自己的信念。如果说他在艺术上常有举棋不定的时刻,常常质疑和否定自己,那可不是因为在艺术上缺乏自信,而是由于他总是无止境地追求完美,由于总有新的创意在他的头脑中产生。艺术是他的偶像,他愿意为之付出一切,他固然有惊人的天赋,但我们读了这本小书后会明白,为了艺术他曾经历过多少磨难、多少挫折,作过何等艰苦的登攀!五六百年前艺术家的工作条件,今天的艺术家们是想象不出的:为了运送他精心挑选出的石料,米开朗琪罗不得不亲自开山筑路;为了绘制壁画,得首先摸索各种用料的配方;为了铸造铜像,得从头开始学习炼铜;为了掌握人体的结构,他用尸体来研究解剖学①,且为此累得大病一场……他也许有时软弱、胆怯,而在艺术探索上,他是勇气十足的,什么也没能难倒他。

米开朗琪罗不是完人,而作为艺术家,他是人类的骄傲。

托尔斯泰人格的高尚是众所周知的,他敢于挑战一切权威,对沙皇也不曾笔下留情;他绝不盲从、迷信,敢于用批判的眼光审视一切;他敢于坚持自己心目中的真理,哪怕为此受到孤立……但他也有弱点,他的知识和视野受到停滞落后的俄国乡村生活的局限,自己却浑然不觉,这就大大妨碍了他对事物做出正确的判断。他对现代科学的发展几乎一无所知,却轻率地把物种起源、光谱分析、镭的本质、数的理论、动物化石……等对人类社会有重大意义的研究,统统斥为"无聊";他根本不理解文艺复兴运动唤醒人们的自我意识,对人类社会的发展有多么重要,所以对米开朗琪罗的作品无动于衷,把莎士比亚贬得一文不值;他体会不到人类为了生存、发展,需要以怎样的毅力去奋斗、去拼搏,以致贝多芬那种充满战斗激情、催人奋发向上的音乐让他惊愕和反感,他不去批判靡靡之音,反倒把贝多芬当作洪水猛兽,……总之,他意识不到自己知识结构的缺憾,往往武断地否定自己所不了解的一切。这样的固步自封使他无法通过学习把握较科学的历史观,无法对人类社会的发展形成一个较客观、较实在的概念。

在托尔斯泰的思想体系中,评断事物的唯一标准就是道德——即爱心、真诚和善良。只要符合他的道德准则,再平庸的作品或人都会受到他的赞扬;而对俄国历史起过重大推动作用的彼得一世,在他眼里便只是一个品质恶劣的小人,至于其改革给俄国带来的进步,他则根本不予承认。他曾两度访问欧洲,对欧洲的进步同样不屑一顾,仅仅在巴黎观看了一次死刑犯的处决,便宣布"对进步的迷信纯属虚

---

① 十五世纪尚无此类学科,这种研究可说是惊世骇俗之举。

妄"。不错,托尔斯泰真诚地希望社会日益完善,对俄国民众的悲惨处境由衷地感到怜悯和同情,但他既不满现状,又惧怕社会动荡,他对经济的变革心存恐惧,对任何一种改革社会的主张或企图都深恶痛绝。说到底,他是不愿意他所心爱的封闭式宗法制庄园经济受到触动和破坏。因而他对社会的批判无论多么猛烈,都只停留在道德的层面,从未深入到社会的根部;他所开具的济世良方,当然也无助于解决错综复杂的社会问题。他那一厢情愿的善良,把一切都简单化了:他相信完善社会的唯一途径,是强化宗教意识,普及道德教育,只要每个人在道德上自我完善,消除一切欲念,人人爱上帝、爱他人(包括爱自己的敌人),自然能达到全社会的和谐,实现人类的大同。可见托尔斯泰虽则很早就开始研究哲学,却缺乏哲人的睿智。他沉溺于自己的宗教信念,甚至推演出许多偏激、荒谬的观点,诸如婚姻是一种堕落,爱情、婚姻都有违基督教精神,妨碍了人类理想的实现等等……他的禁欲主义简直比中世纪还有过而无不及,但却没有想到,一旦人类无欲无求,社会也就失去了活力。他似乎也不曾考虑过,像俄国那样落后的生产方式和低下的生产水平,大多数人连温饱问题都难以解决,怎能达到和谐与安定?爱心、真诚和善良固然是永远值得提倡的美德,却解决不了人类生存发展中的根本问题。他更没有想到,社会的发展有其不以人的主观意志为转移的客观规律,真正的仁人志士应当认识和顺应客观规律,积极推动社会向前发展,而不是幻想按自己的乌托邦来重新安排社会秩序,甚至牵制或阻挠社会的发展。

托尔斯泰作为小说家的伟大成就是无可争议的,他是世界文学中巍然耸立的高峰之一。他不仅为读者展示了俄罗斯近代历史的广阔画面,还精彩地谱写了俄罗斯民族之魂,他是欧洲文学中继巴尔扎克之后最伟大的塑造形象的大师,创造了俄罗斯文学中最丰富、最壮观的人物画廊……然而他苦心孤诣创立的爱的宗教,境遇就不那么辉煌了。我们相信随着人类社会从低级往高级阶段发展,普遍的博爱精神将逐步成为人类共同生活的准则。但在托尔斯泰生活的时代,这种主张的可行性比一百年后的今天更加微弱,因此他作为思想家声名远播,而追随者者寥寥。尤其他的勿抗恶主张,在实践中处处碰壁。他屡战屡败,却始终不肯放弃。在罗曼·罗兰看来,这正是托尔斯泰值得敬佩的地方。作者写他的失败和孤立,恰恰是想阐明不应以成败论英雄。英雄也是人,也有弱点和谬误,他们并不总是胜利者,但他们勇于承受挫折,承受失败,绝不会因失败而气馁,这便是他们高于常人的地方。托尔斯泰虽然提倡无欲无求,平和宁静,他本人却是个精力旺盛、生命力极强的人,他永远有所追求,而且孜孜不倦。他勇于挑战,勇于探索,也勇于实践,为了他心中的真理,他单枪匹马,孤军奋战,不吝惜代价,也不考虑成败,这,就是罗曼·罗兰所说的英雄气质。托尔斯泰的思想、主张,不可避免地要受到他自身生活环境和认识水平的局限,重要的不是他的主张是否正确,而是他那种不以坐享富贵为荣,坚持不懈为人类的未来上下求索的精神,那种愿为信念献身的无所畏惧的精神。一切有志于开创未来的人们,难道不能从这位可敬的老者身上学到点什么吗?包括他的弱点和谬误在内,不也能使我们从中获得某种有益的教训或启迪吗?

年轻的朋友们!生活是广阔的,但并非处处都开满鲜花,更不能指望处处都有林荫道,有的地方会是崎岖陡峭的小路,有的地方甚至荆棘丛生。这里记述的三位伟人虽然出身经历不同,性格特点迥异,但为了实现生命的价值,同样都需要面对这样那样的困难、障碍,承受这样那样的磨难、挫折或失败的打击,从这个意义上讲,人是生而平等的。人生就是奋斗,幸福就产生在奋斗的过程之中。不经奋斗得来的享受不会给人带来任何快乐,只有战胜种种困难险阻攀登上生命的巅峰,才能感受到灵魂升华的喜悦。人生的价值是由自己创造的,要想让生命迸出火花,没有任何捷径,也不必乞灵于神明。可以视为神示的只有一句话,那就是贝多芬所说的:"人啊!靠你自己吧!"

二〇〇三年八月

盖棺且莫论定*
——关于萨特之我见

曾经对二十世纪西方思想界产生过巨大影响的让-保尔·萨特（1905－1980）已经逝世三周年了，围绕这位哲学家兼文学家的争论似乎正方兴未艾。虽说萨特的主要著作迄今尚未在中国出版，虽说直到萨特去世，他的名字在中国仍鲜为人知，但是一年多来，传闻中的"萨特热"及由此掀起的萨特批判，已经在全国，特别是各高等院校引起对萨特的关注，萨特的学说正以惊人的速度在中国普及，对萨特的兴趣显然在增加而不是在减少。萨特自己大约也不曾料到，当他作为一个历史人物被葬入坟墓，存在主义学说在西方的影响逐趋衰微的情况下，远在东方的中国会突然兴起研究萨特的高潮。

一年多以来，报刊上已经发表了不少有关萨特的文章。遗憾的是，其中有不少文章令人感到所论及的并不是萨特，或者不完全是萨特。因此我感到，萨特研究目前对我国说来，还处在"瞎子摸象"的阶段。由于萨特的主要著作尚未翻译出版，原文资料也相当贫乏，各界人士因接触到的资料不同，看问题的角度也不尽相同，因而对萨特的评价存在一些分歧是完全可以理解的。哲学界的同志为划清唯物主义与唯心主义的界限，从"马克思主义观点"出发，对萨特的哲学思想进行分析批判；主管政治思想工作的同志，为防止青年接受存在主义思想影响，对萨特的思想体系进行分析批判；……这些都无可非议。

＊ 本文原系一九八三年五月在人民文学出版社编辑月会上的专题发言。

但萨特作为二十世纪的一位文化名人,一位曾产生过巨大影响的作家,在二十世纪的思想史和文学史上,应当有他的一席地位。作为从事文化积累工作的出版单位,我们对待萨特,应当如同对待文学史上其他贡献卓著的作家一样,给予科学的公正的评价。对于其他作家,我们从未因他们不是马克思主义者便将他们贬损得一无是处,对待萨特,似乎也不应例外。

我以为一种学说的产生,总是和一定的社会环境及历史条件相联系,评价这种学说或思潮,也不应脱离当时的社会环境和历史条件。在某种社会条件下起过进步作用的东西,在社会主义社会可能产生消极作用,对此完全可以进行分析,但不能以此作为评价历史人物的唯一依据。评价历史人物,仍应按毛泽东同志在《讲话》中指出的,看他"对人民的态度如何,在历史上有无进步意义。"如果为了抵制某种学说可能产生的消极影响,便把本来起过进步作用的东西说成反动的东西,把反对剥削、压迫的主张说成是鼓吹剥削、压迫的主张,那就无法令人信服了。

我无意于卷入当前有关萨特的论战。但从文化积累的角度,我以为应当以更客观的态度对待萨特及其著作。马克思主义者认为"存在决定意识",事物的变化发展,"主要地不是由于外因而是由于内因","外因是变化的条件,内因是变化的根据,外因通过内因而起作用。"①因此,如果我国青年中出现了一些令人担忧的思想状况,不能笼统地归咎于青年们还知之甚少(甚至一无所知)的萨特。现在,我谨就自己接触到的资料,提出对萨特其人及其作品的看法,供同志们参考。如有错误,请批评指正。

萨特是一个不容忽视的社会存在

萨特在战前是一名普通的中学哲学教师,战后忽然成为知识界的

---

① 毛泽东:《矛盾论》。

精神领袖,他的著作被译成各国文字,风靡欧洲达十年之久。作为哲学家,他是对战后一代甚至几代人产生过重大影响的存在主义学说的主要代表;作为社会活动家,他是法国进步知识分子的一面旗帜,曾以可贵的勇气和正义感,介入战后一系列反对帝国主义、殖民主义的政治斗争;作为文艺理论家,他针对文坛上为艺术而艺术的倾向,独树一帜地提出介入文学的理论,试图使文学成为改造现实的一种手段;作为小说家和戏剧家,他注意把握了当代人们最关注的全局性问题和普遍的心理状态,因而他的作品比同时代其他作家的作品具有更丰富的历史内容,更深刻地反映了广大中间阶层的矛盾、苦恼、挣扎和探索。萨特不完全是现代派作家,他的大部分创作,并未脱离传统艺术的范畴,但他的小说《恶心》、戏剧《隔离审讯》(又译《禁闭》)等在艺术上有较大突破,被视为法国新小说派小说和荒诞派戏剧的前驱。

　　萨特在战后声誉鹊起,一开始连他本人都感到吃惊。有人认为,这是由于萨特出色地运用了小说、戏剧等文学形式,使存在主义这种晦涩的学说变得通俗易懂了。这种说法有一定的道理,因为对大多数人说来,哲学是哲学家们的事情,只有生活才值得自己关心。萨特把存在主义解释为"生活与行动的哲学",强调"注重现实的人生",而且在他的小说、戏剧中展现出人们共同的生活处境,把人们所思虑的问题提到哲理的高度,这样就使他的学说与人们建立了广泛的联系,变得平易近人了。但是,萨特获得成功的根本原因,还在于准确地把握住了战争创伤和战后的冷战局面给人们造成的悲观彷徨心理状态,并且仿佛以自己的学说给人们指出了一条精神上的出路,特别是对那些一方面对资产阶级的统治感到绝望,同时又对共产党持保留态度的小资产阶级知识分子,萨特的理论由于标志着一种忠于个人信念的独立不羁精神而具有格外强烈的吸引力。

　　总之,无论是从思想史的角度,文学史的角度,或对战后资本主义社会现状研究的角度,萨特都是一个十分引人注目的人物。这是一位具有多方面才能的多产作家,仅仅他的一大批著作就是对人类的不小贡献了，再加他个人人格的魅力，斗争的勇气，更提高了他的社会声望，人们可能并不都赞同或理解他的思想，却一致钦佩他的为人。从他逝世时数万（也有说十余万）群众自发参加葬礼这一事实，也足以说明萨特是本世纪一个不容忽视的社会存在，是一个值得花些气力深入研究的社会存在。

萨特的存在主义的来源及其基本命题

正如有些文章指出的，存在主义并非萨特的发明创造。存在主义源于丹麦学者克尔恺郭尔关于"个人存在"的学说，由德国哲学家海德格尔和雅斯贝斯于第一次世界大战以后发展成独立的理论体系。这种理论强调人的实在性，把"人的存在"作为全部哲学的基础和出发点。

这一学说是十九世纪后半期以来，资本主义内部矛盾深化、资产阶级乐观主义丧失的必然产物。残酷的生存竞争、尖锐的阶级冲突、经济危机、通货膨胀、失业、破产、贫困、人与人之间的冷漠、敌视和欺诈，……使中、下层的人们普遍产生一种异化感。他们感到整个社会都与自己对立，个人孤立无援，人丧失了人的价值，变成了物的奴隶，个性受压抑，才能受到摧残。文艺复兴时期人的形象是何等高贵、美丽，足以与神相抗衡；现代作品中的人却渺小、平庸、丑陋、软弱，像虫子一样无力左右自己的命运。资产阶级上升时期的思想家认为增长知识、征服自然就是发展人的个性、谋求现世幸福，因而他们崇尚理性、对个人和社会的前途充满信心；到十九世纪后半期，资产阶级上升时期的乐观精神和理性主义却日益受到怀疑和嘲弄。由此产生了叔本华、克尔恺郭尔等的悲观主义哲学，他们对资本主义社会的各种矛盾和危机，对人们在物质上、精神上所受的种种压抑以及社会道德的堕落表示了极大的愤慨和忧虑，但他们把这一切弊病看成理性和科学发展的结果，人对物质世界研究得愈细致，科学技术愈是发展，人就愈是成为物的附属物，就愈是丧失自己的个性与自由。因此，他们要求恢复被理性主义所忽视和压抑了的人性,要求哲学从新的角度来研究人、关心人,重新考虑人的价值和人生的意义。于是资产阶级的哲学从理性主义走向非理性主义,把人的生命意志代替理性作为人的真正本质。

克尔恺郭尔认为历来哲学只关心客体的世界,把物质与精神、思维与存在看成哲学上的根本问题,却忽视了作为世界主体的人。在他看来,惟有人的存在——即自我主观世界的存在,才是唯一的实在(唯一对人具有现实意义的存在),人的痛苦、需要、情欲、感情、辛劳……是原生的,它们不可克服,亦非知识所能改变。人是丑恶的、孤独的,人生充满痛苦、不幸,惟有唤起人们内在精神的自觉,恢复人的尊严和价值,才能使人生脱离苦海。这种学说本是针对黑格尔客观唯心主义的绝对理念提出的,是一种以人的主观世界为主要研究对象的哲学,与唯物主义当然不属一个体系,一般归类于主观唯心主义哲学。克尔恺郭尔把人类可选择的生活分成三类:美学阶段、道德阶段和宗教阶段。在宗教阶段,人的精神世界与上帝的意志达到和谐统一,所以克尔恺郭尔的学说同时带有宗教神秘主义色彩。

克尔恺郭尔生前默默无闻,到第一次世界大战以后才开始引起注意。因为战争把所有的人抛入焦虑、恐怖的处境之中,更使他们感到自己周围是一个荒谬、异己、动荡不安和令人绝望的世界。正是在这样的历史条件下,德国的海德格尔、雅斯贝斯等人在克尔恺郭尔学说的基础上建立了存在主义理论体系。第二次世界大战以前,萨特曾到德国研究存在主义哲学和胡塞尔的现象学,并在此基础上形成了自己的理论体系。

萨特最初并不认为自己是存在主义者,这个称号是旁人加给他的,最后他也就接受了。事实上萨特的思想虽然与克尔恺郭尔、海德格尔、胡塞尔等人一脉相承,明确地把个人的存在作为哲学研究的基础和出发点,把人的主观意识、人的感情和命运看成最值得关注的对象,但是,萨特学说的思想导向与他的前辈大不相同,应当看到他的学说是存在主义的一个变种。如果萨特仅仅简单地重复了其前辈哲学家的种种论点，毫无新意可言，我们就无法解释为什么萨特的影响能大大超过他的前辈，而被西方尊为"本世纪最伟大的哲人"和"半个世纪的精神导师"。

和其他存在主义者一样，萨特认为人的存在先于本质。即人首先存在，然后按自己的意志造就自身；生活本来是一片虚无，全靠人自己赋予生活以意义。存在先于本质，是人与物的最大区别。对于物来说，是本质先于存在，物在被制造出来以前，其性质功用早已设计好了（例如裁纸刀，在它被制造出来以前，已经设计好了它的性质与功能。）；而人只能通过自我选择，来创造自己的本质，决定自己的命运。《恶心》（1938）中的罗冈丹从浑浑噩噩的状态中苏醒过来，对周围的世界感到恶心，他逐渐意识到作为一个人，应该区别于周围的物，并由此产生有所作为、有所建树的意向，这一转变标志了存在的觉醒。后来萨特在《存在与虚无》（1942）中，把这称作"从自在走向自为"。

萨特区别于其他存在主义者的地方是，他完全摒弃了大多数存在主义者未能摆脱的宗教神秘主义，突出了人类本身行动的自由、选择的自由。萨特不承认上帝，也不承认先验的共同人性或任何客观规律。他确信人们可以通过自己的行动来确立自己的本质、创造自己的价值。因而"自由选择"、"重在行动"就成为萨特的无神论存在主义的最大特色。也就是说，萨特不承认宿命，不承认人在现实面前无能为力，他认为不论处境如何，选择的自由总是存在的：你被敌人俘虏，失去了人身自由，但你是成为英雄，还是成为叛徒，完全由你自己选择。一个残废者，受到残疾的局限，他可以怨天尤人，也可以在力所能及的范围内找到拯救自身的办法，全看他自己作何选择。

概言之，存在先于本质、自由选择、重在行动，这就是萨特的存在主义的基本命题。这一学说中处于核心地位的，便是萨特的自由观。萨特所谓的自由，并不是随心所欲的自由，而是选择的自由。这里，自由首先是一个哲学概念，它所体现的是人格的尊严和独立的思考。萨特说"上帝死了",意思是人不需要任何神示来指导他的行动,每个人应该自己选择行动,自己对自己负责。《苍蝇》(1943)中的俄瑞斯忒斯回到阿耳戈斯城,其姊厄莱克特要他替父报仇,朱庇特却要他放弃复仇的愿望。俄瑞斯忒斯宣称"朱庇特是天上的神,不是人间之神",人间的事应由人承担一切、决定一切,于是他按照自己的选择采取了行动。

萨特的自由观与无产阶级政党"铁的纪律"和"统一意志"显然是格格不入的。在无产阶级专政条件下,这种关于自由的学说可能会起涣散组织、助长无政府主义的消极作用。但能否笼统地说萨特的自由选择论完全是"消极、有害的",且"为阶级剥削、阶级压迫提供了理论根据"呢?我认为不然。评判任何学说都不能离开产生这一学说的历史条件和在当时所起的作用。战争期间,萨特在敌占区提出选择的自由,显然是针对法西斯的奴役,召唤人们为维护人的尊严起而反抗,尽管出发点是"个人",在当时却决不能说是"有害的"。萨特提出在严酷考验面前的选择问题,显然认为宁死也不应允许自己当懦夫,这种描写不论有多么浓厚的个人色彩,其效果也不至于是"消极的"。萨特在战后介入了一系列政治斗争,不断地作出自我选择,每一次都站在被奴役、被压迫的人民一边,为此多次受到资产阶级右翼的打击:为了支持阿尔及利亚独立,他的住宅被炸毁,本人险遭暗杀;他支持中国人民的抗美援朝斗争,在国内受到孤立,连最亲近的朋友都离开了他;他一贯与资产阶级统治当局持不合作态度,拒绝来自官方的一切荣誉,而且毫不留情地从根本制度上揭露资产阶级,……这样一个作家,怎么能轻率地断言他"为剥削、压迫以及其他一切荒谬反动的行为"提供理论依据,甚至以漫画形式表示他骑在人民头上作威作福呢?(见一九八二年七月十日《中国青年报》)

有的人把萨特的存在主义归结为"悲观颓废的哲学"、"烦恼的哲学"、"绝望的哲学"。我也认为不尽然。说它是"烦恼的哲学"是对的,因为它要求人们自己承担一切,承担全世界,在任何处境中,人们都要自己作出抉择。要作抉择便会有焦虑、烦恼。一个听天由命,对自己不承担任何责任的人是没有烦恼的,想要自己承担责任的人则会烦恼无尽。但烦恼不等于悲观绝望,至少萨特本人从无绝望或颓废的表现。在任何情况下,他都不曾向环境屈服,而是自强不息、永不懈怠。他三岁失去右眼,靠一只眼写了五十卷巨著,晚年他双目失明,仍以口述或对话的方式勤奋工作。当然,萨特也有悲观的一面,但正如他本人一再说明的,这是对资本主义的绝望,对神的绝望,而不是把人类抛入绝望。萨特直到晚年仍相信社会主义将代替资本主义(尽管他的社会主义只是一种空想的自由社会主义)。意大利共产党的格拉姆西曾说:"必须带着智慧上的悲观主义和意志上的乐观主义进行斗争。"萨特不完全同意这种说法。他说:"如果我确信任何为自由而进行的斗争都注定要失败,斗争就没有丝毫意义了。""没有任何东西担保革命会成功,但也没有任何东西能说服我们相信失败是命定的。我们只能在两者之间作选择:不是社会主义就是野蛮。"(《七十岁自画像》)

由此可见,尽管存在主义学说原是资产阶级的没落感在哲学上的反映,尽管存在主义者对人类、对社会一般持悲观态度,然而,不加分析地将萨特的存在主义归结为悲观颓废哲学却是不公正的。如果说,萨特经常把现实描写得一团漆黑,人的形象丑恶渺小,那他是企图以这样的描写引起人们的恶心感,从而激起变革的愿望,而不是引导人们"浑浑噩噩地打发一生。"实际上萨特之所以比他的前辈具有更大的吸引力,恰恰在于他是在一个令人绝望的社会环境中,提倡了一种积极的人生哲学,一种"随时给人以希望和向往"的哲学(安德烈·莫洛亚语),虽说这希望和向往极其朦胧,不可能给人指出具体的出路和行动的方向,可它毕竟给予那些彷徨苦闷者以某种启示,使他们意识到应当以积极的态度对待人生。

我以为萨特的学说严格说来并不是纯粹意义的哲学,而是有关思想、生活和行动的一种哲理。它并不表现为"知识总汇",也不能解决世界观、方法论上的根本问题,它不研究精神与物质的关系,存在与意识的关系，……说得通俗一点，它只是研究人如何使自己配得上人这个称号；人如何使自己具有人所应当具有的尊严和价值。无论你的处境多么恶劣，你总可以选择一种不至于愧对自己的、较有价值的行动方式。萨特自己也承认，存在主义不是真正的哲学，而只是一种思想体系——寄生于某种哲学的思想体系。萨特认为，真正的哲学是很少的，从十七世纪到二十世纪，哲学只经历了三个阶段：笛卡儿和洛克的阶段；康德和黑格尔的阶段；最后是马克思的阶段。克尔恺郭尔批判黑格尔对绝对理念的追求，实际上他的学说难以独立于黑格尔的唯心主义体系之外。萨特曾幻想自己的学说寄生于马克思主义，成为马克思主义的补充。当然，这种嫁接最后以失败告终。

萨特的思想历程及其在作品中的表现

从萨特的自传体小说《文字生涯》和他的《七十岁自画像》可以看出，萨特的思想是一贯的，但却是有发展的。根据他自己的说法，战争是他生活中真正的转折点，使他"从战前的个人主义和纯粹个人转向社会，转向社会主义"。

萨特从小失去父亲，整个童年在外祖父家度过。外祖父是一位语言学教授，十分重视小萨特的教育，萨特从小生活在书堆中，四岁就能阅读，从八岁就开始醉心于写作。被全家视为神童。外祖父对他期望甚高，他自己也颇有抱负：他立志成为作家，想通过写作使自己不朽。萨特十九岁进入法国最高学府——高等师范学院，二十四岁荣获中学哲学教师学衔考试第一名，后来成为一名深受学生爱戴的哲学教师。战前这个阶段，萨特埋头书斋，不问政治，一心一意耕耘自己的园地：除了教书就是写作。这时候，萨特心目中的存在，的确是孤立的个人。他看不到个人的存在与他生活于其间的社会有什么联系。第二次世界大战打破了他的平静，强迫他走出书斋，他入了伍，当过俘虏，参加了地下抵抗运动。战争使他意识到不存在什么"纯粹的个人"，认识到

"只有把人当作一个社会存在才能了解他",认识到"我们每个人的处境是和集体的处境分不开的,只有在改变集体处境的同时改变个人的处境。"(《七十岁自画像》)他意识到个人生活与世界大事的联系,个人的存在不能与社会割裂,每个人都应对社会上的重大问题作出认真的思考与抉择。从《恶心》(1938)到《自由之路》(1945~1949),可以看出萨特思想的变化。《恶心》仅仅召唤人们摆脱空虚无聊,设法使自己有所作为;《自由之路》则描写一个虚度年华的知识分子在战争中逐渐意识到行动的意义和对社会负有的责任,终于参加战斗,以生命为代价肯定了自己存在的价值。他在战争期间写的剧本《苍蝇》(1943),借古喻今,号召人们摆脱灰心丧气、消极无为的思想,奋起反抗德国法西斯的统治。上演后引起了强烈的反响;他的哲学著作《存在与虚无》强调了人的尊严与价值,强调了在被奴役的情况下,你完全有权选择反抗的道路,如果不反抗,则意味着放弃自由。……这部著作当时被知识界誉为"反附敌思想的宣言书",影响很大。虽然这些作品的思想核心离不开个人,但在当时的历史条件下,却团结和鼓舞了大批知识分子参加抵抗运动。

在这个阶段,萨特笔下的英雄仍然是孤独的,俄瑞斯忒斯解救了阿耳戈斯城,却受到城中居民的唾骂和驱逐。在萨特看来,杰出的人物应该敢于自己作出决定,个人承担一切,即使失败、牺牲,也仍然创造了自己的价值。如屈从于多数人的偏见,处处适应社会上的习惯势力,则必将一事无成,这就是《隔离审讯》(又译《禁闭》)中所说的"他人即地狱":人要活得有价值,就应该从一切禁锢中解放出来,根据自己的选择来生活。这个时期,萨特认为人的自由是绝对的,无条件的:在任何情况、任何时间、任何地点,甚至在监狱里,也有选择的自由。是宁死不屈,还是贪生怕死,生活提出了如此严峻的问题,迫使你作出抉择,剧本《死无葬身之地》(1946)描写的就是这种处境。到1969年,这一观点有所变化,因为战后社会矛盾的复杂性,使他体验到有时候选择是困难的,于是他承认了社会存在对人的制约,并修改了自由的定义:"自由是一种小小的行动,它把完全受社会制约的生物变成部分摆脱所受制约的人,譬如热奈生存的条件不折不扣让他成为小偷,他却使自己同时成为诗人。"(《处境种种》第九集)这就是说,萨特是在承认社会制约的前提下强调人的主观能动作用,这就比过去大有进步了。

萨特战后发表的哲学演说《存在主义是一种人道主义》(1946),对《存在与虚无》中的论点较集中地作了补充和说明。虽然基本出发点未变,但注入了自己参加社会实践的若干体会,比较多的看到了人的社会性,表现在对"自我与他人的关系"问题上,有了较大发展。《存在与虚无》中,萨特论证"个人自由必然排斥他人的自由",在《存在主义是一种人道主义》中,萨特承认个人自由与他人的自由相互依赖,不可分割。人们在寻求个人自由时,"不能不同时寻求他人的自由"。因而在进行选择时,"不仅要考虑对自己负责,同时也要对人类负责"。这篇著作,可以代表萨特思想的第二阶段。萨特战后积极投身各项政治斗争,创立"介入文学"的理论,都和这一阶段的思想发展有关。

萨特认为文学是"一面批判性的镜子","写作就是揭露","揭露必以改变现状为目的"。

因而所谓介入,也就是"对世界承担责任"(《什么是文学》)。萨特强调文学作品应包含深刻的历史内容,关注威胁着人类的灾难,反映人们的焦虑和探索。他的戏剧作品是这种介入理论的典型体现。如《恭顺的妓女》(1946)揭露了美国的种族歧视和种族压迫,矛头明确指向资产阶级上层分子和官僚政客,同时也批评了受害者完全放弃了自己的自由,放弃了反抗斗争;《涅克拉索夫》(1955)以辛辣的讽刺手法揭露了资产阶级的反共闹剧;《阿尔托纳的隐居者》(1959)通过刻画一个不敢正视战争罪责的法西斯走卒在精神上所受的折磨,重温了德国法西斯侵略的历史教训,启发法国人民认真思考自己在阿尔及利亚战争中应承担的责任。哲理剧《魔鬼与上帝》(1951)被他自己解释为《脏手》(1948)的补充。在《脏手》中,他提出了无产阶级政党目的与手段的矛盾问题,党内斗争的残酷性问题,剧中的雨果是一个满怀革命热情的知识分子,但他无法理解和接受党内的组织原则和斗争手段。《魔鬼与上帝》(1951)中的主人公格茨是个自由射手式的人物,一个无政府主义者,他为对抗上帝而滥用暴力,结果既没有摧毁社会,也没有动摇社会的基础,只毁灭了许多人的生命,他所做的一切到头来为王侯们所利用。后来他摒弃暴力、广行善举以讨好上帝,结果是毁掉自己的人格并使农民遭到不幸。他绝望地看到上帝毁人不亚于魔鬼,最后他发现,根本不存在上帝,也不存在绝对的善或恶,暴力不能成为衡量善恶的标准,一切善恶都不能离开具体的目的,格茨终于摆脱了对抽象伦理的探索,做出了萨特自己未能做到的事——投入农民起义的实际斗争,在魔鬼与上帝之间,他选择了人,而且是结为集团进行斗争的人。

从《苍蝇》中俄瑞斯忒斯式的"绝对孤立"的英雄,到《魔鬼与上帝》中开始与群众斗争相结合的格茨式的好汉,萨特的观点显然有了很大进步,笼统地批判他"否定人的社会性"或"将人们引向脱离社会现实",看来不够实事求是。不过像萨特这样的人,要接受无产阶级政党的组织观念是十分困难的,《脏手》一剧,尖锐地反映了萨特思想中个人与集体、自由与纪律、个人意志与统一意志之间的矛盾。正因为此,萨特在政治上一直恪守独立不羁的原则,试图寻求第三条道路。他一方面拒绝与资产阶级政府合作,同时也与共产党保持距离。在反对侵略战争、殖民主义战争和帝国主义的冷战政策的斗争中,他几度与共产党结成联盟,却又因观念形态上的分歧而分手。萨特承认"只有通过共产党才能接触到劳动阶级",但又认为"只有思想糊涂的人才把劳动阶级的事业与共产党的事业等同起来。"

萨特曾经深受马克思主义吸引,认为马克思主义是上升中的阶级——工人阶级——的自我意识,是当代"唯一有生命力的"和"不可超越的"哲学。萨特承认历史唯物主义提供了对历史的唯一合理的解释,肯定马克思主义的阶级斗争学说和剩余价值学说是站得住脚的。但是他不能接受自然辩证法的理论,不承认事物有不以人的主观意志为转移的客观规律,既然人民是历史的创造者,那么主宰历史的就是人,而不是什么外在于人的"客观规律"。所以萨特和马克思主义的分歧,首先是唯心主义与唯物主义的分歧:萨特强调人的主观意志,而不能接受唯物主义的客观规律论;另一方面,萨特从他的自由观出发,必然倾向于无政府主义,而与无产阶级专政的理论及关于无产阶级政党的学说不能相容。正因为这两个根本性的分歧,萨特不能不和马克思主义分道扬镳。不过萨特对马克思主义从未抱敌对态度,直到晚年仍然承认在产生马克思主义哲学的历史条件没有消逝以前,"这种哲学是不可超越的"。萨特认为他的存在主义和马克思主义并无矛盾,他说马克思主义本是一种"真正的人道主义",本当包含存在主义,可是当今共产党的教条主义和官僚主义使马克思主义出现了"人学的空场",因而有必要将存在主义融入马克思主义,使马克思主义重新完善起来,重新"发现人"、"探索人"。为此,他写作了《辩证理性批判》(1957-1960)。萨特自称这是一部马克思主义著作,但却是批判共产党的。因为他认为当今共产党的若干主张与马克思主义相去甚远。萨特的《脏手》当然也是批评共产党的,虽说他认为自己毫无反共意图,此剧毕竟受到资产阶级的喝采。这一后果使萨特深感不快,自一九五二年起,他决定此剧如未得到所在国共产党的同意,一律不予上演。由此可见,萨特尽管与共产党有意识形态上的分歧,但在政治上并未采取敌对立场。

总之,萨特是个相当复杂的人物,他是二十世纪西方知识分子的左翼代表人物。他毕生要求进步,同情被压迫人民的斗争。

他在五十年代曾访问中国,对中国一直保持友好的感情。他为人类正义事业所作的不屈不挠的斗争,显示了他的浩然正气和勇敢精神。他不是马克思主义者却高度评价马克思主义;他批评共产党,却对共产党不抱敌意。这是一位在人民群众中享有崇高威望的学者,他的学说曾经在抵抗运动和反帝、反殖的正义斗争中起过积极作用。但是萨特的学说基本上属于造反的哲学,这种哲学体现对现状的不满,对变革的欲求,对一切权力的挑战和对抗。对于一个需要安定和统一的社会,萨特的思想可能是危险的,从这个意义上讲,应当对萨特学说有所批判。不过这种批判若不顾事实,有失公正,那就不仅是说服力不强的问题,而是在世界进步人士中丧失人心,在国际上落为笑柄,在国内则会引起逆反效应。我的意见是:组织任何批判都需提倡严肃的学风,提倡扎扎实实地占有资料和历史唯物主义的科学态度。萨特虽已"盖棺",却不必急于"论定",先读一读萨特本人的著作,研究一下他的全部社会活动,再作评断就可以比较切合实际了。

一九八三年四月

《萨特文集》总序*

一九八〇年四月十九日,载着萨特灵柩的柩车向蒙巴那斯公墓徐徐行进,后面随着望不到尽头的巨大人流。柩车到达时,公墓内外早已人山人海,致使柩车长时间难以通过。据悉约有六万(也有一说是十万)群众自发参加了这次葬礼,其中不少人甚至是千里迢迢从外省赶到巴黎来的。此后很长一段时间,萨特的坟头每天都有不知名姓者奉献的鲜花,……一个作家,在为自己的一生画上句号时出现如此动人的场景,至少说明他曾与千千万万民众息息相通,他已刻入人们的记忆,并将在历史上占有一席不容忽视的位置。

让-保尔·萨特(1905－1980)无疑是二十世纪法国思想文化界最引人注目的人物。作为哲学家、思想家,他是战后风靡整个西方世界的存在主义哲学的主要代表;作为文学家,他针对"为艺术而艺术"的倾向提出了"介入文学"理论,并以自己的创作实践介入了当代社会生活中的重大问题;作为社会活动家,他勇敢地站在受奴役、受压迫的人民一边,不倦不怠地反对帝国主义、殖民主义、种族歧视及专制暴政。他是战后法国知识界的一面旗帜,对整整一代甚至数代青年都产生过深刻影响。

萨特于一九〇五年出生在巴黎一个海军军官的家庭。他两岁丧父,童年时代一直随母亲和外祖父母一起生活。外祖父夏尔·施韦泽是位语言教师,家中藏书甚丰,萨特从小生活在书的世界,四岁即能阅

---

* 本文原系一九九六年为七卷本《萨特文集》撰写的"总序",二〇〇五年一月人民文学出版社出版八卷本《萨特文集》时曾作修改。

读,八岁开始尝试写作,被全家视为神童。一九二四年,萨特考入法国最高学府——高等师范学院,一九二九年获哲学教师学衔会考第一名,成为一名深受学生爱戴的中学哲学教师。一九三三年,萨特作为官费留学生赴柏林进修,受业于德国著名哲学教授胡塞尔①门下,研究克尔恺郭尔②、海德格尔③、雅斯贝斯④等人关于"存在"的学说及胡塞尔的现象学,并在此基础上形成了自己的思想体系。一九三四年,萨特学成归国,仍在中学任教,同时开始了他的写作生涯。一九三六年,他的第一部哲学著作《想象》出版,一九三八至一九三九年又先后出版了长篇小说《恶心》和中短篇小说集《墙》,其思想及艺术的新颖独特,立即为文坛及读书界所瞩目。萨特在战前的这段生活,正如他在传记小说《文字生涯》中所描述的,以"读书"、"写作"四字便可概括:"我的生活从书本开始,大约也要在书本中结束。"这一点是萨特其人的重要特征。

  第二次世界大战打破了萨特的平静,迫使他走出书斋。一九三九年他应征入伍,次年六月被俘,在战俘营生活了十个月后获释,仍回中学教书。战争成为他的生活和思想的转折点,用他自己的话说,是"从纯粹的个人转向社会"。他意识到个人对社会所承担的责任,参加了地下抗敌活动,为抵抗运动组织的地下刊物撰稿。一九四三年,他的第一部剧作《苍蝇》首演成功,此剧借古喻今,以暗示手法召唤人们奋起反抗法西斯的统治,在敌占区引起强烈反响。同年,萨特又出版了已酝酿十年之久的哲学专著《存在与虚无》,系统阐述了他的无神论存

---

① 胡塞尔(1859-1938),德国哲学家,"现象学"的创始人,他以现象还原的新方法探讨分析深层意识及事物本质,并提倡道德自主权。
② 克尔恺郭尔(1813-1855),丹麦基督教哲学家,以对理性哲学,特别是黑格尔哲学的批判闻名,他认为历来哲学只关心客体世界,忽视了作为世界主体的"人",从而主张以"人的存在"作为哲学研究的基础。
③ 海德格尔(1889-1976),德国哲学家,著名的"本体论"者,主张人类有自我选择的自由。
④ 雅斯贝斯(1883-1969),德国哲学家,他将人的主观世界视为现实的核心,并为人的自由呼吁。

在主义学说,且强调了在被奴役情况下,完全有权选择反抗的道路。放弃选择,也就是放弃自由。此书显示了反对消极无为、妥协投降思想的挑战态度,被誉为"反附敌思想的宣言书",当时在知识界产生了很大影响。一九四四年,萨特辞去教职,和梅劳-庞蒂、雷蒙·阿隆等人一起创办《现代》杂志,从此专事著书立说,直至去世。

战后十年,是萨特的极盛时期,其声誉之高,连他本人都颇感惊异。青年们纷纷以阅读《现代》杂志为时髦,他的戏剧上演时场场爆满;甚至他经常光顾的咖啡馆也染上了史诗般的传奇色彩。萨特及其学说之所以能形成一股强大的冲击波,首先在于他准确地把握住了战争创伤和战后的冷战局面给人们造成的焦虑彷徨心理,并试图以自己的学说给人们指出一条精神上的出路。特别是对那些既不满意现存秩序,又不能认同共产党的知识分子,萨特的学说由于标志着一种忠于个人信念的独立不羁精神而具有格外强烈的吸引力。另一方面,萨特既是哲学家,又是文学家,他出色地运用了小说、戏剧等文学形式,使存在主义这种抽象晦涩的哲学变得通俗易懂了。对大多数人来说,哲学是哲学家们的事情,只有生活才值得自己关心。萨特把存在主义解释为"生活与行动的哲学","一种怎样使人们的生活过得去的哲学",他在小说、戏剧中展示人们共同的生活处境,揭露现实的荒谬,将人们面临的选择提到哲理高度来启发人们深思,这样他的文学作品便与同时代人建立了密切的精神联系,他的哲学也就跳出了玄奥之塔而贴近了人们的生活,变得深入浅出、平易近人了。

事实上萨特的学说的确不属传统意义上的哲学,而是有关思想、生活和行动的一种哲理。萨特自己也曾说,存在主义不是真正的哲学,而只是一种"思想体系"。这一思想体系源于克尔恺郭尔、海德格尔、雅斯贝斯关于"存在"的学说和胡塞尔的现象学。就其产生的土壤而言,原是社会矛盾深化、乐观主义丧失的产物:无情的生存竞争、尖锐的阶级冲突、经济危机、通货膨胀、失业、破产、贫困、人与人之间的冷漠,特别是战争的残酷、死亡的恐怖,……将人们抛入焦虑不安的困惑之中,人们感到自己置身于一个荒诞、异己、动荡不宁和令人绝望的世界,个人孤立无援,人丧失了人的价值,变成了物的奴隶;资产阶级上升时期的思想家们所称颂的高大、尊严的人,如今却渺小、软弱,完全不能左右自己的命运,……正是在这种背景下,存在主义哲学家们提出要从新的角度研究人、关注人,重新探索人的价值和人生的意义。

和前辈存在主义哲学家一样,"存在先于本质"和"自我选择"论是萨特学说的基本命题。即人首先存在,然后按自己的意志造就自身;生活本是一片虚无,全靠自己赋予生活以意义。萨特认为存在先于本质是人区别于物的最大特点。对于物来说,是本质先于存在,物在被制造出来以前,其性能功用早已设计好了;人却只能通过自我选择来创造自己的本质,确立自己的价值:"人生不是别的,乃是自我设计和自我实现的过程。"

萨特当然不会停留于重复或阐释前辈哲学家的论点。如果他的学说毫无新意可言,我们就无法解释为何萨特的影响能大大超过他的前辈,而被西方尊为"本世纪最伟大的哲人"和"半个世纪的精神导师"。

萨特超越前人的地方,首先是完全剔除了存在主义自我选择论中的宗教神秘色彩,把人类自身的意志提到前所未有的高度。克尔恺郭尔曾将人类可选择的生活分为三类:美学阶段、道德阶段和宗教阶段。在人生最高境界的宗教阶段,人的精神世界才与上帝的意志达到和谐统一。萨特不承认上帝,他说"上帝死了"。意思是人不需要任何神示来指导自己的行动,每个人应自己进行选择,且以行动来体现自己的选择。于是自由选择、重在行动便成为萨特的无神论存在主义的最大特色。萨特拒绝上帝,同时也拒绝一切社会定见和习俗,他蔑视社会的评判,不承认既定的伦理道德和是非标准,主张按自己的独立判断采取行动,自己对自己负责。总之,萨特认为人必须从一切禁锢中解放出来,冲破神灵或社会强加于自己的观念,敢于自己作出判断,自己承担一切,哪怕遭到失败、牺牲,毕竟作为一个自由的人生活过、行动过。

萨特强调存在主义是一种"关于自由的学说",自由是这一学说的核心,但他所谓的自由,并不是随心所欲、为所欲为的自由,而是思想的自由,选择的自由。这里,自由是一个哲学概念,它所体现的是人格的尊严和独立的思考。这一概念中包含了两个重要的思想因素:一是对现存秩序和传统观念的否定;二是在意识到人的异化和贬值的情况下,力图恢复人的尊严与价值的努力。萨特认为,无论人的处境多么恶劣,意识总是自由的,思想总是由自己支配的,人毕竟可以按自己的意志选择行为走向。你被敌人俘虏,失去人身自由,但你是成为宁死不屈的英雄,还是卑怯可耻的叛徒,全凭自己决断。一个残疾人,受到生理的局限,他可以怨天尤人,也可以发掘自己的潜能,找到自救的途径,全看自己作何选择。

由此可见萨特的存在主义实质上是一种试图超越环境的限制,努力寻求个人价值的学说。在人们对外部世界普遍感到悲观和无能为力的情况下,这种学说无疑因提倡了某种较积极的人生追求而在人们心中燃起了新的希望。所以,安德烈·莫洛亚①将萨特的存在主义称作一种"随时给人以希望和向往"的哲学。萨特学说之所以在广大民众,特别是青年中产生巨大影响,原因大约在此。

萨特还有一个超越前辈之处,即在个人与社会的关系问题上有了较大的突破。以往的存在主义学说,都将人的主观世界视为唯一的实在,而将外部世界视为虚无。萨特在战前的学术思想,同样只着眼于孤立的个人,看不到个人与他生活于其间的社会有什么联系。战争使他意识到不存在什么纯粹的个人,每个人都是一个社会存在,个人无法与社会割裂。萨特曾经认为,人的自由是绝对的、无条件的,在任何情况、任何时间、任何地点,都有选择的自由。后来这一观点有所修

---

① 安德烈·莫洛亚(1885—1967),法国作家,尤以其传记文学闻名于世。

正,他承认了社会存在对人的制约,并修改了自由的概念:"自由是一种小小的行动,它把完全受社会制约的生物变成部分摆脱所受制约的人,譬如冉奈①生存的条件不折不扣使他成为小偷,他却同时使自己成为诗人。"(《处境种种》第9集)也就是说,萨特开始在承认社会制约作用的前提下强调人的主观能动作用,这就比将主观意志绝对化有所前进了。

萨特不能不正视,战争一旦发生,任何人都无法回避。战争从根本上改变了每个人的生活;而每个人对战争的态度、每个人自我选择的总和又决定着战争与和平的进程。"每个人的处境和集体的处境是分不开的,只有在改变集体处境的同时才能改变个人的处境。"(《七十述怀》)因而每个人都对社会、对人类承担着一份责任,人人都应对社会上的重大问题作认真的思考与抉择,"不仅要考虑对自己负责,同时也要对人类负责。"(《存在主义是一种人道主义》)这一思想,显然使萨特的存在主义比他的前辈具有了更多的理性色彩和积极意义。萨特宣称:"战争使我懂得了必须干预生活。"于是他参与了所有重大的社会政治斗争,并创立了"介入文学"的理论。

一九四七年二月,《现代》杂志开始连载萨特的文学理论著作《什么是文学?》。作者探讨文学的属性时,着重论证了"写作便是揭露,揭露带来变革,因而写作就是介入②。"萨特声明他不要求绘画、雕刻、音乐直接介入,但以语言文字为表达工具的文学却必定要介入。因为说话是一种行动,行动必然使作家介入。

谈及"为什么写作?"时,萨特认为艺术创作的深层动机,是作者需要向世界证实自己的重要性,而这一过程必须由作者和读者双方共同完成。"只有为了别人,才有艺术;只有通过别人,才有艺术。"因而

---

① 让·冉奈(1910-),法国作家,原系一惯窃,曾多次入狱,在狱中写出为其罪行辩护的作品,极富才华。萨特惜其才,将他保释出狱。
② 萨特所说的介入,即介入现实生活中的矛盾斗争。

"任何文学作品都是一种召唤",即向读者的自由发出召唤。作家作为自由人诉诸另一些自由人,作者和读者的自由互相寻找、彼此影响。自由是创作的中心题材,但萨特认为,实际上作家在自己身上和他的读者身上遇到的都是"陷在泥淖中的、有待打扫干净的"自由,每本书都使人们从个别的异化中得到具体的解放。

谈及"为谁写作?"时,作者回顾了作家与读者关系的演变史,说明在不同的历史时期,作家有不同的处境和不同的自由度。萨特提出,当一种文学对自主性没有明确的意识,而听命于某种意识形态时,这种文学便是异化的文学;当一种文学对自身本质没有完整的认识,仅以形式上的自主为原则,而忽视作品主题的重要性时,这种文学便是抽象的文学。

萨特将二十世纪的作家分为三代:第一代在一九一四年已经成名,他们大都依附资产阶级;第二代活跃在两次世界大战之间,他们深受战争刺激,对现实持否定态度,但他们只顾破坏,不思建设。萨特将自己归入从二战前夕开始写作的第三代作家,这批作家不像第一代那样依附资产阶级,也不像第二代那样只顾破坏。他们面对战后百业凋敝、一片废墟的现实,其自由意识中,既有否定性的一面,也有建设性的一面:否定性表现在对劳动的异化提出抗议;建设性表现为创造性的超越,即人们为超越自身的异化、追求更好的处境而作的努力。萨特认为当今文学的批判职能主要是代表被压迫的工人阶级抗议资产阶级的压迫,但又感到法国被压迫阶级已为追随苏联政策的法共所控制,而苏联在"革命出了故障"的现阶段,保卫的已不是革命利益,却是它自身的国家利益。萨特认为文学艺术的本质既不能容忍资产阶级的功利主义,也不能与共产党的功利主义相调和。所以作家无法在资产阶级和共产党之间作出选择,只能既反对资产阶级也批评共产党。萨特的上述立场,与其说是政治上的中间路线,毋宁说是他的存在主义自由观的表现,他拒绝接受任何意识形态的约束和控制,要求自由地作出判断,自由地介入现实。

萨特的文学创作既是他介入生活的重要手段,也是他的哲学思想形象化的体现。但这并不意味萨特把文学放在从属地位。相反,文学才是他一生中的主要追求。较之哲学家的声誉,他更重视自己的文学家声誉:"哲学是第二位的,文学则是第一位,我要通过文学实现不朽。"①在萨特看来,哲学本身没有绝对价值,时代的变化会导致哲学思想的相应变化,哲学探究的是永恒,而其论点总要不断为后人所超越;文学则不然,文学记录当今世界,而优秀的作品却可以超越时间空间,永远为人们所喜爱。不过萨特视哲学为文学的灵魂和尺度,因而"一个作家必须首先是个哲学家,哲学是对作家的基本要求。"②

萨特的文学创作在战前已初露锋芒。一九三八年发表的长篇小说《恶心》第一次以文学形式提出了存在主义哲学的一个基本命题:没有本质的存在等于虚无。主人公罗冈丹意识到自己生活得浑浑噩噩,全然是个没有理由的、偶然的存在,便为一种虚妄、荒诞的感觉所缠绕,对一切都感到恶心和厌倦。整部小说就是刻画罗冈丹的这种心理体验,亦即揭示尚未获得本质的存在的自在状态。这实际上是生活中的普遍状态,只是多数人尚未明确地意识到罢了。小说抓住了这一普遍存在却又往往被人忽视的现象,上升到哲理高度引发人们的思考,这是小说给人以深刻印象并获得成功的主要原因。可以说,《恶心》阐明了萨特存在主义学说的出发点,罗冈丹的恶心感标志着醒悟的开端。

中短篇小说集《墙》(1939)所收的五篇作品则提出了存在主义哲学的另一个基本命题:人是自由的,人的命运取决于自己的选择。五个故事分别将人物置于五种荒谬的,甚至是极限的处境,让他们在困境中自由选择,自由行动。共和党人帕勃洛等人被长枪党徒判处死刑,每个人都不由自主地因处于死亡的临界状态而备受折磨,怯懦但却无辜的小儒昂被枪杀,超越了恐惧的帕勃洛为愚弄敌人说的一句假

---

① 见萨特和西蒙娜·德·波伏瓦《关于文学与哲学的对话》(1974年8—9月)。
② 同上。

话,却暴露了战友的藏身之地,并意外地因此获释(《墙》)。夏娃放弃正常人的生活,和精神失常的丈夫厮守在一起,她宁愿在最后的时刻亲手杀死丈夫,也不愿接受医生和父母的建议,把他送进精神病院(《卧室》)。希尔贝想要模仿古希腊无赖厄罗斯忒拉特,以惊世骇俗之举使自己千古留名,他打算在大街上开枪打死几个行人,然后自杀,但在关键时刻失去了勇气(《厄罗斯忒拉特》)。吕吕因丈夫性无能而不能过正常的夫妻生活,女友劝她离家出走,但她犹豫再三,最终还是回到了丈夫身边(《床笫秘事》)。工厂主的独生子吕西安试图寻找却一直找不到自我,因而对一切感到兴味索然。他曾想自杀,又尝试过同性恋,后来为一个极右的民族主义集团所吸引,成为一名狂热的反犹分子。就在他以偏执的态度将自己的意志强加于人时,他以为找到了"自我"和充当"首领"的感觉(《一个企业主的童年》)。作者一方面揭露这种种存在的荒谬性,同时让读者领会到,这完全是主人公自我选择的后果。他们也可以有其他的选择,不同的选择可能给他(或她)带来完全不同的生活和命运,因此人的命运其实掌握在他自己手中。人生充满各种可能,没有神灵事先作出安排,也没有人能代替他作出决定,他的命运是他自己选择的。显然,当时萨特认为一切取决于个人的意志,自由是绝对的。

二战结束以后发表的长篇小说《自由之路》三部曲(1945-1949),如标题所示,是对自由之路的思考与探索。萨特在这组小说中融入了自己在战争中获得的新感受。他第一次将个人的处境与群体的处境联系在一起,第一次将自由置于一定的社会制约之下,他试图指出,作为一个社会人,在做出选择时不仅要对自己负责,也要考虑到对社会负责,因为个人的命运和社会的命运是无法分割的。小说的中心人物马蒂厄是个独立不羁、崇尚自由的知识分子,而事实上他并不比他周围的人更自由。为了寻求自由他走过了一段漫长的路……。小说的第一部《不惑之年》以一九三八年西班牙内战正酣时期为背景,刻画了法国人普遍的冷漠态度。马蒂厄并非不同情西班牙人民的解放战争,但下不了决心去介入,何况他身不由己,陷入矛盾重重的生活泥淖中不能自拔……尽管已届不惑之年,他仍然处在困惑之中,从无果断的选择或行动,也一直不承担自己行为的后果。

第二部《缓期执行》以慕尼黑会议为背景,描写战争阴云笼罩下法国各地区、各阶层人民的思想动态,以及被迫卷入备战行动的情景。小说采用蒙太奇的手法,以令人目不暇接的速度不断转换场景,达拉第、张伯伦等真实的历史人物和小说中众多的虚构人物交替出现,……不管人们是否愿意,面对一触即发的战争,谁也无法置身事外,马蒂厄也被动员入伍。捷克已经岌岌可危,绝大多数法国人却存着侥幸心理,祈望战火不要烧到法国来。英、法政府决定向希特勒妥协,慕尼黑协定签订了,人们松了一口气,然而实际上战争仅仅是延缓而已。

第三部《痛心疾首》描写战争发生和法国惨败后人们的心理状态。马蒂厄和他的伙伴们参战以来,未及放一枪,法军已全线崩溃。他们所在部队的军官全部逃之夭夭,士兵们愤懑却无能为力,只好借酒浇愁。马蒂厄冷静地直面现实,法国的惨败引起他的反思,他意识到自己对战败并不是完全无辜的。迄今为止他一直生活在个人的小天地里,从未想到应对社会承担一份责任,他既不参加选举,也不过问世界大事,他意识到正是自己和所有法国人的精神状态决定了今日法国的面貌。德国人已进入村庄,马蒂厄在工人皮内特的带动下,参加了钟楼阻击战。从来不曾参与战斗的马蒂厄也开枪射击了,而且命中了敌人,他兴奋地体验到作出选择并付诸行动的快感。最后钟楼上只剩下马蒂厄一人,他高声嚷道:"总不能说我们坚持不了十五分钟吧!"他走近栏杆,站着射击,每发子弹都成为对优柔寡断、无所作为的过去的清算与报复。他坚持了十五分钟,最后一枪正好射中了向教堂奔来的德国军官。马蒂厄终于证实了自己的意志、价值和力量,他获得了自由。马蒂厄消失了,他的朋友,共产党人布吕内在战俘营中坚持斗争……。

小说本来还有第四部(《最后的机会》),但只起草了一些片断。

作者本想通过布吕内对战后生活的积极介入谱写自由的凯歌,然而战后复杂的社会矛盾和政治斗争常令萨特无法作出选择,他曾寄予厚望的共产党也令他大感失望,自由陷入困境,漫长的自由之路望不到尽头,于是《自由之路》只能成为一阕"未完成的交响曲"。

萨特的小说没有跌宕起伏的情节,也不曾着意塑造典型形象,作者的匠心主要用于刻画人物的处境、内心的冲突和艰难的抉择,所以他的小说一般被称为"处境小说"。由于他抓住了人们当时共同面临的困境,颇能引起同代人的共鸣。如果说萨特所刻画的人物似乎缺乏魅力,那是因为他原本无意于表现美或崇高。相反,他的主旨是揭露人性的弱点,表现他们浑浑噩噩的自在状态,他们那种意志薄弱的循规蹈矩或盲目而无效的挑战行为、报复行为,乃至自惩行为……。萨特认为通过揭露引起人们的愧疚,便是召唤人们为改变现状作出努力。这就是他所谓的"揭露带来变革"。

与小说相比,萨特在戏剧方面取得了更大的成功。正是通过戏剧,萨特的影响迅速地遍及全欧。就艺术手法而言,萨特戏剧对法国传统戏剧并无大的突破,但其重要特色同样是突出了对处境的刻画。萨特认为,"戏剧能够表现的最动人的东西是一个正在形成的性格,是选择和自由地做出决定的瞬间,这个决定使决定者承担道德责任,影响他的终身。"(《提倡一种处境剧》)所以,和小说一样,萨特的戏剧也被称作"处境剧"。

萨特一生创作了八部戏剧,不言而喻,"自由"是这些剧的共同主题。一九四四年五月首演的独幕剧《隔离审讯》(又译《禁锢》《秘审》《没有出口》)是萨特最重要的剧作之一,这是一部内涵丰富的哲理剧,生动地阐明了作者关于"自由"的思想。故事发生在地狱里,但这不是传说中充满鬼蜮和酷刑的地狱,而是一个普通的房间。房间里的三个人都是死者,正在接受他人评判的折磨。原来地狱不是别的,正是他人投向自己的清醒目光。萨特既不相信来世也不相信地狱,但他相信人活着就是为自己写历史,死后只能任人评说。这就是所谓"他人即地狱"。这一论点具有双重含义:一是任何人无法逃脱他人的审判,因而务必以对己负责的态度作认真的选择;二是不能因惧怕他人的审判而放弃自由,违心地按世俗偏见决定自己的行动。此剧的标题包含被禁锢和没有出口之意,实际上出口是有的,房门没有上锁,只是三个死者出于种种顾虑不敢迈出房门一步。这一细节画龙点睛地图解了萨特的自由观,说明自由是存在的,选择是可能的,地狱并非不能砸碎,人们放弃选择只是由于他们还没意识到自己是自由的。

萨特的第一部剧作《苍蝇》(1943)是他为自由提供的第一个范例。主人公俄瑞斯忒斯回到阿尔戈斯,发现故国落入仇敌之手。朱庇特要他放弃复仇,远走他乡。俄瑞斯忒斯回答:"朱庇特是天上的神,不是人间之神,人间的事应由人来主宰。"他毅然采取行动,杀死谋害父亲的凶手和充当同谋的母亲,解放了阿尔戈斯的人民,然后独自承担罪责,在苍蝇(复仇女神的象征)的追逐下离开阿尔戈斯。此剧在巴黎沦陷时期演出,其暗示是一望而知的,因而获得极大成功。

《恭顺的妓女》(1946)与前剧相反,描写了人是如何放弃自由,从而丧失人的本质的。丽瑟是个白人妓女,她并不喜欢黑人,但也不想做任何不公正的事。她本已答应为被诬杀人的黑人作证,可是在社会偏见、种族歧视的压力下,终于屈服于白人统治者的威胁利诱,为维护达官贵人的利益作了假证。她放弃了良知的选择,不仅丧失了意志自由,甚至也失去了人身自由。

《死无葬身之地》(1946)把人物置于极限的处境,面对生死的考验。被俘的抵抗战士失去人身自由,受着严刑拷打,但他们仍是自己的主人,他们和刽子手之间展开了一场意志的决斗。事实上,英雄也好,懦夫也好,最终都难逃一死,关键是选择什么方式去死,是作为英雄尊严地死去,还是作为懦夫卑贱地死去。此剧对同一处境中的不同心态作了精细的描绘,在萨特笔下,被掩护者远比受拷打者痛苦,性格软弱者远比意志坚强者受折磨。

《脏手》(1948)的剧情,同样围绕主人公面临的两难困境展开,并涉及革命队伍中自由与纪律、理想与行为、目的与手段等关系问题。尽管萨特不否认为了达到善的目的不排斥某些恶的手段,但革命者能否以革命的名义行不义之事,是否应遵照领导指令去做自己认为完全错误的事情,仍是令他困惑的问题。此剧以某革命党(指共产党)党内斗争为背景,党的领导人贺德雷因受到党内教条主义者的反对而遭暗杀,资产阶级家庭出身的青年知识分子雨果充当了这次谋杀的工具。雨果在执行任务的过程中已经意识到贺德雷的主张是有道理的,为此深深陷于矛盾之中……三年后,雨果出狱,得知被害的贺德雷才是正确路线代表,自己的行为毫无价值,于是在绝望中开枪自杀。萨特从不承认《脏手》是一出政治剧,更不承认对共产党怀有恶意,但此剧毕竟批评了共产党的教条主义和党内斗争的残酷,且影射了苏共对法共的控制,因而大大触怒了法共和苏联当局,引起一场轩然大波,萨特一时被视为反共分子。

《魔鬼与上帝》(1951)被萨特解释为《脏手》的续篇,试图继续探讨善与恶的辩证关系。剧情被安排在四百年前农民起义的背景上。主人公格茨是贵族和农民的私生子,受到两方面的唾弃,于是立志报复。他先是酷爱暴力,杀人作恶,以对抗上帝,结果丝毫不能动摇旧世界的根基,反而受到王侯们的利用;后来他摒弃暴力,广行善事以讨好上帝,结果毁掉了自己的人格,百姓们也生灵涂炭。他觉悟到行善的恶果更甚于作恶,"上帝毁人不亚于魔鬼",于是他转变观念,开始皈依人,投身于农民的起义斗争。他摆脱了上帝,摆脱了抽象的善与恶,过渡到具体的介入,即从斗争的实际需要出发,求善,而不排斥必要恶。

萨特宣称《魔鬼与上帝》是他最重要的剧作,认为在解决知识分子与行动这一矛盾上,"我使自己笔下的格茨做了我所做不到的事"。这部剧可以理解为萨特试图靠拢工人运动的一种表示。之所以出现这种转变,显然与他研读马克思主义著作有关。一九四九至一九五〇年,萨特在介入现实的过程中一再面临困境,他所参加的知识分子中立组织"革命民主联盟"也因意见分歧而解体。正在此时他开始系统研读马克思的著作,且深受吸引。他将马克思主义列为十七世纪以来哲学发展的第三阶段①,认为马克思主义是上升中的阶级——工人阶级——的自我意识,是当代"唯一有生命力"的和"不可超越"的哲学。他承认历史唯物主义提供了对历史的唯一合理的解释,肯定了马克思主义的阶级斗争学说和剩余价值学说。唯一有保留的是,马克思强调客观规律,而萨特强调人的主观意志,萨特相信主宰历史的是人而不是规律。不过萨特认为马克思主义和存在主义并无矛盾。正是在马克思的感召下,萨特产生了靠拢工人运动的意向,从而成为创作《魔鬼与上帝》的契机。

而且此后数年,萨特的确在反对冷战的斗争中与共产党结为同盟。一九五二至一九五六年间,萨特与共产党关系相当友善,曾应邀访问苏联和中国,发表热情洋溢的观感,并被选为法苏友协副主席。一九五五年首演的《涅克拉索夫》,以讽刺闹剧的形式猛烈抨击了西方新闻媒体的反苏反共宣传。由于这部剧,萨特被指控为"暗藏的共产党人"。

事实上,萨特与共产党人之间始终不曾消除意识形态上的分歧。这些分歧集中反映在他的哲学论著《辩证理性批判》(1957—1960)里。萨特声称这是一部马克思主义的著作,但却是批判共产党的。在他心目中,马克思主义和现代马克思主义(指共产党的理论家)是完全不同的两个概念。他把现代马克思主义称作"懒汉式的马克思主义",认为其主张已与真正的马克思主义相去甚远。他批评共产党将思想与事实扼杀在党的路线之下,动辄按路线划分革命与反革命。他认为马克思主义本是一种"真正的人道主义",本当包含存在主义,可是当今共产党的教条主义和官僚主义却使马克思主义出现了"人学的空场",因而有必要将存在主义融入马克思主义,使马克思主义重新完善起来,重新"发现人"、"探索人"……

---

① 按萨特的意见,笛卡儿和洛克是第一阶段;康德和黑格尔是第二阶段;马克思是第三阶段。

意识形态的分歧决定了萨特与共产党的合作只能是暂时的。一九五六年十月,发生了匈牙利事件,萨特指责苏联出兵,为此与法共分道扬镳,并辞去了法苏友协的职务。与此同时,萨特也严厉谴责法国的殖民主义政策,支持阿尔及利亚的民族解放运动。《阿尔托纳的隐居者》(1959)便是针对阿尔及利亚战争创作的。

在以战后德国为背景的五幕剧《阿尔托纳的隐居者》中,作者试图通过一个不愿正视战争罪责的法西斯走卒在精神上所受的折磨,重温德国发动侵略战争的历史教训,借以启发法国人民认真思考自己在阿尔及利亚战争中应承担的责任。萨特想要说明,在一个正向暴力社会演变的历史阶段,谁都逃脱不了犯罪的可能。格拉赫父子本不是纳粹分子,而且内心对法西斯主义不以为然,但侵略战争能给格拉赫家族的企业带来巨大利润,于是老格拉赫接受了纳粹的订货,且向纳粹出售建立集中营的土地,实际上成为纳粹的支持者。儿子弗朗茨因救援一个犹太人受到追究,被遣送到前线作战,尽管杀人违背他的初衷,终于身不由己地成为一名法西斯走卒、屠杀苏军俘虏的刽子手。他出于民族主义情绪,以为战争一旦发生,便非打赢不可,否则将是德国的毁灭。德国战败后,弗朗茨十余年闭门不出,在负罪感和逃避罪责的矛盾心理折磨下濒于疯狂。他宁愿相信德国已成废墟,以便为自己的罪行辩护,也不愿看到德国的复兴而面对良心法庭的审判。最后,已患绝症的父亲决心和儿子一起自裁,以"车祸"形式结束自己的生命。此剧以振聋发聩的力量向法国公众敲起了警钟,召唤人们对阿尔及利亚问题作出认真选择,切勿向侵略者妥协而沦为共犯。此剧公演后在社会各阶层中引起强烈震动,自然也招致极右分子的敌视,他的寓所两次被极右组织投放炸弹,损失惨重,他本人也险遭暗害,但他仍为阿尔及利亚民族解放运动积极奔走,直至一九六二年阿尔及利亚独立。

除上述八部戏剧,萨特还改编过若干前人的剧作,如大仲马的《凯恩》、欧里庇德斯的《特洛亚妇女》等。一九五三年首演的《凯恩》,虽非萨特的原创,但他将剧中主人公塑造成一个精彩鲜活的萨特式人物,使之面对选择的激烈挑战,戏剧效果绝佳,演出场场爆满,是一部改编得极成功的剧本,实际上包含了许多别出心裁的创造。因而本书编者将改编后的《凯恩》也作为萨特的剧作收入《文集》,以飨读者。

六十年代中期,最值得一提的是萨特的自传体小说《文字生涯》。这是一本以叙述童年生活为主的小书,却又是作者的自我剖析和自我批判。萨特以自嘲的口吻,诙谐俏皮、妙趣横生地向读者讲述他自我发现、自我扩张和自我认识的过程,解释了他的存在主义思想的胚芽和整个学说的出发点。他的家庭环境使他很早就破除了对上帝的迷信,很早就开始寻求自己的价值,追求不朽。他喜欢扮演孤胆英雄,救世人于水火之中。他深信文学能救世,于是"引天下为己任",立志以他的作品"保护人类不跌入万丈深渊"。然而使命固然崇高,自己却不堪重负,原来"一项伟大的事业落在了一个不能胜任的人肩上"。他回顾往事,发现过去的幻想是"十足的疯狂",实际上他对"大众的需求一无所知,对大众的希望一窍不通,对大众的欢乐漠不关心",他"自封为大众的救星,私下却是为自己得救"。萨特承认自己骨子里是理想主义的哲学家,脱离实际,把概念当现实,把文字当作事物的精髓。对他而言,"写作即存在","存在只是为了写作"。他说:"由此产生了我的唯心主义,后来我花了三十年时间才摆脱。"最后他发现"文化救不了世,救不了人,也维护不了正义"。但写作已成为他的习惯,他的职业,他还得继续写下去,文化是人类的财产,毕竟还有些用处。

这本书自一九五三年着手写作,一九五四年已经完稿,但断断续续修改了十年,直到一九六四年才发表。这部作品出版后,法国及整个西方文坛反映强烈,很快译成各种文字。无论他的朋友或敌人都为这部作品优美的文体和独特的风格所倾倒,一致认为确系匠心独运、新颖脱俗的大手笔,足以代表萨特的最高艺术成就。正是这部作品出版以后,萨特被授予一九六四年度诺贝尔文学奖,尽管萨特声明"谢绝一切来自官方的荣誉",拒绝了领奖。

萨特是位多产作家,除哲学、小说、戏剧外,还在报刊上发表了大量政论、杂文和文学评论,后结集出版,编为《处境种种》,共十集。此外,萨特还有多种研究专著,如《犹太问题的反思》(1946)、《波德莱尔》(1947)、《圣冉奈,演员和殉道者》①(1952)和《家中的低能儿——福楼拜》②(1971-1972)等。萨特三岁失去右眼,靠一只左眼完成了五十卷巨著,到一九七三年以后,双目濒于失明,仍以口述或对话方式勤奋工作。一九七五年发表的《七十岁自画像》,便是以接受采访的形式完成的。

萨特忠于自己的介入原则,直到晚年,参加社会活动依然热情不减,为了抗议美国入侵越南,他拒绝去美国康奈尔大学讲学,并接受罗素邀请,参加"战犯审判法庭",调查美国侵越罪行,谴责美国总统等战争罪犯。同样,他也谴责苏联对待持不同政见者的迫害和对捷克、阿富汗的入侵。一九六八年巴黎学生发动"五月风暴",萨特站在学生一边,不断地发表演说、签署宣言、出庭作证、参加游行,乃至上街叫卖宣传"毛派"思想的《人民事业报》……很难说萨特真的相信学生们的行动能有什么成果,但他支持一切挑战现存制度的行为。他宣称自己是"资产阶级的叛逆,而且坚持背叛"。他始终相信自己是"社会主义者",相信"社会主义必将取代资本主义"。不过社会主义对他而言只是一个模糊抽象的概念,一个高于现代资本主义的未来社会的代名词,而不是当时以苏联为代表的社会主义制度。

总之,萨特一生叱咤风云,轰轰烈烈,虽然时而不免有惊世骇俗之嫌,但的确以实际行动坚持了自己的信念。他不畏强暴,不怕孤立,从不屈服于来自任何一方的压力,始终凭良知作出自己的判断和选择。人们不见得在每一个具体问题上都同意他的见解,但他的勇气和人格

---

① 这原是为冉奈作品写的一篇序,写作过程中竟膨胀成长达六百九十页的一部书,萨特声称这是把他所理解的自由解释得最清楚的一本书。
② 萨特晚年致力于福楼拜研究,为此花了十年心血,但全书并未写完,仅出版了前三卷。

却赢得了公众的敬重,以致有人赞他为"世纪的良心"。一个作家不论有过多少失误和缺点,能够在民众中赢得如此广泛的尊敬和由衷的悼念,就值得引起重视和探究,他的这份遗产就值得我们认真对待。因而我们将萨特创作的全部小说、戏剧及重要文论结集翻译出版,让读者对作为文学家的萨特有个较全面的了解。为了使萨特其人给读者留下更清晰的印象,我们还在末卷卷尾编入了《萨特生平、创作年表》。萨特的几部文学研究专著:《波德莱尔》①、《圣·冉奈,演员和殉道者》和《家中的低能儿——福楼拜》,由于篇幅巨大,翻译出版尚有困难,故暂不收入本《文集》,望读者鉴谅。

  本《文集》的译文,约一半属新译,一半属重新校订。尽管作了很大努力,但水平所限,差错在所难免,我们衷心希望得到读者和专家们的批评指正。法国外交部及法国驻华使馆对本《文集》的翻译出版给予了热情的支持与帮助,在此谨向他们表示衷心的感谢。

一九九六年十月初稿
二〇〇五年一月修改

---

① 本书译文(施康强译)已编入二〇一六年版《萨特文集》。

附　录

法国文学在中国[*]

——人民文学出版社法国文学图书出版回顾

图书出版是文化建设事业的组成部分,其首要任务同样是推动社会思想的变革。思想是行动的先导,没有思想的更新,就没有社会的更新;所以社会的变革与进步,必然以意识形态的变革为前提。要想使一个国家更快地前进,必然要学习先行者的经验教训。

期望我国尽快摆脱贫困落后状态,迅速步入科技发达的现代社会。当然不能不放眼全球,不断充实与完善自己。不了解他国的历史文化和现状,不善于学习他人的长处,广泛吸收各国自我更新的经验,如何能及时取长补短、除旧布新。人民文学出版社当初(特别是1977年恢复正常业务工作以后)积极翻译介绍外国文学经典名著,许多老同志为此日夜苦干,不计报酬,就是出自这种动力。

从十五、六世纪到十九世纪的四百年间,西方世界的思想文化发生了翻天覆地的变化。一些在中国文化鼎盛的唐代几乎还处于蛮荒状态的国家,在十五、六世纪以后出现了历史的飞跃,接着又"在一百年左右的时间内",创造出"比过去一切世代创造的全部生产力还要多,还要大"的生产力,成为世界上科学文化高度发达的国家,而将东方的文化古国远远抛在自己的背后。显然,没有文艺复兴,没有启

---

[*] 2015年3月28日,人民文学出版社举办"法国文学图书出版回顾展"。本文根据开幕式上的发言整理。

蒙运动,没有宗教改革、政教分离,没有"人的解放"和神权、君权的溃败,就不可能有生产力的解放和历史的大飞跃。对我国的发展而言,此中可资学习、研究的内容数不胜数。

法国是个文学大国,其文学遗产之丰富、壮观,是举世公认的。法国文学在每个时代都产生了既有思想深度,又有深厚艺术功力的世界级大师,他们既是文学家又是思想家,他们的作品能深刻地反映社会的演变、时代的交替和人类思想深层的变化发展;何况法国作品表现手法丰富多彩、精彩纷呈,趣味性和思想性高度统一,可读性很强;加之法国人的性格和思维方式和中国人有较大差异,作为反映民族之魂的法国文学必然对中国人产生一种独特的吸引力。

在中国,法国文学是一种影响较大、比较受欢迎的外国文学。在外国文学学术界,法国文学同样备受重视。例如中国社科院外国文学所和人民文学出版社、上海译文社合编的"外国文学名著丛书"二百种中,法国作品占了20%;"外国文艺理论丛书"中,法国方面占30%;人民文学出版社在九十年代出版的"世界文库"二百种中,法国作品占外国文学作品总数的25%。也就是说,无论哪套较经典的丛书,法国作品的比重往往是最大的。

法国文学因何受到我们的喜爱和重视?

1、法国主流文化中以"人"为核心的理性批判精神,和中国人由来已久的盲从、迷信、及种种非理性的"随大流"思想形成鲜明对照。

我始终认为,"理性批判精神"是法国文化中最有积极意义,也对中国人最有启发意义的成分。法国人不调侃、不说玩笑话是不可能的,但正如罗曼·罗兰所说:"像所有的法国人一样,理性的本能已经生了根"。虽然有时貌似轻浮,却能在大灾大难面前保持潇洒的风度,以轻松的笑谈来冲淡痛苦,在他们仿佛不经意说出的玩笑话中,常会显示出敏锐的眼光和深刻的睿智。

所谓"理性",究其实乃是文艺复兴以来确立的"人本"观念。以肯定"人"的"尊严与价值"为核心的"理性"精神，便是法国作家们用以批判现实的尺度、标准和心理基础。

如果说东方文化的基础是"人伦"观念，西方近代文化的基础则是"人本"观念。他们所说的"以人为本"，与中国儒家的"仁政"观念、"爱民如子"的"父母官"观念，内涵绝对有所不同。儒家的主张点明了君王获取民众拥戴的根本法则，显然需要统治者自上而下的恩赐。当然，这种政策远比鱼肉百姓的暴政得人心，但和欧美社会的人本观念却大为不同。

欧洲的人本观念最初是针对中世纪的"神本"观念提出的，恰是统治欧洲达千年之久的基督教文化的逆反效应。西方的封建统治阶级为迫使人民安于受奴役、受压迫的命运，利用基督教的"原罪说"来束缚人的灵魂，让人们相信自己生来是为了"赎罪"，只有通过现世的忏悔、苦修和受难，求得上帝的宽恕，死后才能升入天堂，获得永生的幸福。

应当说，宗教的创立本有其积极意义。人文主义者们也从未笼统地反对宗教，而是反对作为政治统治工具的"神权"。教会以"神"的名义来统治"人"的世界，窒息了"人"的自我意识，把天地万物中最富创造力的生灵，变成消极无为，听凭命运摆布的可怜虫。直到十四、十五世纪，随着古希腊、罗马文化的被发掘，新兴市民阶层的先进知识分子在复兴古代文化的口号下，提出了"人为万物之本"的新观念，才奠定了近代资产阶级文化的思想基础。

"人本"观念的提出，目的是唤醒"人"的主体意识，确立"人"的尊严与价值，冲破中世纪神学的思想樊笼，把人们从盲从迷信中解放出来。从此，人的尊严与价值能否得到承认、人的聪明才智能否充分发挥，人的思想个性能否得到尊重，便成为法国人衡量社会制度是否合乎"理性"的尺度和标准，也就是他们进行社会批判的尺度和标准，同时也成为近代法国文学的基本命题。四百年来，从拉伯雷到萨特，从十六世纪的人文主义到二十世纪的无神论存在主义，都没有离开这个基本命题。围绕这一命题，法国市民阶级的思想家和文学家充分显示了高卢民族清晰的思辨能力，鞭辟入里的批判精神和犀利、俏皮的讽刺才能。

作为一种观念形态，以个人的尊严与价值为主要内涵的"人本主义"，过去我们往往与个人主义、自私自利混为一谈，但在西方，这种观念与利己主义并不是等同的概念。利己主义被认为与群体利益不能相容；人的尊严与价值则被视为人的基本权利。社会公共道德要求人们尊重和承认自己，同时也要求他尊重和承认他人的人格与价值。

中国儒家强调"以民为本"，孟子甚至说出"民为贵，君为轻，社稷次之"这等话，令朱元璋之流恼火万分。但儒家当时的愿望至多是充当人君的高级智囊，推动君主关注民生，还不可能产生"人为万物之本"之类人文思想。中国是个文明古国，中华文明确有其值得传承之处，但也有明显的缺陷。有精华也有糟粕。中国的传统文化不包括自然科学。教育中完全没有数理方面的内容。虽然中国人并不笨，祖冲之很早就计算出圆周率3.1416，张衡在东汉时期就制造了地动仪、浑天仪。可这些只能成为皇帝赏玩的贡品，是皇上独享的玩意儿，和大众的生活无什关系。国人想改善自己的处境，只能期望出现个"好皇帝"、"包青天"。统治中国数千年之久的皇权思想，现在肃清了吗？看来不见得。否则"官本位"为何能大行其道？"民本位"为何总是纸上谈兵？

当然，民族性含有多元成分，法国国民这一个也不同于那一个，在法国的历次革命中，非理性的暴力行为也屡见不鲜，但这种理性失控的阶段总的说来都比较短，理性始终是文化，特别是精英文化的主流。在挑战神权时，他们以理性为武器；挑战君主专制时，也是以理性为武器；而二战后法国在处理对德关系上的明智和宽容，同样也是理性的表现。欧洲历史上，英法之间，法德之间战事频仍，纷争不计其数，而今他们却一笑泯冤仇，结成了欧洲共同体。这在某种意义上，也可算是理性的胜利。

2、思想活跃，敢于怀疑，刻意求新。

细读法国历代思想家、文学家的传世之作，可以发现一个重要的共同点，

即大胆怀疑的精神。自蒙田始，这种精神哺育着一代又一代法国人，形成了这个民族带普遍性的思维方式。经历了文艺复兴和启蒙时代两大思想解放运动，法国人不再接受任何思想教条的束缚。在他们心目中，一切都可以质疑，一切都可以争论，一切都可以嘲笑……谁都不在乎是否和谁谁保持一致，谁也不担心被视为"另类"。相反，他们惟恐自己被淹没在"大多数"之中，总是想方设法表现自己的独特个性、独特见解，人人都想有所发现，有所创新。在法国人的观念中，创新精神是与人的本质联系在一起的。一个人若不能有所创造（无论是大的创造还是小的突破），就谈不上人的尊严与生存价值，这个人就等于不存在，就等于"虚无"。这一点，正是存在主义学说中"恶心"感的缘由。

中国人正好相反，把"铭记祖训，恪守传统"视为美德；法国人嘲笑对前人的亦步亦趋。国人写文章，却喜欢引经据典，动不动"子曰"，"诗云"，"夫子云"，或者"马克思说"，"伟大领袖教导我们说"……惟恐旁人认为自己偏离了什么方向、轨道，即使撰文的目的是阐述自己的某个观点，也得请出若干名人为自己的论点作支撑。尤其在一般民众中，盲从、迷信、随大流的情况极为普遍，甚至根深蒂固。法国人巴不得自己与众不同，巴不得自己说的话前人一句也不曾说过。当某人正因自己的某一独特见解洋洋得意时，若发现另有人已在他之前发表了类似的观点，会感到十分扫兴。一部作品问世，若无明显的独特之处，根本无法引起注意。一个作家或艺术家，如果墨守成规，不能在某个方面超越前人或在艺术上另辟蹊径，就不会被认为是一位大作家或大艺术家。由此不难理解为什么近现代西方各种文学思潮、文学流派多以法国为发源地，然后推及欧美两洲。

3、不断挑战传统的批判精神，是法国人固有的思维方式，也是法

兰西文学的基本特色。我们甚至可以说,不断地反传统,几乎成了法国的文化传统。不能否认这种求新意识在有些人身上会演化为标新立异、哗众取宠,但毕竟起到了启动思考,发掘人的潜力,弘扬创造精神,推动社会进步的作用。

法国诸多文学思潮、文学流派,尽管创作思想、创作方法千差万别,却大都以批判为灵魂。不仅现实主义艺术如此,浪漫主义乃至象征主义、超现实主义和二十世纪的荒诞派戏剧,也无不具有批判的内涵,只是批判的角度、性质各各不同罢了。批评现状是法国人的思维方式。在法国文学中可以找到歌颂理想或歌颂历史的作品,却很难找到歌颂现实的作品(即使有也难以流传),现实似乎只配受批判。以十七世纪古典主义戏剧为例,当时市民阶级的主流意识是以王权来抗衡教权,正是法国王权鼎盛,文人对宫廷依附最甚的时代。而无论悲剧,喜剧,居然都没有歌颂当今王上的空间。以讴歌英雄、伟人为主题的"悲剧",一律从古代史诗或希腊罗马神话中撷取题材,以史诗或神话传说中的人物为主人公(而且悲剧描写英雄人物,也不是将他们立为"高、大、全"的偶像,而是在讴歌崇高的同时,着力刻画他们自身的失误或命运的播弄如何导致悲剧的发生。)以现实生活为题材的"喜剧",则以抨击时弊、嘲笑社会中的丑恶现象及人性弱点为主旨。盛极一时的古典主义戏剧竟没有一部正面描写"太阳王"路易十四的。至多是喜剧中的恶人实在太嚣张,其他人奈何他不得时,使者传来圣谕:明察秋毫的国王下令给予恶人以应得的惩处。

总之,法国文学中对现实生活的批判无处不在。当然,批判不等于否定,也不等于说法国人果真蔑视自己的国家、民族。实际上法国人很为自己这个民族骄傲,为他们光荣的革命历史骄傲,为拿破仑的丰功伟绩骄傲,为他们丰富多彩的文化艺术,为他们的时装、香水、奶酪、葡萄酒……骄傲,然而无论什么人和事,都无一例外要经受来自四面八方的嘲讽、质疑乃至苛责与批判。

所以我认为,法兰西民族习惯于批评现状,并不是妄自菲薄的表现,而是勇于不断革新且充满自信与活力的表现。

显然,就民族性格和文化传统而言,法国和中国有相当大的差异,法方的强项,常常恰好是中方的弱项。作为反映民族之魂的法国文学,必然形成一种对中国人有特殊吸引力的独特魅力。也许正因为此,法国文学对中国读者具有格外重大的参照价值。

人民文学出版社出版的法国文学经典名著

文学经典不等于"畅销书",它可能畅销,也可能不畅销,但肯定是长版书。它们反映了当时那个时代的深层矛盾和人们的探索、思考,反映了当时最先进或比较先进的思想文化。这些重要的文化资料(这也是外国文学教学离不开的资料),有助于我们理解和吸收其他民族、其他国家的先进思想,值得我们研究和思考。

文学出版社对中世纪文学介绍得不算多,仅有几部代表性名篇:英雄史诗《罗兰之歌》(外文出版社资深编审杨宪益译)、骑士文学《特里斯当和伊瑟》及市民文学《列那狐的故事》(社科院资深研究员罗新璋译)。

本社最关注的是大幅度推动法国历史前进的两次思想解放运动:十六世纪的人文主义思潮和十八世纪的启蒙运动。人文主义思潮中需特别提到拉伯雷的《巨人传》(北京外国语学院已故教授鲍文蔚译)和十六世纪后期的《蒙田随笔》(广州外语学院已故教授梁宗岱及现任教授黄建华译)

《巨人传》,是法国文艺复兴时期整整一个时代的精神体现,也是拉伯雷在法国文学史上树立的一块丰碑。此书乍看虽然荒诞不经,其实内涵极为丰富,涉及当时宗教、法律、政治、经济、教育、自然科学等各个领域的问题,全面而生动通俗地表现了人文主义者的革新思想,可以说是文艺复兴时期法国人文主义思潮的百科全书,又是十六世纪法国封建社会的缩影。这样一部巨著,如果离开产生它的历史条件,几乎不可能理解它的内涵和深意;同样,如果离开产生它的民族土壤,也无法鉴赏它的艺术价值。高卢人(法国人视高卢人为自己的祖先)

天性乐观,机智俏皮,表面上玩世不恭,其实有着极健全的理智。《巨人传》一书,鲜明地表现了这种特殊的民族气质,在一连串轻松风趣,甚至粗鄙俚俗的笑谈中,显示了一种深刻和严肃的思考。拉伯雷既是时代精神的天才表现者,又是最富高卢民族性格特征的艺术大师,高卢人那种旷达乐观而又充满睿智的性格,在拉伯雷的艺术中得到了完满的体现。

拉伯雷不仅是法国近代文学的奠基人,也是整个法兰西民族文化的伟大建树者之一。他和荷马、但丁、莎士比亚一样,属于文学上的母体天才,曾经启发和哺育了后代的许多大作家,他所创造的"庞大固埃主义"也成为法兰西民族别具特色的一种文化观念。法国人因他们早在十六世纪就出现了拉伯雷这样的大师而骄傲,而且至今以法兰西民族的"庞大固埃主义"自豪。

应当承认,在欧洲近代史中,致力于为新制度的诞生鸣锣开道的人文主义者们,是有着不可磨灭的历史功勋绩的。

十七世纪的主流文学,是提倡"理性"原则的古典主义。他们提倡的"理性"被解释为"合乎天理人情"——即符合人性。一切不合理的现象都在被批判之列。

古典主义文学在"君权"与"神权"的较量中显然站在君权一边。本社介绍了当时最著名的文学理论家布瓦洛的《诗论》;悲剧戏剧家高乃依(代表作:《熙德》《贺拉斯》《尼科梅德》)、拉辛(代表作:《昂朵马格》《费德尔》《勃里塔尼古斯》),特别是著名的喜剧家莫里哀;还有著名的寓言作家拉封丹。

莫里哀是法国人引以自豪的名字。他是法兰西喜剧之父,也是西方文化史上喜剧艺术的世界级大师。他将法国民间闹剧改造成具有深刻社会内容的风俗喜剧和性格喜剧;他对社会矛盾和人性弱点的深入挖掘,使喜剧艺术大大超越了娱乐功能,上升到哲理批判的高度;他塑造的许多典型都具有不朽的生命力,诸如答尔丢夫、阿巴公等,甚至已经进入法国和欧洲一些国家的辞典,分别成为"伪君子"、"悭吝人"的同义语。莫里哀的艺术影响深远,不仅后世欧洲许多第一流喜剧家(如谢里丹、哥尔多尼等)都师法莫里哀,许多并非剧作家的文学大师(如歌德、巴尔扎克等)也都从莫里哀的喜剧中吸取营养。

莫里哀的喜剧艺术把对"人性"的思考提升到新的哲理高度,从《太太学堂》到《伪君子》《悭吝人》,作家对人性弱点的剖析、批判,扩展和深化了文学干预社会生活的职能。《伪君子》(1664-1669)是莫里哀喜剧艺术的最高成果,是世界戏剧史上的经典之作。莫里哀将批判矛头直接指向天主教的精神统治,他揭露假虔徒的伪善和欺骗手段,嘲讽上当受骗者的糊涂昏庸。当时法国天主教会的核心组织"圣会"(又名"信士帮"),实际上是个披着宗教外衣的特务组织,其任务是刺探、监视人们的思想言论,迫害所谓的"异端分子"和"自由思想者"。这些伪信士以虚假的虔敬苦修和道德说教蛊惑人心,实则男盗女娼、无恶不作。答尔丢夫就是这类假圣人的集中概括。因而《伪君子》前三幕于一六六四年在凡尔赛宫试演时,大大触怒了圣会组织和支持圣会的贵人们。他们在王太后支持下,到路易十四面前告御状,攻击莫里哀反宗教。《伪君子》于是被宣布禁演。为了《伪君子》的演出,莫里哀整整苦斗了六年,直到一六六九年,教皇颁布"教会和平"诏书,放宽宗教政策,《伪君子》才得以开禁。不言而喻,演出非常成功,剧场盛况空前。从此《伪君子》成为莫里哀喜剧中最受欢迎的剧目,三百多年来,在世界各地常演常新,长盛不衰。答尔丢夫也早已跨越国界,成为全人类的伪君子典型。

富有的市民阶层是莫里哀最熟悉的社会层面,对资产者的研究剖析是莫里哀喜剧中最有深度,也最富喜剧效果的部分。如《悭吝人》(1668)中对贪婪吝刻成性的高利贷者的讽刺批判,《乔治·唐丹》(1668)、《贵人迷》(1670)中对浅薄虚荣、攀附权贵的资产者的揶揄嘲笑,都达到了深刻的思想性和喜剧艺术的完美结合。《悭吝人》是古典主义喜剧的经典作品之一,莫里哀高人一筹之处在于,他不仅以典型化的手法，入木三分地刻画了利欲熏心的吝啬鬼的心理特征，还率先指出了拜金主义对人性的异化作用，指出对金钱的狂热追求如何破坏了亲情，毒化了人与人的关系：儿子借高利贷，拿父亲的寿命做抵押；父亲放高利贷，拿到的抵押品竟是自己的寿命。就这样，他的喜剧在表现人类可笑、可恶之处的同时，又让人感到可悲亦可叹。莫里哀艺术的伟大震慑力，正来自以喜剧的形式，表现了社会生活中的悲剧内容。歌德曾精辟地指出：莫里哀的喜剧"已跨至悲剧边缘"，他的《悭吝人》就"带有高度悲剧性"。巴尔扎克则明确提倡："要像莫里哀那样，先成为哲学家，再写喜剧"。

莫里哀喜剧的批判精神，使它的作者成为教会和一切保守势力的眼中钉。一六七三年二月，莫里哀带病演出新剧《无病呻吟》（又译《没病找病》），勉强演完终场便晕倒在地，送回家中，病情急剧恶化，咳破血管，不治而亡，终年五十一岁。一直仇恨他的巴黎大主教却借口他死前未能忏悔，不准他葬入教堂公墓，后经路易十四干预，才允许将他葬在公墓围墙外埋葬自杀者的地方。教会的排斥打击丝毫无损于莫里哀的伟大，传说莫里哀去世后，路易十四曾问布瓦洛：在他统治期间，谁在文学上为他带来最大的光荣？布瓦洛回答："陛下，是莫里哀。"虽然莫里哀直到去世尚未成为法兰西学院的院士，但法兰西学院的大厅里却立有他的一尊石像，底座上的题词是："他的光荣什么也不缺少，我们的光荣却少了他。"应该说，这句题词丝毫没有夸张之处。

十八世纪启蒙运动高举"理性"的旗帜，对封建时代的一切观念形态展开了全面的清算与批判，法国王权在十七世纪太阳王时代达到极盛时期，接着盛极而衰，到路易十五时已败相毕露，社会矛盾日益尖锐，一批市民阶级的先进知识分子（当时被称为百科全书派）发动了长达近一个世纪的思想启蒙运动，所以十八世纪被称为"启蒙时代"。

如果说文艺复兴时期只是"人"的意识的初步觉醒，矛头仅仅指向教会,而没有明确的反封建纲领。那么,十八世纪的启蒙运动则是市民阶级对封建社会上层建筑的全面宣战。法国启蒙运动的领袖们和文艺复兴时期的"巨人"们一样,都是一些知识渊博、才华出众的人。他们高举"理性"的旗帜,对中世纪的一切观念形态展开了全面的清算和批判。这时的法国市民阶级已经形成了一支不小的阶级队伍,具有相当强大的经济实力。他们不再像十七世纪太阳王时代那样,需要在王权庇护下谋求自身的发展,而是希望与贵族阶级分庭抗礼了。他们明确地将矛头指向君主专制制度和贵族、僧侣的特权。由于法国封建社会的一切世俗权力都以"神权"为支柱,市民阶级的思想解放运动必然以对宗教的批判为中心内容。所谓"理性",即反对一切宗教偏见和迷信,把认识世界和主宰世界的能力与权力归还给"人"自身。从文艺复兴到启蒙时代,教士一直是法国文学嘲弄的对象,天主教教义的荒谬和教会的黑暗、腐败被揭露得痛快淋漓。

伏尔泰是法国启蒙运动的代表性人物和旗手。他是哲学家、历史学家、剧作家、史诗诗人、杂文作家和小说家。他雄辩的天才和尖锐俏皮的讽刺才能,为他赢得了过人的声誉和广泛的影响。伏尔泰率先从英国引进了洛克以感觉和经验为基础的唯物主义认识论和牛顿的最新物理学研究成果,试图在法国破除宗教迷信和宗教偏见。进而提出反对宗教迫害的"政教分离"主张,为恢复宗教的正常机能、革除教会作为政治统治工具的邪恶作用开辟道路。伏尔泰是自然神论者,法国的自然权利说(即人权说)的创始人,他反对让信仰或舆论操纵人类社会,力主从宗教中排除一切政治权力。

他也曾对"开明君主"的出现寄予幻想,希望这种权力能帮助思想超前的"明君"推动时代的变革。但他与德意志的腓特烈二世合作不过三年便彻底决裂,从此埋葬一切幻想,与教会和专制政体展开了长时间不懈的斗争。特别是晚年在瑞士边境的菲尔奈定居后,撰写了无数化名文章和小册子,无情揭露并猛烈抨击教会的的宗教迫害、专制政权的草菅人命等黑暗现象。一七六二年的"卡拉事件",更把他的声誉推向顶峰。菲尔奈成为当时欧洲舆论的中心,人们尊称伏尔泰为"菲尔奈教长"。

一七七八年伏尔泰去世前曾返回巴黎,受到自发涌向街头的巴黎人民的热烈欢迎。一时间万人空巷,盛况空前,足以证明这位学者在人民心中的地位。

十八世纪启蒙时代是思考的时代,文学上也处处体现了这一特色。启蒙时代的文学家同时也都是哲学家和思想家。伏尔泰的哲理小说是他在文学体裁上的一大创造,也是他的文学作品中最富生命力的一部分。虽然他的主要创作活动是悲剧和史诗,而真正传之久远的却是被他自己称作"游戏之作"的哲理小说(已故翻译家傅雷译)。这些作品充满睿智,文笔犀利,充分体现了法兰西民族的批判精神和机智、俏皮、揶揄、嘲讽等性格特点。表面看去似乎荒诞无稽,纯属虚构,实际上是现实生活的提炼和浓缩,意在揭示现实的本质,启发人们进行深入的思考。特别是伏尔泰式的警句、充满喜剧感和讽刺意味的叙事方式,确实比一般的形象文学更能体现"法兰西精神"。

孟德斯鸠的《波斯人信札》(社科院已故研究员罗大冈译)和《论法的精神》(又译《法意》)以理性主义的法制观念挑战封建社会的专制统治。他的"三权分离"学说至今仍是美国宪法的基础。

在十八世纪法国的启蒙思想家中,狄德罗称得上一颗耀眼的巨星。虽然,论当时的社会声望,他不如伏尔泰;论后来对一七八九年法国大革命的直接影响,看上去又不如卢梭;但法国启蒙思潮得以形成声势浩大的思想文化运动,狄德罗却起了举足轻重的组织、推动作用;而且就理论上的建树和思想高度而言,狄德罗也是同时代的思想家中最为杰出的:他的哲学思想代表了十八世纪法国唯物主义的最高水平;他的美学论著,精辟地阐释了文艺与现实的关系及现实主义艺术的若干规律性问题,对近代欧洲文化曾产生深远的影响,直到今天仍有不少见解值得借鉴(见《狄德罗美学论文选》,北京大学已故教授张冠尧、北京大学退休教授桂裕芳、中央编译局资深翻译家施康强等译)。除小说、戏剧外,他对绘画、雕刻、音乐等各门艺术都有广泛的兴趣和精深的研究。他的《画论》(1766)和一七五九至一七八一年间为两年一度的巴黎绘画、雕塑展览所写的《沙龙随笔》,是造型艺术的重要理论文献。他批评和抵制了为宫廷趣味服务的奢靡荒淫的艺风,提倡了表现平民生活的健康质朴的艺术品味。

狄德罗同时是一位相当优秀的小说家,他的长篇小说《宿命论者雅克和他的主人》和中篇哲理小说《拉摩的侄儿》,是十八世纪小说的可喜成果,在文学史上占有相当重要的地位。狄德罗的小说不仅具有十八世纪哲理小说那种叙事生动,说理明晰,对话机智俏皮等一般特点,且在形象塑造和环境刻画上有了重要突破。特别是《拉摩的侄儿》(北京语言学院前副院长,翻译家袁树仁译),首次刻画了人的复杂性,标志着一种多角度的认识方法和思维方式进入了文学领域。

狄德罗曾以极大的热情致力于戏剧的改革。他试图摆脱古典主义戏剧的束缚,创立名为"严肃戏剧"(或"正剧")的新剧种。他创作的剧本《私生子》和《家长》虽然不十分成功,可是他为这两个剧本写的两篇专论——《关于〈私生子〉的谈话》(1757)和《论戏剧诗》(1758),却成为法国戏剧史上的一个转折点。从此法国戏剧逐渐扭转方向,从为宫廷趣味服务转移到为市民生活服务的道路上来。后来在欧洲广泛兴起和发展的现代话剧,基本上属于狄德罗所提倡的这一新剧种。

法国启蒙思想家们对旧制度、旧观念的"理性"批判,集中反映在他所主持的《百科全书》的编撰上。《百科全书》全名《各门科学、艺术和技艺的根据理性制订的词典》,内容涉及宗教、哲学、历史、政治、经济、法律、文学、艺术及科学观等一切有关上层建筑的问题。法国启蒙思想家把他们的新理念大胆地运用于所有的知识领域,在社会上造成了巨大的影响。围绕《百科全书》的出版,形成了启蒙运动的高潮。当时几乎所有先进的思想家和各个知识领域的精英——如伏尔泰、孟德斯鸠、卢梭、达朗贝、孔狄亚克、爱尔维修、霍尔巴赫等,都投入了这项工作。

卢梭的"天赋人权"观念和"人生而自由、生而平等"等思想,得到法国民众的广泛认同,其《忏悔录》和《漫步遐想录》,勒萨日的《吉尔·布拉斯》(资深翻译家杨绛译)、《杜卡莱先生》《瘸腿魔鬼》及普莱服的《玛侬·列斯戈》(北京师范学院退休教授,翻译家李玉民译)中对法国封建社会的批判揭露同样给人们留下了深刻印象。

博马舍的两部喜剧:《塞维勒的理发师》和《费加罗的婚礼》(北京大学已故教授吴达元译)中的平等意识在民众中当然反响强烈,在中国青年剧院演出时,场场爆满。

启蒙运动是市民阶级自主意识在思想文化上的反映,也是促使教权、王权崩溃的决定性思想因素。毫无疑问为法国大革命做了舆论准备。虽然不同阶层的人在政治上、经济上会有完全不同的诉求。也有部分人群贬低知识与科学,追求绝对平均主义,如巴贝夫的平等派之类。但就总体而言,启蒙时代在转变法国社会舆论,推进历史进程方面,确实起了改天换地的作用。

十九世纪文学——个人与社会的对抗成为文学的基本主题

十九世纪是法国社会的转型期——一个充满希望又充满矛盾的苦恼的时期,也是法兰西历史上最混乱也最生气勃勃的阶段:法国大革命以后,市民阶级和封建贵族之间复辟与反复辟的斗争延续了约半个世纪。一方面,市民阶级的价值观与封建的等级门阀观念仍然存在尖锐的冲突;另一方面,随着市民阶级上升为统治阶级,金钱取代"神权"和"君权"成为主宰一切的力量,在推翻封建制度的漫长过程中形成的一整套非常革命的观念,与革命后建立的新制度形成了尖锐的对立。正当人们试图向新制度索取"理性王国"曾允诺的一切权利时,却发现无比高贵、尊严的"人"正在沦为"商品";所谓"自由、平等、博爱",在实践中只能是人与人之间的竞争角逐。幻想破灭了,人们发现自己孤立无援地置身于一个以金钱为杠杆的动荡不宁的社会。宗法制的从属关系瓦解了,人们只能凭借个人力量在这浊浪滚滚的社会中挣扎、拼搏。民族史诗消亡了,代之而起的是个人的史诗,每一个被排斥在既得利益集团之外的人都对这个非正义、非人道的社会产生了强烈不满。整个十九世纪文学,基本上都是描写这种与社会对立的个人。法国文学史上因而出现了丰富无比的人物画廊,塑造出无数有高度艺术价值的个性。总之,"理性王国"破产了,而作为"理性"的尺度和心理基础的"人本"观念依然存在,"人"依然是法国精神文化的主人公。十九世纪的作家们正是从这一观念出发,围绕形形色色的个人命运,对现存秩序展开了猛烈的、多角度的批判。

十九世纪前期的文学主流是浪漫主义和批判现实主义

雨果是浪漫派的领军人物,尤其对法国诗歌的发展有巨大影响。浪漫主义宣言《〈克伦威尔〉序言》的发表及《艾那尼》的首演在浪漫主义和古典主义的较量中,具有举足轻重的地位与作用。本社出版的十二卷本《雨果文集》(广州中山大学退休教授程曾厚及已故翻译家李丹、方宇等译)和小说《巴黎圣母院》《悲惨世界》《九三年》等,直至今日仍在读者中享有很高声誉。除雨果外,人文出版社还陆续介绍了拉马丁、维尼、缪塞(代表作:《缪塞诗选》《缪塞戏剧选》及小说《世纪儿的忏悔》)、乔治·桑(代表作:《田园三部曲》)、大仲马(代表作:《基督山伯爵》《三剑客》)和戈蒂耶(代表作:《莫班小姐》《浪漫主义回忆》)等杰出的浪漫派诗人和小说家。

在浪漫派与古典派的较量中,一种新型的文学——批判现实主义文学异军突起,司汤达的《红与黑》(北京大学已故教授张冠尧译)、《意大利轶事》(社科院已故资深研究员李健吾译)集中体现了以"个人"为中心的现代价值观及个人与社会的对抗。梅里美的《卡门》《高龙巴》《塔曼戈》等小说(张冠尧译),凸显了现实主义文学的独特风格及其魅力。特别是巴尔扎克的小说,可以说整整开创了一个现实主义时代。此后的小说家都自觉或不自觉地接受了巴尔扎克的影响。

巴尔扎克是小说艺术的革新者,他将戏剧、史诗、绘画、雕塑等多种艺术形式的表现手法熔于一炉,把叙事、描写、造型、抒情、对话……交织在一起,大大丰富和完善了小说的艺术技巧,使之成为一种表现力极强的综合性艺术形式;巴尔扎克创造性地实践和发展了现实主义典型化艺术理论,创建了十九世纪最壮观的人物画廊;更富独创性的是,他在《人间喜剧》的总标题下,用人物重复出现的手法,将他的九十余部小说联为一体,构成了一幅完整的、包罗万象的社会风俗画,提供了一部十九世纪法国社会的卓越的现实主义历史,使通常被视为供人消遣的小说具有了文献价值。

他像哲学家、历史学家、经济学家、社会学家那样观察研究当代社会的政治经济结构、权力和财富的分配、法律的奥秘、宗教的效用……精细地剖析人们的感情、欲望、各种行为的动因,耐心地探寻各种社会现象的内在联系……他孜孜不倦,上下求索,终于在这个骚动的、杂乱无章的社会中,发现了一条非人力所能控制的规律,这就是资产阶级的日益得势和贵族社会的解体灭亡。这样一个历史的总趋向,就是支配全部社会生活的本质力量。社会上一切冲突、争斗、动乱、犯罪,发生在家庭和个人生活中的种种悲喜剧,都和这个特定的历史进程紧紧联系在一起。他清楚地看到时代的洪流把某些人推向浪峰,又使某些人沉入水底;金钱取代门第成为权力的象征,财富的多寡成为划分等级的新标准。于是对金钱的贪欲潜入人们的灵魂,许多新的社会矛盾便由此产生。由于对社会形成了这一总体认识,巴尔扎克得以从种种貌似分散、个别、偶然的现象中,把握住了以拜金主义为核心的具有本质意义的历史内容:人们"不再信仰上帝,只崇拜金犊"了,金钱成为整个社会的机制与杠杆。对财富的追求既给社会带来活力,推动了生产的进步,又使人性产生可悲的异化,正是对金钱的贪欲,扼杀了人类的正常感情,断送了无数家庭的幸福,酿成了一幕幕惊心动魄的惨剧……巴尔扎克对"人性"的深入剖析及对人类社会、时代痼疾的全面研究:资本主义社会人与人之间冷酷无情的现金交易关系、竞争的残酷、金钱的败坏人心、法律的不公、政客的卑鄙、文化的堕落、天才的被毁灭、恶棍们的胜利……都在他的作品中得到完整的再现。

表面看来,巴尔扎克的时代离我们已十分遥远,而揭示的矛盾,和我们现在看到的问题,本质上并无区别。比起欧美当代作品,倒是巴尔扎克的作品和我们距离更近。

本社出版的十卷本《巴尔扎克选集》、三十卷本《巴尔扎克全集》(已故翻译家傅雷、北京大学已故翻译家张冠尧教授、社科院美国研究所前所长资深翻译家资中筠教授、北京语言学院前副院长袁树仁教授,北京大学退休教授王文融、罗芃、南京大学退休教授陆秉慧、中央编译局资深翻译家施康强等译)和近期出版的十二卷本《巴尔扎克选集》,均获得读者的高度重视与好评。

本社离休编审艾珉撰写的《巴尔扎克——一个伟大的寻梦者》结合中国国情的需要,分析介绍了巴尔扎克的创作思想和作品。

十九世纪后期资产阶级主政后,新的社会矛盾进一步涌现

福楼拜是在浪漫主义时代成长起来的,最终却与浪漫主义分道扬镳。《包法利夫人》的副标题是"外省研究",表明他走上了巴尔扎克的现实主义之路。福楼拜创造性地提出"客观性艺术",丰富了现实主义的表现方法,并对二十世纪文学产生巨大影响。本社出版的《福楼拜小说全集》和近期出版的《福楼拜文集》(社科院前研究员、已故翻译家李健吾、北京大学退休教授王文融、外文局退休翻译家刘方、外交部退休翻译家丁世中等译)全面介绍了他的思想与作品。

左拉是法国资本主义进入繁荣期的代表性作家,法国"自然主义"文学理论的创始人,从他题为《卢贡·马加尔一家》的系列作品中,可看到资本主义生产的繁荣如何掩盖着资产阶级上层社会的腐朽堕落和劳动者非人的生活处境。

福楼拜的弟子莫泊桑着意关注凡人小事,短篇小说成就突出,如:《羊脂球》《项链》《我的叔叔于勒》《两个朋友》;长篇小说《一生》《漂亮朋友》(盛澄华、张冠尧译)等,进一步奠定了他在文学史上的地位,尤其是《漂亮朋友》,称得上是他深刻揭批社会现实的代表性作品。

《都德小说选》(南京大学退休教授陆秉慧、外文局退休翻译家刘方译)同样成功地刻画了众多小人物形象。

概言之,资产阶级愈是接近它的全面胜利,资本主义秩序愈是巩固,人们感到距离"人"的理想愈遥远,"人"愈来愈失去自己的本质,变成了物的奴隶、机器的附属品。资本主义社会"人"的异化与贬值与十九世纪后期文学中的悲观倾向和象征派的诞生密切相关。

象征派前驱波德莱尔的《恶之花》(上海翻译家钱春绮译)、《波德莱尔美学论文选》(社科院外文所研究员郭宏安译),不仅批判了十九世纪后期的法国社会,且阐明了世纪末文学中的颓废和非理性倾向的由来。

二十世纪的现代文学

两次世界大战给欧洲人带来的悲观、彷徨心理,固然加深了现代派文学的非理性倾向。但以理性批判为基础的文学依然是本世纪法国文学中最有生命力的部分。

第一次世界大战前后的精神危机中,出现了罗曼·罗兰的长河小说《约翰·克利斯朵夫》(已故翻译家傅雷译)、《母与子》(社科院已故研究员罗大冈译),以《贝多芬》为代表的《名人传》(北京大学已故教授张冠尧、本社离休编审艾珉译),中篇小说《哥拉·布勒尼翁》(北京大学退休教授许渊冲译)以及一系列以法国大革命为题材的戏剧,试图在作品中召唤人们以坚毅乐观、自强不息的个人奋斗精神与逆境搏斗,以重新唤起人的尊严感和独立自强精神。还有纪德的小说、普鲁斯特的《追忆逝水年华》以及莫里亚克、马尔罗、加缪、埃梅、尤瑟纳尔、布托尔……等作家的批判精神及对"人"的关注,莫洛亚的传记:《巴尔扎克传》《雨果传》中的积极进取精神,圣埃克苏佩里的《夜航》《空军飞行员》《人的大地》《小王子》中的乐观主义成分等等,都延续了拉伯雷式以人为本的理性批判精神。

第二次世界大战前后,应该特别提到哲学家兼文学家萨特。他是战后法国知识界的一面旗帜,对整整一代甚至数代青年都产生过深刻影响。他运用无神论存在主义的"自由选择"论,召唤人们克服随波逐流、听任命运摆布的消极无为倾向,以对自己、对社会负责的态度,选择自己的生活和行为,以自身的行动去确立自身的价值。尤其是他的戏剧,以通俗易懂的形式,向广大群众传播了晦涩难懂的存在主义学说。我社曾于二〇〇〇年萨特逝世二十周年时出版七卷本《萨特文集》;二〇〇五年萨特诞生一百周年时又出版八卷本《萨特文集》(北京大学退休教授桂裕芳、外交部退休翻译家丁世中、中央编译局资深翻译家施康强、北京语言学院前副院长,翻译家袁树仁、社科院外文所退休研究员罗新璋、前第二外国语学院教授沈志明等译)。

当代法国作家中,值得一提的是两位诺贝尔奖获得者:勒克莱齐奥和莫迪亚诺。虽说当代作品的历史作用还有待观察研究,但务必严肃跟进,留心探讨。

通观法国文学,可以看出,从文艺复兴到二十世纪,人的形象在文学作品中愈缩愈小:文艺复兴时期是顶天立地的"巨人";启蒙时代是叱咤风云的大写的"人";十九世纪前期,在司汤达、巴尔扎克、雨果等作家笔下,大都是精力旺盛、雄心勃勃的出类拔萃的人;十九世纪中期的福楼拜则主要描写平庸的人;十九世纪后期,从自然主义流派开始,更多的是描写病态、丑恶甚至动物性的人。愈走向世纪末,人的形象愈委琐、渺小,两次世界大战更将人们抛入无法主宰自身命运的迷惘和惶恐之中。正是在这样的背景下,非理性的悲观主义哲学产生了广泛的社会影响,文学上则是颓靡之风盛行。人们既厌恶自己的处境,也厌恶"人"本身。理性主义似乎走进了死胡同,"人本主义"似乎悲剧性地走向了自己的反面。然而实际上,文学作品中"人"的贬值,恰是资本主义社会中人的异化感和屈辱感的反映,对某些作家说来,不失为一种抗议的手段。惟其追求崇高,才痛感其丑恶、渺小;惟其向往有所作为,才痛感自身的无能为力。但消极悲观从来不能成为法兰西性格的主流,所以在第一次世界大战前后,出现了罗曼·罗兰的《名人传》《约翰·克利斯朵夫》《哥拉·布勒尼翁》……第二次世界大战前后出现了萨特的《恶心》《苍蝇》和《魔鬼与上帝》……无论这两位大作家的哲学思想和具体论点有多大差异,本质上都和文艺复兴时期的"人本"观念一脉相承。他们都希望提倡一种较积极的人生观,吸引人们通过自己的努力在令人窒息的环境中打开一条出路,尽可能在社会的污泥浊水中保持人格的尊严和独立,以期做一个无愧于"人"的称号的人。显而易见,以理性批判为基础的文学依然是法国文学中最有生命力的部分。

二〇一五年三月

浅谈《巴尔扎克全集》的翻译[*]

一九九九年巴尔扎克诞辰二百周年之际,三十卷本《巴尔扎克全集》(中文版)终于由人民文学出版社正式推出,参与这项工程的翻译人员和编校人员,都不禁舒出一口长气。

《巴尔扎克全集》并不是我国出版的第一部外国作家全集(此前已有《莎士比亚全集》),但肯定是规模最大的一部外国作家全集(中译本总字数约一千二百万)。面对这样一部巨著,我们首先需要考虑的是,译文风格是否需要统一:既然规模宏大,参与者必定众多,如何保证放到读者面前的是独一无二的巴尔扎克,而不是七八个,或上十个面貌迥异的巴尔扎克,肯定是一个有待解决的问题。当然,读者是通情达理的,他们不会苛求大型文集的译文读来真像出自一人之手。可是巴尔扎克的与众不同处,就在于他的巨著《人间喜剧》(在《全集》中占了二十四卷)是个不可分割的整体,是一幅完整的社会风俗画,不仅人物重复出现,场景、故事也相互关联,如果复制品各板块的色调和技法差别太大,则很难形成一幅完整的拼图。自林纾先生于一九一五年在《说部丛书》中出版巴氏短篇集《哀吹录》以来,将巴尔扎克的作品译成中文的法语界前辈已不下十人,而译本行文差异之大,竟可令人对作家、作品产生完全不同的印象。试问高名凯先生所译巴尔扎克,和傅雷先生所译巴尔扎克,有可能拼接在一起么?所以,为了让中国的读者更好地接受巴尔扎克,理解巴尔扎克,我们认为应力争使这

---

[*] 本文系应解放军出版社郑鲁南女士之约撰写,后收入《一本书和一个世界》第二集,昆仑出版社,2008年1月,郑鲁南主编。

部《全集》的译文风格相对统一。

译界对翻译的主张各有千秋,但从社会效果检验,巴氏作品各种译本中,显然是傅雷先生的译本最受读者欢迎。傅雷先生在吃透原著精神,保持原作者的气质和思维逻辑的基础上,根据汉语的习惯进行了一定的再创造,使文学翻译脱离了翻译腔,不仅使译文易于为中国读者所接受,且能更好地表现原著的神韵。傅雷先生的译文,对法语界的翻译爱好者产生了深刻影响。改革开放以来,随着文化复苏,人们惊喜地发现,一支颇具傅雷遗风的高质量法语文学翻译队伍正在悄悄崛起。一九八一至一九八三年,人民文学出版社推出巴尔扎克的新译三种:《公务员》(资中筠译)、《驴皮记》(梁均译)和《十三人故事》(袁树仁译),博得译界的交口称赞。于是,我们决定以傅译为标杆,筛选和组建一支接近或认同傅译风格的骨干译者队伍和编校班子。

通过讨论,我们明确了这套《全集》的翻译原则:追求信而美,摆脱翻译腔,只求忠实、传神,不拘泥于保持原文的语式和句型;在文字上,考虑到作品的时代背景,力求典雅凝练,不同的译者之间尽可能在文风上相互靠拢。当然,要求每个译者文风完全相同是不现实的,必要时可由编校人员进行适当加工,以求得文体的相对统一。

原则确定下来了,可真正的难关还在后头。这套书自一九八三年制订计划,一九八四年正式上马,到一九九九年全部出齐,整整经历了十五个春秋。十五年间,我们和这位文学巨人朝夕相处,感受万千,个中甘苦可谓一言难尽。

要做到忠实传神,首要条件自然是吃透原文,这恰恰是与巴尔扎克交往的第一道难关。虽说巴著各篇难易程度不尽相同,但所有译者的共同感受是,翻译巴尔扎克的作品,比起译一般作家的作品,至少要多掏五倍气力。这个怪人渊博的知识、广阔的视野、过分充溢的思想,对我们自身的学养构成了严酷的挑战。这个有无穷欲望的梦幻家,执著的"绝对"之探求者,有时竟令人怀疑他是不是那个和魔鬼签约的浮士德。他似乎对一切都要穷其究竟:从最概括、最抽象的哲学,最错综复杂的政治历史事件,到最琐碎、最具体的夫妻纠纷。社会生活的方方面面,人文科学、自然科学的各个领域他都涉猎到了,谁也无法想象一个人的大脑何以能承担这样巨量的思考,《人间喜剧》简直就是一部以艺术形式撰写的《百科全书》。他把整个社会纳入小说的框架,让各行各业、各阶层人物都在《人间喜剧》的舞台上演出自己的剧目。他熟练地运用各行各业的行话、术语,准确无误地使用各门学科的专业词汇,内行地谈论技术上的细节,他对音乐的精辟见解能使乔治·桑大吃一惊……

我们深深感到,要吃透原著,仅仅懂法文是远远不够的,还得有深厚广泛的知识积累,至少应谙熟欧洲的历史文化和风土人情。于是我们随着这位巨人在宇宙遨游,急急忙忙填补某些知识上的缺失。哲理小说《塞拉菲塔》中,有大量篇幅谈到斯威登堡的通灵论,《逐客还乡》中,谈到神学和但丁所卷入的中世纪教派间的斗争,《卡特琳娜·德·梅迪契》揭示了法国三十年宗教战争的背景和原因,于是我们不得不探究平日不甚了了的神学、玄学,弄清基督教教派斗争与当时权力斗争的关系;《绝对之探求》中,描写了化学家巴尔塔扎尔·克罗埃对大自然本原的探索与追求,《驴皮记》中谈到医学界的学派之争,《〈人间喜剧〉前言》谈到博物学界居维埃和圣伊莱尔的论战,于是我们不得不重新复习已经生疏的自然科学概念,或向有关学科的专家们求教……

问题在于仅仅读懂他的作品还不够,还必须以清晰畅达的语言表达出来。巴尔扎克思维层次复杂,复杂句型运用极多,要尽传其精神而又不损及汉语的纯净,确实是又一个挑战。在这方面,傅雷先生的探索给我们提供了宝贵的经验。傅雷先生的中文功底深厚,不仅对不同行业、不同性格人物的个性化语言把握得相当到位,对不同性质的文体,诸如法庭公诉书、商业广告、契约……等,也都能采用中国的同类文体与之对应。参与《巴尔扎克全集》译校工程的这批翻译家,都在某种程度上自视为傅雷先生的私淑弟子,自觉地在学习傅雷先生经验的基础上,不断进行探索和创新。例如北京大学教授张冠尧先生翻译

《塞拉菲塔》《逐客还乡》时,借鉴了《佛经》和《圣经》的翻译,恰当地运用了"元神"、"法力"、"圣言"……等概念,居然把一些天书般晦涩的文字,翻译得具有可读性且令人兴味盎然,且将书中空灵、虚幻的风格表达得恰到好处。又如《烟花女荣辱记》中,描写了我们所不熟悉的犯罪团伙和苦役犯的生活,里面黑话连篇。为了寻求相应的文体来表现这类场景,北京语言文化大学袁树仁教授从黑色文学和推理小说中寻求借鉴。她发现书中的黑道人物把警察称作"雷子",正好与巴尔扎克笔下苦役犯对警察的称呼有异曲同工之妙,立刻在译文中使用了这个词汇,再请看袁教授译文中的小标题:"烟花女子动真情","老叟情爱价几何","蹉跎路通向何方"……,若不看内容,谁能想到是翻译过来的文字呢?还有巴尔扎克那部独具特色的谐趣故事集——《都兰趣话》,这是作家模仿拉伯雷的风格,用十六世纪的古法语写作的,轻松俏皮,颇有些痞气。那么中译本如何既表现出一点古意,又表现出一点痞气呢?于是我们请中央编译局才华出众的译审施康强先生模仿明清话本《三言二拍》的文体来翻译,果然效果绝佳。

如果说深刻理解并明白晓畅地翻译巴尔扎克的作品需要付出艰苦的劳动,那么要想表现出这位大师笔下的意境和神韵,那就更不容易了。巴尔扎克从来是两个截然不同的人物的矛盾统一体,在他身上既存在一个头脑清晰、思想深邃的观察家,又存在一个激情满怀、想象力无比丰富,有时还难免异想天开的梦幻家。前者使他的作品达到无与伦比的深度;后者使他的作品具有绚丽多彩的面貌和强烈的艺术感染力。这种充满睿智的观察和激情无限的丰富想象的奇妙结合,构成了巴尔扎克现实主义艺术"独一无二"的魅力。于是我们的译者努力用精辟的语言表现他的睿智,用热情的文笔显示他的激情。巴尔扎克善于把思想家的严肃慎密和艺术家的轻松俏皮结合在一起,于是译者们细心体会巴尔扎克字里行间那种幽默俏皮、揶揄嘲讽的口吻和叙事方式中所蕴含的喜剧因素,努力使译文贴近原文的神韵。

有人以为巴尔扎克只醉心于刻画丑恶,其实不然。他同时也是一位优秀的写景高手,极善于发掘和表现大自然的诗意,出色地营造情景交融的氛围。为了译出这样的氛围,张冠尧教授曾独自在加拿大的冰天雪地中体验《塞拉菲塔》中挪威冰山那种壮丽肃穆而又超凡脱俗的美;袁树仁教授曾在法国南部海岸用心领略《朗热公爵夫人》中地中海岛屿独具魅力的自然风光;罗芃教授曾借助想象去感受《沙漠里的爱情》中空旷、孤寂却又蕴藏着生命力的沙漠独特景色;社科院资深研究员资中筠女士曾以优美的文笔再现作者在《公务员》中对拉布丹夫人家园的赞颂:"……湖面如镜,有小岛宛在水中央,妩媚多姿而不失其质朴;妆点整齐而不掩其天然。虽有丛丛绿树作伴,参差掩映,却仍不免孤寂之感。环湖四岸,既经垦殖而又野趣盎然。……"。

巴尔扎克系列小说的总称 La Comédie humaine 的译法,也是个颇费斟酌的问题。这个书名我国历来译为《人间喜剧》,但法语界也曾有人提出,巴尔扎克的作品分明以悲剧居多,称之为《喜剧》实难接受,应改译"人间戏剧"。的确,现代法语中,Comédie 一词已经泛化,既可译为"喜剧",亦可解为一般的"戏剧"。《全集》编校组为此进行了深入的讨论,最后仍然认为译为《人间喜剧》较妥。一则从词源上考察,Comédie 源于拉丁文,更早可追溯到希腊文,本义是"喜剧",是 tragédie(悲剧)的对应词。按西方古典戏剧理论,悲剧(tragédie)应表现"崇高",故以古代生活为题材,以英雄、伟人、帝王为主人公,表现英雄人物由于命运的播弄或自身的失误而遭逢不幸,以引起观众的恐惧或怜悯;喜剧(Comédie)用来鞭笞丑恶,故以现实生活为题材,以普通人为描摹对象,特点是以嬉笑怒骂或滑稽夸张的方式,描写社会风俗、刻画人的性格、针砭时弊、嘲讽人们的弱点及可笑之处。十九世纪著名的《利特雷词典》(Littré)特别说明,喜剧有不同类别,"深刻喜剧(la haute Comédie)以谱写社会风俗、刻画人物性格为主旨,而不寻求以小手段来引人发笑。"且指出"喜剧"的引申意义可涵盖"深刻喜剧"所揭露的种种丑恶现象。

巴尔扎克的小说意在谱写社会风俗,刻画性格,抨击时弊,分析和嘲讽人的弱点及误区,就其题材内容、叙事风格而言,与《利特雷词典》所定义的"深刻喜剧"完全一致。虽然 Comédie 一词的含义在现代已可泛指戏剧,但要判断巴尔扎克本人当年对这个词的理解,仍应以巴尔扎克同时代编定的词典为依据。何况巴尔扎克曾明确谈到他的作品是"以嘲笑匡正世风",声称"要像莫里哀那样,先成为深刻的哲学家,再写喜剧",因而编校组认为,将 La Comédie humaine 译为《人间喜剧》完全符合巴尔扎克的创作意图。有些人强调巴尔扎克作品的悲剧意义,显然忽视了欧洲古典文化中关于悲剧、喜剧的基本概念,却简单化地按市民情节剧的思路去理解:结局不幸者称之为"悲剧",幸福大团圆者则是"喜剧"。殊不知所有人性畸变、人欲泛滥的故事,本质上都是可悲的,喜剧家想要剖析和揭露的,正是这些可悲的现实。巴尔扎克善于选择种种令人忍俊不禁的细节、幽默乃至夸张的语言,使读者对事物的可笑复可悲获得深刻印象,恰恰说明他堪称莫里哀式的喜剧大师。

再则,巴尔扎克将他的系列小说命名为《人间喜剧》,原是受但丁《神的喜剧》(中译本称《神曲》)启发。实际上他们的作品并不是真正的戏剧,戏剧指表演性艺术,而但丁写的是史诗,巴尔扎克写的是小说。他们采用 Comédie 一词为自己的作品命名,已是一种蕴含哲理意味的文学语言,主要是表明作家对现实的嘲讽和批判态度,而不是对作品体裁的说明。巴尔扎克站在历史哲学的高度,俯视人世间纷纷扰扰的矛盾斗争,眼见人们陷入自身的情欲或思想误区不能自拔,不禁感到可悲、可叹、复可笑,"人间喜剧"一词,便表达出了这种心情。当然,La Comédie humaine 内容包罗万象,写尽人生百态,译为"人间戏剧"未尝不可,只是译得太"白",太平淡,说明不了任何问题,无法突出《人间喜剧》所包含的讽刺意味和批判精神。

总之,巴尔扎克这位"头脑中装着整个社会"的巨人,怀着"把握一切、认识一切、解说一切"的欲望,给我们出了一道又一道的难题,也许从来没有一个法国作家曾经给翻译者带来如此多的苦恼,所幸我们终于体会到这苦中也有乐:这是不断充实自己、不断探索和创新的快乐,是一种与智者倾心交谈的快乐。我们尤其感到,巴尔扎克现在对我们似乎比任何时候都更有现实意义,因为我们和巴尔扎克同样处在新旧交替的社会转型期,同样面对着一个既混乱,又充满活力;既有许多腐败现象却又在向前发展的社会。巴尔扎克那种发人深省的、充满睿智的观察,不仅有助于我们了解历史,也有助于我们认识现实。巴尔扎克属于那种有大智慧的人,特别值得注意的是他的历史眼光和思想中包含的辩证法。他看到人世的不完美,却能以历史的眼光来看待这种不完美;他既能对一切丑恶现象进行无情的批判揭露,同时也相信人类社会可以通过自身的努力得以改善。总之,从这位大师充满生命活力的作品中,我们感受到了一种洞察世事、人心的智慧,一种纵横古今的清醒的历史感,还有他那出神入化的艺术表现力带给我们的审美享受。

然而,这样一套出自巨人笔下的巨著,翻译、校订及注释工作的难度也是巨大的。虽然我们作了努力,差错仍在所难免。我们期待着读者和专家们的指教和帮助。

二〇〇六年十月

切勿损害大师形象*
——漫谈文学翻译

多年来从事外国文学编辑工作,接触过形形色色的书稿,有时不禁慨叹:作家们的世界声誉,竟在很大程度上掌握在译家手中。同一作家的同一作品,可以译得不堪卒读,也可译得光华灿烂。在这文字的转换过程中,最担风险而又最无能为力的,恰恰是原作者。也就是说,一位世界级文学大师能否在外国读者面前树立起自己的形象,展现出自己的艺术魅力,取决于他能否有幸遇上真正理解他的译者。

我所读过的书稿,大致给我留下三种印象:最令人愉快的译稿准确传神,充满灵气,原作者的音容笑貌仿佛跃动在字里行间;平庸的译稿颇多匠气,貌似忠实,却味同嚼蜡,其实与原著的品级相距甚远;最不堪的译稿可说有些痞气:不懂装懂,连猜带蒙,遇上难点便故意绕过,权当那拦路虎根本不存在,有的甚至篡改原文,按自己的想象将中文编得天衣无缝,编辑如不核对原文,极易上当受骗。当然,有痞气者很快会被拒之门外;匠气太重者如不提高修养亦不宜委以重任;真能胜任名著翻译的,看来只是那些有灵气的译者。中国的翻译家就在他们当中产生。

有的人大约以为翻译是一种技术性工作,只要懂外语,便什么都可以译。其实不然。扎实的外语基础仅仅是从事文学翻译的前提条件,而功力的深浅却与一个人全面的知识水平、文化修养、生活阅历、

---

* 本文原载《中华读书报》一九九六年七月二十四日,一九九八年收入《翻译思考录》一书,许均主编,湖北教育出版社出版。

感受能力及感情的细腻程度密切相关。朱光潜先生曾经对我说："翻译的第一要领是吃透原文。只有尚不理解的，不存在无法表达的。然而每个字都认识不一定能理解，字面上理解也不等于真理解，只有全面地理解了作者，才能吃准他的一个词、一句话所包含的潜在意义。"

我所认识的一流翻译家，无一例外都具有知识上的优势、较高的文字修养和文学敏感。更重要的是，他们能以高度负责的态度，在领悟和把握原著的神韵风格上刻意求精。所谓灵气，无非是指与原著的神韵相通，能较贴切地表现原作者的精神气质、思维模式和语言格调。而且，愈是高水平的译家，接受选题也愈慎重，研读原著后，总要再三斟酌，待成竹在胸才作决定；动手翻译前，还要浏览大量有关作者和作品的研究资料，精心地挑选版本，翻译过程中，更是不吝精力，反复推敲，在锤字炼句上下功夫。我们看到译本中的"神来之笔"，只知拍案叫绝，而译家们为此耗去的心血，却是局外人不得而知的。施康强先生在《"名牌"与"杂牌"翻译》一文中谈到的"衣带渐宽终不悔，为伊消得人憔悴"的敬业精神，正是成功的译家们共同的切身体验。

当然，译文要想曲尽原著之妙，对多数译家而言是件可望不可即的事情。但做不到十分，也须争取做到四五分，六七分，倘连一二分也做不到，这译文也就没有存在的价值了。名著之成其为名著，必是代表了人类智慧和艺术成就的某种高度，译文如显示不出其高度，印刷成书等于让谬种流传，岂不成了对读者的戏弄和对名著的亵渎。名著的翻译出版，是一项严肃的文化积累工作。如果只要有人出钱，便不拘什么质量的文稿都可拿来出版，将来图书市场岂不要变成款爷们的天下。更可悲的是，某些出版商因急于拥有自己的名著版本，竟至委托不太懂外语的人以连抄带编的手段突击"新译本"。

我想大喊一声：请珍惜人类的宝贵文化遗产！请尊重和维护大师们的艺术形象，切勿为一己私利使大师们的形象受损！

一九九六年六月

编辑手记[*]

四十年前离开教学岗位，转行到人民文学出版社当外国文学编辑。这本是一种无奈的选择：在北大呆了二十年，对工作、环境早已熟悉，朋友也很多，哪里割舍得下？只是"四人帮"在"六厂二校"的肆虐令人不堪忍受，所以一朝有可能，便跳槽到出版社。没想到一年多后"四人帮"倒了，北大也表示欢迎我返校。这正是我心向往之的事情。然而当时出版社正面临"书荒"的局面，外国文学界要重振旗鼓，必须有一批人脚踏实地在此拼搏。

这时外编室的重要业务骨干蒋路同志喜不自胜地对我说："法国文学大有可为呢！"听说我想离开，他立刻耐心地动员我留下："如今这种图书市场凋零的文化荒漠状态，除了出版社，哪个大学有办法解决？"我知道他说得对，便放弃了返校的打算。尤其因为外编室的法国文学老编辑这时均已过世，此领域基本上是一片空旷。

当了多年外国文学编辑，个中的甘苦自然一言难尽，这里仅谈四点体会，供后来者参考。

一、对编辑的最大考验，其实是选题的选择。

法国文学浩瀚无边，多如牛毛。要判断什么是国人最需要，也最应该知道的，这是对编辑的历史文化知识，特别是文学史知识的一大检验。不仅是对外国文化知识的检验，也是对中国历史文化知识及对现状认识程度的检验。没有对其他民族自我革新意识的来源和成熟

---

[*] 本文原系应郭凤岭先生之约撰写，后收入《编书记》一书，金城出版社出版，2011年。

过程的深刻理解,怎能知道哪些外国文化或思想观念对我国有借鉴意义? 如何能区分当前出书的轻重缓急。

显然,真正引导法国走向现代化的,是文艺复兴和启蒙时代倡导的思想解放。没有唤醒人类自觉性的人文主义和公然提出"人权"、自由、政教分离等问题的启蒙运动,法国社会不会革新,不会向现代转变。

另外,法国从封建到资本主义社会的转轨过程中,暴露出大量复杂的社会矛盾与问题,和我们现在看到的问题常有异曲同工之妙。较之二十世纪文学,十九世纪法国文学似乎于我们更有现实意义。表面看来,巴尔扎克时代的人们坐马车;现代中国人坐的是汽车。而揭示的矛盾、问题,本质上并无区别。所不同的,是现实生活提供给我们的实例更加丰富、复杂而且深刻,只不过还没有人写出一部更丰富、复杂且深刻的《人间喜剧》罢了。

出于以上考虑,我在执行"三套丛书"计划和考虑法国文学今后的规划时,一方面注意其全面、系统性,力求尊重文学史的客观需要;另一方面优先介绍了人文主义、启蒙学说和十九世纪文学,特别是十九世纪现实主义文学,以直接服务于当今社会转型阶段的需要。这不等于说其他时段的文学不重要,只是注意到任何事需分清轻重缓急而已。

二、组稿水平,是决定出书水平的关键。

要编好书、出好书,最重要的是对相关领域的"人才"有透彻的了解,尽可能做到对各高校适于从事文学翻译、文学研究的"人才"心中有数。"改革开放"的头五年,我看"试稿"所花的时间精力,远远超过我正式发稿的时间。为了找出真正出众的人才,我必须"沙里淘金",逐个比较。且需了解他们的知识文化底蕴和文字风格,区分他们适合翻译何种类型的文学作品。这样才能做到"用其所长",不致"用其所短"。人都是有强项也有弱项的,能够得心应手地翻译各类作品的人是极少数。而这样的人才却不见得能写出有深度的序文。有的人善于翻译小说,却不善翻译理论著述;有的人翻译逻辑严密、论理清晰的作品时自然流畅,译小说却显得干瘪、费劲。熟悉了译者的个人特色,便不致给他人出难题,让人陷于尴尬。

编辑应该承认人的差异性,还应该承认人人都有个从不成熟到成熟的过程。在摸清译者的中外文功底和汉语风格后,必须允许人们有个积累经验的过程。仅仅由于经验不足而略显生涩处,编辑应从旁助译者一臂之力。编辑不见得水平高于译者,更不可能处处强过译者,但因见得多,也可能提出一些有益的建议,作些去粗取精的修改。只要耐心地和译者交换意见,不轻率地强加于人,必能使译文日臻完美。

总之,为得到出版社最需要且质量优异的稿件,以保证出书质量,最根本的一条是发掘人才、网络人才和团结人才,建立一支高水平的译者队伍。没有人才,一切都谈不上。

三、要和译者建立和谐的合作关系,最重要的是真心诚意地"尊重人"、"爱护人"。

编辑必须了解译者,知道他们的长处,理解他们的难处和付出,处处为他们的利益着想。译者是有思想、有尊严、有价值的人,不是随叫随到的"打工仔"。我国的稿酬是全世界最低的,千万别梦想优秀的译者会为了稿酬给你翻译作品。因此编辑对人的尊重、爱护比什么都重要。尽管编辑的权限有限,能做到的事不多,但编辑的欣赏和尊重,往往比任何物质回报更能使译者感到温暖。

我曾以赞赏口吻对资中筠谈及她在《公务员》中的一段译文,让她好生高兴。这既说明我曾认真对照原文研读她的译文,也证实她的努力没有白费。因为我分外赞赏的,恰好也是她曾下过功夫的地方。一次,我说张冠尧能把《塞拉菲塔》译到这种程度实在不易。张不无得意地笑道:"你遇上难办的事,自然会找我。"又一次,我请编译局施康强用三言二拍的语言翻译古法语的《都兰趣话》,译得非常成功。当时最高翻译稿酬不过千字二十八元,经过争取,我付给他千字三十元。虽仅增加了区区两元,却让施康强格外高兴,感到你理解他的难处,肯定了他的成功。记得我曾帮助译者联系住院手术,还曾去医院探望住院的译者亲人……这类事与业务并无直接关系,却使你和译者之间建立了人与人之间有血有肉的亲密关系,而不是干巴巴的工作关系。尽管我现已退休十余年,许多译者仍与我如朋友般有来有往,无话不谈,并不因工作联系的减少而疏远。

尊重作译者,注意发挥作译者对出版社建设的积极作用,是文学出版社的老传统。过去每年岁末,出版社都会召开作译者团拜会,由社领导向众作译者汇报出版社一年来的重要工作。出版社的样书——出版社生产成果的主要体现,必定分赠重点作译者,从不在编辑室内部瓜分,这已成为'老文学'的传统惯例。时任社长的韦君宜曾在报告中明确提出:"作译者是我们的衣食父母"。对译者的这种尊重不完全是一种工作方法,而且是一种"观念"。在那个时代,作译者提任何意见或建议,出版社都会认真对待。外编室收到某个人的来信,相关编辑必及时草拟复函,外编室主管业务的副主任蒋路亲自修改、定稿,誊清后立即寄出。来信迟迟(甚至好几年)不予答复,根本是不可想象的事。许多译者感觉,如今译者越来越"不受待见"了,有时应出版社之约如期交出的译稿,十多年还没个交代,正式写信询问,也得不到回音。有的译者只好从此不再和出版社来往。

四、为了保证编辑质量并与译者和谐相处,必须注意不断提高自己的编辑水平。

首先要努力提高对原文的理解水平和自身的文字功力,力求能对译文提出中肯的意见,而不致提出错误甚至荒谬的建议。尤其忌讳将自己的文字习惯强加于人。原文是衡量是非的唯一依据,编辑改动译文必须慎重,绝不可偏离原文。改动处必须经过译者认可才能定稿,不能由编辑自作主张。也就是说,必须尊重原著,尊重译者,切勿轻率、任性,切勿将自己置于原文或译者之上。

翻译是一种"遗憾的艺术",永远有"改进"的余地。编辑要改动,只能改得更好,更简练,更贴近原文的含义及风格,而不可迁就个人的"一己之见"。

正如绿原同志为我的论文集《法国文学的理性批判精神》一书所写的序文中所说，编辑工作不是什么"圈圈点点，镶牙补眼"的活计。不仅应"在选题方面力求从文学史本身来满足读者尚不自觉的需要，在组译方面力求形神兼备地对得起原著"，在书稿成熟或发稿后，更应"关心如何帮助读者深入地理解原著，如何扩大原著在读书界的积极影响，以缩短我国文化积累的应有目标和实际进程之间的差距"。为了这个目标，编辑除需注意不断提高自己的知识水平、翻译能力和编辑加工能力，也应不断提高自己评介作品的写作水平。只有这样，才能对文学作品的序文、前言或评论提出恰当的意见，需要时还可亲自撰写。何况，这样做对自身也有很大的促进作用。既能深化对作家和某些文学现象的理解，又能锻炼自己的逻辑思维能力。我在工作实践中也感受到，撰写序文、前言或书评，尤其是编辑和撰写《巴尔扎克全集》《巴尔扎克选集》《福楼拜文集》《萨特文集》之类大型图书的总序，对自己是极大的考验和锻炼。为了完成任务，除认真研读原著外，还必须收集和阅读大量相关资料，经过认真分析研究，去粗取精，去伪存真，才能提炼出真为读者所需要的精华。

以上是我在编辑工作中的若干体会，可能有点"过时"，与"现实"对外国文学编辑的要求有些距离。但我只能谈自己当时的真实感受，不可能编造出更紧跟"潮流"的观点。为此，我只好表示"遗憾"和"道歉"了。

二〇一〇年八月十八日
二〇一五年五月定稿

蒋路是我的领路人*

我认识蒋路,是一九七五年初调到人民文学出版社以后的事,可蒋路这个名字,早在二十六年前我就耳熟能详了。记得那是四八、四九年之交,我还是武汉市一名中学生,恰好属于热衷于探索人生的年轻一代,因而刚出版的《怎么办?》在我们那伙人中产生了强烈反响,引起了热烈的讨论。从此,蒋路的名字便和拉赫梅托夫、洛普霍夫、韦拉、基尔萨诺夫这些人联系在一起,深深刻入了我的记忆。

说来也巧,我到出版社的第一天,遇见的第一个人就是蒋路。那时朝内大街尚未拓宽,街道很窄,公共汽车快到站的时候,几乎和一位身材瘦小、行色匆匆的步行者擦身而过。我无意中回头,见是一位老者,不由得为其步履之轻健暗自惊讶。下了车,踏上出版社门前的台阶,正迟疑着不知该朝哪个方向走,却见那老者也已进得门来,我赶紧上前打听:"劳驾!请问人民文学出版社的政治处(当时都是在政治处报到)在哪里?"老者微微笑着,说道"你随我来!",我随他走上三楼,他指了指左手:"往里拐便是。"我向他道谢,他连连摆手说不必,笑着转身上四楼去了。后来我才知道,这就是我早知其名却未曾谋面的大翻译家蒋路。他那时住在东单,每天步行上班,算是锻炼身体。其实他当时还不老,只有五十多岁,可他的模样,特别是那种在老一辈知识分子身上格外突出的儒雅气质,让我第一眼就把他列入老字辈。有趣的是他到了八十岁仍是那副模样,似乎并没更老一些。

---

* 本文原载《新文学史料》2004年第1期,人民文学出版社。

那时外编室兵强马壮，专家型的编辑济济一堂。早上八点钟一到，你准看见他们端坐在自己的位置上埋头工作，从未见过有谁在那儿喝茶、抽烟、聊天的。那份严肃、认真和兢兢业业的气氛，我在大学里绝对看不到，因为大学的老师都躲在家里工作，来办公室就是为了开会、聊天，所以出版社办公室里的严肃，一开始委实把我吓了一跳。幸而当时还有食堂，我能结交翻译出版界的这些前辈，多亏有食堂这么个"社交场所"。每天中午，排队买饭以后，我便端着饭菜在食堂里转悠，见哪儿有空座，便凑过去边吃饭边聊天。就这样，与不同组的老编辑也渐渐熟识了。有一天，我遇上一个有关俄国历史的细节问题，在饭桌上请教了蒋路，他的回答明确清晰，在我看来，这问题已经解决了。没想到第二天他又捧出一部大书，专诚把我找去作了一番详细的讲解，态度之认真令我大受感动，这才明白老编辑们原来是这样工作的。

我一生中遇到过三个对我产生重大影响的人，蒋路是其中之一。我对自己后半生的选择，蒋路的影响起了决定性的作用。我是半路出家当编辑的，此前我在北大待了近二十年，对学校已经有了很深的感情，若不是迫于"六厂二校"的情势，我绝不会轻易离开，即使离开，内心也盼着有朝一日能回去。果然，在出版社刚待了一年多，形势便起了变化：四人帮倒了，高校的教学秩序逐渐恢复，文化出版事业也有待复兴。人人兴高采烈，笑逐颜开，蒋路脸上那种温文尔雅的微笑有时竟变成抑制不住的孩童般的欢笑。我至今还清楚地记得他那副摩拳擦掌的兴奋模样，他快活地对我说："这下你们法文片大有可为了！"然而我在高兴之余也有心理矛盾：一方面，眼看文化荒漠的局面亟待改变，出版社重任在肩；另方面母校对我也有很大的吸引力。在举棋不定的时刻，蒋路的几句话起了关键作用。他说："学校是培养人才的地方，当然非常重要；不过出版社面对的是更广大的读者群，对社会的影响更直接更广泛。尤其是现在，当务之急是让千千万万民众有书看。"这是实情，我不能不同意。可我又说："教学工作有利于开拓视野，对思想训练有很大好处。"蒋路回答:"其实编辑工作的天地是很广阔的,它涉猎的东西多,面广,既能通观全局,又随时可对作家作品进行深入的研究,这样的工作会让你永远有新鲜感。"坦白地说,对这句话我当时并没全懂,直到十年以后,才慢慢品出味来。不过蒋路的确帮助我稳定了情绪,下决心全力以赴钻研编辑这一行。

人们说,师傅领进门,修行靠自己。我想,若要入门,首先还得找个好师傅。于是我瞄准了蒋路。记得我第一次拿自己编的书央求蒋路为我找漏洞时,他还不是主任,且和我不在一个组,他完全没有义务为我花这个时间。我提出请求时心中还忐忑不安,没想到蒋路慨然应允,而且做得十分细致,从注释的学问、文体的统一、语言的内在逻辑到锤字炼句的讲究,都提出了十分中肯的意见。这是他第一次为我开启编辑工作这扇门,让我看到了从事这项业务需要何等丰富的知识和扎实的文字功力。

不久,蒋路担任了编辑室副主任,主管欧美和俄苏文学的业务,这样我和他工作上的接触就多起来了。蒋路自己也许没意识到,我从他那儿学到了多么重要的东西。编辑工作有深有浅,有宽有窄,有的人大约以为编辑工作只是"镶牙补眼",改改错别字和病句;蒋路却让我体会到了编辑工作博大精深的一面,让我看到了一个编辑可能达到怎样的高度,一个好编辑又该具备怎样的素质和思想境界。

蒋路是个学者型的编辑,他的渊博常令我暗自吃惊。他有扎实的国学根基,又通晓西方的历史、文化。因而历来外编室制订选题规划,他都发挥了重要的作用;许多大型全集、文集、选集,如《巴尔扎克全集》《托尔斯泰文集》等都是在他的具体指导下进行;一些文学史稿,如《欧洲文学史》《俄国文学史》《瑞典文学史》《捷克文学史》等,都由他把关,甚至承担繁重的修改、增补和注释任务。北京大学当时主管《欧洲文学史》工作的罗经国老师告诉我,看了蒋路加工的《欧洲文学史》稿,他们都感动得说不出话来:整部书稿改得密密麻麻,所有的史实或细节,他都已核实订正;结构欠合理处已重新调整,有的段落甚至已改写或重写。在他们看来,蒋路远不止是编辑,而且是重要作者之一。可是他们提出请他参与署名时,蒋路却坚决地谢绝了。

人们提起蒋路,常说:"论知识、论见地,他称得上是优秀的研究工作者;论翻译,以他对原著的精确理解和文字功力,称得上是优秀的翻译家;然而他却将毕生绝大部分精力奉献给了编辑工作。"言下大有惋惜之意。可蒋路自己显然不这么想。按他对编辑工作的理解,他恰是以研究者的眼光和翻译家的精细来从事他所热爱的这项工作。他审读一部书稿,必先查阅有关的背景资料,研究作者的思想脉络;他评说一个作家,必定是把他放在一定的历史文化背景和世界文学的范畴中观察、剖析。因而他撰写的序文和评论,总是立论中肯、资料翔实,含金量极高。蒋路的文字功力也非同寻常,他文风简练,用词极其准确,所以他加工的书稿,永远质量第一流。当年人民文学出版社威望那么高,它的编辑们那么受尊敬,就是因为它拥有一批蒋路这样的专家学者型编辑。

不过,我之所以敬佩蒋路,还不止是上述这些原因。最让我无法忘怀的,是他崇高的思想境界和无私的奉献精神。蒋路不是党员,但他比许多侈谈"立党为公"的党员更有公心;蒋路不是官,他最高的职务不过是编辑室副主任,但他比许多担任领导职务的人更有远见。因为他经常思考的是我国文化建设中的根本问题,是如何提高国民素质的问题,还有我们人文出版社的基本建设中的诸多问题。

蒋路是个特有情怀的人,他的工作热忱是有目共睹的。我至今记得七十年代末外国文学开禁后他那种溢于言表的兴奋之情和紧迫感,记得每晚他的办公室里久久不灭的灯光。他工作起来是那么投入,总像有使不完的精力,那固然是他一贯的为人与作风,更是因为他心中有一股强大的使命感。记得我到出版社不久就有人告诉我,文革中几乎所有的文化遗产都作为"封、资、修"的垃圾被横扫,蒋路却在会上公开提出十八、十九世纪欧洲的进步文化仍有继承的价值。虽说他属于寡言少语的类型,我仍好几次看见他为多年来形成的文化空白摇头叹

息,为中国人眼界的狭窄和某些阻碍社会发展的传统观念感慨万端。有一次,我在他面前提出了这样一个问题:

"在社会发展过程中,究竟是社会科学还是自然科学对社会的推动作用更大?"

蒋路很认真地想了想,笑道:

"按说,这两者应当是相辅相成的关系。但不可否认,任何社会变革都需要舆论作先导,自然科学的发展也需要扫除观念上的障碍,这一点,欧洲的历史是最好的证明。"

"你说得太对了,野蛮的西方能在二百年间实现历史的飞跃,将东方文明古国远远抛在后面,和文艺复兴以来倡导的人本主义有直接的关系,没有人的解放,哪能有生产力的解放!如果观念不更新,恐怕至今还认为地球是方的,许多科学家恐怕还会被当作妖孽处以火刑……"

蒋路大笑,又说:"所以呀,我们的工作看起来和中国的现代化没有直接关系,其实关系大得很呢!欧洲近代文学中有许多东西会对我们的传统观念形成冲击,这对我们是有好处的。中国历来是帝王崇拜、祖宗崇拜,很容易产生迷信和盲从;不像近代欧洲的价值观,把人的独立自主精神、创造精神、开拓精神看得很重要。"

"我看中国很需要引进人本观念,"我接口道,"过去多少悲剧都说明,我们简直不把人当人,而是当成蚂蚁、虫豸,可以随意践踏、侮辱、夺其意志、取其性命。可悲的是,许多人自甘活得无尊严亦无价值,还不许别人活得有尊严有价值。他们把有头脑、有创见者视为异端,刻苦努力叫做个人奋斗,业务尖子统统封为'白专道路'。文革中,几乎所有的劳动模范和有突出贡献的人都遭到批斗,并不是因为他们干了什么坏事,而是因为他们太出类拔萃了。一个惧怕人类思考力和创造力的社会,怎么能不停滞落后呢!……"我说着说着又愤慨起来。蒋路沉吟片刻,叹道:

"一个健全的社会,本当把尊重人、爱护人、充分发挥每个人的聪明才智作为社会生活的基本准则,可惜很长一段时间里,许多人类思想的精华都被当成垃圾抛弃了……"

类似的交谈,我和蒋路之间有过好几次,所以我完全理解他是以怎样的情怀参与制订外国文学长期出版规划,以怎样的心态翻译介绍《怎么办?》这样的文学作品,又是以何等样的动力日以继夜地工作。

蒋路平日说话不多,但目光高远。他明白出版社的兴旺发达,首先有赖于一支高质量的编辑队伍,所以他很自觉地将中青年编辑的培养引为己任。被任命为外编室副主任后,他更是将中青年编辑的培养训练视为自己的第一要务。他曾组织一系列讲座,请老编辑给我们传授他们多年来在编辑工作中积累的经验。有一次,讲座内容恰好与一个新编辑的弱项有关,他惟恐那位新编辑没接到通知,一大早便冒雨跑到那位同志家里,叮嘱他不要错过了机会。他将稿件的复审视为传、帮、带的一种方式,而不仅仅是为了质量把关,所以每次复审稿件后,总要和责任编辑一起讨论书稿中的问题。谈话以前,他会以他工整的笔迹,预先在一张纸(往往是一张洁白光滑的道林纸)上写下他的意见,一、二、三、四……列得清清楚楚,谈完之后,再把这张纸交给你,不用担心会有所疏漏。

蒋路的敬业精神和作风的严谨是有口皆碑的,所以一般人发现不了的问题他能发现,旁人可能放过的小毛病,在他那儿便通不过。那时我最高兴的事是请蒋路复审稿件,因为研究他在复审中提出的问题,是最好的学习方式。记得我接受《巴尔扎克全集》的任务时,颇有些思想负担,这么大的项目,做砸了怎么办?于是我坚持要蒋路复审。蒋路为我复审了《全集》的前三卷,其间对我的指点和启发,让我终身受益无穷。正是蒋路使我明白了什么叫做一丝不苟、字字推敲,什么叫做对原作者、读者和译者体贴入微、高度负责。对于译稿,只要有一丝费解之处,他都要求重新核查原著,以避免理解上的错误;对于编辑加工,他要求顺应译者的文风,与原译完全融为一体;至于注释,他要求务必处处为读者着想,不但要使读者通过注释加深对作品的理解,还要尽可能帮助读者扩大知识面,了解西方的历史与文化理念。后来我就按蒋路的路子一直做了下去,即使达不到他的水平,至少要朝那个方向努力。《巴尔扎克全集》能在翻译界和编辑同仁中获得认可,我以为首先应当归功于蒋路。当然,这个项目是当时社领导和编辑室领导共同决定的,但具体的运作,则是在蒋路的指导下进行。

按蒋路的风格,做任何事均需有条不紊、计划周密,这类大型《全集》更要郑重对待。于是他让责编先起草方案,从总体规划、分卷篇目、图书规格、编译体例,到译者队伍、编校队伍的组建,都写出书面意见,然后组织讨论。在我记忆中,《巴尔扎克全集》的专题会议至少开过两次,与会者除孙绳武、卢永福、绿原等编辑室领导外,还邀请了编辑室一些有经验的老编辑(如吴均燮、石永礼等)参加,方方面面问题都讨论得很具体,包括《全集》全到什么程度、零配件(如序文、年表、题解、勒口、插图等)的安排和要求、各类专有名词按何种标准统一、阿拉伯数字的使用范围、注释的格式、标点符号的用法、文中异体字或外国文字的处理……乃至街道名称究竟是音译还是意译更妥,都做了细致的研究。最后整理成条文,打印出来,让此项工作的参与者人手一份。这些事情虽然琐细,却都是编辑业务中最基本的技术要求。通过这一连串操作,编辑工作——特别是大型《全集》《文集》的编辑工作——便规范化了,同时也培养训练了编辑队伍。应当承认,蒋路在这方面做出的贡献,对外编室的建设是有深远意义的。

蒋路不仅重视编辑的基本功训练,同样也关心编辑综合能力的提高。那时文学出版社有份专门介绍本社新书的《文学书窗》,外编室还办了一份《外国文学季刊》,编辑室要求责编发稿以后,必须为《书窗》和《季刊》撰写新书介绍或书评。有的人嫌麻烦,蒋路便劝说道:"外国文学编辑若有一定的翻译、写作经验,肯定有利于编辑水平的提高。从写这类小文章入手,既宣传了我社的书,又能锻炼写作能力,这个事情好得很哪!"蒋路还经常安排编辑给报刊供稿,写新书评介。我初次作序,译书,也都是蒋路提的建议。当然,这类任务并无强制性,自己不想做也可以不做，但只要努力去做，蒋路肯定会热情地给予指导。记得八二年初，编辑室让我翻译《冰岛渔夫》，刚译出一万多字，我便拿给蒋路审读："既然任何人第一次给我社译书都要试稿，我也不应例外。请看看这样译下去行不行？"蒋路看稿以后非常高兴，鼓励了一大通。我说："能得六十分我便胆壮了。"蒋路大笑，接着又提醒我："你能注意到散文的抑扬顿挫，这很好，但要注意避免押韵。诗歌押韵很美，散文押韵就别扭了。"……就这样，点点滴滴，细致具体，不知不觉间蒋路就帮助周围的中青年编辑渐渐成长起来。三十多年前我跨进出版社大门时，对编辑工作还没什么概念，文章倒是写过一些，翻译实践却很少，后来能熟悉这个行业，全靠前辈们的悉心指点，对我指点最多的就是蒋路，为此我一辈子都感激他。

除对编辑队伍的培养，蒋路最关注的，应当说是译者队伍的建设。由于法语文学一些高水平的老译者在文革中先后去世，七十年代末法语文学的翻译力量显得相对薄弱。而法国文学遗产还特别丰富，有待翻译介绍的东西很多。为改变这种被动局面，我们曾花不少精力从中青年法语工作者中发掘译者。每发现一个较优秀的人才，我就把他们的试稿送到蒋路处，由他审定拍板。蒋路那时够忙的了，这件事又给他增加了不少负担。可他自己却乐此不疲，他爱才，每当发现一个优秀的译者，他总是兴高采烈，像孩子般乐得合不上嘴。我至今记得他读完资中筠的译稿时的兴奋之情："太好了，太好了！这样的人才，是很难得的呢！"

蒋路对人的尊重、爱护和帮助，凡与他有所接触的作译者，无不深有感受。他对稿件虽有严格的要求，却从不在人前人后议论或取笑他人的错误，永远是以合作的态度，与人切磋商量，默默地帮人填补漏洞。那时编辑和作译者的往来信件，无论组稿信、商榷信或退稿信，按惯例都要拿给主任过目。我们可别小看这种信件，当时电话尚未普及，登门造访也有一定局限，编辑部和作译者的合作关系，在多数情况下是靠这些信件维系的。尤其是退稿信，要写好的确不容易，既要达到退稿的目的,还不能伤害对方的自尊心。蒋路是这方面的高手,由他起草或修改的信件,真是无懈可击。我们有时开玩笑,说蒋路写的信,可以编成《尺牍》给编辑们学习。

在人们的印象中,蒋路似乎比较严肃,年轻编辑在他面前一般不敢没大没小地开玩笑。我想这主要是因为他心无旁骛,一张嘴就谈工作的缘故。其实蒋路谦逊和蔼,平易近人,没有一点架子。无论谁提出什么意见或建议,他都非常重视,能做到的,立马就做,一时做不到的,肯定会向你解释清楚。好些人都说,还真想不起有哪次给蒋路提了意见而得不到回应的。蒋路的确不大会开玩笑,可这并非由于性情古板,也并非不懂幽默,别人说笑话他也常常乐不可支。虽说他嘴上不太热闹,可他待人的真挚与热诚,周围的人都深有体会。我不止一次见他提起旁人的不幸仿佛感同身受,提起旁人的优点长处赞叹不已。我至今忘不了他谈起绿原的遭遇时的激动,忘不了绿原彻底平反时他那种由衷的快乐。所以,蒋路的内心远不像他的外表那么干巴巴,他其实是个情感丰富且细腻的人,说他对待同志"如春天般温暖"丝毫也不夸张。不错,蒋路对人的评价有高有低,有褒有贬,若说他对所有人都同样喜爱,那是不真实的。可贵的是,即使对待他不那么赞赏的人,他也充满了善意,总能关心和体谅别人业务上或生活上的困难,能照顾的时候一定照顾,能帮的地方他一定会帮。

蒋路对人的关心,我是有切身感受的。记得八〇年我曾搬过一次家,谈好某月某日由社里出车(当时没有搬家公司,什么事都得找"单位")。那天我把什么都打点好了,到了社里却听说没有车。我坐在门口台阶上,急得差点掉眼泪。我在想:连床都拆了,我那八十高龄的老爸爸怎么安置呢?这时蒋路走过来,在我身边台阶上坐下,一句话也没说,可从他眼睛里,我看出他和我一样着急。当时的那份感动,真是无法用言词形容。直到现在,一想起当时的情景,我仍忍不住热泪盈眶。二〇〇一年我做第二次癌症手术时,他已是八十高龄的老人了,还邀上陈馥一道去医院看我。忘了为一个什么问题,我和陈馥争论起来,蒋路觉得怪有趣,瞧着我们两个直乐。此时他仍然腰杆笔直、步履轻健,走起路来毫无老态,没想到第二年就发生了变故。

那是二〇〇二年十一月中旬,我托绿原的女儿带给蒋路一套书,随即又拨通电话,接电话的是凌芝。凌芝说蒋路病了,我问是什么病,答曰"肠梗阻",我大吃一惊。毕竟我是二十多年的癌症患者,多少有点这方面的常识,我立刻告诉凌芝:"此事不可大意,肠梗阻闹不好会和肿瘤有关。"我又问在哪里看病,凌芝说在协和外科,我说外科不行,这是消化内科的事,得尽快去消化内科检查。这时蒋路过来接电话,声音细弱,底气全无,让我好不担忧。过了两天,我又去电话,说是情况见好,正在消化内科进一步检查。再过两天,他家里电话没人接了。我紧张起来,打电话问老干部处,老干部处装糊涂。我对他们说:"你们没必要瞒我,这事我清楚,你们只要告诉我蒋路在哪儿住院,和凌芝如何联系就行,我保证不声张。"老郝只得承认,蒋路让凌芝打过招呼,千万不要惊动编辑室和社里其他同志。我知道,蒋路就是这么个人,他总是把旁人的事当自己的事,自己却从来不愿给别人添半点麻烦。当然,暂时不惊动大家也有道理,在他那个岁数做手术,应该尽可能保证他的休息。但我知道他们家从来没遇上这样的病,凌芝肯定需要我的经验做参考。幸而,第二天和凌芝联系上了。凌芝告诉我,一两天内就要手术,她正想找我问问术后饮食及各种注意事项。过了几天,蒋路从隔离观察室回到病房,十一月二十六日我约陈馥去看他,他身体虚弱,但很平静,情绪也不错。我们不要他说话,只和凌芝聊。蒋路先是含笑听着,终于又忍不住,示意要我走到近前,用他细弱的声音问了我一些情况。我知道他的病发现得晚了一些,但总以为再维持一年半载还是可能的。我原计划十二月十日再去看他,没想到就在这前一天,蒋路永远离我们而去了。

蒋路一生淡泊名利,辛勤耕耘,人人都说他是个好人,但他不属于人们常说的那种"好好先生",他为人谦和,却又刚正不阿、嫉恶如仇。有人说他过于爱憎分明,难免有所偏颇。也许这是蒋路的"缺点",可恰恰因有这样的"缺点",我才觉得他是个有血有肉、至情至性的人。假如一个人四平八稳,喜怒不形于色,与他打了几十年交道,还闹不清他爱什么恨什么,我肯定觉得此人城府太深,吓得敬而远之。我总觉得中国的知识分子过去活得太累了:普普通通一布衣,既不管立法,又不管执法,倒要他说起话来像《人民日报》社论。其实,人人看问题都有自己的角度,判断事物都有各自的准则;某些人以为理所当然的事,另一些人可能难以容忍。人不是神,天下哪有绝对的伟大正确!倒不如宽容一些,让人们痛快淋漓地说出自己的"一孔之见",集思广益,不就能稍稍避免一些谬误和片面性了么?

蒋路也许并非在所有的事情上都得到他人的认同,但他无怨无悔地做着他认为应当做的事,始终忠于自己对生活的选择;他从来不说什么大道理,只是默默地作奉献。我曾经想过,蒋路这一生奉献了许多,那么他得到了什么呢?就看得见的"好处"而言,他的确没得到什么;可是有一桩看不见的好处,他肯定是得到了,那就是:"快乐"。因为他心胸坦荡、光明磊落,不受任何私欲困扰;他一切出自公心,无得失之考虑,不必看任何人的眼色行事;他坦诚率真,从不追风逐浪,也不趋炎附势;他无愧于天,也不愧对任何人,没有任何精神负担,所以无论他的工作有多劳累,他的心不累,他是快乐的。

因为蒋路的存在,我更明确了在我的有生之年应该做些什么,怎样去做。我能衡量出自己和蒋路的差距,但我愿意一步一步朝那个高度攀登。学海无涯,我必须永不停步。自从以蒋路为标杆,我再也不曾享受过满足感,但却享受到了攀登的乐趣。我感到生活有了具体目标,生命有了充实的内涵。我常想,人民文学出版社这个品牌,是蒋路他们那一代人以他们的学识和辛勤劳动打造出来的,我决不能给它抹黑。三十多年了,我工作时总在担心有什么疏忽和差错;已经出版的书稿,也总觉得未能尽善尽美,每次重印都想要重改一遍。这种思想压力会让人付出很多,但收获也一样多。这就是我多年来追随蒋路的体验。

蒋路的表率作用是文学出版社的一份宝贵财富,是编辑人员难得的好教材。我期待着出版社好好利用这份教材。遗憾的是,蒋路一生积累了许多,晚年却没有足够的时间把这些东西整理出来。其实有些可以由其他编辑做的事情,本不必再去劳累这位七八十岁的老者。现在随着他的离去,有些宝贵的东西怕是要永远流失了,我为此深感惋惜。

我深信,只有把奠基者们的思想境界和敬业精神继续发扬光大,让文学出版社的优良传统代代相传,才能告慰蒋路的亡灵。

二〇〇三年十月

追思绿原*

第一次看见绿原,是在一九四九年武汉团市委召开的一次座谈会上,他当时已是颇有名气的诗人,《长江日报》文艺组的负责人之一。主持人向我们介绍"诗人绿原",让我们吃了一惊。因为他那时也很年轻,二十多岁不到三十岁,戴副眼镜,瘦骨嶙峋。我不过是个小小的文学青年,想必他不会记得我,但我对此印象很深,后来在人民文学出版社遇见他,我提起这事,他只是笑。

重新见到绿原时,已是改革开放初期。他从版本图书馆调回人文社,却还没从胡风事件的重压下彻底解放出来。中国以前不讲法制,宪法不过是一纸空文,连国家主席都保护不了,遑论一般的文人。但五十年代的公检法还算规矩,绿原提出不同意见后,他们真去做了调查,而且明确告诉他,经调查,他确实不曾去"中美合作所"报到,也不是什么"特务"。可"人民日报"上登载的"三批材料"(何况还有领袖的"批示"),已经点明他是"中美合作所"特务,怎好公开修正?尽管我们批判清廷的文字狱,反对"因言获罪",可"三批材料"连"言"都算不上,只不过是"私人信件"而已。然而直至改革开放后,沈醉(这才是真正的国民党特务)还信口开河地(也可能是根据报刊材料而"人云亦云")说绿原是"中美合作所"特务,把绿原气得半死。

绿原最令人佩服的一点,是任何挫折都不曾摧毁他的意志和毅力。在监狱里关了七年之久,多少人为此精神崩溃,患了精神病,他却

---

* 本文原载《新文学史料》2010年第2期,人民文学出版社。

利用蹲监狱的时间学通了一门德语。他过去在复旦外语系学的是英语，后来教的也是英语，英语自然不成问题，德语就不同了。绿原在监狱里提出，他要读马恩原著（这一点谁也不能反对），于是让家里为他购置英德词典，凭着雄厚的英语基础和这这部词典，他居然掌握了一个新语种。绿原德语水平之高，远在翻译《浮士德》之前许久，我就从北大德语专业那儿知道了。但令我没想到的是，和他同去德国的一位水平出众的德语教授竟自愿为他当口译。我深知此人自视甚高，若非对绿原的业务水平有高度评价，绝不肯为他做这等琐事。前文已经交代，绿原是在监狱学德文的，既不可能有语言环境，也不可能与德国人交流，口语问题很难解决。但这不等于绿原不能通过自己的钻研掌握对这一文字的深入理解。后来《浮士德》的翻译足可说明问题。我常想，若不是失去自由，他不知还可做多少工作？

他的坎坷遭遇，自己当然不会说，许多情况，我都是从蒋路那儿听来的。后来绿原彻底平反，蒋路和我都很高兴，特地把他请到餐馆，庆祝了一番。

绿原是诗人，他写诗的水平众所周知，不必由我赘言。有一次北大开海涅纪念会，某知名诗人在会上朗读了为海涅写的诗，绿原同样在会上朗读了自己纪念海涅的诗，我随即和友人议论，一听这诗就知道谁真正理解海涅，谁不过是"应景"。绿原的诗感情充沛，且有内涵，有哲理，让人回味无穷。但我敬重他远不止因他有真才实学，会写诗，会写文章，而是他肯放下撰写诗、文的爱好和条件，认真投入"为他人作嫁"的编辑工作。特别是他担任编辑室副主任以后，不仅一如既往，花了大量时间为他人加工稿件，还格外关注编辑室的建设。那时卢、蒋、绿三位主任共处一间小办公室，条件很差，作风却很民主，谁都可以放肆地跑进去提意见、谈建议，他们总能热情地欢迎，认真地研究，以致我至今想不起有提了意见却得不到回音的事。

当时孙绳武同志和几位主任花了许多精力研究编辑室的选题规

划(包括长期规划和短期规划),为此分别与有关人员交换意见,他们一是想尽快解决"书荒"问题,二是要给广大读者提供重要的文史知识,确保人文社的外国文学出版业务能为"文化积累"和提高国民素质作贡献。在他们看来,出版社能否兴旺发达,取决于选题质量和编辑质量(如今的说法大概是"含金量")。什么叫选题质量,就是该作品在文学史上的地位和文学含量。凡意义深远、有文学价值,中国人不应不知道的作品,必定列入出版计划。可知道可不知道的,往往从缓考虑。这种出版理念,今天未必适应潮流,在当时却是文学出版社能成为文学出版业龙头老大的重要原因。直到现在,师范院校讲授外国文学的老师还隔三岔五地给我打电话,咨询一些作品的定位和译文的高低文野,认为过去人文社的出版物,对他们的工作是极大的支持。

记得绿原曾为外编室的编辑讲过一次课,强调了编辑自身综合素质的重大意义。这综合素质首先是指编辑自己的学、才、识。学(指知识)是基础,才是能量,识(指识见)则体现他所达到的高度。编辑的知识水平、文字功力、思考力、判断力、制订选题、选择作译者的能力(即组稿能力)均取决于他的学、才、识水平。出版社要想办得好,有分量,关键是提高编辑们包括学、才、识在内的综合素质。

关于编辑质量,一直是绿原十分挂心的问题。当初建社时,冯雪峰、王任叔等奠基人颇费了一番苦心从全国调集文化精英。所以那时文学出版社的实力相当强。人民文学出版社当时威望那么高,它的编辑们那么受尊敬,就是因为它拥有一支这样的专家学者型编辑队伍。我刚到人文出版社的时候,出版社就有这么一支队伍。因此我走进这座灰色楼房时,不禁心潮澎湃,仿佛踏入了一座圣殿。可惜斗转星移,到绿原接任主管外编室的副总编时,出版社已经今不如昔了。记得他曾和我谈及,现在有的编辑中文没有外文好,这并不是赞扬某些人外文出类拔萃的意思,我当然听得懂。记得一九九〇年他曾为《法国文学的理性批判精神》作序(这篇序文后来曾在香港《大公报》转载),除了可从中看出他对我写的东西看得非常仔细以外,也可看出他"借题发挥"的意图：一是突出了编辑工作的重要性，坚决不同意仅仅把这事看成"圈圈点点""镶牙补眼"的活计，反对那种"随波逐流、急功近利、惟短期行为是务"的编辑作风。他提到法国的狄德罗、中国的纪晓岚等"大方之家"（这些人都以编辑工作为主要业务内容），强调编辑应从文学史出发来满足读者尚不自觉的客观需要；组译、加工时还要时时处处考虑如何"神形兼备"地表达原著的精神。二是突出了对我社出版物的宣传工作。他认为编辑不仅应做到使书稿"成熟"，还应关心和帮助读者"深入地理解原著，扩大原著在读书界的积极影响，缩短我国文化积累的应有目标和实际进程之间的差距"。不管他这些看法现在是否合时宜，至少说明当时他是从全党全民的利益出发考虑出版工作的。

编辑的组译能力和对译者的态度，从来被绿原视为编辑质量的重要组成部分。这涉及对原著历史文化背景及文字风格的理解，和对译者的知识面、中外文功力及文字特征的了解，否则很难恰如其分地组到我们所需要的稿件。这里我要特别提到绿原对译者的尊重。人文社过去一贯重视与作译者的关系，韦君宜在报告中明确提出"作译者是我们的衣食父母"，每年春节我社都要开作译者团拜会，向众位作译者汇报出版社一年来的重要工作。出版社的样书——出版社生产成果的主要体现，必定分赠重点作译者，从不在编辑室内部瓜分，这已成为'老文学'的传统。现在出版社和作译者的关系似乎与过去不同了，我不了解情况，也不打算发表意见。不过，我体会到绿原对译者的尊重并不是一种工作方法，而是一种"观念"。他对人的评价有高有低，但在他看来，"人"作为"人"，总应被当作"人"来对待，总得给予必要的尊重。因此，在他那个时代，译者来信提出问题，过了好几年不予答复，几乎是不可想象的事。尽管现在很强调尊重人、爱护人，可是许多译者感觉，如今译者越来越"不受待见"了，应出版社之约如期交出的译稿，有时十多年还没个交代，正式写信询问，也得不到回音。有的译者只好从此不再和出版社来往。

绿原解放前入党，离休前是我社副总编，但他显然不属于"既得利益集团"中人，从来没享受过任何物质上的"好处"，连他在十里铺的狭仄住房，也是他离休后旁人为他争取来的。他生活坎坷，受尽冤屈，却从不气馁、抱怨。记得《天云山传奇》发表后，他曾对我说，"这里面的主人公不典型，因为当时受批判的人大都以为是自己的错，哪会往别处想？"

我常常遗憾，他这个人学富五车，才华横溢，子女却因他这个"社会关系"没能接受高等教育。唯一一个在改革开放后上大学的小儿子，偏偏在地下通道里意外死亡。二〇〇一年我从国外回来，听到这个消息不禁大吃一惊。编辑部的同事嘱我千万别在绿原面前提及此事，我也吓得在他面前不敢有半个字说到他的孩子。只见绿原形容憔悴，消瘦了许多，仿佛一下子老了十多岁。后来他的听力每况愈下，编辑室聚会时，他指指自己的耳朵，一个劲儿地笑，我知道他的意思是"什么也听不见"。

结识绿原多年，除了工作上的接触，与他从无私交，但我一直钦佩他的学、才、识，将他视为师长。今年国庆前给他打电话，不过是问安的意思，事前只知他身体不太好，到这个岁数，身体不佳也是正常的，没想到他女儿告诉我：今天（九月二十九日）早上他刚刚走了。

绿原的离去，让我感触至深。绿原、蒋路等老一代人走一个，少一个，以他们为代表的老文学，离我们越来越远了。我知道新生代有很大的潜力，他们代表着未来。但绿原等老知识分子，毕竟代表了老文学的一些优良传统，他们勤奋、博学、认真、细致，不论个人遭遇如何，总是以自己默默无言的工作服务于国家的文化建设事业，以他们出版的书籍，为充实中国人的精神生活、提高国民的思想素质服务。文学的特殊功能，就是在无言中影响一个民族的是非观念和道德面貌，这些正派的知识分子，总是自觉地肩负这项伟大使命，不计报酬地拼命工作，正是他们打造了老文学的品牌，博得了世人的尊重。这批人是值得我们引以自豪的重要资源，对出版社的建设只有好处，没有坏处。

但愿后来者能注意到这一资源的能量,不要在他们离去后才感到惋惜或遗憾。

二〇〇九年十月二十九日

朱光潜先生和我的师生情谊[*]

说来惭愧,我和朱光潜先生的缘分,竟是从一次不甚愉快的交锋开始的。

那是一九六〇年,正值全国开展"人性论"批判之际,北大遵照市委指示,在办公楼礼堂组织了一次大型"研讨会"。朱光潜先生上台发言,陈述普遍人性的存在,并援引马克思的《经济学－哲学手稿》,说明马克思正是从人的本质出发,以消除人性的异化为基点来阐释共产主义理论的。当时我是系"写作组"的成员,受命和朱先生展开面对面的辩论,因刚读了恩格斯的《费尔巴哈和德国古典哲学的终结》,便引用书中的若干论点,又搬出贾府的焦大和林妹妹,坚持说自产生阶级以来,就没有了抽象的人性,而只剩下具体的阶级性。朱先生当然不同意我的意见,但也不想争辩,只说了一句:"你先回去好好看看马克思的《经济学－哲学手稿》再说。"

以我的浅陋,竟敢与博学的朱先生对阵,委实是不知天高地厚。换一种环境,多半要受到嘲笑。然而当时没有人笑,反为我"敢于挑战权威"而热烈鼓掌,这当然是政治气候所致,并不是我的发言有什么说服力。当时北大在陆平领导下,虽然强调这次"人性论"批判是"以巴人为靶",不拟以本校的任何人为目标,但又提出不得让朱光潜这样的学术权威太"自在",多少要"烧"一下,好叫他在此问题上有所收敛。叫我去发这个言,用意就在这里。所以我的发言无论水平高低,都是

---

[*] 本文原载《新文学史料》2007年第2期,人民文学出版社。

会受到支持的。可这件事倒让我十分敬重朱先生的为人,他明知为"人性论"辩护是逆潮流而动,却不肯随波逐流,仍毫不隐晦地摆明自己的观点。我那时是"阶级论"的信奉者,后来虽读了马克思的《政治经济学－哲学手稿》,仍认为那不过是马克思早年的看法,后来已然为阶级斗争理论所取代了。直到眼见种种骇人听闻的暴行假借"阶级斗争"的名义将无数无辜者迫害至死,眼见不择手段的权力争夺在阶级斗争的口号掩护下公然给谎言和兽行罩上了正义的光环,我这才醒悟到批判人道主义人性论原是为倡导暴民文化扫清障碍,是为培养作为"阶级斗争"工具的"人兽"群体而采取的一项洗脑工程。我曾经为这项工程作贡献,因此我并不是无辜的,我应当对我所反对的种种暴行承担一部分责任。这方面的反思曾经使我心痛欲裂,但并非本文的要旨,暂且按下不表。

"人性论"批判过去不久,因饥馑在全国蔓延,中央开始从多方面调整政策,打算松一松阶级斗争这根弦,设法安抚人心,以缓和社会矛盾。当时的西语系副系主任严宝瑜同志告诉我,林枫同志曾来北大召集干部座谈会,讨论落实知识分子政策,尤其是高级知识分子政策问题,提出除生活上给予照顾,特供一些牛奶、黄豆之类,更要注意在业务上发挥他们的专长。林枫同志特别问及朱光潜的情况,他回答:"在教翻译课。"林枫同志说:"只让朱光潜教翻译课恐怕不合适吧,应该给他创造些条件,让他继续研究美学,不妨给他配备个助手,减轻老先生在教学杂务上的负担,这样还可在培养青年教师方面发挥他的作用。"

会后,严宝瑜亲自登门拜望朱先生,把领导的意思向他转达了,还请他从本系的年轻助教中挑一名助手,朱先生想了想,居然点了我的名。当严宝瑜兴冲冲把消息告诉我时,我简直惊呆了。我没想到朱先生如此豁达大度,毫不计较我过去对他的冒犯,还有心收我为弟子,真让我有些受宠若惊。朱先生的渊博和理论修养是众所周知的,我当时正好承担《文学概论》的教学任务,心想若能拜在朱先生门下,真乃此生的造化!不过想到自己基础薄弱,很担心朱先生会大失所望,心中不免七上八下,忐忑不安。

第一次拜师的情景,我至今记忆犹新。朱先生张口便问:"你原是学法国文学的,其他国家的作品你也感兴趣吗?"

"兴趣是有,特别是英美文学和俄罗斯文学,"我回答,"不过都只能读译本,而且主要是解放前,在中学时代读的。那时读书的时间多,不管中国的还是外国的,抓着什么就读什么,反正是乱读一气。"

朱先生笑了,"这么说,你读书的环境还不错。"

"只能说过得去,我家附近有个书店,我放学后就去书店站着看书(那时书店都是开架的)。我天天看书却不买书,惹得书店的店员满脸挂霜。后来一个好友的姐姐帮我们走后门,联系上汉口江汉路的一家书店,店里时代出版社的书特别多,他们答应让我们只交小额押金,免费借阅图书,条件是不得弄脏,不得折角。这下可好了,我整天迷在书堆里,通宵达旦地读小说,然后第二天去课堂上打瞌睡。"

先生又笑了,是很宽容的笑。

"遗憾的是,"我接着说,"中学毕业后读文学书籍的时间便少了。毕业时组织上把我调到政工部门工作,读书的重点变成毛选四卷、马恩列斯,晚上还去人大夜校学《中共党史》《联共党史》《政治经济学》《辩证唯物主义和历史唯物主义》……"

"这些当然也很重要。"朱先生点点头,"这么说,你对历史、哲学也感兴趣?"

"历史我一向喜欢,对哲学谈不上感兴趣,只是有点好奇,不过那东西抽象,不好懂。"

"好奇就好。其实哲学并不神秘,每个时代的精神创造都是有内在联系的。我们即便不打算专门研究哲学,为了理解文学现象,也应当对当时的社会思潮、哲学流派有所了解,何况从哲学著作中还可学习到宏观的思维方式。"朱先生微笑着说。

我向先生坦言,我们这一代学人"学不逢时",整个大学阶段并没念多少书:"一年级'反右',二年级'大跃进'(包括下乡搞'深翻',在校'除四害'、'大炼钢铁',还要'诗画满墙'、体育跃进'放卫星'),三年级'反右倾'……我虽留校当教师,其实念过的书不比学生多多少。"

朱先生听完我的倾诉,便宽慰我:"课堂上学的东西总是有限的,即使没有这些运动,扎扎实实念四年,知识也不会够用,还得在工作中边干边学。学习这件事,不怕慢,只怕站。只要你坚持不懈,抓紧一切可利用的时间充实自己,必能有所前进。学习主要不是靠上课,读书、思考和写作才是提高的主要途径。我在国外读书时,大部分时间都是泡在图书馆里自学,还有人根本没上过大学,靠着勤奋努力,也能取得很高的成就。记住,永远不要丧失信心!只要肯付出,就会有收益。"

第一次谈话大致就是这些内容。先生的鼓励和鞭策,安定了我的情绪,也调动了我的干劲,这些金玉良言我一直铭记于心,使我在任何情况下都不敢懈怠。

朱先生是个循循善诱的好老师,他带学生,从不采取灌输式,也不要求学生与他的看法一致。他总是仿佛于有意无意之间提到某部著作,点出其值得一读之处,让你自己怀着好奇心去找来读。他喜欢听学生谈自己的见解,每次我在他面前谈心得体会或者发议论,他总是兴味盎然地听,偶尔插进几句话,或提几个问题,也都是启发性的。朱先生视野广阔,无书不读,特别是下了不少功夫研读马克思、恩格斯的原著。为了准确地理解,他总是直接读原文,还常常指出我国译本中一些译得欠妥之处。我感到他读马恩的著作既不是出于信仰,也不是像有些人理解的那样,是为自己的论点寻找"路条",而是把它当作一种学说去了解和探索。他对马恩著作中的辩证法和历史唯物主义显然是由衷地赞赏,多次提及恩格斯的《自然辩证法》和《家庭、私有制和国家的起源》是十分重要的著作,且表示他自从接受了马克思主义便一直在修正自己的美学观点。不过我从未听到他评说马恩的科学社会主义理论和阶级斗争理论,给我的感觉是他对此多少有所保留。朱先生常说"做学问必须实事求是,来不得半点虚假,尤其不能人云亦云。研究学术、从事科学的人,首先得是个老实人,说老实话,做老实事,别人说得有理的可以接受,说得无理的尽可不予理会。"尽管我当时还相当"左",却十分钦佩朱先生这种实事求是的学风。

朱先生认为从事文学研究应该通晓文学艺术、历史、哲学乃至心理学。他对我说,"研究一个民族的文学,不能脱离那个民族的历史、哲学、文化土壤和民族心理,这些都是相互联系的。而且所有大师级的作家,都在某种程度上是思想家,都有自己特殊的哲学理念,你要深入地理解一个作家,首先得弄清楚他的历史文化背景、哲学理念、其个性及心理特征。"总之,朱先生带徒主要不是传授知识,而是引导你自己去猎取知识;他不给你灌输什么观点,而是启发你自己通过思考形成观点;他只教方法,不教结论。我跟随朱先生三年,最大的收获就是懂得了文学研究的宏观思维和剖析一个作家的切入点,学会了主动猎取知识和独立地思考问题。这正是我最感激朱先生的地方。

翻译当时不是我的主攻方向,但朱先生没有忽视这方面的训练。他不时让我做些翻译练习,且亲自批改。他说翻译是提高外语水平的好办法,你自以为理解了的东西,一落到文字上却常常暴露出并未透彻理解,这样就能迫使你在钻研原文上多下功夫。他告诉我:"翻译的第一要领是吃透原文。只有尚不理解的,没有不可翻译的。你若觉得某些句子难以言传,或译出来别扭,首先要考虑是否把原文吃透了。每本书都有它的难点,遇到这种地方,千万不能连猜带蒙地混过去,你硬着头皮把它攻下了,水平就提高了。"他还说:"扎实的外语基础仅仅是从事文学翻译的前提条件,而功力的深浅却与知识水平、文化修养、生活阅历、感受能力,乃至感情的细腻程度密切相关。每个外文字都认识不一定能理解,字面上理解不等于理解了其内涵,只有全面地理解了作者,才能吃准他每一个词、每一句话的潜在含义。"朱先生不喜欢文字花哨,而是强调译文的清晰易懂,他说:"清晰本身就是一种美。"朱先生的译文给人的突出印象正是清晰。像黑格尔《美学》这样的作品,很难想象能有人比朱先生译得更为清晰畅达。有人告诉我说,他读黑格尔美学的原著没看懂,读朱先生的译文倒都看懂了。

还有一件让我受益匪浅的事,即协助朱先生编辑《从文艺复兴到十九世纪资产阶级文学家艺术家有关人道主义人性论言论选辑》一书。这是中宣部于一九六一年下达的任务,点名请朱光潜先生选编。在我印象中,朱先生是欣然接受此项任务的,积极性非常高。六一和六二年,整整两年内他的主要精力都放在这件工作上。这一时期,我平均每周都要在朱先生家工作两天。先生选材、写说明,我帮他抄录(当时还没有复印机)、分类整理,草拟小标题,最后由先生定夺。这对我来说完全是个学习过程。在这过程中,我扩大了眼界,熟悉了西方近代文化思想的脉络,且初步受到了编译工作的训练。先生所选的材料,仅一部分有中文译本,有许多尚需翻译,朱先生自己译一些,其他的让我去组织西语系、俄语系的教师译。法文方面的,他曾让我试译一些小段落,权作翻译练习,最后由他修改定稿。这部四十多万字的《选辑》,因种种原因搁置了许多年,直至一九七一年十一月才由商务印书馆作为"内部发行"的图书付梓印刷,出版说明中注明此书系"供批判用"云云,署名是"北京大学西语系资料组",根本不提朱先生的名字,朱先生为此书撰写了一长篇序文,也没有被采用。改革开放以后,此文曾于一九七八年在《社会科学战线》上发表,八二年收入《朱光潜美学文集》第三卷。这项工作在朱光潜先生的治学生涯中也许只是一段小插曲,对我而言却具有转折意义:过去我对西方文化的了解是支离破碎、杂乱无章的,这时却突然有了豁然开朗的感觉,似乎在迷宫中找到了一条通向出口的道路,又像是得到了开启宝藏暗门的钥匙,以往让我困惑的许多问题,一下子仿佛都有了答案,至少是意识到了解题的途径。这种意想不到的收获,使我格外感谢这次师从朱先生的特殊机遇。

我过去景仰朱先生,只是佩服他的文章学问,及至当了他的弟子,才对他的人格魅力有了真切的感受。朱先生的为人是极其谦和平易,且富人情味的,尤其对学生,可谓关爱备至。我常常觉得他不大像严师,倒更像一位慈父。他的目光总是那么柔和,蕴含着无限的关切和期望。朱先生给过我许多书。那时人民文学出版社和商务印书馆每出一本新书,都会给先生寄一册。这些书却大都进了我的书橱。朱先生总说这是赠书,要不就说他有双份。当时我什么也没想,后来却怀疑先生花了不少钱为我买书。先生不但关注我的学习,生活上也对我十分关爱。我给朱先生当助手的时候,正值三年困难时期,供应十分紧张,食堂里二两一个的窝窝头实际上不超过一两半,还难得遇上不掺树叶的。先生老是担心我营养不良,每次去他那儿,他总要给我冲一杯香浓的奶茶,还想方设法地留我在他家吃饭。我若推辞,他便很认真地说:"你这么年轻,这个阶段缺乏营养对你将来是很不利的。我这儿也是普通饭菜,但毕竟比食堂里的营养好一些。"朱先生常提醒我注意健康,"一是运动,二是饮食,都得注意。"他自己每天早晨雷打不动要打一套太极拳,下午必定拄着拐杖在校园中至少散步半小时。他有自己的一套养生法,还给我念叨过,但我那时对这些毫不在意,现在竟想不起具体说过些什么,只记得他的吃饭经是:"早上吃得好,中午吃得饱,晚上吃得少。"他说,你若这样做,日久必能体会到它的好处。还有一件事,也是我终身无法忘怀的。那时我帮朱先生做些跑腿打杂的事,是系里交给我的工作,我并不觉得是额外负担,朱先生住在燕东园,我每次去他那儿,来回走路大约将近一小时,在自行车被视为"大件"的时代,这也是很平常的事,可朱先生常为此感到不安。有一天他拿出二百多元钱,要我去买一辆自行车。我哪肯让先生为我破费,忙说自行车我已买了,正在检修。回来后我马上张罗买车,钱不够只好找人帮我凑。旁人问我干吗这么着急,我便不经意地说出朱先生要为我买车的事。没想到这事在文革中被人揭发出来,成为朱先生的一条罪状,上纲到"腐蚀拉拢"青年。我真后悔当年嘴上没装锁,气得直想扇自己耳光。

朱先生还有一个长处令我特别佩服,那就是处变不惊。我和朱先生之间的交谈,话题相当广泛,但很少议及政治。尤其国策方面的问题,他从来不予点评,不像以前的北大学子,动辄指点江山。有时我提及当时政策上的某些调整，他便援引胡愈之等头面人物在民主党派中传达的若干讲话加以补充。可见他并非不关心政治，只是比较谨慎而已。尽管如此，建国以来任何一次运动，他都没能逃脱受批判的命运，而他始终以哲学家的旷达泰然处之。朱先生是中宣部和文化部很重视的人，曾被请往中央高级党校讲授美学史，但同时又一直在受"敲打"，从来没消停过。其实四九年朱先生断然拒绝乘国民党政府派往北京的飞机去台湾时，已经对自己今后的处境和可能受到的冲击有所准备，但他不想把自己的命运和蒋介石的命运连结在一起，毅然做出了留在北京的抉择。果然，建国初期的思想改造运动，朱先生首当其冲，他则一直以虚心而又不卑不亢的态度应对，无论外部如何风急浪高，他依旧心静如水，每天照样慢条斯理地打太极拳，照样拄着拐杖散步。五十年代他已是六十岁的老人了，居然一面接受批判，一面捧起俄汉词典和高尔基的《母亲》学俄语，一直学到能阅读和翻译的程度。我曾问他为何能这般从容，先生微微一笑，说："人有时不得不面对自己无法左右的处境，那就只能平静地承受它。风物长宜放眼量，大海不可能永远风平浪静，也不可能永远是惊涛骇浪。再说，这样的冲击对我也有帮助，使我静下心来重新审视自己。"这种心态对我产生了很大影响，使我学会了以理性的态度应对生活中的一切变故。后来我自己在逆境中能始终保持平静的心态，在很大程度上是得益于朱先生的这番谈话。

一九六四年，我作为第一批公派留法进修生去法国，在那儿我曾给朱先生写过一封信，汇报我在法国的种种感受。先生很快给我回了信，密密麻麻写了四页，比我写给他的信还长，看得出他很为我有出国进修机会而高兴，字里行间溢满了快乐。他对我的学习提了许多建议，还嘱我收集这样那样的资料。他不了解当时的留法学生必须三人同行，假日还要政治集训，根本不可能像他们当年那样自由自在地在巴黎国立图书馆一泡就是好几天。但我仍因感受到先生对我的殷切期望而深受触动。

一九六六年我回国时,正值文化大革命以排山倒海之势席卷而来。朱先生已被关进"牛棚",罪名是"反动文人"、"反动学术权威"。从此只是在批斗会上我才有机会与先生见面。因为我曾是先生的学生和助手,所以揪斗朱先生时便抓我陪斗。朱先生一如既往,表情温和平静,我也没什么可害怕的。"造反派"对朱先生其实不甚了解,对他的《美学》更一无所知,所以揪斗只不过是喊口号,我绞尽脑汁回忆,也没想起当时的批斗有什么具体内容。"造反派"当然命令我"揭发交代",可我知道无论说什么都叫做"放毒",所以拿定主意一句话不说,一个字不写。再说,我也看出"造反派"对学术批判毫无兴趣,上面的目标是打倒刘少奇,造反派的兴趣是"夺权",而这些"反动学术权威"们原本就没"权",揪斗他们不过是为了表现铲除"封、资、修"的"革命性"。因而没过多久,"反动权威"们便给晾在一边,让他们留在"牛棚"劳动改造,革命者则分成几派互相打斗起来,彼此间的仇恨比对"权威"们的仇恨不知要大多少倍。

我过去总以为自己还算是忠于"革命事业"的,到文化大革命才发现自己的"革命性"实在跟不上"时代的前进步伐"。一想起我所尊敬的那些善良的老师在木工厂扛木头、锯木头,我心中便隐隐作痛。朱光潜和郭麟阁老师都已七十多岁,工人到这个岁数也都退休了,他们这些一向在书斋里做学问的老者如何受得了这般折磨呢!还有一件事,也是让我耿耿于怀的。造反派之间的武斗愈演愈烈,有一天我回到自己栖身的三十楼时,发现该楼已被某派武士占领。我想进楼取自己的东西,被一位手持钢茅、横眉立目的勇士拦住:"走开!这个楼不许进!"我想和他理论,一个不相识的人把我拉开了:"你想找死呀?前几天他们还捅死了一个,找谁说理去?快走吧,这个地段是×××的地盘,过一会连打这儿走都不行了。"我只好怏怏地走开。如果只是丢掉些铺盖、衣物倒也罢了,让我心疼的是那个纸箱,里面装着我多少年来积累的卡片、我自己的文章底稿和讲稿,更可贵的是朱先生给我批改的作业和那封值得珍藏的信。这些对我说来弥足珍贵的东西,后来再也没能找回来,很可能在他们断水断电断暖气的时候,当作引火物烧掉了。

文革后期,我离开北大去了人民文学出版社。直到四人帮倒台我才去探望朱先生。那时先生已获得自由,正在翻译联合国的文件、资料。"他们怎么能让您花宝贵的时间干这类事呢!"我不禁愤愤然。朱先生淡然一笑,说:"这样的处境已经很好了。"

改革开放给朱先生的事业带来了新的生机。他怀着老骥伏枥的壮志,重整美学旧业。从七八、七九年开始,他的译作《拉奥孔》《歌德谈话录》《柏拉图文艺对话集》、黑格尔的《美学》(三卷)、克罗齐的《美学原理》等相继出版或再版;他的著述《西方美学史》由人民文学出版社再版且列为大学文科教材;三联书店出版了他的《诗论》;接着他过去用英文写的博士论文《悲剧心理学》也翻译出版了;上海文艺出版社从八二年开始陆续出版他的五卷本《朱光潜美学文集》……此时朱光潜先生心情舒畅、精神焕发,一面参加文坛关于形象思维的辩论,一面继续探索马克思主义文艺理论和美学上有争议的种种问题,同时还为哲学系培养了两名西方文艺批评史的研究生。他以八十余岁高龄,在种种繁忙的事务之外仍笔耕不辍,他应上海文艺出版社之约,为初涉美学的青年写了题为《谈美书简》的入门小册子;百花出版社将他八十岁以后写的论文、札记结集为《美学拾穗集》;尤其让我吃惊的是,他还为我社的"外国文艺理论丛书"译出近五十万字的维柯的《新科学》。

这时我已离开北大多年,工作性质也有了变化,而先生对我的关切一如既往,每出版一部书都不忘给我留一册。记得他给我《柏拉图文艺对话集》时,很郑重地对我说:"你拿回去好好看看,这是我下了功夫的。"他的《美学文集》第五卷,直到他去世三年后才出版,朱师母仍不忘按先生的嘱托给我寄来一册。"外国文艺理论丛书"中《狄德罗美学论文选》的篇目,我是请朱先生选定的,还曾请先生为这本书作序。朱先生说:"你写,写完拿给我看。"依然是他当年做导师时的口吻。我兢兢业业地写了一篇近两万字的序文,先生看后,点了点头说:

"行,该说的都说到了,就这样发吧!"那天朱先生很高兴,聊了许多闲话。他说他的后代没有一个愿继承他的事业,全都随他的老伴学了理工科。"我老了,我那些藏书也快没用了,学生们来,我让他们想拿走什么就拿什么。但有几本书我是留给你的,这套 CHARLES LEVEQUE 的《美学》是法文版,很有价值,我想对你会有用处。"这是一九八四年初的事,朱先生已八十七岁了。那时他的身体已相当虚弱,握笔的手颤抖得厉害,字迹很难辨认,我真想象不出他是怎样坚持着把《新科学》译完的。

到一九八五年,朱师母告诉我说他精神越来越不济,经常打盹,一边说着话一边就合上眼睡着了,但他醒时仍思路清晰,且一直坚持写作。我因在市内上班,不可能像过去那样常去看他,所幸朱先生已从燕东园迁往燕南园,地处校内中心地带,有时我去北大联系工作,便拐到燕南园去看看。我最后一次去看他是一九八六年春节前,那时朱师母已经不大愿意让陌生人或媒体来打搅他。我敲门时,来开门的保姆盘问了我半天,朱师母一探头看见是我,便招呼我进去,高兴地对我说,"你来和他说说话,他精神会好一些。"那天朱先生没像往常那样在书房工作,而是坐在客厅沙发上,头仰靠着沙发背打盹。朱师母嚷了一声"你看看谁来了!"朱先生睁开眼,笑了笑,让我在他身边沙发上坐下,问我最近写了什么,读了些什么书,接着和我谈起了许多文坛旧事,当即给了我一套郑振铎的《西谛书话》,还送给我一张他一九八三年赴港讲学前在自家门前拍摄的照片,在照片背后的题词中,竟谦逊地把我称作他的"老学友"。我没想到这是最后一次和朱先生晤面。

朱先生过世后,我去北大参加他的追思会,朱师母眼泪汪汪地对我说,"朱先生这辈子活得太不容易了,没有一次运动他不……"她哽咽着没能往下说,我也不知该怎么安慰她,我在这方面实在笨得出奇。

这篇回忆,是一九八六年底写的,一直未敢示人。人们说,名师出高徒,以我之不才,岂不有攀附之嫌;再说,我有负先生的期待,放弃了理论研究,内心一直感到愧疚,而朱先生直到去世前,还以为我能从这方面发展。我常常感到自己很对不起朱先生,他在我身上倾注了不少心血,我却没有按照他的意愿选择后半生的道路。现在我老了,突然想到朱先生作为一代名儒,还很少有人了解他关切后生晚辈成长的拳拳之忱,其实这是朱先生很令人敬佩的一面。就我所见,他对青年学子一向热诚相待,无论谁上门求教,他都无私地给予帮助,从来不摆大师的架子,因而开始考虑在适当的时机把这篇回忆拿出来发表。

时光流逝,转眼间朱先生已离世二十年,我自己也是年过七旬的老人了。回顾以往,觉得在北大的二十年中,除三年困难时期踏踏实实随朱先生学了些东西,其他多是虚度的岁月;离开北大后我虽放弃了系统的理论研究,改做编辑出版工作,但我一直牢记朱先生的教导:永不满足、永不止步,抓住一切可能利用的时间学习,直到现在仍不断地拓宽眼界、充实自己。这一点,或可稍稍告慰朱先生的在天之灵。

一九八六年十二月初稿
二〇〇六年三月修订

追忆吴达元先生*

当年报考北大西语系法语专业,无疑是出自对法国文学的兴趣,但之所以选择北大,则是因为心仪北大的一批知名教授,吴达元先生就是其中之一。

我入学的时候,冯至先生是系主任,吴达元先生是副系主任。迎新会上,一位年届半百、精瘦身材、戴深度近视镜的教授起身致辞,他就是吴达元先生。

一声"同学们!",把我吓了一跳,好大嗓门!没想到如此纤细的发音管能发出铜号般洪亮的声音。时隔五十年,致辞的内容已记不清了,只记得他那口当当响的广式普通话,抑扬顿挫、音调铿锵、声声入耳,给在座的学生留下了深刻印象。吴先生嗓音的洪亮和吐字的清晰,是他讲课的一大特色,无论小课堂还是阶梯大教室,他都能毫不含糊地把每个字送到最后一排学生的耳中。直到我自己当了教师才明白,做到这一点并不那么容易,我们日常说话唇部松弛,常常吃掉一些音,若像平日说话那样讲课,坐在后排的学生肯定听得费劲。这套发声咬字的功夫,当教师的若不曾有意识地修炼,也许一辈子都难以过关。

吴达元先生的课特"提神",学生们都深有体会。我敢保证:哪怕头天夜晚开了个通宵,第二天听吴先生的课也不至于打瞌睡。这不仅是因为先生声若洪钟,让人入睡困难;更因为他教课时满腔热诚,全身

---

* 本文系应吴先生女儿之约撰写。

心投入,因而连枯燥的语法课也能讲得引人入胜。妙就妙在吴先生给学生"提神"从来不靠插笑话、添作料。不!吴先生在课堂上不苟言笑,严肃得很。他的绝招是以缜密的逻辑和恰到好处的提问来启动和引导学生思考,或曰善于在课堂上调动学生的"主动精神"。吴先生讲课从头至尾无一句废话,语言简练、概念明确、逻辑一环扣一环,追着他的思路走,绝对能让你兴趣盎然,越学越有信心。不过在吴先生的课堂上你千万别打算思想偷懒,别以为埋头记笔记就能混到下课。不行!上他的课你非随着他动脑子不可。他那厚厚的近视镜片后面的目光不停地扫视教室的每一个角落,你稍一走神,下一个被提问的准定是你。据说早在西南联大时期,吴先生的严师之誉便已传遍校园,哪怕是面嫩的女生,乃至出身名门的千金小姐,在他课上回答不出问题照样罚站。我们上学的时候,罚站已经取消了,可先生那种严格要求、一丝不苟的作风一如既往。尽管隔了半个世纪,我还能记起在吴先生课堂上的感觉。

不言而喻,吴达元先生的教学效果是有口皆碑的。我在大学时代,听过他两门课:法语语法和法国文学史,印象十分深刻。我从小学到大学,见识过不少博学且认真的好老师,但论课堂把握的精当,教学方法的高超,吴达元先生无疑堪称翘楚。最神的是,每堂课他话音刚落,下课铃必应声而响,可见其备课是何等的充分和周密。看得出来,吴先生是通过教学来实现其生命价值的,他的全部追求,全部愿望都体现在他教的每一堂课上。他不是一般的敬业,而是像艺术家打造艺术品一般,用心琢磨和锤炼他的每一课讲稿。特别是他的语法课,听后无人不佩服。他所著的《法语语法》一书,正是当年他给我们讲课时用的教案。这部书,我至今仍认为是国人所著同类书中最好的一种。多亏吴先生在语法方面给我们打下的基础,后来帮助我克服了不少工作中的困难,为此我一直对吴先生满怀感激。

吴先生在法国文学,特别是十八世纪法国文学方面的造诣也是众所周知的。他讲授法国文学史(古代至十八世纪),绝不只是传授知识,同时还透着自己的爱憎感情,因而具有颇强的感染力。我至今还记得吴先生讲课时拉长声调引用原诗时的嗓音和表情,我对莫里哀和博马舍的兴趣,在很大程度上也是受吴先生的影响。他翻译的《博马舍戏剧二种》:《塞维勒的理发师》和《费加罗的婚礼》,译文准确、传神,被收入人民文学出版社、上海译文社和社科院外文所合编的"外国文学名著丛书"及人民文学出版社的"世界文库"。五十年代末中国青年艺术剧院排演《费加罗的婚礼》,大获成功,场场爆满。吴先生以译者之便,为西语系弄来许多入场券,学校派出大轿车,法语专业的师生大队人马,浩浩荡荡地进城看戏。学生们兴高采烈,叽叽喳喳,兴奋异常,像过节一样。

一九六〇年初,我和同年级几个同学一起提前留校当助教。吴先生主管青年教师进修,从而与他有了一些个别接触的机会,这才发现吴先生除严肃之外还有非常亲切和蔼的一面。当时我随朱光潜先生进修文艺理论,但法语方面的进修,吴先生仍然十分关心且亲自过问。西语系所在的民主楼没有教授的工作室,教授们都在家办公。那时朱先生、吴先生都住在燕东园,还是老燕大时期为教授们盖的宿舍,一色的青砖青瓦二层小楼,房子已经很旧了,但小院清幽可人,在当时国内的大环境衬托下,显得格外异样,颇像个世外桃源。第一次去吴先生家我还有点拘束,没想到先生脸上一直挂着在课堂上难得一见的微笑,还不断以鼓励的目光注视着我,让我的神经很快地松弛下来。我感到吴先生对年轻人的关心完全出于至诚,句句话都落在实处,例如针对自己的弱项该补听什么课,做些什么练习等等。

一九六一年,高等学校文科教材《欧洲文学史》的编写工作启动。吴达元先生是主编之一,我作为文学教研室的成员,也参与了这项工作。从讨论大纲、章节、体例、组稿,到最后通读、修改,常和吴先生在一起开会。吴先生以其一贯的严谨作风,任何细节都不允许有半点马虎;遇有争议,一定会扯起大嗓门亮明观点,绝不含糊其词,像平日教课一样,永远逻辑严密,有理有据。老一辈学者这种认真求实的治学态度,的确给我们年轻人起了很好的示范作用。

还有一事,也是让我深受感动,无法忘怀的。那时我是西语系理论组和学校写作组成员,遇有紧急任务就躲在民主楼一间斗室里开夜车,以免在集体宿舍干扰旁人。吴先生不知从哪儿听说了,便告诉我他家空着一间小屋,桌、床、被褥一应俱全,需要开夜车时尽管上他家去,累了随时可躺下休息。吴师母在一旁笑道:"听说你是个拼命三郎,吴先生怕你弄坏身体呢!开夜车是不得已的事,但无论如何要设法避免开通宵才好。你们仗着年轻,什么都不在乎,真得了病,后悔就来不及了。"几天后,我和孙凤城奉命赶一份报告,吴先生果然不由分说地把我们带到他家,吴师母热情地安排我们住下,给我们准备了茶水,又给我们换了一只六十瓦的大灯泡。晚上十点,吴师母给我们送来牛奶和饼干,第二天清晨又端来热腾腾的汤面鸡蛋和两小碟酱菜。那是困难时期,全国都在闹饥荒,这样的饮食算得上是奢侈了,即使是教授,也不是天天能享受到的。毫无疑问,晚间的夜宵和这顿早餐已动用了吴达元先生的教授特供,叫我们好生过意不去。从此,我无论接受什么特急任务,都格外小心保密,不让周围的人向吴先生透露半点消息,以免再次遇上盛情邀请的尴尬。但此事让我具体地感受到,吴达元先生对待学生除了是严师,还兼有慈父的情怀,他的内心远不像他在课堂上表现的那么严厉,他的心非常非常热。

一九六四年,我去法国进修,六六年回来时,文化大革命已如火如荼。我所尊敬的老师们都被扣上反动学术权威的罪名关进了"牛棚",毫无思想准备的我也被冲击得晕头转向。本以为吴达元先生也像朱光潜先生一样在牛棚劳动,不日又听说吴先生因患甲状腺癌正在化疗。我既为吴先生的病担忧,又为他能避开这场大风浪而庆幸,真说不清当时是忧的成分多,还是庆幸的成分多。吴先生是个自尊心极强的人,我无法想象他如何能承受人格的侮辱和非人的待遇。与"牛鬼蛇神"的处境相比,也许他宁愿忍受病痛的折磨。

一九七六年三月,吴达元先生走完了他毫无愧疚的一生。我最大的憾事是未能在他走前见他最后一面。当时我已离开北大,得到消息已经为时过晚了。在八宝山举行遗体告别仪式时,我再次看见了吴先生那张严肃却和蔼的面容,只是没有了往日的激昂、生动,显得分外平和安详。我心中默祷:"吴先生,安息吧!您是我遇到的最优秀的老师之一,您为教学呕心沥血,学生们永远不会忘记您。"

二〇〇五年七月六日